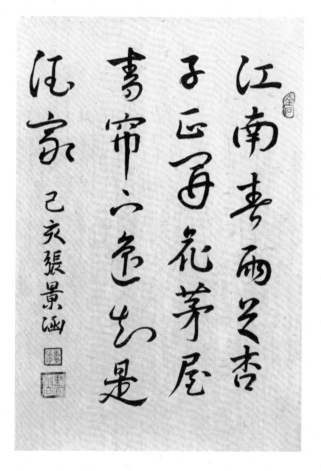

◆ 张景涵九岁书法作品

《咏杏花》："江南春雨足，杏子正开花。茅屋青帘下，遥知是酒家。"

文风已著宸游夕

坐龙舟游玩大观园
（清）孙温 绘

蘅芷清芬

賈雨村教
讀林黛玉
（清）孫溫 繪

省宫闱贾
元妃染恙
（清）孙温　绘

坐禅寂走
火入邪魔
（清）孙温 绘

谈亲事宝
玉适归来
（清）孙温 绘

玩母珠贾政参聚散

（清）孙温 绘

瞒消息凤姐设奇谋

（清）孙温 绘

甄府进京
探亲请安
（清）孙温 绘

红楼
政经逻辑

张捷 著

华文出版社
SINO-CULTURE PRESS

图书在版编目（CIP）数据

红楼政经逻辑 / 张捷著. —— 北京 ：华文出版社，
2024.4

ISBN 978-7-5075-5609-4

Ⅰ．①红… Ⅱ．①张… Ⅲ．①《红楼梦》研究 Ⅳ.
①I207.411

中国国家版本馆CIP数据核字（2023）第137868号

红楼政经逻辑

著　　者：张　捷
策划编辑：杨艳丽
责任编辑：杨艳丽　袁　博
版式设计：高　洁
出版发行：华文出版社
地　　址：北京市西城区广安门外大街 305 号 8 区 2 号楼
邮政编码：100055
网　　址：http://www.hwcbs.cn
电　　话：总编室 010-58336210　编辑部 010-58336191
　　　　　　发行部 010-58336267　010-58336202
经　　销：新华书店
印　　刷：天津画中画印刷有限公司
开　　本：710mm×1000mm　1/16
印　　张：30.25
彩　　插：8
字　　数：440 千字
版　　次：2024 年 4 月第 1 版
印　　次：2024 年 4 月第 1 次印刷
标准书号：ISBN 978-7-5075-5609-4
定　　价：98.00 元

目录

引言：《红楼梦》的背景是末世还是盛世

　　《红楼梦》普遍被认为是王朝末世的景象，但本人不认同此观点。本人认为《红楼梦》的背景不是王朝末世，恰恰是王朝盛世，因为即使在王朝的三代和开国五十年左右，王朝也是处于一个稳定的微妙期。《红楼梦》里，皇帝还可以对外平定海疆，完全是处于强盛的状态，而贾家为开国三代，三代怎么可能到了末世？乾隆皇帝能解禁《红楼梦》，其若为末世影射，肯定是不可能被接受的。因为民国时期的某些政治需要，《红楼梦》被解读为王朝的末世，而且解读的时候，正好也是其末世。

　　认为《红楼梦》一书的时代背景是末世的研究者，从书里面找到了一些所谓的证据，来支持《红楼梦》背景是末世，先来看看这些末世说的主要证据都有哪些。

　　在《红楼梦》中，王熙凤在金陵十二钗正册判词中是这样写的："凡鸟偏从末世来，都知爱慕此生才。一从二令三人木，哭向金陵事更哀。"《红楼梦》里的王家，就是一只凡鸟，古代只有皇帝可以算作神鸟神龙，其他人要是说自己是神，属于大罪。凡鸟偏从末世来，勋贵三代，将不过三，王家王子腾为将，死得不明不白，直接影响了王熙凤。王家在《红楼梦》里面彻底败落，对王家而言，肯定是末世。

　　在贾宝玉神游太虚幻境时，警幻仙姑让他饮的茶"千红一窟"，茶名是"千红一哭"的谐音；又让他饮"万艳同杯"的酒，酒名是"万艳同悲"的谐音。"千红一窟""万艳同杯"，应当在说贾宝玉是一个花心男，造成的悲剧是"千红一哭、万艳同悲"。贾宝玉在《红楼梦》里，没有对得住任何一个女孩子，如林黛玉、薛宝钗、袭人、晴雯、金钏等，而且因他死的女孩有好几个。在《红楼梦》中，多少女人的命运是悲剧？悲剧确实是万艳同悲。但这未必是末世的证据。开国三代，他们的富贵当然是从前朝末世而来，到第三代，又是将不过三的家族末世。

比如贾雨村，书中这样写道："这贾雨村原系胡州人氏，也是诗书仕宦之族，因他生于末世……"说明贾雨村中举时应该三四十岁了。贾雨村可能生于前朝还没有灭亡的时代，对前朝来说是末世，也是第一代贾家国公征战建功的时代。同时，也可以说贾雨村的家族是末世。因此，对末世可以有不同的理解。

说《红楼梦》背景是末世的证据，还有探春的判词："才自清明志自高，生于末世运偏消。清明涕泣江边望，千里东风一梦遥。"但此末世也可以说是贾家末世，贾家已经在勋贵三代到五代之间，贾府财政入不敷出，随后被抄家。在贾家被抄家的同时，王朝则平定海疆，建功在外。能够开疆拓土的王朝肯定不是末世，应当是盛世，书中探春也因此过得很好，回娘家时一副神采飞扬的样子。

很多红学家都说《红楼梦》背景是王朝末世，但明明是贾源、贾演拓土开疆，贾家第一代公爵的时代，是开国之时。从贾源、贾演的第一代，到贾政是三代，三代人的时间，古代正常也就是50年左右，50年就到末世，不符合王朝的历史规律，末世的时间点不对。一般是王朝开国到第三代，开国50年经常有一定的危机，但只要王朝度过了危机，就是王朝最强大和稳定的时期。短命的王朝都超不过三代，比如秦朝和隋朝等。以明清背景来看，历史上的明朝第三代是仁宣之治，清朝从顺治入关起算第三代是康熙盛世，然而康熙太长寿，他当皇帝一代，时间就顶其他王朝三代。

有人说《红楼梦》暗指明亡清兴，同样是没在书中找到末世的时间点，时间和逻辑都不对。如果是明末的吴梅村、冒辟疆写的，那么开国授勋的勋贵，已不是三代的问题；这时候的明朝皇帝已是十多代以后，因此也不是他们的年代。如果最初的《红楼梦》作者处在开国勋贵还是三代到五代之间，按照时间算下来，应该在明朝中期，大约为明英宗被俘的时代，确实有末代的影子。若果真如此，最开始写《红楼梦》一书的人，应当更早。

按照书中的时间推算，曹雪芹生活的年代应是清朝开国100年左右，若是勋贵才三代，但书中呈现的时代似乎更早，因此可能还有更早的原创作者，他可能是编纂者之一。清朝第三代皇帝太长寿，而康雍乾三代加起来有130多年。曹雪芹生活的时代背景是清朝的康乾盛世，王朝就是盛世，而算得上末代的，是曹雪芹的曹家，曹家确实是末世。

全书由《石头记》变成《红楼梦》，应当是在和珅和高鹗修订之下的新创作。清代，删改成风，怎么可能前八十回就没有动，只改后面四十回？现在看到的《红楼梦》通行本一百二十回，应当都被改过。胡适对《红楼梦》搞的修改版，比原来和珅、高鹗的做法更甚，把后面的四十回全面否定，然后重新加入自己的私货，还说都是作者的原意。作者当年的思想可以超前，但社会潜规则和文化逻辑也超前变成受到西方影响的近代思维，这难道不奇怪吗？

当年《红楼梦》成书，皇帝根据政治需要，希望勋贵世家转型，而不是勋贵世家都没落，更不可能让一个王朝末世景象呈现。《红楼梦》成书于清乾隆四十九年（1784年），梦觉主人序本正式题为《红楼梦》，解禁出版的时间点恰恰是在乾隆四十三年（1778年）后，皇帝开始重新评价开国勋贵的时期。《红楼梦》一书的原名有《石头记》《情僧录》《风月宝鉴》《金陵十二钗》等，也是不断改进的。

我们说王朝不是末世，书中也有证据。书中第十六回：

（凤姐：）"说起当年太祖皇帝仿舜巡的故事，比一部书还热闹，我偏没造化赶上。"老赵嬷嬷道："嗳哟哟，那可是千载希逢的！那时候我才记事儿。咱们贾府正在姑苏扬州一带，监造海舫，修理海塘，只预备接驾一次，把银子都花的淌海水似的。说起来——"凤姐忙接道："我们王府也预备过一次。那时我爷爷单管各国进贡朝贺的事，凡有的外国人来，都是我们家养活。粤、闽、滇、浙所有的洋船货物都是我们家的。"

从上述对话，我们可以看到，当年寻访的是"太祖皇帝"。以中国皇朝给皇帝上谥号的习惯，能够叫太祖的皇帝，都是开国皇帝。在书中开国皇帝的时候，赵嬷嬷已经出生和刚刚记事，应当至少有七八岁了，赵嬷嬷说这些话的时候年龄应在五十岁左右，对应时间在四十多年前，那时候正是王熙凤爷爷的时代，由此推算到第十六回，那时是开国五六十年。另外一个时间点在第一百零五回抄家之时，焦大说："我活了八九十岁，只有跟着太爷捆人的，那里倒叫人捆起来！"焦大当时八九十岁，当年跟着太爷，也就是贾府的第一代开国征战的时候，焦大应当至少已经到青年，应当是十几岁，时间与开国过了五六十年，也是对得上的。

在王熙凤他们的爷爷辈，王家等金陵四大家族是勋贵家族的盛世。王熙凤和赵嬷嬷的对话在继续——

赵嬷嬷道："那是谁不知道的？如今还有个口号儿呢，说'东海少了白玉床，龙王来请江南王'，这说的就是奶奶府上了。还有如今现在江南的甄家，嗳哟哟，好势派！独他家接驾四次，若不是我们亲眼看见，告诉谁谁也不信的。别讲银子成了土泥，凭是世上所有的，没有不是堆山塞海的，'罪过可惜'四个字竟顾不得了。"

从赵嬷嬷的话可以看出，贾雨村在金陵得到的护官符上的内容，在王熙凤爷爷时代就有了，金陵的四大家族和甄家都在开国时建功立业并发家了，都是家族盛世。后来，四大家族与原先相比差距很大，凤姐道："常听见我们太爷们也这样说，岂有不信的。只纳罕他家怎么就这么富贵呢？"凤姐的话说出来，表明了王家和贾家肯定大不如前，对以往的繁华，晚辈只能停留在回忆之中。

金陵四大家族为何兴旺，为何败落成为末世，赵嬷嬷的话说明了背后的真理——赵嬷嬷道："告诉奶奶一句话，也不过是拿着皇帝家的银子往皇帝身上使罢了！谁家有那些钱买这个虚热闹去？"金陵四大家族能够兴旺，就是有机会拿皇帝的钱往皇帝身上去使，现在他们没有机会了。她们的对话，在清朝文字狱严格审查的年代能够留下来，实在不容易。《红楼梦》能够解禁和出版，一定经过了乾隆皇帝的严格审查。拿皇帝的钱往皇帝身上花，就是皇帝默许，关键看是谁来干这个事情。跟着皇帝，皇帝就会让你发家；同样，皇帝猜忌了，也可以抄家，皇权下的私人财富，就是替皇帝保管。中国古代讲"普天之下莫非王土，率土之滨莫非王臣"，所有的一切，都是皇帝的，谁能够距离皇帝的指挥棒近，谁就有权力，谁就能够发家，谁的家族就可以兴旺。反之，距离皇权远了，受到皇帝的猜忌，家族就要走向末世。

《红楼梦》里以贾府为首的金陵勋贵们，距离皇帝越来越远，从老太妃的死，到元妃的死，新皇帝与他们的关系、他们和皇家的关系，就都到了末世。对于勋贵集团来说，在打天下的时候，他们是皇帝开国的依仗对象，与皇权最近。但到了皇帝的二代、三代，要坐天下的时候，反对的敌人都已经消灭，勋贵们也就到了"狡兔死走狗烹"的时候，皇帝就要控制他们的势力，要削藩。新的皇帝，身边需要读书人当代理人，为皇帝管理国家，而且读书人不世袭，他们要一代代读书、努力才行，在世袭的皇权面前，不会形成连续的势力存在，这与世家大族的长期势力完全不一样。

所以，在中国封建时代，在皇权稳定以后，皇帝的第一件大事就是开科取士，皇帝要依仗科举带来的读书人的支持，不断地削弱世家勋贵的势力。书里的林如海、贾雨村等人背后就是科举势力，而贾家转型弃武从文，变成读书人，也是皇帝需要的。因此，不向科举转型的勋贵，在古代王朝，就是三代后走向末世的结局。因为他们与新皇帝已经没有政治捆绑，受到皇帝的猜忌，财富多了还要受到皇帝的合法掠夺。在此模式下，就是大家普遍认同的：将不过三，富不过五。因此，古代社会，读书传家才是被皇帝允许的可以不断传家的方式。

西方的贵族社会规则与中国古代不同，西方贵族家族可以传家很多代，贵族与国王有契约关系。中国古代在科举之前，士族的豪门大姓也是与皇帝分权的。

在中国汉晋时，大姓豪门也要传很多代，到唐朝科举还不够发达的时候，他们依然影响很大。唐朝贵族姓氏有博陵崔氏、赵郡李氏、清河崔氏、范阳卢氏、荥阳郑氏、陇西李氏，还有普通贵族姓氏京兆韦氏、河东裴氏、兰陵萧氏、京兆杜氏、弘农杨氏、河东柳氏、河东薛氏等。高门大姓从汉代开始，延续数百年，与皇帝分享国家的权力。到宋朝以后，科举成了主流，豪门大姓再也没有了与皇帝分庭抗礼的实力，勋贵士族都是三代就到了家族末世。《红楼梦》的背景，就是勋贵士族到了三代以后的写照。

《红楼梦》书中确实揭示了以贾府为首的勋贵家族在走向末世！为什么这些家族会走向末世？背后有中国古代政治博弈规则：推恩令制度和世袭递降制度。推恩令是让兄弟不分嫡庶地均分家产，世袭递降则是每世袭一次，爵位就降低一级。因此，勋贵到了三代，人口增加而收入减少，家族内部就会出现内卷和内斗。《红楼梦》之红，也是血红，多少人在红楼中死于非命；风月宝鉴，一面是美女，一面是骷髅，就是血淋淋的残酷博弈。

家族的宅斗和私生活混乱，还会导致人丁不旺，也是家族走向末世极为重要的原因。在《红楼梦》里，小说情节贯穿了多年，几大家族居然没有新生儿出生，却不止一个孩子流产，人丁凋敝也是家族没落的迹象之一。

有人认为，巧姐是在这期间出生的，本人经过分析认为，巧姐应当很早就出生了。第六回提到"于是来至东边这间屋内，乃是贾琏的女儿大姐儿睡觉之所"，此时，巧姐就已经出生，还有自己专门的房间。到第一百一十七回，席间有人问起巧姐的年龄和长相，贾蔷回答说："模样儿是好的很的。年纪也有十三四岁了。"说明巧姐在书里时间段应当已经出生。这也说明，起码书里面有十几年没有生孩子的人。而《红楼梦》中还有一个争议，就是大姐儿与巧姐是不是一个人，此处，我们按照一个人理解。《红楼梦》书里明线是情爱，暗线是家族政治和财富的殊死博弈。博弈有三个层面：黛玉和宝钗的女孩爱情层面，内宅贾家人和王家人的婆媳层面，皇帝主导的贾家、王家、林家的勋贵政治层面。在家族的末世，内外博弈激烈，内卷化严重，家族斗争异常残酷，还不断升级。《红楼梦》里很多人死于非命，只不过掩盖在"烈火烹油"之下，"白骨如山忘姓氏，无非公子与红妆"，谁死了成为白骨，读到最后，大家都想不起来，记住的只有公子宝玉与红妆十二钗。全书生动地写出了红楼家族的末世景象，又把景象深藏于风花雪月诗之下，用风月宝鉴的美女一面照着，给读者去欣赏。

在《红楼梦》的不同版本和续本当中，故事背景可能还有一些差别，在通行本当中，肯定是一个强盛的王朝，这是乾隆皇帝让《红楼梦》合法化，能够出版流行的前提。《红楼梦》原来的书名还有《情僧录》《风月宝鉴》等，书名本身就带有市井情色小说的味道，但到后来的通行本，没有了明显的情色内容，相关情色部分变成了暗线。"红楼"二字的本义是勋贵世家的朱门大宅，故事背景走向发生了变化。之前如果属于风月小说，那么在情色淫乱的著作中，背景多是王朝的末世，就如《金瓶梅》的时代背景一样，即使不在乾隆文字狱时代，《金瓶梅》一类的小说，也是禁书。《红楼梦》能够刊行，代表乾隆皇帝的政治需要，书中的本意背景必然为一个盛世面貌。《红楼梦》暗中还要给皇帝歌功颂德，皇帝削藩成功，被削藩的势力都走向了末世，呈现"白茫茫一片真干净"。

清代是文字狱比较盛的时代，乾隆的文字狱是清代的高峰，乾隆皇帝又对自己的盛世极为自信，谁敢写一个末世？曹雪芹、高鹗、程伟元、和珅有几个脑袋够皇帝砍的？别说是文字狱的清代，就是对文人很宽容的宋代也不行啊！宋徽宗特别喜欢的《千里江山图》作者之死就很说明问题。王希孟之死流传有两种说法：一是王希孟身体过于羸弱，因病离世；二是其后上呈《千里饿殍图》惹怒了徽宗，便被赐死。皇帝赐死不经过审理，一般正史记载都是因病离世。从他的其他作品都没有记载等迹象看，第二种说法更合理。清代《北宋名画臻录》记载："徽宗政和三年，呈《千里江山图》，上大悦，此时年仅十八。后恶时风，多谏言，无果。奋而成画，曰《千里饿殍图》。上怒，遂赐死。死时年不足二十。"所以，认为《红楼梦》是讲末世的解读，在当年无论如何也不能成立。后来，说《红

楼梦》讲的是王朝的末世，是为了反封建，反对清朝。因此，胡适考证的结论是高鹗伪续，这得到众多当时文人的支持，张爱玲曾痛骂高鹗："妄改红楼，死有余辜。"但后来发生了逆转，考证《红楼梦》后四十回为"狗尾续貂"的学者之一俞平伯老先生临死留下的两句遗言令红学界震荡巨大："胡适、俞平伯是腰斩《红楼梦》的，有罪。""千秋功罪，难以辞达。"并且说："程伟元、高鹗是保全《红楼梦》的，有功。大是大非！"从时代的政治逻辑上看，《红楼梦》全书，讲的故事是在盛世的大背景之下。

本人考据《红楼梦》的背景是王朝盛世，关键还在于书中的四大家族后代为所欲为，最后使家族都走向了衰败，这也是因为有一个英明的皇帝和进步的司法系统，作恶都受到了惩罚。即使是不同的续本，作恶被惩罚的情节都是不变的！若真的到了王朝或社会的末世，昏君当道，一定是逆淘汰的场景和社会生态，也就是说作恶的反而得到好报，坚持正义的，却受到不公的对待。社会能够让作恶的最终走向失败，社会就还存在着纠错的机制。在任何时代，腐败和黑恶都是存在的，差别在于有没有纠错的机制，是否可以回到人类真善美的一面。因此，从四大家族作恶就会"白茫茫一片真干净"这个角度来看，其所处的环境就不是一个末世。

我们可以看看《金瓶梅》《三国演义》《水浒传》等其他文学名著写的末世景象是什么样子：社会的不公造成逆淘汰，公权力旁落。

《金瓶梅》是武松的私力救济报仇，《水浒传》是官逼民反，《三国演义》则是群雄逐鹿，都是在体制外、皇权外解决问题，而《红楼梦》的贾家等诸人的罪恶，则是在皇帝治罪抄家之下进行惩罚，是在体制内、皇权之下来解决问题的。皇权强势无可撼动，此处是《红楼梦》与上述三部名著的根本性区别，所以后者是末世背景，而《红楼梦》的背景则是皇权时代的盛世。

最后，本人考据《红楼梦》背景是家族末世的关键点，在于书中带有末世含义的名词都与贾府等家族有关。很多读者都注意到，大观园中的女子，除了黛玉、宝钗，贾府女儿的名字构成元、迎、探、惜，寓意"原应叹息"；贾府男人的名字在一起更像是家族末世。荣国府的男人，宝玉的名字特殊，就他是两个字，除了宝玉，剩下的男人和嫡子用的是赦、政、珠、琏，寓意"摄政株连"。勋贵摄政就是要死的，被株连就是末世，所以贾敬出家、贾珠早亡、李纨素衣（戴罪庶民），后来联姻不当也是"株连"；所以要读出"摄政株连"四个字，才能明白为什么贾府被抄、贾家为什么要避祸、为什么是金陵勋贵集团的末世，因为他们摄政威胁了皇权。书中，贾府家庙是铁槛寺。槛，囚禁犯人的牢笼。依据《说文解字》："槛，栊也。从木，监声。"（所以为囚罪人之牢也。故囚车曰槛车。）铁槛寺是贾家的家庙，家庙为囚人的铁笼子，下面还有铁网山，在皇权的铁网之下，也难怪索隐派会有所联想。

还有读者会问，荣国府的男性不是还有贾琮、贾环、贾兰，怎么解读？其实他们的名字也有含义。"兰"代表读书君子之德，下面贾府就要读书了。"琮"是通天地敬鬼神的一种法器，贾琮出现得很少，在第七十五回以后再也没有出现，他应当是见鬼神去了。书中给贾府玉字辈的贾环用"环"字很有说法。"环"与"还"同音，古人可能因此把玉环作为一种信物。古代逐臣待命于王境，赐环则还，也就是得到天子所赐玉环，就会又被重新召回，官复原职。玉环是什么样子？现在多半读者会把"瑗"当作"环"。《尔雅·释器》中指出："肉倍好谓之璧，好倍肉谓之瑗，肉好若一谓之环。"郭璞注："肉，边；好，孔。"邢禹疏："肉，边也，好，孔也，边大倍于孔者名璧，孔大而边小者名瑗，边、孔适等若一者名环。"器物的形制，"肉"是指周围的边，"好"是指当中的孔，璧、瑗、环三者的名称由中心的圆孔大小来决定，大孔者为瑗，小孔者为璧，孔径与玉质部分边沿相等者为环。所以大多数情况下，古玉器不是玉璧就是玉瑗。所以用"环"字和"兰"字，等于暗示贾府后来的复兴，而"琼"字则暗示黛玉阴婚葬于贾府墓地。黛玉如不是阴婚葬于贾府宗祠，她身上所带的林家巨额财产妆奁，贾府还要吐出来给林家，对此，《红楼深宅博弈》中有详细分析。

综上所述，本人认为，《红楼梦》里的故事，就是开国三代的故事。在开国三代的时期，国家社会也处于一个转型的时期，对开国勋贵而言，家族将不过三，下面就是富不过五，就是到了家族发展的末世，三代到五代的转型，对一个家族是否可以延续荣光，是关键的时期。但对一个长命的王朝来说，这正是王朝强盛的时期，因此，《红楼梦》的大背景是王朝强盛而家族没落。而《红楼梦》的小背景，则是家族在勋贵末世怎么转型的背景，讲了一个在盛世背景之下，处于末世的家族怎么复兴、怎么延续、怎么实现子孙后代绵绵瓜瓞的故事。能够诗书传家，一定是在王朝强盛的背景下；在王朝没落的时候，恰恰是反过来的，要弃文从武，乱世需要武力保卫家国，起码也要耕读传家，要会种地才能具备最基本的乱世生存手段，这也是中国讲耕读传家比诗书传家更久远的原因。

一、红楼名案背后的政经逻辑

《红楼梦》里面有多个案件，然而这些古代案件不能按照今日的司法道德去简单地直接评价。这些案件背后还有哪些隐情，也是《红楼梦》故事博弈的关键。《红楼梦》的作者写书中的案件，是用了风月宝鉴的两面写法，把真实的一面隐藏了起来。本人是律师，很喜欢中华文化，这里以司法探案的视角，再度挖掘红楼名案的背后故事，希望给大家呈现一个完全不一样的解读视角。况且，《红楼梦》书中的案件本身也揭示着全书的暗线逻辑。

（一）贾雨村给甄家报仇的葫芦拐卖案

◇◇◇葫芦案的重要地位和前情简介

《红楼梦》中的葫芦案贯穿全书，影响了全书的整个故事情节和逻辑。葫芦案把薛蟠变成了"活死人"，薛家要被吃绝户，薛家的财富才会选择隐藏贾府，才会有背后的财富博弈，薛宝钗才会必须嫁入贾家而没有其他选择。同时，葫芦案把英莲变成了良家身份，身价也提高很多，最后才可以被扶正，也让甄士隐最终找到了英莲，有了"香魂返故乡"。同时，薛蟠第二次杀人也是在贾雨村京兆尹的地盘上，薛姨妈捞不出薛蟠，薛蟠被判绞监候，也不能因为独子奉养承祀而减免；贾雨村被葫芦案的门子清算倒台等，都与葫芦案有关，而薛家的命运也是"待时飞"，都绕不开贾雨村。本节要深度解读葫芦案，以便读者知道其中深层次的暗线逻辑。

为什么薛蟠打死人和英莲被拐卖的案件一起被称作葫芦案？葫芦僧很容易理解，就是当年从葫芦庙里出来的沙弥，但案件为什么也叫葫芦案？《红楼梦》的作者这么处理应当是有深意的。很多红学家认为"葫芦"谐音"糊涂"或者"糊弄"，但本人认为，这个谐音不准确。在中国传统文化里，葫芦的寓意是褒义的，寓意"福气"和"财气"，能够给人们带来顺利、幸福和财富。葫芦的嘴巴小腹部大，象征能够吸纳福气和财气，同时排出不利的气，葫芦的谐音被社会认同的是"福禄"！因此，本人认为，《红楼梦》中的葫芦案取用的就是"福禄"的谐音，因为这个案件的判决影响了众多人物的福禄。在这个案件里，薛蟠变成了"活死人"，薛家被吃了绝户；英莲变成良家出身，后来"香魂返故乡"；冯家得到了想要的高赔偿，等等，都与福禄有关。而且这个案件不仅与贾雨村的福禄有关，还与门子有关，他从葫芦庙里的小沙弥成为知府门子，实现了阶层跃升（后面会分析他可能还发迹了并清算贾雨村，贾雨村则是在葫芦庙遇到甄士隐资助后就科举得中了）。因此，葫芦当作福禄，在书里是前后契合的。

在《红楼财经传家》中，本人分析了贾家通过葫芦案把薛蟠变成了"活死人"，薛家要被吃绝户，财富要隐藏在贾家，所以薛姨妈和薛宝钗要进贾府保护财产；分析了薛蟠是否真的涉嫌杀人的死罪。《红楼梦》原书第四回在三处写了案件，一次比一次严重。不过，原告最开始的陈述，本应当说得最重反而说得最轻，甚至没有直接提出来是薛蟠动手打人的，后来门子介绍案件，说三天后才死而不是直接打死的；只是在最后薛蟠逃走时，才写了薛蟠"叫打死"的。薛家在葫芦案中处于信息茧房之中，而作者也是以这个信息茧房作为明线叙述故事的，如果不能打破这个信息茧房，就难以理解全书真实的逻辑。

按照古代律例，真实的葫芦案案情属于宗族械斗，对于宗族械斗的责任，主要是赔钱而不是偿命。按照宗族械斗的古代规则，冯渊主动打上门去"夺取丫头"，是先动武的；在购买英莲的问题上，先签约并不是有理一方，谁先履行谁才有理；就案件本身而言，薛蟠不是死罪，就是赔钱多少的问题；冯渊家纠缠，是因为被打死的是主人，希望多要些赔偿，但贾家却要借此把薛蟠变成"死人"而渔利；最后的结果是冯家打赢了，薛家多赔了钱，吃了大亏。

本人之所以如此分析，是以律师的眼光按照古代律例分析的。本节重点要谈的是薛蟠打死冯渊而牵扯出来的拐卖案，贾雨村在葫芦案当中存在要回避的问题。葫芦案也恰恰是因为与拐卖有关，案件当中涉及收买被拐妇女的拐卖责任，其实薛蟠的罪比让家奴打死人的责任更大。

在中国古代，拐卖妇女是拐卖与买卖同罪，买方也要定罪。冯渊当时之所以要办仪式，并定三日后再过门，就是规避购买拐卖妇女的风险，做了文章把拐卖变成聘娶。葫芦案如果是一个拐卖案，则冯家找薛家打上门去是非常合理的，就不再是宗族械斗了，也不是薛家买卖占先之后，到薛家家门的非法动武。同时在双方打起来的时候，薛家已经知道买卖的美女是被拐卖的，还动手打死人，性质是完全不同的，要知道购买被拐卖的妇女并导致人命，犯的是死罪。这类情节即便到了相对宽恕购买方的现在，也构成妨碍解救被拐妇女，买方也一样要负刑事责任；若是因此致人死亡，更是要从重处罚。葫芦案真正的问题是要坐实拐卖并不容易，因为证据是缺失的。实际上，贾雨村也有自己的顾虑，他最后的定案也是承担了风险的。对于其中的各种关键细节，没有古代律例知识的读者，一般都会忽略。只有看清楚了葫芦案，《红楼梦》全书的逻辑才能够正确理解。本节就是要带着读者从更深层的角度来认识葫芦案。

《红楼梦》的研究者和读者，大都认为贾雨村对葫芦案是枉法乱判，但实际的情况是原告冯家的诉求都得到了满足，罪恶的拐子也得到了惩处，英莲的身份得到了恢复。接下来，我们就对葫芦案进行深度解读，讲清楚薛蟠收买被拐妇女在明清买卖同罪的情况下，也说不上冤枉，仅仅是贾雨村因为回避的压力，没有公开英莲的身份，改变了英莲的命运；能够做到如此处理，此案的真正难点在哪里？为什么说贾雨村基本做到了力所能及的公正？

◇◇◇贾雨村的顾虑与私情

审理薛蟠涉嫌打死冯渊的葫芦案，案件当中牵扯出来的是甄家女儿英莲的被拐卖案，应当属于案中案。很多读者认为在此案当中，贾雨村是为了个人私利，才选择不公开英莲的身份，有负于他的恩人甄士隐。本人对其中的逻辑进行了详细分析，发现问题并不是表面看起来那么简单。此案当中，如果贾雨村公开了英莲的身份，他又扶正了娇杏，那么按照古代的潜规则，扶正之前，娇杏应当被收为养女，否则"以妾为妻"也是犯罪。因为娇杏原来的婢女身份属于贱籍，贾雨村已经有朝廷命官的身份，是不能扶正娇杏的。贾雨村办理葫芦案之时已经是甄家女婿，对甄家女儿相关的案件必须回避，也就是说贾雨村不能审理此案，这也是贾雨村不公开英莲身份的原因。贾雨村前面被革职是因为"擅篡礼仪"，我们后面会分析，这里指的就是娇杏的事情，而本次他能够复职，从如州到金陵当知府，是巨大的升迁，前面的案件是被平反的，此处对于贾雨村而言，也是他个人的命门。

很多读者不了解明清时朝对官员要求回避的制度是非常严格的，而是还停留在蒙古人统治年代的戏曲故事当中，比如《窦娥冤》，父亲审理女儿的冤案，这在明清时朝是不被允许的。另外，还有《玉堂春》里的案件，也是明清律例所不允许的，故事流传的真实背景实际上是元朝，只不过是在明清时朝成为小说，带有艺术性的夸张。而《红楼梦》相比于明清四大名著中的其他小说更现实，也成书于更晚的朝代，之间差了几百年。

葫芦案中，门子给贾雨村出的案件判决方案，应当也不是门子自己的主意，门子只不过是一个传话的人，也就是贾家向贾雨村打招呼的人。对其他官员，贾家可能也暗示要这么判决，但其他的官员不敢干，所以案子被挂起来，既不得罪贾家，也表面讨好了薛家。贾雨村这么做的风险极大，因为薛蟠没有死，是明摆着的错案。如果将来被发现薛蟠没有死，这是他判的错案，责任太大了。古代对官员的错案追究比现在狠得多，有失察、反坐、欺君等罪。薛蟠没有死，如果将来事发，贾雨村就会被判刑。因此，别的官员不敢干而选择不管，贾雨村在此事上可能又上当了。

不过，还有另外的可能，就是贾雨村愿意管，是要为甄家报仇，把拐子亲手判决杀掉。本人认为，贾雨村的智力应当是足够的，他应当是想为甄家报仇，所以门子才故意给他介绍英莲就是甄家女儿。门子是个江湖人精，如果没有必要，他是不会多言和节外生枝的。想一下，贾雨村也和其他官员一样不管葫芦案会怎么样？早晚薛家人会知道冯家人只不过是想要更多的钱，而冯家人多要钱四处碰壁，也会自己逐步降低要求，两家人就会和解。对于英莲来说，冯渊已死，冯家人为了要钱，不会再买英莲，双方没有矛盾，英莲就给了薛蟠，而拐子则拿了薛蟠买英莲的钱逍遥法外。此结果对甄家和正义，不是更大的伤害吗？！所以严惩拐子的诉求，让贾雨村违心为贾家办了葫芦案，同时严惩了拐子，给甄家报了仇。

贾雨村要严惩拐子，书里写了门子的建议："其祸皆因拐子某人而起，拐之人原系某乡某姓人氏，按法处治，余不略及。"古代对民愤极大的一些犯罪，"按法处治"之外还有特别的刑罚，远比直接处死要痛苦得多，比如常用的站笼，又称"立枷"。《大清律例》中对此并没有规定，但地方官在实际审判中却普遍使用，可称为"法外之刑"。站笼全部木制，上端是枷，卡住犯人的脖子；脚下可垫砖头或石块，受罪的轻重和苟延性命的长短，全在于脚下被抽去多少砖石。一般而言，这种刑罚在公共场合执行，官府的衙役会每天抽去犯人脚下的一块砖石，犯人因双脚逐渐悬空而被吊死。站笼是审判官员处死自己特别憎恨的人犯的潜规则刑具。

晚清时，在华的英国《泰晤士报》记者莫理循拍摄了这名盗马贼被处罚的场景。贼人的脖子卡在枷板上，非常痛苦。莫理循说，这类人犯最大的愿望是速死。（石舒清：《莫理循眼里的中国》）

葫芦案中，贾雨村可以判用站笼枷死拐子，可以让他痛苦地死去。但要换了其他人审理，对那个拐子的惩罚可能就会轻很多，因为若不与人命相关，拐子一般会被判杖刑一百流放。本葫芦案中，拐子与冯渊之死相关，应当被判斩刑，但其他官员要是判定查无实据，拐子就拿着薛家购买英莲的银子逍遥去了。

即使贾雨村回避了此案，他依然是大官在职，还可以在案件审理当中起到监督作用。贾雨村如果因曝光拐卖而得罪了薛家等人，人家就要做成冒认搞死贾雨村！甄家要是被诬告冒认成功，贾雨村作为甄家女婿，支持甄家认亲而回避，也会受到牵连。想一下，前面贾雨村任职的是如州知府，后来到应天府知府，都是在江苏，当年革职他的上司巡抚、总督等还是原来的人，与贾雨村的关系都很微妙。贾雨村回避，换谁来审理他决定不了，但薛家却能够决定，所以换来的一定是能够在审理中满足薛家利益的官员；同时，贾雨村被革职时隔没几年（革职云游到扬州，到林如海家教林黛玉一年，贾敏死后，林如海托关系让他复职，也就两三年），参劾他革职的上司们应当还都在位，会继续给贾雨村穿小鞋，那么贾雨村回避后换来审理案件的官员，基本可以确定会是他当年在如州就结怨的政敌。贾雨村第一次当官"贪酷"，书里写被革职的文书一到，同僚们"无不喜悦"，他在本省官场应当得罪了不少人。前面参劾他"擅纂礼仪"也是涉嫌古代对官员严禁的"以妾为妻"和"任内娶亲"等与娇杏有关的行为，对此本人会在其他章节详细分析。此时，若贾雨村再因为娇杏与甄家的关系，曝光甄家女儿英莲被拐卖而被反诬涉嫌冒认，被政敌对手妖魔化做文章是可以想见的。所以，贾雨村此案若公开英莲身份而回避，等于是把决定甄家和自己命运的刀柄交给自己的政敌，他绝对不能凭书生意气而为。

很多读者指责贾雨村：为何不救英莲？为何不告诉甄家，女儿找到了？原因就是，若公开英莲身份，贾雨村就要回避此案！还有人说，英莲是受害人，贾雨村就不用回避。这种想法依然是太简单了，因为拐卖案与冯渊的人命案是分不开的，会影响对薛蟠和冯渊的定性，与人命案联系起来，贾雨村就不是单纯的受害人家属，而是两个案件都应当回避。同时就如前面分析的，如果拐子和薛家反诬甄家冒认女儿，贾雨村就不是纯粹的受害人家属了。书中贾雨村为了救英莲，本就是枉法扶乩断的案，若被发现他是甄家女婿而未回避，却去办岳丈家的案子，薛家就会立马不愿意了，拐子也会翻供，证据又难找到，案子就会被翻过来。

也就是说，葫芦案是贾雨村通过枉法扶乩的手段，才确定是拐卖案。若公开英莲的身份，他被抓住未依法回避的关键性把柄，薛家人势力足够，会让相关官员参劾，让贾雨村回避，再换人审理。最后的结果，不但英莲的甄家身份不能确定，连拐子都能逍遥法外而不会被严惩，还会让贾雨村丢官。所以在葫芦案中，贾雨村真的已经尽力了。明白了这层逻辑，也就懂得为何贾雨村不告诉甄家英莲的下落，而且在案件审理当中，也不敢把英莲的甄家身份暴露出来了。贾雨村已经尽其所能地帮助甄士隐一家了。在这个案件中，定为拐卖是极为关键的，后来贾雨村获罪，清算葫芦案，薛蟠不是"活死人"了，但薛蟠收买被拐妇女的罪行要处理，因此香菱被扶正，甄士隐也找上薛家去"接引接引"。女儿找到了，"香魂返故乡"不是葬于金陵的薛家而是葬于姑苏的甄家，背后就是英莲的孩子属于"兼祧"，还要给甄家承祀，甄家的香火也有了，而且甄家会优先，孩子都要姓甄，孩子的抚养权要到甄士隐夫人封氏手里。贾雨村此案对甄士隐能够找回女儿起到了关键性的作用，甄家是最终得益的。贾雨村葫芦案定罪拐子，对甄家意义重大，对此已经在《红楼深宅博弈》中进行了分析。

◇◇◇为何冯家揪住拐卖案

书里说英莲是被拐卖的，是由冯渊原告先提出的。拐卖人口，在清朝是买卖同罪。明清的律例是："若窝主及买者知情，并与犯人同罪。""牙、保各减一等。"冯家是拿住了拐子上门的，也就变成不是简单的动武抢人，而是因为拐卖人口才来找薛家的，那么薛家继续占有英莲，还打死人，就是明知是拐卖人口还继续参与此案，而且因为拐卖还出了人命，这在古代就得被判死刑。薛蟠在葫芦案中被判死刑的压力其实是在这里，与拐卖相关。

葫芦案因为争买英莲，薛家、冯家互殴，并打死了人，依律"因而杀人，斩"，也就是说薛蟠斗殴是不能定死罪的，是家奴的事情；但拐卖案要是成立了，薛蟠就要被判死罪了，他是因为争买被拐人口而导致冯渊之死的，因此要定斩刑。

在冯渊已死的情况下，此案被定成拐卖人口，薛蟠就要承担单方面的压力。冯家提出属于拐卖，目的是借此让薛家多给钱财。前面已经分析，冯家打上薛家的家门，而买卖的合同则是谁先履行完毕谁优先，也是薛家占理，而不是书里"带节奏"让读者认为是冯家占理，其实冯家要赔偿也有理亏的地方。因此，冯家必须揪住说是拐卖人口，此时冯渊已死，当然不怕担责任，更关键的情节在于冯家可以说：他们不是买英莲而是娶，冯家给的钱是聘礼，冯公子已经准备办婚礼迎娶了，并且也为此斋戒了。这样的话，就是拐子把冯家即将过门的新娘给卖了，因为有了婚约、聘礼等，冯家对英莲也有了权利，而且是娶而非买卖，不算犯罪。因此，冯渊不马上让英莲过门搞斋戒和走仪式也是有原因的，他是通过正规的婚约求娶程序，把涉嫌的买卖人口进行了洗白，而薛蟠是一贯对法律没有概念的，因此冯家要抓住他买了被拐卖人口做文章。

冯家的诉求，书中说得很清楚，冯家就是想要更多的烧埋银子。前面我们已经分析此案的案情，不是死罪而是赔钱，怎么多让薛家赔钱才是冯家的目的。而冯家想多要银子，其实对薛家不是问题，若薛家真的给他们足够的银子，让冯家满意了，那么冯家就不会说英莲是被拐卖了。这里，薛家其实处于各方营造的信息茧房里，对案件的实情理解不到位，但随着时间的推移，薛家很可能会打破信息茧房，那么情况就完全不同了，在证据不足、相关人翻供、原告冯家也改口的情况下，拐子就真的可以逍遥法外了，英莲找到了也确认不了，还要当奴婢过一生。

◇◇◇定罪拐子的巨大阻力

葫芦案当中，贾雨村认定拐卖人口给拐子定罪，一定也是认清了其中的巨大阻力！因为薛蟠如果还活着，就要承担巨大的责任，比家奴械斗打死上门闹事的冯渊判得要重！因为拐卖而闹出人命，薛蟠就要被判死刑，明清拐卖与买卖同罪，因拐卖而导致杀人要判斩刑，伤人要判绞刑。因此，葫芦案的难点在于是否判定为拐卖，薛家会拼死抵抗，而贾雨村的做法是让薛蟠这个"活死人"再也活不过来。

现在很多读者都希望对拐卖人口定"买卖同罪"，但法律为什么对买方相对宽松呢？因为即使不放掉买方，也难以解救被拐之人，而且古代在同罪的情况之下，在受到重罪风险压力的时候，会杀人灭迹，让你活不见人死不见尸，反而无法定罪，受害人的损失反而更大。在没有现代科学 DNA 检测等手段的条件下，想要证实拐卖是非常困难的，而且收买人往往是有势力的，想要解救被拐妇女，在现代都是非常困难的，更别说在古代了。如果收买人又是权贵之家，认定和执行就变得极为困难。在《红楼梦》中，能够把拐卖案坐实，是非常不容易的，薛家也是要极力抵抗的，在这样的社会潜规则之下，只有对古代社会规则了解的读者，才能够明白其中有多难。定一个权贵之家收买了被拐女子，不是读者想象中的理想化状态。在葫芦案发生的年代，贾雨村能够确定拐卖情节，等于也确定了薛家收买被拐女子有罪，是非常不容易的。

在拐卖与买卖同罪的情况下，薛蟠的"活死人"身份坐实了，他就活不过来了。本来薛家推说薛蟠已死，不过是在葫芦案信息茧房之下逃避一时的做法，但贾雨村定罪了拐子，可就变成了一世难改，薛家人绝对不愿意薛蟠变成"活死人"被吃绝户。因此若是贾雨村回避，此案换了他人审理，可能案件走向就不同了。葫芦案只要贾雨村提出了回避，到时信息就瞒不住薛家了，若让薛家人知道没有死罪，冯家提拐卖是为了多要些银子，打破了原来薛家的信息茧房，那么薛家绝对不会接受薛蟠是"活死人"的结果，案件的焦点就变成了拐卖。打死人是宗族械斗，冯家人只想多要银子，只要薛家人知道真实情况，薛家直接赔钱就是了，薛家反过来绝对不会承认拐卖，贾家在不可能把薛蟠变成"活死人"吃绝户的状态之下，反而也会帮助薛家脱罪。

甄家是男主人出家，女主人家封肃听说去见新任太爷都"唬得目瞪口呆"，封肃估计也不敢拼死对抗，而英莲自己也记不得、说不清（第七回）。他人审理葫芦案之后，案件发展的结果必然是原告冯家会改口，拐子会翻供，甄家代表封肃不敢对抗，古代与现在不同的是没有 DNA 检测，缺乏足够的验证手段，最后结果一定是把拐卖英莲的情节搞成查无实据。结果就是英莲必须接受薛家奴婢的身份，甄家也找不回女儿，拐子却能拿到钱逍遥而去。所以贾雨村隐瞒英莲身份严惩拐子，是综合考量下来最适合的选择：案件抓在自己手上，严惩拐子，还英莲良家身份。此时贾雨村若较真认死理，就像之前革职所谓的"贪酷"，公开英莲身份，则难以得到好结果。贾雨村经过第一次的革职，已经懂得了社会和官场的潜规则，会办事了。

这里要注意，冯渊的命案与英莲的拐卖案原本不是一个案件，如果由其他的官员来审理，那么是否能定英莲被拐卖的情节，就要另说了，而且英莲处于弱势，官员一般是不会管的，只要原告不再咬住不放，就可以认为拐卖根本没有发生。此时即使贾雨村作为相关的一方紧盯着案件，但他已不是有主审权的官员，只不过是受害人家属一方，在案件审理过程当中没有权力干预。审理的官员必然不想得罪薛家等，只要能够搪塞，就不会让拐卖之事坐实。

◇◇◇坐实拐卖案有难度

在这个案件中，更关键的一点是，要坐实拐卖案还有证据瑕疵问题。英莲是被拐受害人，但英莲已经对门子说："我不记得小时之事！"也就是说受害人自己都说不清楚，那个眉间的胭脂痣也可以认为仅仅属于巧合，办案官员可以死活不认，贾雨村也没有足够证据说办案官员是枉法办错案。古代没有现在的 DNA 检测技术，对被拐人身份亲缘关系的技术认定手段不足，所谓的"滴血认亲"科学依据也不足；血型的问题现在研究得非常清楚，滴血认亲经常不准确，古代的人对此应当也是知道的，只要经过简单的试验，就会得到很多错误的结果。

英莲被拐卖案如果换了其他官员来办案会如何呢？

从古到今，解救被拐妇女一直都很困难，别说解救不记事的孩子，就是解救成年妇女，受害人能够记得所有事情，再加上 DNA 检测手段，依然会遇到很多阻力。古代没有现代科学 DNA 检测等强有力的取证手段，想破一个拐卖案，真的难于上青天。现在拐卖能够被打击也是近些年来 DNA 检测技术得到普及的结果。

因为买卖同罪，而且此时冯渊已死，薛蟠有死罪在身，所以若把甄家被拐幼女的情节放大，薛家会极力遮掩购买被拐人口的事实，拐子一看对自己有利，就会说他是被诱供，进而翻供。最初，原告告官说卖人的是个拐子，应当仅有英莲会说自己被拐了，其他人是不会说的。如果换一个人来办案，英莲是否敢在公堂上说自己被拐了，还得打个问号。就算英莲说自己被拐了，也说不清细节，其他相关人员还有可能买通官员不承认参与拐卖，因为他们有共同利益。英莲被拐的时候是三岁多，肯定讲不明白当初的事情，书里第七回周瑞家的问香菱："你几岁投身到这里？"又问："你父母今在何处？今年十几岁了？本处是那里人？"香菱听问，都摇头说："不记得了。"作者已经写明英莲本人是说不清身世的，在此又特意把门子所说的英莲记不得小时候的事情再一次展现给读者进行强调！英莲一方太弱小了，甄家败落，甄士隐出家，也只有贾雨村来办这个案子，才会严惩拐子。

因此，门子如果不采用诱供手段，拐子是不会实招的，审判人员根本认定不了。门子诱供拐子招认，正好满足了贾雨村报答甄士隐的需要，同时能按照贾家的授意办理此案。

有人会反驳说，英莲记不得自己小时候的事情，但贾雨村回避之后，可以让甄家父母上来指控拐子，一样可以定罪拐子。这仍然存在难度，且不说甄士隐已经出家找不到了，就算甄家上庭指控拐子，那时又没有现代 DNA 检测技术，没有强有力的证据排除冒认嫌疑。现代有了 DNA 技术，一般不会有人去冒认他人父母；即使不用DNA 技术，血型鉴别技术也可以识破大量冒认。但在古代社会，此类冒认情况却很多。前面也分析了，如果对方反诬一口说甄家是冒认，英莲又"不记得小时之事"，这是个大问题，到时薛家不认账，拐子翻供，肯定要反诬甄家及其女婿贾雨村冒认之罪！还可能连拐子都得不到应有的惩罚。

英莲本身价值巨大，还有薛家、冯家收买银子的赔款，巨大利益下冒认的嫌疑和可能都是客观存在的。

现代社会，成年人拥有独立人格，不受父母约束，冒认年龄大的孩子和妇女，不一定能得到什么利益。中国古代社会，遵守"父要子亡，子不得不亡"等三纲五常，为人父母权力极大，冒认之后，子女就要给自己养老，而且买卖子女都合法，冒认有巨大利益。英莲此时已经长大，还是一个绝色美女，若冒认这个美女姑娘回家，能够立即高价卖掉。换成其他官员审理，若其站在薛家一方，为了保护薛蟠，会判薛蟠不是收买被拐妇女而是买婢女，甄士隐的家人多半是认亲不成的，也可能会在堂上被屈打到自认冒认。甄家的人不但会被屈打成招，而且还要被治罪。治罪就是打板子，在清代要打八十板子以上。这个板子数量就是打死人犯的，被活活打死灭口都有可能，到最后，甄家得到的结果就是从被诬告冒认，变成甄家错认，甄家彻底含冤了。所以此案中，贾雨村回避后由其他人来审理，不光是会被查无实据洗白拐卖，更有可能导致甄家被诬告为冒认；甄家被诬告冒认，还会牵连女婿贾雨村。所以说，古代没有科学技术支持的绝对证据，解救被拐妇女极为困难。

葫芦案当中，拐子对拐卖事实虽然招供了，但拐子是在门子诱骗之下招供的，他随时都可能翻供。同时，古代虽然刑讯逼供是合法的，但对刑讯逼供也有严格的限制和制约，也就是说要坐实案件，仅仅凭借口供还是不够的。抓贼要捉赃，命案要见凶器，否则仅有招供是不行的，对拐卖案也一样，要其他佐证。此案中，英莲虽然眉间有痣，但可以被认为是巧合和串通，更需要的是英莲回忆幼年经历的各种细节，还要在与认亲的人背靠背的前提下，保证双方所说细节能够对得上。

葫芦案的拐卖情节与现在的拐卖情节还有不同。现在解救被拐妇女，不但被拐人记得当时很多情节，而且通常已经抓住了最先拐卖的上家，也算是口供之外有了佐证。把现在解救被拐人时抓住上家拐卖的情节与甄家英莲走失时报案的情节相比较，会发现葫芦案与之又不同，因为此处拐子是从其他拐子那里买来的英莲，最初拐走英莲的罪犯应当已经找不到了。书里门子介绍"到十一二岁，度其容貌，带至他乡转卖"，而且这个拐子未必是第一手拐走英莲的人，拐子的上家可能找不到，拐子的口供可能与甄家英莲被拐时的情节也对不上，要定拐卖罪又找不到其他佐证，就会陷入死局。英莲被拐卖案的办案官员若想要为薛家遮掩"收买被拐妇女"，英莲又记不得小时候的事情，难以定案，被驳回才是正常的。结合解救被拐妇女的古今难题，贾雨村只要回避了，他就没有办法让案件中拐子的拐卖罪坐实，甄家的大仇也就只能含冤了。

此案中，现代读者最不能接受的就是搞扶乩。在科学破除迷信的时代，扶乩是封建迷信，肯定不能为读者所接受，但古代不同。贾雨村是在拐子的口供之外，通过扶乩确定了拐子的罪行："众人见乩仙批语与拐子相符，余者自然也都不虚了。"若其他官员来办此案，在被拐人——英莲记不清楚被拐细节，拐子又翻供，薛家势力庞大不认罪且对抗的情况下，案件还能够判决吗？怎样最大限度地为甄家报仇，保护英莲的利益，才是贾雨村要考虑的，他必须面对现实，而不是书生意气。

因此，贾雨村一定不能回避，而要把案件的审理权抓在自己手里，以操纵扶乩这样的非常手段，把拐子的罪坐实，为甄家报仇。当然，贾雨村通过诱供和迷信的手段定罪拐子，影响了薛蟠，不符合现代司法里面讲的程序正义，也是很多读者所不能接受的。在正常的情况下，官员的通常做法应当是查无实据驳回，而贾雨村通过扶乩定罪拐子是枉法，古代民间相信了，皇帝可不相信。

◇◇◇门子没有被根除

最后，贾雨村对门子的处理，书中这样写："此事皆由葫芦庙内之沙弥新门子所出，雨村又恐他对人说出当日贫贱时的事来，因此心中大不乐意，后来到底寻了个不是，远远的充发了他才罢。"贾雨村害怕门子对他人说出自己贫贱时的事来，很多人就以为贾雨村不愿意别人知道他曾经穷过，本人认为此逻辑不成立。在古代，贫寒苦读考中进士，是非常光荣的事情，也是皇帝要宣传的政治需要。也就是说，贾雨村当初贫寒，不是丑事，反而很光荣。很多古代大员到处标榜自己年幼家贫，是寒门子弟出身，也有为自己努力进取添光加彩的意思。科举之人说自家富有，反而显得自己读书努力不够，考中有托请关系的嫌疑。

古代选拔官员从九品中正制到科举制，就是因为在察举的时代，寒门无上品。科举制要给寒门子弟一个上升的通道，所以一般的子弟就是寒窗苦读，然后功名显达。因此，当年贾雨村的贫寒往事不是见不得人的丑事，根本不怕说出来，甚至值得到处标榜。贾雨村贫寒低微需要门子隐瞒的逻辑不存在，那么贾雨村害怕门子"说出当日贫贱时的事来"到底指的是什么事情呢？

贾雨村害怕门子说出的真实事情，其实是贾雨村与甄家的关系。贾雨村娶了娇杏，而且审理此案的时候娇杏已经被扶正了，娇杏作为甄家的奴婢，她的娘家人就是甄家。后来娇杏是四品官员的正妻了，身份就不再是甄家奴婢，她要认甄家夫妇为养父母，所以甄家夫妇是贾雨村的岳父岳母。英莲是甄家的女儿，此案等于与贾雨村有直接的利害关系，按理说贾雨村要回避！中国古代的回避制度比现在还严格，比如官员任内不能娶当地女子为妻；官员任职必须离家足够远，贾雨村的知府官职，应当到离家 500 里以上的地方去任职。如果葫芦案中贾雨村明知利害关系而不回避，不论是否枉法，肯定等于骗了皇帝，上纲上线可以算是欺君，罪过可大了；现在违反规定如果不回避，也会受到行政处分，古今承担责任的差别还是比较大的。

门子知道贾雨村认识甄士隐，也是书中写的贾雨村贫贱时的事情，如果贾雨村仅仅是认识甄士隐，也不构成在葫芦案当中回避的充分条件，但他娶了娇杏，情况就不同了。贾雨村娶娇杏，是在他当年在如州做官的任上，到葫芦案时他刚复职来上任，太太在后宅也不出门，门子应当还不知道此事。但门子总在贾雨村身边走动，日子久了，肯定会知道，肯定会认出娇杏，就如他能认出被拐的英莲。门子认出娇杏之后，就可以拿贾雨村没有按律回避葫芦案的事情来要挟贾雨村，而且门子之阴险，在葫芦案中贾雨村已经领教了，他必须防着门子。

另外，葫芦案定案以后，想要把门子处理掉，可能不仅是贾雨村为了保密隐私的需要，更可能是贾家灭口的需要。贾家图谋薛家的财富，把薛蟠变成了"活死人"，暗算了薛家，贾家有保密此事的需要。贾家人可能要求贾雨村去杀门子灭口，就如王熙凤让旺儿去灭口张华一样。贾雨村做得还不够狠，给门子留了一条命，导致了门子后来的报复和贾雨村的倒台，也说明贾雨村还是比贾家人、比王熙凤要善良。书中写了这样几句话，很值得品味：

> 人报："王老爷来拜。"雨村忙具衣冠出去迎接。有顿饭工夫，方回来细问。

什么人来了？很有想象空间，贾家人、王家人不会直接说方案，只会暗示一下谁可能会向贾雨村打招呼，然后可能提出要求，就是把中间人门子灭口。

老爷补升应天府

1987年版《红楼梦》电视剧截屏

◇◇◇葫芦案改变英莲命运

定罪拐卖的情节，并不是谁审都会这么干的；而且确定了拐卖之后，英莲的身份就算在薛家也不是奴婢了，薛家还能从拐子那里拿回买英莲的钱。后来，薛姨妈就正式地把英莲娶进门了，通过明媒正娶，也是要洗白收买被拐妇女的罪名，否则香菱的地位会低很多。要知道，《红楼梦》中的其他妾，除了特殊身份的薛宝钗，没有一个是正式迎娶的！虽然是妾，但也要英莲自己同意才行，而且英莲属于良妾身份，有权扶正，因此后来英莲也确实被扶正了。现在很多人对古时候良家和贱籍的差别之大无法理解，所以没有认识到贾雨村的良苦用心。

英莲与薛蟠感情是不坏的，书中这样写道：

> （薛蟠被柳湘莲打后）薛姨妈与宝钗见香菱哭得眼睛肿了。
> 问其原故，忙赶来瞧薛蟠时，脸上身上虽有伤痕，并未伤筋
> 动骨。

此时的英莲哭肿了眼睛，肯定不是装的。

英莲也有自己的丫鬟臻儿带着出席重大活动（第二十九回）。在第二十五回，薛蟠"又恐薛姨妈被人挤倒，又恐薛宝钗被人瞧见，又恐香菱被人臊皮"。薛蟠对香菱也是非常在意且加以保护的，这里把香菱与薛宝钗、薛姨妈写在一起，说明她们在薛蟠心中的地位是相当的。如果贾雨村没有抓住拐子，英莲是买来的女婢，情况绝对不同，她的身份也不一样，不可能有如此的待遇。

《红楼梦》中英莲的判词是"香魂返故乡"，如果她是买来的婢女为妾，就算生了儿子也要被正妻收养，她是难以进入大户人家的坟地的。即使按照某些红学演绎的说法"她惨死在薛家"，其魂魄也是难以返回故乡的，如贾琮的娘在书中就没有影子。只有英莲拥有

良家的身份，才有资格魂归故里。甄英莲的命运"真应怜"的真正原因是她被扶正后，好日子没过几天，就因生孩子难产死掉了。"怜"字可以是"可怜"，也可以是"爱怜"。（《尔雅》："怜，爱也。"）就看读者怎么理解了。所以说，葫芦案如果贾雨村真的回避了，由其他官员来判案，拐子也不会承认是拐卖人口，薛家不会说自己"购买了拐卖来的丫头"，又时隔那么多年，证据也极难找到，最后的结局是：拐子不会被严惩，甄家的仇也报不了，英莲的身份是贱籍，地位也会很低，可能也不会被扶正，真的有可能惨死薛家而香魂散于他处，绝不可能"香魂返故乡"。

贾雨村把此案定为拐卖，薛家、冯家收买时花费的银子就不会退还给薛家和冯家，是要赔偿给苦主的，也就是要赔给甄家，此时可以都赔给英莲本人，依律是"追价还主"。这赔偿可以在贾雨村做主的职权范围内，全部赔给英莲，而不被衙役、门子等恶吏截留克扣，如门子所说的"按法处治"。如果贾雨村回避此案，换其他官员来审理，遇到一个清正廉洁的好官，还算幸运，如果遇到一个贪官，那么这两家购买英莲的钱，可能会进入后来审理案件官吏的私囊。案件不定为拐卖罪，也是冯家、薛家希望审理官员做的判决，他们绝不敢来索要收买银子，而且还可能被办案官员借机勒索一把。

英莲是绝色女子，在古代是按照类似扬州瘦马那样的价格高价出售的，就如贾赦买嫣红当妾的花销是 800 两银子，英莲的身价只能比此高，而不会比此低。冯家和薛家购买英莲的出价都不菲，这笔钱应当不少于甄士隐能够给女儿英莲的嫁妆。因此，葫芦案中，贾雨村一定不能回避，他处理的葫芦案结果是英莲也有了身价，两家收买被拐人口所付的银子都变成了英莲的嫁妆。

因此，英莲进入薛家也有了自己的妆奁，而且是自愿行为。良家出身，自愿入门，身上还带着不菲的妆奁，身份和地位与当初被薛蟠买来的婢女侍妾相比，是有天壤之别的，所以英莲的地位在夏金桂的陪房宝蟾之上。虽然英莲的身价远比不上"桂花夏家"的夏金桂，但也比后来被抄家和赎罪的薛家财富多。英莲的身价应该能抵得上两个嫣红的身价，约1600两银子，薛家正娶还要同等给1600两，英莲身上就有了3200两银子。当时，薛家很有钱，拿1600两聘礼不算什么，但到后来薛家被抄家了，这3200两银子绝对是笔巨款了，超过了凤姐计算给贾环安家的3000两银子。最后，薛姨妈要扶正英莲，那是有原因的。扶正了英莲，不仅让薛蟠收买被拐女子的事情彻底洗白，英莲走不了了，还给薛家带来了一笔巨款。那个时候，发迹后的门子也正在清算贾雨村，而薛蟠这个"活死人"真的活过来了。本人在《红楼深宅博弈》中也讲了，香菱记不得小时候的事情，她如何能"香魂返故乡"？应当就是甄士隐找到了香菱，去"接引接引"。对于英莲的孩子，甄家也是有说法的，就是英莲的孩子也要"兼祧"甄家，甄家有了香火，英莲的灵位就可以返回故乡姑苏，并摆到甄家祠堂。甄家能够有如此的结局，就是贾雨村葫芦案对甄士隐的回报。

书中的"两地生孤木"则是一个谜底桂字，这个桂字映射的不会是夏金桂。否则如某些学者说的，英莲被夏金桂害死了，她又是未生育的妾，是难以回到家乡的。英莲能够被扶正，灵位能够回家乡，一定是甄士隐找到了女儿，给甄家留下了香火，她的灵位才能回到甄家。甄士隐能够找到英莲，与葫芦案的定案也是有关联的。如果没有贾雨村定拐卖案，如果摘掉了葫芦案当中的拐卖情节，让薛家等洗白，拐子逍遥法外，后面这一切都是不会发生的。所以说，贾雨村定的葫芦案改变了英莲的命运，他为甄士隐做了力所能及的事情，故事的最终结果是贾雨村间接地帮助了甄士隐，甄士隐找到了女儿。

《红楼梦》中的葫芦案贯穿全书。这个案件审理的结果影响了很多人的命运，关系到很多人的财富。通过前面的分析，我们可以看到，冯家达到了诉讼目的，多要了一些金钱；拐子被严惩了；薛蟠变成"活死人"一点儿也不冤；英莲的命运被改变了……不仅如此，由于葫芦案的判决结果，薛蟠成了"活死人"，薛家的财富不得不隐藏贾府；这使得宝钗一定要嫁入贾府保住财富，导致了薛蟠二次杀人的不同认定，也成了贾雨村最后获罪的缘由。理解了葫芦案，整个《红楼梦》的暗线逻辑就彻底理解了，而且前八十回与后四十回也连贯了，很多不能解读的错乱情节，就都对接上了。葫芦案可以说是解开《红楼梦》全书暗藏逻辑的一把钥匙。

（二）薛蟠再涉人命案幕后的多方博弈

在《红楼梦》里，薛蟠涉嫌两次人命案，第一次是著名的葫芦案，第二次是因为蒋玉菡与他人争风吃醋，便找碴与人发生争斗，打死了人。这一次杀人，薛蟠当时对自己行为的后果采取放任的态度，但由此案引发的博弈，却是《红楼梦》一书下半部的一条暗线，背后涉及很多政治斗争。很多人读《红楼梦》能接受薛蟠第二次杀人的原因，却不接受后四十回与前面是连贯的，本人主张《红楼梦》通行本是一个整体，程高本出版前整体编辑修订完整，薛蟠的二次杀人案，在《红楼梦》书中的逻辑是环环相扣且非常连贯的。

◇◇◇犯案情节与薛姨妈捞人

先从案件情节来看薛蟠的第二次杀人。书中第八十五回，宝钗收到薛蝌来信。

宝钗拆开看时，书内写着："大哥人命是误伤，不是故杀。今早用蝌出名补了一张呈纸进去，尚未批出。大哥前头口供甚是不好，待此纸批准后再录一堂，能够翻供得好，便可得生了。快向当铺内再取银五百两来使用……"

第八十六回，薛姨妈听了薛蝌的来书，便叫进小厮询问，小厮描述案情："因为这当槽儿的尽着拿眼瞟蒋玉菡，大爷就有了气了。……那个人不依，大爷就拿起酒碗照他打去。谁知那个人也是个泼皮，便把头伸过来叫大爷打。大爷拿碗就砸他的脑袋一下，他就冒了血了，躺在地下，头里还骂，后头就不言语了。"案件中，薛蟠打死人，情节是基本清楚的，下面就是薛姨妈的捞人过程。

为了给薛蟠降低罪责，薛家的辩词是："实与张姓素不相认，并无仇隙。"也就是二人不存在争斗宿怨，是"偶因换酒角口，生兄将酒泼地，恰值张三低头拾物，一时失手，酒碗误碰囟门身死。蒙恩拘讯，兄惧受刑，承认斗殴致死"。上述辩词的意思就是无冤无仇失手打伤，属于误伤致死，薛蟠原来的供词是因为害怕受刑，而违心认罪。但县官也不傻，批的是："尸场检验，证据确凿。且并未用刑，尔兄自认斗杀，招供在案。……不准。"县官对薛家的翻供说辞直接予以驳回。

县官也知道薛案可以沽价牟利，对薛蟠富家子的身份，应当很清楚，所以就留下了口子，说道："县里早知我们的家当充足，须得在京里谋干得大情，再送一分大礼，还可以复审，从轻定案。太太此时必得快办，再迟了就怕大爷要受苦了。"县官这个态度就是人情和财物都要得到，要发财还要安全。

面对县官要求的"须得在京里谋干得大情"，薛姨妈现成的做法当然是找贾府，而贾府的态度非常暧昧。

这里薛姨妈自来见王夫人，托王夫人转求贾政。贾政问了前后，也只好含糊应了，只说等薛蝌递了呈子，看他本县怎么批了再作道理。

贾政的话等于给了薛姨妈一个软钉子，他在县官没有批复的时候，什么动作都不会有。

然后薛蝌递状子，县官不准，并且留下了要京城有人打招呼的话，薛姨妈再一次找贾政：

薛姨妈听了，叫小厮自去，即刻又到贾府与王夫人说明原故，恳求贾政。贾政只肯托人与知县说情，不肯提及银物。

这一次，贾政没有理由直接拒绝，因为贾政前面说等批复后再作道理。但贾政却只说情，不谈钱，说明贾政的态度最多是做一个顺水人情，贾家对薛蟠的态度可见一斑。

贾政好歹做了顺水人情，下面就是薛姨妈开始撒钱。第八十六回，薛姨妈先是用五百两银子买通下面的狱吏等人，然后再去买通官员。

薛姨妈恐不中用，求凤姐与贾琏说了，花上几千银子，才把知县买通。薛蝌那里也便弄通了。然后知县挂牌坐堂，传齐了一干邻保证见尸亲人等，监里提出薛蟠。

然后吴良做伪证，县令做戏，把供词给翻了过来。《红楼梦》作者用的人名谐音很有意思，吴良，谐音就是"无良"，类似的还有多处。薛家为了薛蟠能被轻判，除了买通知县的几千两银子之外，应当还有给证人吴良的钱。为了让张家不吱声，不要跑到上面去告状，还要给张三的母亲一笔让她满意的养老金。死者张三是独生子，养老金还可以多要。所以这起案件的花销是一笔巨款，薛家这次真是大出血。

◇◇◇古代杀人案律例规则

下面说一下古代杀人案的规则。现在的杀人罪分为两种,一种是故意杀人,另一种是过失杀人;现在若出了人命,还有另外一种罪名,叫作伤害致死,此罪比杀人一般会轻很多。西方还有一级谋杀、二级谋杀等。葫芦案中,冯渊被打,回家后三天才死,应当就属于伤害致死,书中却故意渲染为杀人;而对张三的命案,很多人认为是伤害致死,薛姨妈也想要改供词变成误伤致死,但在古代却是作为标准杀人罪来判的,律例与民众的感觉差别很大。

古代的杀人罪分为7种,叫作"七杀":谋杀、故杀、劫杀、斗杀、误杀、戏杀、过失杀。这"七杀"也不是一时形成的。出现于秦简的杀人罪,有贼杀、斫杀、故杀和擅杀4种。汉律中有贼杀、谋杀、斗杀、戏杀和过失杀5种。从晋张斐《律序》来看,晋律有故杀、谋杀、斗杀、误杀、戏杀、过失杀6种。"七杀"始见于唐律,以后的宋、明、清等朝代沿袭未变。

"七杀"的具体划分和处罚是谋杀最重,谋杀指二人以上合谋杀人,与现在的概念有些区别;故杀次之,指故意杀人,与现在差不多;劫杀带有谋反性质,指因劫夺囚犯而杀人,劫杀不论是首犯从犯,都是要处死的;斗杀再次,指在相互斗争中杀人,殴打将人直接打死是标准的斗杀,斗杀也称殴杀;误杀指有故意杀人的意思,但杀错了人,比如斗殴误伤旁人致死,会比斗杀减一等;戏杀指本来无杀人的意思,而以杀人的行为做游戏,而致人于死,类似于现在的很多意外事件,比如比武打死人等;过失杀指本来无杀人的意思,因过失而致人于死。

薛蟠的行为属于古代的斗杀,这一点是非常清楚的,然而薛家的辩词就是想把薛蟠变成过失杀。按照古代的法律,斗杀就是绞刑监候。在清代,斗与殴是分开认定的,"相争为斗,相击为殴",即只要有口角也可算作"斗",若因此致人死亡即归入"斗杀";现代的斗殴，一般指相互打架，斗与殴不分家，动嘴不动手不算"斗"，现代与古代的概念不同。所以按照古代律例，薛蟠的行为属于斗杀，是非常清楚的。第九十九回《邸报》上写道："且查《斗杀律》注云：'相争为斗，相打为殴。必实无争斗情形，邂逅身死，方可以过失杀定拟。'"《邸报》对薛蟠应当属于斗杀的情况说得非常清楚。而若薛蟠变成了过失杀，古代则是"谓耳目所不及，思虑所不到"，以致他人于死者，"各依其状，以赎论"。也就是赔钱就可以了。这一次薛蟠把张三直接打死了，与第一次冯渊回家三日后才死，是不一样的，薛蟠要脱罪，只有串供捏供一条途径，还必须有官员徇私枉法。

现代法学与古代不同，现代重视群体事件，打群架是重罪，而古代的宗族械斗群架则由当地习惯法，官不下县；古代对个人之间的性命官司，一直是杀人偿命的规则，比现在的刑法要重，死刑带有赔偿性命的性质，所以过失杀人性命的也应当赔偿，赔了命，就不用再赔钱，不是现在理解的减少死刑、少杀慎杀和废除死刑，也不是死刑赔命后一样要赔偿受害人死亡损失。

◇◇◇案件意外发酵

贾政托了人，但县官依然没有马上判案，原因是"目今那里知县也正为预备周贵妃的差事，不得了结案件"。这预备周贵妃的差事可能就是一个借口，因为周贵妃薨逝被讹传为元妃薨逝，要是元妃真的薨逝了，贾政这个国丈的人情当然就打折扣了，知县也是在看风向！因为没有立即处理，事情就有了变化。到第九十二回，贾政就说贾雨村要升了，后来书中就看见贾雨村升了，回来当了京兆尹，案件正好是在贾雨村的直接管辖之下。此前，贾雨村因为一事而降了三级，这个事情可能也与周贵妃的相关势力有关，周贵妃死了，当然贾雨村就要升职了。

贾雨村当了上司，所以薛蟠躲罪的各种操作，意外地发酵了。书里是通过贾政在外任粮道时看到《邸报》来叙述的，第九十九回：

一日在公馆闲坐，见桌上堆着一堆字纸，贾政一一看去，见刑部一本："为报明事，会看得金陵籍行商薛蟠——"贾政便吃惊道："了不得，已经提本了！"随用心看下去，是"薛蟠殴伤张三身死，串嘱尸证捏供误杀一案"。贾政一拍桌道："完了！"只得又看，底下是："……前署县诣验，仵作将骨破一寸三分及腰眼一伤，漏报填格，详府审转。……臣等细阅各犯证尸亲前后供词不符，……是张三之死实由薛蟠以酒碗砸伤深重致死，自应以薛蟠拟抵。将薛蟠依《斗杀律》拟绞监候，吴良拟以杖徒。承审不实之府州县应请……"以下注着"此稿未完"。

贾政看到的登载薛蟠案件的报纸，古代有专门的名称，叫作

清代的《邸报》，古代中国官方内参，民间也可以看到。

《邸报》。《邸报》最早出现于汉朝，西汉实行郡县制，各郡在京城长安都设有办事处，叫作"邸"，派有常驻代表，他们的任务就是在皇帝和各郡长官之间做联络工作，定期把皇帝的谕旨、诏书、臣僚奏议等官方文书及宫廷大事等有关政治情报，写在竹简上或绢帛上，然后由信使骑着快马传送到各郡长官，所以叫作《邸报》。清朝时，《邸报》发行量增多，后来改名为《京报》，成为广大官吏、学者甚至平民都能阅读的报纸，一直发行到清朝皇帝逊位。《邸报》有点类似现在的《参考消息》。

薛蟠的案件上了《邸报》，就等于进入了整个官场舆情系统，在古代的"舆情监督"下，薛蟠二次杀人案该怎么办，不管是谁都不容易干预和夹带私货。《红楼梦》书里，就连荣国府的贾政此时都感到害怕了，书里写道："贾政因薛姨妈之托曾托过知县，若请旨革审起来，牵连着自己，好不放心。"薛蟠的案件，想要深挖追究多少人，就看皇帝的心情了。

薛蟠案成了舆情大案，谁都也不敢帮助薛蟠。第一百回写道：

> 且说薛姨妈为着薛蟠这件人命官司，各衙门内不知花了多少银钱，才定了误杀具题。原打量将当铺折变给人，备银赎罪。不想刑部驳审，又托人花了好些钱，总不中用，依旧定了个死罪，监着守候秋天大审。

对于舆情案件，古今都一样，没有谁敢出头为薛蟠说话，薛蟠的命运看似难以起死回生了。

薛蟠二次杀人案被舆论盯着，尤其是上了《邸报》舆情，本身很不正常，因为在古代不像现在有很多报刊，能够上《邸报》的概率非常小。全国那么多案件，谁在推动这个事情上《邸报》？谁在盯着他们家？《红楼梦》还有暗线，还有故事。其实，《邸报》的登载内容是受御史圈子控制的。在第九十二回，贾政就说贾雨村转了御史，而林如海则是兰台大夫，兰台也可以指御史台，兰台大夫至少是金都御史四品。

薛蟠的案子到底是谁的力量在迫使官方去追查呢？表面上看，似乎没有人对外声张。第一百回写道：

> 贾政心想薛蟠的事到底有什么挂碍，在外头信息不早，难以打点，故回到本任来便打发家人进京打听，……便在吏部打听得贾政并无处分，惟将署太平县的这位老爷革职，……

案件的结果是只针对薛蟠案，并没有大狱问罪。薛姨妈托请的人应当也不止贾政，案件的处理，被很好地控制在了一定的范围之内，也就是说此案很明确针对薛家。其实与薛家有关的人还有贾雨村，薛蟠二次打死人，虽然在城南200里，但也在京兆尹贾雨村的地盘之上。虽然贾雨村是上级主管官员，但京兆地盘上各种勋贵势力盘根错节，需要各处小心，等案件上了《邸报》，造成了舆情，贾雨村作为上级主管，就有理由直接参与了。所以在第九十九回，在《邸报》之上，明确写道"应令该节度审明实情，妥拟具题"，以薛蟠犯案的京城的城南200里这样的范围，节度总督之人，当然就是书中说是升任京兆尹的贾雨村了！后来此案的处理依据就是"今据该节度疏称"，也就是按照贾雨村的调查结果处理的。

薛蟠的两次杀人案，都与贾雨村有关！贾雨村想要杀薛蟠灭口，解决葫芦案遗留风险，同时因为贾家偷娶了薛宝钗，贾雨村是林黛玉的靠山，当然要替林黛玉报仇。

在古代，杀人案需要三堂会审，不是仅仅搞定知县就可以终局的。薛家四处托请，贾政四处托请，那么贾政托人会去找谁呢？肯定是找县官的上司贾雨村！贾雨村也算贾家宗亲！但贾家托贾雨村，即使贾雨村与贾政的关系也还不错，也肯定不会说贾政来找过他，表面的原证供被告编得再完美，也瞒不过知道谜底的贾雨村。贾雨村知道了薛蟠杀人的幕后，此时再托贾雨村去处理，可能适得其反！利用薛蟠的二次杀人案，贾雨村往死里整薛家，因为贾家娶了薛宝钗，而林黛玉又死得不明不白。后面章节我们还会分析，贾雨村就是林如海托孤的林黛玉的监护人，从任何方面来看，贾雨村都是要整死薛家的，因此说"钗于奁内待时飞"，所指的应当是薛家的命运，被贾雨村拿捏得死死的。因此，薛家想捞人，却被查了个底儿掉，而且案件还登上舆情榜，失去了控制，不管薛家以后再找谁都难再翻案。不过，薛蟠的"活死人"身份，也是贾雨村的硬伤。后来，舆情失控却没有让薛蟠判绞监候，更没有当年处死，这背后还有一支神秘的力量，后面我们在贾雨村获罪的章节继续分析。

薛蟠霸道豪横在外，在《红楼梦》里是明线的负面人物，但他只不过是溺爱下的教育失败案例。薛蟠没有城府，不是个阴险之人，也不是奸坏之人，比其他伪君子强多了。中国传统是限制私斗动武的，所以谁伤得重谁就有理。对处于不同社会地位的人而言，受到刑事处罚的代价不同。古今中外，有些人用言辞激怒你，故意把自己弄得受伤，然后讹诈钱财。在此情节当中，张三就是这样一个人，就是准备激怒讹诈薛蟠来碰瓷。只不过他没有想到薛蟠是一个呆霸王，混不吝的主儿，真的下狠手，一下子把他打死了。因此，薛蟠最多是激愤杀人，现在司法上更多情况下会定为故意伤害致死，薛蟠在本案当中并不是那么可恶的人。

◇◇◇各色人等的不同反应

薛蟠二次杀人案发后，《红楼梦》中各色人等的表现很值得品味，首先是贾家。前面讲到薛姨妈刚开始去找贾政，贾政的态度一点都不积极，而且不谈钱。前面的葫芦案中，薛蟠成为"活死人"，薛家迫于被吃绝户的压力，将财产藏匿贾府，当薛家想要捞薛蟠出来，需要花钱的时候，贾家却不与薛家谈钱了。贾政是"只肯托人与知县说情，不肯提及银物"，说明贾家希望薛蟠死掉，之后就容易对薛家吃绝户了。

在第八十五回，谈到宝玉与宝钗的婚事，有这么一节：

> 这里贾母问道："正是。你们去看薛姨妈说起这事没有？"王夫人道："本来就要去看的，因凤丫头为巧姐儿病着，耽搁了两天，今日才去的。这事我们都告诉了，姨妈倒也十分愿意，只说蟠儿这时候不在家，目今他父亲没了，只得和他商量商量再办。"

薛姨妈要与薛蟠商量，背后还是财产问题。对于薛蟠的第二次杀人，贾家人的态度很明确，都希望薛蟠死掉。薛蟠死了，薛家属于薛蟠的财产就彻底变成了薛宝钗的嫁妆。在第一百零四回，薛蟠已经被刑部定了绞监候死罪，难以赎罪后，"贾政又说蟠儿的事，王夫人只说他是自作自受，趁便也将黛玉已死的话告诉"。薛蟠好歹是王夫人的侄儿、薛姨妈的独子，薛姨妈是王夫人的亲妹妹，在薛蟠快要被行刑的时候，王夫人只说薛蟠是"自作自受"，态度非常冷血。对比一下，当时"薛姨妈又气又疼，日夜啼哭"（第一百回）。第一百回写了薛姨妈与宝钗的对话："料着京里的帐已经去了几万银子，只好拿南边公分里银子并住房折变才够。"薛蟠花钱过多，都要用以薛宝钗的嫁妆之名藏在贾府的薛家财富支付，王夫人当然不愿意了。

薛蟠若是死掉且无后，薛家的财产要归属薛蝌，所以薛蝌在捞薛蟠需要用钱时，也不积极筹钱，说当铺生意不好要倒闭，掌柜卷款跑路，等等。而薛蟠的妻子夏金桂，更是在留后路。薛蟠第二次杀人，夏金桂一点钱也不出，夏家也是孤女寡母，夏金桂嫁入薛家，也应当带了不少财产。薛蟠获死刑，薛家财产就要归属薛蝌，所以书中夏金桂勾引薛蝌，可不光是因为薛蝌长得帅，财产因素也很关键。夏金桂的勾引行为被英莲发现，她要谋杀英莲灭口，因为失误反而误杀了自己。在夏金桂死后，薛家查点财产，发现她带到薛家的细软早已经被她转移走了。

◇◇◇监候执行再博弈逃出生天

在古代，即使被判处了斩监候和绞监候，也不一定真的执行死刑。清制规定，各省于每年四月，对判处死刑尚未执行的案犯，再行审议，分为"情实""缓决""可矜""可疑""留养承祀"5类，报送刑部。每年秋八月，刑部会同大理寺等，对上述原判死刑的案件集中审核，提出意见，其中"情实"一类奏请执行死刑，最后皇帝朱笔裁决。其他情况，罪犯基本可以获得一条生路，免于处死。等到皇帝勾决这一步，生死也要看皇帝的心情。一般情况下，皇帝要显示仁慈，勾决的人犯都不超过一半。若是皇帝心情不好，尤其是有各种混乱、灾害和天象示警等，被左右说要严明法纪，那么监候的罪犯就凶多吉少了。书中显示当时的背景应该是海疆战事的压力很大，皇帝心情不好。

薛蟠的绞监候，更是凶多吉少，因为他的案件成了枉法的舆情案件，需要严明法纪。按照律例，薛蟠本来有一个有利条件，他是家里独子且无后，属于"留养承祀"法定可以减免刑罚的情况，即使判了监候也可以不死。

留养承祀：案情属实、罪名恰当，但有亲老单丁情形，合乎申请留养者，按留养案奏请皇帝裁决。

薛蟠难以"留养承祀"的原因，就是葫芦案带来的影响。葫芦案让他成了"活死人"，他的真实身份该如何认定呢？他的"活死人"身份，让他绞监候无法"留养承祀"。

薛蟠的监候死刑，秋审应当被拖了一次。第九十九回中，贾政在江西粮道任上看到了薛蟠被判绞监候，江西距离京城2000里，以古代的传输速度，上《邸报》，再到《邸报》送到江西，大致还要两三个月，贾政应当是到任一段时间后看到的。到贾政被革职，贾府被抄家，直至第一百一十九回宝玉中举之后大赦，时间过了一年多。也就是说，薛蟠经过了一次秋审，没有死也没有减等，肯定还有人在盯着他。书里没有交代具体过程，不过在第一百零八回中史湘云言及"薛家这样人家被薛大哥闹的家破人亡。今年虽是缓决人犯，明年不知可能减等？"史湘云说得很清楚，缓了一年，还有没有查清的地方。薛蟠杀人已经上了《邸报》，没有查清的不会是案情，应当是他的"活死人"身份没有查清，有人在盯着贾雨村当年办理的葫芦案呢！

薛蟠案是一个舆情案，秋审后很难不被勾决。舆情压力下，谁也不愿意减轻他的刑罚，他是怎么能够等一年的呢？这里面还有故事，后面再对此进行分析。等了一年，薛蟠终于等到了大赦："皇上又看到海疆靖寇班师善后事宜一本，奏的是海宴河清，万民乐业的事。皇上圣心大悦，命九卿叙功议赏，并大赦天下。"（第一百一十九回）在大赦的情况下，薛蟠的处罚自然就减了，绞刑变成可以赎罪。大赦天下的标准，对所有的斩监候、绞监候的罪犯都是一样的。

薛蟠遇到了大赦，"且说薛姨妈得了赦罪的信，便命薛蝌去各处借贷，并自己凑齐了赎罪银两。刑部准了，收兑了银子，一角文书将薛蟠放出"。前面分析过薛家缺钱，当初薛蝌说掌柜卷款逃走，南边的当铺也亏损严重，申请破产关门，为何此时又有钱了呢？就是因为薛蟠的法律身份又活过来了，薛家的产业安全了，薛蝌吃绝户的希望没有了。

薛蟠第一次犯案虽然没有花钱，但他成了法律意义上的死人，薛家随他逃跑，藏匿于贾家的财产都拿不走了。因此，葫芦案中，薛家间接付出的代价是巨大的，这是薛家家族败落的直接原因。薛蟠的"活死人"身份，使得他在绞监候的时候，难以"留养承祀"，所以说薛家在葫芦案中被贾家暗算了，具体分析在前文中已经讲了。

薛蟠第二次犯案虽然是大价钱赎罪出来的，但他的身份却是彻底被洗白了，他不再是"活死人"了，反而代价少了。薛蟠身份被洗白，法律上他又活过来了。这里面估计有相关人员的需要，此人可以此清算贾雨村在第一次葫芦案中的错案责任。也就是说，这个人要的不是薛蟠的命，而是用薛蟠清算贾雨村。如果把薛蟠杀死了，就死无对证了，以后就不可能向贾雨村算账了。薛蟠的绞监候第一次秋审不死不减，此类案情没有"缓决"的理由，应当存在"可矜"的情况，在绞刑执行前验明正身可能没有通过。薛蟠葫芦案留下的"活死人"身份，就属于"可矜"，所以薛蟠被多监候了一年。清算贾雨村的时候，葫芦案应当是重点，相关人对贾雨村的枉法知道得非常清楚。只要薛蟠活着，贾雨村就必然有罪。书中，贾雨村也是在大赦当中遇到赦免才被贬为庶人的，在之前他已经扛上枷锁了。关于贾雨村倒台等故事，在贾雨村的相关章节再详细分析。

因此，薛蟠的第二次人命案，关乎非常复杂的博弈。案件情节不复杂，却夹带着受贿捞人和政治博弈，案件才变得复杂了，直到后来变成舆情案。贾家、王家各种人的利益取向不同，在案件中的表演也不同，以上都是后四十回的副线。对薛蟠二次杀人案的分析，如果不了解古代的律例，就会过于简单化，就不能真正弄明白书中的逻辑。《红楼梦》中的所有案件，博弈都是一环扣一环，非常复杂。

薛蟠再一次活过来，算是真的受到了教育，决定洗心革面重新做人，所以英莲被扶正了。薛蟠在死囚牢里，肯定经历了漫长的煎熬，等死的滋味比直接去死还要难受。薛蟠前前后后应当在牢里差不多待了两年，对他来说也是一个重新做人的起点。

（三）张华案中贾琏的贪婪与凤姐的玩火

《红楼梦》中，尤二姐与凤姐的博弈其实是宁国府尤氏在贾府里面的夺权行为，背后还有贾珍和贾琏的联盟，这两个人都是贾府的爵位继承人，因此对王熙凤是巨大的威胁，王家人也是要殊死博弈的。王熙凤为了搞垮贾珍、贾琏并打击其他贾家人对尤氏的支持，搞出了张华案，但操纵此案件对贾府的影响深远，早已经超过了宅斗的范围。首先，我们来看看案件本身。

凤姐了解了案件的真伪，然后就策划了虚假的诉讼。

（第六十八回）凤姐一面使旺儿在外打听细事，这尤二姐之事皆已深知。原来已有了婆家的，女婿现在才十九岁，成日在外嫖赌，不理生业，家私花尽，父亲撵他出来，现在赌钱厂存身。父亲得了尤婆十两银子退了亲的，这女婿尚不知道。原来这小伙子名叫张华。凤姐都一一尽知原委，便封了二十两银子与旺儿，悄悄命他将张华勾来养活，着他写一张状子，只管往有司衙门中告去，就告琏二爷"国孝家孝之中，背旨瞒亲，仗财依势，强逼退亲，停妻再娶"等语。

书中写道，贾琏他们给张华悔婚退回的钱，少得只有20两银子！（注：在书里第六十八回，凤姐打听到的是"父亲得了尤婆十两银子退了亲的"；而第六十四回写的是"尤老娘与了二十两银子，两家退亲不提"。还是应当以书里前面明写的二十两为正确，可能是张华的父亲隐瞒了十两，对外、对张华只说收到十两。）张华家管理皇家菜园，尤二姐家虽然比贾府穷，但尤氏可以与宁国府攀上亲，尤氏是继室不是妾，也有了家底，20两银子肯定太少，古代平民娶媳妇的聘礼一般多于20两银子。古代定亲有婚约，婚约会载明聘礼数量等内容，而且有媒人的见证。若要悔婚，按照一般的惯例，不但要退回聘礼，而且还要赔偿。古代的利息很高，一般的赔偿原则是聘礼翻倍。不过即使是退亲赔偿，对贾家的财力来说应当也是毛毛雨。如果按照正规的退亲，聘礼退回且媒婆证人载明，王熙凤也就没有在张华案中操纵诉讼的缝隙了。贾琏、贾珍只给张华父亲20两银子，张父能够答应，显然是因家业败落，急需银子，且已经没有迎娶尤二姐的经济能力。能够以20两银子悔婚，是贾琏、贾珍乘人之危的结果，乘人之危的协议在现代属于可以撤销的合同。

贾琏、贾珍退亲赔的银子太少又太算计，他们的贪婪给王熙凤留下了可操作的空间，他们也因此付出了惨痛的代价。王熙凤比张华父亲多给了一些银子，给了张华20两银子，就可以利用张华，让张华卖命了。对比一下，凤姐给刘姥姥的银子，第一次就给了20两。对比数值就知道，贾琏太贪婪了。这里贾琏的贪婪只不过是明线，暗线也是在写尤氏姐妹的贪婪。尤家与张家从小订婚，多少是有交情的，悔婚本身多给一点，把张家安排好也是情分之内的事情。《红楼梦》把尤二姐写成惹人怜的形象，但尤家若退亲大方一些，留下张华等人的字据，情况又不一样了。

从案件的实情来看，过去的婚配是父母之命，因此张华的父亲收下银子决定退亲完全合法，反而张华自己收下银子退亲没有通过父亲，属于不合法。因此，"仗财依势，强逼退亲"完全是一个假案。贾琏并没有休掉王熙凤，所以"停妻再娶"也不存在。真正对贾琏的指责，在于"国孝家孝之中，背旨瞒亲"，当时贾敬死了，贾敬不是贾琏的父亲或爷爷，谈家孝也很牵强。真正的问题在于皇帝有旨意："老太妃已薨，凡诰命等皆入朝随班按爵守制。敕谕天下：凡有爵之家，一年内不得筵宴音乐，庶民皆三月不得婚嫁。"所以背旨婚娶能套上。背旨的罪名在古代是很大的，能够上纲上线算作欺君和大不敬，属于重大罪行。在第五十八回国丧期间，"两府无人，因此大家计议，家中无主，便报了尤氏产育，将他腾挪出来，协理荣宁两处事体"。尤氏没有怀孕却假报产育，也涉嫌欺君大不敬等重罪，所以贾敬死了办丧事，尤氏才不方便出面，让两个妹妹过来帮忙。若事情闹大了，被深挖追究起来，荣国府、宁国府还有更多的问题，此时根本不敢抵抗，但这个对两府都有巨大风险的事情，凤姐却玩火豪赌。

对于贾敬的死，贾琏是侄子，不是儿子丁忧，与婚娶的限制不一样，贾琏是唯一嫡子又没有儿子，要再娶的理由非常正当。过去为了避免无后，就算守孝期间再娶，也不是绝对不行，只要宗族认可就行。贾家的大宗在宁国府，宁国府在贾敬死后，贾珍是老大，贾珍是族长，贾琏娶尤二姐只要得到族长的认可就行。贾琏娶妾不是娶妻，也不用告诉父母，可以自己决定，只有停妻再娶才需要告诉父母。因此，王熙凤以此罪名搞假案，等于在玩火。但王熙凤为了自身利益，选择了无底线的博弈。

此案事关重大，张华若诬告勋贵，而且诬告他们涉嫌大不敬等重罪，古代要反坐，诬告也可能是死罪。"这张华也深知利害，先不敢造次。"然后凤姐把旺儿给带上了，"旺儿听了有他做主，便又命张华状子上添上自己"，所以张华先告旺儿，降低诬告勋贵的风险，然后再带出来贾家。按照事先的串供，张华先告旺儿，再带出来贾蓉。如此程序，避免了对勋贵之家的直接诉讼，否则就不是王熙凤能够控制的某个御史来审理了。

张华碰头说："虽还有人，小的不敢告他，所以只告他下人。"旺儿故意急的说:"糊涂东西,还不快说出来!这是朝廷公堂之上,凭是主子,也要说出来。"张华便说出贾蓉来。

然后王熙凤找王家侄子行贿操纵诉讼,书里写道:

（凤姐）将王信唤来,告诉他此事,命他托察院只虚张声势警唬而已,又拿了三百银子与他去打点。是夜王信到了察院私第,安了根子。那察院深知原委,收了赃银。

1987年版《红楼梦》电视剧截屏

然后,都察院"只说张华无赖,因拖欠了贾府银两,枉捏虚词,诬赖良人"。都察院的官员可以两边都收钱了。

（第六十八回）贾蓉慌了,忙来回贾珍。贾珍说:"我防了这一着,只亏他大胆子。"即刻封了二百银子着人去打点察院,又命家人去对词。

至此，都察院大约拿到了五百两银子。

都察院又素与王子腾相好，王信也只到家说了一声，况是贾府之人，巴不得了事，便也不提此事，且都收下，只传贾蓉对词。

王熙凤操纵案件，借着案件存在"贾家说不清，被皇帝猜忌"的风险，大闹了宁国府，让贾府上下不敢支持贾琏和尤二姐。在与尤氏姐妹的宅斗当中，王熙凤取得了决定性的优势，打掉了尤二姐明媒正娶进入贾府，未来可能与王熙凤争正室的根基。王熙凤希望借着诉讼，让张华闹着要把尤二姐娶走，进一步让尤二姐失去在贾府的合法身份。"凤姐一面使人暗暗调唆张华，只叫他要原妻，这里还有许多赔送外，还给他银子安家过活。"（第六十九回）而贾家因为惧怕"背旨"的罪名，也不敢要尤二姐，贾蓉打发人来对词（串供），那人说的是："张华先退了亲。我们皆是亲戚。接到家里住着是真，并无娶嫁之说。皆因张华拖欠了我们的债务，追索不与，方诬赖小的主人那些个。"贾家这样的权贵三代，最怕的是皇帝的猜忌、对皇帝旨意的大不敬，所以贾珍、贾琏对尤二姐的嫁娶就不敢承认。不算明媒正娶，以后尤二姐在贾府的地位就要降低很多。

（凤姐）又调唆张华："亲原是你家定的，你只要亲事，官必还断给你。"于是又告。王信那边又透了消息与察院，察院便批："张华所欠贾宅之银，令其限内按数交还，其所定之亲，仍令其有力时娶回。"

这个判决，等于说尤二姐以后在贾府就没有了合法地位，再也不能明媒正娶了，贾珍作为族长也帮不上尤氏姐妹了，王熙凤的诉讼目的已经实际达到；而若真的按照判决把尤二姐再判给张华，变成各处都知道贾府官司彻底打输了，贾府在社会上丢不起这个人，社会上也会评价贾琏，王熙凤是正妻，夫妇拴在一起，也丢不起这个人。

凤姐借着案件达到了目的，把贾琏、贾珍和尤氏姐妹在贾府里面的夺权，变成了他们疲于应付的官司，被迫承认尤二姐是"偷娶"。官司的结果是次要的，官司过程中的宅斗博弈才重要。"察院都和贾王两处有瓜葛，况又受了贿，只说张华无赖，以穷讹诈，状子也不收，打了一顿赶出来。庆儿在外替他打点，也没打重。"所以，张华案件让贾家人与王家人的宅斗规模扩大，从内宅斗到了宅外。斗到了都察院，府内的私密事情被外界知道了，都察院的御史们身处官场社会，也是一个圈子的，为此，未来贾府被抄家时付出了代价。

同时王熙凤也想明白了，真的把尤二姐弄走，保不齐贾琏再给搞回来一个其他姐，她要把尤二姐控制在自己手里，才有了把尤二姐骗入贾府后面的情节。"贾蓉深知凤姐之意，若要使张华领回，成何体统"，便给了张华父子大约百金，让他俩回原籍去了。此处百金应当是 100 两黄金，大约 1000 两银子，要是银子，书中就会直接写银子，这里要带得走，应当是给金子，因为千两白银是大几十斤（金衡一斤是 16 两），不容易带走。想一下，当初要是贾琏、贾珍他们真的按照退婚的严格手续去办理，花的钱肯定比千两银子要少多了。

张华案件最后演变的结果是，张华躲起来不见人了，判决尤二姐归张华，尤二姐在贾府的身份不清不楚，但对贾府的其他人，算是有了一个交代，可以对付过去了。贾蓉打听得真了，来回了贾母、凤姐，说："张华父子妄告不实，惧罪逃走，官府亦知此情，也不追究，大事完毕。"看似事情结束了，但后果很严重。因为任何事情只要做了，就不容易回到原来的起点了，就要留下痕迹。

没有不透风的墙，尤其是在都察院这样的地方，有很多皇帝的眼线，明代的锦衣卫里面就有专门的暗探干这个，清朝的皇帝也有很多干这个的暗探，类似血滴子。只不过干此事的情节，都上不了正史。从书中后面的弹劾、抄家和皇帝的反应来看，应当是案件瞒不住盯着的眼睛了。

官场的险恶，凤姐当然也知道，所以事情告一段落后，她也后怕了，想要不留痕迹：

> 只是张华此去不知何往，他倘或再将此事告诉了别人，或日后再寻出这由头来翻案，岂不是自己害了自己。原先不该如此将刀靶付与外人去的。因此悔之不迭，复又想了一条主意出来，悄命旺儿遣人寻着了他，或讹他作贼，和他打官司将他治死，或暗中使人算计，务将张华治死，方剪草除根，保住自己的名誉。

凤姐想要杀人灭口了。经常是一个错误犯下了，为了掩盖错误，就要再干更恶劣的事情，难以停下来。

王熙凤的下人家奴旺儿知道杀人的轻重，而凤姐仅仅是口头命令，没有足够的好处，旺儿不会去真的杀人。旺儿要是把张华灭口了，自己会不会再被灭口呢？所以旺儿就糊弄凤姐了。

> 旺儿领命出来，回家细想：人已走了完事，何必如此大作，人命关天，非同儿戏，我且哄过他去，再作道理。因此在外躲了几日，回来告诉凤姐，只说张华是有了几两银子在身上，逃去第三日在京口地界，五更天已被截路人打闷棍打死了。他老子唬死在店房，在那里验尸掩埋。

书中，凤姐对旺儿真的杀了张华也不信。

> 凤姐听了不信，说："你要扯谎，我再使人打听出来敲你的牙！"自此方丢过不究。

旺儿的回复，凤姐应当也不信，但给凤姐找了一个心理安慰。旺儿以张华将要被杀威胁张华全家，让张华一家躲起来，总比他到处露面要好很多了。旺儿与凤姐有这一层的特殊关系，所以旺儿家的儿子要强娶贾环喜欢的彩霞，贾环也无能为力。

张华躲起来了，跑回老家了，但张华案在社会上的影响却没那么容易消除。书里介绍，张华的父亲是皇家庄田的大管事，皇家那么多的庄子和田地都归他父亲管，可想而知当初家境有多好。但是后来他们家败落了。张华自己又是一个喜欢吃喝嫖赌的人，于是就被父亲赶出了家门。

张华的家世背景会有很多社会关系，为何后来小鳅可以成大浪？就是很多破落子弟依然带有复杂的社会关系。古代的勋贵也是战战兢兢、如履薄冰，皇权对他们的管理，就是让他们感到天威难测，不敢造反。

后来，贾府被抄家清算，各种捕风捉影的御史风闻言事，其中与张华案有关罪名，贾家就被扣上了。不仅对张华案上纲上线到说贾琏卷入了强抢民女，而且说贾府与官府勾结，更让皇帝十分恼怒。勋贵与文官系统串联，是皇帝极为猜忌的事情，勋贵欺男霸女，反而不是很大的问题。

古代的御史都察院圈子，也是当时官场的黑社会之一，被叫作"都老爷"。他们要打击谁，是群起而攻之的。王熙凤操纵张华的诉讼，别看对都察院左右都用钱买通了，但都察院里面人多眼杂，把柄肯定是留下了。王熙凤可以灭口张华，可以让张华躲起来，但对都察院里面的所有人，是弱势和无能为力的。御史的圈子极为复杂，福祸难料。在书里，王熙凤已经没有了生育能力，面对尤二姐上位的压力，王熙凤必须进行你死我活的斗争，然而尤家也不是省油的灯，这一点我们在《红楼深宅博弈》中已经分析过了，后面章节还会继续分析。

张华案的诉讼牵连了御史都老爷，类似现在牵连了黑社会。这一次让黑社会替你办事，得到了方便和好处，但被黑社会缠上，要出钱出血的时候将会更多。黑社会人员烂命一条，能够敲诈你，就绝对不会手软。办案人以追赃之类的理由没收财产，追赃可以得奖励。《红楼梦》里，贾家被抄家，皇帝就发财了；清朝时，曹雪芹一家是被雍正抄家的，以此缓解了当时的财政压力。古代对诉讼都避之不及，操纵诉讼风险极大。

在中国古代官场，类似黑社会操纵诉讼，甭管你多么有财有势，都是要避开的。王熙凤在张华案中，使贾家沾上了官场黑社会，后面就要付出巨大代价。因此，王熙凤看似在操纵张华案，其实是在玩火，留下了自焚的火种。家族内斗没有底线，间接的损失和暗中的风险，都带有不确定的因果关系。这个模糊的关联，在古代说是因果、孽力、阴德等。中国人讲做人做事要有底线思维，不能把事情做绝了。王熙凤在《红楼梦》里的命运结局，就是她把事情做得太绝，没有底线，误了卿卿性命。

（四）张金哥案背上结党李太尉的锅

《红楼梦》里还有一条暗线，就是张金哥案。这个案件中，王熙凤也有插手和操纵。张金哥案中，贾家和王家的势力被王熙凤滥用，最后成了悲剧，对贾家、王家都有深远影响。很多读者看《红楼梦》，只看了表面，没有看到案件中还隐藏着李太尉等政治势力。

1987年版《红楼梦》电视剧截屏

书中，老尼见到凤姐托请张金哥案，故意卖了一个关子。"老尼便趁机说道：'我正有一事，要到府里求太太，先请奶奶一个示下。'"本要找夫人只不过是一个说辞，若是真的准备去找，也不会告诉他人，这种事情，知道的人越少越好。卖了关子后，她又用"倒像府里连这点子手段也没有的一般"的话来激将凤姐。凤姐要强、逞能，更想发财，就把案件揽了下来。先看一下整个案件。

老尼道："阿弥陀佛！只因当日我先在长安县内善才庵内出家的时节，那时有个施主姓张，是大财主。他有个女儿小名金哥，那年都往我庙里来进香，不想遇见了长安府府太爷的小舅子李衙内。那李衙内一心看上，要娶金哥，打发人来求亲，不想金哥已受了原任长安守备的公子的聘定。张家若退亲，又怕守备不依，因此说已有了人家。谁知李公子执意不依，定要娶他女儿，张家正无计策，两处为难。不想守备家听了此信，也不管青红皂白，便来作践辱骂，说一个女儿许几家，偏不许退定礼，就打官司告状起来。那张家急了，只得着人上京来寻门路，赌气偏要退定礼。我想如今长安节度云老爷与府上最契，可以求太太与老爷说声，打发一封书去，求云老爷和那守备说一声，不怕那守备不依。若是肯行，张家连倾家孝顺也都情愿。"

张金哥案中，王熙凤参与后，守备家忍气吞声拿回定礼，张家也退掉了这门亲事。张金哥听说父母退了前夫，就自缢了。守备的儿子听说金哥自尽，也投河而死。悲剧发生，张李两家落了个人财两空，凤姐却从中轻松坐拥3000两银子，老尼肯定也没少从中牟利。"这里凤姐却坐享了三千两，王夫人等连一点消息也不知道。自此凤姐胆识愈壮，以后有了这样的事，便恣意的作为起来。也不消多记。"王熙凤胆大妄为，也为以后的贾府埋下了祸根。我们接下来分析一下，此案对贾家的间接影响超过了案件本身。

王熙凤参与张金哥案，并没有直接干预诉讼的判词，而是私下里施压，让诉讼的原告自己撤回了诉讼，诉讼官员不用判决。用现在的话说叫作庭外和解原告撤诉。外界施加压力，并不构成公开的枉法；案件撤销了，官员也不存在错案。张金哥案中，守备敢于去告，应当在法律上站得住脚，而且真的打起官司来，在中国古代的律例规则下，长安府尹也要回避。张金哥案由其他官员来判，案子情节也很清楚，当初张金哥的婚约是媒妁之言证据确凿，有御史和《邸报》的监督，古代的官员要枉法判决也很难。张金哥案要让守备退亲，只能在法庭外对守备施压。

表面上看起来，案件到此了结，但是《红楼梦》一贯是"真事隐"，案件应当还有更深层的内容。从书里介绍的细节，以及古代的文化潜规则和政治逻辑综合来分析，能够看出其中隐藏的不同结果！

首先，长安府尹的小舅子被叫作李衙内，是有深意的。此称呼写在书里，给读者的感觉就很奇怪。《红楼梦》里，那么多的勋贵富家子弟，为何只有长安府尹的小舅子被叫作衙内？衙内可不是随便叫的！衙内的基本意思是宫禁之内，唐代时用来称担任警卫的官员；五代和宋初时，这种职务多由大臣子弟担任。《旧唐书·德宗本纪》："己亥，敕左右卫上将军、大将军，并于衙内宿。"宋孔平仲《珩璜新论》卷四："或以衙为廨舍，早晚声鼓，谓之衙鼓，报牌谓之衙牌，儿子谓之衙内。"所以，衙内首先指的是儿子而不是小舅子，应当在其父亲是大官时才能用。

在《红楼梦》出版前，《水浒传》已经流行了300年，高衙内的称呼早已深入人心，衙内早已经不是一个好词。长安知府的小舅子仅仅因为长安知府这一层关系，是叫不了衙内的。衙内一定指的是要员的儿子，对别家官员公子的称呼，不会用衙内一词。《水浒传》的高衙内是高太尉的儿子，而太尉可是最高军事长官之一。自五代以来，太尉的地位仅次于太师而在太傅之上。徽宗年间，重定武官制度后，太尉成为武阶官之首，以此类比，可以知道李衙内的父亲的官职级别。书里面故意回避，不说李衙内的父亲，而只说了他的知府姐夫。无论如何，仅仅是一个知府的小舅子，不能被叫作衙内。用李衙内这个称呼，对应守备家的亲事，对比《水浒传》里高衙内对教头林冲的跋扈，就带有暗示的想象空间。有人说《金瓶梅》里也有一个李衙内，不过《金瓶梅》当中也是李衙内县太爷的公子而不是小舅子，七品县太爷没有五品之上的守备权大，显然逻辑不对，作者此处应当对比的是《水浒传》。

另外，张金哥嫁给李衙内肯定是做妾，而且妾的级别有多高也没有明说。李衙内正娶需要李太尉的父母之命。李衙内娶妻，就算是张大财主，与李太尉一家也够不上门当户对，古代难以结亲，娶妻是不可能的。张金哥嫁给守备之子，则应当是当家儿媳，是正妻，二者的位分差别巨大。为何张金哥会自杀？因为她要忍受做妾的屈辱，这也是关键之一。张金哥案要是真的诉讼起来，对明媒正娶的和纳妾的，古代的标准也是不同的，正妻的婚约还要优先。因此在诉讼上，守备家肯定占理，李衙内的纳妾诉求不能在诉讼当中出现，上不得公堂。同时，张家也不会告诉守备背后有李太尉。张家与守备的争讼，仅仅为是否退婚，至于退婚后再与谁联姻，可以保密不说。

此事到了老尼姑那里，焦点变成案件是张老爷所托还是李衙内所托。故事还深着呢！别以为老尼姑说的就都是实话。张老爷去京城找关系，搞这么大动静的可能性不大。张家退亲，他们的诉求知府应当能够搞定，直接找知府就好了，张家还怕打官司？张家巴结李衙内，女儿去做妾，所得未必有守备之子的利益大。守备为正五品或从四品，在地方上是不小的官员，级别并不比知府低。张家为此要到京城打官司，动静太大了。给王熙凤的3000两银子，还不包括老尼当中间人要赚取的银子，张家真正花的钱，可能会翻番甚至更多。王熙凤开价3000两之后，老尼听说，喜不自禁，忙说："有，有！这个不难。"喜不自禁的同时都没有还价，就如王熙凤所说，"扯篷扯牵的图银子"，应当是真正托请人出的钱远远多于3000两银子，再算上退亲要翻倍退还的聘礼，预计要有近万两银子的花费。对一个地方上的财主来说，再财大气粗也是巨款。

云老爷、长安节度使与长安府尹，他们都在当地，本身就关系紧密，为何还要上京城找关系？为何不是到长安府去打招呼？要到京城找人的背后，就是当地知府未必会为他枉法。长安知府应当是李太尉的女婿，未必会为小舅子的一个妾而做伤天害理的事，李太尉也未必是与高俅一样的人。同时，官司与知府有直接的利益关系，古代知府也要回避。就算由相关官员办理，也要看亲属关系远近和法理如何，守备是原告，在当地也是拿着刀的五品以上的官员。一个是儿子一个是小舅子，一个是婚约在前一个是纳妾。类似的荣国公唯一嫡子贾琏纳妾尤二姐，张华怎么打官司？张华家已经败落了，而且不是官员之家，张华坚持要带走尤二姐，都察院收了宁国府爵爷贾珍的贿赂，都不敢把尤二姐不判给张华。所以想要官员公开枉法裁判并不容易。

过去评《红楼梦》反对包办婚姻是政治需要，张金哥案成了包办婚姻"万恶"的案例。即使是包办婚姻，父母也重视儿女幸福，更重视联姻带来的家族利益，当守备之子的正妻和当府尹小舅子的妾，差别大了。当妾很难有包办婚姻的联姻利益，妾的地位很低，张家应当不会花巨资去争取，而且得罪了守备，以后结怨造成的损失也很大。古代的军队，带有警察管理地方治安的性质，军官职权和影响很大。《红楼梦》书中，长安府尹的地位肯定与贾家无法比，邢夫人是侯爷贾赦的正妻，邢夫人的哥哥是侯爷的大舅子，邢夫人哥哥有什么权势？能够叫邢衙内不？她哥哥要纳妾会让大财主花数千两银子到京城找关系悔婚吗？把这个想明白，就知道李衙内背后的权势不一般。

还有一个细节：老尼姑介绍案件时，诉讼还没有判决，不是打完后张家不满意而来上访的。对于诉讼当中的案件，如果真的如老尼所介绍的那样，有当地府尹的背景，还用得着到京城找关系吗？古代不比现代，从长安到京城千里之外，正常要走一个月，再快也要十天半个月，古代的民事案件判决很快，赶到京城找关系也来不及，可能还没有走到京城，那边就已经判决了，时间不等张财主到京城找关系。因此，正在官司当中的案件与官司判了以后的上访案件本质不同。

综合分析，此案就是李衙内想要强占张金哥，找了老尼姑，做了这一件伤天害理的事情。张财主千里之外花万两银子，为了悔婚当妾不正常，李衙内花钱去搞一个妾，花上万两银子都正常，所以给王熙凤 3000 两就是毛毛雨。但要动用他家里人的关系，千里之外去枉法裁判，动静就太大了。过去这有一个专门的罪名，叫作强占民女，这是勋贵非常忌惮的罪名，贾府被抄家不是也涉嫌此罪吗？李太尉本人也未必会支持儿子千里之外强占民女。因此，凤姐得到的银子，未必是张家的银子，很可能是李衙内的银子。李衙内可能就生活在京城，与各类尼姑来往，这才是正常的。因为衙内是京城大臣子弟，不是地方官子弟，李衙内要在京城才对得上。千里之外的张财主，能够巴结到贾府家庙的老尼姑，不合常理。拿数千两银子千里之外托人办事，谁不害怕受骗？怎么确定老尼姑能够去办此事？信任和交流的过程就非常困难，要多个中间人介绍，很容易出偏差。相反，李衙内则容易得多，而且他不怕老尼姑骗他，老尼姑也不敢骗他。

老尼姑应该知道案件背景，却故意说是张家的银子，等于此事女方家是违约主体，女方家主动悔婚，显得不那么伤天害理。而若是李家的银子，逼着张家去悔婚，则是作恶强抢了。此处还有一种可能，张家并不一定要悔婚，李衙内和长安府尹来说亲，面子要给，最多与守备商量是否可以合理解除婚约，若真的如此，案件性质则完全不同。商量过了而守备不同意，张家有了推托李衙内的借口。还有可能是张家与守备私下商量好了，守备去官府告只是走一个过场，庭上原告说什么被告认什么，姐夫府尹也没办法，然后张家就顺水推舟拒绝李衙内。

李衙内要娶亲，张家不会告诉守备，长安府尹当然也不会告诉，京城的李太尉对儿子的纳妾争端，不会公开施压授人以柄，否则也轮不到找凤姐。此事就是李衙内拿钱私下做的。案件里面需要一个可以给守备透露底牌的人，告诉守备背后有"李衙内"，以此给守备进行施压，王熙凤就是充当了这么一个透露底牌进行施压的角色。在王熙凤的斡旋下，最后守备受到了上司压力，也知道背后势力是李衙内，感到害怕了。守备真的解除了婚约，张家就没有办法了，只能把女儿张金哥许配给李衙内，所以就造成了悲剧。守备退亲可以再找他人，而张家的女儿要当妾了，对于李衙内强占民女，张家多半是不愿意的。

古代对拆散姻缘非常忌讳，说是孽力最大。在没有自由恋爱的背景下，古代的社会潜规则是，退聘礼悔婚一般很容易，一般的规矩也与嫁妆类似，要翻倍退回。另外·方得到巨款，一般会满意的。张财主肯定优先选择把找关系所需花费的银子，退婚时多赔给守备，不欠人情又不伤和气。清朝守备的俸禄银只有90两，有了实缺以后，才有蔬菜烛炭银12两、灯红纸张银12两、养廉银200两，收入不高，武官比文官要差很多。张财主给王熙凤的3000两银子，直接赔给守备，对守备而言绝对是巨款，守备多出来的退亲巨款不要，应当存在暗藏的问题。古代如张财主和守备都是有身份的人，联姻不是一锤子买卖，强扭以后，两家的合作怎么办？因此，一方坚决不愿意退婚，一般就会有故事发展。虽然书中没有写具体内容，但张金哥案造成的悲剧，大概端倪也清楚了，张金哥与守备之子，应当已经私定终身不可改了。

案件审判结果导致张金哥和守备之子双双自杀，在当地肯定是好事不出门坏事传千里，社会舆情发酵。当初，守备上庭去告，也是当地的大新闻，会成为坊间茶余饭后的谈资。用现在的话来说，一定成了重大舆情事件，造成的影响巨大。此类事件，皇帝的各种眼线也会打小报告给皇帝，因为权贵家族之间的联系往来，涉嫌结党，过去结党是重罪。凤姐插手张金哥案，改变了案件性质。本来属于勋贵子弟作恶的欺男霸女，皇帝就如刘邦看萧何自污，但是贾家属于被忌惮靠边韬晦的勋贵，忽然对舆论哗然之热点"吃瓜"案件，没有道理地硬性出手帮助当权军事领袖的儿子去办上不得台面的私事。于是在皇帝眼里，两家是否有什么事？是否结党？立刻成了皇帝重点关注的事件。例如萧何的儿子欺男霸女，韩信的儿媳突然出手相助，刘邦知道了就一定会关注萧何与韩信是否结党。凤姐插手让张金哥案带上了政治性质，让皇帝开始关注是否结党，案件本身的重要性降低了。

张金哥案，是王家人王熙凤办的，王熙凤也是贾家人，皇帝就会猜测是不是贾府与王家两家对外又新结党了，属于贾府与李家结党嫌疑的问题。皇帝的眼线会打小报告，可以是：在外拿兵权的王家、勋贵贾家与朝中的李太尉，三家有暗中款曲，已经结党。结党嫌疑才致命，古代结党，可以作为谋反的情节。凤姐拿了张家的银子，张家土财主在千里之外，就算造成了悲剧，事情也大不到哪里去，但若拿了李衙内的银子，问题就复杂了。王熙凤未必认识李衙内，但肯定知道李太尉，因此她参与李家案件，就是作死玩火。在第四回中，护官符的注释当中说王家是都太尉统制县伯王公之后，所以王家的先人也是太尉，王家的公子也是衙内，这样对比，为什么李衙内和老尼姑找王家人凤姐就很清楚了。贾府已经到了勋贵三代，原本需要韬晦避祸，却不断地被凤姐作死破功。贾家以后被抄家，是很多因素的积累。

贾府被抄家是李御史参奏的，第一百零五回中，薛蝌道："说是平安州就有我们，那参的京官就是赦老爷。说的是包揽词讼……"王熙凤干的事情，都要算在她公公"赦老爷"身上，平安州与长安府是什么关系？参奏的李御史与李太尉是不是裙带关系呢？《红楼梦》的特点之一就是一个姓属于同一个圈子。张金哥死掉的舆情，李家应当也不愿意背这个锅，参奏是在贾府抄家当天的早上，主动咬贾府一口，有紧急与贾家、王家划清界限的需求。最后的结果在第一百零七回中呈现："严鞫贾赦，据供平安州原系姻亲来往，并未干涉官事。该御史亦不能指实。"虽然没有证据，但贾赦依然获罪，从宽将贾赦发往台站效力赎罪。从"严鞫"和"不能指实"而贾赦却依然获罪来看，皇帝也是猜忌和不满的，因为过去是有罪推定，没有疑罪从无。贾赦不能指实，从宽处理都是削爵流放，指实了那还有不掉脑袋的吗？什么大罪才可以让皇帝斩杀勋贵？唯有结党才可以。

盘点一下参与张金哥案的各方势力：王家先是京营节度使，后来又去巡边当了军区司令九省都检点；李衙内背后是李太尉；贾家是勋贵而且还有贾妃元春在后宫，这三家是兵权、勋贵和后宫都联系到一起了，对皇帝而言，属于最忌讳的事情。案件本身虽谈不上直接枉法，皇帝不能直接说什么，但皇帝会记下来，只要这类事情被皇帝记下来，想要洗白和解释清楚，就没那么容易了。很多时候嫌疑最可怕，因为你没有辩白洗清的机会。皇帝在有机会的时候，就会找其他的事由进行打压。《红楼梦》成书背景属于清朝雍正皇帝时期，雍正就是最爱猜忌大臣结党的皇帝，而且他的做法就是暗杀。所以书中王子腾死得诡异，想象的空间也很大！后来，水月庵掀翻风月案，突然有人写匿名的帖子。水月庵是联结权贵的，谁写这样的帖子才更有故事，以后还会分析。

李衙内背后有李太尉，当然很多人都要趋之若鹜，但与李家发生关联，是要承担政治后果的。而此事又不是李家所托，不是李家欠的人情，李御史参奏此事就是"甩锅"，因为逼死人命的锅，李家也不愿意背啊！王熙凤赚这个钱，几方都没有得到好处。因此，王熙凤的贪婪和任性，给贾家、王家都埋下了祸根。不要说金陵四大家族如何联姻厉害，在皇权面前，他们仍是弱势，他们联合涉嫌结党反而有罪。一旦皇帝对他们有了想法，那么几个家族因为各种事情一起衰败，就是必然了。

书里写凤姐自从办成这件事以后，胆子越来越大，恣意妄为，"自此凤姐胆识愈壮，以后有了这样的事，便恣意的作为起来。也不消多记"。对于勋贵而言，只要不沾政治，干一些坏事其实也不是大事儿，皇帝反而会很高兴，就如萧何自污，所以凤姐后来"恣意的作为"捞钱，反而在抄家时都没有体现。张金哥案的问题关键还在于"王夫人等连一点消息也不知道"，凤姐的姑姑王夫人都不知，贾家其他人就更不知。死了两个人，舆情会不停发酵，社会影响不可能消除，李家肯定知道而且心有想法，贾家家族里面的人却都不知道，也就无法及时应对。李家为了切割与贾家的关系，洗白结党嫌疑，也积极地走在了打击贾家的前列。等到事情被李家御史在贾家抄家的时候给翻出来，已经发酵成为灾难了。

（五）被"贼"惦记的石呆子的古扇

《红楼梦》里还有一个名案，就是关于石呆子的扇子。很多读者认为是贾雨村为了讨好贾府的贾赦，从而构陷了石呆子的冤案。但此案件的背景非常不简单。石呆子的案件，在书中的第四十八回，先看看案件是怎么一回事。

石呆子的案件书里没有正面描写，是侧面从平儿的嘴里说出来的。在平儿与宝钗两个人的对话中，平儿对案件的描述分下面几个层次。

　　首先是平儿说出了贾琏被打得动不了的事情。

　　　　且说平儿见香菱去了，便拉宝钗忙说道："姑娘可听见我们的新闻了？"宝钗道："我没听见新闻。因连日打发我哥哥出门，所以你们这里的事，一概也不知道，连姊妹们这两日也没见。"平儿笑道："老爷把二爷打了个动不得，难道姑娘就没听见？"宝钗道："早起恍惚听见了一句，也信不真。我也正要瞧你奶奶去呢，不想你来了。又是为了什么打他？"

　　贾赦如此暴打贾琏，很让人费解。贾琏是唯一的嫡子，而且已经是有老婆和孩子的成年人，当父亲的贾赦如此无情，就是贾府的一个新闻，平儿说出来了，引起了宝钗对案件细节的兴趣。

　　然后说贾赦不知为何一定要找到古扇："今年春天，老爷不知在那个地方看见了几把旧扇子，回家看家里所有收着的这些好扇子都不中用了，立刻叫人各处搜求。"贾赦突然要找古扇，是一个很奇怪的举动。

　　再往下的情节是，贾琏找到了古扇，但石呆子穷得吃不起饭，也死活不卖。

　　　　（平儿：）"谁知就有一个不知死的冤家，混号儿世人叫他作石呆子，穷的连饭也没的吃，偏他家就有二十把旧扇子，死也不肯拿出大门来。二爷好容易烦了多少情，见了这个人，说之再三，把二爷请到他家里坐着，拿出这扇子略瞧了一瞧。据二爷说，原是不能再有的，全是湘妃、棕竹、麋鹿、玉竹的，皆是古人写画真迹，因来告诉了老爷。老爷便叫买他的，要多少银子给他多少。偏那石呆子说：'我饿死冻死，一千两银子一把我也不卖！'老爷没法子，天天骂二爷没能为。已经许了他五百两，先兑银子后拿扇子。他只是不卖，只说：'要扇子，先要我的命！'姑娘想想，这有什么法子？"

石呆子油盐不进，贾琏束手无策了。正常地去买到古扇，已经不可能。

随后平儿说了对贾雨村的极度不满，并痛骂起来。平儿咬牙骂道："都是那贾雨村什么风村，半路途中那里来的饿不死的野杂种！认了不到十年，生了多少事出来！"想一下，贾雨村已经是高官了，平儿是家奴，却对贾雨村非常轻视且恶毒地谩骂，代表了平儿在此事上的个人感情立场。

然后故事到了高潮，写了平儿对贾雨村不满的原因："谁知雨村那没天理的听见了，便设了个法子，讹他拖欠了官银，拿他到衙门里去，说所欠官银，变卖家产赔补，把这扇子抄了来，作了官价送了来。那石呆子如今不知是死是活。"贾雨村谎称石呆子拖欠官银，通过官府的手段，把扇子弄了来，而且是廉价弄来了，石呆子的死活不知道。

最后导致贾琏挨打。"老爷拿着扇子问着二爷说：'人家怎么弄了来？'二爷只说了一句：'为这点子小事，弄得人坑家败业，也不算什么能为！'老爷听了就生了气，说二爷拿话堵老爷，因此这是第一件大的。这几日还有几件小的，我也记不清，所以都凑在一处，就打起来了。也没拉倒用板子棍子，就站着，不知拿什么混打一顿，脸上打破了两处。"贾赦暴怒，却没有使用家法打人的专门工具，而是劈头盖脸地打，不但人打得动不了，而且脸上都留下了痕迹。过去打孩子是不打脸的。

平儿的说法得到了共鸣和同情：

"我们听见姨太太这里有一种丸药，上棒疮的，姑娘快寻一丸子给我。"宝钗听了，忙命莺儿去要了一丸来与平儿。宝钗道："既这样，替我问候罢，我就不去了。"平儿答应着去了，不在话下。

平儿来说这个事情，应当也有为贾琏讨药的目的，目的达到了。

案件介绍到这里，看出什么异样了吗？一般的读者都没有看出来。还有不少学者说不光贾雨村巴结贾府，贾赦也横行霸道，这些说法其实都停留在了事情的表面。平儿是贾琏的妾，她站在贾琏的视角看这个案件，所以上面的描述本身就是在平儿戴着有色眼镜下的描述，与真实的情况可能就有差异。上面的描述有好几个疑点，把疑点分析清楚，才能了解整个案件的原貌。

第一个疑点就是介绍石呆子时前后矛盾。石呆子要是"穷得没有饭吃了"，怎么会后面又"坑家败业"？如果石呆子真的有产业，又没有饭吃了，那么就是石呆子的产业现金流出现了巨大的问题。石呆子没有现金流了，那么就真的可能会拖欠税款，也就是"官银"，贾雨村就没有讹诈冤枉他，此案是符合法律的。

第二个疑点是贾家的财务状况和贾赦的不正常欲望。贾家此时内部的财务状况很不好，贾赦欠中山狼的5000两银子还没还。后面贾琏周转不了，还要鸳鸯偷老太太的东西去典当，夏太监要1000两银子的好处费，贾琏、凤姐就要当东西。买20把古扇，一把1000两，要2万两银子，当时贾府很缺钱，就算是按照贾琏出价的500两一把，也要1万两银子，贾家也是没有的。为何贾琏不惜花大价钱也要去买古扇呢？

最关键的疑点在于贾雨村办案的逻辑不成立。石呆子案在第四十八回，当时贾雨村的身份是在京城候补，书中介绍他是"进京陛见""候补京缺"，到第五十三回才有"贾雨村补授了大司马，协理军机参赞朝政"。注意是补授不是升任，措辞很清楚，在补授之前，他一直在候补。官员候补期间，没有补到实缺就没有权力。贾雨村在京城是闲职候补，他如何能够介入石呆子的案子？贾雨村长时间候补，未来的政治走向不明，帮助贾雨村是否能在政治上得分，官场上的人都会有所考量。后来，贾政说过贾雨村补授的大司马协理军机的职位是吏部侍郎署理兵部尚书，职位是从一品。他进京候补，在地方上应当到了二品以上，不到此级别，也很难觐见皇帝。也就是说，此时以贾雨村的职位，根本不需要巴结贾府，而是贾府应当巴结贾雨村。当然，此时贾家人的心理，是怪味的和难以转变的。此时贾雨村给贾赦搞扇子，肯定还有利益交换。对贾府与贾雨村的关系，后面章节还会详细分析。

更重要的是，户部追缴所欠官银是基层地方官的事情，对已经在京候补的贾雨村而言，身份高高在上，怎么会管基层官员的事情？中间隔着好多层级。处于候补位置的贾雨村，要透过如此之多的官场壁垒，从吏部插手户部的事情，再到基层地方官，才能搞到扇子，最后再给贾赦，环节太多了。且不说贾雨村是否能够做到，其中的间接代价也极大，根本不符合官场逻辑。如果当初石呆子在金陵，贾雨村是金陵知府，搞一个石呆子冤案，贾雨村本人可以一手遮天；但在冠盖如云的京城，贾雨村还在候补，不是实职，又不是现管，也不是现管的对口主管部门上司，要办到这件事，真的不太容易。

那么问题来了，到底是谁想要石呆子的古扇呢？谁能够让贾赦着急地寻找古扇呢？谁能够让贾雨村积极地为其谋取呢？谁的威力让贾赦那么狠打贾琏呢？如果读者敏感一点，明白京城是谁的天下、谁有这个绝对的力量，就该想到是谁想要石呆子的扇子了。

古人对扇子极为讲究，因为扇子是男人随身显示身份地位和文

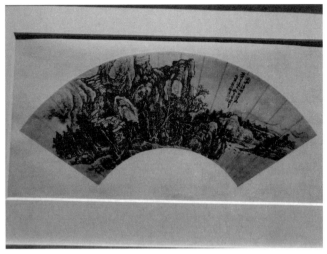

化品位的重要物件。上图是本人在展览会上拍摄的古代扇面和扇套真品。

北京有一句老话："不怕贼偷，就怕贼惦记。"这两个贼字实际上意思不同。第一个贼是指真的盗贼，第二个贼则是指宫里的"贼"，有人看到了你家的好东西，报告给皇家，被皇帝看上了，那么可能你就要"坑家败业"了，有关人等会查找你的涉嫌逾制或欠税等信息，安一个欲加之罪，就如说石呆子欠官银一样。北京的四合院建筑有一个特点，就是院子里再豪华和奢侈，院门外也看不出来；家里有好东西，不能露富，害怕的就是"贼"惦记着。如果是偷东西的贼还可以防范，也不会"坑家败业"，但皇帝要是想谋取，就可能获欲加之罪，彻底损失，而且没有讲理的地方。

为何说是皇家想要石呆子的古扇？这里用皇家，因为《红楼梦》里面还有太上皇、皇太后、皇子等。书中明写了皇家拿走扇子的证据，只不过比较隐讳。在贾府被抄家的情节当中，贾府被御史参劾包括石呆子的事情，但抄家对古扇如何？根据古代抄家的规矩，所有参劾涉及的内容，抄家时的物品是一定要给出去向的，如果找不到去向，则贾家就要解释，并要追查到底。但贾家被抄家的时候，

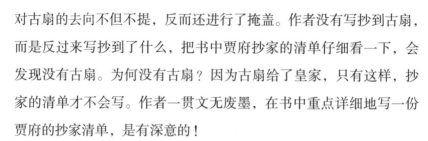

对古扇的去向不但不提，反而还进行了掩盖。作者没有写抄到古扇，而是反过来写抄到了什么，把书中贾府抄家的清单仔细看一下，会发现没有古扇。为何没有古扇？因为古扇给了皇家，只有这样，抄家的清单才不会写。作者一贯文无废墨，在书中重点详细地写一份贾府的抄家清单，是有深意的！

皇家想要古扇，认识到了这一点，所有的疑点就都清楚了。贾赦得知皇家喜欢古扇，替皇家去找古扇，可能是来自贾妃元春的信息。而贾雨村知道是皇家想要，当然要非常积极配合了。贾雨村在没有补到实职以前，也需要在皇家面前表功。他候补时已经级别不低，可能就在皇帝身边随侍。因为是皇家想要的东西，皇家不好直接开口，通过能够懂眼色的贾雨村交代下去，各个部门为了讨好皇家，配合贾雨村给皇家办事，当然非常积极。经过如此这般操作，皇家想要的古扇就弄到手了，贾家又通过贾妃和内宫献给了皇家。当时不光有皇帝，还有太上皇呢（第十六回出现，以后会讲太上皇的故事），皇帝需要好东西孝敬太上皇也说不准；后来贾雨村当了大司马协理军机参赞朝政的要职，可能也与他为皇家找到了需要的古扇有关！

很多读者还会关心：石呆子到底是否欠官银呢？这又是一个古代的潜规则。在中国古代社会，不是法治而是人治，体现在不是没有法，而是选择性执法。在石呆子案件中，让石呆子补官银的文书档案到天子层面，一定要证据确凿。石呆子有家业，但流动资金紧张到吃饭都成问题，被查出来拖欠“官银”很正常。石呆子能够有20把价值两万两银子的古扇，属于大富户无疑，只不过可能遇到了经营危机。中国古代是高度内卷化竞争的社会，很多时候不搞潜规则就难以在社会中生存，而搞了潜规则，到时候抓谁不抓谁，体现了统治者的个人喜好。中国古代的苛政，使一些人不得不违法，否则就无法生存。对富户违法，官府则选择性地执法，需要的时候才追究，带有刑民于阱的性质。石呆子也是有势力的人，不是平民，他觉得对自己不公而疯癫，是因为遇到了选择性执法。如此的社会规则，限制了创新和规模化、资本化，也是中国近代落后于世界的原因之一。

在古代还有一个对勋贵的潜规则，皇帝刁难勋贵，让勋贵实力变弱被削藩，经常用一个手段——向勋贵索各种黄金、古玩、玉器、艺术品，勋贵孝敬得不好，就可以用大不敬的理由进行惩罚。例如：汉武帝元鼎五年（前112年），说是要祭祀，让勋贵王侯都酎金助祭，然后再以酎金的成色不足为由，一口气削爵了106个列侯。酎金又叫马蹄金，在海昏侯墓出土了很多。皇帝索要的东西，不准备不行，准备得不好、不合要求更不行。因此，贾家花大价钱，也要搞到符合要求的古扇，就算是一两万两银子的巨款，该花的时候也不能省。皇帝想要的东西，如果买不到，为臣的一定会去想各种办法。

也正因为皇家要古扇，而且古扇早就在皇家那里，尽管御史弹劾了石呆子的事情，但贾家被抄家的时候仍然不会问古扇去向。后来贾府的抄家清单里面没有石呆子的古扇，这与弹劾内容不符，否则有关的古扇去向，抄家的时候是必须问明的。书中贾府被抄家，

汉代的酎金

皇帝先向贾雨村问了相关情况，石呆子的古扇直接参与者也是贾雨村，具体的情况贾雨村会与皇帝说清楚，所以皇帝很快就批示，将石呆子案有意地大事化小。书中第一百零七回对石呆子案的定论是："惟有倚势强索石呆子古扇一款是实的，然系玩物，究非强索良民之物可比。虽石呆子自尽，亦系疯傻所致，与逼勒致死者有间。"把价值两万两银子的20把古扇变成了"玩物"，而且"非良民之物可比"，石呆子不算良民了，并且把强索后失去扇子，导致石呆子之死的因果关系断开，变成了石呆子的死是自己疯傻导致。皇帝何以说石呆子不是"良民"？说明贾雨村安排的追究石呆子拖欠官银的事情是真实的，所以他不是良民，"非强索良民之物"，只不过是选择性执法。按照古代潜规则，皇帝想要的东西，不开眼的人不贡献出来，就不是良民。

古扇是皇家想要的东西，而且皇家里面的皇帝、太上皇、皇太后、皇子等，到底谁要，贾赦也不能公开说出来，所以贾琏不知道背景。虽然贾琏不知道背景，贾赦也绝对不能让贾琏再说"坑家败业"来挺石呆子，说了就是在指责皇家，也会引发皇室成员内部的矛盾，所有账都会记到贾府上，说皇家失德让"石呆子坑家败业"，那是大不敬。贾琏的这句话不是堵了贾赦，而是对皇家大不敬，要给贾府招祸。贾府给皇家贡献的古扇是"坑家败业"的强取豪夺怎么行？皇家强要东西不叫坑不叫败，而是要叫献叫贡，所以贾琏要被打。正常的情况下父慈子孝，对已经成年的嫡长子（虽然是老二，但是活下来的最年长的），下手那么重不合常理，已经不属于正常管教孩子的性质。贾赦暴打贾琏一顿，就是给周围可能是皇帝的眼线看的，贾家已经拿了一个态度出来：对贾琏的不知而不敬，贾赦已经严惩了，已经打得动弹不了了，不劳皇帝再处理了。因此，贾赦把贾琏打破了脸是故意的，就是要让周围所有人看见。

贾琏在石呆子的案件当中表现得很正义。贾琏的"琏"字的读音是什么，也是有争论的，现在的字典是读作三声，也就是与"脸"的读音相同。贾琏谐音"贾脸"，也就是贾家的脸，"琏"字读三声的时候，意思为古代宗庙中盛黍稷的器皿。现在的字典多音多义收录得不是很全，本人更认同读二声，读二声的时候意思与"连"字一样，典出《说文》："梿，胡梿也。……瑚琏者，黍稷器也。……从木，连声。"又有《集韵》："陵延切。与连同。"此时读音的谐音是"假廉"，贾府是假的廉洁，与贾政的谐音"假正"逻辑上是一致的。有人说贾琏的上面还有一个哥哥是贾瑚，构成"瑚琏"一词，本人对此并不认同，贾琏的琏二爷称谓是因为上面有珍大爷，是贾府大排行。

在《红楼梦》里，以贾府为首的四大家族，表面上飞扬跋扈，背后的暗线是皇帝的天威难测，贾府的勋贵三代都是战战兢兢。朝代已经到了新朝，老皇帝对贾家的信任没有了，新皇帝对勋贵后代的猜忌和打压增强了。皇帝有意削弱贾家的势力，贾家处处要小心。《红楼梦》暗中的背景，很多人看不到。勋贵到了第三代是危险时刻，富不过三也就是在此时。前面的老皇帝身边是一群勋贵老臣，到第三代以后，新皇帝身边是新朝科举当中皇帝选中的士子们。也就是说到了第三代，需要的是懂治理的知识型文官，已经不是勋贵武将，皇朝的稳定长久就是需要文官科举士子取代勋贵武将，一朝天子一朝臣，朝堂环境已经改变了。

所以关于石呆子案件，仅仅从书中平儿的表面陈述，对案件的性质认识就不会很明确，案件有更深层次的博弈。在《红楼梦》中，皇帝对贾家的态度不明，贾家是兄弟公爵，属于顶级异姓勋贵。皇帝与异姓勋贵的微妙关系，一直是主导情节发展的暗线，也是古代皇权社会的暗线和潜规则。读者不把《红楼梦》里面的草蛇灰线看清楚，对《红楼梦》里贾家人的行为，就不能理解到位。

（六）招伙盗贾府内贼妙冷湘莲

贾母死后，贾府盗贼能够进来，本身就很奇怪，背后肯定有内部人做内应。盗贼背后有什么故事？贾府要掩盖什么呢？首先看一下被盗的是什么，是贾母死前分给众人的私房钱，这笔钱本身就是亏空巨大。本人分析，被盗就是内贼做的，目的是掩盖贾母私房钱是亏空的。书里面写的公开被抓的是鲍二，被当场打死的是何三，但背后应当还有很多人，背景不简单。

在书中，鸳鸯曾帮助贾琏偷贾母的东西周转，贾母的私房钱可能被鸳鸯给贾琏挖空了，贾母一死，鸳鸯就找贾琏，说里面有四五千两银子的亏空。贾琏抄家后，也无法补上，导致了鸳鸯之死，对此本人已在《红楼深宅博弈》中的鸳鸯相关章节进行了详细分析。鸳鸯死了，但贾母给众人分配的东西数量对不上，依然没有交代。因此"盗贼"来了，真是恰逢其时。

书里写"大家查看失物，因鸳鸯已死，琥珀等又送灵去了，那些东西都是老太太的，并没见数，只用封锁，如今打从那里查去"。也就是丢失以前，没有盘点数清，"并没见数，只用封锁"，又被盗贼光顾，亏空也就无从查起了，所以盗贼的作用，就是为了掩盖亏空。本人在《红楼财经传家》中已经分析过，这些财物应当是贾母以前给贾敏的嫁妆，贾敏死时又交给亲娘，以后要做黛玉的妆奁，林家族人也可能会来索取，贾母"明大义"把这些财产给分了。贾母都做了明确安排，所有人都惦记着，此时的焦点都指向了贾琏夫妇。在第一百一十回中，凤姐操持贾母葬礼，费用捉襟见肘，众人道："老太太这项银子不在二爷手里吗？"凤姐道："你们回来问管事的便知道了。"矛头已经指向了贾琏。现在被盗了，问题就都解决了。贾琏和凤姐让鸳鸯偷银子周转，书里暗示贾母装着没看见，原因也是为了家里的事情周转，但这个偷的数量应当是贾母没有估算到的。黛玉的嫁妆早就被偷着花了，林家人肯定也不干，贾琏还有自己的烂账需要解决，现在被盗了，一切问题都解决了。

贾琏和鸳鸯亏空的银子，剩下的也有几千两，最后要对其他人有交代，说是被贼偷走了，但贼还真没有那么容易能拿走。四五千两银子，重量在几百斤，盗贼们哪有那么容易拿走？再来看看书里包勇与贼人的那一段描述：

> 那些贼飞奔而逃，从园墙过去，包勇也在房上追捕。岂知园内早藏下了几个在那里接赃，已经接过好些，见贼伙跑回，大家举械保护，见追的只有一人，明欺寡不敌众，反倒迎上来。……众贼见斗他不过，只得跑了。包勇还要赶时，被一个箱子一绊，立定看时，心想东西未丢，众贼远逃，也不追赶。便叫众人将灯照看，地下只有几个空箱，叫人收拾，他便欲跑回上房。

箱子变成空箱子了。那么问题来了，盗贼有人接赃，都已经把箱子运出来了，为何不连箱子一起搬走呢？盗贼不拿着箱子一起跑，却把东西倒出来，留下空箱子，自己拿着几百斤的银子怎么跑呢？如果贼人已经抱着箱子到墙外了，直接装车走人岂不是更好？不带箱子说明没出屋。常规思维是，盗贼偷东西，肯定见什么拿什么，整箱子一锅端更方便。只有当他们偷出来，发现里面没有银子细软，可能填了砖头之类的，才会扔掉。贾母的东西如果还在，肯定应当装在箱子里。对此，贾府不会承认原来装的就是杂物，而会认为是空箱子。只有最后被盗，鸳鸯、贾琏的银子亏空问题才能彻底解决。

书里直接写组织盗贼的何三，何三一个人肯定不能完成全链条，背后还有谁呢？首先就要有能够把赃物变现的古玩商冷子兴。很多人把冷子兴当作一个书中串场唱独白的过客，其实冷子兴在贾府的一系列运作中充当着重要角色。贾府在贾母去世后遭盗贼，应当与冷子兴有关系。盗贼要把古玩等销赃，就要找古玩商。盗贼中为首的何三，是冷子兴岳父周瑞的养子，与冷子兴也有关系。当时，负责保卫的贾芸与凤姐和贾琏的关系密切，周瑞一家也是如此。冷子兴做的很多事情都要依靠凤姐摆平，而且冷子兴的身份复杂。在书中第七回，冷子兴因为"和人分争，不知怎的被人放了一把邪火，说他来历不明，告到衙门里，要递解还乡"；周瑞女儿来求老妈找官府说情，由此可见冷子兴的身份不是那么清白，他的身份有说不清也难以证明的地方，所以冷子兴在江湖上与盗匪也可能有广泛的往来。我们把这些都串起来，谁在监守自盗，大概就可以知道了。贾府里的盗贼，到底是谁在做内贼，里面的水很深。只不过盗贼们碰到了新来的愣头包勇，何三被打死属于意外，否则就一点线索也找不到了。

贾府里面的东西，不敢开失单，也非常说明问题。贾府已经被抄过家，东西都已经被查看一遍了，为什么还担心呢？第一百一十二回：

> 贾政过了一会子问失单怎样开的，贾芸回道："家里的人都不知道，还没有开单。"贾政道："还好，咱们动过家的，若开出好的来反担罪名。快叫琏儿。"

"动过家"应当是指被抄家，然而抄家里面也有埋伏。贾府被抄家后为什么还会有那么多不能开单的东西？其中一个原因就是栊翠庵没有被抄，另外贾母的私房钱即林黛玉的嫁妆当时应当被保护没有被抄，对此已在其他章节里面分析过。贾府的东西变现都是通过冷子兴，盗贼盗的赃物变现也是通过他，要掩盖贾府的亏空，当然也有他的份儿。不能销赃变现，外贼也不会参与。冷子兴应当还参与了贾府后来被盗的财物的销赃。贾琏拿了贾母的财物去典当要通过古玩商，贾府被抄家后，贾琏还不上了，冷子兴去赎当就是一种暴利；此时鸳鸯已死，财物怎么来的也说不清楚了，当然变成被盗的财物不敢上失单，这下就安全了，所以冷子兴也需要帮助贾琏把屁股擦干净。古代勋贵之家与古玩商瓜葛很深，其中的潜规则，在《红楼财经传家》中已经讨论过。

妙玉被掠走，书里一个细节值得我们注意。

> 那知那个人把刀插在背后，腾出手来将妙玉轻轻的抱起，轻薄了一会子，便拖起背在身上。此时妙玉心中只是如醉如痴。

书里为何会写妙玉被"轻薄了一会子"以后，心中是"如醉如痴"？贼人第二天再来仅仅为了女色劫走妙玉，也是担了很大风险的，里面真的有故事吗？妙玉一直有凡心，才会带发修行，心中暗恋宝玉又只能单相思，她怎么安排自己的未来，怎么带走自己在栊翠庵积累的财富，都是值得分析的。

贾府遭盗贼，书里写到包勇对贼人是怎么来的进行了描述，说是直接针对妙玉的。

> 只听见外头院子里有人大嚷的说道："我说那三姑六婆是再要不得的，……那个什么庵里的尼姑死要到咱们这里来，我吆喝着不准他们进来，腰门上的老婆子倒骂我，死央及叫放那姑子进去。那腰门子一会儿开着，一会儿关着，不知做什么，我不放心没敢睡，听到四更这里就嚷起来。我来叫门倒不开了，……那个姑子就在里头，今儿天没亮溜出去了，可不是那姑子引进来的贼么。"

注意包勇话里面有一个关键细节，在被盗的晚上"那腰门子一会儿开着，一会儿关着"，腰门没有关死，属于非常不正常的状态！关于腰门子，书里此时着墨较多，不是没有原因的。

至于贼人是怎么来的，官方勘查说"踏察贼迹是从后夹道上屋的，到了西院房上，见那瓦破碎不堪，一直过了后园去了"。但本人分析，贼人选择此路线有很多疑点。贼人在园子里面接赃，后来贼人逃走，也是从园子里逃走的。园子里的腰门本来晚上应该紧闭，却变成了"那腰门子一会儿开着，一会儿关着"，属于重大疑点。贾母分的财产，就算亏空了四五千两银子，剩下的银两按照贾母分配的数量至少有近万两银子，这么多银子连箱子就接近百斤，盗贼从房上和夹道走，肯定难以搬走，过院墙也是问题，赃物出院应当走的是腰门。

盗贼抬箱子走腰门，就要过惜春的院子，惜春被约与妙玉下棋，惜春的注意力被转移了。贼人行动的时间正好是打更人换班的时间，一切都是那么巧合。

> 那些上夜的人啼哭着说道："我们几个人轮更上夜，是管二三更的，我们都没有住脚前后走的。他们是四更五更，我们的下班儿。只听见他们喊起来，并不见一个人，赶着照看，不知什么时候把东西早已丢了。求爷们问管四五更的。"

贼人中有何三做内应，当然知道上夜人的换班时间。何三控制不了惜春的行为，而且抬着箱子，银子又很重，要走腰门经过惜春的院子，就需要有人把惜春给稳住。惜春与妙玉下棋，会非常专注，这一行为起到了稳住惜春帮助贼人的作用。本来当天妙玉就要与贼人一起走的，但盗贼被发现后，她走不掉了，才会有第二天的故事，被劫走也可能是故意表演，真相可能就如包勇道"你们师父引了贼来偷我们，已经偷到手了，他跟了贼去受用去了"。书里对于包勇说妙玉、包勇与妙玉的冲突，还有那个"腰门"的状态，都是不惜笔墨的，妙玉的嫌疑真的很大。妙玉能够参与这个盗案，与贾琏和王家人是有关的。周瑞是王家的陪房，贾琏是王家的女婿，在《红楼深宅博弈》中，我们也分析了妙玉与王家人的关系，她因王家人的关系才能够进入栊翠庵。

我们来搜索一下全书，看看谁总想着要绝色美女，就知道回来掳走妙玉的人是谁了。《红楼梦》书里面想要绝色美女的是柳湘莲。这就是为什么在妙玉被掠走的时候，某个盗贼强调就要绝色美女。那么此时的柳湘莲去哪里了呢？一种推测就是做了江湖大盗。柳湘莲与尤三姐是贾琏做的媒，尤三姐之死，他觉得对不起贾琏。来看第六十七回的对话，那人道："还有谁，就是贾府上的琏二爷和大爷的盟弟柳二爷。"说明贾琏与柳湘莲有结拜关系。还有柳湘莲救薛蟠，就是与群盗演的一出戏，这难道不是惯用的江湖套路吗？柳湘莲在江湖当中是做什么的？也很有想象空间。贾琏结交柳湘莲这类江湖人士，并与之成为结拜兄弟，也是关键时刻要用他办事，解决自己的灰色问题。

贼人背走妙玉时，书里为何要写"此时妙玉心中只是如醉如痴"？说明妙玉与贼人的关系很可疑。很多读者一厢情愿地认为妙玉是宁死不从，而《红楼梦》的写法通常就是明线用风月宝鉴美女那一面照妙玉，翻过来照怎样，真不好说。柳湘莲喜欢绝色美女，妙玉在庙里平时接触的人多，柳湘莲是美男子，也是世家子弟，绝对属于妙玉思春的范围。但栊翠庵是贾府的家庙，妙玉要还俗可不是一件简单的事情，存在庙里的财富也不好带走。柳湘莲在尤三姐死后心灰意冷，他也无法在京城的圈子里混了，尤其是贾珍被抄家的罪名还是私埋了尤三姐，他就更回不来了。他要是与妙玉有私情，两个人也只能干等着，所以，如果妙玉与他有私情，柳湘莲和妙玉内外联动作案的行为动机就很清楚了。第一天，妙玉与惜春一直在下棋走不了，"盗贼"只能第二天回头带走妙玉，同时带走的还有妙玉留在栊翠庵的财富。贾家藏在栊翠庵的财富也记在了盗贼的账上。

妙玉跟着柳湘莲，还有一个原因，妙玉背后是王夫人、贾政。贾政是工部营缮司员外郎，后来是工部郎中，背后是皇家大工程；妙玉是前面说的"走后门"的潜规则之人，是与宫里沟通的渠道。在工部营缮司，秦业与贾政是正副手，秦业和秦钟的财富去了哪里？秦家死绝户后，秦钟是柳湘莲安葬的，秦家的财富可能也在柳湘莲那里，只不过他无法露富，这些事情妙玉很可能知道一些。

后来传闻说妙玉"誓死不从"，可能已经被杀死，此传闻就是要给相关人洗脱干系，以终结案件，就可以不再追查了。其实妙玉被迷香迷倒，能够被背走，就已经没有了不从的能力，哪还有什么"誓死不从"？看一下妙玉的判词："欲洁何曾洁，云空未必空。可怜金玉质，终陷淖泥中。"要是真的誓死不从被杀，那叫保持了冰清玉洁，不是"终陷淖泥中"。判词写得清楚，她想要洁净又"何曾洁"？她说空"未必空"，一直在思春，最后"陷淖泥中"，与盗贼为伍参与盗窃就是"陷淖泥中"，可怜之人必有可恨之处。

贾府盗案变成了无头案以后，妙玉和柳湘莲就可以在江湖上消费此次盗案的赃物了。古代的江湖中人不光有武侠，也有四处流浪、卖艺、卖药的人，更多为没有户籍身份的流民，要取得户籍身份，在古代非常困难。古代没有户籍就没有路引，想要到处走属于不合法行为——无路引或与之不符者，古代要依律治罪。古代的户籍要查三代，三代之内没有官府记名的身份（功名或官职）就算冷籍，科举也无权参加，所以状元张謇要冒籍参加科举。不过，柳湘莲属于世家子弟，等风声过了，案件销案，还可以再回来。

贾府被抄家，贾琏一屁股债，贾琏、凤姐的财物都被抄走了，他俩自身的债务也需要解决；然而在贾府遭遇盗贼以后，书里面就看不到贾琏、凤姐他俩为债务发愁了。这里给了读者无限的想象空间。看看贾琏的反应：

> 贾琏听了，急得直跳，一见芸儿，也不顾贾政在那里，便把贾芸狠狠的骂了一顿说："不配抬举的东西，我将这样重任托你，押着人上夜巡更，你是死人么！亏你还有脸来告诉！"说着，往贾芸脸上啐了几口。

贾琏的反应是不是有一点过度？再看看第一百一十一回，"周瑞的干儿子何三，去年贾珍管事之时，因他和鲍二打架，被贾珍打了一顿，撵在外头，终日在赌场过日"。盗贼何三与鲍二有仇，在第八十八回，因为他俩打架，被贾珍打了鞭子赶出了贾府，但贾府遭贼时，他俩又合作到了一起。后来，鲍二与贾琏有瓜葛，不光是鲍二媳妇与贾琏私通死了，而且因为贾珍让鲍二家的跟着尤二姐当家奴，在尤二姐的外室，鲍二家的又与贾琏搞在了一起。书中明写：鲍二对他新娶的老婆又"自己除赚钱吃酒之外，一概不管"，被贾琏戴了绿帽。鲍二参与盗贼团伙，中间应当有贾琏的原因。

（第一百一十二回）林之孝一早进书房跪着，贾政将前后被盗的事问了一遍。并将周瑞供了出来，又说："衙门拿住了鲍二，身边搜出了失单上的东西。现在夹讯，要在他身上要这一伙贼呢。"贾政听了大怒道："家奴负恩，引贼偷窃家主，真是反了！"立刻叫人到城外将周瑞捆了，送到衙门审问。林之孝只管跪着不敢起来。

林之孝负责看家，贾府被盗，他也有责任。同时，林之孝女儿跟了凤姐，林之孝与贾琏做假账，对不上的账也要补，只有这一招。盗贼来了，林黛玉在贾府的嫁妆是林家的财富，现在也可以交代到盗贼身上了。

为什么鲍二身上也有失单上的东西？鲍二是怎么与周瑞一家走到一起的？前面讲了，鲍二与贾琏关系紧密，不光是最早贾琏与鲍二家的有私，鲍二饮酒睡觉什么也不管，等于二次戴绿帽，所以鲍二的背后就是贾琏，贾琏外债累累需要处理。周瑞是给凤姐放债的，而鲍二依附贾琏，通过贾府被盗窃掩盖亏空的同时，贾琏也解决了自身的债务问题。

林之孝跪着不敢起来，贾琏的表现也很奇怪，书中这样写道：

> 贾琏一腿跪着，只在贾政身边说了一句话。贾政把眼一瞪道："胡说，老太太的事，银两被贼偷去，就该罚奴才拿出来么！"贾琏红了脸不敢言语，站起来也不敢动。

贾琏为什么跪着，还替鲍二、周瑞说话？贾琏"红了脸"，站起来也"不敢动"，这里交代得非常清楚，贾琏"在贾政身边说了一句话"，是什么话被贾政骂了个红脸？显然是不愿意官府追赃并严鞫鲍二，否则就会让鲍二招出来盗贼背后的秘密，对贾琏很不利。但是贾政认为必须对鲍二重罚，因为贾府太需要钱了。从此细节上可以看出，贾琏和管账房的林之孝都与贾府被盗有关。我们在《红楼深宅博弈》中也分析了，林之孝和其女小红都被凤姐搞定了，贾母所分财产实际上是林黛玉的嫁妆之一（对此后面还有详细分析），贾府被盗掩盖了他们的亏空，贾家向林家也有了交代。

最后开失单，书里写得也很清楚：

贾琏便将琥珀所记得的数目单子呈出，并说："这上头元妃赐的东西已经注明。还有那人家不大有的东西不便开上，等侄儿脱了孝出去托人细细的缉访，少不得弄出来的。"贾政听了合意，就点头不言。

贾琏负责与官府联系。此外，不在单子上的东西都由贾琏做主了，以后冷子兴在古玩市场变现，贾政知道了也不敢说什么，因为还有可能是抄家时，抄家人员私拿了，其中的水很深。

贾府盗案最后追回了部分赃物，但贾府实际丢失的财物应该比这个多不少，而这些追不回的财物连失单都不敢写，当然追赃就更要打折扣了。最后，这些没有追回的部分、贾府的亏空等，就都掩盖在了盗案之中。贾琏在缉盗过程当中，不但还清了外债，还存下了体己钱，自己的小金库也发财了，书中后来就看不到贾琏的债务问题了。

综上所述，贾母分的林家财物，数量很大，能够被轻易盗走，一般的贼人是办不到的。在这起案件中，贾府内贼与外贼合作，还有替罪羊顶着，各取所需。我们来盘点一下盗贼嫌疑人：何三、鲍二、贾琏、柳湘莲、妙玉、冷子兴、周瑞和周瑞家的、贾芸、小红、林之孝等人，内贼的人数真的不少。贾府为何到了末世？家族的内部分崩博弈才是关键，正是应了那句话：百足之虫都是从内部烂掉的。

（七）中国古代刑案制度下错案多吗？

中国古代刑案制度到底怎么样？中国古代刑讯导致的错案到底有多少？《红楼梦》是非常纪实的小说，其中的案件也有刑讯的影子。

现在说中国古代的刑案制度暗无天日，主要集中在刑讯和有罪推定之上。我们讲《红楼梦》中的名案，还要结合书中情节，来讲一下中国古代刑案制度的情况。有些内容是需要重新认识的。在近代西方文化渗透的背景下，对中国古代文明的贬低越来越多，似乎中国古代就是不发达和黑暗的，似乎与西方的中世纪是一样的。而真实的情况则是中国古代要比西方当时发达和人性化得多，制度和社会的公平性比现在很多人想象的要好很多。

当今的西方世界，很多人认为是法制文明世界，似乎全部是无罪推定和沉默权，但真实情况是这样吗？随着很多反恐审讯过程的曝光，可以看到事情的另外一面。如果了解美国的金融法律制度，就会知道美国对于金融犯罪实施的是有罪推定，出现金融犯罪嫌疑，先抓人再找证据！为什么美国也是不彻底地进行无罪推定，而且有例外呢？因为有罪推定和刑讯在维护大多数人的利益和社会根本利益上，有它不可替代的作用。

有罪推定和刑讯的好处是效率特别高，能够保持非常高的破案率！但是它的恶果也是显而易见的，这里先来看它坏的一面。刑讯逼供和有罪推定最大的问题是审讯者的权力无法得到控制，错案多是由审讯者的错误造成的，且不说审讯者有意进行陷害，即使是无意的过失也是不能够容忍的。再者就是在此制度下，每一个嫌疑人不论是否有罪，均要受到残酷无情的肉体折磨，这是当今社会所不能容忍的，所以国际上的虐囚事件才会遭到如此大的反对。

首先，我们来讲有罪推定和刑讯的制度问题。很多读者对于这个制度的理解，一般停留在戏剧、电影的表现上，而实际情况与荧幕表现有很大的差别。中国古代逐渐形成了一套非常完善的制度，很多人对此了解得不多。人们对古代刑讯的直接画面感，一般都来自《窦娥冤》等戏剧的展现，但这些戏剧本身诞生于游牧民族入主后的元朝，很多优良制度处于废弛状态。当时的戏剧作者对元政权充满怨恨，极度地在其文学作品当中妖魔化国家的强制机器，对政府制度的描写带有不客观的因素。

中国古代的司法有刑狱和诏狱两大系统。对于审理谋反大案的诏狱系统，中国历史上的政治斗争之惨烈不用再多说。对贾家、王家的抄家定罪等，就属诏狱系统，以皇帝的人治为主。为了更好地统治国家，古代的刑狱系统还是相对公正的，有"王子犯法与庶民同罪"的说法。《红楼梦》里，薛蟠第二次杀人，也是要判死刑的，薛姨妈找关系，到最后也没有用。最后薛蟠能够免死，那是因为皇帝的大赦。

在中国古代，刑狱审理案件要公开审理，审理过程与现在不同，公堂断案包括现在的侦查、审查和庭审 3 个部分。不公开审理叫作私设公堂，是要担很严重的罪名的。审问的官员如果不问青红皂白一上来就直接用刑，围观者会起哄，严重的会被御史参劾。即便不被参劾，如果出现错案，也要反坐，也就是说，官员错定了什么罪，他就犯了什么罪，后果相当严重，判错案、杀错人，可能要抵命的。

与现代人不同，中国古代的读书人只要参与科举，就要对律例非常清楚，因为在科举考试当中，除了八股文，律例也是要考的，考秀才就要写判决。因为古代读书为科举，科举为当官，当官最主要的就是断案，就要懂得律例。因此，古代的秀才、举人都可以监督，发现问题可以通过学政、教谕的体系往上递折子，皇帝委派出去的科举考官同时也是钦差，直接可以接收诉状带给皇帝，所以古代的科举体系还有监督功能。大多数案件都会有秀才和举人盯着，因为读书人在科举当官之前，除了教书以外，还有一个重要的经济收入来源，就是给他人写诉状和契约。执笔人自己写的诉状和契约上公堂，他当然会在下面围观，有问题也会上告。

中国古代一样有舆情监督，就是《邸报》。薛蟠的杀人案上了《邸报》，官员的舞弊都是要受监督的，这让曾经与知县打招呼的贾政也害怕了（第九十九回）。古代公堂审案是公开的，《邸报》就是一种监督的方式。前面提到过，古代的科举要考律例写判决，古代读书人都得懂律例，因为科举高中以后，官员主要的任务也是升堂审案，相当于法官。官员公堂断案，下面围观的秀才们水平也很高，他们相当于每年高考一个县的前10名的样子，水平堪比现在的律师。他们发现问题可以向自己的教谕反映，若有举人在围观，还可以上报给学政。清末小白菜的案子之所以成为冤案，关键还是因为有学政也牵连其中了。

古代律例中对于用刑也是有严格的规定和限制的，如清律里就规定两次大刑的时间必须间隔30天等；对于重大案件，还要进行三堂会审；如果是死刑案，需要呈报六部十三司，因为人命关天，皇帝才有权勾决，拿到批文才能执行；就算是罪大恶极需要立即执行，也就是斩立决，也要请出来王命旗牌，就是戏剧中说的"尚方宝剑"。薛蟠这类绞监候死刑，是需要反复核查避免有错案的。封建时代，很多惨无人道的刑罚冤狱多出自诏狱系统，是政治斗争的结果。只有看过清代的死刑案牍，才知道这里面有多复杂，当时没有复印机等现代誊写技术手段，所有的文件都需毛笔小楷誊抄，工作量是极大的。

下面谈谈有罪推定和刑讯在效率方面的优势，它相比于西方现行制度中的陪审团审判，错案要低得多。大家试想一下，嫌疑人的供述是由社会随机产生的12个人来判断准确率高，还是在极限心理、生理压力下的供述由一批有经验的专业人员来判断准确率高呢？结论不言而喻。使用12个人作为判断的样本，按照统计学原理，就是把理论上的平均错案率控制在十二分之一以下，也就是说陪审团制度理论上允许的错案率接近十二分之一，约8.3%，这个错案率很高。

首先看一下有罪推定和刑讯的效率。中国有句古话叫作"做贼心虚"，在有罪推定和刑讯的情况下，罪犯和无辜者所承受的心理压力完全不同，有审讯经验的人是很容易分辨的。尤其是随着审讯时间的流逝，心理上的变化会造成越来越大的精神变化，消耗大量的精力，从而变得非常容易辨别。除非这个人受过特殊训练，即使进行过特殊训练，也不是所有罪犯都能够做到完全处于与无辜者一样的状态。在长时间的审讯下，尤其是再加上肉体上的折磨，罪犯精神崩溃而招供，就顺理成章了。

有罪推定确实需要嫌疑人负有对于自己无罪的举证责任，但并不是说司法机关就没有举证责任，而且嫌疑人在举证的过程中为了证明自己无辜或罪轻，会提供很多对破案有益的证据；但在无罪推定时，嫌疑人没有举证责任，那么为了私心，就有可能不提供能够找到真正罪犯的证据。

再来看看有罪推定和刑讯如何避免错案。中国有句话叫作"三木之下，何求不得"，是说在夹棍的大刑之下什么口供都能够得到，也就是说，随便抓住一个人就能够通过刑讯逼供把他审成罪犯。但无论在什么年代，除非政治斗争需要，否则统治者为了维护其统治，也坚决不能允许这种事情出现。那么古代是如何限制滥用刑罚的呢？在前面已经提及，错案者需要反坐，就是说在给予审讯者用刑权力的同时，也让他担负反坐的巨大责任，比现在的错案责任要重很多。

在取得口供后，审判人员仍然需要找证据，尤其需要依据口供找到与口供相吻合的物证，口供还要与侦查的勘查笔录和已知证据相吻合。这些证据刑侦机关掌握多少，嫌疑人在审讯时不知道，能够吻合是不容易的。这些都吻合了，才能定罪。如果不是故意陷害，即使在刑讯时嫌疑人"生不如死，但求速死"的情况下，想屈打成招也不是那么容易的。

对于嫌疑人可能存在的翻供，还要有进一步的措施保障口供的真实性，要用三批官员在不通气的情况下对嫌疑人进行审讯。嫌疑人在屈打的情况下，经过多日，可能他自己也无法回忆起当初招供细节，导致会审的结果细节对不上。会审的结果上报，刑部的堂官来比对三堂会审的口供，看细节是否对得上，没有疑点再向皇帝报告。因为在极端心理和生理的压力下，进行招供时如果是编造的内容，所编造的细节，嫌疑人是记不住的，就像人喝酒后第二天记不住当天的事情一样，再次审问的时候，嫌疑人甚至会记不得自己已经招供，还要进行抵赖呢！在古代，对于重大案件需要三堂会审，把更多人的责任捆绑在一起，就极大地增加了串通的成本，从而大大降低了共谋的可能。杨乃武的案件能够牵连那么多的官员，很大程度上也是缘于清朝的会审制度。同时，这些审讯者彼此不知道审讯的过程和招供的内容，审讯结束后再由刑侦专家进行分析比对，只有细节相互吻合，才能确认口供有效，这就在制度上进行了约束。这些口供是否一致，也是庭审过程中出现翻供情况时如何认定事实的重要依据。

下面来看看《红楼梦》里薛蟠第二次杀人案的翻供情况，就是因为前后言辞不一，而被驳回再查。"臣等细阅各犯证尸亲前后供词不符，且查《斗杀律》注云：'相争为斗，相打为殴。必实无争斗情形，邂逅身死，方可以过失杀定拟。'应令该节度审明实情，妥拟具题。"（第九十九回）最后复查，查明了真相，薛蟠被判处了绞监候。薛家上下打通关节也没有翻案成功。

讲到这里，大家就应当明白，在有罪推定和刑讯的情况下，出现错案的可能性是很小的，反而在陪审团制度下，由12个社会人员就嫌疑人的情况进行判断，证据也没有有罪推定和刑讯找来得多，专业性和经验也与刑侦专家没法比，实际的错案是远远高于有罪推定和刑讯制度的。但是为什么陪审团制度很少被诟病呢？原因是陪审团制度下虽然有错案，但是保证了公平，陪审团的成员是嫌疑人自己挑选的，如果认定有错，也是嫌疑人自己挑选的问题，怨不得别人，所以在西方的司法界，陪审团永远不会错。而有罪推定和刑讯的每一个错案，一定有审讯者的过错，而且后面一定是血泪斑斑的控诉。如果再有艺术家的渲染，必定会成为社会事件，即使是在封建社会也是如此。

前面讲了，有罪推定和刑讯逼供比陪审团制度造成的错案要少，但如果对其进行各种制度限制，就会变成一种整人的手段，最后会造成全社会对有罪推定和刑讯的极度痛恨，所以很多人推崇无罪推定和沉默权。但与此同时，如果忽略了配套法律的建设，矫枉过正，对惩治犯罪无疑非常有害。现在很多人都幻想着有罪推定下怎么被司法机关冤枉，却没想过他们受到冤枉的概率与被犯罪分子侵害的概率是数量级的差别，保护受害人和保护嫌疑人是矛盾的，系统很难对二者同时优化。

中国的刑事诉讼由于没有心证和陪审团制度，在实行了无罪推定后，口供变得更加重要，因为口供是把各个证据串联起来的纽带。在陪审团制度下，这个纽带由心证来完成。如果没有口供，即使有10个人证指证，姑且不论他们是否集体故意陷害，长相相像、集体认错人的情况也是很可能的。比如双胞胎，100个人集体认错人，也是非常正常的。所以一旦实行无罪推定，就必须有口供。只要必须有口供，就一定要有逼供！

因此，中国古代的刑讯逼供，有一整套完善的制度来保证错案率很低，远远不是现在的影视文学作品所渲染的那样。现在，很多案件要挖出幕后的黑手，也必须有口供。在美国，对待恐怖主义和金融犯罪上，也使用刑讯逼供。

中国古代刑案，当然也有愚昧的一面，就如葫芦案的扶乩断案，搞的就是迷信。不过，西方的陪审团，投票是不会决定真理的，但他们把手放在《圣经》上，认为投票是受到上帝的指引，就变成"真理"了，结果美国在100多年前，就是这样由陪审团投票，抓住并且绞死了数万个"女巫"。科学不发达，历史的局限性，哪个文明都有过，中国古代的问题，还是科学发展不足的问题，不是社会制度的直接问题，科学发展受到制度影响，也只是间接的作用。

中华文明延续几千年，国家和社会的治理水平还是很高的，不是近代和西方妖魔化的那个样子。过去的刑案制度下，错案不容易，就如薛蟠杀人案买通诸多官员，最后也没有成为错案。

二、透过贾家立场看假话贾雨村

对贾雨村这个人物，本人认为《红楼梦》一书是故意反写的，是以贾府的视角来写的，对贾府而言，他确实不是什么好人。但透过贾家的有色眼镜，贾雨村的形象是另外的样子。《红楼梦》的风月宝鉴，是用骷髅那一面去照贾雨村的。《红楼梦》的暗线逻辑，隐藏在对贾雨村的反写当中，对贾雨村的形象，也是"假语存"。

在第一百二十回末尾，那人道："你须待某年某月某日某时到一个悼红轩中，有个曹雪芹先生，只说贾雨村言托他如此如此。"也就是全书的内容是贾雨村委托给作者写的。如果是贾雨村委托的，肯定不会把自己变成大奸大恶之人，作者说全书"既是假语村言，但无鲁鱼亥豕以及背谬矛盾之处"，表明书里的内容不会有"鲁鱼亥豕和背谬矛盾"，是在告诉读者：暗线是严谨的，对贾雨村的描写就是明线与暗线存在极大的不同，事实真相与表面上的感觉正好相反。本章从细节证据上告诉读者，真实的贾雨村到底是什么样子的。

（一）贾雨村的快速蹿升——古时人才快车道

好多读者读《红楼梦》，对贾雨村的官职变化关注不够，一直是以他的地位远低于贾府，认为他要攀附贾府，而实际情况是贾府很快就要仰望贾雨村了。

贾雨村的职位晋升之快，可以说令人叹为观止。贾雨村离开甄士隐去赶考，不到 4 年时间，回来就是四品的知府。虽然后来被免职，但不久就补授金陵应天府知府，然后不久又进京候缺，到第五十三回补授大司马协理军机参赞朝政，就是当朝一品大员了，时间最多也就是三五年。第七十二回，他被降职三级后，很快又升为京兆尹还兼管税务。为何贾雨村能够做到？这要结合《红楼梦》故事与当年的体制来分析。

很多读者认为是贾雨村攀上了贾家和王家，表面上看是这样的。先来看贾政，世家出身、王家女婿，还是元妃的父亲，可以算是国丈了，在从五品的员外郎位置上待了没多久，后来去当了学政，回来后变成郎中，这时才是正五品；再后来，到了 60 岁左右才当了粮道，不久就被参了回来，官位进步速度，与贾雨村根本没法比。要是贾家和王家真的有对贾雨村那个官位的运作能力，那么贾政被提拔的速度应该像坐火箭才对。因此，贾雨村的官位火箭，肯定有另外的通道。

《姑苏繁华图》（题跋中称其为《盛世滋生图》）局部——科考场内
[《红楼梦》同时代的清代宫廷画家徐扬于乾隆二十四年（1759年）创作]

◇◇◇贾雨村的身份是翰林

《红楼梦》中对贾雨村的贬低出现在很多地方，其实这种贬低回避了贾雨村的翰林身份。贾雨村是不是翰林，书里没有明说，但熟悉古代科举规则的人，肯定懂得。翰林是天子门生，贾雨村的翰林身份才是其官位坐火箭上升的原因。

贾雨村在科举后授官，书中是这样说的："会意进士，选入外班，今已升了本府知府。"大家注意，书里原文说的是贾雨村当时是知府。知府是正四品或从四品，而普通的进士是七品官，以七品的县令居多。从七品升到四品，需要很长时间。想一上来任职就是知府，只有点了翰林才可以。翰林散馆授官是五品官为主，升任从四品的知府或者翰林优秀者直接担任知府，在当时是常态。

贾雨村若仅仅为进士，那么他当知县是很低的位置，根据《大清会典》卷十一《吏部·文选司·汉缺除选》的记载，清代前期未被点翰林的科举进士授官规则是：二甲一名至五十名授各部主事，二甲五十一名至三甲十名授中书、行人、评事、博士，三甲十一名至二十名授知州，三甲二十一名至五十名授推官，余授知县。从这里可以看出，知县是最低的官了，不存在所谓的选入外班，而且从知县到知府，需要漫长的升迁过程。

在书里，贾政说贾雨村的时候提到过其当县令，应当是贾政对贾雨村的故意贬低，第一回在如州的时候，如果贾雨村仅是县令，那么他革职再复职，绝对没有理由一下子升好几级，直接到金陵知府的位置上。本人分析所依据的通行本前八十回以庚辰本为底本，后四十回以程甲本为底本，组合起来是专家的一致意见。不过后来本人又仔细考据，在程甲本和程乙本的前两回当中，写的是贾雨村为如州县令，与后来第九十二回贾政说贾雨村的履历相同。但贾雨村若是县令，他得中进士就会立即当县令了，不会时隔三年；贾雨村到如州，根据书中情节，应当是三年以后。

贾雨村第一次被革职，仅仅是一个县令也非翰林，县令的选任等权力都在吏部，宋代有宰相特别任命的知县，称为高配知县，又称堂除。督抚参劾县令革职，除非特殊情况也不会到皇帝那里，不会有皇帝"龙颜大怒"。就算贾雨村是知府不是翰林，督抚参劾一个普通的知府，除非该知府属于"请旨缺"的要缺，一般也到不了皇帝那里。贾雨村当官初任知府，非翰林一般不会给"请旨缺"的要缺，只能给相对容易办理的简缺职位。如果读者了解古代的江苏官场状态，就更明白了。江苏八府都是"请旨缺"，所以贾雨村应当是知府，同时应当也是翰林。

明清时期的县令升职是极为不容易的，很快到京官高位就更不可能了。知县要升迁的前提条件有两个，一个是俸满，也就是任期期满；一个是没有处分。而一任知县就是三五年，怎么可能三年后成为知府或者革职复职后成为知府？知府很多是"空降"，属于翰林的机会，所以时人都说"由知县而至司道府者，不过千百之十一"。知县到知府已经如此之难，如贾雨村这样内调补授大司马就更是基本不可能。《皇朝经世文编续》中对此评论："士人一绾县符，终身摈外，百余年来，公卿中以州县起家者无几人……老死于风尘者不可胜计。"在外当官要内调，起码要到督抚级别，而督抚也不是容易内调的，能够进入朝堂，不是翰林基本难以做到，而翰林到地方任职，则是皇帝放他出去历练，都是皇帝有意在培养。因此，贾雨村到了如州知府，犯错被上级弹劾，皇帝才会大怒。

若贾雨村真的只是进士不是翰林，到第五十三回没几年就"补授大司马"，并且"协理军机参赞朝政"，属于入阁了，在各个版本都是如此，同时程本在后四十回也写了贾雨村在军机。若他仅仅是进士，未点翰林则晋升不了这么快。在明清时期能够入阁的科举文官，若不是勋贵出身或者有军功特功特别破例（如左宗棠官至东阁大学士、军机大臣，恩赏了进士而不是翰林，但军功卓著，而且是在封侯之后），没有翰林身份不可能入阁！以贾雨村在书中的经历不可能破例。明英宗以后非翰林不入内阁是古代官场常识，"满朝朱紫贵，尽是读书人"，所以贾雨村一定是翰林。翰林就一般不会是知县，最后去当知县是翰林院考核总不及格或者犯大错的黑翰林，也不会有日后的机会。《红楼梦》后来的版本把贾雨村写成知府或本府，是在补正程本原版的逻辑错误，或者程本编辑时依据的底稿在传抄上就没有理解其中逻辑，给改错了，而且程甲本、程乙本当中贾雨村被革职也是写"该部文书一到，本府官员无不喜悦"，这里写的也是府而不是县，还有程、高二人编辑之时没改过来的地方。

书里还有一个证据，就是贾雨村遇到冷子兴时，口内说："奇遇，奇遇。"雨村忙看时，此人是都中在古董行中贸易的号冷子兴者，旧日在都相识。他们俩在京都里面认识并有了一定的交往基础，贾雨村若是考上进士就外放了知县，也没有机会在京都认识冷子兴。被点了翰林在翰林院当庶吉士，要在京城待三年，而且庶吉士是在翰林院学习而不是当官任职，有闲暇可以在京城四处结交朋友，古代当翰林庶吉士也是建立人脉的时期。

从七品的县令到四品的知府，中间有同州、知州、同知等多个级别，要升三品五级才可能。县令三年为一任，新任县令三年，任满之后再怎么升迁，没有特殊原因也做不到知府。即使贾雨村做到了在一个任期之内连升三品的奇迹，也不可能还不谙为官之道，与同僚上级关系不睦，而导致不久就被罢官。所以第九十二回，贾政与冯紫英聊天的时候说贾雨村当知县，体现了贾府上下对贾雨村的贬低，整个《红楼梦》是戴着贾府的有色眼镜来写贾雨村的。同样是翰林，薛宝琴要嫁入梅翰林之家，这时贾母对梅翰林家的态度，才是古代社会对翰林的真实态度。

知府衙门比县衙大太多了，一个县只有县令、县丞和教官（教谕）三个官，古代官不下县，知府设置就大不同了，知府衙门的规模很大，在此也给大家大概介绍一下。

1987年版《红楼梦》电视剧截屏

背景阅读　知府的规模设置

知府衙门为知府的办事机构，亦称府署、府衙。通常主要设有府堂、经历司、照磨所和司狱司。

府堂是知府衙门中一个综合性的办事机构，内有典史若干人。经历司是知府衙门内掌管出纳文移诸事的机构，设经历1人，秩正八品，知事1人，秩正九品。照磨所是知府衙门掌勘磨卷宗等事的机构，设照磨1人，秩从九品。司狱司是知府衙门掌察理狱囚诸事的机构，设司狱1人，秩从九品。

自明代始，府州县衙亦仿中央六部之制，设吏、户、礼、兵、刑、工六房。清代康熙年间，六房之外又设铺长房、承发房等。各房的职能如下。

吏房：掌署内考勤、乡绅、丁忧、起复、在外省做官各事。

户房：掌户口管理、征税纳粮、灾荒赈济等事。

礼房：掌兴学、科举、教化、旌表、礼仪、祭祀、节庆等事。

兵房：掌兵差、民壮、考武、治安等事。

刑房：掌破案侦缉、堂事笔录、拟写案牍、管理刑狱诸事。

工房：掌工程营造、修理仓库、起盖衙门等事。

铺长房：掌邮传及迎送官员之事。

承发房：应办各种公文信札，皆由此房挂号，又分发各房转办。

各房办事人员通称典吏，而各房之头目，或称经承，或以各房之名冠之，称吏书、户书、礼书、兵书、刑书、工书。其下工作人员称胥吏、书吏、书办等。各房书吏一般为10余名，不超过20人，他们不是官员，没有品级，大都是举业无望之人，只好掏钱纳粟买来书吏差事，或通过招募考试而被选用。

此外，各府还设有：

儒学，置教授1人，掌教育在学之士，考察生员学习、品德之优劣等，以训导佐之。

医学，设正科1人，品秩未入流，为府属之医官。

阴阳学，设正术1人，未入流，为府之阴阳官，兼辖星学。

僧纲司，设都纲1人，从九品；副都纲1人，未入流，为一府管理僧人之官员。

道纪司，设都纪1人，从九品；副都纪1人，未入流，为府内管理道士之官员。

少数府还分别设有库大使、仓大使、宣课司大使、税课司大使、检校等官。知府衙门之属官，也视事务繁简而置，无定员。

上图南阳府衙，属于历史文物，而《红楼梦》里，贾雨村任职的如州在江南淞沪太地区，中国古代膏腴之地的府衙，比南阳府衙的规模应当不差多少。

从上面的介绍可看出知府的规模和人员配置。知府太爷叫甄士隐的老丈人封肃去问话，封肃的惊异程度可想而知。甄士隐一家及门当户对的夫人封家，也不是普通白丁，要是县太爷来问话，也不至于那么紧张。贾雨村从普通的如州知府到天下数一数二的应天府当知府，已经是巨大的升迁，要是一个革职的知县复职当应天府知府是不可能的，即使是程本《红楼梦》在第四回也说"贾雨村授了应天府"，非常清楚，因此他要是到如州，贾政在第九十二回说他"榜下知县"是不可能的，而且榜下知县之间还有三年的时间，与故事发展的情节在时间上也有空当，完全对不上。

贾雨村在科举上被点翰林，个人的条件本身就有优势，因为在点翰林的时候也是看相貌的。古人认为，相貌非常重要，然后以貌取人，古代选官大挑举人当知县也有类似做法。贾雨村的相貌书里说是"敝巾旧服，虽是贫窘，然生得腰圆背厚，面阔口方，更兼剑眉星眼，直鼻权腮"。当时也是因为他相貌好，属于英俊高大威猛型，娇杏才多看了几眼。有古书上记载一些相面之术，虽属迷信，姑且一说。剑眉星目：一般是形容样貌英姿飒爽，正气十足，很英武。剑眉：双眉偏浓，同时眉形直线上扬，眉毛也顺势而上，不杂乱卷曲，剑眉的男子俗称鬼见怕，可以说长剑眉的男子顶天立地，敢做敢为。星目：目若朗星，大而明亮，炯炯有神，典故是形容潘安的。权腮：指人颧骨长得很高，一种大贵相。直鼻：鼻子长得端正，不偏不斜，相术上叫作龙鼻，大富大贵之相。就如《高祖本纪》说刘邦："高祖为人，隆准而龙颜，美须髯。"隆准就是高鼻梁，被说成了龙颜大富大贵，并且直接代指刘邦，隆准公就是指汉高祖刘邦。总之，贾雨村是一个大大的美男子。影视剧为了负面形象的需要，给观众的印象有错位。

在历史上，国家要兴盛，关键是人才选拔。中国人的聪明举世公认，但是很多时候，需要集体竞争力的时候，却发现中国人的"聪明"就不行了，产生了大量诸如"木秀于林，风必摧之""枪打出头鸟""人怕出名猪怕壮"等规则，所以中国古代的能人要隐忍，结果是人才缺乏快速成长的机制。古代能人需要抹去棱角，需要论资排辈，要成为真正的领导，实际上非常困难。科举是把权力交给能人的体制之一，"学乃身之室，儒为席上珍；君看为宰相，必用读书人"。

中国的隐忍哲学产生于古代，但是能人都隐忍了，中国怎么可能有历史上的文明和辉煌呢？我们读了历史，发现中国古代具备非常有效的人才快速选拔通道。人才的晋升通道，让优秀的人才快速进入决策层，是一个社会提升竞争力的关键。《红楼梦》里的贾雨村，就是进入了人才快车道，才迅速地升官的。

◇◇◇翰林是以才晋升的快速通道

说到中国古代的人才选拔，很多人会想到中国的科举制度，但是在仕途上取得科举的成功，仅仅是人才发展的第一步，科举进士职位在六、七品的官员，在古代官僚系统中属于底层，如果没有其他机制，他们一样要面临论资排辈等的消耗。古代取得进士头衔的人，一般平均在40岁左右，老的可能已经六七十岁了，20多岁的进士是非常少见的，所以古代有"五十少进士"的说法。相比古代人的寿命，进士人才能够使用的时间已经不长了，如何把他们快速挖掘，并且提到足够高的职位，才是关键。古代中了进士本身提拔也很快，《儒林外史》当中范进中进士时已经57岁，周进60多岁才中进士，最后都提拔到了三品官以上。

在古代，更快的晋升通道是翰林院制度，进士点翰林最荣耀了。

会试后进行殿试，殿试之后的主要工作就是点翰林。殿试时，皇帝和主要王公大臣均要到场监督，皇帝至少要阅览前 10 名的试卷，在此情况下作弊基本不可能。殿试的第一名是状元，要由皇帝钦点，当然大学士的推荐也很重要。考中进士没有点翰林，下面授职可能为主事，主事为六品，要高于翰林庶吉士的七品，但是翰林却排在主事之前。至于主事以下，就是外放的知县。进士被外放为知县以后，就要在地方长时间地论资排辈，职位达不到巡抚以上，基本没有再内调中央的可能。不过，外放的知县能够多赚钱，"三年清知府，十万雪花银"，这还是没有贪污而仅仅按照陋规取得的合法收入。知县虽然比主事低一品，但肥得多，授官更愿意当知县的人很多，而且外放的进士知县在地方上也不多。地方知县大多数不是进

皇帝主持殿试场景，殿试点翰林。

士出身，一个省几十个县，三年科举外放来的进士知县没几个，而且很快还会升职，被叫作"老虎班"，地位比一般知县高得多，同时进士知县还有其他知县没有的权力，可以往朝廷递折子，是古代下情上达的重要渠道。因此，贾雨村是翰林，这一点对理解书中情节非常关键。

对古代中进士点翰林，现在很多人因为在戏曲、小说当中看得太多了，弄不清具体情况。关于进士翰林的人数，考取进士的数量比现在增选院士的数量略多，点翰林的数量远远少于增选院士的数量，与以前的学部委员数量差不多，知道了这个比例，对比一下，就知道翰林的稀缺了。在中国古代，翰林的真实地位比现在的院士地位还要高很多，有"翰林见官大三级"的说法。

对进士翰林的人数之稀缺，具体的情况也可以计算一下，清代的翰林人数，吴仁安根据钱实甫编著的《清代职官年表》四册统计，清代庶吉士的人数是6216人，清代从1646—1904年，平均每年庶吉士是24人，算上三鼎甲状元、榜眼、探花的修撰和编修，一年是25人，十年是250人。朝廷二品大员，六部1个尚书2个侍郎，就是18人；十八省巡抚和辅政使，9个总督，45人；军机大臣、大学士、太傅等10多人，总计60多人。这些人多半都是翰林出身，也就是

状元及第、榜眼及第、探花及第牌子（杨艳丽拍摄于中国科举博物馆）

说翰林大比例是要到侍郎、巡抚等二品官员之上。如此一算，就知道翰林的地位了，社会上对翰林身份的认知，是按照他们最终能够晋升到的地位来看待的。

翰林地位特殊在于他是天子门生，每逢五逢十，皇帝要给翰林学生上课，即使皇帝不到场，也会有大学士来授课，因此会接触到最高层。同时有很多重要的活动，均需要翰林到场，眼界也开阔了。皇帝的私人活动也经常有翰林陪同。此外，皇宫和皇家园林的匾额和楹联也是按照惯例由翰林题写的，题写得好还有被皇帝发掘的机遇。而翰林的人数是二三十人，多的时候也不过50多人，就是现在一个班级的人数。三年下来，皇帝和宰相就都和新翰林们熟识了，所以当红的翰林甚至比二品大员还炙手可热。这些翰林也被称作储相，也就是宰相储备人选的意思。所以贾雨村是翰林，皇帝本来就认识他，贾府的推荐、王家的推荐，只不过是锦上添花，皇帝对他真实的认知，是在他当翰林的时候留下的。天子门生，扈从皇帝，皇帝亲自参与授课，他人不容易改变皇帝的想法。所以书中贾雨村被参劾、被革职，要皇帝决定，若是一般官员，到不了皇帝层面。

翰林庶吉士在翰林院学习的是专门知识，按照六部进行分类，可不是"四书五经"讲的大道理。比如学习兵部的翰林，就在这里学习古时的布阵知识，可以看到布阵的有关书籍，这些书籍在民间是禁书，所以在明清时期，很多著名的书生出身的带兵将领出身翰林。中国国学分层二元化，教人做皇帝的学问不能写出来，但翰林要学习。因为太子的老师都要从翰林出来，翰林还要承担未来可能教授太子的重任。翰林学习六部的知识，翰林本身也按照自己的兴趣选择方向，其实约等于文理分科。学习户部的要会算账；学习工部的要会营造法式；学习礼部的要知道天文历法，搞周易和数学；学习兵部的要学习排兵布阵；等等。假如六部的侍郎、尚书都来教授，从中要找到自己的接班人，他们也会尽心传授，为日后铺路和提拔。

所以庶吉士经过翰林院的学习，翰林庶吉士的知识和技能水平有了极大的提高，到下一届的科举，新进士点翰林的时候，老的翰林就要散馆了。散馆外放的翰林，没有过错一般至少为五品官员，比七品知县要高两品，而且多为实权官员。晋升的时间只有三年，晋升的速度已经大大加快，而且翰林们已经被皇帝和宰相熟识，将来晋升的机遇也多得多。如果被放为从四品的知府，则应当属于翰林里面的优秀分子。贾雨村就应当是翰林院学习优秀的庶吉士才对，皇帝肯定会记住他，还愁以后升得不快？

《红楼梦》书中，贾雨村在科举三四年后，到如州的时候，就已经是知府了，知府是从四品的官职，能够短时间内得到知府官职，一定要有翰林身份。贾雨村外放江苏，那可是膏腴之地，因为在清朝，江苏各府在"冲、繁、疲、难"四个字中都至少占三个字，到这些地方当知府，那都是要缺的知府。后来，贾雨村进京候补能够补授大司马，在地方上也要是督抚级别。因此，贾雨村肯定是翰林，而且是学习优秀的翰林，他进入了皇帝的视野，也就是跻身了晋升的快车道。

翰林中的佼佼者，一般不会被放出翰林院的，会再授予翰林修撰、翰林编修等职务，其工作性质就相当于给其他翰林编写教材，同时自己也继续学习和研究。在翰林院从编修等职务再往上升，就到达侍读学士、侍讲学士、内阁学士等职位了，已经是二三品大员了，相当于皇帝和宰相授课的辅导老师，同时侍讲学士还有可能在御前行走，也就是当皇帝的随从，机会又比一般的二三品大员多很多。内阁学士可以直接升任大学士，也就是宰相。更优秀的翰林，还可以担任军机章京、同平章事等，虽然是五品官，但已经入阁，当年谭嗣同等人担任的就是这个职务。所以在翰林院的人才提拔通道中，十年内从翰林到宰相很正常，两三年的也有。

对于翰林人员在翰林院要学习的方向和内容，国家会根据需要进行差别培养。继续在翰林院和当京官的翰林，更多是做学术研究，司法、文化和财政管理等方面的翰林，不但要有为官经验，还要有实际工作的经验。贾雨村当翰林被培养的方向，从第九十二回贾政说他的任职履历就可以看出，他担任吏部侍郎署理兵部尚书，以人事管理为主，兼管军事，这是个需要具备很多实操经验的职务。所谓外放当知府，只是上级对他的历练。因为是皇帝派下来的，怎么处理他，地方是没有权力的，要经过皇帝。因此，书中写道，地方上司弹劾贾雨村的过失，也会让皇帝震怒。在明清时期，明英宗以后的潜规则就是非翰林不得入阁，破例需要特别的理由。原因就是古代只有翰林才要求学习怎么治理国家，而给皇帝、皇子当老师的职位，也必须是翰林才可以任职。中国古代管理国家的知识是在翰林群体中传播的，对其他天下读书人，读好"四书五经"是为了让大家有统一的儒家信仰。这些儒学并不是让你用来治理国家的，真正需要读书人掌握的本事是律例，在科举考试的时候也是要考写判决的。古代的基层官员执政的关键在于执行，执行的关键是断案。基层官员懂得律例，科举出身的官员精通律例，读过书的考中秀才都有律师水平，执行层面把案件审理好，治理国家和顶层设计的事情，都是属于翰林的。对翰林在古代社会中的重要作用，现在取消科举之后，全社会认识得都不够充分。

贾雨村应当也是翰林院中比较优秀的人物，能够直接到知府从四品的位置，代表了皇帝对他的厚望。而学得不好、不被皇帝喜欢的翰林，可能仅仅给一个七品县令。四品与七品都是在翰林院三年，翰林之间差别也很大。同样为知府，翰林担任的知府也与普通知府不同，就如进士当的知县被叫作老虎班，比普通知县厉害很多。皇帝对翰林的希望大，失望也就大，所以贾雨村在如州任上被参劾，皇帝才会龙颜大怒。如果皇帝对他印象不深，也犯不上对一个知府的不良品行发怒。因为贾雨村当翰林时就在皇帝心中留下了很深的印象，所以从翰林到补授大司马，即贾政说的吏部侍郎署理兵部尚书，成为从一品的大员，书里的时间周期差不多十多年，中间贾雨村还被革职一次。

再来看看《红楼梦》书中的林如海，探花出身。探花直接授予翰林编修，比贾雨村的翰林庶吉士要高，再晋升就是侍讲学士，也就是书中所说的兰台大夫，然后外放当了天下肥缺的巡盐御史，实际官职应当是两淮盐运使兼都察院的盐课御史衔。御史品级低，是正七品，但如果从其他职务转过来，原来的品级仍不变，同时林如海若背负皇帝的特殊使命，还有钦差的身份、钦差的权力，超过其他官员，代表了皇权。所以对林如海的巡盐御史是绝对不能按照七品官来看的，这个巡盐御史本身就是盐法道的兼职，而盐法道是三品，林如海升的兰台大夫应当是侍读或侍讲学士，或者章京一类的职务，都是四五品，又是天子近臣，已经是半入阁的状态。因此，若林如海不是在扬州捐馆，他的仕途前程更是不可限量。

有人说科举会有作弊之类的事情，实际上古代科举舞弊会让一品大员掉脑袋，一般的主考一品大员是不会冒风险帮人舞弊的；有人说基层科举可能还存在一些舞弊，其实在基层更没必要，因为可以合法地捐监生，犯不着非法行贿。科举到进士前要复试，复试之后是朝考，朝野大臣们都参与考察，作弊的门槛极高，一般豪门也做不到。科举还有殿试，殿试由皇帝主持。皇帝为国家选人，没有必要自己作弊。进士点了翰林以后，在翰林院要待三年。这三年期间，皇帝主持授课，还要不停地考试，要扈从在皇帝身边，才能优劣，皇帝肯定门儿清。没有水平的黑翰林不是没有，在翰林院总是考试考不过的翰林，就会延宕很多年，被叫作黑翰林，最后得一个知县了事。因此，有才学的翰林都可以快速晋升，而且每一个翰林的优缺点，皇帝都知道。

翰林还有一些比较难学的内容，还有很多科目属于科学技术层面。中国古代的数学、物理等自然科学，也不是真的完全不考，这部分内容主要在"五经"当中的《易经》里。对于《易经》，大家可不要觉得它就是关于风水和算命占卜的，那些与风水星象相关的内容需要计算行星、恒星、太阳、月亮的轨道等数据，还要在地面上测量、辨别方向，以及找地下水源，等等。这些都需要复杂的数学、物理、化学等自然科学知识，尤其是在没有日心说的时候，各种星际轨道又是曲线，极为复杂，计算恒星、行星轨道是非常困难的事情。古代的人学这些技术也非常难，能够学得好的人，才能够被称作有"经天纬地之才"。这里的"经天纬地"不是虚无的夸赞，而是能准确弄清楚星星轨道的"经天"，以及测量地面、确定方位的"纬地"。这些技术在古代不光是信仰，由钦天监定历法和占卜等，同时也是非常重要的军事技术。对学习这些技术的人，说他有"经天纬地之才"的同时，还要加上一个"定国安邦之志"，定国安邦需要的就是军事领兵的技能，测量、确定方位、找地下水源等技能是古代重要的军事技能。

在明清时期，能够作为文人军事主官，关键就要掌握这些军事技术，比仅仅懂战事的武将在战争中更重要，如诸葛亮就是这方面的专家，文天祥则是凭借对《易经》的深刻理解取得了状元。明清时期的地方大员督抚经常是加兵部侍郎衔，知府道员加兵备二字，都是可以辖制地方武官和军事的，对此类人才需求很高，提拔机会也多。在会试后成为贡士，再复试和朝考，朝考除了与现任顶级官员拉关系之外，考察的也是贡士的经世之学。用于军事和计算历法的数学等，都在经世之学里面。然后是殿试，殿试不是八股文，而是与时俱进的策论，殿试后才钦点进士翰林等。复试、朝考、殿试的综合成绩决定是否能被点翰林。因此，古代有"经天纬地之才"的贡士，在进士名次、点翰林和翰林院学习的时候，都是有优势的；

而翰林院里面翰林最容易考不过的科目，也是与数学理工有关的内容，若总考不过毕业困难，就是黑翰林了。

在《红楼梦》书中，贾雨村快速晋升，成为大司马协理军机，应当也是当初这方面的相关人才，因此特别容易在后续的选拔当中崭露头角。贾雨村应当是那种很优秀的翰林，早就被皇帝记住了，当他刚去地方就被参劾，所以皇帝会大怒。

俗话说："一朝天了一朝臣。"翰林是新皇帝通过科举选上来的人，是新皇帝直接带出来的亲信，与老皇帝的老臣不同。因此，在新皇帝登基后，科举取得的翰林具备特别的优势，等皇帝死去，那些老皇帝选的翰林就不容易提升了，已经提升上来的翰林，就是老臣身份了。因此，皇帝登基后，急需自己的亲信巩固权力，那时被点翰林，特别有优势。贾雨村被点翰林，就是在类似的状态下被提拔的，书中开头的"天上一轮才捧出，人间万姓仰头看"也是暗示新皇帝登基了。新皇帝需要自己的亲信巩固自己的位置，而贾家、王家是先皇老臣，老皇帝的人，与贾雨村的情况不同。

皇帝科举选拔新翰林新人，希望新人恩从于己，不希望他们与以前的老臣和旧势力有太多的瓜葛，所以贾家和王家对贾雨村而言，在过去的官场潜规则下，未必是有利的伙伴。在朝堂政治版图之画圈站队的问题上，贾雨村不在勋贵老臣的圈子里，才对自己最有利，所以贾雨村与贾府的关系，非常微妙。

在《红楼梦》里，暗中就写了读书可以快速崛起，却淡化了贾雨村的翰林身份，但他能够如此快地晋升的原因，在这部非常纪实的小说中，是大家都懂得的事情。

◇◇◇以德快速晋升的御史圈子

中国古代对翰林更多的是以才华为主的晋升通道，同时有德行的人也能够快速地晋升。在古代，以德快速晋升的通道，就是御史圈子。虽然御史圈子也有很多潜规则，有不少黑暗面，但总体而言，御史是清流言官，比官场其他地方要好得多。很多古代名臣都是御史出身，唐代的韩愈曾任监察御史，明代的海瑞曾任南京右佥都御史。

最早的御史是给天子记录的史官，所以叫作御史，后来监察百官成了主要责任，成了监察官之后，御史的官署改称御史台，御史台也称兰台、宪台，明清时期改称都察院。所以在《红楼梦》书中，林如海升了兰台大夫，这个兰台除了在古代可以当作秘书处看待以外，也可以认为是御史台，作者在书中有意模糊了林如海升职的具体过程。而林如海的探花身份本来就是翰林编修正七品，那么升任兰台大夫，应当不是一个普通的正七品的监察御史，而是都察院更高级的官员。而在第九十二回，贾政介绍贾雨村时，说他也转到了御史，说明贾雨村也是在御史的圈子里面。

御史有广义和狭义的区别，广义的御史包含给事中，是中国古代执掌监察官员的一种泛称。御史出监郡县，则称"监御史"；如留守中央执行御史大夫或御史中丞指派之公务，则一般皆称御史或"侍御史"。给事殿中的人称"侍御史"，在宫廷中随侍皇帝。因执事于殿中，故名给事中。

给事中为官名，侍从皇帝左右，备顾问应对，参议政事，明代置给事中六科官署于午门外直房。明制分设吏、户、礼、兵、刑、工六科给事中掌侍从规谏，有驳正制敕违失之权，监察六部诸司，弹劾百官，与御史互为补充。明成祖永乐年间复置左、右给事中，亦为从七品。其后各科员数时有增减。

清代给事中隶属于都察院，与御史同为谏官，故又称给谏。顺治十八年（1661 年），设都、左、右给事中，满、汉分别各一人，满族人为正四品，汉族人为正七品；雍正初为加强皇权，将六科并入都察院，与监察御史合称"科道"，简称给事。有进宫谏诤之现职，掌抄发题本，审核奏章，监察六部、诸寺、府、监公事，雍正七年（1729年），升为正五品。专职监察官员在古代大多是品级不高的，是小官监察大官。"科道"御史人数有一百人出头。因此，古代官场御史，可不是七品芝麻官，而是有相当的职权在身。

明代改御史台为都察院之后，又设置左、右都御史各一人，作为都察院长官。根据《明史职官志》记载：都察院设左、右都御史，正二品；左、右副都御史，正三品；左、右佥都御史，正四品。下设十三道监察御史共一百余人，均为正七品；其他还设有经历司、司务厅、照磨所、司狱司等机构。清左都御史，满汉二人，正二品，雍正八年（1730年），改为从一品；左副都御史，满汉二人，正三品；原有左佥都御史一人。乾隆十三年（1748年），右都御史为总督加衔，右副都御史为巡抚加衔，右佥都御史可以是重要的知府加衔，不理都察院事。从都察院的构成看，其中既有品级高、声望重的官员，又有一大批品级低、权力大的官员，这样既保持了监察制度"以卑察尊"的原则，又提高了监察机构的威慑力，使监察机构能够真正发挥作用。

为何御史的品级不高？原因就是可以实行"以德选人"，扩大选择的范围。要是御史本身是高官，高官还要在官场混出来，那么他们就已经不那么干净了。御史官品低，就是要在低位把有德行的人选拔出来，他们秉持公义敢于直言顶撞上司，在官场潜规则下难以高升，必须通过特殊的机制把他们挖掘出来。有了当御史的机会，就有了晋升的机会，政权也有了把德行高的人选拔出来的机制。

御史圈子关键是直接对皇帝负责，而不是受制于内阁宰辅。在彻底脱离行政系统控制后，御史台不需要向行政首脑宰相负责，同政务得失没有利害关系，实现了真正意义上的客观中立，从而形成了自己的一个圈子。在清朝，御史有特殊标志的补服，以獬豸作为标志，是龙生九子之一，不算文官的禽也不算武官的兽，地位很特殊。

虽然御史的官职可能不大，但可以直接给皇帝上折子。一般官员要按照级别不能越级，必须通过上级逐级上报，不能直接递折子给皇帝。御史群体则不同，有特权可以直接给皇帝递折子，不需要御史台的上司批准，或者不经过御史台的上司，就直接将折子递给皇帝。因此，御史虽然是七品，但职权远远比一般官员大。当然，在监察百官的同时，御史也可以指出皇帝的过失，向皇帝谏言，这也不属于妄议朝政，一般其他的官员则是不能妄议的，要通过御史或内阁才行。

总体而言，御史圈子是皇帝非常信任的群体。御史群体大多数由进士担任，但也可以例外，比如海瑞就仅仅是一个举人，也当过御史。御史只要有做官资格就可以担任，例如，龚翔麟自副贡授兵部主事，康熙三十三年（1694 年）考选陕西道御史。所以御史是翰林之外另一个快速晋升的通道，因为皇帝知道他们，认识他们每一个人。古代官员能够提拔到高位，在翰林院的晋升通道之外还需要有一个补充通道，对没有点翰林的有德行的人，也要有机会，避免都是官场潜规则和论资排辈，否则海瑞这样的清官，就不会有机会了。对敢于直谏、敢于参劾权贵的官员，也要有上升的通道，作为对官场腐败势力的一种遏制。因此，古代的文官敢于死谏，背后是有奖励机制的，就是直谏取得了社会上的好名声，就可以进入御史的圈子，以后获得更多更快的晋升机会，对他们有制度性的保障机制。比如《儒林外史》里面的范进，"授职部属，考选御史。数年之后，钦点山东学道"。范进 57 岁中进士，也是当了御史之后，没有几年便成了学台，很快又成了正三品的通政使，晋升得飞快。同样，周进能够快速晋升，"殿试三甲，授了部属。荏苒三年，升了御史，钦点广东学道"，也是当了御史才有如此的结果。

而且御史可以风闻言事，给皇帝提供各种情报，实质上也是皇帝的情报机构。所以御史也是"为天子耳目风纪之司"，风闻言事的权力非常大，捕风捉影搞错了也不会承担责任，就是说可以给皇帝汇报各种小道消息，皇帝得到消息之后再去查实，错误就得承担责任。

在《红楼梦》书中，第一百零四回，贾雨村惩治了倪二，倪二不满，就给贾家制造了很多似是而非的谣言："有了风声到了都老爷耳朵里，这一闹起来，叫你们才认得倪二金刚呢！"都老爷就是民间对都察院御史等官员的称呼。贾府的这些谣言到了皇帝的耳朵里面，皇帝就在召见贾政的时候一一加以质询，贾政出来说："吓死人，吓死人！"

御史的选拔，德行重于才干，就是要把德行放在第一位，是以德晋升的快速通道。古代当御史升职是很快的，御史台的职位升迁就是跨品级的，从普通的御史或者给事中升职金都御史，七品变成四品，一下子就升了好几级，等于跨级升迁。《红楼梦》书中，林如海升了兰台大夫，如果书中兰台是指御史台都察院，他的探花翰林编修正七品，升任兰台大夫，至少也是四品的金都御史，也可能是三品的副都御史，然后任职盐法道管盐政，因此林如海的巡盐御史也不是七品监察御史而至少是金都御史。

当御史的人，个人的德行在官场要用放大镜去看，德行有亏是难以进入御史圈子的。而《红楼梦》书中，贾雨村能够当御史，已经说明皇帝认为他前面被革职的"贪酷"不存在！古代所说的"酷"很多时候是不讲情面、不近人情的含义，非常适合御史身份。贾雨村的德行如何，倒是真的需要贾家这样的勋贵帮助他渲染，有点类似魏晋举孝廉的性质，所以贾政在第九十二回当中说"林姑老爷便托他照应上来的，还有一封荐书，托我吹嘘吹嘘"。通过贾家在勋贵圈子当中"吹嘘吹嘘"，对贾雨村的德行进行包装，有勋贵舆论支持对贾雨村进入御史圈子会非常有帮助，这也是贾家认为贾雨村沾了贾家的光的原因。但贾雨村能够当御史，本身是兰台（御史台）大夫的林如海对贾雨村的推荐更为重要，所以贾雨村可能更认可林如海的加持，而认为贾家的"吹嘘吹嘘"仅为锦上添花，此处贾家与贾雨村的认知可能有错位。

古代当御史还有一个潜规则，就是都要标榜自己安贫乐道。御史也叫作清流，都要说自己没有钱，没有物欲，家里钱多反而是不受待见的，所以家里有钱也要简朴生活。就如前面所说的，龚翔麟当了十年御史，退休之后家里穷得"贫至不能举火，萧然不该恒度"。因此，贾雨村能够有御史的职位，他早年的贫困是加分项，不是丑事，他也不应当忌讳门子知道他早年的贫穷，反过来他会不断地宣传自己是寒门子弟。所以他到底忌讳门子什么，本人在葫芦案那一章节已经有具体分析。而林如海的御史身份，则必须不能露富，要简朴过日子，因此林黛玉进入贾府，看到贾家与林家生活在财富上的巨大反差。但实际上贾家是光鲜在外，内部财务竭蹶，而林家才是真正的富家。

很多御史还是大官在兼职，就如林如海的巡盐御史惯例上就是三品盐法道的兼职，而督抚则很多是都御史兼职。御史与行政官员还存在旋转门，身份是可以不断转换的。督抚等兼任了御史，参劾官员就可以跳过吏部，直接向皇帝递呈折子，尤其是有翰林背景的官员、天子门生、皇帝熟悉的人，是吏部官员不敢动的人，比如要革职处分贾雨村，就需要参劾到皇帝那里，由皇帝亲自决定。贾雨村第一次被革职，被上司参劾到皇帝那里，他的上司应当也有御史的兼职。而贾雨村升职应天府这样的天下第一知府，惯例应当也有金都御史的兼职，类似海瑞"召为南京右金都御史"（《明史·海瑞传》）。如果按照程甲本的说法，贾雨村先是做了榜下知县，那么他补授应天府知府，就只能是先当了御史，再从都察院御史升了四品的金都御史之后，才可能补授应天府知府，与第九十二回贾政的介绍是对得上的。否则在知县的位置，中间有同州、知州、同知等好几个品级，在省里要晋升这几个级别，每个级别要三年任期，没有十年以上基本做不到，知县革职后，复职、升职、补授成为知府，短时间内根本不可能，这里就体现了御史圈子的快速晋升。

不过，贾雨村在第五十三回能够入阁，也就是协理军机参赞朝政，则一定还要是翰林，因为只有翰林院才传授怎么治理国家的知识。前面讲过，其他读书人科举，除了"四书五经"还要学习律例，要考写判词。有了充足的律例知识，当御史是足够的，升到一品都御史，搞监察也是足够的。古代讲"非翰林不得入阁"，另外可以到官居一品的，就是御史这个通道。就如海瑞仅仅是举人，死后赠太子太保，也算是一品大员了。制定政策的人，与执行者、监察者的才能要求是不同的。翰林在翰林院有了足够的制定政策的知识学习传承，所以是能够制定政策的人入阁；而有坚定儒家信仰的人则去当御史，从事执行和监察层面的工作。就如海瑞对忠君和儒家行为规范，执着得接近不食人间烟火。中国古代制度顶层设计的政治逻辑非常清楚。

在《红楼梦》书中，贾雨村和林如海都是御史圈子的人，也代表了一方势力，对贾府的勋贵势力，本身就是一种制约。他俩既在翰林圈子，又在御史圈子，在古代就是德才兼备的标签。也就是说，林如海和贾雨村在翰林圈子里面还是御史，属于操守好的翰林；在御史圈子里面，他俩是翰林，对于御史圈子属于才学高的人。所以他俩的快速升职，迅速升到督抚大员，就显而易见了。古代的人对当时的官场规则是非常了解的，所以读《红楼梦》的时候就知道贾雨村和林如海是怎么快速升迁的，到第五十三回，贾雨村补授大司马协理军机参赞朝政，到底是什么样的官职也有了解，他们对书中的政经逻辑比现在不了解古代官制规则的读者会清楚得多。

外一则：民众政治启蒙的古代《升官图》游戏

要读懂搞懂《红楼梦》里面的人物官职，以及官职的升迁规则，是不容易的，而搞不清它们之间的高低逻辑关系，又无法真正地读懂《红楼梦》，所以其中的政治经济学才是关键之所在，仅仅限于文学上的感情分析，就无法真正弄明白这部古典名著的重要内涵。

很多人会问，古代人们就都懂得吗？古代的读者是懂得的。古代能够读小说的，能够识字的，本身就是少数人群，大部分人识字有限。《红楼梦》里面的古代政经博弈是社会常识，而现代人却不大知道。古代对民众的教育、对官员职位关系的认识，除了通过评书和戏剧等流行艺术以外，更直接准确的渠道是通过普遍流行的游戏来完成。游戏的作用巨大，也让人学习得最快，让古代的官制博弈规则变成常识。这个游戏就是《升官图》游戏。

提起"大富豪"游戏，现在可谓风靡世界，尽人皆知，通过游戏也告诉了老百姓一些商业逻辑，尤其是炒地皮的逻辑。中国炒地皮也是自古全民热衷的事情，土地是命根子。所以现在投资炒房，是最被民众接受的投资选项。古代与"大富豪"类似的升官游戏，叫作《升官图》。它存世千年，如今知道的人少之又少。在古代，普及官员的等级知识，是治理的需要，民众通过玩《升官图》游戏，就可以对官制有所了解，也算是寓教于乐。

《升官图》游戏据传在唐代已开始流行，又名《彩选格》《选官图》等。唐代李郃、宋代刘敞有《汉官仪新选》，称为《选官图》；宋代徐度有《却扫编》："彩选格，博戏具，宋赵明远、尹师鲁仿唐李郃升官图法，作彩选格。"宋代徐垓有绝句："砚干笔秃墨糊涂，半夜敲门送省符。掷得么么监岳庙，恰如输了选官图。"首次将《选官图》游戏写入了诗中。在古代，《升官图》又结合当朝特点不断改进。传说在明代，著名的文人倪元璐曾制《升官图》，成为《升官图》的流行标准并传之后世，故后世流行《升官图》之官名，大多数皆从明代官职的状态，清朝大多沿袭明制，与《红楼梦》一书的历史背景也是吻合的。

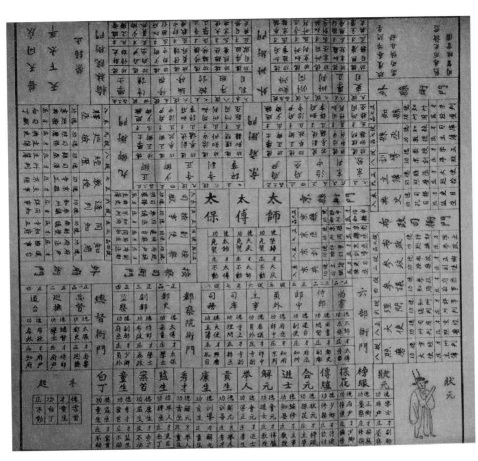

明代《升官图》

到了清代满族人入关以后，人们依然对《升官图》兴趣盎然。不过，满族人的《升官图》与明代不同，因为清朝的官职和升职逻辑加入了满蒙特权，同时也需要对八旗子弟普及基本的官员体制知识。在清代，《升官图》是守岁时必玩的游戏。据《海云堂随记》载："丙申（1896 年）正月十三日。年除日、正月十五、三月十五，口上商家循例至天后庙上香称'耍春'。口上商民玩叶戏、扑老鸡、

掷升官图、打满地锦者，在在皆是。"下面的图片，就是满族人的
《升官图》。

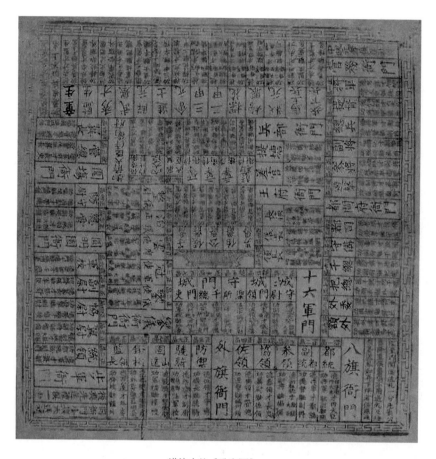

满族人的《升官图》

关于《升官图》游戏，清代文人也多有记载，清广阳学派代表
人物刘献廷在《广阳杂记》卷四中记载："予在衡署中度岁，日闻堂
中竞掷'升官图'喧笑，不知此中有何意味，而诸公耽之至此。"另
外，清代的著名探花赵翼也在《陔余丛考·升官图》中记载："世俗
局戏有升官图，开列大小官位于纸上，以明琼掷之，计点数之多寡，
以定升降。"

历代《升官图》都有变化，不同时期的《升官图》样式不同。

近年来考古发现，汉代画像砖中已有《升官图》游戏场景，孔家坡出土的汉简《日书》很可能就是最早的《升官图》棋盘。

玩《升官图》游戏，除了一张升官图，还需要配备的道具有陀螺或者骰子。《升官图》用转动陀螺来博戏，类似于很多游戏的掷骰子。在《升官图》的陀螺上有文字，分别是"德才功赃"，停止时文字是多少，转动方就可以折合为在棋盘上走几格。如陀螺停止时出现"赃"字，对贪赃枉法要惩罚，则会被扣分，相应棋子也要后退相应的格子。《升官图》上在每格标识的官位不同，比赛者从"白丁"出发，谁先走到棋盘中心的"太师""太保""太傅"的位置，谁就算取得胜利。

上图即为《升官图》专用的陀螺，材料或骨制或木制，四面分书德、才、功、赃。骰子则以四为德，以六为才，以二、三、五为功，以幺为赃。德则超迁，才次之，功亦升转，遇赃则降罚。也有用四颗或六颗骰子的，需约定掷得某式可代表德、才、功、赃。

《升官图》游戏可以帮助古代民众迅速了解当时朝廷组织架构，此外，官位通过"德、才、功"晋升，而贪赃枉法则会退步，也是古代政权教化老百姓的一种寓教于乐的方式，鼓舞人们学优而入仕的兴趣。在《升官图》的游戏规则中，没有旁门左道，必须经由德行、才能、事功三方面的优良表现，一旦贪赃，必有惩戒，体现赏罚严明，还有一定的正能量。

作家梁实秋（1903—1987）曾回忆年少时玩过的《升官图》

游戏：

门口打糖锣儿的就卖升官图，一张粗糙亮光的白纸，上面印满了由白丁、秀才、举人、进士以至太师、太傅、太保的各种官阶。玩的时候，三五人均可，围着升官图，不用"明琼"（骰子之别称），用一个木质的方形而尖端的"拈拈转儿"，这拈拈转儿上面有四字"德""才""功""赃"，一个字写在一面上，用手指用力一捻，就像陀螺似的旋转起来，倒下去之后看哪一个字在上面，德、才、功都有升迁，赃则贬抑。有时候学优则仕，青云直上，春风得意，加官晋爵。有时候宦情惨淡，官程蹭蹬，可能"事官千日，失在一朝"，爬得高跌得重，虽贵为台辅，位至封疆，禁不住几个赃字，一连几个倒栽葱，官爵尽削，还为庶人。一个铜板就可以买一张升官图，可以玩个好半天。

在《红楼梦》成书的年代，整个社会对当时的官制背景非常清楚，通过游戏的普及，普通人就能够对当朝的政治情况和官职大小如数家珍。政治常识在读书人中更是如此，读书为了学而优则仕，当然要了解政治。因此，当年的读者读《红楼梦》的时候，比现在的读者更能够理解其中未讲出来的政经逻辑。在古代，政经逻辑只能是心里知道，不能公开讲。谁要是讲该怎么当皇帝，那就会涉嫌谋反，起码是大不敬，是要株连和死人的。

（二）贾雨村第一次宦海沉浮真相

《红楼梦》里面，人物名字经常带着谐音。甄士隐的名字是甄费，谐音"真废"，真相被隐藏了；贾政谐音"假正经"，贾代化谐音"假的话"，贾代善谐音"假的善"，等等。贾雨村本名是贾化，书里主要用他的号贾雨村，本身也不是古代称呼一个人的正常用法。贾雨村谐音"假语存"，而他的名字贾化谐音"假话"，更是有一定的特殊含义。贾雨村名化，字时飞，名字谐音是假话，字可理解为假是非，"假话"和"是非"集于一身，可见他在书中的重要性。本人认为，对于贾雨村，作者故意写了很多反话，对他的评价是通过贾家的视角来写的。对贾府而言，贾雨村应当是一个灾星，如果换一个立场和视角，认知可能就不同了。

◇◇◇贾雨村因扶正娇杏被革职

贾雨村应当是贾府的远亲，但到底是怎样的关系，通行本交代得不清楚，通过《红楼梦》其他的版本和探佚考证，可见一些端倪。贾府到贾政、贾敬这两支虽然人丁没那么多，但他们的祖上后代开枝散叶者众多，贾家宗族人不少。宁荣二公各有四个儿子，正是贾家在京城的八房；另有旁支十二房在金陵祖籍。有关考证显示，宁国府有宁国公贾演的次子贾代修、第三子贾代儒、第四子贾代信；荣国府与贾母同一辈的人，还有荣国公贾源的次子贾代学、第三子贾代仁、第四子贾代魁。不过，书里对贾雨村与贾府的亲缘关系却交代得不多，"若论荣国一支，却是同谱。但他那等荣耀，我们不便去攀扯，至今故越发生疏难认了"，写的是远亲，而且远到仅仅在一个家谱之上。

本人查过一份资料，认为贾雨村原是宁国公贾演第四子贾代信长女贾收的丈夫，原姓王氏，是王家人，属于倒插门，贾雨村随妻子的姓。贾雨村看过《贾氏族谱》，有过目不忘之能事，对贾家上上下下几百人记得很清楚。这份资料的考据，本人没有看到，但如果仅仅是推测和假设，也可以据此解释书里后来贾雨村的很多行为和逻辑。在古代，此类倒插门女婿的地位非常低，经常受气，所以他对贾家的感情很复杂。《红楼梦》的版本太多了，各种探佚推测都有，还有版本说王熙凤是贾瑞的小妾卖给贾琏的。

本人考据贾雨村是赘婿，书中还有一个证据，就是贾雨村的名字是贾化，而宁国府的二代是贾代化，其中代字是排行，实际上名字也是化。过去对长辈是要名字避讳的，尤其宁国府是大宗，贾代化还有一个族长的身份，名字更应当避讳。书中出现"太师镇国公贾化家人"，贾政的回答是"本上奏明是原任太师贾化的家人，主上一时记着我们先祖的名字，便问起来。我忙着磕头奏明先祖的名字是代化"。另外，皇帝问贾雨村："前放兵部后降府尹的不是也叫贾化么？"说明贾雨村的贾化这个名字后来不常叫了，皇帝也记不清了。无论是兵部尚书还是京兆尹，都属于皇帝近臣，皇帝应当记得名字。所以贾雨村入赘要改姓，贾雨村仅仅是他的别号，而名字若有避讳，就算不改也要少提了。所以在《红楼梦》书中，贾雨村总是以别号出现。别号不是很正式的称呼，相当于外号，古代就算不直呼其名，也是主要用他的字，叫他贾时飞比较合适。

更关键的是在第二回，贾雨村说与贾家"若论荣国一支，却是同谱"，也就是在同一个家谱之上，而第三回林如海说"若论舍亲，与尊兄犹系同谱，乃荣公之孙"，说明贾雨村在贾家家谱之上，林如海也是知道的。林如海作为女婿，在贾家看到了贾家的家谱，所以他知道贾政与贾雨村同谱。

古代识字的人起名，肯定是要看家谱的，须避讳祖先同名之字。贾雨村如果是赘婿身份，入赘就要改姓，与贾家家谱上的祖先或族长名字同字，是重大瑕疵，那么要避讳，即使不改名，也要尽量不提。至于他是贾家谁的赘婿，还有待进一步考证。《红楼梦》本来就是一个虚构故事而不是真实历史，本人在此就不特别花精力去考证了。本人解读《红楼梦》，更侧重从古代的社会和文化出发，认识其中的潜规则和逻辑。

一般入赘是改姓不改名，如果姓名都改了，就与原来的身份对不上了。而贾雨村的名字"化"不光是犯忌讳，与家族族长和祖先重名，而且他的名字也没有带上贾家的排行。每一家在同一个家谱上都有共同的取名规则，就如贾演一辈都是三点水，贾代善一辈都带代字，贾政一辈都有反文，贾琏一辈都是玉字旁，贾蓉一辈都是草字头，而贾雨村的名字里都没有，这也符合赘婿改姓而来的特征。一个人的名字是父母取的，要按照家族规矩，字是自己取的，而号是别人取的。雨村在外，主要使用他的号，书里只有皇帝叫他的名字，当官要用大名，皇帝当然可以直呼其名。

贾雨村被罢官，上级是怎么参奏他的？书里是这样说的：

> 虽才干优长，未免有些贪酷之弊；且又恃才侮上，那些官员皆侧目而视。不上一年，便被上司寻了个空隙，作成一本，参他"生性狡猾，擅纂礼仪，且沽清正之名，而暗结虎狼之属，致使地方多事，民命不堪"等语。龙颜大怒，即批革职。该部文书一到，本府官员无不喜悦。

此段里面，明确写了贾雨村的下属是"本府官员"，不是本县官员，说明他应当是知府。而贾雨村的革职，是皇帝亲批的，再一次说明上一节分析的是有道理的，贾雨村应当是翰林！因为翰林为天子门生，是皇帝身边的词臣，对翰林的职务任免，皇帝需要非常谨慎。所以上级对贾雨村参奏，直接到了皇帝那里。正常的情况下，督抚任免一个下属知府，给吏部报告，得到批准就可以了，再高一点到内阁宰相那里也可以决定，只有关于翰林的任免才需要皇帝亲自决定。

贾雨村被革职，书里写原因是"贪酷"，导致上下不满，他革职的时候"本府官员无不喜悦"。那么这个贪酷指的是什么呢？"贪"

这个字，与现在理解的贪污受贿不一样，而是指人性贪婪，也就是参奏当中的"生性狡猾"，该给的钱没有给。在知府的位置上，养廉银是2400两，而且还有大量的陋规，下面县里的孝敬，如炭敬、冰敬、节敬等，这些钱属员也要沾光，而且他在上级和相关官僚的一寿两节（生日、中秋、过年），还要同样孝敬他的上级。就如后来书里第九十九回写的，贾政在粮道位置，给上级节度过寿，需要一次孝敬高达成千上万两银子，结果贾政没有给，贾政被参回京。贾雨村到任，他开始任职的各种收入都要按潜规则办理。贾政是勋贵，有家底，可以如书里写的回到贾府去取钱，而贾雨村是穷书生出身，哪里有那么多银子？贾雨村的养廉银都去哪里了？对此后面再进行分析。

而所谓的"酷"字，也未必是鱼肉百姓。古代的酷吏大多是清官，都是对着官这一层用"酷"，都是不讲"潜规则"地依法办事。后面的"且沽清正之名，而暗结虎狼之属，致使地方多事，民命不堪"，就是说他的"酷"，酷这里可以有清正依法办事，不徇私之意。严格执法不通融可以是"沽清正之名"，而"致使地方多事，民命不堪"可能是破除积弊得罪了当地的士绅。很多刚刚上任的新官，尤其是学究型的，比较认死理不会变通，会被认为是"酷"；如果真的鱼肉百姓，就不会说他"且沽清正之名"，清正之名是爱护老百姓才能够得到的。他没有按陋规孝敬送礼，被认为是"贪酷"；然后上级参奏他，他被革职，下面有补缺的人，还可以赚一笔。本人认为，贾政在粮道任上也属于"贪酷"，没有给上级行陋规就叫作"贪"，而严格规则不给下面潜规则就叫作"酷"。

过去的法是皇帝的王法，枉法可能属于欺君，都是重罪。就算不上纲上线，如果是今天理解的贪，那么古代也起码要被抄家。而贾雨村没有被抄家，从容地"历年做官积的些资本并家小人：属送至原籍，安排妥协"，把钱带回老家了，而且在第九十二回贾政说贾雨村还当了御史，御史的选拔以德行操守为第一，若他德行不佳，还有贪赃枉法的前科，是绝对不能当御史的。所以说他的"贪酷"，最多是没有遵守潜规则，没有遵守过去的官场陋规，也就是违背了陋规被叫作"贪"，依法较真不讲情面被叫作"酷"。如在葫芦案中，冯家状子刚递上来，他就大怒要抓人。这个逻辑还可以对比一下后来他"强索属下"等涉嫌贪腐的处罚，贾雨村是"今遇大赦，褫籍为民"。这就比他第一次革职要严重多了，因为第一次的革职只不过是失去了官职，还有功名和官员身份，但后一次就变成"民"了。古代变成民就没有了很多官绅的待遇，比如不能穿长衫、见官要下跪、出门要路引，等等。褫本义是夺去衣服，也就是脱掉官绅才能穿的服装。所以贾雨村第一次革职的"贪酷"，与现代含义的贪酷是不同的。

贾雨村被革职的理由，最主要的是"擅篡礼仪"这个罪名，前面的"生性狡猾"就是一个形容词，没有力度，有力度的是"擅篡礼仪"。中国古代以礼治国，"擅篡礼仪"是一个非常重的罪名。在被参劾以后，书里介绍"那雨村心中虽十分惭恨，却面上全无一点怨色，仍是嘻笑自若；交代过公事，将历年做官积的些资本并家小人：属送至原籍，安排妥协，却是自己担风袖月，游览天下胜迹"。书中的行为描述，说明贾雨村对他的擅篡礼仪非常清楚，对被参的结果有预料。对贾雨村这种饱读诗书的读书人，不懂礼仪是难以理解的。古代科举对礼制重点考核，而且礼制是"四书五经"的内容之一，就与法学博士干法盲的事情类似，他应当是故意擅篡，那么贾雨村擅篡了什么礼仪？

首先要告诉大家的是，贾雨村娶娇杏的行为本身就涉嫌违法。中国古代为了限制官员与地方势力的结合，采取了各种隔离措施，建立了官员异地为官制度，到《红楼梦》成书的年代，清朝皇权大一统达到顶峰，也是异地为官制度最为完善之时。在"回避本省"

的基础上，康熙四十二年（1703 年）进一步规定："定外任官在籍（原籍或寄籍）五百里内者（包括邻省），都得回避。"乾隆时开始规定祖籍也要回避。道光年间，戴三锡是北京大兴县人，被授予江宁布政使，就是因为祖籍是江苏丹徒，所以改调四川任职。又如在河南内乡县，自元大德八年（1304 年）到清朝末年，历任的 180 多位官员，无一人是河南本地人。在湖北枣阳县，明清两代可查的 97 位知县中，没有一个湖北人。异地为官制度被执行得可谓很彻底。

官员回避本籍，但官员到了任所与地方势力联姻怎么办？到了明朝太祖年间，对官员与本地势力的联姻也做了严格的限定。明朝的法律规定："凡府州县亲民官，任内娶部民妇女为妻妾者，杖八十……女家与主婚人并同罪，妻妾仍两离之。女给亲，财礼入官。"清朝沿袭了明朝的规定，律例内容一模一样，连用词和句读都不带差的。也就是说，无论《红楼梦》成书是明朝背景还是清朝背景，贾雨村都不能娶当地女子为妻。不过，娇杏是否能算当地女子也可以商榷。甄士隐岳丈家是当地人，甄士隐却不是当地人，甄士隐是姑苏人，属于苏州府。甄家家破，他来投奔老丈人，要改籍贯也需要三代。娇杏是甄士隐老婆的婢女，娇杏可以算是甄家人，那就是姑苏人。所以贾雨村娶娇杏，当时没有立即出现问题。娇杏是甄家养女还是封家婢女，对贾雨村娶她为妾和日后扶正至关重要，只不过甄士隐已经出家，他是当家的男主人，收养女的事情，礼仪上也容易被挑毛病。收养养女若是男家长不在，仅有女方在是不成的，一定需要甄士隐主持，但甄士隐已经出家了，出家可以近似算是已经死了。即使这样，娇杏陪嫁到甄家，算作甄家婢女，对任内娶妻的罪名也可以搪塞了。

后来，贾雨村怎么就"擅篡礼仪"了呢？结合书中内容，问题应当出在把娇杏扶正环节。因为娇杏还是甄家婢女，贾雨村犯了礼仪当中"以妾为妻"的条款。《大明律》里明确规定："以妻为妾者，杖一百；妻在，以妾为妻者，杖九十，并改正。"《大清律·户律·婚姻》里也有关于"妻妾失序"的规定："凡以妻为妾者，杖一百。妻在，以妾为妻者，杖九十，并改正。若有妻更娶者，亦杖九十。"意思是，一个男人如果把老婆降格为小妾，要打一百板；如果老婆没死没被休，却拿妾当妻子，让她主内管家，则要打九十大板，而且男人做的此类安排法律上无效。贾雨村有功名在身，娇杏是女婢贱籍出身，如果没有被收为养女，没有去贱籍，就不能被扶正。

《红楼梦》书中明确交代贾雨村把娇杏给扶正了。虽然他的大老婆已经死了，但参劾人可以说大老婆是被虐或被气死的。要扶正婢女就要把她变成甄家养女，对此甄家肯定支持，甄夫人和封肃都会支持。就如《唐伯虎点秋香》，华府一定要先认秋香为女，才可以把秋香嫁给唐伯虎。但甄士隐出家不归，没有男家长在，收养娇杏当养女的手续不符合礼仪。尤其是此时甄士隐一家投奔老丈人，甄士隐出家之后，封氏是住在娘家且甄家在英莲被拐后又无后，她还算不算甄家的人，都有说法。古代男人出家后，女人可以另嫁了，就如袭人那样。贾雨村立了娇杏当正妻，他就应当知道此事可能要被参劾。知府的上级督抚，按惯例应加了右都御史的衔，可以用御史身份风闻言事地参奏，不用太多证据。

书中贾雨村收妾娇杏，对封肃是"外谢甄家娘子许多物事，令其好生养赡，以待寻访女儿下落。封肃回家无话"。但贾雨村说了这么多，另外厚赠一百金，无非是需要甄家把娇杏的地位提高一下，结果"封肃回家无话"，也就是说，封肃什么也没有说，当然更不可能做什么，书里这几个字不是白写的，反而是关键的证据，证明贾雨村的革职与娇杏有关，因为他的礼仪确实有瑕疵。贾雨村是读书人，对礼仪该怎么完善应当是懂得的，虽然甄士隐出家，但也不是没有办法，比如去找甄家宗族的族长，族长认可，将娇杏写入甄家的家谱也是可以的。贾雨村是新科翰林，前途无量，与翰林结亲是家族的荣耀，族长当然会行方便，而且以甄士隐仅仅为乡绅的地位，收养一个即将当翰林夫人的养女，也是荣耀的。封肃不说话，可能是为了自己留下这一百金，甄家娘子不知道！

这里娇杏是姓甄还是姓封差别大了，在贾雨村府里叫甄氏还是封氏也大有学问。在甄士隐出家以后，再叫娇杏甄氏，礼仪上就不对了，所以贾雨村是"擅篡礼仪"。娇杏应当首先是封家的人，后来属于甄家养女，是先姓封后姓甄。封肃的名字谐音是"风俗"，也就是在此处，风俗起了关键性作用。

封肃回家独自拿了贾雨村的百金，封家甄家对娇杏的身份什么都没做，结果就是娇杏没有成为甄家养女，贾雨村所犯错误就是实锤定音，成为政敌的把柄，被参劾。贾雨村被封肃的私心害得革了职。甄士隐帮助了贾雨村，但甄家在这里对不起贾雨村，让贾雨村为此被革职。但贾雨村还了甄家的人情。贾雨村复职到金陵上任知府审理葫芦案的时候，尽管甄家前面的操作导致了他被革职，有亏于他，前面我们也分析了，他还是力所能及地帮助了甄家和英莲，算是讲情义的人。

经过分析，本人认为贾雨村被革职，就是因为扶正了娇杏。他新来任职不懂官场潜规则的"贪酷"，任上得罪了人，被政敌报复了。他的政敌抓住他的把柄是扶正娇杏，"擅篡礼仪"，而大做文章，否则没有实锤证据，对皇帝指派下基层的翰林，地方官员是不敢贸然弹劾的。尽管贾雨村被革职，但他的政治生命远远没有结束，因为仅仅只是被革职，没有被抄家和刑罚，他是科举进士翰林出身，属于稀缺人才，将来复职只是时间问题。

◇◇◇贾雨村复职被彻底平反

贾雨村被革职，用曾国藩的话说要"打落门牙和血吞"，必须强撑住，并且云游各地要做出样子来。贾雨村从革职的那一刻起，应当就开始包装自己，为日后的复职做准备工作。因为他是翰林，在古代是稀缺人才，除非有重大罪过，否则皇帝是不会把他总搁置在那里的。

因此，他"嘻笑自若"，"担风袖月，游览天下胜迹"，他的如此表现，应当是对自己的复职并不那么担心。因为对翰林身份的人，所担任的官职，皇帝经常反复革职起用，这正是皇帝的用人之道。例如，清朝著名清官能臣刘墉因失察所属阳曲县令段成功贪侵国库银两，按律革职被判极刑，被皇帝赦免才有了以后的故事。贾雨村的错误受到的惩罚仅仅是革职，还保留有翰林的功名，说明他的"贪酷"应当仅仅是在古代陋规层面，同时也说明皇帝对他的惩戒是警告，不属于一棍子打死的那一种，很容易运作复职。又如鲁迅的爷爷也是翰林，被贬为知县后，又贪腐被革职，革职后再科举舞弊，证据确凿，被皇帝亲自判处斩监候，结果遇到大赦，放出来以后，又复职成为内阁中书（帮助内阁宰辅起草文书的职务）。正是因为鲁迅爷爷任内阁中书，鲁迅等被禁止科举的孙子们可以官费留学日本。

古代皇帝的御人之道在于天威难测，随时升贬和波动让人捉摸不透。皇帝对贾雨村的处理，没有刑罚，没有抄家，更重要的是没有革去功名。他还是翰林，这个身份非常重要。贾雨村对此非常明白，所以他"嘻笑自若"，因为他只要有任何怨言，都会被不友好的人向皇帝打小报告。他的处理是"将历年做官积的些资本并家小人属送至原籍，安排妥协"，贾雨村家小就是娇杏和她生的孩子。他离开娇杏也是知道所谓的"礼仪"与之有关。这类错误怎么处理，就看皇帝的心情，可以是道德败坏，也可以是小节问题，可大可小，皇帝也是在观察贾雨村被参革之后的态度，所以贾雨村游览天下，不与娇杏腻在一起，不能让人说他沉迷于女色。明清是一个"特务"社会，锦衣卫盯着大臣，作为翰林的贾雨村肯定在被盯住之列，会不断有人向皇帝报告他的行为。贾雨村"游览天下胜迹",是古代读书人的理想,表现出依然在追求理想之中,属于文人沽名钓誉的终南捷径。

后来,贾雨村通过林如海,找了贾政和王子腾,得以复职,不过此复职逻辑不简单。很多人说是王子腾和贾府的权势帮助了贾雨村,但这与古代官场逻辑不符。首先,王子腾是军职、武职的官员,染指地方文官任免,在历朝历代都是大忌,皇帝需要文武之间泾渭分明和以文制武,文武官员二者的关系绝对不能反过来。贾政是工部官员,不管吏部的事情,官员复职属于吏部,而且贾政自己只是五品官,贾雨村的知府是四品官,级别也不对等。另外,贾雨村被免职,是皇帝批复的,贾雨村要复职,不是其他官员可以操作的。就算皇帝开了金口说革职的官员可以起用,那也是对其他普通官员说的,皇帝直接免职的官员,重新起用还要皇帝首肯才可以。

更关键的是贾雨村的起用复职,不是恢复原职或者降职使用,而是直接升迁了!这就太让人不可理解了。古代官员被革职后再起用复职,能够是原来级别的职务,就已经很不错了,大多数要从更低的职务做起,反而获得升迁,几乎不可能。升迁等于说原来革职革错了,不是复职而是平反。

贾雨村初次任职知府在甄士隐后来去的如州,历史上的如州指如皋,明末清初属泰州府,后来才改为属通州(南通)。贾雨村后来补授应天府,明朝的应天府是南京,是首都之一;清朝叫作江宁府,两江总督在江宁府,江苏巡抚在苏州,搞的是类似双省会格局,江宁府的职位也是江南最重要的要缺。明清的两江地区比现在的珠三角地区更重要,江宁府的地位等于是现在的广州或者深圳特区,是超级核心城市。泰州知府与金陵知府,地位差别不可同日而语。明朝时,金陵是两个首都之一,清朝则是两江首府,那个时候还没有上海,泰州也不如旁边的扬州和通州。广东的两广也不如两江,用现在类比，相当于深圳特区；相对泰州，则是广东的梅州、湛江之类的地方。

同样是知府，不同地方的知府，各方面都差别巨大。对此古代也有评估的标准，比现在要更明确和细致，类似于现在的一线城市、二线城市与三、四线城市的区分。各府因自然条件的差异、交通通塞、事务繁闲、人口多寡、路程远近、案件多少、民风顺劣，定有"冲、繁、疲、难"四个字，省会或四个字都有的为最要缺，含三个字的为要缺，含两个字的为中缺，含一个字或四字全无的为简缺。虽然都是四品知府，但是简缺和中缺一般给初次当任知府或当任知府时间不长的官员，尤其是初次任职的人往往不是朝廷直接任命正式任职三年，而是由督抚奏请朝廷，署理知府职务一年；要缺和最要缺则授予现任知府中很有经验的官员。贾雨村只当过普通知府不满一任就被革职，却去当金陵应天府的知府，那可是举国瞩目的要缺。贾雨村从泰州知府到金陵应天府知府，显然升迁了一大截，而且是朝野瞩目的升职。

为什么贾雨村能够在王子腾和贾政的运作下升迁到应天府任知府？如果认可贾雨村是王化，然后入赘贾家成为贾代信的女婿，就能理解了。导致他革职的"擅纂礼仪"是扶正娇杏。一般的奴婢被扶正还可以补办手续，变成养女，但如果是勋贵贾家的入赘女婿，纳妾都说不过去，还扶正女婢，那可就更说不过去了，皇帝一定要严惩。而他原来姓王，按照《红楼梦》里一个姓氏多是一家人的传统，他可能还是王家的远亲。贾雨村的行为是否符合礼仪，就是贾家和王家两家人是否认账的问题。如果两家都认了娇杏可以扶正，娇杏的儿子还是入赘带来的子嗣，那么就符合礼仪了，贾雨村当然就可以升迁。贾雨村科举高中被点翰林，"士"的身份本来就可以收纳一个妾，又无子嗣，更可以纳妾。另外娇杏即使是婢女，但贾雨村与之相识于穷困潦倒，也是受到推崇的，因此到底符不符合礼仪，人为主观因素极大。对贾家、王家而言，让贾雨村飞黄腾达，远远比让他成为一个负心女婿对家族帮助大多了。这可以看成王子腾和贾政的家事，他俩完全可以操作。两家联合起来向皇帝奏报，当初参劾他革职的"擅纂礼仪"问题不存在。

过去赘婿的地位极低，谁都不愿意被提及，所以贾雨村还可能隐瞒了赘婿的身份，也是违反礼制的罪名。因为赘婿地位低，科举成功后都会隐瞒赘婿身份，但赘婿也有名人，例如《了凡四训》的作者，著名的袁了凡，本名袁黄，字坤仪，江苏省吴江县人。他年轻时入赘到浙江省嘉善县姓殳的人家，因此在嘉善县得了公费做县里的公读生。于明穆宗隆庆四年（1570年），在乡里中了举人；明神宗万历十四年（1586年）考上进士，任河北省宝坻县县令。7年后，升拔为兵部"职方司"的郎中，任中与日本、朝鲜开战，了凡任"军前赞划"（类似于参谋长）的职务，官位不低了，后被赠封为尚宝司少卿。后来，袁黄又配高氏，继配沈氏，俱诰赠恭人，与书中贾雨村可能的赘婿经历类似。所以贾雨村一直被贾家人看不起，连平儿都可以用非常恶毒的词骂他，应为赘婿身份才符合。

很多读者可能不认可贾雨村原来是贾家赘婿的分析，不过就算他不是贾家当年的赘婿，算他是贾家的宗亲，那么他扶正娇杏涉嫌"任上娶妻"和"以妾为妻"不合礼仪、违反律例的事情，也一样变成了贾家的家务事，属于贾府可以操作的事情。贾雨村在贾家认了宗，扶正娇杏得到了宗族族长们的认可，贾珍是族长，而且江南甄家应当是甄士隐家族的族长级别，也有与贾家结盟的关系，贾雨村还当过甄宝玉的老师。虽然甄家收养娇杏为养女的事情有瑕疵，娇杏偏房偏室的身份有争议，但贾雨村扶正娇杏只要得到贾家宗族的认可，这类事情也就可以符合礼仪了。对娇杏的身份地位问题，如果是偏房就不易扶正，但娇杏是贾雨村糟糠之时认识的，也有辩解的余地，关键是看谁在皇帝跟前帮贾雨村辩解了。有了林如海的推荐和辩解，以及贾家的出面，与当初被参无人替他说话的环境已经完全不同，原来参劾他的人也要看看风向。贾雨村是发迹之后在任所另结新欢的，还是落魄之时娶了恩公之养女，站在不同的角度去看，差别太大了。到第九十二回，贾政说"便娶了甄家的丫头"，是一个模棱两可的说法，丫头可以是丫鬟也可以是女儿。

因此，对贾雨村的"擅纂礼仪"如何认定，关键是看皇帝心情，属于可大可小的事情。林如海是皇帝的亲信，被派到江南，有皇帝的秘密使命，皇帝要给林如海找帮手，所以有林如海的运作和推荐，皇帝当然就要重用贾雨村。但金陵知府属于最要缺，皇帝也需要避免任人唯亲的舆论，把任命说成在贾府等金陵勋贵们的推荐下的决定，朝野更容易认可。再来看前面的葫芦案，贾家、王家一起算计薛家，也需要一个合适的人去办理，而且不能让皇帝的眼线林如海干预或汇报给皇帝，此人非贾雨村莫属。贾家公开出面，林如海暗中出面，皇帝公开是采信贾府，其实暗中听了林如海的。贾家没有认清事实，以为有大恩于贾雨村，结果就付出了代价，对此，以后的章节会详细分析。

不过，贾雨村应当是真心喜欢娇杏，三年后上任还想着她，最后顶着罪名去娶她并将她扶正了，算是对娇杏有情有义。贾雨村对娇杏应当是朝思暮想，书中第二回封肃回来说："方才在咱门前过去，因见娇杏那丫头买线，所以他只当女婿移住于此。"贾雨村在轿子上，在一群看热闹的人当中，娇杏"丫鬟于是隐在门内看时"，娇杏已经认不出他来了，但贾雨村依然把躲在门后只露出部分脸的娇杏给认了出来。贾雨村为了娇杏，付出了巨大代价，算是有情有义的性情中人了。

贾雨村被贾家家族接纳认可，在林黛玉第一次入贾府之时。在第四十八回，平儿说贾雨村："半路途中那里来的饿不死的野杂种！认了不到十年，生了多少事出来！"平儿嘴里的"认了"指什么？

新太爷到任传封肃　贾雨村用轿接娇杏（清孙温　绘）

应当不是认识、结识。怎么"认了"？应当是认了他的倒插门亲戚，
算作是贾家人。"不到十年"的时间跨度，正好在贾雨村带林黛玉到
京城，带着林如海的书信，找贾政聊复职一事的时候。而在平儿骂
贾雨村的时候，他已是当朝一二品的大官了，平儿这样的贾府奴婢，
还说他"饿不死的野杂种"，可见贾雨村在贾家人的眼里，地位有多
低下，也与入赘女婿在古代的实际地位相符。家族里面的赘婿地位，
无论你在外是多大的官，也不会改变。国事与家事是两个层面，就
如清朝的权臣尹继善的母亲是侍妾，当尹继善官至总督时，徐氏仍
"青衣侍屏偄"。他生母想要在家里能够坐着，是皇帝发话干预，给
了诰封才解决的。贾府一直看不起贾雨村，他更应该是入赘女婿身
份。如果是远房宗亲或者结拜认亲，不用等到贾雨村官场发达，贾
雨村被点了翰林，他们就会另眼相看了。就如听说薛宝琴要嫁入梅

翰林家，贾家人的反应立即不同，贾母也不敢再提求娶的事情。看出了贾雨村是翰林，对《红楼梦》书中的故事情节理解就会立即不同。

最后还有一点，按照第九十二回贾政的说法，贾雨村也是当过御史的。在古代，应天府的地位极高，贾雨村任职的金陵知府，照例应当都有金都御史的加衔，例如海瑞就是应天府知府金都御史，对此前面已经分析过。也就是说此时的贾雨村应当已经有了御史的身份。御史是监察官员，对个人的道德品行要求极高，不许有道德污点，如果有道德问题，是绝对不能当御史的！所以贾雨村能够当御史，他前面的"贪酷"就不是我们现代理解的贪赃枉法，如海瑞那样眼里不揉沙子的极端道德要求，也可以被认为是"酷"，而不给上司按照陋规送礼的"贪"，只要用途有意义，皇帝也是认可的，后面会分析他的养廉银花到了哪里。同时，"擅纂礼仪"等违反儒家礼制道德的事情也绝对不能有。因此，在林如海的斡旋之下，可能还得到了贾家、王家在林如海的人情之下的"吹嘘吹嘘"，他的"酷"可以变成刚直不阿才得罪上司和同僚，贾雨村被参劾的"沽清正之名"，反而成了真的是清正有名的好官，以后可以当御史再一次快速晋升，所以他不出几年就以督抚的身份进京陛见候补大司马。贾雨村第一次被革职的事情就这样被彻底洗白，否则与他其后的仕途发展、古代官场逻辑是对不上的。这个古代官场规则，在《红楼梦》创作之时是常识，作者和读者都是非常清楚的。

综上所述，把贾雨村第一次宦海沉浮的细节挖掘出来，书中暗写的很多内容就清楚了，尤其是贾雨村是翰林这个细节被藏起来了。贾雨村被贾家认可以后当了应天府举国瞩目的要职，不是复职而是平反。贾雨村是翰林，任免出自皇帝，已经在皇帝的用人视野之中，那么贾雨村日后飞黄腾达没几年就补授大司马，就可以理解了。贾雨村的形象，《红楼梦》一直以贾家看不起他的歧视视角来写，有很多扭曲在里面。因此,《红楼梦》对贾雨村的描写,是假话、假是非、假语存,他的真实形象需要重新认识。

(三)贾雨村对甄士隐的结草衔环

贾雨村对甄士隐到底如何?很多人认为贾雨村对甄士隐给他的帮助基本无视,既然找到了英莲,他没有解救也没有让甄家知道,但事情真的是这个样子吗?其实《红楼梦》对这一段也是假语存、真事隐,我们要仔细分析才能读出其中隐藏的细节。

本人在"葫芦案"那一节已经分析了,贾雨村办理葫芦案严惩拐子判其死刑,实际上为甄家报了仇。若贾雨村说出被拐的女孩子是英莲,那么以他的身份,按照律法规定在案件当中要回避。因为他娶了甄家的娇杏,而且娇杏已经被扶正;而且在这一过程中,娇杏要当甄家的养女,不再是奴婢了。也只有贾雨村来办理葫芦案,拐子才能被"挖"出,并得到严惩,若其他人来办理,都不会揭露拐子,薛家和冯家买英莲也有瑕疵,案中各方也不会承认英莲是被拐卖。贾雨村在葫芦案上把拐子定性为拐卖妇女,等于给英莲恢复了良家背景。良家背景让英莲能够很快在薛蟠娶亲之前就成为正式的妾,而且后来在通行本里面还被扶正了,所以英莲良家的身份非常重要,他其实是最大限度地帮助了英莲。在古代,如果买来的奴婢是贱籍,在有身份可以穿长衫的官商之家,古代礼法是不允许扶正的。本节要分析的重点,是当年甄士隐给贾雨村的人情有多大,而贾雨村又是怎么还了甄士隐的人情的。

◇◇◇甄士隐奇货可居的投资机会

贾雨村与甄士隐是怎么认识的呢?书里是这样写的:

忽见隔壁葫芦庙内寄居的一个穷儒——姓贾名化、表字时飞、别号雨村者走了出来。这贾雨村原系胡州人氏，也是诗书仕宦之族，因他生于末世，父母祖宗根基已尽，人口衰丧，只剩得他一身一口，在家乡无益，因进京求取功名，再整基业。自前岁来此，又淹蹇住了，暂寄庙中安身，每日卖字作文为生，故士隐常与他交接。

士隐抱孩路遇僧道　葫芦庙贾雨村出世（清孙温　绘）

这里的"生于末世"，就是赶上改朝换代，或者家族败落的末世，家业没有了。对贾雨村当时的身份，书里没有直接介绍，不过从书中写的他要进京会试来看，他是举人无疑，而他在葫芦庙是因为"淹蹇住了"。淹蹇的原义：淹是发水淹没导致阻滞，蹇是停留、阻滞、困苦不顺利；引申的含义是艰难窘迫、坎坷不顺。从后文贾雨村赶考要"买舟西上"而不是走传统路线顺流东下北上来看，作者用此词应当有发水的含义，来说明贾雨村一时遇到了困难。这里的"前岁"，不是前年，而是去年！唐韩愈《祭湘君夫人文》："前岁之春，愈以罪犯，黜守潮州。"历史上韩愈于元和十四年（819年）被贬潮州，元和十五年（820年）作此文。书中故意用了一个歧义，来交代贾雨村在葫芦庙中的时间有限。

贾雨村遇到困难，酒后告知了甄士隐，甄士隐毫不犹豫就解囊相助了。

雨村此时已有七八分酒意，狂兴不禁，乃对月寓怀，口号一绝云：时逢三五便团圆，满把晴光护玉栏。天上一轮才捧出，人间万姓仰头看。

士隐听了，大叫："妙哉！吾每谓兄必非久居人下者，今所吟之句，飞腾之兆已见，不日可接履于云霓之上矣。可贺，可贺！"乃亲斟一斗为贺。雨村因干过，叹道："非晚生酒后狂言，若论时尚之学，晚生也或可去充数沽名，只是目今行囊路费一概无措，神京路远，非赖卖字撰文即能到者。"士隐不待说完，便道："兄何不早言。愚每有此心，但每遇兄时，兄并未谈及，愚故未敢唐突。今既及此，愚虽不才，'义利'二字却还识得。且喜明岁正当大比，兄宜作速入都，春闱一战，方不负兄之所学也。其盘费余事，弟自代为处置，亦不枉兄之谬识矣！"当下即命小童进去，速封五十两白银，并两套冬衣。又云："十九日乃黄道之期，兄可即买舟西上，待雄飞高举，明冬再晤，岂非大快之事耶！"雨村收了银衣，不过略谢一语，并不介意，仍是吃酒谈笑。那天已交了三更，二人方散。

上面的情节要注意几个细节，一个是贾雨村说出来了困难，然后甄士隐说了"大比"和"春闱"，都专门特指会试，说明甄士隐得知了贾雨村是举人。而甄士隐给贾雨村支持，似乎是雪中送炭，但贾雨村的表现"不过略谢一语，并不介意"，很多人看到这里，已经觉得贾雨村不近人情。

而更让读者觉得贾雨村过分的是他竟不辞而别：

> 因思昨夜之事，意欲再写两封荐书与雨村带至神都，使雨村投谒个仕宦之家为寄足之地。因使人过去请时，那家人去了回来说："和尚说，贾爷今日五鼓已进京去了，也曾留下话与和尚转达老爷，说'读书人不在黄道黑道，总以事理为要，不及面辞了'。"士隐听了，也只得罢了。

此处情节被当作贾雨村冷漠和不近人情的证据，但实情应当是真的时间紧张，他要急着赶路。

贾雨村急着走，原因是时间紧。他本来就是要赶考的人，因为"淹蹇"才住在葫芦庙，时间肯定不宽裕，所以是"事理为要"。因此，贾雨村一早就赶路，如果他等甄士隐睡醒再去面辞，肯定要再等一天才能出发。读者可能还有一个不知道的事实，就是举人赶考可以走驿站，政府有补贴，也就是有"公车"。历史上的公车上书，就是指进京赶考的举人上书，举人有一个别称就叫作"公车"。《后汉书·武帝纪》记载："举贤良方正各一人，遣诣公车。"后来，科举制度成熟后，入京参加会试的举人，以"公车"来代称。贾雨村要不是路上遇到意外情况，他去赶考路费应当足够。此情况与元代戏曲中赶考需要自费的时代背景不同。贾雨村如果走驿站，因为"淹蹇"的原因，肯定赶不到考场。书里前面还有一个细节，甄士隐要给他银子，是让贾雨村"买舟西上"，也就是单独租船，坐船绕路赶往，从姑苏往西走，是逆江而上。传统的姑苏到北京的线路、行程走法则是走京杭大运河，不是西上而是北上。当时运河正常的路线应当是被"淹塞"给堵塞了。既然绕路,贾雨村的行程时间肯定非常紧张。

给举人赶考路费是明清的惯例,而很多人停留在戏曲当中的赶考要路费环节,原因是前者在元朝和明初是没有的。

> 举人路费,成化以前无有给也。自张东所抱重不轻应试,巡抚朱公檄有司劝之驾,赆之路费银十二两,遂著为例。凡举人赴试,官给银十二两。正德己卯,毛鸣冈巡按加银十六两。凡乡宦赴京,有司劝赆水手四名,银五十两,皆厚之道也。嘉靖辛卯,吴允祥巡按加举人路费银四两,总合为二十两,尤厚也。([明]霍韬:《渭厓文集》卷10《两广事宜》,《四库全书存目丛书》集部第69册,济南:齐鲁书社1997年版,第321页。)

表1 　　　　　　　　　　明后期徽州地区科举经费编审表　　　　　　　　　　单位:两

地区	出处	名目	3年带征	总额
徽州府	嘉靖《徽州府志》	旧举人会试盘缠	每名15	《徽州府赋役全书》
		新举人牌坊	每名100	
		旧举人会试盘缠起送酒席	2639	
		加派中式举人(每科约13名)	1547	4186
歙县	万历《歙志》	(府)旧举人会试盘缠酒席等银	870	1478
		(县)待会试举人卷资酒席盘缠等	180	
		举人牌坊银	428	
	《徽州府赋役全书》	(府)旧举人会试(约13名)	870	1746
		(县)待会试举人卷资酒席	180	
		加派中式举人(每科6名)	714	
绩溪县	万历《绩溪县志》	(府)贺中新举人合用旗扁绢匹酒礼	(府)5	150
		待会试旧举人合用花绢水果酒席	5	
		待新举人合用花绢挂红彩旗棹席等项	20	
		(县)贺新中举人合用旗扁绢匹羊酒	(县)5	
		待新举人合用花绢挂红彩旗棹席等项	5	
		待会试旧举人合用花绢水果酒席	10	
		会试旧举人盘缠;举人牌坊	50;50	
	《徽州府赋役全书》	(府)旧举人会试盘缠起送酒	(府)约60	140
		(县)会试旧举人卷资盘缠酒席等	(县)约20	
		加派中式举人(每科约0.5名)	约60	

说明:各项名目的编审数字均做了取整的处理,未计算小数点部分。
资料来源:嘉靖《徽州府志》卷8《食货下·岁用》,《北京图书馆古籍珍本丛刊》史部第29册,北京:书目文献出版社1988年版,第195页;万历《歙志》卷3《户赋》,《上海图书馆藏稀见方志丛刊》第123册,北京:国家图书馆出版社2011年版,第203、217、230页;万历《绩溪县志》卷3《食货志·岁役》,《原国立北平图书馆甲库善本丛书》第356册,北京:国家图书馆出版社2013年版,第518—519页;[明]田生金:《徽州府赋役全书》,屈万里主编《明代史籍汇刊》第24册,台北:学生书局1970年版。

从上表可以看到,给举人进京赶考的路费,是各地官府一笔不小的开支。(丁修真:《举人的路费:明代的科举、社会与国家》,《中国经济史研究》2018年第1期。)

清代延续了明代的制度，顺治八年（1651年）规定：举人参加京城会试，由各省布政使给予盘缠。

> 安徽十两，江西、湖北皆十七两，福建十五两，湖南十四两，广西十二两，浙江、河南皆十两，山西七两，陕西六两，甘肃、江苏皆五两，直隶、四川皆四两，山东一两，广东二十两，惟琼州府增十两，每名三十两。

到了雍正二年（1724年），颁布上谕："今年会试者甚多，恐往返道路及在京守候盘费均难接济，特加恩赏，将入场之云南、广东、广西、贵州、四川五省举人每名赏银10两，福建、浙江、江南、江西、湖广、陕西六省每名赏银7两，直隶、山东、河南、山西每名赏银5两。"也就是回家的路费也不用担心了。所以贾雨村进京缺钱，应当是他身处外地，难以领到官府的资助。

另外，明清的举子进京赶考走大运河，可以在船上打出"奉旨会试"的黄旗，所到船闸要随到随放。在举子的船上是可以免税的，要知道税关厘卡的税率不低。税制是三十税一，如果船上运了一万多银两的货物，便得交三百多两银子的税费。因此，所有的商船都愿意搭载赶考的举子，沿途没有人敢刁难。乾隆年间，曾经有差役与举子发生争执，结果御史报给了皇帝，三名差役人头落地。（齐如山：《中国的科名》）因此，贾雨村"买舟西上"，肯定是没有走正常的赶考路线。

对于甄士隐给贾雨村的钱，现在不少人分析，按照当时的购买力，对普通人家来说50两银子就是一笔巨款。比如《金瓶梅》里面买一个粗使丫头是5两，一个能够干点活的是6两。虽然清代银子比明代贬值，但是50两也是个大数目了。《红楼梦》里面赵姨娘的家属死了，家生奴给 20 两，外卖的给 40 两；刘姥姥进入大观园得到 20 两。所以，50 两是绝对的大数。明清时期的农田，平均 2 两多一亩，50 两银子可以买很多土地。虽然 50 两银子对当时的普通人来说已经不少了，但从对赶考士子投资的角度，在当时的潜规则下也不是很多。

甄士隐为何立即给贾雨村拿钱？原因就是喝酒时知道了贾雨村的举人身份，知道他要春闱考进士。古代有了功名的人穿的服饰也不同，还要有专门的身份证件，官府会查验，名字、身貌特征等都会抄录各地备查，所以很难造假。同时甄士隐对贾雨村的才情非常认可，认为他多半可以中进士。过去，举人基本都可以做官，三次会试之后不中还可以大挑举人，大概率可以当上知县，比如张之洞的父亲张瑛就是通过大挑举人当的知县。再比如《儒林外史》，范进中举之后立即就有人拿钱给他。所以贾雨村自带信用，对甄士隐只不过是"略谢"而已。为何是略谢？现代人不知道的是，在当时对甄士隐而言，遇到贾雨村才是奇货可居。贾雨村是举人，甄士隐给贾雨村钱表示赞助举人考费，然而用当时的社会应当给的钱数标准来衡量，一点也不多。而吕不韦遇到异人，给异人多少钱？那是真正的重要投资，而不是友情赞助捐款。

真实的情况下，给 50 两到底多不多，当时社会的潜规则如何？可以看《儒林外史》里面的情节进行验证。《儒林外史》是清代吴敬梓创作的长篇小说，成书于乾隆十四年（1749 年）或稍前，现以抄本传世，初刻于嘉庆八年（1803 年），与《红楼梦》是同时代刊行的，该书以写实著称，很多内容是当年社会潜规则的写照，其中的科举世态，互相可以印证。

范进中举后，张乡绅就在第一时间送了 50 两银子，而且还送给了范进一栋大房子，范进绝对是立即脱贫了。所以，甄士隐赠予贾雨村的 50 两银子，在当时社会背景之下真的不多。《儒林外史》当

《范进中举》漫画书

中，对中举后的范进，一群人抢着送钱："果然有许多人来奉承他：有送田产的，有人送店房的，还有那些破落户两口子来投身为仆、图荫庇的。"在当时，这是常态。因为中举的人可以当官，那些送钱的人想得到荫庇，还可以免税赋和徭役。

清朝时期，一个省的乡试，3年举行一次。《红楼梦》所写的金陵地区、姑苏地区乡试属于江南应天府，江南应天府历来是科举大省，文风鼎盛，也是名额最多的省份之一。终清一代，江南总共录取举人 13 606 名，江苏中式举人 8762 名，安徽 4738 名，驻防举人 88 名。（黄艳：《清代江南举人研究》，硕士学位论文，湖南大学，2016 年。）按照清朝 1646—1904 年跨度计算，江苏是平均每年约 34 人，安徽是平均每年约 18 人，也就是说与现在每年高考录取两三百人的"清北"相比，考上举人的难度是现在考上"清北"的 10 倍。

贾雨村原籍湖州地区，与金陵、姑苏类似，由此可以想象贾雨村若是一个举人，在甄士隐所在的地方是多么稀缺，这就是甄士隐为何会二话不说就拿钱给贾雨村，为何范进中举会高兴得发疯。

中国科举博物馆的墙面用瓦做成试卷的样子　　江南考棚（杨艳丽拍摄于中国科举博物馆）
（杨艳丽拍摄）

　　贾雨村陷入困境，但是身在异乡又有举人身份的他害怕遇人不淑，不敢随便找人借钱，而甄士隐发现他是举人，明白奇货可居，终于等到贾雨村主动开口，因此赶紧拿钱，生怕慢了，"速"封了银子送来，书中一个"速"字把当时的状态生动地写了出来。贾雨村这样的人非常谨慎，自己身在异乡，对于不了解的人，他一般是不敢轻易开口欠下人情的，日后不好还，更害怕欠了坏人的人情，日后不得已同流合污。所以贾雨村当时即使淹蹇穷困，也不轻易开口要钱，贾雨村能够对甄士隐开口要钱，是"士隐常与他交接"，他对甄士隐建立起了信任，对甄士隐而言，就是天大的机会。书中甄士隐说："愚每有此心，但每遇兄时，兄并未谈及，愚故未敢唐突。"可以看到甄士隐早就想要投资贾雨村，就是没有机会，因为日常多与之交接，建立了信任，就等贾雨村开口了，给贾雨村送钱的机会也是甄士隐自己公关争取来的。古代给这类举人送钱的潜规则是：自己争取机会才有可能送出去！甄士隐想要投资贾雨村，丫鬟娇杏也知道。娇杏见到贾雨村就想到了甄士隐"每有意帮助周济,只是没甚机会",可见甄士隐等这个机会很久了,一直在找机会扑上去。过去只有举人以上的身份,才可以叫老爷。贾雨村能够向甄士隐开口,没准还是因为他看上了娇杏呢!

《儒林外史》第七回,范进"会试已毕,范进果然中了进士。授职部属,考选御史。数年之后,钦点山东学道",很快,范进由范学道又升为了范通政。在第十八回中,描述范进"今通政公告假省墓,约弟同行,顺便返舍走走"。通政使是正三品,属于高官,算是衣锦还乡了。正所谓"三十老明经,五十少进士",范进无疑是幸运的人,在57岁那年终于考取了进士。而书中范进当时中秀才是首卷,也就是第1名,非常不容易。范进的中举是亚元,那时他50多岁,也不算老,因此人们争相送钱给他,这才是当时的社会规则。而贾雨村比范进要年轻得多,当然更是奇货可居。当然,范进成为高官后,所有给他送钱的人得到的回报极为丰厚。

相比较而言,50两银子给得真的不多。在《儒林外史》当中,范进的老师周进,当时连秀才都没中,他人给的银子四倍于范进和贾雨村所得。《儒林外史》书中写周进一进了号,见两块号板摆得齐齐整整,不觉眼睛里一阵酸酸的,不知道是悲从中来的发泄,还是灵光乍现的奋力一搏,周进一头撞在号板上,直僵僵不省人事。他苏醒后满地打滚,放声大哭。几个商人得知原委,答应每人拿出几十两银子,让他纳监进场。周进当时连秀才都不是,路人见他可怜就给他凑了200两银子捐了一个监生,他才获得了考举人的机会,然后考上了举人。

因此,甄士隐给贾雨村50两银子,不是纯友情帮助,而是抓住了投资贾雨村的良机。类似的情况还有胡雪岩,当年胡雪岩发家,是王有龄给了他几百两银子让他捐官的,而捐官补到实缺的机会,比科举得中举人的机会还要小。

写到这里，本人还想讲一段与自己家有交集的真实历史。徐郙，同治元年（1862年）状元，先后授翰林院修撰、南书房行走、安徽学政、江西学政、左都御史、兵部尚书、礼部尚书等职，拜协办大学士，世称"徐相国"。徐郙善于书法绘画，慈禧非常喜欢他，向他学画，且慈禧的作品很多是徐郙题字，也是翰林词臣得到特别机会的例子。清咸丰年间，史梦兰在京偶遇来自南方江苏嘉定落榜不第的举人徐郙。徐郙赶考在1860年前后，第二次鸦片战争和太平天国运动、捻军起义等发生，驿站中断，返回上海再次赶考来京也不方便，英法联军进北京也乱，同时准备在北方待考下一科会试。经史梦兰周旋，徐郙到京津城外备考，到汀流河刘石各庄刘家借居，他嫌刘家待他不够好，没有新房，族人不够恭敬，又跑到了乐亭庙上崔家。崔家为了支持其读书，在冬天抢工盖房，不惜工本以酒和泥，徐郙和崔佑文的五哥崔长文结成金兰之好，拜了崔母为义母。3年后徐郙再次进京应试，一举得中头名状元，徐郙的状元喜报到乐亭崔家，所以徐郙变成了地方志记载的乐亭状元。古代各地也都争状元，写入地方志就算是地方官的政绩。徐郙家中没有族人，与贾雨村状态类似，所以谁出资支持他科举，得中的报喜就报给谁。徐郙高中以后，崔家的所有投资都得到暴利回报。崔家可以按照翰林的规制修他们家的大门，而且家产可以免税。崔家豪门大户，仅仅是免税的利益就极为巨大。（本人奶奶是唐山刘家出身，可能与之相关，好友人大教授贾晋京特别找了此典故让我加进。）

　　徐郙中状元时只有24岁，非常年轻。当时崔家为何投资他这个举人？也有年轻的原因。但他的人品私德很差，后来靠巴结慈禧免于各种处罚，官声极差，当时就有人为此撰写了一副对联，联曰："阁部监斋，处处不到；酒色财气，种种俱全。"他是清代难得一见的，既是一品大员又是状元，死后却没有谥号的人。徐郙还与《红楼梦》特别有缘分，《红楼梦》庚辰本就是徐郙所藏，成为人民文学出版社《红楼梦》通行本的底本，也就是本书解读所依据的通行本。1933 年，胡适从徐郙之子徐星曙处得见此抄本，并撰长文《跋乾隆庚辰本〈脂砚斋重评石头记〉抄本》。1948 年夏，燕京大学从徐家购得，成为北京大学图书馆藏书。我们评论所依据的通行本就是以庚辰本为前八十回底本的。

过去穷酸的是秀才，举人则是周围人可以投献的。徐郙就是一个落第的举人，而且家贫钱不多，没有宗族支持和复杂的宗族亲属关联，独身一个人容易结盟，是一个绝好的投资对象，双方对这个投资的价值都很清楚。过去粮食的相对价格比现在高多了，而酒更贵，要四五斤粮食才出一斤酒，以酒和泥给徐郙盖房，是多么奢侈，远远超过甄士隐的 50 两银子。相比起来，徐郙的举动比贾雨村对甄士隐要高傲难伺候多了。因此，古代的举人要是缺钱，必有特别原因。举人贾雨村的穷是路上出意外，他的穷是举人之穷，是相对穷，是与贾府巨富来比较的，不是与一般百姓或乡绅比较的。碰到有才干的举人缺钱，周围的人觉得这是投资的机会。

贾雨村喜欢云游，过去讲壮游，杜甫有《壮游诗》，可以看看杜甫转了多大的圈。读书人行万里路是一个学习的过程，读书人云游的费用就是卖字和教馆，贾雨村也是如此，在葫芦庙里是卖字，后来在扬州是私塾教馆。贾雨村此时的"淹蹇"应当就是在云游的途中，而不是在赶考的驿路之上，走驿站去京城赶考是不用自己承担费用的。贾雨村从籍贯地湖州到京城赶考，古代最好是走水路，从太湖直接进入京杭大运河，他在苏州肯定是受阻了，否则也不会在葫芦庙耽搁了。在古代，京杭大运河真的会淹蹇，尤其是黄河发水导致淤积经常有。因此，书中有"买舟西上"绕路赶往之说！

也有可能是出现了盗匪（农民起义）等情况，书中随后就写了："（甄士隐）偏值近年水旱不收，鼠盗蜂起，无非抢田夺地，鼠窃狗偷，民不安生，因此官兵剿捕，难以安身。"所以甄士隐才会去投老泰山。书里写的"近年",应当就是以前几年间,甄士隐都不易生存,更甭说异乡来的贾雨村,肯定要绕路,驿路应当已经不通,而且在"鼠盗蜂起"和"官兵剿捕,难以安身"的情况下,赶考路上要走多久也没有把握,肯定越早走越好。

在战乱灾荒之年,灾区饥民饿殍遍地的情况下,路也是走不通的,从姑苏直接北上京城,路过的黄河下游和淮河地区,历史上洪灾泛滥频繁。因此,贾雨村要"买舟西上"绕开受灾发大水和战乱的地区,这一圈可能会很大,可以是逆水到武汉,再从汉水到襄樊北上进入南阳平原,避开历史上兵荒和灾害多的黄河下游及淮河流域。当年元朝灭宋下江南到苏杭,就是走的这条路,如此走就是绕一大圈,而且逆江而上的速度,远比顺水要慢很多,所以贾雨村赶考的时间是很紧张的,有必要只争朝夕去赶路。

所以贾雨村真的应当是时间非常紧张,否则他很容易就回到他的老家湖州,湖州有的是有钱人愿意资助举人去赶考,而且官府还可以让他走驿站,根本不用甄士隐的银子,湖州与姑苏是很近的。另外还有一个可能就是因为他得病等"淹蹇",可能还欠有外债被债主扣在葫芦庙走不了。如果真是这个样子,甄士隐给的钱是赶考路费,不是还旧账,也不足还账,他也是要一大早偷偷地迅速离开,不被发现才好,等日后发达了,再去偿还这些旧账。甄士隐对贾雨村就是救急不是救穷,这也是中国古代的社会规则。

甄士隐发现贾雨村奇货可居,也是因为贾雨村相比其他举人有优势:一来他非常年轻,二来他相貌非常好。书里描述他的相貌:"虽是贫窘,然生得腰圆背厚,面阔口方,更兼剑眉星眼,直鼻权腮。"贾雨村是一个伟岸男子汉的形象。皇帝点翰林时,也经常是以貌取人,对贾雨村非常有利;年轻,则可以多次会试,三次会试之后就可以大挑举人了,也就是有了当县令的机会,就算考不上进士,举人大概率也是做官,能够当上县太爷一级的官;而且大挑举人由王公主持，主要就是挑相貌好的和年轻的，贾雨村优势巨大。清朝乾隆定制，每六年在三科不中的举人中面试，十人取五，一等用知县，二等用教职，也就是一半的人可以做官，而且起点不低。不被挑中又不想继续考的人，可以去当八、九品的官或给高官当幕僚，升到知县的比例也不低。明朝的海瑞就是在中举后会试不第，大挑时被授予了教职。

还有最重要的一点，贾雨村是湖州人士，科举乡试看籍贯，湖州也是著名的科举之乡，中举非常困难，举人的水平比其他地方的举人要高，所以中举以后进一步得中进士的概率非常大，远比其他地区考中进士的比例高。所以从另一个层面看，贾雨村就是甄士隐的机会，而不是简单的甄士隐乐于助人，其中的规则，甄士隐、贾雨村都知道，因此贾雨村的不介意和略谢一语，完全符合当时的社会行为规范，只不过现在规则不一样了，大家不能理解了。

所以甄士隐与贾雨村的关系，我们需要按照当年科举社会对举人的潜规则的视角去看。如果把甄士隐帮助贾雨村看成当时潜规则下的投资，那么理解双方的关系就不一样了。双方都先是投资和生意，然后才是朋友和情谊，这样的状态比较符合古代科举社会的潜规则。本章最后，我们附了考举人之难和科举衰落的历史，读者可以参考。

◇◇◇贾雨村如何改变了甄家命运

甄士隐投资了贾雨村之后，贾雨村中进士点翰林，后来又是怎么报答甄家的呢？如果按照投资和生意的标准来看甄士隐的回报，认识就不一样了，都是符合古代规则的。书里写贾雨村报答甄士隐也是暗写的方式，而且还把贾雨村写得似乎对甄士隐不近人情，而书里是怎么隐藏的，需要我们仔细挖掘。《红楼梦》中，贾雨村就是假语存，是用风月宝鉴骷髅的那一面照他的，我们要根据书中的证据，翻过来用风月宝鉴美女的那一面也照照他。

书中的贾雨村中了进士点了翰林，官方的喜报给了谁书里没有说，实际上贾雨村家里没什么人了，应当是与徐郁类似给了甄家，甄家拿着就可以避税，其中的利益巨大。只不过在甄家被火烧搬家以后找不到了。贾雨村一到如州，就有意地在寻访甄家，否则娇杏门缝里面看新老爷，怎么就被发现和传了封肃去府上问话呢？如果贾雨村把他中进士点翰林的喜报报到了贾家，那么贾家还要立一个翰林牌楼，也应当没有了以后的"擅篡礼仪"一说了。贾雨村若是贾家的入赘女婿，喜报却报到甄家，也就是报给了妾的娘家，当然属于"擅篡礼仪"。《红楼梦》是从贾家人的视角写的，因为贾雨村的翰林喜报没有报给贾家，所以贾府从不提贾雨村是翰林。

对甄士隐支持贾雨村赶考的银子和衣物，贾雨村还加很多倍还了钱和物！书中第二回写道："至次日，早有雨村遣人送了两封银子、四匹锦缎，答谢甄家娘子。"贾雨村还钱，与范进、周进拿别人送的银子有本质区别，而且数量加了很多倍。书中甄士隐给贾雨村的是"速封五十两白银，并两套冬衣"，贾雨村还的是"两封银子、四匹锦缎"。这里两个"封"字的含义是不一样的。一个含义是动词，是包装、封装的意思；另一个含义是量词，书里故意这样暗写。"封"作为量词的时候，一封银子是 500 两，250 两正好是"半疯"，骂人的"二百五"这个词，就是从这个典故来的。"二百五"原来和银子有关，想来并没有多少人知道，读者多半没有注意和读懂这个细节。500 两银子一个封装起来，重量是 30 多斤接近 40 斤（金衡 16 两一斤，清代一两银子是 37.30 克，一封银子算上包装大约就是现在 20 公斤的一个旅行箱的重量），便于携带搬运。而锦缎是用"匹"这个量词的，一匹是古代的丈量单位。《说文解字》："匹，四丈也。从八匚。八揲一匹，八亦声。普吉切，文七。"也有说是十丈的。过去是窄幅的，一匹的面料大约可以做一套汉服。

甄士隐当初给的是两套冬衣，贾雨村还了四匹锦缎。而锦缎在古代没有机械织造电脑提花的时代，属于极贵的丝织品，价差远远超出有了机器纺织后现代的价格概念。丝绸品种出现了细化，主要有绢、绮、锦等三类。绢是平纹丝织品，具有质地轻薄、耐用平整的特点；绮是有花纹的丝织品，分为逐经提花和隔经提花两种；锦是经人为加工后织有彩色花纹的丝织品，美观大方，华贵庄重，价格最高。锦缎一般指经纬丝先染后织，色彩多于三色，以经面缎、斜为地、纬起花的提花熟织物，属于色织绸，比一般的丝绸要贵很多。古代织一匹绢需要两个人相互配合，费时5天才能织成；织一匹绮需要5个人，耗时更长；为皇室和贵族专供的织锦面料，则是普通丝织品20倍以上的工作量，织造高级锦缎1匹有的甚至长达数年。所以锦缎的价格极贵，大观园买窗帘等花了2万两银子，窗帘用的是纱，是最薄最便宜的织物。贾雨村这四匹锦缎，至少需要几百两银子。在《清实录》里面记载，清初物价"良马，银三百两。牛一，银百两。蟒缎一，银百五十两"，到清中期西方白银大量流入，物价又大幅度提高，以这个标准计算，就知道贾雨村的四匹锦缎之价值了。

基于以上算法，甄士隐给了贾雨村50两银子，贾雨村还了甄士隐1000两银子；甄士隐给了贾雨村两套普通冬衣，贾雨村还了四匹锦缎。价值对比起来，大约是20倍奉还了。甄士隐对贾雨村的投资取得了超额回报！

另外，贾雨村娶娇杏，也给了甄家丰厚的聘礼，这里面也带有极大的情谊。书中：

（贾雨村）又寄一封密书与封肃，托他向甄家娘子要那娇杏作二房。封肃喜的屁滚尿流，巴不得去奉承，便在女儿前一力撺掇成了，乘夜只用一乘小轿，便把娇杏送进去了。雨村欢喜自不必说，乃封百金赠封肃，外又谢甄家娘子许多物事，令其好生养赡，以待寻访女儿下落。

娇杏聘礼书里明确写的是"百金"，对百金有很多种理解，可以是100斤黄金，也可以是100斤银子，不过《红楼梦》书里的银子多少两就说银子多少两，从来不说多少金。所以对书中百金的理解，应当是明清最通用的理解，即100两黄金。按照古代金银比价大约一比十，等于贾雨村给了大约1000两银子当作娇杏的聘礼。因为给银子1000两是几十斤重，封肃送娇杏过来，那么重的银子封肃也拿不走，而百两金子就好拿了。

封肃送娇杏过去，根本没有谈钱、谈聘礼的想法，对他们能够攀上知府，把婢女送过去为妾已经非常满意了，贾雨村前面的"两封银子、四匹锦缎"，对甄士隐当初的50两银子和两套冬衣，不光人情还够了，算上娇杏的身价和聘礼也绰绰有余了。贾雨村再给百金聘礼，就是深情厚赠另有相求了，还"又谢"甄家娘子，"许多物事"应当还有不少好东西赠送，与四匹锦缎合起来估计也是1000两银子。贾雨村拿这么多的钱给甄家，应当还有等价值的事情相求。结合书中情节和社会逻辑，贾雨村的诉求应当是抬升娇杏的地位，因为婢女变养女才是"好生养赡"，若是婢女贾雨村买走就与甄家无关了，以养女娶走则甄家娘子是贾雨村的丈母娘，贾雨村要养赡。娇杏是厚礼聘娶的甄家养女，地位就不同了，以后就有了扶正的可能。贾雨村此时应当已有将娇杏扶正之心，而且贾雨村冒着风险扶正娇杏，背后也有对甄家的报答，等于把甄士隐变成了岳丈老泰山了。不过，甄士隐这个男主人出家了，书里写封肃回家后"回家无话"，可能贾雨村给的银子封肃都自己贪了起来，却没有办贾雨村交办的收养娇杏的礼仪，或者收娇杏为养女的礼仪办得不够完善，导致贾雨村扶正娇杏后被参劾革职。对此，我们会在后面的章节专门分析。从这个角度看，反而是甄家的人对不起贾雨村了。

贾雨村娶娇杏给封肃百金，价值 1000 两银子，有多少呢？第四十七回，"贾赦终究费了八百两银子买了一个十七岁的女孩子来，名唤嫣红，收在屋内"。贾赦买入嫣红的花费是当年顶级扬州瘦马的价格，而贾雨村判葫芦案，冯渊是一个小乡绅，被薛蟠打死了，冯家人要的钱，在高估的情况下，也就是 1000 两银子。贾蓉捐一个五品官员的龙禁尉，也才 1200 两银子。贾雨村除了送两封银子、四匹锦缎之外，再给娇杏百金的聘礼，真的是非常丰厚了，足够让甄家复兴了。而娇杏被扶正，后来贾雨村又是大司马协理军机参赞朝政，变成了一品大员，对甄家而言，娇杏被扶正，在当时的社会地位也极大地提高了。娇杏出身低微，贾雨村是完全可以不扶正娇杏的，扶正之后导致被革职付出了巨大的代价，贾雨村对甄士隐一家是非常仁义了。

　　很多读者被现代人写的古代小说中动辄几千几百两银子带偏了，我们需要从当时的实际情况出发来分析。清前期的《天水冰山录》（1937 年商务印书馆出版，作者吴允嘉，清初学者、藏书家，字志上，又字州来，号石仓，生于 1655 年）记载严嵩被抄家时：

　　　　螺钿雕漆彩漆大八步等床 52 张（约银 15 两 / 张）、雕嵌大理石床 8 张（约银 8 两 / 张）、彩漆雕漆八步中床 145 张（约银 4 两 3 钱 / 张）以上各样床，计 640 张，通共估价银 2127 两 8 钱 5 分。

　　这银子的数目与贾雨村给甄家的银子数量差不多。再对比《金瓶梅》当中富婆孟玉楼的嫁妆："手里有一分好钱，南京拔步床也有两张。四季衣服，妆花袍车，插不下手去，也有四五只箱子。"这个数目的嫁妆就算是巨款了，《金瓶梅》中西门庆买南京狮子林的铺面房也就花费 120 两银子。由此可见，贾雨村给甄家的钱，加上娶娇杏给甄家的聘礼，真是回报丰厚。

现代人估算古代白银的价格，多以粮食价格为依据，但在中国古代是以饿死人来限制人口的内卷化农耕社会，粮食是极为稀缺昂贵的物资，以粮食价格估价出 1 两白银大约是 600 元人民币，这个估算是严重低估的。对比一下严嵩抄家出来的豪华大床，这些床具现在每个都要多少万元，大家就知道中国古今的价格扭曲，必须正确理解当年的价格体系。

至此贾雨村已经花费了 1000 两银子、四匹锦缎、100 两黄金和"又谢"甄家娘子"许多物事"，总计大概价值 3000 两白银，相当于一个中等乡绅的全部家产，可以说原来甄家被火烧掉的家产，贾雨村给置办回来了。后来，书中王熙凤计算的贾环婚娶立家的账，也就是花费 3000 两银子。贾雨村原来是穷儒，他给甄士隐这么多的银子是哪里来的？贾雨村当的是知府，养廉银才 2400 两（初次给的低，后来当应天府知府要缺，应当是 3700 两），如果是知县，只有 1200 两。知府的俸禄是 80 两银子，80 斛米；知县是 45 两银子，45 斛米。唐朝之前一斛是 10 斗；宋朝之后一斛只有 5 斗。当时的米价波动极大，但平均下来大约价格与 1 两银子相当。一斗是 10 升，大约 60 斤。这样算下来，贾雨村新官上任，他的养廉银、俸禄等收入全部给了甄家。新官上任来，各种花费巨多，各种潜规则要花钱的地方也非常多，本来都该用养廉银支撑，养廉银可不是都能够自己揣兜里的钱，包括办公费用和各种支出，但他的银子都给了甄家。贾雨村没有贾政的家底，可以找家里去拿钱。该花的钱没有花，潜规则没有办，因此引发各方对他的不满，"贪酷"的说法就来了。没钱、没有遵守潜规则，是他第一次被参劾而革职的直接原因，也可以说贾雨村为了及时报答甄士隐，真真切切地付出了巨大代价。与此对照，书中靠贾府保荐才当上县官的赖嬷嬷孙子赖尚荣，在贾府危难缺钱之时，贾政开口借 500 两银子，却只肯给 50 两银子来应付。书里说，他当知县日久，手长特别会捞钱，赖家也靠贾府有了大花园，根本不缺钱，而且贾政是借钱，还要还的，赖家都不借。赖尚荣对贾家与贾雨村对甄士隐家真是天壤之别。

还有人说书中后来贾雨村当大官路上遇见甄士隐，也没有特别接待，没有叫随从。第一百零三回，叙贾雨村事，"升了京兆府尹兼管税务"，出差途中，贾雨村见甄士隐，心想"离别来十九载"。后来，甄士隐家旁边的庙里着火了，贾雨村也没有管，做得不够尽人情，等等。不过，书里写了，贾雨村的内心不安。他没有与甄士隐走得很近，也有身份限制的原因。古代官员与僧道私密往来非常忌讳。宁国府贾敬好道，就准备在官场上别混了。各种造反的组织都与僧道有关。当时，甄士隐的身份不明，所以贾雨村非常避讳手下人看见他与甄士隐过多地私密交谈。原因还有御史可以捕风捉影风闻言事，对此甄士隐也懂，他也在躲避贾雨村。倒是书中结尾的时候，在贾雨村被革职以后见面，他俩的交谈正常了很多。此时，甄士隐俨然是一个可以未卜先知的大师了，而且他应当知道贾雨村第一次被革职，是因为娇杏扶正的礼仪问题，应当知道他自己老丈人封肃有对不起贾雨村的地方，所以第一百零三回二人见面，甄士隐躲着贾雨村消失了，也不是没有原因的。

还有一点，通行本当中英莲的结局甄士隐很满意，认为被拐只不过是人生一劫。英莲最后的结局也与贾雨村葫芦案揪出了拐子，确定了英莲被拐卖有关，其他人办案拐子就未必被惩治。前面分析过，英莲属于拐卖，到薛家就不是买来的奴婢，才有扶正的机会，地位也会高很多。原著到第二十九回，香菱就带着自己专属的丫鬟臻儿了，而且薛家、贾家的重要活动，香菱也以姨娘身份出席，她是正式的妾，有专人服侍。书中的甄士隐一家与薛家的情况如何呢？甄士隐受岳丈的气，岳丈见新任知府贾雨村时"封家人个个都惊慌"，而贾雨村复职升任应天府知府，要看贾家、薛家这群勋贵世家们的脸色。薛家在薛蟠未娶亲的时候就把香菱明媒正娶进门，而非丫鬟收房，还是一个高地位的良妾身份，薛家应当也是考虑了香菱的身份，也可以说是甄家以当时的门第攀亲了薛家。对古代的价值观不能用现在的价值观来判断。

更关键的是，英莲在薛家开始时是不是妾还有待商榷，因为在英莲过门后，薛蟠很久一直没有另外再娶，同时薛蟠"又恐香菱被人膔皮"（第二十五回），说明薛蟠很在意香菱，对香菱很好。到薛蟠娶夏金桂时，书中已经是第七十九回。从黛玉六七岁进贾府就发生了葫芦案，英莲就到了薛家，到前八十回结束，黛玉约16岁，这期间有8年的时间，而且给薛蟠张罗也就半年时间，宝玉说了"只听见吵嚷了这半年，今儿又说张家的好，明儿又要李家的，后儿又议论王家的"（第七十九回）。也就是说薛蟠相亲，就是近半年来的事情，不是这七八年都在到处相亲。薛蟠在葫芦案发生的时候就应当成年了，否则未成年人打死人法定可以减轻罪行，也不会变成"活死人"，因此此时的薛蟠应当奔30岁。

这么长的时间，香菱都没有怀孕，在古代是不被接纳的。虽然不孕不育，男女原因都有可能，而且书中暗示可能是薛蟠有花柳病才导致的不育，但古代重男轻女，认为不孕都是女人的责任。书中第八十回写道："（香菱）虽在薛蟠房中几年，皆由血分中有病，是以并无胎孕。"这里说明香菱确实也有病，不光是薛蟠生理上有问题。按照古代的规则，此时正妻就要想办法给丈夫纳妾延续香火，当然香菱没有给薛蟠纳妾的能力。因此，对薛家而言，薛蟠是独苗，子嗣的重要性在古代大于天，薛家必然要再娶，香菱按照古代规则只能让位。"无后"是休妻的"七出"里面的第一条，香菱没有被薛家休妻，肯定有原因，若薛家新娶门第高的女人，她肯定要让位。就如我们在《红楼深宅博弈》中分析的，薛宝钗一家为什么要害死林黛玉？原因就是后来若娶进了林黛玉，薛宝钗要让位变成妾。我们仔细分析会发现，薛蟠娶香菱的礼仪与贾宝玉娶薛宝钗的礼仪是一样的，薛宝钗进入贾府也没有白天大办，都属于身份待定，留有余地，身份可妻可妾。若香菱当年嫁给薛蟠后生出儿子，香菱就是正妻了。薛家长期未给薛蟠再娶，给了她足够的时间和机会，这件事在古代逻辑之下，甄士隐也没法说薛家待他女儿不公，更怨不得贾雨村。后来，香菱遭受夏金桂的各种构陷和算计，也怨不得贾雨村，她与薛蟠有感情好的时候，在柳湘莲打伤薛蟠的时候，香菱还心疼得哭肿了眼睛。

到通行本最后的结尾，香菱怀孕被扶正了，薛蟠也悔悟，对她好了，后生了薛家的独苗以承宗祧，在古代被认为这是一个很好的结局，比《红楼梦》里很多人物的结局都要好。之前我们也分析了，判拐卖案，收买英莲的薛家、冯家的银子都要赔给苦主英莲，英莲身上的银子是1600两，是贾赦买嫣红的800两银子的两倍，薛家还要对等给聘礼，英莲身上有3200两银子，应当比甄家的家产都多，超过了凤姐计算给贾环安家的3000两银子，所以薛家必须把英莲扶正。甄士隐说"幼遭尘劫""产难完劫"，能够"遗一子于薛家以承宗祧"，他要去接引了。古代评价人生是结果论，中间过程没那么重要，就像佛家讲的渡劫一样。我们再来看香菱的判词：

根并荷花一茎香，平生遭际实堪伤。自从两地生孤木，致使香魂返故乡。

"根并荷花一茎香"应当是指英莲的莲花与香菱的菱角花是一个根，也就是说香菱与英莲是一个人。香菱命运看似很惨，被拐又遇冯渊之死，"平生遭际实堪伤"，不过结局被扶正且生了"孤木"，延续薛家香火，她最后魂魄返回故乡，甄士隐来接引了。香菱可以葬入薛家坟地入薛家祠堂，但薛家不是她的故里，要魂归故里，对于一个外嫁的女孩，古代只有给家族承祀才可以。魂归故里在中国人的认识里也是褒义词。

英莲最后被甄士隐找到了，而且可以回家了，不仅成了大家族的正妻，还能够给甄家承祀，这在《红楼深宅博弈》中已经分析了。后来，贾雨村的葫芦案被翻案，甄士隐的"接引接引"是去追究薛蟠收买被拐妇女之罪，薛家还要给甄家赔偿。英莲的故乡是姑苏，不是薛家的金陵，英莲要是能够回到自家祠堂，就是孩子要给甄家也传承香火，所以英莲的儿子对甄家与薛家是"兼祧"，薛家和甄家的香火都有了。

英莲的孩子是被甄士隐带走的，因为要兼祧甄家，英莲身上的财产也要随孩子带走。甄士隐能够把英莲找回来又承祀，使其魂归姑苏，与葫芦案贾雨村能够通过枉法的扶乩手段定罪拐子是分不开的，所以贾雨村事实上是帮助甄家。如果没有他前面的判案，后面甄士隐就不可能进薛家"接引接引"，就算英莲被扶正了，也是要葬入薛家的，留在金陵而回不到她的故里姑苏！对此，我们在《红楼深宅博弈》中已经详细分析过。

综上所述，贾雨村对甄士隐的人情，结草衔环地报答了。对甄士隐而言，贾雨村是奇货可居，他对贾雨村是政治投资，而且取得了巨大的回报。

附录 科举考举人之难和地位滑落之历史

古代科举考一个举人到底有多难？为何贾雨村是举人就奇货可居？考举人与现在的选拔考试的难易相比如何？很多戏曲动辄状元进士，似乎进士很容易得到，秀才就是穷酸，举人被看作没有那么重要，这是对古代科举考一个举人的难度缺乏认识。

古代科举最难的一关是考举人，与秀才类似的有多种捐纳渠道，去考秀才的大多数是贫寒之家，所以"穷酸秀才"是有说法的，但到考举人则是不论贵贱都必须一起考。因为举人考中概率小，所以在《儒林外史》里面，胡屠户觉得范进考举人没有多少希望，不支持范进去考，范进因为是周进学政取的第一名，当然一次都不考不甘心，偷着去考后考中了，立即身份地位就有了极大的不同。

古代科举看似比例不是特别低，但关键在于，科举考不上要终生复读，可以考一辈子，次数积累下来，就比现在的高考次数多。如果真的要算实际考中的比例，前文中已经说考中举人的人数一个省平均是考上"清北"的十分之一。清朝是秀才多次参加乡试之后最终大约有二十分之一的比例能够考中举人，但考秀才因为名额是分配到县里的，有些文风厉害的县考中举人的比例高，按照人数比例，在这些地方考秀才的难度更大，比如孔乙己一辈子读书也考不上秀才。古代考秀才倒是真的类似高考，在20岁左右考不上"清北"的，多次复读也依然很难考上，甚至是多次复读的人反而成绩遇到天花板，复读后成绩提高缓慢。

在清末民初的小说中，一个村子里要是有一个秀才，那是全村全乡人都感到非常荣耀的事。所以最后刘姥姥做媒让巧姐嫁给了周财主十几岁就中了秀才的儿子，对贾府而言都是能够认可的。明清时期读书人地位比较高，只是晚清军阀四起、留学和西方文化冲击，导致传统中国读书人的地位不太高。

古代科举乡试考举人的比例

古代科举乡试考举人的比例有明文规定。康熙二十九年（1690年）规定，江南、浙江的乡试录取比例是60：1。乾隆九年（1744年）又作出规定，大省定额80：1，中省定额60：1，小省定额50：1。要想在这个录取比例中脱颖而出，绝对不是一件容易的事情，也难免出现考到七老八十，甚至祖孙三代同赴考场的现象。范进中举后癫狂，完全可以理解了。

到了乾隆年间，比例进一步降低，如乾隆元年（1736年）工科给事中曹一士奏折对各省乡试录取比例的看法是："会试之额，以二十人而中一名，则乡试之额，请视会试而倍其五焉，以一百人而中一名，则天下无遗才之患矣。"据该奏折称，顺天、贵州、广西、四川乡试，"不及百人而中一人"；"江南、湖北两处，计合一百五十卷始中一名"；江西"于一百二十余名内中一名"；"山西、陕西、福建、云南四省，现在皆系百名中一"；"河南、山东、广东，皆系百四五十名内中一名不等"。也就是说，清中期以后，秀才多了，官员子弟荫出和捐的监生多了，举人录取的比例变得更低，科举录取比例的变化在当年是敏感的大事情，而且正好是曹雪芹写书的时代。

历史上著名的白头科举人物

在乾隆朝出现了一个极端的例子，乾隆四十四年（1779年），广东乡试，一位名叫谢启祚的考生，时年已经98岁，他还要再入秋闱。此时，他已有三妻二妾，子23人，女12人，孙29人，曾孙38人，玄孙2人。这个五世同堂的人不仅没有在家颐养天年，而且在如此高龄仍征战乡试，实在让人哭笑不得。

乾隆曾作出规定，乡试考生如果年龄超过80岁就会依例赐予举人身份，而且有的还有可能做官，但大多没有实权，如国子监、鸿胪寺等清闲衙门。原因就是考上秀才其实已经非常不易了。

像谢启祚这样的超高龄考生，按理应该由广东巡抚呈报礼部，奏请乾隆帝恩赐举人，可是每次广东巡抚要推举谢启祚时，都被他给拒绝了，而且他还信誓旦旦地说："科名定分也，老手未颓，安见此生不为耆儒一吐气？"最后，谢老爷子在98岁高中举人，扬眉吐气地作了一首老女出嫁诗："行年九十八，出嫁不胜羞；照镜花生靥，持梳雪满头。自知真处子，人号老风流；寄语青春女，休夸早好逑。"

第二年，谢启祚又参加了会试，被特别授予"国子监司业"，102岁晋升鸿胪寺卿，活到了将近120岁的高龄。或许对于谢启祚来说，科举的过程就是最好的锻炼，而"四书五经"也是最有效的补品。但是，像谢启祚这样人生从90岁开始的好运毕竟不多，更多的人只能是一年年落第，沉沦于茫茫的考场之中，一辈子都不能中举。道光二年（1822年），广东人陆云从以百岁高龄才考上秀才。

道光二十年（1840年），长沙人余会来以104岁创下参加乡试的年龄纪录，遗憾的是他最终也没能考上举人，带着遗憾走完了人生。

通过上述对中举比例和高龄中举的分析，可以想象古代要考一个举人多么不易。

清代各省举人人数统计

时间\省份	顺治二年	顺治十七年	康熙三十五年	康熙五十年	乾隆九年
顺天	206（115）①	105（58）	172（80）	233（108）	213（102）
江南	145	63	83	99	114 江苏69 安徽45
浙江	107	54	71	99	94
江西	113	57	75	90	94
湖广	106	53	70	99	93 湖北48 湖南45
福建	105	53	71	85	85
广东	86	43	57	68	72
河南	94	47	62	74	71
山东	90	46	60	72	69
陕西	79	40	53	63	61
山西	79	40	53	63	60

---

① 据光绪《钦定科场条例》卷二十三《乡会试广额·例案》，光绪《大清会典事例》卷三百四十八《礼部·贡举·乡试中额一》及《清实录》等统计。括号内的数字指直隶生员的中额，下同。

续表

时间\省份	顺治二年	顺治十七年	康熙三十五年	康熙五十年	乾隆九年
四川	81	42	56	67	60
云南	54	27	42	56	54
广西	60	30	40	48	45
贵州	40	20	30	36	40

从上表可以看到清代各省举人人数比例。

乾隆九年（1744年）基本形成定制，各省乡试的录取人数被固定了下来，具体如下：顺天102、江南114（江苏69、安徽45）、浙江94、江西94、湖广93（湖北48、湖南45）、福建85、广东72、河南71、山东69、陕西61、山西60、四川60、云南54、广西45、贵州40。总计1114人。后来有所调整，但变动不大。

古代各地考取举人的大致人数

虽然古代的中举比例是百分之一，只是略低于现在985高校在各地的录取率，但古代的秀才比现在的高中生要少多了。上述比例是对于秀才监生等有资格去考试的人而言，而科举考一个秀才也要是一个县的前30名才可以，很多人考到老都难以考中一个秀才。

清初将推行科举之省份划分为大、中、小省三等。其中，直隶、江南、浙江、江西、湖广、福建为大省，山东、河南、山西、广东、陕西、四川为中省，云南、广西、贵州为小省。这种大、中、小省的划分只是应用于科举、教育方面，在清人的论述中亦可看出。

明清时期，举人在各省的数量，大约是3年一次乡试录取几十名到100多名，平均下来就是一个省一年录取20—40名。因此，古代举人的人数比例远远低于现在的各省考"清北"的人数，略高于各省因为顶级竞赛进入国家集训队保送"清北"的人数，能够中举非常不容易。

所以古代科举要获得一个举人的身份极为不易，因此在古代社会，举人的地位非常高。古代得中举人就可以做官，大量的官员来自举人阶层。

科举信誉在社会当中的衰落

科举到晚清留学兴起就开始变淡了，以留学为大，大量的留学生挤占了科举的空间，后来又废除科举，科举的空间全部给了留学和洋学堂，社会对科举的认知也随之迅速衰落，直接影响了社会对《红楼梦》一书的解读。

留口的学生中，官费生只占三分之一，自费生大约占三分之二。留学的门槛主要是银子，留学日本要一万两银子，留学欧美要两万两银子，官费留学最初因为没人去很好考，后来舞弊比科举还要严重，成了富贵子弟的通道，富贵子弟彻底挤压了贫寒子弟的机会，尤其是留学日本的人数，每年数千人，远远超过举人录取的人数，而一个留学回来的人，在任用上很多地方甚至超过了进士。

1906—1921年的中国留日学生统计，学术界目前仍主要使用二见刚史和佐藤尚子《中国人日本留学史关系统计》一文①，文中将外务省外交史料馆的外务省档案中有关中国留学生统计的各类重要统计，归类整理成《明治末—大正期的留日学生数（1906—1921年）》（见表1）：

表1　明治末—大正时期的留日学生数（1906—1921年）②

年　度	学校数（校）			学生数（人）		
	直辖	公私立	计	直辖	公私立	计
1906年（明治39 光绪32）	—	—	—	262 *（—）	7021 *（45）	7283 *（—）
1907年（明治40 光绪33）	—	—	—	363（—）	6434（139）	6797（—）

作者简介：周一川，日本大学理工学部副教授。
① 日华学会1918年成立，最初是为帮助中国留学生适应留学生活提供各方面帮助的民间团体，之后逐渐演变为协助日本政府对留学生进行调查、监管的半官方性组织。
② 《国立教育研究所纪要》第94集，东京：国立教育研究所，1978年，第101页。
③ 资料来源：《支那留学生收容学校数并员数调》，外务省档案《在本邦支那留学生关系杂纂第一·陆军学生·军学生外ノ部》所收；《直辖学校在学支那朝鲜留学生员数调》（同前）；《支那朝鲜留学生收容公私立学校数并员数调》（同前）；《在本邦清国留学生关系杂纂·日华学会》所收。又，括号内数为女生数。"—"为不明。

看一下留学人数的统计，每年数量六七千人，远超清代平均每年的举人人数。①

① 周一川：《近代中国留日学生人数考辨》，《文史哲》2008年第2期。

第十一表　民十至十四五年间官自费生所适国别表

国别	费别		总计	自费所适国别百分比
	官费	自费		
美	495	439	934	68.90
英	18	11	29	1.73
法	23	66	89	10.32
德	15	112	127	17.08
比		4	4	0.63
奥		2	2	0.32
菲		3	3	0.47
澳洲		1	1	0.17
总计	551	638	1189	
百分比	46.30	53.70		

上表是留学西方国家的人数，数量远超进士人数。[1]

国内洋学堂兴起，由于科举不学近现代的科学知识，一个洋学堂的小学生也可以鄙视秀才，中学生看不起举人，大学生看不起进士。近代的洋学堂入学比科举竞争更激烈，最重要的门槛是钱，一个教会学校的学费是一年200块大洋。当年的同济大学一年就要200块大洋，此外还要收取20块大洋的书籍费、10块大洋的校服费，学生去实验室做实验，还要缴纳24块大洋的实验费，去图书馆查阅图书，也要花10块大洋办一张借阅卡。那时候，一块大洋就是1两银子的价值，也就是说一个国内大学毕业，几年下来，需要2000两银子。而官费的清华也是一年学费40块大洋，而且还有其他杂费，能够取得奖学金的人是少数，远远低于科举的寒门比例。这个费用算一下，即使对《红楼梦》里的贾府也是有压力的。

而后来的新红学领军人物，基本都是新文化和洋背景，没有留学又毕业于教会学校，或者与英美扶持的学校有关联，对当年科举的情况不清楚，对科举的价值持否定态度，对《红楼梦》的解读就没有那么明白了，而且晚清和民国对《红楼梦》当中很多的暗线逻辑也没有看透，仅仅是做题咏派的解读，对他们来说，解读风花雪月诗永远没有错，政经逻辑必须回避。

---

[1]　舒新城：《近代中国留学史》，商务印书馆2014年版。

但把当年科举的困难、科举晋升的通道、科举的得利和免税赋徭役等各种问题看清楚了，对《红楼梦》和贾雨村的认识就会不一样了，对贾家复兴必须借助宝玉读书科举就很容易理解了。当今，中国崛起，文化复兴，民族自信恢复，我们对《红楼梦》也需要重新认识。本人按照作者创作年代的社会背景和政经逻辑进行解读，还原其背后虚无的历史，希望能够给大家更多的启示。

（四）贾雨村与林如海是同榜之盟

对贾雨村的社会关系，红楼读者都认为是攀附贾家、王家，在贾家、王家的羽翼之下飞黄腾达，而实际情况则是贾家、王家对贾雨村的支持有限。

在《红楼梦》第五十三回，贾雨村"补授了大司马，协理军机参赞朝政"。古代对大司马的官职没有什么歧义，补授大司马的职位就是管兵权的最高职位。所以，此时贾雨村的职位远超过贾家，同时大司马又是军中王家王子腾的上司。元妃在后宫干政就是大忌，贾家属于外戚，涉及兵权更是忌讳，也是不可以碰的高压红线，应当与贾雨村的任职无关。所以贾雨村的飞黄腾达，根本不是贾家、王家的势力支持就可以做到的。

贾雨村最重要的人脉关系是谁？他与谁是铁杆的同盟？这里告诉读者，贾雨村的盟友是林如海。他俩是同榜之盟，有天然的共同圈子。古代科举考试，考中的张榜公布，在同一榜录取的称为"同榜"，同榜的人互称是"同年"。书中，把贾雨村和林如海这一层关系故意暗写。第二回写"偶又游至维扬地面，因闻得今岁鹾政点的是林如海"，贾雨村往扬州方向云游，是"因闻得"林如海要去任职，然后书里也不用冷子兴介绍了，就直接介绍起了林如海，贾雨村应当早就认识了解林如海，所以他才有目的地游扬州，要会友找机会。只不过后来他先病倒了，他靠"友力"谋得西宾，到陌生的扬州又病倒，剩下的"友力"也就是他的同榜圈子了。

书中贾雨村科举大约是什么时候呢？有人按照雍正夺嫡的时间进度来计算，曹雪芹的原型应当是雍正登基时家道败落。根据研究，那么对应的贾雨村能够去考的会试应当是康熙四十五年（1706 年）丙戌科进士、康熙四十八年（1709 年）己丑科进士、康熙五十一年（1712 年）壬辰科进士，而贾雨村当官是三年以后，应当是点了翰林的，然后翰林散馆放的外官，这样才可能是从四品的知府。贾雨村到扬州教林黛玉应当是 1711 年，据此倒推一下，贾雨村应当是 1706 年中的进士点了翰林，1709 年翰林庶吉士散馆外放当了知府，不久就被罢官了，和两年后到扬州时间正好是差不多的。贾雨村邂逅冷子兴。雨村说："我自革职以来，这两年遍游各省。"而且贾雨村要去赶考的时间应当是 1705 年，那个时候英莲是 3 岁。到贾雨村复职应当大约是 1714 年，这个时候英莲是 12 岁，正好女孩发育得差不多了。

再看看林如海的情况，第二回："这林如海姓林名海，表字如海，乃是前科的探花，今已升至兰台寺大夫，本贯姑苏人氏，今钦点出为巡盐御史，到任方一月有余。"书中介绍说林如海是前科探花，前科也就是上一科，贾雨村见林如海是 1711 年，那么算起来在 1709 年会试的是新科探花，所以说前科探花，林如海应当也是 1706 年会试后点探花，否则就要说是新科探花或本科探花了，而且探花要授翰林编修，书上说是升兰台大夫，这个兰台大夫应当是援例唐朝的秘书院，应当是指升了侍讲学士（明为从五品，清为从四品）或者侍读学士（五品以上），或者还有秘书性质的军机处章京之类的官员。虽然品级为中等官员，但由于随行在皇帝身边，是极为尊贵的天子近臣，过去还叫作"储相"，是宰相候选人。巡盐御史本级别是正七品，一般是兼任，品级是原来的品级，古代惯例是两淮盐运使兼都察院的盐课御史衔，林如海应当是盐法道从三品。盐政是古代经济命脉行业，著名肥缺，皇帝钦点，应当还带有钦差身份，权力极大。所以林如海是绝对不能被按照七品官看待的，相当于皇帝的亲信，古代兰台也可以是指御史台，若作为御史台，讲林如海升任了兰台大夫，探花授翰林编修是正七品，到七品御史不是升任，应当至少是佥都御史，也就是说至少也是正四品的官员。御史总人数有限，所有人都有权直接给皇帝递折子，皇帝认识每一个御史，同时他还可能挂着钦差的身份，妥妥的皇帝亲信。

从上面的时间关系考证下来，就可以清晰地知道他俩是同一年科举得中的，也就是贾雨村与林如海是同榜。当然有人说不能完全按照历史年份来考证，作者是曹雪芹，未必是雍正夺嫡的背景，但书里面的时间逻辑关系和时间跨度固定不变，古代三年一次的会试不变（偶尔会有皇帝增加的恩科），那么二人同榜的身份关系就是肯定的。虽然书中没有明确写，但从故事发展的时间上来看，林如海与贾雨村应当是同一年参加科考得中，二人是同榜进士同榜翰林！在古代同榜进士同榜翰林的关系可不一般！远远比现在的同学还要亲近。

可能有人会问，是不是所有以前得中的都叫作"前科探花"？这就是不了解古代科举习惯了。例如"前天"，肯定不是以前所有的日子都可以叫前天的。在古代，你是哪一科的是非常重要的，会说得非常清楚，前科和新科是最近的两科，再往前就会按照纪年来说，比如2021年考中的就会说是辛丑科探花。为何古代说谁的科次时会非常清楚地讲新科、前科或某年科，原因就是同榜的关系圈子极为重要，所以不会笼统地去讲，而且古代的论资排辈，科次比年龄在排辈上也更重要。

现在的读者对于过去科举考试的同榜关系没有概念，感觉就是同一年考上，写在同一张榜文之上，两个人可能以前根本不认识，生存的环境和家乡也可以差十万八千里，算不上什么人脉。那么同榜又有什么用呢？在中国古代，同榜的圈子是非同小可的圈子，比现在的同校甚至同班同学都要厉害，是一种合法结党的方式，可以基本相当于同一个导师的弟子形成的学阀群体。

古代科举得中，学生首先就要拜考官为老师。拜师非常正式，在古代儒家天地君亲师之时代，老师对学生的约束力要强大得多，同榜的一群人就是互相结党，每一次科举的同榜都是以考官为中心的一个小团体，紧密结党的状态。这里同榜与老师结成的就是学阀圈子，而且非常紧密，与现在的同学或者师兄弟是直接的同行竞争关系还不同，他们是要对其他科次的同榜圈子党同伐异的，而且这样的党同伐异还在古代政治潜规则之下被默许甚至支持。因此古代科举同榜的圈子远远比现在的同学圈子要紧密得多。

在中国古代，一般的结党是大忌，可以上纲上线成为谋反或欺君之罪，结党在中国古代可以看作十恶不赦，但科举同榜的结党却被皇帝所鼓励。古代政治博弈的逻辑，现在很多人仅仅看简单的事实，却不重视其中的政治背景。贾雨村与林如海的同榜之谊，在古代可以公开交往和人情托请，关键这么做还合法，会受到社会舆论甚至皇帝的保护。在严查结党的情况下，同榜联盟连结党都不算。同榜的人情可以公开讲，古代对此叫作"八议制度"，就是可以讲的人情关系。甚至可以公开徇情，对同榜网开一面。

因为他俩是同榜关系，所以林如海对贾雨村可以亲自举荐，否则他与贾雨村无关，又怎么对皇帝开口？前面贾雨村的革职是在被参劾之后皇帝决定的，要想复职肯定也绕不开皇帝。林如海凭什么向皇帝举荐贾雨村？古代的政治逻辑，同榜之间就是可以互相举荐的。

科举能够成为主导中国社会近千年的政治制度，必然要有相关制度的顶层设计，关键点就是要让科举群体形成足够的政治力量。

1987年版《红楼梦》电视剧截屏

科举的士子得中以后要有能力对付乡党和世家的势力，而仅仅是科举得中的士子个人，是没有对抗群体势力的力量的。科举上来的官员，要是下面没有一群亲信被很快提拔到高位，也是会被架空的。要让他们能够对抗外戚宦官、同乡圈子的乡党和地方势力，能够对付勋贵世家的宗族，那么就必须给他赋能！也就是林如海和贾雨村的同榜圈子，可以对抗金陵四大家族的勋贵圈子。这个赋能，就是允许他们主考时发展自己的科举学生当门生下线，同年科举得中的可以和同榜的结党。有了这个赋能，科举走上历史舞台才有足够的政治力量，让魏晋风流的高门大姓世家把持政治的局面，从此彻底结束了。

科举士子被皇帝提拔以后，发展个人政治势力重要的机会就是去当主考。一次主考以后，所有得中的士子都能成为他的门生。科举的士子去当主考，一般涵盖科举各级选拔考试，从童子试、乡试到会试，是高、中、低都有。童子试是当学政的时候主持一省的考试；乡试则是当了翰林后，通过考试就可以去各省乡试当房官阅卷，也可以在一个省收不少门生，等到了朝堂一、二品大员时，就有机会主持会试，当主考，进士门生遍天下。顶层设计的结果让科举提拔出来的官员到高位，身后结党跟着一大群的学生，同榜师生之间又互相提携，形成一股势力，可以与朝野的其他政治势力掰手腕，而不是说读书的官员手下没人会被架空。

皇帝可以放心地让科举士子的同榜结党，关键在于不用担心对皇权有所威胁，与乡党、地方势力、勋贵势力等结党本质不同。首先是科举的士子都有忠君的信仰，他们的初心是忠君爱国，要成就个人理想抱负，要立德立言立功。儒家的信仰与其他利益群体结党有本质不同。其次是同榜的结党，规模是有限的和固定的，没有后继和传承，科举一榜就那么多人，其他结党行为则会变成子孙家族很多代人参与，不断膨胀。再次是不同的科次之间、不同榜之间还有竞争。最后的关键是同榜赋能，皇帝想要给谁就给谁，点谁来当主考、副主考是皇帝说了算。皇帝给的人脉圈子就是皇帝的信任和扶植，就如让贾政去当学政一样。对于皇帝不喜欢不信任的人，皇帝绝对不会让他去科考当考官，不会去培植发展私人势力。

如果更深刻地理解一下，同榜结党主政的时间有限，三年一榜，后面还有考中的同榜圈子在等着呢。某种意义上，每一科的同榜圈子，比现在选举政府的一届任期还短，时间可能就是半届。同榜圈子之间的势力消长，新的同榜圈子登上朝堂舞台，又不像现代的政府换届那么变化跳跃，是一种互相交叉的和平过渡状态。虽然各次会试人才选拔出来的好坏也有差距，同榜圈子势力有大有小，但由于年龄限制，在朝堂之上十多年为一代，几个科的同榜之人在把持期间彼此还要论资排辈，形不成延续和尾大不掉的政治势力。

在同榜里面，翰林的同榜影响最大，首先是翰林把持中国古代文官政治的顶层，文官非翰林不入阁，在正二品以上的内阁朝堂之上基本都是翰林，不少是同榜圈子里面的人；其次就是翰林真的要一起在翰林院学习好几年，一榜翰林大多是二三十人，就是现在一个小班的人数，同榜同时还是亲密的同学；最后的关键是翰林由皇帝钦点，名义上还是天子的门生，实际上至少是宰相来指导，已经半个身子进入了权力中枢。在权力中枢的同榜结党，与议会换届差不多。贾雨村和林如海同榜，他俩都是翰林出身，在翰林院是要有三年的亲密接触关系的。这里林如海是探花，是翰林编修，相当于副班长，而贾雨村能够外放直接当知府从四品，应当属于翰林当中的好学生。虽然书里面没有直接去写，但他俩的翰林同榜关系，在古代社会双方的人脉规则是明规则，全社会都知道。

更关键的是同榜圈子，不是林如海和贾雨村两个人，而是一群翰林，同时他们还有更多的一群人，他俩也是进士的同榜。他俩属于同一个同榜进士群体，这些进士分散在各地和各部，比翰林圈子更接地气，成为基层实权官员——县令、主事和中书，而且他们大概率会升任——知府、知州、郎中和学士。古代进士出身获得的官职都是有权的实职，因此进士同榜群体力量巨大并且统一。同榜群体还有共同的领袖，也就是他们当年的考官老师。老师应当是宰相在位，老师会照顾他们，扶持他们，让他们发达，他们是宰相的门生，是当老师的宰相在发展自己的政治势力。因此林如海与贾雨村的关系非常密切，而且有一个庞大的势力在背后背书。

同时，贾雨村与林如海在同榜圈子之外，后来还有共同的御史圈子，等于是多层绑定，更近了一层。第九十二回贾政说贾雨村："几年门子也会钻了。由知府推升转了御史……"从贾政话里面的信息可以知道贾雨村也当过御史，在地方当御史应当与林如海的御史又是同一个圈子，贾雨村对各种圈子该怎么利用，搞明白了"门子"潜规则。

书中，林如海在贾府很有分量。《红楼梦》第三回，贾雨村到了都中，"先整了衣冠，带了小童，拿着宗侄的名帖，至荣府的门前投了。彼时贾政已看了妹丈之书，即忙请入相会"。作者用"忙"

这个字，把贾政心中林如海的位置写得淋漓尽致。林如海与贾敏结婚的时候，林家和贾家都是侯门，林如海应当最多是一个举人。因为贾雨村教林黛玉的时候，林黛玉至少六七岁了，林如海是前科探花，所以林黛玉出生的时候，林如海还奋斗在读书科考的路上。林如海高魁得中的探花，使得他在贾府的地位得到极大提高，他的门第已经是高于贾府了，更别说贾敏是爵爷嫡长女，宝玉是二房次子，地位差很远，也就是说宝玉与黛玉相比，宝玉是高攀。贾雨村是林如海的同榜，背后还有一大群同榜的政治势力，贾政对此应当非常清楚。

作为同榜的关系，在古代，林如海可以名正言顺地保荐贾雨村，尤其是在林如海病重死前的遗本，分量特别重，不光是交接工作，还可以保举和推荐他的接班人。林如海推荐自己的接班人，应当非贾雨村莫属。王子腾保荐贾雨村是犯忌，而且没有交集难以言之有物，但林如海就不同了。他在江南，本身就与贾雨村共事有交集，可以谈贾雨村为政的政绩，也可以说贾雨村有才华，王子腾武将勋贵说有才华，远不如文官探花去说。贾雨村与林如海的关系，与皇帝说也不忌讳，科举同榜的结党被允许。因此林如海过世，办完丧事不久，贾雨村就进京候补京缺，到第五十三回补授到实职，贾雨村就已经是大司马和入阁，当朝一品大员，是谁真正地保荐起到了作用？按照当年的政治规则和常识逻辑，事实非常清楚。同时林如海死的时候，遗本当中贾雨村与林黛玉的关系，照顾林黛玉也是可以讲的，就如当初贾代善的遗本让贾政直接当上了工部六品官员一样。

在书中贾雨村进京候补是来陛见皇帝，贾雨村亦进京陛见，皆由王子腾累上保本，此来候补京缺。书里写的是王子腾累上保本，不过这个保荐应当更多的是王家自吹，皇帝最多是多次征求王子腾的意见。王子腾受到猜忌，皇帝要调走他，古代绝对不能由武官来保荐。说王子腾保本，最多是考虑不让王子腾疑心不满，但真正会让皇帝动心去重用贾雨村的人应当是林如海，是皇帝殿试选出来的科举新势力。王子腾的保本可能还有故事，贾雨村即使是金陵知府，也是天下数一数二的知府实职大员。而大司马是补授，为平级的调动，对应的在江南地方上应当是总督，在金陵就是两江总督，两江总督保本到京候补是闲职，而且候补了很久，其中缘故，在贾雨村与王家关系的章节里面会再分析。

林如海与贾雨村同盟，皇帝需要他们一起干事，在江南干事是搭档。林如海当巡盐御史，监察皇帝最重要的盐政，同时江南的勋贵集团也让皇帝不放心，皇帝需要给林如海找帮手，帮手要林如海也信任放心，那么最好的人选当然就是贾雨村了。因此贾雨村能够担任江南最重要的应天府知府，后来又高升，显然是与林如海的使命结合在一起。因此他俩就是紧密的盟友，而贾家、王家等江南勋贵势力，则是他俩要共同应对的外部势力，而且很可能皇帝给他俩的任务就是针对江南勋贵势力。

所以在《红楼梦》里面，贾雨村最重要的人脉同盟关系，就是林如海，而且他与林如海还有林黛玉的纽带，双方绑得更紧密了。贾雨村的政治圈层不是贾府的勋贵，而是科举同榜翰林圈子和御史圈层。把这一点看清楚，才可以理解《红楼梦》的故事逻辑。贾雨村不是贾家的人，他是林家的人，他需要信义负责的不是贾府，而是对林如海和林黛玉负责。贾府不娶林黛玉，林黛玉不明不白地死掉了，贾雨村与贾府的关系就决裂了。而对林如海，贾雨村也是他的托孤之人，他们彼此有特别的需求绑定，双方成为紧密同盟。

三、贾雨村与金陵勋贵的微妙关系

很多读者把贾雨村看作与贾家是一伙的，还认为金陵勋贵四大家族是紧密的同盟，然而实际上他们之间的关系却没那么简单。贾雨村与王子腾不仅权势势均力敌，而且是政敌，贾家在各方关系当中的角色微妙，贾府不同的人与各家的关系也亲疏有别。贾雨村是林如海的人，林如海又是贾家女婿，各种关系错综交织在一起。

（一）贾府与贾雨村——贾府的有色眼镜

《红楼梦》写贾雨村，都是以贾家的视角来描述的。贾雨村名字叫贾化，贾家对他公开的描述也是假话，所以贾家对贾雨村的视角就是一个假的视角，是对贾雨村的极度贬低，这个贬低的程度首先从平儿的嘴里表现出来。"平儿咬牙骂道：'都是那贾雨村什么风村，半路途中那里来的饿不死的野杂种！认了不到十年，生了多少事出来！'"平儿是贾府的一个女婢，对当时的一品大员贾雨村用如此恶毒的口气去骂，甭管有什么原因，如此轻视的态度就已经很说明问题了。另外，书中还可以看到，林之孝说到了贾雨村，贾琏也让林之孝少与贾雨村来往。

贾家作为豪门勋贵，想要攀附贾家的人很多，贾府的人把贾雨村当作另外一个想要攀附贾家的人。攀附贾府的人，我们大致可以列举一下：

那傅试原是贾政的门生，原来都赖贾家的名声得意，贾政也着实看待，与别的门生不同；他那里常遣人来走动。书里面介绍了傅试的妹妹的情况：那傅试原是暴发的，因傅秋芳有几分姿色，聪明过人，那傅试安心仗着妹子，要与豪门贵族结亲，不肯轻易许人，所以耽误到今天。目今傅秋芳已二十三岁，尚未许人。怎奈那些豪门贵族又嫌他本是穷酸，根基浅薄，不肯求配。那傅试与贾家亲密，也自有一段心事。（程乙本第三十五回）

　　贾政是当学政的，在学政手下科举得到功名的都要算作贾政的门生，傅试与贾家的心事应当是想要把妹妹嫁入贾府。

　　以傅试的地位，他妹妹也就能在贾府勋贵家里做妾，不过这个妾的位置比较高，好的机会就是做继室，当继室可以年龄不用太小，剩女很合适，要做正妻的话，傅试的门户不够。从傅秋芳的年龄等分析，比较合适的是贾琏和贾雨村，更可能是贾雨村。尽管贾雨村

1987年版《红楼梦》电视剧截屏

的地位实际上已经比贾家要高很多，但贾政看不起贾雨村。贾府此时可以骄傲的就是元春是贵妃，贾政算是国丈，但皇帝非常注意对国丈外戚的权力限制，贾政可以发财主管陵工，不能高位掌握权力，而皇帝对贾雨村却是"大司马协理军机参赞朝政"，是掌握兵权的最高文官，亲信程度绝对不同。

书中贾政公开大段评价贾雨村，贾政的说法与前面的书中描述有很多矛盾，不少评论者以此作为《红楼梦》前后作者不一的证据，不过本人认为写续本的高鹗一定也是文学大家，不会注意不到如此前后不一的描述。前后笔法不一致，就是故意提示读者其中有故事。就如司马迁的春秋笔法，《史记》当中对不同人的传记是矛盾的。司马迁就是要通过这些不一致的写法来体现他的春秋笔法，以此告诉读者他不得不隐去的真相。《红楼梦》真事隐，也是使用了类似的笔法。我们来看看第九十二回，贾政与冯紫英等人对贾雨村的评价：

> 贾琏道："听得内阁里人说起，贾雨村又要升了。"贾政道："这也好，不知准不准。"贾琏道："大约有意思的了。"冯紫英道："我今儿从吏部里来，也听见这样说。雨村老先生是贵本家不是？"贾政道："是。"冯紫英道："是有服的还是无服的？"贾政道："说也话长。他原籍是浙江湖州府人，流寓到苏州，甚不得意。有个甄士隐和他相好，时常周济他。以后中了进士，得了榜下知县（与前面的知府是矛盾的，可能是故意说的），便娶了甄家的丫头（甄士隐与江南甄家的关系？）。如今的太太不是正配（前面扶正了娇杏？）。岂知甄士隐弄到零落不堪，没有找处。雨村革了职以后，那时还与我家并未相识，只因舍妹丈林如海林公在扬州巡盐的时候，请他在家做西席，外甥女儿是他的学生。因他有起复的信要进京来，恰好外甥女儿要上来探亲，林姑老爷便托他照应上来的，还有一封

荐书，托我吹嘘吹嘘。那时看他不错，大家常会。岂知雨村也奇，我家世袭起，从代字辈下来，宁荣两宅人口房舍以及起居事宜，一概都明白，因此遂觉得亲热了。"因又笑说道："几年门子也会钻了。由知府推升转了御史，不过几年，升了吏部侍郎，署兵部尚书（对应于书中的大司马）。为着一件事降了三级，如今又要升了。"冯紫英道："人世的荣枯，仕途的得失，终属难定。"贾政道："像雨村算便宜的了。还有我们差不多的人家就是甄家，从前一样功勋，一样的世袭，一样的起居，我们也是时常往来。不多几年，他们进京来差人到我这里请安，还很热闹。一回儿抄了原籍的家财，至今杳无音信，不知他近况若何，心下也着实惦记。看了这样，你想做官的怕不怕？"

注意，冯紫英本来要问贾政的是贾雨村与贾府是不是五服以内，而贾政说了一大堆的话也没有正面回答到底是不是五服以内，而是说以前并未相识。这个回答看似是说没有亲缘关系，也可能是五服之内的亲戚，没有走动未相识，更关键的是贾政说贾雨村的情况与书中前面的交代，对不上的地方太多，不应当是续书的失误，而是故意在透露给读者信息。

贾雨村与贾家的关系，除了在前面分析的可能是贾家赘婿之外，贾雨村自己也有一个说法，在书中第二回：

> 雨村笑道："原来是他家。若论起来，寒族人丁却不少，自东汉贾复以来，支派繁盛，各省皆有，谁逐细考查得来？若论荣国一支，却是同谱。但他那等荣耀，我们不便去攀扯，至今故越发生疏难认了。"

从这个说法看，贾雨村肯定写在荣国府、宁国府一支的家谱之上，贾雨村当时还不认识贾家，是真的有血缘关系，只不过没有走动，不会是刘姥姥家与王家那样的连宗，至于是否五服以内就不可知了。如果贾雨村与贾家在同一个家谱，就与前面章节分析的名字避讳出现矛盾了，因为既然是一个族谱，贾雨村父辈给他起名字的时候不会起贾化，一定会避讳贾家远祖的贾化，不会与祖宗重名，因此贾雨村是贾府赘婿的可能性就更大了。

贾雨村娶甄家的娇杏，贾政说是"丫头"，其实说得很模糊，可以理解为女儿，也可以理解为丫鬟。贾雨村已经扶正了娇杏，贾政还要说不是正配，还说贾雨村是榜下知县，如果贾雨村真的是知县，前面已经说了，升到知府就很难，而且贾政还故意没有说贾雨村被点了翰林。贾政重点说了都是他吹嘘吹嘘的结果，要知道贾政自己还是从五品员外郎，贾雨村复职成为从四品的知府，还是天下数一数二的要缺应天府的知府，贾政的职位明显低于贾雨村。还有一点，对于吏部侍郎署理兵部尚书的说法也显得怪怪的，中间应当还有内阁学士、御前行走等才够得上协理军机参赞朝政，贾政故意把贾雨村的很多重要职位隐藏了，而贾雨村是补授大司马，平级的补缺，与贾政嘴里吏部侍郎署理兵部尚书对应，是正二品的官员又代理从一品官职的官员，与之对应的进京候补前的官职应当是总督加都御史衔，也就是说贾雨村是两江总督右都御史。

从上面分析，我们可以看到，贾政对贾雨村的职位描述，言语当中一直是居高临下的状态，但贾政的职位远远低于贾雨村，即使是从署理的兵部尚书往下降三级，也比贾政的员外郎、郎中的官职要高很多，贾政的心理在此是非常扭曲的。另外，贾政对甄家的命运，对他们世袭功勋却没有贾雨村升得快感到不满，生动地体现了勋贵集团的诉求和对贾雨村科举集团的不服。

贾政也提到了贾雨村当过御史，不过贾雨村要是七品，革职之后复出能够当御史，在古代，御史要品德无缺的官员选任，不太可能。从贾雨村送林黛玉到贾府到贾雨村出任应天知府，之间的时间太短，也不可能如此快地提升。倒是贾雨村成为知府以后，从御史的通道，佥都御史到副都御史、都御史的升迁，却可以升得很快，比在省里的知府升道员、按察使、布政使、巡抚的速度要快，贾政也说是"由知府推升转了御史"，看来贾雨村当御史是在金陵知府之后，通过御史的通道在进京之前就到了督抚，然后进京补缺才能够补授大司马。在御史通道，贾政等勋贵圈子帮助吹嘘造名声确实是有用的，这可能也是贾家认为极大地帮助了贾雨村的原因，但贾雨村觉得未必是贾家的贡献而是自己的努力。贾雨村在江南回来候补，也可以是右都御史回来候补，右都御史是总督的兼职，清朝从雍正元年（1723 年）开始，凡总督授加兵部尚书衔者，惯例兼都察院右都御史衔（《清史稿·职官志》）。这个时代是《红楼梦》的创作背景，贾雨村署理兵部尚书，他当总督的时候应当有兵部尚书衔，那么他也有右都御史衔，贾政嘴里的转了御史应当是此种情况。

摘掉贾府有色眼镜，贾政知道贾雨村的分量，贾府其他人却不清楚。看书中贾雨村见贾宝玉、贾政的态度。在第三十三回，宝玉挨打：

> （贾政：）"方才雨村来了要见你，叫你那半天你才出来，既出来了，全无一点慷慨挥洒谈吐，仍是葳葳蕤蕤。我看你脸上一团思欲愁闷气色，这会子又咳声叹气。"

贾宝玉对贾雨村的态度不够恭敬，贾政是非常不满的，要是贾雨村还是依附于荣国府的小官，贾政断然不是如此态度。贾政是官场老油条，知道贾雨村的位置和分量此一时彼一时，而贾宝玉这个时候可能确实没有把贾雨村当回事儿，还处在贾雨村是贾家扶持的对象之思维定式中。

书里还有一个情节：大观园当初刚落成时，贾政还想着特意请了贾雨村来题匾额对联。为何叫贾雨村来题匾额？钟鼎之家的贾府谁人不能请？大宗族长贾敬也是进士，元春是皇妃，愿意巴结的名士少不了，为何要贾雨村来写呢？我们在《红楼财经传家》中已经分析过大观园与林黛玉嫁妆的关系，贾雨村是林黛玉的老师，贾雨村进京候补已经是高官，只有位在贾家之上才配得上被请来。可能贾政担心宝玉、黛玉所拟的匾额水平不够，后来贾政见了黛玉所拟之名后，高兴得直说："早知这样，那日该就叫他姊妹一并拟了，岂不有趣。"然后，对黛玉所拟之名，全部直接用了，比如"凹晶馆""凸碧山庄"等。林黛玉是贾雨村的学生，用了林黛玉的拟名等于给了贾雨村面子，再想一下大观园是皇妃的省亲行宫，凭什么让黛玉一个小女子题写？凭什么让宝玉这个非长子没功名的小子题写？这可不光是贾府的私事，皇妃省亲要来也是皇家的事情，写什

凸碧山庄（杨艳丽拍摄于北京大观园）

么和怎么准备，宫里人是要审查的。贾政想要找贾雨村，还在于贾雨村本身的翰林身份，翰林古代还有一个别称是词臣，就是给皇家写楹联匾额的人。古代是很讲礼法的，这么做背后合乎礼法的情况前面已经分析过，修大观园用的是林家的钱，是黛玉的嫁妆，宝玉要"兼祧"与之有婚约，也有份子。他们的联姻皇家也认可，省亲别墅可不是谁想出钱就能够出钱的，这才是合理的。

书中还有一个细节，在第十七回，验收大观园的时候：

又值人来回，有雨村处遣人回话。贾政笑道："此数处不能游了。虽如此，到底从那一边出去，纵不能细观，也可稍览。"

贾雨村派人来回话，贾政就立即去处理了。

贾府一直认为贾雨村欠着贾府，而且对贾雨村也没有敬畏感，贾府后来投靠来的甄家奴仆包勇，后来还打了贾雨村。读《红楼梦》，从书中可以看到勋贵世家对读书人骨子里也看不起。贾赦在家宴上，摸贾环头说"不失我们侯门气概……不像那些寒酸文人，非要蟾宫折桂云云"，这个所指，应当就有贾雨村。贾家人对贾雨村的态度直接影响了家奴，所以包勇敢去打贾雨村。因此，《红楼梦》写贾雨村是戴着贾家的有色眼镜，还有勋贵对读书人的有色眼镜，从这个视角去看，《红楼梦》的作者就不太像是读书科举的人，科举出身的吴梅村、冒辟疆更不太像是作者了。曹雪芹是包衣出身，家族获罪被禁止科举，后来当宗学教师，属于落魄的世家子弟，他的立场与书中的视角是比较吻合的，同时《红楼梦》的这个视角也符合后世要废除科举的政治需要。

其实，贾雨村与贾家更重要的联系纽带是林黛玉，林黛玉是他的学生，带着林如海的托付，林如海与他的关系才是更重要的。他与林如海一直在一个圈子里，在圈子里的人设是不能崩塌的。我们在《红楼财经传家》和《红楼深宅博弈》中已经分析过，林黛玉应当与贾宝玉有婚约，林家为了香火，应当还有更多的要求，比如宝玉"兼祧"维系香火，林家的遗嘱执行人和监护人应当就是贾雨村，对此贾家人很清楚，书中故意没有明写。

贾家和王家对贾雨村升职复职的影响也是有的，但更关键的影响还是林如海，林如海的势力远大于贾家和王家。林如海是探花兰台大夫，外放到扬州监管盐政，相当于皇帝的钦差眼线；林如海也是侯门出身，官位在贾家、王家之上。贾家的作用主要是他们对于贾雨村的升职不反对，对任命及时点赞，舆论上多支持。贾家和王家在当初贾雨村任职的时候，显然也是积极点赞的，因为他们有事要贾雨村去办。可以看第三回黛玉到贾府见到的场景：

> 黛玉虽不知原委，探春等却都晓得是议论金陵城中所居的薛家姨母之子姨表兄薛蟠，倚财仗势，打死人命，现在应天府案下审理。如今母舅王子腾得了信息，故遣他家内的人来告诉这边，意欲唤取进京之意。

从这一段可以看出来，薛家得到的信息是薛蟠打死人，而薛姨妈她们进京，为何王子腾要派人来告诉贾家并与贾家商量呢？首先，王子腾可能已经知道要离职京营节度使去九省巡边。其次，应天府在江南，江南还有一个皇帝的眼线探花御史钦差林如海。因此，贾雨村任职应天府，不只是复职了，还得到了升迁，除了林如海的推荐有力之外，贾家、王家因为想通过葫芦案谋取薛家财富，他们希望林如海即使不支持，也起码不要插手，因此选择贾雨村任职应天府，是林家、贾家、王家都支持的，给皇帝的感觉就是众望所归，但真正能够打动皇帝的还是他的亲信林如海。最后，贾家、王家让薛宝钗待选进京，也是对薛家财富有所觊觎。贾雨村给贾家、王家办了葫芦案，贾雨村应当认为已经还了他们人情，但贾家人和王家人却一直认为贾雨村发迹是沾了他们的光，对贾雨村戴着有色眼镜审视，心态扭曲。

综上所述，贾家人一直是以贾雨村的恩人自居，以此来认定双方的关系，贾雨村却认为自己的成功更多的是因为他勤奋读书的缘故，而后来的机遇不是贾家给的，而是林如海的关系，与贾家的关系也是林如海的关系带来的。贾雨村的圈子是科举圈子，与贾府的勋贵圈子不是一个政治势力集团。所以贾雨村虽然在方便的时候给贾家办事，但到了真的要担风险担责任的时候，肯定就不是贾家的同盟了，他们之间的关系非常微妙，但贾家人一直没有看清楚。

（二）贾雨村与王子腾逐步变成政敌

我们看清了贾雨村与王子腾的关系，才能看清《红楼梦》中暗含的真正逻辑关系。对于贾雨村而言，王子腾既不是高高在上的大人物，也不是贾雨村的后台，他们二人其实是政敌关系。《红楼梦》是男女风月为明线，幕后的政治逻辑和博弈则是暗线。很多研究者认为，贾雨村先用林如海做跳板投靠贾府，继而投靠王府，显然王子腾开始时的官位权势远大于贾政和林如海。但本人通过考证认为，这个逻辑并不成立，而且随着情节的发展，林如海、贾雨村与王子腾的关系逐步成了政敌，林如海、贾雨村的官位还是后来居上。只不过《红楼梦》的风月宝鉴是用美人一面照王子腾，用骷髅一面照贾雨村。

◇◇◇贾雨村与王子腾谁官大？

《红楼梦》里王子腾与贾雨村到底谁官大？很多读者从贾家巴

结高看王子腾和贬低贾雨村的行为上，主观感受是王子腾远远比贾雨村官大，但书中实际情况并非如此，只不过刚开始的时候贾雨村是穷儒，但书中大部分时间，贾雨村都比王子腾的官位要高，而且贾雨村还是王子腾的顶头上司。

第十六回，林黛玉回姑苏葬父又回到贾府之时，贾雨村亦同路做伴而来。他这次是"进京陛见，皆由王子腾累上保本，此来候补京缺"。到了第五十三回的腊月，"王子腾九省都检点，贾雨村补授了大司马，协理军机参赞朝政"。这里介绍一下古代官场的一些常识，正常的情况是：京官外放是升迁肥缺，外官内调应当是已经升到足够的品级，一般是巡抚或者总督（起码二品官）。书里没有介绍贾雨村升职的中间环节，从原来的知府到后来的大司马等，中间差了好多品级。大司马是最高军事负责人，协理军机参赞朝政是入阁拜相，职位应当是一品官。贾雨村在第四回是知府职位，到第五十三回补授的职位，中间是四品官与一品官的差别。因此，贾雨村在地方任职候补京缺之前应当至少是巡抚级别，高一点的话是总督也不奇怪，也就是贾雨村进京之前就已经是地方封疆大员了。贾雨村当了天下数一数二的应天府知府，又是翰林出身，没几年升到督抚，在古代是很正常的。

王子腾升任都检点，一般是与巡抚平级，要受总督辖制的官员，因为清代督抚都加衔，多为兵部尚书或兵部侍郎衔，或者是有监察权力的都御史衔。按照明清的以文制武，王子腾的地位在贾雨村之下，根本不足以保举贾雨村到大司马，也不足以保荐贾雨村到督抚职位，最多是"推荐"。王子腾保举还是从贾府的视角说的，皇帝要用贾雨村，还需要不引起将领王子腾的不满。在书中，王家被皇帝猜忌，王子腾被调离掌握京城军权的职位，即被派往边疆任职，此时朝中的主官人选既要王家人放心，又要不是王家的亲信。

在《红楼梦》一书中，对贾雨村是戴着有色眼镜，而对王子腾则是带着光环的。王子腾的王家是贾府多年联盟的亲家，不光王夫人带来了丰厚嫁妆，荣国府最好的房子也是王夫人和贾政住的，加上王熙凤在荣国府当家，贾府上下对王子腾及王家人都是高看一眼的，于是书里描述的王子腾似乎是一个灯塔，而贾雨村似乎就是投靠贾府的比家奴好一点的裙带。而通过书里故事情节的介绍，以及古代官职官制，可以看到真实的情况恰恰是反过来的，在大多数时候贾雨村比王子腾权力大，甚至是王子腾的顶头上司。把他俩的职位关系和真实的朝廷地位梳理清楚，才能够准确理解他俩的关系，以及全书的故事逻辑。

前面已经多次分析了贾雨村与林如海的关系，以及林如海与新皇帝的亲信关系。接下来看看书中写贾雨村与王子腾的升职情况。第五十三回：

> 当下已是腊月，离年日近，王夫人与凤姐治办年事。王子腾升了九省都检点，贾雨村补授了大司马，协理军机参赞朝政，不题。

贾雨村进京以后担任的到底是什么职务呢？大司马在古代是没有争议的最高军事长官。贾政在第九十二回明确地说贾雨村担任的是吏部侍郎署兵部尚书，贾政对贾雨村带有贬低色彩。贾雨村更重要的职权是"协理军机参赞朝政"，协理军机应当还在军机处行走，参赞朝政应当是御前行走，不是官职，而是一种在皇帝面前的特权，比官职更重要，贾政在说的时候却给省略了。贾雨村与王子腾，论官职品级，二人都是一品大员，但《红楼梦》成书的时代是以文治武，文官要在同品级的武官之上，甚至可以在高半级的武官之上。武官对文职官员的升职没有发言权，贾雨村的升迁路线是从知府先到御史（贾政在第九十二回说的），御史是绝对不许武官染指的，属于监察官员。可以了解一下古代的官制：

明朝都察院长官为左右都御史（正二品），下设副都御史、佥都御史。清朝都御史为从一品，左右都御史是正二品，雍正朝以后变成从一品，左右副都御史是正三品，左右佥都御史是正四品，监察御史是正七品。贾雨村从金陵知府从四品的位置到正四品或者正三品的副都御史，再到兵部尚书的从一品，中间应当至少还有道员和巡抚的官职，右佥都御史与右都御史、右副都御史同为督抚系衔。右都御史为总督兼衔，右副都御史等为巡抚兼衔，都不设专员。地方督抚与地方势力关系紧密，他们是互利合作的关系。清代总督是正二品，侍郎是正二品，总督有从一品加衔右都御史。贾政只说贾雨村当了御史，漏说他还是吏部侍郎署理兵部尚书，后者是从一品加衔。贾雨村是补授不是升任或擢，注意此处二者的不同，贾雨村是补授而王子腾是升任，补授是平级任命，地方上与之平级的职位是总督，在金陵的总督是两江总督，我们就可以明白贾雨村的地位了。前面已经分析过，古代翰林是快车道，有的读者对翰林升职有多快还没有概念，比如寒门子弟曾国藩，道光十八年（1838 年）点翰林，道光二十六年（1846 年）充文渊阁直阁事，道光二十七年（1847 年）升任内阁学士加礼部侍郎衔，也就是八九年间就升到正二品。贾雨村背后靠着林家势力，进京候补时他已经点翰林 10 年以上，古代翰林到二品官以上不少见。

我们再来看看王子腾官职的大概级别。在《红楼梦》第四回中，护官符的注释当中说王家是都太尉统制县伯王公之后，若升任九省统制，统制是宋朝给禁军将领的官职，级别不是特别高，就如岳飞最初领兵的时候职位是江淮宣抚司右军统制，统制之上还有都统制，后来岳飞的职务是鄂州驻扎御前诸军都统制，都统制是正二品以上，所以统制应当不超过二品，但九省统制管多个省，比较特殊，可能是从一品。对应王子腾任京营节度使，应当是从二品或者正二品，对应于清朝的副将或者总兵。王子腾升任九省都检点，都检点在清朝也称提督，清朝的提督是从一品的武官，要受到所在地督抚的辖制。提督一般就管一个省，《红楼梦》里王子腾管九省，官位可能是正一品，可能对应清朝的将军，但在以文制武之下，职位一般在清朝与督抚相当，总督是正二品，但一般有兵部尚书或者都御史的加衔。后来，王子腾当了内阁大学士，属于入阁拜相，官位达到从一品或正一品，就如岳飞最后是枢密副使。

不过，书中对王子腾的官职用都检点本身就非常值得玩味。都检点为五代时期设置的禁军最高统帅官，宋朝初年就废掉了。原因是赵匡胤当都检点，带兵平边患，结果一出城就黄袍加身了。因此，王子腾的官职用都检点，已经暗示皇帝对他的猜忌有多深。王子腾的都检点相比于大司马，肯定是贾雨村的大司马更高，大司马在古代是三公之一或三公之上，明清时期用作兵部尚书的别称，兵部尚书为从一品。

对于古代官员，品级不是最重要的，明代的大学士只有五品，清代的军机章京也是五品，但权力极大，关键是在皇帝身边，所以贾雨村的"协理军机参赞朝政"才是关键。前面贾雨村已经因为犯错被降级了，但到第九十二回，贾政说他又要升了，后来贾雨村任

古代官员服饰上的图案

京兆尹的要职，应当在贾政说此话以后不久，清朝没有京兆尹这个官职。在清朝顺天府肯定比原来吏部侍郎低了太多，至少超过三级，而且书中第九十二回还提及京畿道的女儿嫁给了贾蓉，道员多为正四品，但京畿道要高一品，应当是对应顺天府尹，贾雨村能够在军机先告诉贾家王子腾升职，他在军机应为一品二品的官员，应当对应直隶总督的职位。王子腾要升职务是贾雨村在军机处告诉贾家的，说明贾雨村当时已经在军机处了，清代的军机处比内阁要有权，而且王子腾升内阁大学士，死于回京路上，没有等到宣布。

所以纵观王子腾与贾雨村的任职，后来贾雨村一直在王子腾之上，贾雨村官职更高。此前，贾雨村在地方任职品级低于王子腾，那时他属于文官，王子腾武将难以插手他的升降。后来，贾雨村升职到京兆尹，几乎时间差不多，王子腾死掉然后王家败落。新皇帝对王家的猜忌，从调走王家在京中军队的任职，已经很能说明问题了。皇帝对王家早有猜忌，如果贾雨村与之有瓜葛，不但不加分，还很危险。贾雨村能够升职，关键在于他与王子腾不是一伙的。但表面上他们又关系很近，看似是一伙的。贾雨村有贾家和林家的关系，王家不好公开反对，因此贾家人会觉得贾雨村沾了贾家的光。书中王子腾是实权实力派，若真的论起职位的高低，书中大多数时间还是贾雨村的职位高。

所以，贾雨村到了第五十三回，位置就在王子腾之上了，而且是王子腾的顶头上司。

◇◇◇谁保举了贾雨村

对贾雨村的升职，书里明写是王子腾保举的，但实际情况却是王子腾难以保举贾雨村任职到后来的高位。

王子腾如果真的保举贾雨村，在古代本身就是犯大忌的事情。如果两个人关系特别铁，又是王子腾保举，对贾雨村和王子腾来说都是祸事，一定会招皇帝猜忌，认为他们结党。王子腾是京营节度使，是近卫武官，而贾雨村是督抚大员，近卫武官勾结外省督抚历来可能被当作有谋反嫌疑，所以都是要避嫌的。真实情况最多是皇帝想要贾雨村当大司马，事前在武将之中搞一个"民意调查"，王子腾与贾雨村，因为有贾家的关系在外，公开的当然是大大的"点赞"。因为曾经点赞，就被王家、贾家顺理成章地说成了保举。

真正能够让贾雨村官路亨通上达天听的人应当是林如海。林如海与贾雨村是同榜翰林，前面已经分析了，但林如海是探花，直接就是翰林编修，贾雨村有三年还是翰林庶吉士，表现好才有机会升任翰林编修，二人是有很大差距的。书中写林如海后来升兰台大夫，此职位已经是天子近臣了，可能是侍讲学士、章京的位置，此时贾雨村则被外放，距离皇帝比较远。等到林如海担任巡盐御史，在扬州是钦差身份，可以给皇帝打各种小报告；盐务是朝廷饷源，极为重要，林如海毫无疑问是皇帝亲信。从贾雨村当金陵知府开始，就是在林如海巡查的地界当官，林如海可以顺理成章地把贾雨村的各种"优异"表现直接报告给皇帝。对当地其他官员来说，贾雨村与钦差林如海是同榜又有"西宾"之谊，基本就是公开的信息，他们也是不敢得罪，不敢敷衍。所以贾雨村能够官路亨通，没几年就是督抚之职务。

贾雨村能够以督抚的身份进京候缺，地位早已在贾家之上，也在王家之上。古代重文轻武，同样的品级，文官在武官之上，甚至低一品的文官可能地位都比武官高。很多人说贾雨村到贾家总要见见宝玉，说他还要巴结宝玉云云，是对当时双方的真实地位缺乏常识性了解，是根据一开始贾雨村穷儒的身份，以刻舟求剑的眼光看待他的。贾雨村要见贾宝玉，真实的原因是林如海委托他保护林黛玉。对贾宝玉而言，想要娶林黛玉就要面对贾雨村。贾政对贾雨村的真实地位，心里有数。

林如海把林黛玉托付给贾雨村，给贾雨村带来的利益可不仅仅是让贾府帮助贾雨村运作补缺复职。林如海本人与皇帝的亲信关系，在朝堂之中的影响力，要比贾府的人更大。贾家人是老勋贵，在朝廷的位置就是贾政得到了工部肥缺，并不是新皇帝看中和委以重任的人。林如海的科举探花，可是皇帝钦点的，是新皇帝发展的亲信，二者在皇帝心中的位置根本不同。林如海在世的时候，对贾雨村是持续的扶持，但书中却把贾雨村升职到应天府知府、后来又进京候补、再补授大司马这一系列升迁的过程，公开写成了王家的提携。如果读者懂得封建官场的规则就知道，贾雨村的晋升过程，王家无法帮助，更不可能提携。

◇◇◇王家等地方势力的作用

　　贾雨村在金陵任职，是王子腾起的作用吗？经过仔细分析，我们其实应该能得出这样的结论：贾雨村能够复职到金陵知府，与其说是贾家、王家的支持，不如说更多的是当地势力集团的支持。当然，王家和贾家等金陵勋贵也是地方势力之一。贾雨村能够在各方觊觎的地方要职上待得住，一定要与地方势力搞好关系。王子腾的职位属于武将序列，是很难干涉地方要职任命的。贾雨村与王子腾如果交往过密，是极为忌讳的事情，很容易受到皇帝的猜忌，怀疑他们结党，更大的可能还会怀疑他们谋反。但王家等是金陵世家勋贵，地方官以官方身份与王家有所来往，也是应当做好的功课，所以第四回中，王老爷来访，贾雨村连忙换上官服接待。

　　不过，以王子腾地方勋贵世家的身份，与地方势力的关联应当不会少，影响力应当也不会弱，同时，地方势力为了发展也会延伸到京城。古代地方势力在京城延伸的主要体现就是各地在京城都有会馆，比如现在保存较好的湖广会馆。以王子腾的职位，足以让他成为地方势力在会馆里面的精神领袖。金陵勋贵集团在京城的势力同属于一个地方势力的，还有贾家、贾家皇妃、当地在京势力的领袖。因此，贾家人从这一点也可以认为，贾雨村能够当应天府的知府是沾了贾家的光，也沾了王家的光。

中国古代有会馆文化，很多京官与原籍的交往也是通过会馆进行的。金陵的贾、史、王、薛四大家族是一种在京的地方力量，若地方势力联盟渗透，皇帝是不喜欢的。

中国古代社会认可地方私法，也就是说用于地方治理的乡规族约是被认可的。官不下县，用家族家法处理也是有效的。因此，地方的家族豪强势力非常强大，就如电影《让子弹飞》当中的黄四爷。中华民国以后，中国政权对乡村的治理加强，有了现代保甲制度。《红楼梦》中的金陵四大家族，上面有高官、军队，下面有管家、家奴，都是很厉害的。就如中华民国的刘文彩是四川军阀刘湘等人的管家，在乡里横行霸道、为害一方。贾雨村第一次当官显然经验不足，所以被参劾"沾清正之名，而暗结虎狼之属，致使地方多事，民命不堪"，当时的"民"可不是小老百姓，乡绅及没有官职的都叫作"民"。

在葫芦案里面，王老爷来拜，贾雨村就赶紧穿上官服去接待。此时来的王老爷，很多研究者都认为是王家人，给王子腾和贾家传话，同时王老爷们也是地方上鱼肉乡里的蝇营狗苟。书里面同一回的护官符注释，王家是都太尉统制县伯王公之后，共十二房，都中二房，余在籍。也就是说，王子腾家只不过两家在京城，其他十房都在金陵，妥妥的金陵地方势力。而贾雨村此时显然是非常合作的，贾家、王家等留在金陵的家奴、勋贵豪门的家奴也都是有势力的，贾雨村都要应付好。那么这些家奴里面，贾家留下看家的可以是鸳鸯父亲，也可以是王家的一些人。那些王家家奴当然要看京城掌家的王家人脸色，王熙凤就很厉害，平儿也有分量，去收租的周瑞和乌进孝也是有分量的。此时，贾雨村对家奴们都是尊敬和客气的，因而像平儿这样的家奴，都可以骂他"野杂种"，都看不起贾雨村。

当地方官，与地方势力搞好关系是必要的。贾雨村第一次宦海沉浮被革职就是因为与他们没有搞好关系，被冠上了"贪酷"之名，贾雨村到了应天府，显然吸取了教训。后来，贾雨村就进京候补了，不过贾雨村的候补与林如海死的时间差不多，如果贾雨村候补且得到了高升，更可能是林如海临死的遗本起了作用，但如果贾雨村失去了实职，则可能还有另外的原因。

地方势力对贾雨村的支持也是有的，在书中我们可以看到，第九十二回，贾政介绍贾雨村的履历，说道"（贾雨村）由知府推升转了御史，不过几年，升了吏部侍郎，署兵部尚书"，贾雨村后期的快速晋升，除了他是翰林之外，还有御史身份，走了御史的快速晋升通道。在古代，能够当御史，需要有清正之名，需要道德水平高，舆论支持多，与地方势力关系近。这里可能与王子腾也有关系，若说是"累上保本"，合理的应该是说他在为官时的名声，说他有好的官声。这个官声怎么影响到中央，与会馆背后的政经规则有关。王子腾应当是金陵方面在京的领袖，应当有发言权；这个发言权的时期，应当是在贾雨村当知府期间，贾政也是说贾雨村是当知府转的御史。贾雨村当金陵知府，按照贾家、王家的意思办理了葫芦案，贾家、王家很满意，这是他们关系好的蜜月期，但之后关系应当就出现了裂痕，因为贾雨村显然站队到了翰林圈子，没有选择作为贾家宗亲站队到勋贵裙带圈子。翰林同榜的影响力，显然比皇帝猜忌要削藩的勋贵圈子更有吸引力。

虽然地方势力给贾雨村吹出了好官的名声，但这主要是在贾雨村复职办了葫芦案之后，之前皇帝能够认可贾雨村去金陵应天府当知府这个要职，真正的关键不是地方势力，他只要能够让地方势力接受、不作梗就足够了。因为地方势力是皇权限制的，否则他们就地方割据了，这也是为什么贾家、王家都住在了京城，而不住在他们势力的地盘金陵。

所以贾雨村能够飞黄腾达是皇帝的亲信支持，让贾雨村变成了皇帝的准亲信，让贾雨村当应天府知府是林如海在江南的任务，贾雨村是去当搭档。因此，贾雨村能够复出和高升的关键在于皇帝亲信林如海，而与王子腾无关。

◇◇◇贾雨村与王子腾关系逐步恶劣

贾雨村与王子腾的关系到底如何？书里表面上写他俩似乎没有直接的冲突，而真实的冲突却是暗写的，要知道贾雨村与王子腾不是一个圈子的，最后他们的关系更恶劣，成了政敌。

更进一步深入看，贾雨村从第十六回进京候补，到第五十三回补授大司马，中间修了一年大观园，再到大观园入住后的第二年腊月，时间间隔了大约两年。如果贾雨村从实职到闲职候补有两年时间，那么王子腾的"保本"可能就有故事了！他这不是保本，而是把贾雨村从实职上给挤走了，是在林如海死后把林如海的盟友贾雨村挤走了！皇帝派林如海到江南，让贾雨村做林如海的搭档，但皇帝的事情没有干成，林如海就死掉了。皇帝此次行动失败，贾雨村被地方势力给挤走了，只能回京候补，先坐坐冷板凳。另外，候补两年等于两年收入大减；在地方当总督，一年的养廉银就是大约两万两，闲职候补两年，就有几万两银子的差别。同时，关于林如海的死也有不对的地方。林黛玉冬底得到他病重的消息而回去了，但昭儿回来说九月初三林如海就死了，时间是不对的。另外，关于林如海怎么死的也有故事，对此以后还会进一步分析。看清这些才能真正理解贾雨村与王子腾等人的关系，以及后来贾府抄家的背后原因，贾雨村的积极表现就非常正常了。

前面已经分析了，贾雨村第一次被革职，背后有得罪地方势力的因素，这个地方势力是谁？贾雨村在甄士隐夫人娘家如州，也就是现在的如皋，古代属于泰州或者南通州，与金陵不远，应当都在金陵四大家族的势力范围内，也就是说贾雨村就是被贾、王、史、薛其中一家挤掉的。此时，薛家父亲不在了，薛蟠年幼；史家也没有实职；贾府与贾雨村有一定的关系，而且当时贾政的职位还比较低、元春也还没有封妃，势力也不够。所以能够让贾雨村当年被革职的，应当就是王家势力。在第九十二回里，贾政所说的能够给贾雨村吹嘘协调的领域，也就是金陵地方勋贵家族的王家势力。贾政娶了王夫人，属于最适合的人选。因此，在《红楼梦》一开始，贾雨村与王子腾就不是一伙人，以后因为林如海的皇家任务等，两人变成对立面和政敌了。政敌之间的斗争，潜规则就是你死我活。皇帝知道贾雨村第一次革职是因为王家的地方势力在起作用，所以也很清楚他们俩不是一伙的。王子腾与贾雨村的政敌关系，甚至就是皇帝在培养自己的势力贾雨村，皇帝需要培植金陵勋贵集团的对立面以平衡和限制他们的政治势力。

还有一个古代的政治逻辑，大司马贾雨村和在外拥有重兵的九省都检点，一内一外都是军事统帅，他俩要是一伙人，皇帝会这么安排吗？他俩要是抱团造反怎么办？那样会是巨大的安全隐患，可能让皇帝大权旁落。如此安排就算皇帝自己昏庸，周围的其他人也会死谏来提醒皇帝，否则他们造反了，大家都遭灾。例如，当年曾国藩打下武汉，咸丰皇帝一高兴给了他湖北巡抚，结果旁边有人提醒，咸丰立马收回了成命。若是安排一伙人内外掌握兵权，就是皇权旁落。在此状态下，若皇帝重新夺取皇权，以后对待王家就不仅仅是让其赔补亏空的问题，而是要彻底清算他们，甚至兴大狱，贾雨村也要被株连。在第四回，贾雨村到金陵王子腾的老巢当应天府知府，此时薛蟠"已将入都时，却又闻得母舅王子腾升了九省统制，奉旨出都查边"。王子腾刚刚被调离京营节度使要职到边远地区了，二人的职位是同时调动，也很巧合。《千字文》言"云腾致雨"，子腾与雨村正好相对，应当是一对对头。子腾是子时腾飞，子是指开始的时辰，也就是王朝的创始勋贵，而贾雨村字时飞，也就是要时辰对了才飞，就是皇帝为了限制勋贵才把他提升到了高位。

王子腾去边疆巡边，书中用九省统制的官名描述其职位也有深意。统制是宋朝给禁军将领到边疆战区的临时官职，南宋以后才是禁军将领的固定职衔。书里说他是九省统制奉旨查边，统制职位应当带有临时性，也就是皇帝让王子腾当钦差，让他去边疆九省巡视，去检查九省军事工作，名义上代表了皇帝对他的信任。王子腾在外期间，还把他不喜欢的贾雨村弄进京候补，放到了闲职上。等王子腾九个省跑了一大圈，巡边了两年，该归来交旨复职了，结果皇帝在他出去巡视期间，将京营禁军都布置好了，然后让他就地升职为九省都检点。不给他回到禁军任职的机会，属于明升暗降，并在任命的同一天把王子腾讨厌的贾雨村补授了大司马，放在他顶头上司的位置上。皇帝如此人事安排，已经充分说明贾雨村已经是皇帝的亲信，与王子腾属于政敌关系，也能看出皇帝对王子腾的猜忌有多大。

中国有句老话："福无双至，祸不单行。"这里的政治逻辑就是皇帝给的恩赏是一步步的，要平衡和制衡各种势力，不会逐步添油都给一伙人，避免赏无可赏；等皇帝要清算的时候，却是连续打击和株连，一定要一次性地搞死，避免死灰复燃。同时谁倒霉了，敌对势力就可以同时拥上来报仇并清算。在对待贾家、王家和贾雨村的事情上，都是此逻辑。因此，贾雨村与王子腾要是一伙人，贾雨村和王子腾同时被任命掌握内外军权的要职肯定是不可能的！皇帝希望他俩有制约关系，同时任命的背后就是要他俩互相制约，而不是贾雨村依附王子腾。前面是王子腾动用各种势力把贾雨村变成了候补闲职，贾雨村闲职两年，然后在王子腾尾大不掉只能升职的时候，却把他的对手贾雨村授职放在他的官职之上。明白了此逻辑，那么贾府与王家人联姻，贾雨村肯定要与贾府势不两立。

王家与贾雨村是政敌的关系还有一个小证据，可以看看石呆子案件里王家的陪房平儿多么恶毒地骂贾雨村，说贾雨村是"半路途中那里来的饿不死的野杂种"，在整部《红楼梦》里，这是平儿唯一一次如此恶毒地骂人，其他地方平儿都表现得很有分寸。对于石呆子的案件，本人前面章节已经分析过，扇子其实就是皇家想要，但贾琏不知，被打了一顿。平儿气愤是因贾琏被打了，但痛打贾琏的是贾赦，平儿却没有抱怨贾赦。平儿代表的是薛家人，也是王家背景，其实也表明了王家人对贾雨村的憎恶。

贾家对贾雨村的态度，可以从贾母对待林黛玉和薛宝钗的态度上看出来。在第五十三回，贾雨村升为王子腾的顶头上司，到正月十五听戏，就让薛宝钗到了"西边一路"与邢岫烟、李纹姐妹等坐到一起去了，与螃蟹宴的座次完全不一样。等到第七十二回，贾雨村降职后，第七十五回过中秋，贾母嫌人少，当着黛玉的面就把三春姐妹叫上桌，独独没有叫黛玉，黛玉只能凭栏哭泣，贾家是非常势利眼的，对此我们在《红楼深宅博弈》中分析过。虽然贾家看不起贾雨村，但对贾雨村与王子腾的位置轻重，还是掂量得出来的。

同时还要注意，王家的圈子与贾家也不是完全重合，王家与贾家联姻，贾政和王夫人的正堂对联是东安郡王题写的，道是："同乡勋袭东安郡王穆莳拜手书"，东安郡王不在贾府的四王八公里面，在四王八公里面的是东平郡王。贾家与四王八公是打天下的战友，与东安郡王的关系是师承和同乡（通行本有"同乡"二字，程乙本没有，各版本有些差异），属于不同的圈子，应当是王夫人的关系带来的。因此，书中各个世家之间的政治关系是非常复杂的，贾雨村与王子腾是政敌关系，而贾家在中间是骑墙态度，贾政联姻了王家，贾宝玉联姻林家。东平和东安，别看只有一个字的差别，古代的含义差别大了，用平字意思是平定，用安字意思则是招安招抚。东安郡王可能就是被招抚的势力，所以虽然是王爵，对王家也是"世教弟"和"拜手书"，客气得很，而且这个同乡应当是对王家而言，王家还可能在招安过程当中起到了中间斡旋人的作用。

从上述逻辑看，贾雨村降职后又升职回来，担任了要职京兆尹，具体是什么时候升的，书里没有交代，但在第九十二回，贾政当学政任满回来时，就说贾雨村要升了，到第一百零三回可以看到贾雨村已经履行京兆尹的职责，意外遇见了甄士隐。贾雨村正常的升职时间，应当就是在贾政说他要升职后不久。书中间隔这几回的时间段，有王子腾和元妃的死，宝玉宝钗结婚和圆房等事情发生。京兆尹的职位是京城最高位置的地方文官，对当地的驻军也有辖制作用，也就是王子腾原来的京营节度使也是被贾雨村辖制的，他是王子腾旧职的上司之一。皇帝猜忌王子腾，把王子腾调离京畿重地，后来他又不明不白死掉了，王子腾原有的势力范围，不会交给王子腾的关系人来执掌。所以从皇帝对二人的任命上，也可以知道贾雨村背后是林如海等人的势力范围，不是王子腾的势力范围，皇帝对他们的关系应当是知道的，才会如此用人。

◇◇◇王子腾之死与贾雨村的关系

进一步深挖，王子腾的死也可能有贾雨村参与。很多读者都明白是皇帝要暗杀掉自己不信任的武官，但从贾雨村与王家的关系是对立面来看，应当也有贾雨村的作用。看书中第九十五回：

> 忽见贾琏进来请安，嘻嘻的笑道："今日听得军机贾雨村打发人来告诉二老爷说，舅太爷升了内阁大学士，奉旨来京，已定明年正月二十日宣麻。有三百里的文书去了，想舅太爷昼夜趱行，半个多月就要到了。侄儿特来回太太知道。"

为何是贾雨村特别来报信？贾雨村当时主管京兆尹，王子腾死在离京只有 200 里的地方，应当在贾雨村管理的京兆地盘之上，而且贾雨村在军机任职，王子腾被皇帝暗中杀掉了，贾雨村在里面起了什么作用呢？认清了王家人与贾雨村的关系，当初皇帝让林如海和贾雨村搭档在江南，针对的不就是以王家为首的金陵几大家族的地方势力吗？书中林如海死得很可疑，怎么死的在以后章节还会分析。王子腾之死，不是对林如海之死的报仇吗？清代皇帝，尤其是雍正皇帝，搞了很多次暗杀，因此还留下了"血滴子"等野史传说。贾雨村在吏部侍郎和兵部尚书的位置上，如果没有地方权力参与，不能对王子腾动手。于是皇帝把贾雨村先降三级，让他到地方去成为一方势力，然后再提他到京兆尹的位置上，这样就可以对王子腾动手了，有了属地的权势支持，就会更加得心应手，书里这些安排应当不仅仅是巧合，而且后来贾府被抄家，属地官员也有职责配合。

另外，在王子腾之死情节中，还有一个人物藏得很深，就是张如圭，他也是贾雨村的伙伴。《红楼梦》里面只要出现姓名的人身上都是带着故事的。张如圭的名字出现在第三回："不是别人，乃是当日同僚一案参革的号张如圭者。"张如圭告诉贾雨村可以复职，冷子兴让贾雨村去找林如海想办法。书里明确表达张如圭与贾雨村是同僚，而且是贾雨村被革职的同案官员。贾雨村的案件平反，自然张如圭也平反了，因为他们是同盟。脂批云，如圭"盖言如鬼如蜮也，亦非正人正言"（甲戌本）。而书中关于王子腾之死，还提及了枢密院，第九十六回凤姐道："说是在枢密张老爷家听见的。"枢密院在清朝所对应的机构应当是军机处，而张如圭的"如圭"谐音入鬼，当了鬼，搞死王子腾的应当有他，他应当与做大司马的贾雨村是一伙的。古代的枢密使原来是武将，后来变成文臣，也与军事有关，是与大司马贾雨村有关的军事官员。当年，张如圭是贾雨村如州的同僚，一起任职，一起被革职，当然一起与王家势力等结仇了。另外，"如圭"二字，圭又可以指宝玉，兰桂齐芳的桂是木石前盟，张如圭其实也是木石前盟的维护者，就如贾雨村是林黛玉的靠山，林如海扶持贾雨村为的就是将来保护林黛玉。相当于张如圭在军机，贾雨村在属地，皇帝不满意王子腾，要他俩合伙搞死王子腾。对王子腾的具体死因，后面我们还会详细分析。

贾雨村与贾府还有同宗的关系，但张如圭与贾府没有亲缘关系，贾府的各种负面信息，也有张如圭给放出去的可能。就如第九十三回，关于水月庵的风月案，书里写："忽见门上的进来禀道：'衙门里今夜该班是张老爷，因张老爷病了，有知会来请老爷补一班。'"贾家出现负面舆情，贾政在关键时刻（书里写的是张老爷病了）要去顶班，也暗示贾府此时的负面舆情来自哪里。

所以本人认为，王子腾扶持了贾雨村是不符合古代的政治逻辑的，贾雨村和王子腾应当是政治对手，或者说贾雨村就是皇帝制约王子腾的棋子。因此，贾雨村对贾家和王家的清算，不是简单的背叛。古代的文化人、读书人对政治逻辑不清楚，现代文学爱好者对古代政治潜规则也不知道。当年，许世友对读《红楼梦》有抵触情绪，他曾说《红楼梦》里尽是谈情说爱、"吊膀子"的事，不愿意看。毛主席知道后，说："你还没有看，怎么知道是'吊膀子'？你没有调查，就下断语，大概是听什么人说的吧，我说它是部政治小说。"可见毛主席对《红楼梦》中政治思想的认可。在读《红楼梦》的时候，我们需要更多地关注其中的政经逻辑而不是风花雪月诗，只有按照古代社会的潜规则去还原真相，才能读出《红楼梦》内的真相。

中国共产党新闻网

毛泽东劝许世友读红楼梦：要看五遍才有发言权

2019年01月14日08:30　　来源：人民网-中国共产党新闻网

编者按：《学习时报》刊载《毛泽东三劝战将读〈红楼梦〉》一文中描述了毛泽东非常重视军队的文化素质，曾三次当面向军队的高级将领推荐阅读中国古典文学名著《红楼梦》的故事。毛泽东认为《红楼梦》深刻反映了中国的封建社会，是中国古代小说中写得最好的一部，具有很高的历史和文学价值。向许世友推荐《红楼梦》时，毛泽东表示：要看五遍才有发言权。文中记述：

很多读者认为忠顺王府是贾府的政敌，还有坏了事的义忠王爷等，这二者书中只不过出现一两次，政治敌友之说很牵强；但对书中不断出现的人物贾雨村与王子腾真实的政敌关系，读者却没有看出来。看不懂王子腾与贾雨村的真实关系，就理解不了里面的政经博弈。

《红楼梦》里不只有黛玉与宝钗的竞争，还有她俩背后几大家族的博弈，更有贾雨村和王子腾两个一品大员之间的政敌博弈，他俩都与贾府有着紧密的联系。理解政经逻辑不是简单的非此即彼，朋友的朋友未必是朋友，敌人的敌人未必就是朋友。两宋都天真地把敌人北边的游牧敌人当作了朋友，结果导致了亡国。政治是复杂的，尤其在《红楼梦》的风月宝鉴之下，用美女和骷髅不同的镜面去照，普通读者就更难以捋清楚了。

（三）贾雨村降职与江南甄家、林家

《红楼梦》书中，贾雨村还有一个暗藏的关键性人脉关系，就是贾雨村不光与甄士隐有很深的关系，他同时还与江南甄家有极深的关系。贾雨村与甄家的关系，也是主导书中故事情节逻辑的关键线索之一。书中政经逻辑的版图不是简单的一条线，而是极为复杂的网络，但也不是一成不变的，更不是"朋友的朋友就是朋友，朋友的敌人就是敌人"这样简单的"二极管"逻辑，而是各种势力互相交织，你中有我、我中有你的复杂状态。

◇◇◇贾雨村降职与甄家有牵连

书中第七十二回，贾雨村降职就与江南甄家有关。贾政与冯紫英、贾琏聊天，说贾雨村又要升职了，连带说起了他的履历和第七十二回那一次降职。贾政说："为着一件事降了三级，如今又要升了。"此话虽然没有提及江南甄家，但最后贾政说起了甄家："不多几年，他们进京来差人到我这里请安，还很热闹。一回儿抄了原籍的家财，至今杳无音信，不知他近况若何，心下也着实惦记。"在说甄家之前，还要加上一句"像雨村算便宜的了！"把这些话的语境和逻辑联系起来，在场的人应当对贾雨村与江南甄家的关系都是知道的，甄家支持贾雨村的事情，大家也应当知道，甄家与贾雨村有特殊关系。

　　同时，在书中贾雨村降职和江南甄家被抄应当是在同一时间。在第七十二回是林之孝说贾雨村降职了，在第七十四回到第七十五回是甄家女人到贾府转移财富，贾家在京城，当然可以先知道贾雨村的消息。从甄家被抄家到甄家的女人从金陵过来，距离还是不近的，时间相差一两回非常合理。而皇帝处理贾雨村和甄家，倒推过去就应当是在同时进行的。贾雨村降职还可能是因为替甄家说话求情了！所以第九十二回，贾政聊天，把贾雨村与甄家一起带出来了。

　　江南甄家与金陵四大家族应当也不完全是一个圈子，也印证了金陵四大家族里面没有江南甄家，但江南甄家在金陵的势力和实力，应当比贾家更大。在第九十二回，贾政说江南甄家："还有我们差不多的人家就是甄家，从前一样功勋，一样的世袭，一样的起居，我们也是时常往来。"甄家与贾家本来就地位相当，但甄家还居住在金陵，贾家已经居住在京城，所以在金陵的影响力当然甄家会比贾家更大，贾家在金陵的很多事情也要通过甄家。贾雨村后来长期在金陵为官，肯定是与江南甄家的往来更为紧密，若是得罪了甄家或与甄家关系不够好，他也难以官路亨通。

　　江南甄家与贾雨村有亲戚关系，还有孩子的师生关系，对贾雨村的仕途发展，双方有共同的利益，当然全力扶持，所以贾雨村复职能够去当金陵知府，甄家的支持比贾家、王家更关键，而且贾雨村与甄家的关系也比与贾家、王家更紧密。因此，在甄家和林家的共同支持下，贾雨村在金陵任职之后没几年就升职到督抚的位置，到第十六回就内调进京陛见，候补提升，与背后支持的势力是分不开的。但贾雨村进京之后并没有马上补授到实职，而是长时间候补冷板凳，从书中第十六回一直候补到第五十三回，背后应当有"累上保本"的王家作祟。王家与甄家不是一个阵营的，在地方上有利益冲突，《红楼梦》中人物的政治关系是复杂的。甄家作为地方长官给贾雨村的支持力度，肯定比王家更大，甄家在金陵任职"钦差金陵省体仁院总裁"，挂上了钦差，应当是地方代表皇帝的最高长官，对应的应当是江宁将军，贾雨村能够任职金陵，肯定得到了甄家的支持和认可。所以在地方上，王家与甄家的利益冲突层面，贾雨村肯定也是站位甄家的，当然会引起王家的不满，前面也分析了王子腾与贾雨村的政敌关系。

◇◇◇江南甄家与甄士隐

在第九十二回，贾政专门提及"有个甄士隐和他相好，时常周济他。以后中了进士，得了榜下知县，便娶了甄家的丫头"。甄士隐的甄与江南甄家的甄，应当是同宗的，《红楼梦》书中的习惯是一家人一个姓，而且贾政此时提及甄士隐应当也不是没有原因的，甄士隐与贾雨村以前的事情本来是很私密的，贾政是怎么知道的？很多读者说贾雨村害怕别人知道他贫寒时候的事情，还暗中处理了葫芦案当中的门子，而此时贾政都知道贾雨村当年的情况，显然是贾雨村并没有隐瞒，前者的逻辑不成立。本人已经在其他章节分析过，贾雨村不会在意自己之前的贫寒，这对于身为读书人的他反而是一种荣耀。尽管如此，关于与甄士隐之间的事情，贾雨村也不会刻意宣扬，因为毕竟在葫芦案当中，贾雨村作为甄家女婿，处理甄家女儿的拐卖案，该回避的情况下他没有回避，这是他的瑕疵，很容易被政敌当作把柄，当然他不会到处去说。他与甄士隐的事情，能够传到贾政的耳朵里，应当与江南甄家和后来的贾雨村革职后复职金陵知府有关。钦差金陵省体仁院总裁甄家，在金陵肯定有很大的势力，而葫芦案的时候，门子不说在金陵的甄家，应当是知道贾雨村与甄士隐的关系。

前面已经说了，贾雨村的革职是因为娇杏，如果娇杏是封家的养女，就是"涉嫌任内娶当地女子为妻"，古代对官员是严格禁止的；如果算是甄家婢女，则贾雨村扶正娇杏就是"以妾为妻"，也是要革职严惩的。若甄家把娇杏收为养女，则甄士隐已经出家，在男主人不在的情况下收养女，就是"擅纂礼仪"。若是江南甄家与甄士隐是同宗，甄家的勋贵肯定会是家族的族长，甄家宗族族长对此认可了，当然娇杏成为甄家养女就没有障碍了，甚至还可以变成江南甄家的养女！贾雨村如果是前面说的贾府赘婿，后来无后，才娶了世交江南甄家族人的婢女，对贾家也是不丢脸的事情。所以贾雨村被革职之后复职，就从如州到了金陵，以他当年江南甄家的西席之身份，应当就是把当初"擅纂礼仪"的瑕疵进行了弥补。由此可见，当初贾雨村被革职的理由"擅纂礼仪"根本不成立，所以本人一直认为，贾雨村的复职实质上是平反。娇杏变成养女甄氏，贾雨村也就真的是甄家的亲戚了，双方的关系更近了一步。所以甄家被抄家，贾雨村被牵连降了三级，就都可以对得上了。贾雨村是甄家亲戚的事情，社会上如果都知道，那么在葫芦案当中，对甄家女儿英莲的身份，他就更要保密不能公开了。一旦说出英莲的身份，他就要在案件当中回避，进一步验证了前面分析的葫芦案当中的逻辑。

◇◇◇贾雨村也是甄家师父

在《红楼梦》中，贾雨村不光是林黛玉的老师，也是甄宝玉的老师，他们的师生关系是确定的。第二回：

雨村笑道："去岁我在金陵，也曾有人荐我到甄府处馆。我进去看其光景，谁知他家那等显贵，却是个富而好礼之家，倒是个难得之馆……"

从贾雨村的这番话可以看出，贾雨村在甄家也当过西宾，与在林家教黛玉是一样的，而其后来从甄家辞职，是因为与甄家老太太的教育理念有冲突，书里写道："也因祖母溺爱不明，每因孙辱师责子，因此我就辞了馆出来。"不过，贾雨村与甄应嘉的关系应当是很好的，当时"因孙辱师责子"，两个人一起被甄家老太太责骂，甄应嘉对甄宝玉的教育也很严格："他令尊也曾下死笞楚过几次，无奈竟不能改。"这个理念与贾雨村是一致的，所以别看贾雨村辞职，不当老师了，但师生关系并没有中断。后来贾雨村高升了，对甄宝玉的未来直接有好处，是共赢的事情，因此他们是可以互相扶持的。

甄家聘请革职翰林给孩子蒙童，在学问上是没有必要的，一个秀才就足以蒙童了，甄家找贾雨村的目的，关键是给下一代找支持，与林如海的想法是相通的，对林家和贾雨村的关系，我们后面还会分析。古代的师生关系比现在要稳固得多，别看贾雨村就是在甄宝玉小时候教过他一段时间，这个师生关系就算确定下来了，即使贾雨村离开了，他们的师生关系依然是存续的。古代科举中，对于录取你的考官，都是要拜师生的，这种师生关系也是重要的人脉关系。在书中，甄家的宝玉，应当是嫡出嫡系的，甄应嘉就是爵位继承人，甄宝玉也没有其他的兄弟，与贾宝玉对外是二房次子相比，差别还是很大的。此时，甄家找翰林出身的贾雨村，也是为了给孩子的将来铺路。因此，支持贾雨村的不光是同榜之盟的林如海，也有江南甄家。

古代给儿子聘请的名师与男主人的关系远比现在孩子爸爸与孩

子老师的关系要紧密，现在是教育孩子的事情大多归母亲，父亲管得少，古代可是"子不教父之过"。孩子的老师叫作"西宾"，住在朝东的西厢房，儿子在东厢房有西晒；老师还被称作"西席"，在家里吃饭和待客，老师是要上桌的，也是坐在西边，比较尊贵。为孩子聘请的名师，也是男主人的智囊之一，比男主人与管家和掌柜的关系都要近。就如皇帝给皇子请的太傅，也是皇帝的智囊之一，宰相则相当于掌柜，大太监相当于管家。因此，贾雨村与江南甄家的甄应嘉，应当极为熟悉且关系很亲近，远远超过贾雨村与贾家的贾政、贾赦等人的关系，这样的关系在贾雨村为官金陵期间，肯定还会继续保持和发展。

◇◇◇甄家与林家关系紧密

林家与江南甄家也应当关系不错，不光是甄家的分支甄士隐一家在姑苏与林家是同乡，更关键的是此前贾雨村是甄宝玉的老师，林家继续托孤给贾雨村，让贾雨村教林黛玉。书中第二回，贾雨村"幸有两个旧友，亦在此境居住，因闻得甄政欲聘一西宾，雨村便相托友力，谋了进去"，这两个旧友可能是同榜的人，也可能就是江南甄家的人！江南甄家与贾家关系好，肯定可以找到贾敏。古代西宾与主人的关系很紧密，若林家与甄家的关系不好，林家请原来甄家的西宾来教黛玉，而且还把他当作未来黛玉托孤的人选，林家就会有顾忌。

江南甄家与林家的关系好，但不意味着林家与甄家要联姻。如果林如海自己有儿子，将甄家的甄宝玉选为女婿当然是最合适的，因为甄宝玉才是真宝玉，而且是嫡出爵位继承人，而贾宝玉是假宝玉，不仅是二房次子，还有嫡长孙贾兰在那里，是没有爵位继承权的，所以甄宝玉和贾宝玉差别挺大的。林如海之所以选择贾宝玉，那是因为林家需要香火，需要"兼祧"，否则林如海根本不会安排林黛玉去贾府，也不会联姻贾宝玉，把这个逻辑关系看清楚，才能更好地理解原书。虽然我们分析了贾珠是赵姨娘所生，但宗法上讲，他已经被王夫人认养且成年，而且被认定为嫡子继承人，外面的人看贾宝玉就是二房次子。以甄家、林家与贾雨村的关系，甄家也是黛玉间接的势力支持方，所以贾家修建大观园，可以去甄家拿秦家之灰色的五万两银子，我们在《红楼财经传家》中已经分析了。

还有一个细节，就是贾家当年也在姑苏。第十六回：

> 老赵嬷嬷道："嗳哟哟，那可是千载希逢的！那时候我才记事儿。咱们贾府正在姑苏扬州一带，监造海舫，修理海塘，只预备接驾一次，把银子都花的淌海水似的。说起来——"……"还有如今现在江南的甄家，嗳哟哟，好势派！独他家接驾四次，若不是我们亲眼看见，告诉谁谁也不信的。"

从这里可以看到，当年贾家在姑苏准备接驾，而甄家已接驾四次，贾家与甄家当年的交集应当在姑苏扬州一代，林如海的林家是姑苏侯门，林如海当官是在扬州，而甄士隐则住在姑苏的核心位置，因此他们在姑苏就存在一个圈子，同为甄姓又同在姑苏，甄士隐与江宁甄家可以合理推断是同族关系。

同时，甄家的郡望在哪里呢？应当就在姑苏，与甄士隐是有关系的。江南甄家应当位高权重是族长，贾雨村因为娶甄士隐家的娇杏"擅纂礼仪"，被革职之后第一时间就是去甄家，想办法让甄家帮助洗白。男主人甄士隐收娇杏为养女，但后来出家了，女主人封氏做不了主，若江南甄家为族长，当然可以代表甄士隐做主，这样的话，贾雨村"擅纂礼仪"扶正娇杏后，"以妾为妻"的罪名就不成立了。所以甄家与林家都是姑苏世家才对，一个地区的世家，一般都比较团结，世家之间又很容易通婚。就如金陵四大家族，通过各种联姻绑定在一起。

◇◇◇甄家的官职是什么？

甄家在金陵任职，书里写的是"钦差金陵省体仁院总裁甄家"，在明代，体仁院是明帝王举行或参与重大仪式的文楼！很多人因此说《红楼梦》是悼明的作品。不过，本人对此的理解不一样。

甄家坐镇明代的"南京"，就是为了镇压明朝反叛势力的，实际的任职应当是武职，也就是类似清朝江宁将军这类的职务，江宁将军是正一品的大官，即便是后来贾雨村可能是两江总督，总督也才正二品，挂兵部尚书衔或者右都御史衔也才从一品。

江宁将军全称镇守江宁等处地方将军，为清代统领江南驻防八旗军兵的最高统帅，就是用来镇压明朝的体仁院的。直到乾隆三十三年（1768 年），江宁将军才改为从一品，与两江总督同级（两江总督都有加衔），但在向皇帝奏事时，将军依然列衔在文官总督之前，不是通常的平品级时文官在武官之前。甄家的任职还有钦差的头衔，也就是说甄应嘉才是真正的高官，比王子腾的官职要高，而且甄家到王家的地盘上当钦差，目的应当非常明确，就是监察掌兵权的王家，与王家应当不是一伙的。

贾雨村是甄家孩子的老师，也是甄应嘉的师爷这类的职务，算是甄家幕府出身，当然与甄家是深度绑定的。贾雨村能够到金陵任职当知府，当然需要甄家的支持，王子腾的"累上保本"最多是附和一下甄家的面子。甄家此时在金陵挂的职务里面有钦差二字，肯定是在金陵说话最硬的存在。因此，后来贾雨村当大司马，也有甄家在背后起作用，他们与王子腾也是政敌关系。

更进一步讲，甄家是江宁将军这样的官职，只不过是武职不是文职，而贾雨村在如州知府被参劾下台，如州属于江苏也归甄家管辖，参劾他的文官名义上也在甄家管辖之下，因为甄家带有钦差的性质。也就是说贾雨村刚刚被参劾下台，贾雨村就想办法找到了甄家给孩子当老师，也就是贾雨村到了参劾他的官员的上级家里当老师了，那么当初参劾他的官员当然会瑟瑟发抖了，皇帝问起来，也会自己打脸说自己当初参劾有误。后来贾雨村复职金陵，除了有林如海的加持作用，甄家的作用也很大。贾雨村娶了娇杏，娇杏变成甄家养女符合礼仪，作为族长的甄家可以帮忙完善礼仪，从这一层看，贾雨村还真算得上是甄家亲戚的女婿了。因此，贾雨村的官职以火箭速度蹿升，甄家的贡献巨大。当甄家被抄，贾雨村连带被降职就在情理之中，这也就是林之孝和贾政所说的贾雨村降职的由来，到这里逻辑就都对上了。

贾雨村是善于钻营的，被弹劾降职后，反而找了弹劾他的官员的上司家去当老师，之后很快离开，他是不想担教育领导的孩子成绩不佳的责任，更重要的是不想当一辈子师爷，他要奔向更好的前途。如果他一直待在甄家，那就不利于发展了。但贾雨村与甄家男主人关系却一直很好，然后又谋到林家当老师。贾雨村知道林如海是士林和勋贵双重出身，给黛玉当老师时间也不会很长，因为古代女子学习年限都很短，当个一两年就可以找机会出来当官了，书中情节也是照此发展的。

我们前面分析了，贾雨村被参奏有"擅纂礼仪"的罪名，解决的办法一是需要娇杏成为甄家养女，甄士隐出家了，就得求江南甄家的族长做主，二是需要贾家认可，贾雨村应当是贾家的赘婿，赘婿娶妾原本就存在争议，再想扶正新欢，没有入赘之家的认可，是万万办不成的。然而要得到贾家的认可，又不能让与贾家世代相好的甄家直接去说，甄家去说等于是甄家养女抢贾家赘婿，贾家的面子下不来。所以贾雨村要找林如海，林如海是贾家的女婿，同时也是贾雨村的同榜翰林，身份是合适的；更关键的是贾家当时在觊觎林家孤女林黛玉的巨额财富，就要与林家联姻，而林家则希望能够"兼祧"延续香火，这类事情让有过赘婿经历的贾雨村去办最合适了。通过分析，整个事情的经过应该是林如海给贾政写信，贾政也明白其中的利害关系，林家联姻的财富和贾雨村的前程给贾家带来的利益，比要面子把他变成赘婿平民要合算得多。

我们需要注意贾雨村扶正娇杏的时间。"不承望自到雨村身边，只一年便生了一子，又半载，雨村嫡妻忽染疾下世，雨村便将他扶侧作正室夫人了。"（第二回）也就是扶正娇杏大约是一年半的时间，而贾雨村革职是"不上一年，便被上司寻了个空隙，作成一本"，从时间上看，贾雨村的革职应当是早于扶正娇杏的，所以娶娇杏肯定还是任内收妻的问题。另外，若是他在家对娇杏的宠爱超过正妻，一样是"以妾为妻"的罪名，也就是说可以按照事实参劾。例如，他嫡妻亡故，娇杏按照正妻的礼节行事不符，书里没有说贾雨村嫡妻死亡的时间，而且知府大人的老婆死了，是要大办丧事的，后来娇杏正式上位正妻，可能是在贾雨村已经搞定了一切之后。

所以贾雨村被参"擅纂礼仪"所涉及的甄家和贾家都否定此事，当然前面被革职就属于平反了，而且皇帝要给亲信林如海配一个搭档，江南的最高官员也支持他，他的升职当然会很快，担任了江南第一知府应天府的知府。后续甄家和林家都会大力扶持贾雨村，因为他是甄宝玉和林黛玉的老师，他年轻，身体又好，将来就是自家孩子所依仗的势力，这在古代叫"积阴德"。因此，在甄家和林家的支持之下，贾雨村第十六回进京陛见，应当就已经是一品大员了，他后来补授大司马，也就是平级担任大司马。

从这个过程，我们可以看出，贾雨村的升职主要与甄家和林家有关系，与金陵四大家族没有太多关系，这也验证了在开篇他到金陵任职的时候连四大家族的护官符都不知道。此前，他已经在江南甄家做西席，在金陵待过一段时间，这也说明江南甄家与金陵四大家族仅仅是与贾家有关系，所以四大家族的领袖人物王子腾就"累上保本"要挤走贾雨村，他俩也由此结仇。

◇◇◇江南甄家有求于贾家

甄家与贾家的力量对比，开始时应当是甄家势力大，因为接驾甄家是四次，数量最多，但到后来，甄家反而有求于贾家了。

甄家太妃与贾府元春在宫中的地位相比如何，可以从甄家给贾家的礼物厚薄看出端倪。

（第五十六回）只见林之孝家的进来说："江南甄府里家眷昨日到京，今日进宫朝贺。此刻先遣人来送礼请安。"说着，便将礼单送上去。探春接了，看道是："上用的妆缎蟒缎十二匹，上用杂色缎十二匹，上用各色纱十二匹，上用宫绸十二匹，官用各色缎纱绸绫二十四匹。"李纨也看过，说："用上等封儿赏他。"因又命人回了贾母。贾母便命人叫李纨、探春、宝钗等也都过来，将礼物看了。

还有贾母的寿辰，甄家也是准备了特别的厚礼。

（第七十一回）凤姐儿道："共有十六家有围屏，十二架大的，四架小的炕屏。内中只有江南甄家一架大屏十二扇，大红缎子缂丝'满床笏'，一面是泥金'百寿图'的，是头等的……"

书中是甄家给贾府厚礼，为何总是甄家送厚礼？这就充分说明谁高谁低、谁求谁了。

甄府进京探亲请安（清孙温　绘）

　　从上述交往可以看到，甄家是在第五十五回老太妃重病和第五十八回老太妃病死之后，有求于贾府的，而贾府此时的势力依赖的一个是宫内的元春，一个是当大司马的贾雨村。贾雨村当大司马，位置就应当已经升到了甄家官位之上了。同时贾家还有与王家的联姻关系，王子腾不断升官，当了九省都检点，这个官职应当与甄家的江宁将军平级，但位置更靠前。在甄家遭遇危机的时候，甄家选择通过贾家与王家靠拢，与王家化敌为友。

　　到第七十二回以后，贾雨村与江南甄家同时遭遇政治危机，林如海早死，甄家通过王夫人转移财产，等于向王家人递交了投名状，导致贾家也必须站队王家。政治势力消长的结果是，贾家对以贾雨村为靠山的林黛玉，态度急剧转变。在第八十二回《老学究讲义警顽心　病潇湘痴魂惊噩梦》中，作者写黛玉当晚的噩梦，读来深可玩味。黛玉在梦中说：

> 老太太，你向来最是慈悲的，又最疼我的，到了紧急的时候怎么全不管！不要说我是你的外孙女儿，是隔了一层了，我的娘是你的亲生女儿，看我娘分上，也该护庇些。

也就是说，贾雨村和甄家倒台，甄家的情况是贾政说的"一回儿抄了原籍的家财，至今杳无音信，不知他近况若何，心下也着实惦记"。同时，贾雨村的未来在当时还不明朗。

此时，贾家对黛玉的态度急剧转变，我们在前面已经分析过了，在中秋贾家团圆的第七十五回，宝钗一家独自赏月，凤姐、李纨不舒服不在，贾母嫌人少让三春三姐妹上桌陪着过节，却一句也没有提及同时在场的黛玉，黛玉只得"自去俯栏垂泪"，贾母从慈母变成"狼外婆"了，世家的世态炎凉就是这么残酷。

整体分析，江南甄家以前应该比贾家不差甚至更强，后来衰落得很厉害，在京城事务上有求于贾家，后来又与王家靠近。贾雨村与江南甄家的关系，在贾家人的眼里，也是靠了贾家的关系，因为贾雨村在贾家的家谱之上。

◇◇◇甄家忠仆包勇的多重作用

在《红楼梦》后四十回，突然出现了一个人物包勇，他是甄家推荐给贾家的，他的出现必然有他的作用。

在第九十三回，那人道："我自南边甄府中来的。并有家老爷手书一封，求这里的爷们呈上尊老爷。"包勇从甄家千里而来，带着甄家的书信，除了对包勇的介绍之外，信里内容有："倘使得备奔走，糊口有资，屋乌之爱，感佩无涯矣。专此奉达，余容再叙。不宣。"古代要行走千里，路费都不少，而且还专门写信介绍一个家奴。此节还特意写了包勇的容貌："但见包勇身长五尺有零，肩背宽肥，浓眉爆眼，磕额长髯，气色粗黑，垂着手站着。"此时的贾府人多开销大，但贾政表示："这里正因人多，甄家倒荐人来，又不好却的。"这个人是贾府必须留下的。

古代的民间不是可以随意出居住地走动的，要有路引。甄家被抄家，包勇到贾府，虽然是家奴，但是代表甄家到京城走动也会被关注到，就连路引都不好取得，把这个道理想明白，就知道甄家派家仆包勇来不是那么简单的事情。

甄家仆投靠贾家门（清孙温　绘）

让甄家的家仆到贾府任职，可不光是让他糊口，背后是"专此奉达，余容再叙"，里面带着甄家不便写在书信上的口信，传递甄家的情况，虽然书里只写了包勇介绍甄宝玉，但实际交流的信息肯定不止于此。更关键的是甄家的财富转移到了贾府，甄家当然需要一个的眼线帮助甄家看守自家财富。我们在《红楼深宅博弈》中已经分析过了，林家的财富进入贾府，林家就派了林之孝过来，只不过林之孝一家后来被凤姐搞定了。

后来贾府被抄家，当然甄家的财富也在其中被抄走，书里写了包勇骂贾雨村的情节。在贾家被抄家后，包勇当街趁着酒劲便大声骂道："没良心的男女！怎么忘了我们贾家的恩了。"这里我们要注意，包勇的这个话其实还涉甄家，甄家所转移的财富也被抄走了，此时贾家与甄家是一体的，包勇应当是认识贾雨村的，因为贾雨村当过一段时间甄宝玉的老师。从包勇来贾府时与贾政的对话可以知道包勇对甄宝玉的情况非常了解，应当就是紧跟甄宝玉的核心家奴，二人共事时间不短，当然认识贾雨村。

包勇到贾府后，贾政的安排更有意思了，让包勇去看着大观园。此时大观园里面有林黛玉的灵柩，大观园是用林家财富修的，除了栊翠庵之外，贾家其他人都搬出来了，为何让包勇去看着？背后还是因为甄家与林家关系非常好，贾政肯定也知道这个情况。贾雨村又是林黛玉的师父和靠山，让甄家家仆去看林家的园子，用意是很深的。

包勇在贾府的作用就是让贾母死后策划的盗案破局。包勇到贾府，与贾府家奴们当然不是一个圈子，书里第一百零七回写道："独有一个包勇，虽是新投到此，恰遇荣府坏事，他倒有些真心办事，见那些人欺瞒主子，便时常不忿。"因为包勇的存在，盗案发生时让"盗贼"出了意外。我们分析过，这个盗案贾琏、周瑞、王家人都参与其中，其他家奴见到贾琏和王家人此时当然是故意放水，所以盗贼才可以顺利进入荣国府，而要搬大件东西，就要通过腰门，结果被包勇发现，还打死了何三，事情就瞒不住了。

最后，第一百一十七回专门交代"包勇又跟了他们老爷去了"，此时甄家复兴，包勇在贾家的使命完成了，就又回到了甄家。包勇有非常重要的作用，他是甄家放在贾家的棋子，他也认识贾雨村，与林家应当也有些关联。

综上所述，《红楼梦》的故事逻辑中，贾雨村与江南甄家的暗线关系也非常关键，甄家的倒台和荣辱也直接影响到贾家的联姻选择，所有逻辑线条都交织在一起。把贾雨村与江南甄家的关系看清楚，把江南甄家与贾家和林家的关系看清楚，就知道贾雨村不光是与甄士隐有交集，更是故事暗线中的焦点人物。

（四）贾家对贾雨村的路径依赖

◇◇◇贾府抄家导火索

贾家为何会被抄家一直是《红楼梦》中的关键问题之一。贾家抄家的导火索，其实是一个很小的事情。

地方上的小人物被贾雨村抓起来收拾，本来不是什么事情，但小人物也有小人物的能量，他是一个江湖人物。在《红楼梦》里面，江湖的事情很少提及，似乎红楼人物与江湖的距离很远。出事的小人物倪二想要贾芸等的帮助，结果阴错阳差地变成了怨恨。但事情能够发酵，原因没有看起来那么简单。

（第一百零四回）倪二道："挨了打便怕他不成，只怕拿不着由头！我在监里的时候，倒认得了好几个有义气的朋友，听见他们说起来，不独是城内姓贾的多，外省姓贾的也不少。前儿监里收下了好几个贾家的家人。我倒说，这里的贾家小一辈子并奴才们虽不好，他们老一辈的还好，怎么犯了事。我打听打听，说是和这里贾家是一家，都住在外省，审明白了解进来问罪的，我才放心。若说贾二这小子他忘恩负义，我便和几个朋友说他家怎样倚势欺人，怎样盘剥小民，怎样强娶有男妇女，叫他们吵嚷出来，有了风声到了都老爷耳朵里，这一闹起来，叫你们才认得倪二金刚呢！"

倪二在牢里听到了一些事情，所说的贾二应当是指贾琏，《红楼梦》里贾琏也叫琏二爷，当年王熙凤操纵张华那个案子，自以为天衣无缝，而坏事传千里，坊间的流传就会捕风捉影地发酵。

他女人道："你喝了酒睡去罢！他又强占谁家的女人来了，没有的事你不用混说了。"倪二道："你们在家里那里知道外头的事。前年我在赌场里碰见了小张，说他女人被贾家占了，他还和我商量。我倒劝他才了事的。但不知这小张如今那里去了，这两年没见。若碰着了他，我倪二出个主意叫贾老二死，给我好好的孝敬孝敬我倪二太爷才罢了。你倒不理我了！"说着，倒身躺下，嘴里还是咕咕嘟嘟的说了一回，便睡去了。他妻女只当是醉话，也不理他。

对贾府的参奏是一窝蜂地进行，首见第一百零四回《醉金刚小鳅生大浪　痴公子余痛触前情》。贾府远亲，世袭三等职衔，因纵放家奴犯了命案，被苏州刺史参了一本。

只听里头传出旨来叫贾政，贾政即忙进去。各大人有与贾政关切的，都在里头等着。等了好一回方见贾政出来，看见他带着满头的汗。众人迎上去接着，问："有什么旨意。"贾政吐舌道："吓死人，吓死人！倒蒙各位大人关切，幸喜没有什么事。"众人道："旨意问了些什么？"贾政道："旨意问的是云南私带神枪一案。本上奏明是原任太师贾化的家人，主上一时记着我们先祖的名字，便问起来。我忙着磕头奏明先祖的名字是代化，主上便笑了，还降旨意说：'前放兵部后降府尹的不是也叫贾化么？'"那时雨村也在旁边，倒吓了一跳，便问贾政道："老先生怎么奏的？"贾政道："我便慢慢奏道：'原任太师贾化是云南人，现任府尹贾某是浙江湖州人。'主上又问：'苏州刺史奏的贾范是你一家了？'我又磕头奏道：'是。'主上便变色道：'纵使家奴强占良民妻女，还成事么！'我一句不敢奏。主上又问道：'贾范是你什么人？'我忙奏道：'是远族。'主上哼了一声，降旨叫出来了。可不是诧事。"众人道："本来也巧，怎么一连有这两件事。"

书中贾府被参奏，各地与姓贾相关的负面消息甭管真假都凑到了一起。倪二在京城，对云南和苏州的事情很难获知和联系起来，但这些事情他都知道，确实容易让听者把所有事情都联系起来。贾家人的各种负面事情同时都汇总到皇帝那里，说明有一群人在搞贾府，贾府突然惹了谁，这才是问题的关键。

不能否认的是，倪二这样的小人物在市井里面传妖风，对政要的影响也非常大，就如现在的舆情影响，还有境外各种政治谣言，虽然是谣言，但形成舆情，对国内的政治一样有影响。因此，得罪小人要吃大亏。

仅仅是小人物搞点舆情不足以真的起大浪，背后应当还有御史圈子的推波助澜。贾雨村和林如海都当过御史，而且林如海还是御史当中的顶级肥缺，御史圈子认的是林家。林黛玉的死对贾家影响很大，林家独女在贾府不明不白死掉了，林如海的御史朋友们不会无动于衷，贾家把御史圈子给得罪了。但当御史的人都知道避嫌，不会上来就直接拿与自己圈子有关的林黛玉的死说事儿。

贾家倒霉真正的导火索是得罪了御史群体，是林黛玉的死。林黛玉死后长期没有下葬，贾家对黛玉之死进行了保密。但时间久了总有透风的墙，薛宝钗圆房办酒被社会知道了，御史就可以捕风捉影了，而且御史捕风捉影风闻言事合法。对贾府的抄家，御史群体可能还想要知道林黛玉是怎么死的，皇帝应当也想知道。皇帝对贾府勋贵猜忌，御史们的态度对皇帝影响也很大，是推波助澜还是劝谏皇帝，太关键了。御史们在皇帝已有的猜忌上面压上了最后的稻草。本书在后面会对此关键逻辑进行多角度深入分析。

◇◇◇贾雨村对贾家隔岸观火

贾雨村在贾府抄家的最后时刻肯定没有帮助贾府，而且普遍认为是贾雨村落井下石。虽然在通行本里面，抄家时贾雨村没有出现，在其他的演绎版本里面还有贾雨村亲自去贾府抄家的桥段。

书里写贾府获罪时，贾雨村不念提携推荐之恩，落井下石。

> 那人道："你白住在这里！别人犹可，独是那个贾大人更了不得！我常见他在两府来往，前儿御史虽参了，主子还叫府尹查明实迹再办。你道他怎么样？他本沾过两府的好处，怕人说他回护一家，他便狠狠的踢了一脚，所以两府里才到底抄了。你道如今的世情还了得吗！"

这话应当是以外面家奴的短视眼光看的，把对话的情节仔细看清楚，就知道事情不是那么简单。本人认为落井下石不够准确，隔岸观火更恰当一些。

对话里面的府尹应当就是指贾雨村，贾雨村当时是升了京兆尹同时兼管税务。对贾府的犯罪找京兆尹来查明，本身也有故事。贾府是勋贵，不是普通人家，不是地方官，应当属于大理寺或者都察院管辖，后来书里面抄家也是西平王和锦衣卫干的，西平王慢慢说道："小王奉旨带领锦衣府赵全来查看贾赦家产。"懂政治规则的话就要深想一下，为何皇帝要先问京兆尹贾雨村，让贾雨村查实再办。

在前面贾政被皇帝叫进去问话的时候：

> 主上便笑了，还降旨意说："前放兵部后降府尹的不是也叫贾化么？"那时雨村也在旁边，倒吓了一跳，便问贾政道："老先生怎么奏的？"贾政道："我便慢慢奏道：'原任太师贾化是云南人，现任府尹贾某是浙江湖州人。'"

上述对话中，皇帝专门问贾政关于贾雨村与贾府的关系，但贾政所答非所问，回避了前面贾家与贾雨村"认了"的关系。贾府有了问题，贾雨村与贾府关系不清，为什么皇帝要让贾雨村去查？

皇帝这么做不外乎两种情况，一种是皇帝对贾府不想查，所以叫与贾府有关系的人去查，想通过此人掩盖一些事情，而后不了了之；另一种是考验贾雨村，看看贾雨村的立场。皇帝先叫了贾政问话，再找贾雨村问话，肯定不想到此为止，那么就一定是后面一种情况，皇帝是故意考验贾雨村的立场。

皇帝考验贾雨村，还想知道贾雨村对江南甄家的态度，前面我们已经分析了贾雨村与江南甄家的关系。江南甄家帮助过贾雨村，贾家人却不知道，就如甄家第五十六回进京，贾母才知道甄宝玉的具体情况一样。贾家人不知道贾雨村当过甄宝玉的老师，会认为江南甄家支持贾雨村，以至于走到一起，是因为贾家与甄家的盟友关系！但皇帝知道甄家当初支持过贾雨村，而且贾雨村被降职也与甄家的事情有关，因此一定得弄明白贾雨村对甄家的态度。我们注意到，贾家被抄家不久，甄家却复职了，这里面有复杂的政治平衡关系，对贾家与甄家的这个势力圈子，皇帝也是要搞平衡的，抄了贾家之后扶起甄家，也是让势力平衡，此时也是考验贾雨村态度最合适的时候。

贾家被抄家的导火索是贾雨村拘押了倪二，倪二为了报复，四处造谣，因为倪二等人认为贾雨村就是贾家的人，而贾家人对外也是这样表示的，因此舆论把他们紧密联系在一起了。皇帝听到这样的事情，肯定是猜忌的，此时故意问贾雨村看看他的反应，这也是皇帝的政治手腕。御史参劾的内容，还有石呆子一案，被皇帝问，贾雨村肯定要回复石呆子一案的内情。据实回复不能叫作落井下石，不替贾府隐瞒、遮掩和求情，应当叫作隔岸观火。

皇帝考验贾雨村的立场，如果贾雨村此时替贾家说话，会有什么结果呢？结果肯定适得其反，贾雨村还会把他自己也给搭进去。贾雨村在此时已经成为政坛老油条，政治敏感度可谓洞若观火，他肯定不会把自己白白搭进去。救人虽然有需求，但自保是前提。如果救不了人，还把自己搭进去，他绝对不会做，况且贾雨村本身就是林如海林家势力范围内的人，与贾家的关联也是因为林家，他是林如海的托孤人。后来林黛玉已经死在了大观园，他与贾家的恩义就不存在了。

书里贾雨村与皇帝交流之后，皇帝立即派人去贾府抄家了。此前皇帝叫贾雨村"查明实迹再办"，什么是查明再办？查办的手段本身就有抄家，抄家是查办的方式之一！如果贾雨村冲在前面，皇帝和政敌都在后面盯着，万一查办有疏漏就是贾雨村的灾难。如果没有任何疏漏，那一定是矫枉过正了，所以叫贾雨村去查办贾府本身就是一个阴毒的招数。所以贾雨村在与皇帝的交流中，肯定要和盘托出实情，由皇帝做决定，而贾雨村自己不去直接查办最好。此时贾雨村说实话本身就是对贾府"狠狠的踢了一脚",要知道贾府在前面也确实有很多事情做得不当。

很多红学研究者分析说贾雨村是为了自保而反咬贾府,而此时贾雨村即使主动咬了贾府,他要在皇帝面前把自己从贾府的圈子里择干净也是不容易的。贾雨村需要做的就是维护他与林如海的关系,林如海是贾雨村的贵人,同时也是皇帝的亲信,维护与林如海的关系才能在皇帝面前加分。贾雨村与林如海是同榜,要做出对林家有情义的样子才能让皇帝满意。此时,贾雨村更要保护林黛玉带入贾家的财产,别看林黛玉已经死了,如果林黛玉与贾府有"兼祧"之约,那么事情还没有完,宝玉的孩子可能要姓林,林家的财富还要说清楚。贾雨村可以将此事向皇帝汇报,贾雨村最主要的目的是对林家香火和财富要有一个交代。但贾雨村要是聪明的话,他毕竟也算是贾府族人,身份改不了,故意"狠狠的踢了一脚"也不过分,因为若皇帝认为你是无情无义的小人,以后你就会付出另外的代价。贾雨村此时已经是政坛老油条,有足够的政治智慧,所以他不是落井下石,而是隔岸观火,把他要保护的林家利益从火中隔离出来就可以了。

林黛玉与贾府有婚约关系,贾府涉嫌犯罪被抄家,带入贾府的婚约嫁妆处于一个微妙的状态。古代夫家犯罪,财产怎么办?从秦代开始就有规定,《睡虎地秦墓竹简·法律答问》:"'夫有罪,妻先告,不收。'妻媵臣妾、衣器当收不当?不当收。"按照古代的律例规定,只要妻子可以先告夫家之罪,妻子的财产嫁妆就不会被抄家罚没。很多红学家分析说贾雨村向皇帝控告了甄家向贾府转移财富的情节,而事实是贾雨村基本不可能知道江南甄家和史家藏到贾家的财富,但对林黛玉带到贾家的陪嫁却应当非常清楚,可以按图索骥,他会告诉皇帝相关的情况,也算是代表林黛玉检举了贾府。贾雨村代表林黛玉先告贾府,那么有"兼祧"关系的林黛玉进入贾家宗祠，也要分出来，不在抄家之列。贾雨村是林黛玉的老师，也是林黛玉父亲林如海委托的监护人，他可以代表林黛玉。

贾家被抄家，林黛玉因为没有正式过门，与贾府的关系包括"兼祧"，是要讲清楚的。林黛玉嫁妆部分不在抄家之列，贾雨村可以插手，但需要对皇帝讲清楚，同时还要厘清关系，否则可能就"一勺烩"了。请注意，抄家把贾家家产和奴仆都带到市场上卖了，宁国府就剩下邢夫人婆媳和佩凤偕鸳了，但大观园等荣国府财产却没有都拿出来变卖，京城大花园和豪宅、勋贵美女家奴，都价值不菲。后来，贾宝玉回去，大观园因为没有钱维持打理，而极为破败。

林如海要是一个负责的老爹，一定多方安排多重保障，尤其是独女还肩负林家几代人香火的希望，更要仔细安排。维护林如海在贾府的财产也是林如海御史朋友的责任，在官场上仅仅一个贾雨村是不够的，应当还交代给了其他朋友。在贾敏死后，林黛玉去贾家，贾敏的嫁妆等财产应当交给她亲娘，作为以后黛玉的嫁妆。林如海死后黛玉回来，贾雨村跟着来，林家财产里面未嫁女的嫁妆应当同时带来。贾雨村是黛玉的监护人和老师，相关财产应当有清单，贾雨村持有一份。

同时皇帝心中认可贾雨村与林如海的盟友关系，当初林如海帮助贾雨村运作复职，贾雨村在江南任职与林如海的搭档关系等，所有事情皇帝都知道。只要贾雨村此时把立场放到林如海那里，皇帝就会非常满意了。皇帝要测试贾雨村的立场是否还在林如海势力这一边。皇帝要对老勋贵削藩是大棋，皇帝需要知道各方政治势力的立场，林如海、贾雨村及他们身后的政治势力不是在贾家勋贵这一边，皇帝抄家动手也就放心了。此时，贾雨村在皇帝面前维护林黛玉，做出对林家有情有义的样子才是在政治上最得分的举动，就算他内心自私，只要他这么做了，就获得了皇帝的赞同。

所以在贾家被抄家的时候，贾雨村的力量不足以帮助贾家度过危机，皇帝让他去查只不过是考验他。贾雨村要做的就是与贾家划清界限，而且要让皇帝信任就要把自己定位到林家圈子，即科举圈子。这个圈子才是皇帝喜欢的亲信圈，否则他想要撇清干系是很难的。因此，贾雨村就算落井下石也很难脱干系，反而他站队林家，维护林家，把林家利益拉出火堆，对贾家隔岸观火，才符合他自身的政治利益最大化。

同时贾家对贾雨村方面的认知也有问题，贾家后来很多事通过贾雨村搞定，贾家人认为贾雨村就如贾家的马仔一样，有事就可以去找贾雨村。就如倪二有事，贾家人觉得给贾雨村说说，贾雨村就会给面子。贾家人对贾雨村有路径依赖，觉得在朝中贾雨村是他们的保护伞，却不知贾雨村与林家更近，属于林家人的势力，贾雨村照顾贾家还是因为林如海与贾家的关系。当林黛玉死后，这条线就彻底断了，留下来的就是贾雨村对贾府的不满。贾府一直戴着有色眼镜看贾雨村，贾雨村应当也有所感觉。

贾雨村与贾家、王家本身就关系微妙，在贾家被抄家的时候，由于皇帝的猜忌、贾府与王家的联系，打击王家可能是他的立场。虽然有研究说他原来是王化王家远亲入赘贾家。贾雨村后来的夫人娇杏，是甄士隐家的奴婢。王家人搞死了林黛玉，贾雨村与王家剩下的仅有仇恨。贾雨村唯一可能网开一面的人就是贾政。贾政当过学政，当初与林如海关系不错，也帮助过贾雨村，但对整个贾家，贾雨村肯定是以不满为主。

贾雨村在葫芦案、石呆子扇子等案件中帮助过贾府，贾府认为是应当的，而贾府给了贾雨村多少利益回报呢？真的盘点下来其实非常有限，连贾雨村复职当金陵知府也是林如海的托请，贾家的付出不多。林如海当时对贾雨村说得非常清楚，需要花钱都由林如海出，而贾家是收钱才办事。所以所有贾家人都以为给了贾雨村莫大的恩惠，但真实的恩惠却是林如海给的，林如海是贾家女婿，也被贾家人当作自己一家人了，认为林如海给贾雨村的恩惠也是贾家的。

贾雨村与贾家的关系，其实类似《三国演义》中白门楼上的刘备与吕布，吕布认为以前收留过刘备，所以刘备会救他，但刘备其实内心恨死他了。此时，皇帝去问贾雨村，就像那时的曹操犹豫的时候去问刘备。这里也一样，贾雨村说贾家对林家"依势凌弱，辜负朕恩，有忝祖德"，与刘备说吕布以前的背叛效果是一样的，贾家要倒大霉，林家的利益被维护，贾雨村还可以不被牵连进去。

贾家对贾雨村的路径依赖也是贾府后来倒霉的关键，贾府许多人没有认清贾雨村与林黛玉、林如海的关系轻重，总认为有事情的时候，贾雨村能够无条件地站在贾家人的立场，对贾雨村有了不切实际的期望，结果却是失望。事后，他们议论、发泄不满，甄家来的家奴包勇知道了，还去打了贾雨村一巴掌。此时贾府已经戴罪，贾雨村是当朝一品大员，贾雨村没有追究已经很够意思了。真要深究起来，会从家奴引申到贾府，从对贾雨村的不满引申到对皇帝抄家的不满，贾家还会有更大的麻烦。

综上所述，贾雨村是林家人不是贾家人，贾雨村与贾家的关系要依靠贾敏与林如海、贾宝玉与林黛玉为纽带。在贾家为贾宝玉选择了薛宝钗，林黛玉死了以后，贾雨村与贾家人的纽带彻底断裂了。贾府还对贾雨村裙带依赖，此一时彼一时，肯定会变成灾难。《红楼梦》一书是按照贾府的视角来写的，在贾府戴着有色眼镜的视角之下，贾雨村没有为贾府出生入死，在贾府有难时没有去牺牲，就是忘恩负义。但贾家对贾雨村的恩在哪里？科举是贾雨村自己考的、甄家资助的，复职靠的是林如海的面子和钱，真的没有多少可以说是贾家给的。所以贾家对贾雨村的好感觉真的是错觉。在贾府路径依赖之下，贾雨村对贾家即将遭受的大难，采取的就是站队林家、隔岸观火的态度。

（五）贾雨村因何而获罪

贾雨村在《红楼梦》里的结局是被治罪了，最终"因嫌纱帽小，致使锁枷扛"。《红楼梦》通行本里写的是："且说那贾雨村犯了婪索的案件，审明定罪，今遇大赦，褫籍为民。"而贾雨村的具体犯罪内容写得不详，这是一个值得挖掘的事情。

第一百一十七回，赖尚荣之弟说贾雨村"要解到三法司衙门里审问去"，又说"如今的万岁爷是最圣明最仁慈的，独听了一个'贪'字，或因糟蹋了百姓，或因恃势欺良，是极生气的"。这里唯一可以确定贾雨村罪行的，有一个"贪"字，到底怎么贪了却没有说。不过在官场，"贪"字是一个口袋罪，各种事情都可以往贪上去套，到底是什么事情，还需要推敲。

◇◇◇门子的潜规则和力量

《红楼梦》关于贾雨村的结局描述是：

> 贾雨村的贪赃枉法之罪被钻营的门子所查，门子此时已是加官封爵的人，门子就治了贾雨村的种种罪，抄了他的家。贾雨村被发配流放到东北异地，在那苦撑了几年，就一病而亡了。

病亡之说有点臆测了，但对于门子作用的表述还是很有道理的。

上图是 1987 年版《红楼梦》电视剧的截屏，这个封条很有问题。应天府在金陵，而贾雨村是在任职京兆尹时犯罪，他在军机办公，京兆尹应当对应直隶总督，已经不是知府能够审理的案件了，也不在金陵。前面书中也写了，是"要解到三法司衙门里审问去"，这三法司的权威比应天府要大多了。

先回顾一下书里面门子的出场，在第四回：

　　原来这门子本是葫芦庙内一个小沙弥，因被火之后，无处安身，欲投别庙去修行，又耐不得清凉景况，因想这件生意倒还轻省热闹，遂趁年纪蓄了发，充了门子。

然后回顾一下葫芦案审理的细节，第四回：

　　雨村犹未看完，忽听传点，人报："王老爷来拜。"雨村听说，忙具衣冠出去迎接。有顿饭工夫，方回来细问。

这里显示门子的背景很厉害，门子对贾雨村说的话，王老爷应当交代过了，而王老爷是需要贾雨村"具衣冠出去迎接"的人物，但肯定不是王子腾。贾雨村当时是四品官，要他迎接的人物肯定比四品官高。应当是贾家、王家背景的王老爷，而且地位很高，否则也用不着贾雨村具衣冠，还要用"忙"字。见完了以后，贾雨村与门子聊天的方式就发生了改变。

另外，在葫芦案里面，门子对贾雨村进行了威胁。

> 门子听了，冷笑道："老爷说的何尝不是大道理，但只是如今世上是行不去的。岂不闻古人有云：'大丈夫相时而动'，又曰'趋吉避凶者为君子'。依老爷这一说，不但不能报效朝廷，亦且自身不保，还要三思为妥。"

也就是说《红楼梦》里的葫芦案该怎么判，门子在主导。门子的神通，现在人不太了解。现在的五星级大酒店，能够当门童的人也要有特别的关系，很多公司的前台也有特别的关系，前台是要职。在政府衙门，门子的权力就更大了，正所谓"宰相门前七品官"，要进入宰相的门，给门子的红包少不了，否则连门都进不去，这类潜规则在影视剧和小说里展现得不少，所以说这个门子不是谁都能够当的。

古代衙门的门子可不是现在的传达室，过不了门子这一关，状子都递不到官员的面前，这也是为什么古代有拦轿喊冤。所以在葫芦案里面，冯家的案子待贾雨村一上任，就第一时间递到了贾雨村的案前，背后就是门子的作用，然后门子就指导贾雨村对此案该怎么办理。此时，门子已经不是一般人了。当年葫芦庙里面的小沙弥，为什么可以当上知府衙门里的肥缺门子，这种打破头也难以当上的职务，显然不是一个小和尚还俗就可以担任的，背后的古代社会潜

规则才是故事的暗线和关键。

　　门子身份的神秘应当在于他们的特殊身份。古代能当门子的，多有特殊身份背景，所以各种官员都惹不起大官的门子。但门子行事的潜规则却也不是大官们纵容出来的。就算是清官，对门子的潜规则一般也是睁一只眼闭一只眼的。原因就是当门子的人，背后是与皇帝有关的一套特殊系统，他们在给皇帝当眼线。从明代锦衣卫开始，中国古代进入皇帝的特务社会。清代也有类似的皇帝情报机构，但不像明史写得那么清楚，就如野史当中传的"雍正皇帝的血滴子"。当年的沙弥，后来的门子，可能一直是皇帝特务系统的一员。很多人分析说按照官和吏的区别来看，门子成为官员没有可能，但若门子是皇帝的眼线，他本身就是官不是吏。雍正的"血滴子"后来有说是他的粘杆处，正式名称叫"尚虞备用处"，任职的职位都是侍卫，就连最低等的侍卫也是六品官。明朝的锦衣卫人员也一样都是官。想明白了这一点，很多事情就能看懂了。

　　门子的看门位置，也是皇帝的情报系统安排的。皇帝的锦衣卫等特务系统，渗透到各个地方的眼线位置。所以贾雨村即使当时把门子贬得远远的，他依然可以翻身。有皇帝的情报系统支持是很容易再把他捞上来的。皇帝情报体系的人员也是皇帝的亲信，他们会升官，也很快会爬到贾雨村这样的翰林体系的官员位置之上。在清朝，一些侍卫机构带有明朝厂卫的角色，一般官员都管不了他们。古代的皇帝要统治国家，需要的不光是军队，还需要情报系统。很多时候，情报系统是皇帝的耳目，比军队还重要。

贾雨村审理葫芦案任职是在金陵，他认识门子是在姑苏的寺庙。在古代，金陵极为繁华，地位极高，尤其是明清时，在明代是王朝的南京，在清代则是对明代残留势力重点监控的地方，因此对金陵知府这样的重要衙门，皇帝的情报眼线更要重点监控。而姑苏也是古代超级繁华的都市，寺庙的活动可不光是宗教，还有各种会道门和造反组织，也是皇帝情报眼线需要监控的地方。所以如果知道古代的潜规则，金陵知府的门子是哪里的人，古代很多官员也都知道，所以门子行事的潜规则是当官的惹不起的。"宰相门前七品官"，这里不光是说宰相门前的门子权力大，而且他们真的可能是锦衣卫等皇帝情报机构的官员，七品都说低了。所以即使是清官宰相，对他们也要网开一面，皇帝的眼线是得罪不起的，而且若真的不让皇帝的眼线在身边，皇帝会更不放心，你就离死不远了。

当年贾雨村不够狠，做官还比较书生意气。在《红楼梦》里，王家人做事的规则就是都要灭口，就如王熙凤要旺儿去灭口张华一样。葫芦案中，王老爷来找贾雨村，应当也交代了要把门子灭口，但贾雨村没有灭口门子，只是将他流放到很远的地方，看似做法仁慈，其实已经把皇帝的眼线给得罪了，不但皇帝会知道其中的秘密，贾雨村也会被门子报复，留下巨大的隐患。对情报系统的眼线来说，就算被灭口了，也只是皇帝牺牲了一个当年的小人物，皇帝不会公开地把自己的情报体系暴露出来。死了就等于白死了，最多家里会得到一些补偿。但要是应当灭口的人没有被灭口，则以后对王家、贾家和贾雨村都是致命的后果。政治领域的残酷，半点仁慈都没有。

◇◇◇监管税务的肥缺

贾雨村被门子报复的地方在哪里？贾雨村升职以后也是得到肥缺，但肥缺也有不安全的因素。贾雨村后来的官职是京兆尹兼管税务，古代税务不是现代大家理解的税务局的税，也不是收取皇粮和城里的工商税，而是专门收过路税，是收买路钱的厘卡性质的机构。

在古代的京城，各种货物进出频繁，就算是给皇帝的贡品也免不了被盘问，弄不好都要先交税。贾雨村收得少了，无法向皇帝交代；收得狠了，就得罪人，而且涉嫌"强索属下"。当年和珅就与李侍尧在税关上直接冲突，双方结下了仇。所以古代官员过税关，都要被勒索，而且有些勒索，皇帝也睁一只眼闭一只眼，但要是想要搞你，只要去查就肯定有罪。有人惦记着，就危险了。

当年，北京著名的崇文门税关成立于明弘治六年（1493 年）。成为统管北京九门进出货物征收商税的总衙门，该衙门设在崇文门外大街路东现内蒙古自治区驻京办事处所在地（现崇外大街 28 号），直至民国十九年（1930 年）撤销，前后共 437 年。以前到京城的商队，过这个税关都是噩梦。税关不像现在只是设立在国家边界，农耕社会是通过税关限制国内地区间商品的流通，即使是一般来往北京的行人和官员们也要被课税。课税时要求属下完成的指标高，属下就必须勒索过路人来完成任务，可以算作"强索属下"的罪名。贾雨村的京兆尹应当是直隶总督的位置，养廉银上万两，管理税关就是烫手山芋。

税关是古代重要的收入来源，据明崇祯二年（1629 年）统计，崇文门税关全年共征收税银 89 929 两，居全国之首；第二是浒墅关，87 000 多两，第三是临清关，83 000 多两……是明朝重要的政府财政收入。到了清朝，崇文门税关的收入仍居 20 几个税关前列，因此是大肥差，在这里"当差"的被看作"京城十大优差之一"。崇文门税关设正、副监督各 1 人。由皇帝从满族王公、大臣等高级官员中选派，任期 1 年，隔 1 年可以再任，不得连任。因此，贾雨村的直隶总督兼管税务，真的是大肥差。但有人算计着要治他的时候，也是风险共担岗位。在古代了解官位的人，都明白这一点。想一下开篇对贾雨村描写的对联："身后有余忘缩手，眼前无路想回头。"贾雨村在皇帝用他的目的达到后，不急流勇退还占据肥缺，危险就随之而来了。

管税的官职收入是多少呢？看看清代的《道咸以来朝野杂记》一书，作者崇彝曾做过崇文门税关的帮办委员，他在该书中写道："余充崇文门税关帮办委员，岁约可得四五千金（年收入四五千两银子）。据云监督岁入亦不过数万金。彼时视此差遂为京官最优者……"数万两在当时是一个什么概念？也可以对比一下数据。根据《关于江宁织造曹家档案史料》记载，当时抄了 483 间房子，查处 19 公顷零 67 亩田地，人数总量为 140 口；家具、旧衣和零星物件数份，当票 100 多张，查有曹頫的外债 3.2 万两（别人欠的），同时曹家欠朝廷亏空是 3.1 万两。把数据对比一下，数万两真的不少了。

另外还可以对比的数据，就是当年查抄军机大臣兼职云贵总督二等昭信伯李侍尧，他非法所得白银 1 万多两（连和珅的零头都不到）。历史上详细记载了李侍尧的赃银来源和数目，包括：收庄肇奎银 2000 两，素尔方阿银 3000 两，德起银 2000 两，汪圻银 5000 两，张珑银 4000 两，共 16 000 两。后家人张永到北京修理屋子，素尔方阿又送 5000 两，德起送 5000 两，张永高价卖了两颗珠子，共收 5000 两。当年此数额算得上巨款了，导致官场都要求判处斩立决，但和珅正确揣摩到了皇帝的心思，最后李侍尧被判处了斩监候。然后李侍尧很快被皇帝重新起用了，最后乾隆帝再次下命将其图像挂于紫光阁，位列前二十功臣。看看李侍尧的贪污数量，对比崇文税关的收入，以及《红楼梦》书中贾府等重要的财物往来金额，就可以确定当初定罪的级别，对《红楼梦》里的银两数字就有了更真切的理解。后来出现的和珅天文数字赃款，很多是他垄断经营所得，到清晚期，随着白银的流入和经济发展，很多读者已经对赃银数字没有了准确的概念。

还有人认为贾雨村倒台，是因为石呆子的案件作恶。案件当中构陷石呆子的罪名是欠官银，也与税务有关。不过，石呆子不是贾雨村的属下，当时贾雨村在候补也不管税务，所以靠不上"强索属下"的罪名，更关键的是石呆子的案件在贾雨村获罪的时候，皇帝已经有所定论，"非强索良民之物"，石呆子并非"良民"。石呆子的古扇案，我们前面分析过了，是皇家想要的，所以就洗白了，当然也不能作为贾雨村的罪状。

因此，对贾雨村而言，兼管税务太肥了，非常容易被找碴治罪。而且办税务案子很容易发财，谁都想抓他发财，这个位置是一个烈火烹油的职位。

◇◇◇葫芦案翻车

不过，贾雨村管税得利，过去也属于陋规，直接按照陋规抓他也不成，因为以后别人还要依靠陋规赚钱，不能破了陋规！所以他被治罪，还要另有一个罪过，此罪就是薛蟠的"活死人"！薛蟠的二次杀人案为何发酵？为何薛蟠长期羁押没有死，也没有被减等流放？原因之一就是背后有人要借着薛蟠的错案来搞贾雨村。贾雨村是薛蟠"活死人"身份的办案官员，古代也是终身责任的。贾雨村办了一个"活死人"，当然是民愤极大的错案，案件也上了舆情榜，当然要处理了。

葫芦案作为错案被翻案，读者可以看到薛蟠却没有再一次受到处罚，也就印证了本人前面所分析的，葫芦案薛蟠致冯渊死所涉及的罪名是宗族械斗，此罪名不是死罪，只要赔钱就行了，而薛家已经赔了钱，就不能继续追究了。否则当时薛蟠是死罪，翻案后依然还要继续追究其涉嫌杀人罪，薛蟠第一次杀人案还没有处理完，再添一条人命，他是必死无疑的。同时对葫芦案所涉及的拐卖案，虽然贾雨村用扶乩之下的证据有瑕疵，但拐子确实招供了，而且关键是按照律例拐子当时早已经被处死，也就是此案翻案是死无对证的，拐子也不可能翻供，难以推翻拐卖情节；此时唯有薛蟠可能涉嫌收买被拐妇女，也是有罪的，因此可以看到薛姨妈第一时间就将英莲扶正，英莲成了薛家正妻，最初英莲与薛蟠也是明媒正娶办了手续的，还好说是拐卖妇女吗？因此，葫芦案门子要追究贾雨村，最多就是变成他强索贿赂了，薛蟠要假死变成"活死人"的理由，也就只有躲避索贿被追究了。

另外需要注意，薛蟠第二次杀人，又是在贾雨村的管辖之内，薛蟠案发地是"这人在咱们这城南二百多地住"，属于贾雨村京兆尹的管辖地盘。薛姨妈虽然去找了贾政，贾政应当也去找了贾雨村，此时贾雨村对薛蟠的判案应当走向了反面，结果被严查造成了翻案。此时，林黛玉死得不明不白，贾家娶了薛宝钗，作为林家林黛玉的托孤保护人，贾雨村与薛家就是结仇了，而且借助此案灭口了薛蟠，贾雨村当年葫芦案的枉法也安全了，变成了死无对证，否则薛蟠的"活死人"总是贾雨村身上背着的一个暗雷。

贾政为薛蟠二次杀人案托人，应当也是托人情托到了贾雨村那里，因为案件发生在城南，贾雨村是京兆尹，正好是顶头正管的官员。然而贾雨村不但不捞薛蟠，还落井下石处理了一群人，这些人从薛家拿了好处，贾雨村也能够在贾政托请的时候了解到内幕，贾雨村显然不会让他手下的这些人赚这个钱，上了《邸报》应当也是贾雨村的关系，前面已经说了贾雨村还有一个御史圈子，参劾和风闻言事就是御史的职责，舆论也有贾雨村操纵的机会。最后只处理了一个知县，"惟将署太平县的这位老爷革职"，枉法仅仅革职也是从轻，涉及的所有人肯定都要到上司贾雨村那里去吐血。而等到贾雨村倒台，办案的门子等人来查贾雨村的劣迹，贾雨村借此勒索的钱财，当然就变成了"强索属下"了，最后贾雨村也被清算了。

同时贾雨村办了门子，门子对贾雨村的葫芦案纠错不是目的，门子还要给贾雨村当年处理自己翻案，翻案的理由也应当有贾雨村"强索属下"门子，而当门子的他不配合，被报复，等等。有了"强索属下"而不是仅仅对葫芦案没有依律回避的失察，才可以去抄家。贾雨村管税务等肥缺，也会有很多人觊觎，借机办他发财。古代的办案官员，发财的潜规则也在此。借着某个确定的案由去抓人，抓了人办什么罪，那是另外的事情。对古代官员的枉法犯罪，政治斗争之下，古代的惯例也是尽量往可以抄家的相关罪名上去靠，办案的同时也可以抄家发财。

薛蟠在京外的案件，受害人收钱被搞定了，既满意又没有闹，地方官也搞定了，都串通好了为何还能够露底？原因就是看似天衣无缝的吴良伪证、买通知县，架不住上面贾雨村知道底牌，贾政替薛家四处托人，最合理的第一人选也是来求案件顶头主管上司贾雨村。人命案在古代属于人命关天，都要上报，会经过京兆尹贾雨村的手，严查与否，关键人物也是贾雨村，有了《邸报》的舆情，贾雨村就可以直接插手了。薛宝钗与林黛玉是竞争关系，更可能是贾雨村想要薛蟠死！薛蟠死掉，贾雨村就没有责任了。所以薛姨妈他们捞人、串通、伪证变成的误杀案，当然会被贾雨村翻过来，把薛蟠变成死罪，薛蟠真的死了，以后贾雨村就安全了。

贾雨村想要杀死薛蟠灭口，二次杀人案上《邸报》搞成舆论焦点。贾雨村本来就是顶头上司，需要的就是一个外力理由，因为虽然在京兆地盘上，但各种勋贵裙带盘根错节，通过舆情按照官场潜规则办起来比较方便，让他可以直接插手干预。但后来情节的发展显然没有按照贾雨村的愿望进行，而是留下薛蟠活口来清算贾雨村当年葫芦案。让薛蟠案发酵上《邸报》以后的舆情走势，并未按照贾雨村所希望的那样，没有能及时杀死薛蟠，背后可能还有神秘的力量，这个力量应当就是门子等情报系统在搞贾雨村。后续《邸报》舆情的动向失控了，贾雨村在御史圈子的影响力也不足以主导舆论最终的走向，幕后有门子的力量在情报系统推动。

贾雨村获罪，门子清算贾雨村，葫芦案的翻案直接的影响就是对英莲的说法不同了，薛蟠当初不是死罪，否则翻案之后薛蟠还要被抓进去追究，而拐卖案才是翻案的重点，重点问题不是贾雨村枉法扶乩定罪拐子；拐子已死，死无对证也无法对原来的口供进行翻供，而且是门子出的扶乩主意，扶乩的人估计还是门子找的，翻案拐子是门子也不会干的事情。所以拐子是翻不了案的，案件的重点在于薛蟠收买被拐妇女没有被追究，变成了"活死人"让薛蟠逃过了收买被拐妇女的罪责，在清代是买卖同罪的，这才是处理贾雨村枉法的理由。重审案件拐子留下的口供，可能还可以与甄士隐提供的内容相符来印证，此时薛家已经没有了抵抗能力，金陵勋贵们也都倒台，因此带来的客观效果就是薛姨妈第一时间扶正了香菱。

贾雨村最大的罪名是枉法，古代与现代不同，现代是贪污受贿重于枉法，受贿是为行贿者谋取非法利益，本身就含有枉法，是贪污受贿重罪吸收轻罪枉法，而古代是王法时代，皇帝的旨意就是法律，枉法首先涉嫌欺君大罪，对官员和庶民差别很大，是枉法重于贪污受贿。对此读者可以看看书中贾珍私埋尤三姐，最后被革爵抄家再充军，还说是从宽了。贾雨村的枉法，除了他没有按照规定回避以外，扶乩的情节由于拐子已死不算是枉法，薛蟠打死冯渊是宗族械斗已经赔了银子也不算枉法，真正枉法的情节就是古代拐卖妇女买卖同罪，而薛蟠变成"活死人"，逃过了对买拐的惩罚。

由于葫芦案，也由于这个案件被门子翻案，案件的内容大白于天下，英莲的身份被曝光，因此甄家找到了英莲。从这个角度而言，是贾雨村间接地帮助甄士隐找到了女儿！所以甄士隐要去薛家"接引接引"英莲，也就是找到薛家门上算账了，薛家是没有抵抗能力的。然后英莲产后死去，灵位"香魂返故乡"，回到了故乡甄家所在的姑苏，而不是在薛家金陵下葬，背后是英莲的孩子要给甄家承祀，是兼祧薛家、甄家两家的宗祧，外嫁女只有在如此情况下，灵位才可以回到女方家的祠堂。也就是实际上甄士隐找回了女儿，同时英莲的儿子还要姓甄，由甄士隐的夫人封氏抚养，贾雨村对甄士隐能够找回女儿起到了关键性的作用，他对得起甄士隐。

另外，贾雨村被处理，也属于兔死狗烹的政治逻辑。林如海与贾雨村的联盟是皇帝委派的，配合皇帝削藩的需要，并控制江南勋贵集团，在贾家、王家、甄家等被成功削藩以后，此时任务已经完成了，他们也就到狡兔死、走狗烹之时刻，皇帝不能让他们的势力膨胀。贾雨村这一派的势力，在对手被削弱以后，皇帝也需要同等削弱。贾雨村当过两江和直隶总督，进过军机，管过吏部和兵部，掌权太久也会尾大不掉。所以贾雨村获罪，"好一似食尽鸟投林，落了片白茫茫大地真干净"，贾雨村一派的势力也不能过于膨胀。关于皇帝的削藩需求，将在讲贾家被抄家原因的章节继续深入分析。

◇◇◇政治生命并没有终结

对贾雨村的罪行，薛蟠的错案和税务的陋规，都是皇帝可以原谅的罪名，但皇帝要搞平衡。皇帝对情报体系的亲信之诉求，也要照顾，他们也是为皇帝卖命的群体。贾雨村当初没有把门子治死，那么现在轮到门子抓住机会报复，皇帝也会不干预。但皇帝真正厉害的地方就是留了贾雨村的命！就如当初贾雨村没有搞死门子一样，贾雨村不死，对门子也是威胁。皇帝把持权力的关键是力量的制衡，只要贾雨村活着，他就有类似李侍尧的机会。

贾雨村人虽然获罪，但他的政治生命还没有结束，"褫籍为民"不是流放给披甲人为奴，差别很大。他有同榜的圈子、御史的圈子，古代是皇帝人治，官员上上下下很快，能上能下也是皇帝个人的喜好，皇帝及皇子都应当认识和了解他，他的翰林身份和曾任的最高官职，对他后面的政治影响很大，复职的起点也不一样，他可能还有复职的机会，因为对贾雨村的处罚并不是永不续用。就如鲁迅的爷爷周福清，当年在翰林院学得烂，散馆的时候考了二等第三十五名，很多时候一科的翰林就是三十人左右，这个三十五名非常靠后，妥妥的黑翰林，因此散馆后只得到七品知县。又因贪腐被罢官，再犯下科举舞弊全国名案，最后被皇帝判了斩监候，但经过两次大赦后，依然很快担任了内阁中书这样的要职。贾雨村的情节比周福清的罪名要轻多了，过去科场舞弊是杀过宰相的重罪。还有著名清官能臣刘墉，当年因失察所属阳曲县令段成功贪侵国库银两，按律革职被判极刑，但乾隆加恩诏免发配军台效力赎罪，很快就又提升了起来。

古代的政治斗争，动不动就是杀头和株连，皇帝真的要清洗政治势力，是不会给他以后反扑造反的机会的，一定要斩草除根。皇帝让贾雨村全须全尾儿地活着，然后就是大赦变成庶人"褫籍为民"，也没有永不续用，更没有流放去苦寒之地给披甲人为奴，就是有政治考量。皇帝对贾雨村这类人员的考量，还因为皇帝认可并肯定贾雨村是个人才，现在雪藏起来，以后留给皇子起用。等到时候皇子新君登基，大赦天下，新皇帝再起用施恩于他，是古代皇权交接班的老套路。贾雨村年轻身体好，有功名、有才干、有履历，会有政治势力惦记着他的，贾雨村的政治生命远没有结束。

对贾雨村而言，虽然革职为民，但他也是几起几伏了，第一次是知府被革职，复出到了要职金陵知府，成为地方大员之后进京陛见，却坐了几年冷板凳，后来到大司马协理军机参赞朝政，然后被降职了，再复出是京兆尹兼管税务，也是要职。此次他的罪名仅是贪腐勒索下属，此罪名在古代并不重，以后复出有望，尤其是他教授的学生要是科举高中，有了成就，那么皇帝随时可以让他复出。关键在于贾雨村已经是天子近臣，皇帝知道他，了解他的能力，抓他是为了政治斗争，削藩限制他所在派别的势力；起用他一样是为了政治斗争，限制其他政治派别。尤其是换了新皇帝后，可能就要用贾雨村这类人限制原来的老臣。

贾雨村还有政治前途，从上一次降职能够升回来就可以看明白。在古代，经常是被降职以后，政敌看到自己失势，就会借机发难，所以有句老话叫作"祸不单行"。此时，贾雨村被降职，而且是在高位大司马被降职的，与前面当如州知府被革职完全不同，因为知府官位低，他还有进士和翰林身份，被降职仅仅是得罪上司和同僚，不等于政治失势，还能够改换门庭等。若是在大司马位置上被降职，则是顶级位置降职了，是皇帝对他可能有看法，也难以改换门庭，政敌可能会蜂拥而至。就如书中贾琏担心他的政敌围攻，就说"他那官儿也未必保得长。将来有事，只怕未必不连累咱们，宁可疏远着他好"。贾琏担心贾雨村降职之后的官也当不长，然后牵连到贾家，就如当年年羹尧被降职，就是一路上一降再降。但书中贾雨村很快就升职回来了，应当是皇帝对他的一次考验，也是看看他的对立面是否强大。此时贾雨村为官应当比以前更懂得官场之道，皇帝对他的考验给了合格。皇帝给他降职，也是有意看看有谁会跳出来弹劾他，古代的朝堂政治智慧很深，所以说"大隐隐于朝"！

在皇权时代，大臣的起落非常普遍，比如著名的李侍尧，因为贪腐实锤被和珅查办，从大学士云贵总督被判斩监候，不久又成了代理陕甘总督，加太子太保，结果又因为贪腐实锤，再被判斩监候，但不久又署理正黄旗汉军都统、户部尚书，然后变成湖广总督，后来平台军功，袭伯爵绘像挂于紫光阁，位列前二十功臣。李侍尧位居总督因为贪污被两次判了死刑，但两次复起再任一品大员，起伏巨大。还有刘墉也是，因为失察被判死罪，皇帝赦为充军，很快也复职了。皇帝对大臣的任职有非常大的自主性，只要皇帝记忆当中存在，那么升降就不是论资排辈，而是完全按照皇帝的需要。贾雨村贪腐不是关键性问题，关键在于是否能干，在于是否符合皇帝的政治需要。贾雨村的位置已经到了朝堂视野，与普通官员不一样，就如贾家弃武从文搞学术转型，皇帝高兴了，贾家就可以赏还爵位。因此贾雨村在古代复起的机会很大，皇帝不杀他，就在留有余地。又如康熙六十一年（1722 年），康熙突然将张廷玉连贬三级，张廷玉却大喜，他对儿子说了一句话："为父须待新君赐恩！"（参考《清史稿》《澄怀主人自订年谱》）雍正登基为帝不久（1723 年）便让张廷玉复值南书房，与朱轼等人同为诸皇子师傅，同年 9 月张廷玉便成为户部尚书，官居从一品，10 月又任命张廷玉为四朝国史总裁官，康熙贬职他就是为了让他避开九王夺嫡的争端，给新皇帝留下可用之人。

大家要是对古代的政治逻辑了解的话，就明白皇帝就是留有起用贾雨村的想法和余地。如果皇帝彻底不准备再用贾雨村了，必然要杀他。原因就是贾雨村曾经当的是大司马，最高军事主官，他知道的王朝军事机密太多了，他的门生故吏也有影响力，留下他在民间，如果被造反势力利用，就是皇权的祸根，为了王朝皇权的安全，皇帝会选择杀之。

最后，读者可以看看贾雨村出场的那一首诗，仔细解读一下，很有味道。

时逢三五便团圆，满把晴光护玉栏。

天上一轮才捧出，人间万姓仰头看。

"时逢三五便团圆"其实是说贾雨村三五年是一个周期，前面落魄后，考中科举回来当知府是第一个团圆，此时娶了娇杏；随后被贬职，时间大约5年；然后林如海推荐他当了金陵知府，到林如海死了进京当闲职候补也是三五年；从补授大司马到被降职是三五年；升官京兆尹兼管税务，后来枷锁扛也是三五年。也就是说，贾雨村的官场轮回就是三五年，从这个周期看，可能三五年后太子变成皇帝，贾雨村会再度被起用。"满把晴光护玉栏"，护玉栏就是保护黛玉，贾雨村有保护黛玉的责任，兼有保护黛玉"兼桃"对象宝玉的责任，他把自己的仕途前程放到了护玉栏。"栏"字很有意思，从谐音和字形来看，应当是兰桂齐芳的结合，所以本人后面分析贾雨村当过他们的老师。"天上一轮才捧出"是贾雨村将要出道，同时也是新皇帝登基，新皇帝需要新的臣子，书中开场就告诉读者，书里面有新皇帝、老皇帝、太上皇等的政治变化，新的一轮政治周期开始了。"人间万姓仰头看"说明贾雨村会成为一人之下万人之上的人物。所以这首诗描述了贾雨村的一生，也是全书重要的脉络。

四、黛玉的士林侯门深如海

林黛玉身后的林家势力，《红楼梦》作者是暗写的，读者大多读不出来，对于贾府内宅女人宅斗权术，也没有体会充分。《红楼梦》中的人名都不是随便起的，林如海的林，背后是士林、儒林，脂砚斋评论林如海出场就是"学海文林"，林如海既是鼎甲又是侯门，当过兰台大夫，妥妥的士林领袖，跟着林如海的贾雨村也升到了一品大员大司马等职位。

林家四代侯门，最后一代是皇帝恩赏，说明是新皇帝的亲信，贾府的荣国公已经是三代以前，是老皇帝的亲信，与新皇帝很远了。林如海是探花翰林，属于士林领袖之一的人物，而且林家是侯门，黛玉父亲名如海，背后就是侯门如海的含义，典出唐朝崔郊的名诗《赠去婢》："公子王孙逐后尘，绿珠垂泪滴罗巾。侯门一入深如海（一作：似海），从此萧郎是路人。"所以林黛玉身后有雄厚的政治势力支持，有皇帝背书，林家的真实实力远远超越贾府。

（一）林黛玉是贾雨村的关键筹码

读者认为贾雨村在抄家之时是在背叛贾家，是因为没有看清楚贾雨村与林家和林黛玉之间的关系。贾雨村的前程都是林如海给铺设的，贾雨村主要是对林家负责。贾雨村与林黛玉是什么关系？一般人都只看见了第一层——贾雨村是林黛玉的老师，但是没有看到贾雨村与林黛玉更深层的关系。林黛玉处于贾雨村人脉的核心位置，贾雨村还是林黛玉父亲的托孤监护人，对林黛玉婚嫁真正有决定权，在林如海死后，他是林黛玉的靠山。

◇◇◇为何安排贾雨村当黛玉师父

林如海身体不好，早就给林黛玉做了长远的安排。林如海和贾雨村是同榜的结党关系，贾雨村是林家重要的棋子，林黛玉是贾雨村最重要的筹码之一，所以两者之间的关系可不仅仅是金钱交易那么简单，也不仅仅是铺设前程的借力，两者是互利关系。长辈之间的关系怎样传导到下一代，也有社会潜规则。此处不能仅仅依靠贾雨村的人品和道德来约束他的责任，而是在其精致的利己主义之下，必须坚决维护林黛玉的利益，两者之间的利益有长期的一致性。这种安排是恰当的，这种关系能够持久。

在贾雨村被革职到扬州的时候，贾敏还活着，林如海就聘请了贾雨村当林黛玉的老师。当时，贾雨村"游至维扬地面"，"病在旅店，将一月光景方渐愈"。前科探花、巡盐御史林如海"到任方一月有余"。愈后的贾雨村"相托友力"，被聘为林家西宾（过去孩子的住家老师住西厢房，房间窗户朝东，属于贵客之所，故叫"西宾"，也叫"西席"）。

教授林黛玉这个蒙童，也就是启蒙认字，应该没有必要聘请贾雨村这样的进士翰林来当家庭教师。贾雨村给林黛玉当教师的时候，林黛玉的母亲贾敏还活着，贾敏应当已经教授林黛玉一些字，后来身体不好，赞同和支持请外面的老师来教授更深的知识。书里说，黛玉最初的识字贾敏已经教授完成，那么贾雨村应当能够给林黛玉教授更有深度的内容。国学的特点是对同样的内容，不同的人讲，深度、意境、情调都不同，孩子的眼界也不一样，黛玉的文采脱俗，也是贾雨村调教的结果。

贾雨村大约当了林黛玉一年的老师后，贾敏病逝了，第二回写

贾雨村教读林黛玉（清孙温　绘）

得很清楚：

> 堪堪又是一载的光阴，谁知女学生之母贾氏夫人一疾而
> 终。女学生侍汤奉药，守丧尽哀，遂又将辞馆别图。林如海意
> 欲令女守制读书，故又将他留下。

贾敏在世时，贾雨村与贾敏应当有一年的交集，贾敏对黛玉的
教育非常重视，应当与教师贾雨村有日常紧密的交流。古代的教师
为何住西厢房？西厢房在二门里面，古代妇女是大门不出二门不迈，
但二门里面孩子老师的西厢房是可以去的。正常的大户人家三进院
子，大门和第一个院落是倒座的，房子窗户朝北，是下人住的房子，
进入二门的北屋朝南是厅堂和主人的房子，西厢房是老师，东厢房
是孩子，后面的院子是女眷的房子，因此教师叫作西席，妇女出得
厅堂，也就是西厢房的院子是可以去的，二门是不出的，老师住在
西厢房方便与孩子母亲进行交流，只不过贾雨村不知道贾敏的名字，
正式称呼是"贾氏"。

父母的丧事守制的时候，并不禁止读书学习，贾雨村为何"又将辞馆别图"？说明他来教授林黛玉是贾敏让他来的，贾敏死了，他就担心是不是要走人了。而林如海将他留下，另有所图。林家让贾雨村来当林黛玉的老师，真实的目的可能不仅仅是教。林如海在盐政的职位上，可能还背负着皇命，这是一个有风险的高位置，万一他发生不测，需要有人保护黛玉；而且贾雨村与贾家还有一层关系，又在他的同榜和御史圈子内，由他保护黛玉，贾敏和林家也比较放心。

书里特别提到了林黛玉对其母的感情和孝顺，第二回写道：

> 雨村拍案笑道："怪道这女学生读至凡书中有'敏'字，皆念作'密'字，每每如是；写字遇着'敏'字，又减一二笔，我心中就有些疑惑。今听你说，的是为此无疑矣。怪道我这女学生言语举止另是一样，不与近日女子相同，度其母必不凡，方得其女，今知为荣府外孙，又不足罕矣，可伤上月竟亡故了。"

这一段也间接地写了贾敏，林黛玉知道避讳其母的名讳，非常注意从不出错，优秀的表现超出了她的年龄。

古代的进士即使是革职官员，当教师也身价不菲，给孩子启蒙，聘请一个秀才就完全足够了。前面咱们也分析过：贾雨村应当还点了翰林，因为其高中不久就升职当了知府，明代的知府至少是五品，清代是四品官，与进士一般仅担任七品县令，差别巨大。他如果不被点翰林是难以如此迅速升到知府的。给一个小女孩教识字，从教学上讲肯定是大材小用，而且古代对女孩的教育远远不及男孩，即使是大户人家，很多孩子也不用读书。为何林如海和贾敏要超规格地找贾雨村给林黛玉启蒙？

林如海找贾雨村去教林黛玉，就是给林黛玉找一个保护人！这个保护人不光林如海要满意，贾敏也要满意！要知道，古代的师生关系，比现在的师生关系要紧密得多。书里介绍贾雨村高大健壮，一看就是长寿的样子。林如海知道自己多半难以长寿，他需要在活着的时候给林黛玉找好保护人，还要是一个有前途的保护人。因此，贾雨村教林黛玉多少内容不重要，重要的是把师生关系建立起来。而贾敏就更要给林黛玉找一个保护人，尤其是在贾敏生病即将离世的时候，所以贾敏去世后，贾雨村被留下继续做林黛玉的老师，应当还有贾敏临死前的交代。

◇◇◇林如海给贾雨村天大的人情

贾雨村与林黛玉建立起师生关系以后，林如海就要投资把贾雨村给扶植起来，要给贾雨村留下难以回报的人情。林如海对怎么扶持贾雨村早就做了充分的考虑。

因为早有准备，所以在贾雨村听说能够复职的消息后，找林如海求助，林如海主动和贾雨村说：

> 天缘凑巧，因贱荆去世，都中家岳母念及小女无人依傍教育，前已遣了男女船只来接，因小女未曾大痊，故未及行。此刻正思向蒙训教之恩未经酬报，遇此机会，岂有不尽心图报之理。但请放心。弟已预为筹画至此，已修下荐书一封，转托内兄务为周全协佐，方可稍尽弟之鄙诚，即有所费用之例，弟于内兄信中已注明白，亦不劳尊兄多虑矣。

林如海在贾雨村求他之前，就已经把信准备好了，"预为筹画"，早做了准备。同时读者可以注意二人的称呼，贾雨村是林如海雇佣的孩子老师，已经被革职，地位远低于林如海，但林如海自称为

"弟"，叫贾雨村"尊兄"，非常的谦卑，说话的语气倒像是林如海求着贾雨村，既要帮助贾雨村，又要不伤及贾雨村的自尊心。从谈话当中看到，林如海不但给贾雨村写信找贾政，"有所费用之例不劳尊兄多虑"，相关费用也全部由林如海承担了，他不仅谦卑写推荐帖，还出钱啊！而且不是小费用，真是无微不至。所以贾府帮助贾雨村是收了钱的，钱是林如海出的，这才是关键！贾府收钱办事，贾雨村欠贾家的应该不会很多。连贾政在第九十二回都说得很清楚："林姑老爷便托他照应上来的，还有一封荐书，托我吹嘘吹嘘。"主要的托请还是林如海的作用。

书里写"题奏之日，轻轻谋了一个复职候缺"，贾雨村有了复职的资格，但题奏他复职的人是谁？王子腾其实已经出远门了。书中写道，林黛玉到贾府后，听到薛蟠的案件，还知道薛蟠进京的时候，王子腾奉旨查边去了，且前面说过，武将干预文官任命是大忌。而贾政此时的职位只是从五品的工部员外郎，对贾雨村要候补的知府是从四品，根本不可能题奏。真正有资格题奏的，还是林如海圈子里面的人，甚至可能是林如海本人，因为他到江南本身就是肩负皇帝使命，有钦差身份，御史也有题奏的权力，尤其是对贾雨村涉嫌腐败的革职，本身就是御史的本职工作。林如海之所以要给贾家写信，原因是需要贾家、甄家在礼仪程序之上进行配合，在他题奏之前，把贾雨村扶正娇杏的礼仪程序完善，让他不存在"擅篡"之情节，林如海作为御史才好为他题奏翻案。此后，贾雨村补授的金陵知府不同于一般知府，金陵应天府在古代地位特别重要，是著名的"请旨缺"，也就是需要皇帝亲自点头认可才可以补缺，而且一般会兼任右金都御史衔（例如海瑞就是如此）。金都御史清代为从三品，明代为正四品，书中第九十二回还说贾雨村转了御史，也就是说贾雨村此时可能已经升任到三品官了。

同时在贾雨村所需的费用上，林家也是雪中送炭。书中写以前贾雨村是穷儒，又因为任职不久即被革职，贾雨村自己的花费都要依靠当教师来赚取，对复职所需要的不菲的费用，贾雨村难以承担。此前，我们已经分析过，贾雨村为了娇杏和报答甄家，花了大笔的费用。后来贾政当粮道，节度过寿下属都要成千上万地送礼，贾政没有送与被参劾也是相关的，可见复职这样的大事，需要的费用肯定不会比这个数额少，以贾雨村的家底，肯定不足以支撑这么大的开销。林如海雪中送炭，想得非常周到，对贾雨村当然是一个天大的人情。给贾雨村如此大的人情，林如海要求回报但不用说出来，说出来反而生分和见外了。林如海让贾雨村护送林黛玉进贾府，当事人谁都明白就是要保护好林黛玉，尤其是在林如海死后，贾雨村要当林黛玉的监护人。林如海致书贾政，谈了什么，书里没有公开写，但对于贾雨村与贾敏、林黛玉的关系，肯定要在书信当中重点写。贾政帮助贾雨村复职，背后也有亲妹妹贾敏的情谊，贾雨村也是欠黛玉妈妈贾敏的情，回报也在林黛玉身上。

　　贾雨村怎么报答林如海？肯定不是还钱，况且林如海是钟鼎之

1987年版《红楼梦》电视剧剧照

家又兼着天下肥缺，也不缺钱，而且这不是甄士隐的50两银子，可以20倍去偿还的。这种带有巨大人情支持的资金扶持，还钱就意味着绝交，两家两清不欠人情。同时，林如海出巨款帮助贾雨村复职，也是把他俩在政治上做了绑定的，林家要是出事，贾雨村拿林家巨款并由林如海推荐复职，也算同伙，会被牵连获罪，贾雨村保护林黛玉更在于与其自身利益存在紧密捆绑。

古代的师生关系远远比现在的关系要紧密，儒家的牌位写的是"天地君亲师"，老师的地位与君主父母在一个级别，只不过排名在后。在受学生的父母委托或学生父母不在世的时候，老师能够做主很多本来应当由父母做主的事情，比如婚姻大事。所以过去老师叫作"师父"，以师为父。因此，林如海如此扶助贾雨村，因为知道自己身体不好，有托孤打算，同时也是贾敏的需求。贾敏死后，贾家不断来信要接走林黛玉，肯定也有贾敏的斡旋，而贾雨村跟随林黛玉去贾府，估计也是贾敏有交代。贾雨村的身份是贾家远方宗亲或者入赘女婿，贾敏应当知道，贾雨村被革职等情况贾敏应当也清楚，贾敏应当经过了仔细考量。

林如海和贾敏为何选择贾雨村作为林黛玉的保护人而不是贾家的人？贾敏与贾家自带亲人关系，但是大家族的外嫁女，对于家族而言就是外人了，家政里面的利益纠葛和博弈激烈而复杂，贾敏也没有十足的信心，她明白贾家对林黛玉的支持不会很多。在后面的博弈中，也正体现了上述情况。林如海需要在贾家外另给林黛玉找到有力的支持，他与贾雨村是同榜翰林，又是林黛玉的老师，在林如海去世后，林黛玉就会成为林如海原来翰林同榜圈子的重要联系纽带；贾雨村和林如海都是士林圈子的人，与贾家的勋贵圈子是有区别的，他可以维系林如海在士林里的人脉给林黛玉支持，而贾雨村又与贾家有一定的关联，是两方可以结合的纽带。

◇◇◇婚约背负林家兼祧承祀需求

在《红楼梦》书中，林如海自知身体不好，他扶持贾雨村，是在给林黛玉的未来找保护人。在贾敏死后，他明确不再续娶，应当也不是因为深爱妻子而在其死后不再续娶，还有身体和皇帝使命的原因。在古代，无后又不娶，宗族礼法是不允许的，视为大不孝。无后的林如海，如果没有自己的身体或者皇帝的使命等其他的原因，不续弦是说不过去的。

古代生活条件不好，医疗条件有限，人的身体都不是很好，大多还是肾病。如果尿路感染又没有抗生素，很容易变成慢性上行，最后发展成为肾炎。得了肾炎，就要限制房事。因此，林如海不是不想续娶，而是不能娶。林如海自知身体不佳，明白自己不长寿，给林黛玉找一个可靠的监护人才是头等大事。对比贾雨村，书里描述他相貌堂堂，身体健壮，身体条件非常好，比起贾母和贾政保护林黛玉时间可以更久一些；而且贾雨村与贾政的圈子不一样，贾雨村在士林和御史圈子，与林如海一个圈子，对林黛玉会更有保障。

林如海不再娶可能还有一个原因，明清两朝规定，任上不能娶当地女子为妻。林如海在扬州任职，应当还背负有皇帝的特别使命，盐政是古代最重要的财政来源之一，利益错综复杂，干这个职务也存在着危险，合适的娶妻对象也不是那么容易找到。古代不让娶当地女子，包括纳妾，是为了避免与地方势力形成裙带关系。我们在贾雨村娶娇杏那一节已经分析过，其中的利害关系给贾雨村的仕途造成了一定影响。如果林如海有秘密钦差使命在身，在执行皇差当中不能擅自娶妻，如果要娶妻需经得皇帝同意。他身在千里之外，申请娶亲对他的政治前途而言是减分项，而且林如海原来应当也有侍妾，也没有生养，他也明白是自己的问题，再新娶也不会有子嗣，于是也就死了这条心。

对于古人，无后无嗣是大不孝，怎么延续香火是头等大事。林家几代单传，没有子嗣愧对祖宗宗庙，死后无法去见列祖列宗。古代没有子嗣的人，延续香火也有规则。林黛玉在幼年就变成了孤儿，不可能直接招女婿，即使招女婿也要有监护人，而且这个人选也很难找，更合理的方式就是类似兼祧！也就是林黛玉嫁人，生的孩子有一个姓林，给林家承祀。不过，《红楼梦》成书的时候，同宗兼祧已经合法化，不同姓的兼祧处于模糊地带。有人说这个情况应当叫作"承外祖"等，但也有叫作兼祧的，各地习俗并不统一，这里还是用兼祧来说，叫什么不是最重要的，只要有一个给承祀是最重要的！林家没有子侄，等到林黛玉长大议婚，也可能要求宝玉入赘，所以博弈还在继续，这就是林黛玉进入贾府婚约不彻底公开的原因之一，双方都想要再博弈呢！

　　林家选择"兼祧"承担香火的对象，显然贾宝玉是最佳人选，他在贾府是二房次子，与贾敏的亲缘关系最近，林如海家又没有近支堂亲。过去，亲上加亲的"兼祧"方式被优先考虑。前面也分析过，此时的监护人，贾雨村最合适。所以贾雨村时不时要去看宝玉，希望宝玉能够读好书，能够有出息，这种需求可能比贾家都要强烈。前面我们还分析过，在贾府还有林家的宗亲，就是林之孝。第七十二回中，林之孝说贾雨村降级了，他这么关注贾雨村的升降，应当与林黛玉有关。林如海和贾敏往贾府转移财产，也需要自己的人看着。林之孝是林家宗亲，又管着贾府账房，对林黛玉也是保障。只不过王家搞定了林之孝一家，这一层的保护失效了。贾雨村降职了，贾琏让林之孝与贾雨村少来往，在宝玉婆亲选择方向立场上，贾琏与凤姐立场一致，都躲避着贾雨村，因为贾雨村是林黛玉的后台。

　　林黛玉与贾宝玉的婚约应当很早就有。林家财产怎么给林黛玉，怎么转给"兼祧"的孩子，林如海当初都要考虑。贾敏临死前，关于林黛玉的婚事，夫妻俩商量好了。贾敏毕竟是林家媳妇，对于林家不能绝嗣也是她要考虑的大事。贾敏病重的时候，就与自己的母亲和哥哥谈了宝玉"兼祧"林家香火的事。贾家派船来接黛玉，双方应该早已经谈好了条件。

贾敏会考虑，自己死后，她的妆奁和体己交给谁看管最保险，因为那时林黛玉还很小，需要有保护人。最有资格继承的人肯定是丈夫林如海和亲娘贾母。虽然林如海说不续娶，但是也可能会变卦，所以交给亲娘，然后找到财产监管人，是最好的方式。这个监管人就是贾雨村。在贾敏死后，贾雨村送林黛玉去贾府，应当带着贾敏的嫁妆，同时贾雨村有相关清单。林如海死后，是贾雨村与黛玉、贾琏一起回来，林家剩下的所有财富都算作林黛玉的嫁妆，也应当一起带回来了，监管人依然是贾雨村。贾雨村应当有林黛玉的全部嫁妆财产清单，即贾敏留下的和林如海的财富。这两部分财富中，林家的钱用来修大观园，存在贾母那里的钱躲过了抄家，贾母当作私房钱给分了，对此在《红楼财经传家》中已有详细分析。

贾雨村让宝玉多读书，让宝玉非常不喜欢。

（第三十二回）有人来回说："兴隆街的大爷来了，老爷叫二爷出去会。"宝玉听了，便知是贾雨村来了，心中好不自在。袭人忙去拿衣服。宝玉一面蹬着靴子，一面抱怨道："有老爷和他坐着就罢了，回回定要见我。"

宝玉见贾雨村为何不自在？为何宝玉不得不见？应当是贾雨村以前见过宝玉很多次了，说的话也都差不多，都是宝玉不爱听的。此处宝玉说"回回定要见我"，明说了贾雨村每次来，见宝玉才是最重要的，这里并不是贾雨村巴结宝玉。那时宝玉未成年，贾雨村真要巴结贾家，也是巴结贾家的其他人。

宝玉出去见贾雨村状态不好，贾政就非常不满意，贾政道：

"好端端的，你垂头丧气嗐些什么？方才雨村来了要见你，叫你那半天你才出来，既出来了，全无一点慷慨挥洒谈吐，仍是葳葳蕤蕤。……"

贾政为何对宝玉在贾雨村面前的表现很在意？说明贾政知道贾雨村与林黛玉的关系，也知道贾雨村要见贾宝玉的原因，更知道宝玉见贾雨村的意义。有的人认为贾雨村想要攀附贾家讨好贾宝玉，那是因为对古代的规则不了解。贾雨村是翰林，地位很高，怎么可能去巴结未成年的贾宝玉？即使他是贾家赘婿或干亲，贾家人都看不起他，甚至贬低他，但有翰林身份，他用不着去巴结贾家。后来，贾雨村补授大司马协理军机，成了当朝一品大员，更是贾家、王家要仰视的职位，反而是贾家要依靠他的照顾。

综上，贾雨村是林黛玉婚约的执行人，贾雨村是林黛玉有力的后台，后来贾家不娶黛玉，与贾雨村在第七十二回的降职有关，但很快情况又急剧变化，贾雨村升回来了，王子腾死掉了，贾家最终为他们的错误决定付出了代价。

◇◇◇林黛玉对贾雨村是奇货可居

林如海不用担心贾雨村人品恶劣，只要贾雨村是一个聪明人就足够了。贾雨村会保护黛玉，不光是林如海的人情，更因为双方的共同利益。贾雨村是个聪明人，一定会维护黛玉的利益。古代师生的关系，利益是双向的，林黛玉也是贾雨村最重要的人脉资源，所以贾雨村肯定会负责到底的。贾雨村对林黛玉负责，就可以继承林如海的人脉圈子，还可以在共同的翰林同榜圈子里面有更大的话语权并占据道德高地，否则有同榜圈子的监督，他若不义会被同榜圈子抛弃。辜负林如海，得不偿失，与辜负甄士隐还不一样。

林黛玉身价不菲，她身上带着巨额财富。把林黛玉的夫婿扶持起来对贾雨村的下一代非常有利，他也是贾雨村后代的靠山。扶持下一代是给自己的下一代铺路，过去叫作"积阴德"，阴德会给自己的后代带来利益。贾雨村与娇杏的孩子出生后，贾雨村被革职，革职后云游一年到了林如海家，当时林黛玉五六岁，即贾雨村的孩子比林黛玉小四五岁，他的孩子以后还要林黛玉一家扶持，所以他们的利益是相互的。林黛玉也是贾雨村重要的资源，帮助林黛玉就是帮助自己，他一定会殚精竭虑。

林如海托孤给贾雨村应当是经过慎重考虑的，原因就是贾雨村与林黛玉的利益取向是一致的。若林黛玉死了，贾雨村就什么也得不到了！如果林如海托孤给林家远房亲戚，林黛玉夭折后林家族人就会分财产，带有巨大的利益诱惑，他们会盼着林黛玉早夭。林黛玉养在贾家，贾家让黛玉夭折了，她身上带着的巨额财富不是贾家的，要还给林家族人，同时还有林家扶植起来的贾雨村看着，贾家是不可能赖账的。林黛玉死后，贾家被抄家，贾雨村在其中起到了关键作用。贾母"明大义"，最后让林黛玉葬入贾家祖坟，宝玉和宝钗的孩子依然给林家兼祧承祀，这才能留下这笔巨额财富。

举一个历史上的例子，吕后为了保住太子，请来了商山四皓：东园公、角里先生、绮里季、夏黄公。商山四皓是刘邦请不来的，而吕后为太子刘盈去请他们，为什么能够把他们请来呢？原因在于太子是未来，太子年轻，帮助太子、绑定太子是给自己的后代铺路；刘邦已经老了，帮助刘邦是为自己的前程，自己也已经老了，刘邦死后的政治风险还要自己和后代承担。二者的风险与收益对比一下，就知道商山四皓为什么这样选择了。同样，在清代野史中，吴棠给好友送丧仪送错了，师爷看到对方的女儿有姿色，就让吴棠将错就错还去吊唁一番。这个女儿是慈禧，吴棠因此富贵一生。

对林黛玉是否一定要嫁给贾宝玉，贾雨村也有想法。林黛玉是翰林独女，探花侯门出身，还是超级大美女，完全可以有更好的选择。贾宝玉在贾府不是长房嫡子继承人，因为有贾兰作为嫡出长子长孙排在贾宝玉前面，如果他不能读书有成，就是一个公子哥，甚至还比不上薛蟠会做生意。贾雨村还教过甄宝玉，甄宝玉与贾宝玉还有映射真假的故事，贾雨村对甄宝玉的顽劣非常不屑，暗指贾雨村对贾宝玉的"呆痴"厌学也非常看不起。贾府后宅逐步被王家人控制，贾政惧内，薛宝钗、薛姨妈都是厉害角色，林黛玉在贾府内宅博弈中处于劣势，如果不考虑林黛玉对宝玉的爱情，以及亲上加亲，换一个背景更好的人家"兼祧"联姻也许是更好的选择。黛玉对宝玉因为情字成了悲剧，变得白茫茫真干净。后来，为了歌颂爱情伟大，《红楼梦》变成了伟大爱情的悲剧挽歌。

贾雨村给林黛玉换人家的想法，书里第八十二回通过林黛玉做噩梦给读者提示了。

> 不知不觉，只见小丫头走来说道："外面雨村贾老爷请姑娘。"黛玉道："我虽跟他读过书，却不比男学生，要见我作什么？况且他和舅舅往来，从未提起，我也不便见的。"因叫小丫头："回复'身上有病不能出来'，与我请安道谢就是了。"

林黛玉不想见贾雨村，按礼不正常，对古代师生礼节，在非梦境的状态下，林黛玉不能无理拒绝老师贾雨村求见。

紧接着林黛玉就梦见了父母和贾雨村给她另外择婿，书里写：

> 小丫头道："只怕要与姑娘道喜，南京还有人来接。"说着，又见凤姐同邢夫人、王夫人、宝钗等都来笑道："我们一来道喜，二来送行。"黛玉慌道："你们说什么话？"凤姐道："你还装什么呆。你难道不知道林姑爷升了湖北的粮道，娶了一位继母，十分合心合意。如今想着你撂在这里，不成事体，因托了贾雨村作媒，将你许了你继母的什么亲戚，还说是续

弦，所以着人到这里来接你回去。大约一到家中就要过去的，都是你继母作主。怕的是道儿上没有照应，还叫你琏二哥哥送去。"说得黛玉一身冷汗。

林黛玉梦见给她做媒的就是贾雨村，为何？林黛玉此时是孤女，要改婚约另嫁，有此权力的不是贾府，贾家人是外姓无权决定，只有林家族人宗亲才可以做决定，然而林家近支宗亲没有人，与林家宗亲同等地位和权力的是其父母认可并托孤的师父。因此，林黛玉婚约方面的代表人是贾雨村，不是贾母等贾家人。贾家人能够做主的是贾宝玉娶谁，不能做主林黛玉嫁给谁。贾雨村作为托孤人和师父，可以给林黛玉再择婿联姻。林黛玉对贾雨村是奇货可居。

黛玉做了噩梦，此后对贾宝玉读书的态度也有所改变。

（第八十二回）黛玉道："我们女孩儿家虽然不要这个，但小时跟着你们雨村先生念书，也曾看过。内中也有近情近理的，也有清微淡远的。那时候虽不大懂，也觉得好，不可一概

病潇湘痴魂惊噩梦（清孙温　绘）

抹倒。况且你要取功名，这个也清贵些。"宝玉听到这里，觉得不甚入耳，因想黛玉从来不是这样人，怎么也这样势欲熏心起来？又不敢在他跟前驳回，只在鼻子眼里笑了一声。

林黛玉的话与前面发生了很大变化，为何？应当是受到了贾雨村的影响和压力。如果贾宝玉读书科举一事无成，贾雨村肯定不愿意林黛玉嫁给他。很多读者不承认后四十回，本人倒认为前后联系是非常紧密的。后四十回的内容应当是在作者的草稿编辑出版后，高鹗等人看过，或者看过遗失前的原稿，再或兼而有之，才呈现出来的。

我们再来看看前面宝玉挨打的原因。忠顺王府的长史与贾雨村是一起到贾府的，贾雨村每一次到贾府都要关心贾宝玉的学习，原因就是贾宝玉以后优秀了对贾雨村而言也有巨大的好处，因为他是林黛玉的监护人。而贾宝玉结交的优伶蒋玉菡是唱旦角的，也就是在舞台上扮演女性角色，在中国古代常常是达官贵人断袖之癖的玩物，在书中他应当就是忠顺王爷的玩物。这样的身份很脏，很容易染病，很容易造成不育。给女孩子找婆家，这是大忌。所以贾雨村应当是与王府的人约好了一起来的，贾宝玉结交旦角优伶被联姻的亲家女孩监护人看到，可以成为名正言顺的退亲理由，当然贾政会暴怒，但此事对贾雨村而言，却是他对黛玉的婚姻负责任。

对于林黛玉做续弦的梦，很多人认为是给北静王续弦，包括北静王送给宝玉的鹡鸰香手串，宝玉转送黛玉不接，等等。如果不是以爱情而论，真的讲门户地位，肯定北静王比贾宝玉更合适，让黛玉嫁北静王，贾雨村和贾家都会支持。别说给北静王续弦，就是给皇帝做皇子妃甚至太子妃都可以。贾雨村是天子门生，后补授大司马是当朝一品，还在皇帝身边走动，不是没有机会。贾雨村没有把林黛玉推荐到皇家或王爷，应当与林家无后，想要林黛玉夫婿"兼

"袭"林家香火有关，但"兼袭"林家香火也起码可以找一个有望考取功名的潜力股，甚至是可以招赘的潜力股，借助林家圈子和财力肯定飞黄腾达在望。

所以林黛玉对于贾雨村也是奇货可居。林黛玉在贾府莫名其妙地死去，贾府各种隐瞒不给林家交代，林黛玉长期不下葬，贾雨村当然要为林家出头，查抄贾府也是对林黛玉负责，是对林家负责。贾雨村的恩人是林家，而不是贾家，所以更谈不上忘恩负义。

◇◇◇薛家的命运也在贾雨村

我们再看《红楼梦》第一回中，甄士隐初见贾雨村时，贾雨村吟诵的句子："玉在匮中求善价，钗于奁内待时飞。"林黛玉的婚嫁行情奇货可居，嫁给谁都要待价而沽，贾府中的大观园就是"匮中"。贾雨村作为她的师父，作为林如海的托孤之人，完全可以做主给她"求善价"，找个更好的人家。因此，贾雨村对黛玉与宝玉的联姻并不执着，贾家让贾宝玉最终娶谁态度暧昧，贾雨村也不着急，在于"求善价"。最后贾家毁约，林黛玉死在贾府，让贾雨村的"奇货"没了，当贾家被抄家，皇帝问贾雨村，贾雨村肯定起了关键作用。红学界对于贾雨村对贾家被抄家起的作用，是没有争议的，"满把晴光护玉栏"，他做到了，他的确是保护林黛玉的一个栏杆。

薛宝钗真正的命运也是与贾雨村有关，但绝对不是某些低俗续本写的那样，有的甚至写：贾府被抄，薛宝钗主动勾引和下嫁贾雨村。这种写法是绝对的误读误解。从贾雨村与王家的对立关系分析，他是做不到的，而且还有很多礼法上的障碍。"待时飞"应当指薛宝钗在贾府中的命运，也由贾雨村的行为来决定，包括薛宝钗在贾府等着被贾雨村抄家，也可以叫"待时飞"。薛蟠在葫芦案中成为"活死人"，对薛家影响巨大，薛家只能寄居贾府。这个案件就是贾雨村审理的。后来，薛蟠第二次杀人，也是在贾雨村京兆尹的地盘之上，翻案也与贾雨村有关，最后薛宝钗嫁入贾府，抄家的还是贾雨村。贾府被抄家时，其中还有潜规则，即抄家是否把薛家的财富分出来留下，我们将在抄家章节分析。所以本人认为，贾雨村的这两句是在埋线，告诉读者，黛玉、宝钗的命运都掌握在贾雨村的手里。

薛宝钗是商人之女，葫芦案让薛蟠成为"活死人"，薛家有被吃绝户的压力，薛家财产藏匿贾家，薛宝钗一定要嫁给贾宝玉，否则薛家损失巨大。以出身来论，黛玉与薛宝钗不同，按照门当户对的门第关系，林黛玉对宝玉是下嫁，薛宝钗可是高攀，两个人不对等。

◇◇◇宝玉黛玉的门第与贾雨村的权势

贾府是侯门，贾政却不是长子，只是工部员外郎的五品官，宝玉在家里也不是长子，因此实际上的门户地位与待遇并不高。第八十四回，王尔调来做媒，试探让道员（南韶道，三品或四品）张大老爷的女儿招赘宝玉，从侧面说明宝玉在当时社会的联姻地位。虽然他是皇妃弟弟，名义上是皇帝的小舅子，但读书不好，没有功名，没有本事又不学无术，只会风花雪月，是不被社会认可的，即使比林如海地位低很多的道员家独女，都觉得可以招赘宝玉。这王尔调即王作梅，谐音"枉做媒"。

林黛玉的门第就不同了，远高于贾宝玉。林家是翰林探花钟鼎之家，贾府贾政是次房，宝玉还是次子，虽然我们考据出贾珠是赵姨娘所生，王夫人长期没有儿子，收养当作嫡子，贾宝玉实际上是嫡长子，但对外他算嫡次子，更关键的是贾政不是长房是次房，地位就要低很多。林如海前面四代侯爵，林如海的父亲也是侯爵，他自己是探花，同时还是皇帝的宠臣亲信，被外放了天下肥缺，可以穿貂裘戴朝珠，地位比贾政更高。林如海比一般翰林地位高，他当了巡盐御史这样的天下肥缺，之前还是兰台大夫，死前的职位书里没有交代，回京候补的贾雨村都补授一品大员，林如海死时的官位

试文字宝玉始提亲（清孙温　绘）

也应相当。

　　林如海死的时候是什么官阶级别？我们可以看看评价黛玉的"玉带林中挂"。这句判词可以有多重解释，解释为林家有玉带，是完全可以的。古代能够使用玉带的可不是一般人家。考古出土的玉带多在革带之上，镶缀十几至二十几块数量不等的扁平玉板，这种镶缀着玉带板的革带也被称为"大带"。玉带由多个玉带板组成，最早的玉带板出现在北周时期，陕西咸阳北周若干云墓出土的白玉九銙八环蹀躞带，是迄今为止发现的最早的玉带板。玉带板又称玉带銙，是镶缀在古人腰带上的玉制装饰物，是古代用以彰显官阶爵位的身份标志。此后，玉带板一直沿用至明代。到了清代，由于服制的改变，玉带制度废除。

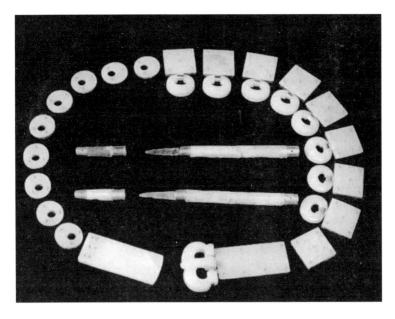

北周若干云墓出土的白玉九铐八环蹀躞带

《唐实录》记载："高祖始定腰带之制。自天子以至诸侯、公卿将相二品以上许用玉带。天子二十四铐，诸王将相许用十三铐而加两尾焉。"也就是说，使用玉带需要有二品以上的官职。明代沈德符《万历野获编》中也曾记载："一品玉，二品犀，三、四品金，五品银钑花，六、七品银，八、九品乌角。"明代的文武官员朝服革带，因品秩的高低而有所不同，玉带是一品官佩戴的，而且在古董玉器里面有"糙大明"的说法，也就是说明代的玉器质量比前后的朝代都要差，原因就是明代中国与西域产玉地区不接壤，翡翠硬玉还没有发现，所以原料受限。但明代的玉带却是玉带板雕刻精美玉质较好的。许多明代玉带板不惜工本，都采用多层镂空雕刻工艺，花下压花技艺精湛。原因就是明代只有一品官才能够使用玉带，玉带的拥有者级别提高了很多。

明代玉带

以《红楼梦》一书的背景，对应于明代更合理。也就是说，使用玉带的林家是一品大员，而在江苏的一品大员，除了江宁将军、两江总督外，就是漕运总督。漕运总督驻节在淮扬地区，扬州府也属于漕运总督管辖，与书中内容符合。而清代的总督一般是正二品，但一般会有从一品的兼衔。漕运总督的属下有理漕参政、巡漕御史、郎中、监兑、理刑、主事等级别和职掌各不相同的属官。督催有御史、郎中，押运有参政，监兑、理刑、管洪、管厂（造船厂）、管闸有主事。文官武将及各种官员达270多人，还下辖仓储、造船、卫漕兵丁2万余人。由此可见其权势之大。

在《红楼梦》书里，黛玉二字倒过来谐音玉带，判词中的"玉带林中挂"，也可以理解为林家就是一品大员之家，士林领袖，高高挂在上面；而"金簪雪里埋"则可以理解为薛家的财富是商人的金银，藏在雪下土里，古人藏在家里的金银财宝通常都是偷偷埋在地下的，尤其是商贾之家更是如此。这里也可以是暗指薛蟠"活死人"有被吃绝户的风险，薛家财富含在薛宝钗的嫁妆中，藏在贾府。判词一语多解，也是《红楼梦》一书的魅力。

当年，贾敏嫁给林如海属于门当户对，贾敏是袭爵长房贾代善的嫡女，出嫁的时候林如海最多是一个举人，在林如海科举考上探花升了兰台大夫后情况就不同了。更甭说林如海已经是一品大员。

林黛玉除了门第高、嫁妆丰厚，还有一个额外的优势，就是超级大美女，又有才学，美貌在婚嫁价值上从来都是最重要的因素之一，才貌双全可遇不可求，虽然林家要求"兼祧"香火，但"兼祧"姓林的孩子有林家世袭的爵位，所以林黛玉婚嫁价值奇货可居。贾雨村能够以师父身份做主，就是贾雨村的重要资源。

林黛玉身后站着贾雨村，贾雨村的官职前面已经考证，林如海死时他是两江总督，后半级补授大司马，又署理兵部尚书在军机，降职又升回来是直隶总督，都是贾府要仰视的实权职位。这么一列出来，贾雨村的身份应当也让众多读者大跌眼镜。贾雨村的职位撑着林黛玉，贾家不娶林黛玉，贾雨村完全能够接受，甚至在新的婚约当中贾雨村更得利，与黛玉本人所想一定要嫁给贾宝玉不同。因此，贾雨村不一定是黛玉与宝玉恋情和婚约的有力靠山，却是林黛玉人生的绝对靠山。作为林如海的托孤人和林黛玉的师父，贾雨村肯定主张把带入贾府的林家财富拿出来给林黛玉做陪嫁。林黛玉在贾府不明不白地死掉，贾雨村肯定不干。黛玉的嫁妆是贾家吃进肚子里的肥肉，当然不愿意再吐出来，而且在财务能力上，贾家已经没有能力拿出来了。因此，贾家与薛家论嫁娶的时候，是在贾雨村又被降职期间，等于是趁贾雨村失势后偷偷干的。

贾母主持对宝玉议婚，所谓不让其他人知道也是不让贾雨村知道。后来，林黛玉在贾府莫名其妙地死去，林黛玉的林家财富去向没有交代，贾雨村绝对不会答应。因此，当皇帝要抄家贾府时，贾雨村行为的幕后原因与黛玉在贾府的遭遇密切相关。具体关于抄家的博弈，以后章节再详细分析。

有读者认为，林黛玉身上的林家财富，贾家已经贪墨洗白了，所以就可以赖账。这种想法也有一定道理，贾府内宅的王家人当初应该也是这样想的，但实际情况却相反。林家财富在林黛玉进贾府，以及林如海处理后事时，贾雨村都有参与，贾雨村有林家财富在贾家的清单！而且贾雨村后来当了京兆尹（直隶总督），就是现管，打官司都要打到贾雨村那里。因此，贾雨村升职回来当了京兆尹以后，贾家人便一个个地搬出了大观园，最后仅剩林黛玉住在里面。如果贾府不想归还大观园，肯定要尽可能多地让贾家人住进园子。所以林家财富修建的大观园，贾家肯定要归还林家。

综上所述，林黛玉是贾雨村最重要的人脉资源节点，贾雨村要保护林黛玉的利益，就必须与贾家人博弈。林如海与贾雨村交往的最大诉求是托孤，贾敏找贾雨村也是托孤，贾雨村承担了托孤责任，自己也可以得到巨大的好处，他必须尽职尽责保护林黛玉，保护林家在贾府的财产，保障林家有香火承祀，却不一定要保护黛玉与宝玉的"爱情"。黛玉不明不白死在贾府，贾雨村与贾家就恩断义绝了！

（二）黛玉暗中带有保护神

从《红楼梦》诞生起，林黛玉的悲剧就让无数读者扼腕惋惜。在林黛玉小小年纪的时候，母亲先病逝，没过几年父亲林如海也撒手西去，即使到了姥姥家，也是寄人篱下，从此无依无靠，无人保护。我们如果仔细读《红楼梦》，就会发现，林如海对林黛玉的保护从很早的时候就在谋划了，而且做了很周全的安排。林如海把林黛玉送到贾家，不仅仅是觉得贾家是贾敏的娘家，可以保护林黛玉，而是与贾家早有婚约。当林黛玉带着巨额财富进入贾家，贾家的做法却是林如海没想到的。贾家任由后院王家人嚣张，关键时刻又在林家势力和王家势力之间站错队，才导致贾家被抄家。林黛玉进贾家身后是有保护神的，而且真的非常强大，但贾家的后宅女人没有这个见识，看不透这一层关系。

◇◇◇黛玉的保护人

巡盐御史是一个敏感的职位，古代惯例是两淮盐运使兼都察院的盐课御史衔，林如海应当就是两淮盐运使。此为要缺加肥缺，林如海能力应当非常强，完全能够胜任，与贾政放出去当粮道被下属蒙蔽不同。林如海个人能力强，也看得远，一定会对林黛玉的未来做出周到的安排。前面已经讲过林之孝与林家的关系，林之孝不光姓林，他的女儿红儿叫林红玉，与黛玉的名字有些契合。更关键的情节是贾宝玉肯定不会认不得自家管家，他在紫鹃试玉的第五十七回，错认为林之孝家的是要带走林妹妹的林家宗亲，他只是对林之孝家的来的目的的认识错误，不会认错人。林之孝主管贾家账房，等于与贾家进行利益交换，贾家里面有林家人任职财务人员，林家财富和林黛玉的嫁妆，贾府不容易贪墨。以后林黛玉掌家，贾府内也有林家的自己人。不过，林之孝的女儿红儿后来被王熙凤拉拢，林之孝一家投靠了王家人，这也是林如海无法把控的。还有林黛玉的老奶妈是王家背景，本来以为可以在后宅帮助黛玉制衡贾家人，但没有想到以后林家的主要矛盾对象却是王家人，奶妈也失去了作用。以上这些在《红楼深宅博弈》相关章节已经做了详细分析。

幸亏林如海给林黛玉安排的最关键保护人是贾雨村！林如海死后，贾雨村以老师的身份成为林黛玉的监护人。林黛玉是贾雨村第一次带到贾府的。没有近亲，孩子老师作为孩子的监护人，在古代也是惯例。古代很多时候，家长把孩子交给老师，就是孩子所有的事情都由老师管了，包括履行父亲的职责，所以对老师也可以叫作"师父"。注意师父与师傅的含义有细微的差别，前者具有更为强烈的感情色彩，所谓"一日为师，终身为父"，在传统社会中，"父"具有被仰视、遵从的特殊地位。贾雨村与林黛玉和林如海的关系，在前面章节已经详细分析，这里不再赘述。

林如海给林黛玉留下的人生保障还有两个。一个是同榜圈子。

过去科举成功，对同榜的要求是非常讲究的。古代不让结党，结党是重罪，但同榜的进士串联却是被允许的，背后就是每一榜都是单独的势力圈，势力就被分割了，而且同榜没有继承人，不会长期化而威胁皇权，与家族的结党有后代是不同的。在同榜的圈子里面排座次，科举名次靠前的占优，科举年龄小的占优。所以同榜圈子里面林如海的地位肯定是非常高的，贾雨村就是林如海的同榜。另一个是林如海的人脉圈子，即御史圈子。御史们号称清流，是重要的监督力量，御史之间历史上也是紧密抱团的，一旦被御史群体咬住，参劾的奏折就源源不绝。在御史圈子里面，依然有贾雨村的身影。贾雨村是由知府到御史再晋升的，此路径在第九十二回贾政介绍贾雨村的时候提到过。御史的信仰是"文死谏"，以谏言获罪是光荣的。死谏背后也有一个传统，就是对御史的后代，是彼此照顾的。御史掌握的还有舆论工具——《邸报》，不可小觑。这两个圈子，林黛玉的老师贾雨村都身居其中，所以贾雨村就是最好的托孤人。同时，贾雨村的行为也受两个圈子中的其他人监督。

林如海死前，把家产变成林黛玉的嫁妆向贾府转移林家财富，另外转移不走的怎么办？如果他不想给远支的宗亲，那么最合理的就是赠予他御史和同榜的圈子内不富裕的朋友，托他们照顾自己的女儿，因此林黛玉是得到了圈子内的支持的。为何后来倪二一造谣，御史立即捕风捉影地弹劾贾府？因为林黛玉不明不白死在贾家，贾家因而得罪了御史圈子和同榜圈子，否则即使皇帝有所猜忌，御史们也会劝谏保贾家，而不是群起攻之。

◇◇◇林如海是皇帝亲信

当朝皇帝对林家、贾家、王家的态度和远近程度存在根本不同。王家是当朝皇帝绝对猜忌的人物，皇帝先是把王子腾从京营节度使变成奉旨巡边，后来是九省都检点，其实是明升暗降，把威胁皇权的兵权掌权人调离京城中枢，然后回京入阁拜相途中又不明不白地暴死，最后抄家被一棍子打死，好歹贾家还被赏还了部分财产。王家、贾家都是勋贵集团，对现任皇权有威胁，新皇帝上来必须打压；贾家同时也是新皇帝的外戚，还有元妃的一点情面，王家什么都不是，而林家却是新皇帝的亲信。只要懂得一点政治的都知道，在皇帝的亲疏排序上，亲信排在外戚前面，只要皇帝不昏庸，就不会因为宠信女人而失去亲信的拥护。亲信能员干将的支持是新皇帝权力稳固的基础，与宠信女人及其裙带，完全不在一个层面。历来皇帝对有能力的亲信给予扶持和特殊照顾，则被歌颂为近君子和爱忠良的贤君，舆论场也不一样，因为这些亲信掌握有舆论权。

林家为何是新皇帝的大亲信，书里也明确讲了！林家祖上本来是侯爵，原来封赏的只是世袭三代，后来皇帝恩赏又多世袭了一代。这个多世袭一代，可不是一般的恩典，是当朝新皇帝给的，与王家和贾家不同；王家和贾家是数代以前被封爵的，是新皇帝的祖上给的，差别巨大！林家多世袭侯爵一代也需要有理由，新皇帝也不是随便给的，尤其是侯爵位置很高，很多军功封侯也只是一代。书里面没有提及林家具体的贡献，如果林如海的父亲贡献巨大，那么林家本来就该势力巨大。若林如海父亲没有为国的功劳，却可以多世袭一代，一定是按照古代规则和惯例行事，规则就是古代讲光宗耀祖，林如海高中探花，皇帝才恩赏的。林如海中探花后，可以对其父死后追授。

书里的贾家人，宝玉和贾兰后来科举中了，探春联姻平定海疆有功，皇帝也赏了贾家，连宁国府的世职也回来了。

　　甄老伯在朝内听见有旨意，说是大老爷的罪名免了，珍大爷不但免了罪，仍袭了宁国三等世职。荣国世职仍是老爷袭了，俟丁忧服满，仍升工部郎中。所抄家产，全行赏还。

贾政当粮道被革职到工部员外郎行走，就是被挂了起来，等丁忧后又升职郎中。皇帝需要的就是勋贵后代走上科举之路，变成文官脱离军队。读书忠君的勋贵子弟才最可靠，可以成为亲信。

皇帝对林家恩赏多世袭侯爵一代，让林如海的父亲也成了侯爷，就是为了笼络林如海为亲信，林如海对此要卖命的。古代的官员有功，可以封赏官员往上三代，封一个好听的职位和名字祭祀使用，此时被封的人已经死去，就是祭祀祖宗的时候排家谱地位不一样，排在前面还是后面有差别。古人视死如生，是极为荣耀的事情。所以甭管是什么情况，林如海的林家被当朝新皇帝恩赏了多世袭一代侯爵，就说明林如海是当朝皇帝认可的非同一般的亲信。皇帝给了高规格的恩典，就是要林如海去效死力，干危险的事情，林如海的两淮盐运使兼都察院的盐课御史衔，虽然是大肥缺，却也带着极大的风险，要替皇帝与地方势力虎口夺食，被暗算暗杀也是古代常有的事情。

◇◇◇黛玉未来皇帝有责

林如海作为皇帝的亲信，临死还有一件必须办的事情，就是要给皇帝上奏折交代后事，叫作"遗折"或"遗本"。后事包括工作交接、推举保荐什么人，也可以写自己的私事和私人请求。林家唯一的后代、孩子的老师、"兼祧"联姻等事情，也都可以托付皇帝关注。类似的逻辑书里也有，贾代善临终时遗本一上，皇上因恤先臣，遂额外赐了贾政一个主事之衔，升了工部员外郎。贾代善交代后事，皇帝就给了贾政荫庇。贾代善已经是勋贵二代，皇帝还能关照，更别说对侯门世家又是亲信的林如海。那么林如海的遗本会写什么内容呢？皇帝该怎么抚恤林如海孤女"兼祧"的夫婿或林如海的承祀人呢？

不要以为把儿女嫁给谁，属于家事，皇帝不会管，古代的逻辑与现代不同。古代的勋贵高官子女婚嫁，皇帝都要管，很多时候还必须是皇帝或者皇后赐婚！中国古代对结党防范甚严，大臣的联姻之事皇帝必须管。林如海的遗本给皇帝介绍自己对独生女的身后联姻安排、联姻家族的情况、"兼祧"和香火承祀的情况等，在古代属于合情合理的规则之内的事情。

林如海是当朝皇帝的亲信，担任顶级肥缺巡盐御史，朝野瞩目，还应当有钦差身份，数年之后他过世的时候应当是什么官职，书中没有明确介绍，但以贾雨村升官的速度，参照古代翰林升官的速度，翰林如无过失等，庶吉士散馆后，10年内一般可以升到二品官以上，因为过去讲"五十少进士"，就算是皇帝点翰林，选年轻进士为规则之一。有人统计过点翰林的年龄平均为35—40岁，古人50岁就算年老了，当然要尽快提拔。

当年，贾雨村见林如海时，林如海是前科探花直接授予翰林编修，越过了翰林庶吉士阶段，到扬州也是新任，应当至少当了4年翰林官员，升了兰台大夫至少是侍讲学士或章京一类，资历已经算是不浅，所以林如海死前的官职不会低。二品以上大员的亲信积劳成疾，以致病死任所，属于"鞠躬尽瘁死而后已"，照例一定要优恤后代，对没有儿子的官员抚恤，他的承祀对象也可以得到荫庇，也就是可以给宝玉或宝玉姓林的儿子荫出的待遇。同时皇帝对他所举荐之人，也要予以重视，才会显得皇恩浩荡，让更多的人为皇帝卖命。林如海举荐的人就应当是黛玉的老师贾雨村，举荐自己的同榜和搭档再合理不过了，让举荐的人监护自己的子女，各方都会觉得理所应当。所以林如海死后，贾雨村补授了大司马核心要职，同时贾雨村要对林黛玉的未来负责，皇帝也认可贾雨村对林黛玉的监护。

因此，林黛玉的婚事和有关"兼祧"林家承祀情况，应当已经上达天听。林如海死前也会为了林黛玉的未来，在给皇帝的奏折里面写相关的内容。皇帝会关注黛玉由谁来监护，她嫁给了什么人家，林家与谁联姻，谁"兼祧"维持林家的香火承祀等。皇帝关照黛玉的"兼祧"夫婿，作为对林如海尽忠的抚恤，也在情理之中。皇帝要对亲信任劳早逝优恤，所以林黛玉还有皇帝这个顶级保护神，有皇权保驾护航。

（三）林如海捐馆牺牲与各方政治站队

◇◇◇林如海非正常死亡

《红楼梦》书里对林如海的死用了"捐馆"二字，修辞上也有特指。馆是指官邸，捐馆的含义还有死于任所之意。作者用这个修辞，就是对林如海的死因有所暗示。

《红楼梦》书里，林如海之死很蹊跷，也很可疑。林如海是怎么死的？真的是病死的吗？事情似乎没那么简单。第十二回："谁知这年冬底，林如海的书信寄来，却为身染重疾，写书特来接林黛玉回去。"也就是说黛玉接到父亲病危起身，已经是冬底，也就是腊月底快春天了。林如海死的具体日子书里明确写了，在第十四回："凤姐便问：'回来做什么的？'道：'二爷打发回来的。林姑老爷是九月初三日巳时没的。'"也就是说林如海是九月初三就已经死了，而林黛玉接到病危的信息却是冬底，中间的时间差大约三个月。

整个章回描述林如海的死就是这"林姑老爷是九月初三日巳时没的"一句话，而这句话确实是画龙点睛之笔，带有极为丰富的信息内涵。此话包含了林如海非正常死亡的全部信息。

关键点在于林如海死亡时间与他报病危的时间对不上！昭儿跑一个来回送信，时间也不长。书里说"二爷带了林姑娘同送林姑老爷灵到苏州，大约赶年底就回来"。冬底走的，年前回来。冬底指冬末，肯定是过了冬至之后，否则是初冬、隆冬。冬底至少过了冬至，而春节最晚是阳历的二月二十日，立春是二月四日，冬底到年前时间最多两个月，贾琏、昭儿、黛玉他们可以跑两个来回了，而林如海病危的信息却传了那么久！别以为古代的行程很长，其实比我们想的要快，因为他们是走官府驿站，不是书生赶考步行。书中第九十五回写王子腾边疆任职，"有三百里的文书去了，想舅太爷昼夜趱行，半个多月就要到了"。王子腾到边疆任职，送文书和他回来，一个来回也就半个多月，而且紧急文书要六百里加急，三百里已经减半了。从北京到扬州虽然有1600多公里，但有运河航船，可以骡马拉纤，运河可以日夜航行，速度应当很快，尤其是报病危赶路会更快。

明清时期，从北京到扬州，走京杭大运河全程是1600多公里。当时，运河上帆船的速度依风速而定，顺风每小时15—20公里，逆风就只有每小时10公里左右，假设船速取中间值每小时12公里，正常每天行驶8小时，在夜间通常不行船的情况下，快则半个多月，慢则一个月。但若是冬底南下是西北风，顺风且探病赶路会日夜兼程，十天之内能够赶到。算一下时间，如果九月初三前报病危，绝对不会到冬底才到贾府。

林如海病危的信，路上却走了很久，长了太多的时间，完全不合情理。林黛玉接到信的时候，林如海已经死了两三个月，为什么会这样呢？此处矛盾显而易见，作者不应当犯错。有红学家解释说九月初三是影射明亡时间等，此种说法很牵强，还是按照书中情节的直接逻辑来理解比较好。情节的直接逻辑就是，林如海死亡的消息，当初对林黛玉隐瞒了，同时也没对社会公开，贾琏去了才知道原委，必须及时与家族通信息。昭儿回来报信，细节原因不敢让小厮带口信，写书信也会留下文字把柄，所以只说一个时间，时间对不上，家里人就都明白了。作者对林如海的死，只交代一句，却上了章回标题——"林如海捐馆扬州城"。这里规避了病死，写的是

"捐馆"，也没有交代是什么病因，就暗示得非常清楚，林如海不是正常死亡，不是病死。

林如海应当不是病死，昭儿回来就是报信，给家族带来一个重要的消息，好及时应对。所以书里昭儿回来说"二爷打发小的来报个信请安，讨老太太示下"。如果没有特殊状况，也不用派家仆昭儿专门跑回来，出远门各种情况都应当早有交代和预案。报病危的情况之下，病死肯定在预案之中，再叫人专门回来一趟请示，肯定是情况有了预料不及的变化。我们可以注意到，昭儿回来还找了一个理由，就是"还瞧瞧奶奶家里好，叫把大毛衣服带几件去"。贾琏和黛玉是"冬底"奔丧走的，应当是在天气最冷的时候走的，肯定带着过冬的衣物，哪里还需要再那么远回来取"大毛"的裘皮冬衣？因此，昭儿回来拿衣服，只不过是一个借口，真的天冷了缺衣服，也可以当地购买，比专人跑回来取方便多了，等专人跑回家再拿来，早就被冻死了。昭儿回来的真正目的是"讨老太太示下"，对突发未预料的情况商量对策。此处的细节暗示了林如海死因的真相不是简单的病死。林如海之死如果是有罪自杀，就不能叫"捐馆"，皇帝后来对林家的态度、对林如海的盟友贾雨村的态度也会不同。林如海之死肯定是为皇帝尽忠而死的，对林如海的死讯，首先要报给皇帝处理，皇帝做出决定，才会依据皇帝的决定通知家属。说他病死，也是在政治关系复杂、各方势力博弈激烈的情况下，皇帝难以公开追究凶手，采取的无奈之下的做法。

林如海的御史身份，监管王朝最重要的经济来源之一盐政，应当还有皇帝交办的秘密事情，身为皇帝的钦差，林如海查案中遇到危险，很可能被政敌搞死了。在清代，巡盐御史都有帮助皇帝监察江南百官的责任，包括曹雪芹的曹家，当年做江宁织造，职责也不光是纺织厂的事情，也要帮助皇帝密折报告江南的米价平抑、购铜铸币、检查漕运等事务，就是皇帝的眼线。皇帝的亲信死了怎么办？

先报给皇帝，让皇帝决定。皇帝没有抓住证据，对林如海被对手暗中搞死也没有其他办法，只能接受林如海"病死"的结果。所以林如海的后事应当是先请示了皇帝，皇帝同意了病死的公开说法。有关奏折秘密呈上去，等皇帝批复回来，再通知家属林黛玉病危，如此往复来回传递审批，与前面的时间相差三个多月，时间就对上了，就符合逻辑了。然后就是贾琏和林黛玉到扬州，发现林如海早死了，而且不是病死，情况有变，所以贾琏托词需要衣物，让昭儿回来报信，并且全家商量对策，让贾母拍板。

林如海的死因不正常，可能连尸首都没有，昭儿回来说"二爷带了林姑娘同送林姑老爷灵到苏州"，注意这里是"灵"而不是"灵柩"，虽然只有一字之差，差别却很大！灵柩是灵和棺材，灵是没有棺材的灵位，柩是装着尸体的棺材。正常情况下，林如海捐馆，出殡下葬时尸首也要回到苏州的林家祖坟安葬，而现在仅仅是灵回去了，尸体和棺材的柩放到了哪里？他是怎么死的？都很蹊跷。这样分析后，上述情况与死亡时间，正好就都对应上了。林如海应当是非正常死亡，而且很可能是活不见人死不见尸的"捐馆"，最后皇帝只得定义他为"病死"。中国古代社会对葬制极为讲究，灵与灵柩是不能随便写错的，否则是对死者大不敬。这样的表述，书中多次用到，用词应该非常准确，也是作者留下的暗线。

林如海到江南的秘密使命是什么？只能是针对江南勋贵集团，这个勋贵集团应当是金陵勋贵势力，就是金陵互相结盟的四大家族。四大家族里面，精神领袖则是贾府，王子腾是实际领袖。林如海若非正常死亡，肯定与他要巡查和斗争的对象有关，他的死因贾琏肯定需要迅速给家族报信。

前面章节已经分析过了，贾雨村与王子腾是政敌关系，林如海一死，王子腾就"保本"让贾雨村进京候补做闲职两年，明升暗降，使他被挤出了江南督抚的实权职位。《红楼梦》里的政治斗争一直是你死我活。书里对林如海的职务重点强调了他的御史身份，古代御史的职责就是与贪官污吏做斗争，与他们斗争就有生命危险；而且贪官污吏做的很多事情肯定是死罪，所以查贪官是你死我活的斗争。因此，林如海一直是从事风险很大的工作，而贾府是勋贵之家，反而外部的风险小，似乎是林如海女儿林黛玉的一个避风港。

◇◇◇林家联姻是政治问题

林如海为皇帝卖命，当然皇帝要照顾好他的家眷。林如海对他在江南的秘密使命存在危险应当有所感觉，所以在贾敏死后，林黛玉就被寄养在了贾府。前面分析过，林如海应当身体不好，很早就替林黛玉谋划了。他还在一个有风险的肥缺岗位上，更得为林黛玉的长远打算，他不希望自己的孩子跟着自己担风险。

将林黛玉送至贾府，除了他们之前有婚约，还有一个重要的原因就是林如海对他在江南的使命察觉到了危险，不希望孩子留在险地。皇帝让林如海担着危险使命，林如海还是几代单传，林如海捐馆而导致绝嗣，对皇帝的声誉也是有损的，皇帝也会关心林家承祀的问题，因此林黛玉的婚约，怎么样"兼祧"林家香火，是皇帝真正关心的事情。

既然给皇帝办卖命的事情，当然身后的事情也会提前安排，皇帝也要给他让他放心的保证。林如海选择贾家看似是一个最合适的选择，因为林黛玉是贾母外孙女，当时贾家贾母当权，贾家在政治斗争当中本来是两头下注的，贾敏嫁到了林家，贾政联姻了王家，在针对王家等势力的斗争当中，贾家应当是一个政治安全的避风港。林如海没有预见到薛家财富也参与了博弈，后来贾府的内宅宅斗失控，贾母斗败，王夫人等王家人控制了贾府，最后才导致了林黛玉的悲剧。

林如海为皇帝的秘密使命牺牲了，皇帝当然要照顾他，包括他留下的唯一骨血。林黛玉怎么样长大，怎样"兼祧"承祀，皇帝会有安排。因此，贾琏可以代表贾府带走林黛玉，林如海托孤的林黛玉师父，同时也是林如海搭档的贾雨村，会受到皇帝的照顾。林如海死后，贾雨村进京陛见，皇帝就是找他问情况，从后来他补授官职是从一品，可以推断出贾雨村在金陵已经当了两江总督，要不然哪里会那么巧就与黛玉和贾琏遇见了？要与进京陛见的一品大员就伴同行，不是随便就可以的。《红楼财经传家》中分析过，林黛玉与贾宝玉若没有婚约，按古代规则一定是林家族人抚养，贾家是外姓，带不走黛玉。黛玉与贾家的婚约，虽然没有公开，但皇帝应当知道，也一定知道贾雨村与林黛玉的关系。林黛玉该嫁给谁，怎么延续林家香火，皇帝都会关心，能够给林家延续血脉，才显得皇恩浩荡。

血脉怎么延续，与哪个家族联姻，在皇权时代是重要的政治问题。林如海的职位不会比贾雨村低，贾雨村已经是从一品，林如海的官职可能是漕运总督，清代的扬州府归漕运总督管辖。所以已故捐馆的一品大员林如海的女儿黛玉，就在皇帝关注的视野里面。清朝皇帝对中级以上官员的女儿都要选秀，秀女嫁给谁都是皇帝或皇后指定，不能自己随便联姻。

《红楼梦》书中薛宝钗要入宫待选，为什么林黛玉不用入宫待选呢？因林黛玉要嫁给谁，已经定下婚约，而且林黛玉要兼顾林家香火，不用选秀，皇帝已经认可了，因此林黛玉与贾宝玉不但有初步的婚约，而且婚约还有皇帝背书加持。但皇帝没有公开表态，因为两家还在博弈，还有异姓兼祧的可能，并没有完全合法化，以后还可能是宝玉入赘或是承外祖，贾家与林家的博弈在继续。

很多读者认为林如海对黛玉的照顾考虑得还不够仔细，所以"林如海病死"，林黛玉变成孤儿进入贾府，但本人依据他的死亡时间与黛玉探病时间不匹配，分析出林如海应当死于暗杀。有了这一层逻辑，很多问题就迎刃而解了。林如海之死不是病重可预知的，他是突然意外死亡的，没有时间和机会为林黛玉做更好的安排。林黛玉进入贾府是林家与贾家有了基本的"兼祧"约定才实施的，但具体细节还没有定好，双方还在博弈。所以黛玉与宝玉可以说有婚约，也可以说没有婚约。婚约不确定给了贾家空间，在权利方面贾家就按照有婚约的状态，搞相关事宜修大观园；但在尽义务的方面，贾家则又按照没有婚约对待林黛玉。婚约没有公开，是细节还没有谈好，细节没有谈好是因为林如海意外死去！但到底该怎么解决，贾雨村等人应当汇报给了皇帝，贾雨村进京陛见也是要处理林如海死后的善后事宜。

皇帝也认同林黛玉与贾宝玉的婚约，只不过皇帝没有公开下旨，因为细节还没有确定，皇帝也不宜下旨。但婚约的大方向是确定的，元春封妃、元妃省亲就是要安排相关事宜。不过，元妃的私人情感让贾府会错了意，后果很严重，对此在元妃封妃章节将继续详细分析。黛玉身后有皇帝的保护，贾宝玉娶黛玉、宝钗，谁是妻谁是妾根本就不能改。但宝钗和王家人不认命，贾府内宅的女人宅斗失控，贾家人会意错误又站队错误，贾雨村被降职，贾家误以为他已经在皇帝那里失宠，贾府内宅女人不明白外面政治斗争的残酷和背景，林黛玉在贾府又死得不清不楚，下面贾府的灾难就要来了。而薛宝钗不认命的结果，最后就是"甚荒唐，到头来都是为他人作嫁衣裳！"不但宝玉出家，祠堂里面还是林黛玉为正妻，宝钗生的孩子还要姓林。

对林如海之死，皇帝一切都安排妥当，然后才是林黛玉去安葬林如海。贾雨村陛见回京时带着黛玉一起进京。地方官员进京陛见皇帝，属于重大公务差旅，要有官员全套仪仗，就是大家在影视剧中看到的打着回避肃静等牌子一大堆人鸣锣开道的那种，沿途地方官都要接待，不能随便捎带亲友。贾雨村能够带着黛玉一起走，本身就应当有皇帝的意思，皇帝会给他们抚恤。有人说皇帝可能记不得那么多事情，但古代皇帝有助理机构帮助记住，相关机构就是司礼监。司礼监是一个庞大的机构，有专人负责记着皇帝应当做的各种事。因此林黛玉托管到贾家，贾家也受到照顾，甚至元妃的封妃、省亲，也有此背景，有意地照顾了林如海的亲家。元妃封妃，林家财富修了大观园，皇妃省亲再加持一下，费用官方还可以支持不少。对此以后还会有专门章节详细分析元妃封妃的原因。

◇◇◇林如海死前的政治格局

贾雨村在金陵是两江总督，后来当了直隶总督，林如海与之搭档且林如海地位高于贾雨村，也应当是一品大员。驻淮扬府的应当是归漕运总督管辖，后来林如海当了漕运总督。贾家的关系里面，探春联姻的是两广总督，还有贾家世交江南甄家，前面我们分析了甄家是江宁将军等。这些具体的官名和情节，作者估计也是害怕影射和对号入座，书中只敢暗示，但根据他后来平级补授的大司马（兵部尚书）职位，可以分析出来他们的职位和品级。

明清时期的盐政和漕运是国家命脉，但晚清时，漕运总督地位下降很多，就是总督里面"打酱油"的存在，盐政的重要性也有所下降。原因是晚清南方有太平天国运动等战乱，黄河泛滥又淤积了运河，漕运北京的禄米不走运河而走海运了。同时湘军、淮军等军阀又开设厘卡自筹粮饷，与西方通商的关税成为朝廷的主要收入来源。国家财政上，盐政的地位也在下降。

在《红楼梦》成书的年代，漕运还很重要。盐运也由漕运承担，所以在贾雨村成为一品大员的时候，林如海应当是漕运总督了，互相配合。漕运总督职位的重要性可以从其养廉银的数量看出来，漕运总督的养廉银可以高达每年三万两，在督抚里面最高。

漕运总督权力之大，这里介绍一下它的职权：在明代和清初，漕运总督兼庐凤巡抚，管理凤阳府、淮安府、扬州府、庐州府，以

《姑苏繁华图》（局部）是清代宫廷画家徐扬创作的一幅纸本画作，
描绘了当时"商贾辐辏，百货骈阗"的热闹景象。

及徐州、和州、滁州三州，这些地方是淮河、大运河的水运要道和盐政的主要盐场所在；自清末咸丰十年（1860年）节制江苏长江以北诸镇、诸道，同时各省的督粮道都隶属于漕运总督。漕运总督管各省的督粮道是京城禄米和战争后勤保障的重要官员，而两江地区则是漕运钱粮最主要的提供方，贾雨村为两江总督，是林如海重要的搭档。因此红楼政局是贾雨村在两江，林如海在漕运和盐政，运输支持皇帝的海疆战争，那么大量地征调粮食物资，势必会与当地的勋贵豪门有所冲突。本人在前面章节分析贾雨村与王子腾成了政敌就不奇怪了。王子腾在边疆奉旨九省巡边，看似与贾雨村江南的任职无关，却对在金陵的贾雨村"累上保本"，可以想见此时的"保本"性质。等到林如海死后，贾雨村就进京候补，从书中第十六回到第五十三回，一下子就候补了两年，王子腾让贾雨村坐了两年的冷板凳。

贾雨村、林如海所处年代的两江漕运，是支持海疆战事的关键后勤支撑。《红楼梦》成书的年代，清缅战争、清越战争是当时重要的对外战争，对此书中的海疆越寇也有所体现，贾政的任职也非常有玄机。贾政外放学政，应当是广东学政，回来还考察海疆灾情，他任职期间去过海南，带回来了海南的扇子等物，当年海南是琼州府属于广东管辖。在第七十五回贾府家族赏月的时候，贾政把扇子赏给了宝玉。贾政的学政当得不错，被皇帝褒奖，所以在海疆地区也有民意基础。后来，贾政外放粮道，则是江西粮道，江西是古代北京和两江地区通往广州的要道，中间有赣粤古道和梅关，等于是贾政在海疆战事的后方卡位当后勤筹粮。

另外，贾家上一代贾演、贾源的老部队应当在南方海疆，第十六回赵嬷嬷说"咱们贾府正在姑苏扬州一带监造海舫，修理海塘，只预备接驾一次"，说明贾府与海防有关，而且南安太妃也喜欢探春，南安郡王势力应当也是在南方海疆。从这几层逻辑关系分析，就明白海疆总制要找贾政联姻娶探春的原因了。海疆御史参劾王家当年亏空，要求王子腾家族来赔补，也是当年战事后勤供应与金陵勋贵的矛盾。王家的政敌等王子腾死后算旧账，王家的倒台在第一百零一回，"因海疆的事情御史参了一本，说是大舅太爷的亏空，本员已故，应着落其弟王子胜，侄王仁赔补"。书里明确说当时贾雨村在军机，王子腾死于离京二百里，属于京兆尹管辖的地盘，也就是贾雨村管辖的地区，谁在收拾王家也很清楚了。王家人护官符上说的可是东海海龙王，不是南海海龙王，都是海疆，东海南海也有矛盾，当时求娶探春是示好，但后来矛盾还是爆发了。不过，甄家应当与南海有关系，所以因为贾府与甄家的关系，探春的地位没有受到影响。

王家、贾家都在南方，都是以前掌兵的，皇帝需要削藩就要起用文官。士林科举人物有林如海和贾雨村。皇帝在江南要削勋贵们的兵权，就要靠这些科举文官。总督虽是文官却管理军队，而各省总督是不加兵部尚书衔的，俱为兵部右侍郎，所以后来贾雨村进京候补可以补授大司马。皇帝对勋贵有削藩有招抚，让亲信与之联姻，就是一个手段，所以海疆总制联姻求娶探春，侯门林家娶了贾敏，下面林黛玉的婚姻也是皇帝的棋子。所有这些都是政治婚姻，不是贾家内宅女人们所能决定的。至此，书中所有逻辑线条都合理地联系到一起了，本人会在讲贾府抄家原因的章节再详细分析。

◇◇◇贾家联姻站队政治犯错

对林如海承祀人的优恤和待遇，如果皇帝不够重视，那么林如海的御史朋友们和同榜朋友们就会劝谏皇帝。皇帝对黛玉的优恤，会延伸为对黛玉"兼祧"夫婿的优恤，体现的是对林如海"鞠躬尽瘁，死而后已"的优恤。优恤一般体现在荫出官员上，林家"兼祧"补缺给予优先安排。宝玉娶黛玉可以得到荫出优恤，所以黛玉不着急宝玉拼命读书。林黛玉对贾家的价值不光是巨额的嫁妆，还有皇帝的关注和林如海带来的优恤荫出。就算在现代社会，对于有功人员的后代，政府也给予照顾。宝玉出家，贾政回京启奏，圣上给贾宝玉赏了个文妙真人的道号。皇帝对宝玉和黛玉的婚约情况应当是问了贾雨村等人，心里很清楚。

皇帝会关注贾宝玉与林黛玉的联姻，就像贾家与王家联姻皇帝关注一样。《红楼梦》一开始就介绍了，荣国府中贾政与王夫人居住的荣禧堂就是王家出钱盖的，所以贾政夫妇住在这里，"赤金九龙青地大匾"的堂匾上有皇帝的"万几宸翰之宝"。贾家、王家联姻皇帝是支持的，贾代善临死遗本一上，给贾政授了工部主事。只不过当年支持贾家的是老皇帝，现在支持林家的是新皇帝。林如海死了，他没有儿子，但入赘女婿或者兼祧下林姓的孩子可以得到荫出的仕途，因此林黛玉不着急贾宝玉读书，而王夫人、薛宝钗明白其中的差别，一定要求宝玉抓紧考取功名。

对比皇帝给林如海林家施恩，再看看新皇帝对王子腾家的态度，完全不在一个层面。王家的爵位是老皇帝给的，现在已经是新皇帝，王家变成了被猜忌的对象。而薛家是皇商，商人的地位更低。通过身份对比，加上政治因素，薛宝钗就要做小当妾。皇帝猜忌搞死王子腾的时候，贾府偷娶薛宝钗，林黛玉不明不白地死掉了，贾家的危机就不远了。贾府必然会被御史围攻，而贾雨村的态度也肯定会转变，皇帝问贾雨村是重头戏。

宝玉婚后，政治风云变化不断，对于王家、薛家和林家的态度，贾家人也在改变。在第一百零四回，贾府被抄家前，贾政被革职回来，"贾政回到家以后，倒是贾政先提王子腾的事来，王夫人也不敢悲戚。贾政又说蟠儿的事，王夫人只说他是自作自受，趁便也将黛玉已死的话告诉。贾政反吓了一惊，不觉掉下泪来，连声叹息"。这一段说得非常明白，对王家的境遇王夫人都不敢哭出来；而对薛家，王夫人想要薛蟠早死，显得很绝情，对亲外甥居然说"他是自作自受"，薛蟠也没什么得罪王夫人的事，而贾家图谋薛家财富，王夫人虽为亲姐妹也不例外；对林家和林黛玉，贾政则"反吓了一惊，不觉掉下泪来，连声叹息"，为何会"被反吓"和"心惊"？原因就是贾政知道林黛玉之死的政治轻重。贾政不让薛宝钗明媒正娶走正常程序，对王子腾的死表现得也很古怪，说明贾政知道林如海死后都交代了什么。林黛玉死了，事情不会简单完事；他为何"掉下泪来，连声叹息"？掉眼泪是带有对妹妹贾敏的感情，连声叹息则是对贾家的命运多少心里有数了。此处也印证了林黛玉不是病死，林黛玉是在贾政离家赴任之前死去的，但王夫人一直对其隐瞒消息，贾政回家"歇息了半天，忽然想起'为何今日短了一人？'王夫人知是想着黛玉。前因家书未报，今日又初到家，正是喜欢，不便直告，只说是病着"。一直瞒着贾政，说明林黛玉之死有问题。

我们在《红楼深宅博弈》中分析了林黛玉是被毒死的，薛家用的是慢性下毒方式，从最早薛宝钗给黛玉送燕窝加冰片开始，冰片大凉对黛玉的病体起反作用，后来薛姨妈住进潇湘馆说是帮着调理膳食，第八十二回又专门送"一瓶儿蜜饯荔枝"来，接着黛玉就吐血了，再后来，薛家人应当是直接下剧毒了。写黛玉死，还直接写了多姑娘吃错药，一个白天就死得僵硬，不就是毒药吗？为什么他们要毒死林黛玉？一来是宝黛之争，更重要的原因还是贾雨村与王子腾是政敌，林如海与贾雨村是一伙的，黛玉的血脉在王家死对头阵营。此时，王子腾已死，贾琏已经打听到王家要被皇帝清算，而黛玉的后台师父贾雨村还在军机，林家势力在上升。林黛玉若活着嫁入贾家，不光是黛玉做正妻，宝钗做妾被压的问题，更重要的是，凭借林家所带来的财富妆奁和林家背后的势力，在整个内宅，王家人都要靠边站。在内宅，王家人一直是无底线博弈的，杀张华、毒死晴雯、贾珠之死，下毒手的事情王家人不是干了一回，有了第一次当然就会有第二次。

回到家后，紧接着贾政上朝复命，贾雨村回都后，贾政为他抱屈，又向他道喜。宝玉成亲了，林黛玉死了，以贾雨村与林黛玉的师生监护人的关系，何喜之有？道喜的背后意味深长。而贾府毁掉林黛玉的婚约时，贾雨村被贬职，第七十二回，林之孝说贾雨村降了，现在贾雨村又升职回来了，是京兆尹，又是要职，当年包拯也是京兆尹的职务，势力消长对比非常微妙。贾政对后面要发生的政治凶险有概念，但他无能为力。

很多人说贾府被抄是因元春突然薨逝，按照程高本，元春薨了以后，贾家过了九个月的功服，宝玉与宝钗圆房摆酒，再以后才被抄家，时间从贾政走之前到贾政革职回来，应当有一年左右的时间。在王家被查抄的时候，贾家并没有直接被查，还有一个御史弹劾的过程。因此，元妃薨逝肯定对贾家的皇帝恩宠有影响，但不是被抄家的直接因素。没有娶林黛玉而娶了薛宝钗的影响应当更大。大家族的联姻离不开政治，政治因素在财富因素之上，政治站队选错了边，就离死不远了。其中的因果关系，我们会在抄家的章节详细分析。当时，贾府对娶薛宝钗采取了保密没有圆房的做法，外面的人知道需要时间。林如海在死前给林黛玉安排得很好，所以林黛玉判词中的"玉带林中挂"，也可以指虽然林如海给她安排了保护人，但还是凋零了。面对贾府如此残酷的博弈，林黛玉身后的力量没有支撑起这场博弈，没有娘亲的教导，亲姥姥也更多偏向孙子宝玉，因此，在大家族中黛玉的处境极为艰难。

在宝玉婚姻的选择上，贾家人太看重财产，这才纵容了内宅博弈并失控。对政治取向，贾府内宅的女人们没有概念，导致了最后的惨败。探春有一句话："可知这样的大族人家，若从外头杀来，一时是杀不死的，这可是古人曾说的'百足之虫，死而不僵'，必须先从家里自杀自灭起来，才能一败涂地。"对此贾政非常清楚，但他私心里也贪图薛家带入贾府的财富，他没有制止内宅争斗，默认了薛家，林黛玉死了，他在外任职一直不知道，贾家的灾难也就随之而来了。宝玉和宝钗秘密结婚，后来才是圆房，才摆的酒，那么林黛玉是什么时候入殓出殡的呢？书里写的是在贾母散家财时，在贾母安排下，黛玉才得以回南方安葬，也就是黛玉之死，贾府对外是保了密的。也正是因为这样，外界会有无尽的联想。贾家政治站队选择错误，必然要付出代价。金陵贾、史、王、薛四大家族联合起来，看似势力强大，但这种强大只是对比社会上的一般阶层人群和普通势力而言，他们对皇权而言，仍是非常弱小的；他们的结盟在皇帝那里，反而会遭猜忌，要被打压。

贾府被抄家前，皇帝问了贾雨村什么事情，书里一直写得朦朦胧胧；皇帝对王家是什么态度，却写得清清楚楚，作者已经暗示了很多。我们在抄家章节和贾雨村相关章节，将进一步分析。

（四）林家势力是元春封妃的关键因素之一

《红楼梦》里，贾元春成为皇妃，最后是贵妃身份，给了贾家巨大的支持。那么贾元春为何能够封妃？接下来，我们一起来分析一下。

◇◇◇封妃排除贾家圈子的运作

元妃被封妃，贾家应当没有特别运作，因为封妃来得非常突然。

（第十六回）一日正是贾政的生辰，宁荣二处人丁都齐集庆贺，闹热非常。忽有门吏忙忙进来，至席前报说："有六宫都太监夏老爷来降旨。"唬的贾赦贾政等一千人不知是何消息，忙止了戏文，撤去酒席，摆了香案，启中门跪接。

元妃封妃宣旨的日子正好与贾政生辰是一天，是个好日子，但圣旨来得一点前兆都没有。

（传旨的夏太监）口内说："特旨：立刻宣贾政入朝，在临敬殿陛见。"说毕，也不及吃茶，便乘马去了。贾赦等不知是何兆头。只得急忙更衣入朝。

圣旨的内容非常简单，没有透露半点儿消息，显得天威难测。

元妃晋封的圣旨来得很突然，事先贾府没有任何准备，夏太监来宣旨也没有告诉贾赦、贾政何事。"特旨：立刻宣贾政入朝，在临敬殿陛见。"贾府上下不知吉凶，战战兢兢，等于是在告诉读者，贾元春封妃，贾家没有参与运作。如果他们运作过，不会一点消息都没有，帮助贾家运作办事的太监等，也会提前告诉贾家邀功，以此证明是由他努力帮助才办成的。贾元春是什么时候封的贵妃？书里居然没有交代，但书里写，端午节时丫鬟袭人道："昨儿贵妃打发夏太监出来，送一百二十两银子，叫在清虚观初一到初三打三天平安

贵妃筵宴题大观园（清孙温　绘）

醮……"此时间与贾元春封妃的时间，间隔很短，应当是贾元春半年不到就升贵妃了！这次晋封同样也在贾家运作之外。贾元春的宫中地位，贾家都不能运作，那么与王家就更没有关系了。

王家若帮助运作，肯定也要与贾家一起共谋，贾家事先不可能不知道。有人认为贾元春和王子腾宫内外互相支持，才导致贾家被抄家，这是对古代皇权潜规则不了解。在古代，武官与后宫联系属于大忌。当妃子生了皇子，以后可能会争皇位，背后若有外戚武将支持，宫内与宫外将领勾连，那可是要流血的！尤其是这个武将还有御林军背景，是京营节度使，皇帝肯定会非常忌讳。王子腾的京营节度使，以前是贾家当的，对王子腾皇帝并不放心，放到外任上，明升暗降，最后回京的时候，他还不明不白地死在了路上。所以，认为皇帝给贾元春优隆的地位是为了拉拢王子腾，是没有分析清楚背后的政经逻辑。

就算皇帝要笼络王子腾，那么直接找王家女儿封妃就可以了，王夫人的女儿毕竟姓贾，又隔了一层，关系有点远了。王子腾有女儿，要拉拢也是直接给王子腾女儿皇妃的位置，或者把与王熙凤类

1987年版《红楼梦》电视剧元妃剧照

似的王家女子直接选入宫中更省心。书里第七十回，"王子腾之女许与保宁侯之子为妻，择日于五月初十日过门"，已经写明王子腾有女儿。王子腾即使没有女儿还有侄女，皇帝会优先选与王熙凤类似的王家女子。清朝勋贵的女儿，没有入宫待选过，不能自行婚配；明朝的规矩是宫内全部不要勋贵的女儿，避免外戚专权。

元春最初入宫，可能与甄家也有关系。甄家对宫里会有一些影响，甄家的老太妃可能会给元妃一定的帮助。估计在入宫的初选阶段，给予的帮助更多，也就是给了她更多的经验和宫里的信息。虽然老太妃的帮助对元春入宫非常关键，但不足以让元春当上皇妃。甄家老太妃的实力，说白了对皇帝而言就像一个普通人家的姨娘性质，最多能够让元春入宫当女史，再者皇妃的名额只有四个，要当皇妃，不是那么容易。皇帝身边美女如云，能够当上皇妃的，可不是仅仅凭美色。皇妃与皇帝下面的嫔、贵人等不同，妃子的绘像会入皇家祠堂。

甄家与贾家的往来并不像读者表面上感觉到的那么密切，在第五十六回，贾母笑问道："这些年没进京，也不想到今年来。"说明已经多年没有来往了，而贾母对甄家下一代甄宝玉的情况也是头一次听说，此时甄宝玉已经十三四岁了。双方没有密切往来，当然也就无法参与运作封妃这样的大事。

从书中对元春的描写，我们可以看到并没有突出其美色。元春作为宫中女史记录宫闱内部事件，应当也可以经常见到皇帝，入宫没有立即得宠，应该不是那种美得让皇帝一见倾心的美女。后来，元妃省亲的时候，元春已经被称作贵妃，贵妃在皇妃里面排在首位，快速晋升更需要特殊的背景。书里写元妃死的时候已经四十三岁，她在宫中"二十年来辨是非"，从时间上倒推，她在封妃之前，应当在宫内也至少有十年，元春能够突然上位，必然有特殊的事件背书。

◇◇◇林家势力强大皇帝要拉拢

皇帝选谁当皇妃，肯定要考虑政治势力。林如海、贾雨村等人背后的政治势力，皇帝需要拉拢。林如海是皇帝选的探花，前面已经说过，探花是皇帝看中的人。林如海去江南有钦差身份，事关皇帝最重要的盐政。贾雨村是林如海的盟友，也是林如海给皇帝江南办事的搭档，进京候补后补授大司马一品大员，应当也是级别够得着，至少得是督抚之职。他们的政治势力强大，科举同榜时，与宰相主考的师承关系都是重要的政治资源。因此，林家"兼祧"宝玉，元妃是宝玉的姐姐，在皇宫皇帝可能多看了几眼，这就是元春的机会。

元妃是由于林家的势力才封的妃，用林家的财富建造大观园也就合情合理了。大观园是用林家的钱建造的，省亲别墅也暗示了贾家与林家的联姻，皇帝是满意的。所以元春能够上位皇妃，应当更多是林如海的力量而非王子腾的力量。皇帝疏远王子腾而将其调离京城，后来王子腾又死得不明不白，应该不是王家支持元妃上位的。而林如海是皇帝的亲信，又是巡盐御史占据天下肥缺，盐政也是国家经济的主要来源，是皇帝要笼络的政治势力。林如海的托孤人、林家财富的保护人贾雨村，能够让贾府动用林家财富修大观园为省亲，也证明了元春封妃的背景就是林家。

省亲别墅（杨艳丽拍摄于北京大观园）

贾雨村能复职，当金陵知府，背后肯定是林如海的作用。皇帝给贾雨村应天府的职位，就是要他与林如海配合，在江南盐政上与士族豪强博弈。前面也分析了林如海死的时间对不上，因为是死后才给贾府报的病危，里面是有故事的。自己人因为博弈死了，皇帝当然要照顾他的遗孤，否则也就没有人给皇帝卖命了。

（第十六回）且喜贾琏与黛玉回来，先遣人来报信，明日就可到家，宝玉听了，方略有些喜意。细问原由，方知贾雨村亦进京陛见，皆由王子腾累上保本，此来候补京缺，与贾琏是同宗弟兄，又与黛玉有师从之谊，故同路作伴而来。林如海已葬入祖坟了，诸事停妥，贾琏方进京的。本该出月到家，因闻得元春喜信，遂昼夜兼程而进，一路俱各平安。

对此，咱们前面已经分析过。贾雨村的大司马位置在王子腾之上，说王子腾有保荐之功，也就是皇帝对外的一个说辞，最多只是征求了王子腾的意见。林如海意外死亡，皇帝在江南的博弈失败了，贾雨村肯定要回京。贾雨村回京与林黛玉一起，也不是简单的巧合。

在葫芦案的时候，贾雨村是金陵应天府知府，已经是要职，如果还要升，就是两江地区的督抚，更是要职，只有这样，在第五十三回当大司马才是"补授"。贾雨村要是回京候补，反而是失去了要职。因此，王子腾"累上保本"是有故事的。贾雨村进京候补，在候补闲职上待了很久。第五十三回写道"当下已是腊月，离年日近"，王子腾升了九省都检点，贾雨村补授了大司马，协理军机参赞朝政。大观园建设了一年，然后元妃省亲，开春后，宝玉、黛玉入住，又到腊月，说明贾雨村候补的时间有两年左右。皇帝不信任王子腾，外放他其实是明升暗降，最后终于找到了机会，让贾雨村当了王子腾的顶头上司。王子腾和贾雨村肯定不是一伙的，否则一内一外勾结串通起来，皇帝就被架空了。王子腾"保本"让贾雨村失去了实职，他俩早就结下了梁子，而皇帝就需要他俩有梁子。对此，在贾雨村与王家关系那一节已经详细分析过。因此，有这个梁子在，贾雨村的学生林黛玉与王家人的薛宝钗之间的博弈，就更是你死我活了，把此处细节看清楚，就更能够理解在贾府抄家时，贾雨村的所作所为了。

贾雨村的大司马是补授，他进京候补是平级，与之平级的金陵官员应当是两江总督。后来，贾雨村升职当京兆尹也在军机办事，对应的应是直隶总督。林如海死前，地位不会低于贾雨村。淮扬等地是南直隶，不归两江总督管，古代管理淮扬地方的从一品大员是漕运总督加都察院右都御史衔，林如海应当是此职。把两江总督和直隶总督、漕运总督、都御史等实权职位看清楚，就知道林家势力有多强！皇帝封一个与之有关联的妃子，是为了笼络相关势力。因此，贾雨村晋升与元春封妃，时间是关联在一起的。

前面咱们分析过翰林为何升得快，再简单回顾一下。古代人被点翰林时，年龄都不小了，而且古人寿命短，提升就要尽快。类比同样是林家管过盐业的林则徐，林则徐嘉庆十六年（1811年）四月以殿试二甲第四名、朝考第五名成进士，授翰林院庶吉士。嘉庆二十五年（1820年）二月，林则徐出任江南道监察御史。道光二年（1822年）署任浙江盐运使。道光六年（1826年）四月，清廷命林则徐以三品卿衔署理两淮盐政，以丁忧体病未到任。道光七年（1827年）五月，清廷命林则徐为陕西按察使，署布政使事。不久，又擢江宁布政使。林则徐到二品大员也就是十多年，其间林则徐因为母病丁忧并且得了疟疾。林如海侯门出身又是探花，还是皇帝亲信，应当很快到了一二品大员的位置。林如海的巡盐御史按照惯例是盐法道兼任，也就是著名的盐运使，已经是从三品。当时，林如海还是前科探花，时间就是从会试算下来最多不会超过六年，按照贾雨村的科举时间推算也就是四年多。此逻辑在前面章节也分析过。

进士匾额（张捷家藏）

再看一下林家的亲缘关系，林家几代单传而没有近支宗族，那么与林如海、林黛玉最近的人，贾元春是其中之一。贾元春是林黛玉三代以内的表姐，是林如海妻子的侄女，她与林黛玉的血缘，与王子腾王家的血缘差不多，而林黛玉要是与贾宝玉还有婚约"兼祧"的关系，血亲就更近了。因此，要找一个林家亲戚，拉拢林如海林家背后的势力，从血缘上来算，也是封妃贾元春最合理。元春的亲舅舅是王子腾，元春的亲弟弟是贾宝玉，贾宝玉与林黛玉"兼祧"，贾府与林家联姻，皇帝要抚恤林家，又要在博弈失败林如海死后，暂时安抚金陵勋贵，贾家还是金陵勋贵群体的精神领袖，册封元春，皇帝可以达到多重政治目的，符合皇权需要。

贾元春受封的幕后逻辑，皇帝不会说，但这笔账皇帝会记下。贾府被抄家后，在贾母临死的时候，她应当意识到了背后的政治逻辑，所以在林黛玉死后一年多，关照要把林黛玉葬回去。

弄明白里面的政治关系，贾元春突然被封妃的原因就都清楚了，是皇帝要安抚林家等势力。林如海死后，林黛玉要留后，皇帝也不可能把林黛玉变成皇妃。为了林家的香火，宝玉要"兼祧"甚至入赘，皇帝给元春封妃，也是给贾家补偿。

当日这贾妃未入宫时，自幼亦系贾母教养。后来添了宝玉，贾妃乃长姊，宝玉为弱弟，贾妃之心上念母年将迈，始得此弟，是以怜爱宝玉，与诸弟待之不同。且同随祖母，刻未暂离。那宝玉未入学堂之先，三四岁时，已得贾妃手引口传，教授了几本书，数千字在腹内了。其名分虽系姊弟，其情状有如母子。自入宫后，时时带信出来与父母说："千万好生扶养，不严不能成器，过严恐生不虞，且致父母之忧。"眷念切爱之心，刻未能忘。

贾元春与贾宝玉的关系，以及林家本身的侯门身份（林家的侯门与贾府的四王八公不是一个体系），都是皇帝要拉拢的政治势力。因此，贾元春变成了皇妃，与林如海的女儿林黛玉要"兼祧"贾宝玉有关。

◇◇◇元妃省亲与林家兼祧

元妃封妃是因为林家的势力，还有一个细节证据，就是第一时间向贾雨村和林黛玉报告了。元春封妃的"喜信"，在林黛玉、贾琏回来的路上，专门有人去报信。贾家有必要给贾琏报信吗？贾琏他们舟车在途中，报信人怎么能找到他们呢？古代又没有手机，更没有卫星定位。官员公务在途，必须联络驿站汇报行踪，这样官府才可以找到他们！只有先报给进京陛见的贾雨村，贾雨村通过官府管理的信息，找到他们。因此，他们"闻得元春喜信"，更快地赶了回来。向贾雨村报元春封妃，是分析元妃因何封妃的一处细节证据。

更重要的证据在第七十二回，宫内的太监们都到贾府揩油，元春身边一直与贾府联系的夏太监派了小太监过来，自己都不亲自来，那小太监便说："夏爷爷因今儿偶见一所房子，如今竟短二百两银子，打发我来问舅奶奶家里，有现成的银子暂借一二百，过一两日就送过来。"而且前面借的还有，小太监道："夏爷爷还说了，上两回还有一千二百两银子没送来，等今年年底下，自然一齐都送过来。"也就是总共借了一千四百两。在夏太监派人来的前一天，周太监也来要钱，贾琏道："昨儿周太监来，张口一千两。我略应慢了些，他就不自在。将来得罪人之处不少……"贾府此时财务捉襟见肘，一时拿不出 200 两银子，王熙凤对平儿说"把我那两个金项圈拿出去，暂且押四百两银子"，说明给夏太监的银子是临时当了凤姐的首饰才凑上的。为何此时太监们都要揩油呢？正常情况应该是，贾元春如果正得宠，他们去报信，除了贾家主动赏赐一些银子，太监不会主动要银子，应该是巴结贵妃还来不及。同一回道出了原因，林之孝说道："方才听得雨村降了，却不知因何事，只怕未必真。"也就是支持元春的林家势力的代表贾雨村降职了，这是太监们态度变化的晴雨表。

元妃能够省亲，属于皇帝特别的恩典。书中第十六回，凤姐问道："省亲的事竟准了不成？"贾琏笑道："虽不十分准，也有八分准了。"凤姐笑道："可见当今的隆恩。历来听书看戏，古时从未有的。"听凤姐的语调，用了"竟"字表示很意外，同时又说"古时从未有的"。从上述对话可见，贾元春能够省亲，显然属于没有先例的特别恩典，皇帝给恩典从来不会无缘无故。过去，皇帝对皇妃等的省亲限制特别严，没有大事不会省亲。皇帝不希望宫内外交流信息，让宫内秘密外泄，尤其元春是女史，后来又是凤藻宫尚书，知道的事情太多了。家人去宫内探望，旁边都有太监宫女在场，与省亲在自家之中，皇帝监控不到完全不一样。

皇帝让元妃破例省亲，也是让她去安排一下宝玉、黛玉"兼祧"的家事，所以元妃安排宝玉、黛玉住大观园。皇帝应当还交代了优恤林家，宝玉"兼祧"林家香火的意图，但贾元春在执行上却夹带了私人情感，她与宝玉情同母子，当然不愿意宝玉被黛玉压制。她认为，以前林家对贾家、黛玉对宝玉，门第上差不多，现在自己封妃了，宝玉成了小国舅，地位高了，怡红院的"红香绿玉"也需要改成"怡红快绿"。过去讲红男绿女，香玉相比肯定是玉高，变成"怡红快绿"就是宝玉的红高了。后来，元妃给弟妹们赏赐，是床上用品，宝玉与黛玉正房当然一份就够了，宝钗平妻要生贾家子嗣，贾妃当然特别优待了她一下，给她一样的赏赐，但所有这些到了贾府内宅王家人操控的舆论那里，就变成了元妃懿旨暗中支持金玉良缘的证据。元春的私人情感，贾家人会意有误，认为也代表皇帝的想法。等到后来议婚之时，林如海已经死去多年，贾雨村也被降职，而王家人背后的王子腾看起来光芒四射，贾府就觉得改变联姻中黛玉与宝钗的位置，甚至是悔婚，也不会有什么关系，却不知埋下了祸根。

对元春个人而言，她更容易相信是自身的努力和实力，低估了平台的力量。元妃和贾家应当与太上皇更近，在太上皇与皇帝之间，元妃的选择也造成了日后她个人的悲剧。对此，后面章节会分析。

讲一个著名的心理效应，当你是一只母鸡的时候，你看别人都是鹌鹑，只有遇见了鸵鸟，才会觉得与自己差不多。人都容易对自己的能力高估，对他人的实力低估。不光是贾元春，王家人也是如此，尤其是王家的凤姐和王夫人都不识字，对内宅恶斗却很有手腕，但在大局上，却是短视的。当贾家人探望元妃，问及宝玉婚事安排时，都有谁去了？第八十三回，贾母道："亲丁四人，自然是我和你们两位太太了。那一个人呢？"众人也不敢答言，贾母想了一想，道："必得是凤姐儿，他诸事有照应。你们爷儿们各自商量去罢。"当时男丁只能在外面，"亲丁男人只许在宫门外递个职名，请安听信，不得擅入"，进入皇宫见元妃的都是女眷。此时，太上皇、皇太后应当已经死去，元妃不便多讲黛玉与宝玉"兼祧"有皇帝在关注；各种宫中的复杂关系，她也是难以言表，暗示很容易被会意错误。等到贾家人做出联姻王家的决定，还没有来得及给元妃汇报沟通，元妃就薨逝了。因此，贾府联姻搞错了皇帝的真实意图，下面就是家族悲剧。

◇◇◇元妃封妃背景的暗线证据

元妃能够封妃是受到林家势力的影响，最关键的证据就是元妃封妃不久，贾政就得以外放为学政。学政可以在一省广招门生发展势力，古代的皇帝对外戚发展势力是非常忌讳的，所以贾政外放学政肯定不是因为他是国丈，而且学政必须是进士出身，贾政本身是举人，当学政就必须先恩赏一个进士的资格。古代视科举考试出来的为正途，其他为旁门左道，贾政的进士是皇帝恩赏的，没有经过科考，去做学政很可能就会被科举士林质疑，就算皇帝和太上皇想要任命，士林也会为了自身的利益死谏。书中贾政谐音假正，应当有假的科举正途的意思，不光是假正经，还有假正途、假学政。贾政以非科考恩赏的进士身份去当学政，就是假正途，是假学政。士林能够接受贾政去当学政，应当是因为林家与贾家联姻，有林家在士林和御史圈子里面的影响，否则士林不会接受一个没有经过科考的人去当学政，主持一省的科考。

元妃封妃是因为林家扶持的关键性证据，还有大观园里面有皇家拨款，最后作为林黛玉的嫁妆，在贾家与林家兼祧后，就算林家财产。对皇家建造的大观园，谁家是主导者还体现在大观园居住的方式上。大观园是皇家省亲别墅，不是简单的私家花园，皇家出了不少费用，然而身为客人的林黛玉却居住在主位。

看看大观园的地图和潇湘馆的位置，潇湘馆在南门正中，后面就是省亲别墅，正常情况是与皇家省亲别墅中轴线对应位置都要空出来，就如正对皇宫的御道等都是别人不能走的。就算林家修建大观园出了钱，林黛玉也不能随便住在此位置，此位置未经许可私自住属于大不敬。因此，在修建大观园的时候，怎么安排住处要得到皇帝的批准。林黛玉的居所位置应该得到了皇家认可。还有可能皇家还准备与林家子嗣联姻，因此说宝玉是"子贵"，孩子生下来就可能与皇家订娃娃亲，父母抱着孩子就可以住进去了。因此，元妃被封妃带有皇家对林家的恩典，大观园有可能是留给林家子嗣的，当宝玉不准备与黛玉履行婚约了，贾家人就纷纷搬出了大观园。

贾元妃的封妃与贾家势力无关，忠顺王府的长史对贾家的态度也是佐证之一。长史说话非常嚣张，很多人说是因为贾府不是王爷一支的，甚至还有人说贾宝玉被暴打是因为贾政害怕忠顺王府，贾

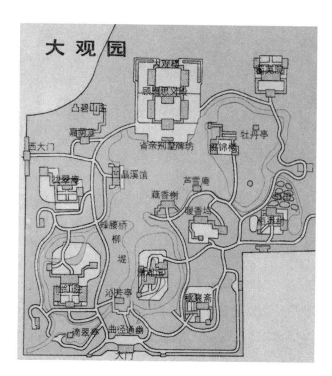

北京大观园平面图（来源：旅游地图）

宝玉得罪忠顺王府会有杀身之祸，仔细想一下会觉得逻辑不对。贾元春省亲之时就是贵妃了，贵妃是皇妃之首。清朝有皇贵妃和贵妃，贵妃至少算是第三位，明朝等朝代贵妃是第二位。宝玉是贵妃的弟弟，贾政是贵妃的父亲，贾宝玉是皇帝的小舅子。忠顺王是郡王，古代的王爵，称呼用一个字的是亲王，用两个字的是郡王。从长史的嘴里得知王爷年纪不小，更可能是一个皇帝叔叔辈的皇亲，此类皇亲与皇帝的小舅子，谁更厉害，还不一定呢！王爷对皇权也有极大的威胁，轻易不会得罪皇帝身边能够吹枕边风的人家。

忠顺王府的长史为何如此嚣张？更大的原因可能是林家侯门与忠顺王府的关系。贾家宝玉与林家"兼祧"，地位当然又降一级，而且贾元春封妃若是林家关系，忠顺王府自然看不起他。很多红学者考据说贾雨村出卖贾府投靠忠顺王府等，这是从贾家的视角来看的，贾家人自己觉得他们位置在贾雨村之上，事实上贾雨村绑定林家，林家可能是忠顺王府的裙带，贾雨村可能本来就与之不是一个圈子。

还有一个关键细节，贾雨村与忠顺王府的人同时来找贾宝玉，是不是太凑巧了呢？贾政肯定不愿意贾宝玉找优伶的事情被贾雨村知道，但贾雨村此时就那么巧地来了，更可能是暗中约好的，要借此对宝玉和贾家施压贾家封妃与林家有关，还有一个佐证，就是北静王对贾宝玉与贾府其他人的态度不一样。在秦可卿葬礼上，北静王一见面就送了宝玉皇帝御赐给自己的鹡鸰香手串。皇帝赏赐赠送的私人用品，转送他人必须有说法，否则就是对皇帝大不敬。北静王这么做，有可能是皇帝授意的，去看看林家"兼祧"的贾宝玉是什么样子，然后把东西替皇帝给送过去。在秦可卿葬礼上遇到宝玉，那时林如海刚死没多久，皇帝正在考虑怎么优恤林家，也需要考察一下林家孤女"兼祧"的男人。考察通过了，宝玉的姐姐就得到了封妃待遇。林如海是九月初死的，黛玉冬底去扬州，秦可卿葬礼也

贾宝玉路谒北静王（清孙温　绘）

是这个时间段，时间正好对上了。北静王替皇帝考察了一下贾宝玉，考察通过了，就把御赐的手串送了过去。贾宝玉把皇帝赏赐的东西给林妹妹，也涉及大不敬，宝玉应当也大致知道其中背景，只不过没有说破，黛玉却不知情，才有不要的情节。

在书中后来的章回中，北静王对宝玉的态度都比对贾家的其他人要好。

（第八十五回）只见北静郡王穿着礼服，已迎到殿门廊下。贾赦贾政先上来请安，挨次便是珍、琏、宝玉请安。那北静郡王单拉着宝玉道："我久不见你，很惦记你。"因又笑问道："你那块玉儿好？"宝玉躬着身打着一半千儿回道："蒙王爷福庇，都好。"北静王道："今日你来，没有什么好东西给你吃的，倒是大家说说话儿罢。"说着，几个老公打起帘子，北静王说"请"自己却先进去，然后贾赦等都躬着身跟进去。先是贾赦请北静王受礼，北静王也说了两句谦辞，那贾赦早已跪下，次及贾政等挨次行礼，自不必说。

从上面的情节可以看出，北静王亲迎宝玉，单拉着宝玉说话，而贾赦、贾政等人见了北静王则要跪下，差别巨大。

那贾赦等复肃敬退出。北静王吩咐太监等让在众戚旧一处好生款待，却单留宝玉在这里说话儿，又赏了坐。宝玉又磕头谢了恩，在挨门边绣墩上侧坐，说了一回读书作文诸事。北静王甚加爱惜，又赏了茶……

宝玉的待遇有座有茶，北静王礼服出迎到廊下，拉着手请进来，完全是来贵客的待遇；而宝玉的长辈贾赦、贾政则是下属拜见的待遇，要下跪行礼。此待遇肯定不是元春的原因，要是因为皇妃元春，作为元春的父亲贾政，应当更受到优待才对。

北静王对宝玉的态度，有人说是因为宝玉与北静王有断袖之谊，但此推论又缺乏他俩成为断袖的直接证据，也没有机会和场合，因为这不是私密场合，而且他还询问宝玉"读书作文"的事情，这可是宝玉讨厌的事情。本人分析，有皇帝亲信林如海的背景，才更符合当时的官场逻辑。林如海出身世家，是侯门之后，与北静王很可能以前就熟识。因此，北静王知道宝玉有那个玉，也可能是从林如海那里知道的。林如海对于林黛玉和贾宝玉的婚约，也可能对北静王有过交代。林如海是皇帝的亲信，为皇帝而死，皇帝要优抚林家，才有了贾元春被封妃，才会让北静王高看宝玉。

通过上面的分析，我们得出结论，元妃被封妃，只依靠贾家的力量是不够的，王家是皇帝猜忌的对象，甄家后来还不如贾府，所以林家才是最有势力的。

《红楼梦》的特点之一就是，每一个人的名字都有深意。林如海，林家的势力如海大！林家是侯门，侯门深如海！林如海是皇帝亲信，除皇帝外，没有人知道林如海和贾雨村在江南的秘密使命。贾府出了皇妃，仰仗皇帝对林家的优恤和对金陵勋贵集团的安抚。皇帝权术高明，元春封妃的原因又不让贾府知道，也不让周边人看出来，恩出于上而不可测。所以林家对元春封妃才是真正有贡献的，可能不是唯一的原因，却肯定是关键性的原因。

五、元妃与暗藏的关键人物太上皇

《红楼梦》的读者大多把目光聚焦在贾府，对贾府所处的外部环境却注意不多，而这个外部环境深刻影响着大观园的内部博弈走向。其实《红楼梦》一书里所呈现的贾府外部环境中，不光有一个英明神武的皇帝，还若隐若现地呈现了太上皇和皇太后！太上皇才是《红楼梦》书中暗藏的关键性人物！

（一）特殊诡异的太上皇

很多读者和红学研究者在读《红楼梦》的时候读出了皇帝，却没有读出书中还有一个太上皇。正是因为这个太上皇的存在，使得皇家内部的矛盾更加复杂，也影响到勋贵家庭的内部博弈。《红楼梦》中，忠顺王、义忠王也很少出现，不过他们似乎对博弈走向影响不大，但太上皇的存在不可小觑。太上皇的存在意味着当时朝堂之上的政治格局更为复杂。贾家所处的外部政治环境超级复杂，政治博弈异常激烈。

书中公开直接提及太上皇的地方只有一处，但在这一处，太上皇的提法却出现了三次，还有丰富的情节支持，不可能是抄错的，也不可能是作者编辑时写错的，我们先看看书中是怎么写的。

（第十六回）贾琏说："当今自为日夜侍奉太上皇、皇太后，尚不能略尽孝意，因见宫里嫔妃才人等皆是入宫多年，抛离父母音容，岂有不思想之理？在儿女思想父母，是分所应当。想父母在家，若只管思念女儿，竟不能见，倘因此成疾致病，甚至死亡，皆由朕躬禁锢，不能使其遂天伦之愿，亦大伤天和之事。故启奏太上皇、皇太后，每月逢二六日期，准其椒房眷属入宫请候看视。于是太上皇、皇太后大喜，深赞当今至孝纯仁，体天格物。"

此处三次提及了"太上皇"和"皇太后"，而且提到"当今自为日夜侍奉"，太上皇、皇太后"深赞当今至孝纯仁"，说明当时太上皇和皇太后都健在，而且在发挥着影响力，在第四十回史湘云有一句"双悬日月照乾坤"，暗示当时太上皇和皇帝都在管事。

《红楼梦》里面出现太上皇，在其成书时是一件很敏感的事情。中国历史上在世当太上皇的只有九位：第一位是刘太公，即刘邦的父亲，不过他是没有当过皇帝的太上皇；第二位是唐太祖李渊，是玄武门之变后成为太上皇的；第三位是李旦，是李隆基带给他的皇位；第四位是唐玄宗李隆基，安史之乱时，太子李亨自立，不得已当上的；第五位宋徽宗赵佶，因为要亡国而"甩锅"；第六位是宋高宗赵构，也是因为外敌压力巨大而卸担子；第七位是宋孝宗赵昚，也是继承赵构的传统，在压力下卸担子；第八位是明英宗朱祁镇，因为土木堡之变被俘，弟弟被拥立成皇上，他也是不得已当上的，后来又成功复位；最后一位就是清朝的乾隆，只有他是从皇帝位置上完全自愿离开的，而且当太上皇后依然权力巨大。在《红楼梦》成书的时候，正是乾隆当政，之前的太上皇都是权力尴尬的存在，此处书里明确让太上皇露脸，应当还有深意。

皇帝没死就退位当太上皇，应当是受到了压力，在《红楼梦》成书之时所有的太上皇都是上述情况，那么《红楼梦》作者写太上皇，就是告诉读者，《红楼梦》时代的皇帝与太上皇的关系非常微妙。在元妃封妃之时，书中出现太上皇、皇太后，应当也有特别的含义。

新皇帝到底是什么时候登基，才致使老皇帝成为太上皇的呢？我们看一下贾雨村与甄士隐见面时的那首诗："时逢三五便团圆，满把晴光护玉栏。天上一轮才捧出，人间万姓仰头看。"此诗对贾雨村可以比作后来入阁拜相，但"天上一轮才捧出"也可以理解为新皇登基，也就是说在《红楼梦》开篇即点出新皇帝登基。按照历史潜规则，新皇登基首先要做的一件事就是举办科举恩科考试，也就是新增一次科举考试，为自己选拔班底成员。新皇恩科意义特别大，却有很多生员没有预料到新皇会这么快登基，未准备充分，因此赶不过来，所以考中的机会很大。贾雨村要想赶上新皇恩科考试，真的需要立即准备盘缠，即刻启程，所以甄士隐此时提供银两特别及时。同时贾雨村与林如海同榜，他俩是新皇帝登基后的第一科所录取的，意义很不一样，所谓"一朝天子一朝臣"，说的就是这个意思。林如海和贾雨村参加这一科科举，应当正好是新皇帝上位后举行的，是新皇上位后招揽亲信的关键性科场考试，所以在林如海扶持之下，贾雨村任职也是坐火箭式，尽管被革职过，但很快在第五十三回就补授大司马协理军机参赞朝政，位极人臣了。他的大司马是平级补授，在第十六回进京之时，应当已经是一品大员了。新皇帝恩科的那一榜惯例是整体强势，林如海、贾雨村的同榜力量很大。林家四代侯门，前一辈太上皇应当很看重，而林如海则被新皇帝看中，还被皇帝钦点了探花。新皇就是要把他当成自己的核心亲信进行培养，使其成为对抗太上皇最重要的棋子，所以林如海的死，是新皇帝的重大失败。

为什么《红楼梦》书中没有大张旗鼓地写太上皇？为什么太上皇没有直接出现在情节中？原因是《红楼梦》成书时，有影射嫌疑，在清朝文字狱的高压之下，肯定是不敢写的。虽然《红楼梦》创作时没有太上皇，但之前有一个比太上皇还太上皇的皇父摄政王多尔衮，多尔衮死后，顺治皇帝立即下诏追尊多尔衮为"懋德修道广业定功安民立政诚敬义皇帝"，庙号成宗，丧礼依帝礼；尊多尔衮正宫元妃博尔济吉特氏为义皇后，祔享太庙，也可以算皇太后了；同时还有皇太后庄妃下嫁之野史传言，庄妃可以算是皇太后，也可以是书中的"老太妃"，因此《红楼梦》当中太上皇的情节在清朝确实极为敏感。多尔衮死了两个月后，政治环境大翻转，多尔衮被追夺一切封典毁墓掘尸。曹家出身正白旗就是多尔衮当旗主，曹雪芹的贵人敦诚、敦敏是多尔衮同母弟弟阿济格的后裔，书里荣国府的两房老爷还叫贾赦、贾政，谐音假摄政，不就是暗指多尔衮吗？而且代善是清朝开国的铁帽子王——礼亲王，是多尔衮的二哥，贾代善不就是谐音假代善吗？贾政字存周，周公辅佐成王，周公就是武王的小弟弟，像极了多尔衮与顺治老爹皇太极的关系，另外顺治对多尔衮就是假敬（贾敬），后来对多尔衮刨坟，而他自己的野史命运也与贾敬不谋而合——不要世袭地位和功名，出家了。同时本人还发现，把《红楼梦》里面的荣国府男人名字放在一起，就是摄政株连。从清代以前太上皇的处境看，如果说《红楼梦》是明朝遗老所写的，书中作者对太上皇的认识，却与明朝遗老当时所处的历史状态完全不符。

《红楼梦》里的太上皇是有实权的，与之前历史上的太上皇处境不同，更多的是有多尔衮和庄妃的影子，而且曹雪芹的祖辈是跟随多尔衮入关的。把荣国府男人的名字串起来，谐音是"摄政株连"，不就是要清算多尔衮的势力吗？所以有人分析，贾府内宅女人与多尔衮有影射关系。后来，书中贾家复兴，历史上多尔衮被重新评价。乾隆皇帝对此情节能够容忍，未必是乾隆皇帝没有看出来，有可能是乾隆晚年动了当太上皇的心思，才给《红楼梦》解禁的。历史上，同时期，乾隆皇帝已经给多尔衮翻案。

曹雪芹曾就职于右翼宗学，后来是王府清客，与之关系紧密的福彭是铁帽子王，敦诚、敦敏是阿济格的后代，阿济格是清太祖努尔哈赤的第十二子，是多尔衮胞兄。《红楼梦》里的新皇帝和太上皇与勋贵之间的故事，很多情节应当来自作者的生活。就算有其他作者，清前期的历史也可以作为创作的参照。尽管有历史背景可参考，但本人并不认同一对一的单一影射，书中的人物是多个原型的虚构人物。

如果太上皇与多尔衮很像，那么《红楼梦》真的与顺治及其情史密切相关，顺治出家也是清初的著名谜案。所以很多索隐派的研究者在说《红楼梦》与顺治的故事。本人对书中影射的原型到底是谁不多分析，但是认同创作来源于生活和历史，各种历史事件对于激发作者的创作灵感有很大帮助。小说原本就是来源于生活，而高于生活。作者应当综合了很多历史和现实的故事情节，不会单单对应某些特定的历史人物。用特定人物的经历来解读《红楼梦》，逻辑上站不住脚。《红楼梦》书中出现太上皇，是全书故事情节政治逻辑的关键，贾家、林家与太上皇、新皇帝之间的关系对财富和联姻走向，以及几大家族后来的抄家和复兴，都是有直接影响的。我们更应该对书中的细节格物致知，关注书里面展现的社会常识和逻辑，以此为依据进行考据理证。

《红楼梦》书里很早就明确提了太上皇的存在，后面还有暗线不断在写太上皇的薨逝过程，而且这些内容全部在大家都承认的前八十回当中，就已经很说明问题。作者创作《红楼梦》之时，故事情节的政经逻辑也是其创作中的关键线索，否则不会无厘头地冒出来个太上皇的。从这条暗线逻辑中，读者也可以对作者的原意管中窥豹。

（二）女官体系与元妃的身份年龄

为了更好地理解《红楼梦》，我们需要对元春的地位和女官体系进行深入解读。本节后面附录了《宫廷的女官官制》，我们从中可以看出女官与嫔御的不同。女官属于仆役，嫔御则是君主的侍妾，属于皇族，但有些女官职衔兼作嫔御，而女官本身亦可能得到君主的宠幸而成为嫔御。

很多读者对女官地位的重要性理解不透，以为女官不过是后妃的一个兼职，地位不如后妃，而事实上她们却属于不同的体系。虽然很多女官是由后妃兼任，同时女官也可能受到皇帝的召幸而成为后妃，但她们这两个群体有着完全不同的职责：女官是负责后宫与女性相关的管理，对后妃和宦官都有监督作用；嫔御是给皇帝生产后代和满足性欲的，二者是并列的关系，不是从属关系。女官体系对皇帝负责不对皇后负责，所以女官之首是乾清宫夫人，是皇帝寝宫夫人，不属于皇后的寝宫。而从《红楼梦》书中可以看到元春的女官职务凤藻宫尚书，是排在贤德妃前面的，说明这个职位的重要性，凤藻宫应当就是乾清宫。明朝的万贵妃为什么可以统领六宫，搞得其他后妃都不敢生孩子，其中很重要的原因不是她在后宫得宠，而是她掌握了宫内女官的权力。万贵妃4岁入宫，应当在女官体系中受到了良好的教育，历史上说她当年在红寿宫管理服装衣饰等，应当已经是尚服局的尚宫了。现在很多读者对古代宫廷内部知识的了解来自文艺青年创作的穿越宫斗剧，对古代真实的宫廷官职不清楚，就理解不了《红楼梦》的内在逻辑。

元春之前的职务，是第二回冷子兴介绍的"女史"，级别地位很低。在清宫，低级女官只有六品，此后元春在书中升为凤藻宫尚书，尚书为从一品，属于火箭式提拔。高级女官不仅在宫中受尊重，还得到外朝官员的逢迎，因此有的影响到了朝政，甚至干预朝政，就如唐朝的上官婉儿、清朝的苏麻喇姑。宫中女官应当是尚宫，但尚宫的品级才五品，此处用尚书不用尚宫，因为乾清宫的夫人为一品。

清朝的元妃还可以指皇后，但元春显然不是皇后，皇帝可能没

贾元春才选凤藻宫（清孙温　绘）

有设皇后，而一品的乾清宫夫人职位，是管理六宫的女官，地位已经是女官最高。另外，东汉、三国魏、后赵石虎宫中都有女尚书，管理批阅宫外奏章、文书等，不过当时的女尚书与女史是一个级别的，都是三品官，与《红楼梦》书里的其他逻辑不符。作者用此官名，可能暗指元春还参与了政务，也就是帮助太上皇干预皇帝的政务，极为犯忌，还有就是新皇帝最不愿意看到元妃省亲时与贾府肆意秘密交流。元春能够突然升任凤藻宫尚书，越级快速提拔，必然有特别的原因。有红学研究者认为清朝的元妃是皇后的别称，因此《红楼梦》里元妃暗指皇后。本人认为元春在宫中属于一品夫人，称作元妃是暗指她担任这个女官的官职，更为恰当。元妃有了皇后的一些职权，但皇帝却不给她皇后的名分，说明皇帝对她并不满意。元春如果当了皇后，贾府就是公爵，叫作承恩公，贾政后面的职务也对不上，所以本书把元春按照皇妃和贵妃来看待。

关于元春的年龄，也有大故事！元春死时，书里写得很清楚："是年甲寅年十二月十八日立春，元妃薨日是十二月十九日，已交卯年寅月，存年四十三岁。"（第九十五回）元妃死的时候，年龄是43岁，写得特别清楚，这是特意写的，要强调什么故事。在书中，元春与宝玉情同母子，教宝玉读书。这里写得非常清楚，肯定不是写错了。这里年龄上就有看似不合逻辑的地方，有些研究者就认为是为了影射，续写的后四十回就没有必要影射了。一个女子正常的入宫年龄在18岁前，能教授3岁的宝玉识字，最多比宝玉年长15岁，那么元春死的时候宝玉就得是28岁，而宝玉结婚时大约18岁，年龄差有10岁。这个年龄错位太大了！此时贾兰十几岁，贾珠是不到20岁生的贾兰，元春也应当比贾珠大，不是冷子兴所说的王夫人第二胎是女孩，冷子兴应当是将元春和探春搞混了，因为探春被王夫人收养后，对外也号称嫡出。我们还要注意，书中写薛宝钗比薛蟠小两岁用的是作者旁白，应当是作者给读者的明确信息，而冷子兴等人的演说和介绍，采用的是书中人物对话，书中人物说的不等于事实，只不过是旁人认为的或者想要说的。

本人不同意这里影射明朝之说，《红楼梦》中人物年龄的故事都有特别的逻辑含义，而且续写本身也不会有对清朝不利的影射，续写者或改编增补者也不会看不到明显的矛盾。如果写33岁也可以！为什么一定要写43岁，而且还特意写上具体日期进行强调？必然是有原因的。作者创作有关的人设从一开始就在脑海里，不会那么容易出错，而且后四十回的内容逻辑暗线与前面八十回接续完整，高鹗或其他续写者应当是依据草稿编辑，最起码也看到过遗失前的作者原稿。本人经过分析，认为清朝的宫女 25 岁放出宫可以再嫁，元春在被放出来以后，在贾家待嫁之时教授宝玉，但出于其他原因没有再嫁，然后又被召入宫中了。至于她在家中教授宝玉，也可以是家中有事，比如贾代善死了，需要回家守孝等，就如晚清的裕德龄，以父亲有病为由离开慈禧回家。宫廷女官与嫔御是不同的。因为她首先是女官，是宫内的管理者，与一般的宫女和秀女不同。因此，尚书这个职务暗示她是女官中最高的一品夫人，可行使类似皇后的职权，管理宫中与女人有关的各类事务，读者需要注意书中的写法，"晋封为凤藻宫尚书，加封贤德妃"，是尚书写在前面，而不是贤德妃写在前面。唐玄宗开元年间，皇后之下，始置三夫人，立惠妃、丽妃、华妃，以正一品。凤藻宫尚书写在贤德妃之前，说明元春的凤藻宫尚书，应当对应于女官当中只有一位且位置最高的乾清宫夫人，是正一品。同样的品级，更重要的职务在前，此写法说明，元春最重要的宫廷身份是女官之首，而不是嫔妃。她在这个位置，能掌握整个宫廷的内幕。这也是皇帝最不愿意外泄的信息，如果被皇帝猜忌起来，也最危险。

元春进宫早，先跟在太上皇、皇太后身边做事，她与太上皇应该没有男女之事，所以皇帝才可以把她变成嫔妃。因此，元春属于皇太后身边的人，在乾清宫待过，后来成为乾清宫最高的女官，即一品的夫人！类似的情况在清朝宫廷是有案例的，例如孝庄太后的侍女苏麻喇姑就是女官身份，她后来是康熙的启蒙老师，也抚养过康熙的儿子——第十二子爱新觉罗·胤祹，康熙按照嫔妃的规制安葬了她。虽然她比康熙年长很多，属于奶奶辈了，但康熙还是把她算作嫔。苏麻喇姑后来笃信佛教，在书中大观园里面也有为元春准备的寺庙和妙玉等尼姑。若书中太上皇、皇太后、老太妃有清朝皇父摄政王多尔衮和孝庄太后的影子，那么元妃就有苏麻喇姑的影子，可以对号入座地联想。

类似的例子，到晚清还有著名的德龄（裕德龄，1886—1944，旅美作家，汉军正白旗人）、容龄（德龄妹妹）等慈禧的女官。德龄的父亲是裕庚公爵，她曾随父亲裕庚出使日本和法国，入宫后因父病出宫，为父亲丁忧完后，因为慈禧已经薨逝，所以没有再回到宫廷。她俩的经历也与《红楼梦》中的贾元春类似，女官与嫔妃和普通宫女不同。所以此处作者这么写，当时读书的清朝权贵们应当都很清楚，现代人如果不结合清宫的历史背景、不了解宫廷的女官体系，可能就察觉不出来。作者此处就是暗示元春是太上皇和皇太后的亲信，虽然被皇帝封妃，但仍得不到皇帝的全部信任，所以在省亲中，我们就可以看出太上皇和皇帝传达的意思不一样。太上皇死后，太监对元春的态度和贾家的态度也改变了。再加上甄家被抄和贾雨村的关系，那么甄家倒台导致贾雨村降职，也就对上了。

　　太上皇死后，凤姐就做了夺锦之梦，暗示元春的权力也将被剥夺。元春可能还是贵妃，但作为女官之首的权力，应当失去了，所以太监们会结伙到贾家"借银子"，实际上是勒索。元春失去了女官之首的位置，贾家被太监勒索，各种应酬要花费大量的银子，以前各种节寿活动是收礼，现在变成贾家要送礼，使贾府原本已经入不敷出的财务雪上加霜。此时凤姐在算"后楼上现有些没要紧的大铜锡家伙四五箱子，拿去算了三百银子……，那一个金自鸣钟卖了五百六十两银子"，凤姐的金项圈也当掉了，银子还不够，贾琏又动起了让鸳鸯偷贾母财物当掉周转的念头。但书里没有直说，必须仔细分析才能明白。王熙凤的夺锦之梦就是给读者的暗示。古人身上穿戴什么样子的锦缎，是职位和地位的直接体现。元春此时只是失去了女官之首的"凤藻宫尚书"职务，但还是贵妃，品级没有降低。

　　元春从之前的六品女史，升到"凤藻宫尚书"加封贤德妃，如果没有突发事件推动，不可能升得如此之快。元春的凤藻宫，应当是作者故意设置的，凤藻的含义是华美的，不过《红楼梦》一贯真事隐。凤藻的典故出自司马光的《稷下赋》："惜夫美食华衣，高堂闲室，凤藻鸱义，豹文麋质。"勋贵们"美食华衣，高堂闲室"，凤藻对的是鸱义，鸱义指丧尽天良的行为，"鸱"是猫头鹰的同类，是不祥的夜猫子。元春说宫里是"那不得见人的去处"，也就是风月宝鉴美女一面是凤藻，骷髅一面是鸱义，贾家就是"豹文麋质"。《稷下赋》当中还有"珷玞乱玉，鱼目间珠，泥沙涨者其泉混，莨莠茂者其谷芜"，"珷玞"读音就是武夫，薛宝钗背后的王家人就是武夫，"乱玉"对应用不光彩手段嫁给宝玉，书里的暗线真的很多。

古代藻井的图案，可以对标凤藻。

现在人对皇家宫廷了解甚少，大多是通过戏曲文学得到信息，然而戏曲文学对女官记录得比较少，因为女官在当时是非常敏感的一类人，不能随便议论，比嫔妃和宦官更少见于史籍。宦官还可以行走在宫外，而女官为了保证皇宫女人不被外面染病，是不让出来活动的。历史上影响巨大的女官上官婉儿能被记载那么多，是因为女皇当政；后来，苏麻喇姑影响很大，也是因为皇太后主政；再后来，慈禧身边的女官德龄对慈禧的很多重大决策也非常有影响，其他的女官就难以在史籍中见到了。

古代男女大防，女官与文官体系、勋贵体系是被隔开的，而宦官与文官或勋贵是可以直接接触的，所以皇帝把宫内一些关键事务从宦官体系交到了女官体系，这样皇帝的隐私可以得到更好的保护。但女官对当时政治生活的影响也是极大的，因为她们是近侍，距离最高权力太近，有的宫廷女官还管公主的教育。女官们影响政治走向的方式主要是信息外泄，以及用小道消息左右皇帝决策。一条捕风捉影的消息可能使皇帝猜忌大臣，一条皇宫内幕出来，甚至影响立储。除此之外，女官还是宫内嫔妃之间皇帝的眼线和情报来源。

宫廷中的女性相关事务，从秦汉始都由宦官管理；隋唐之后女官制度体系逐渐完善，宫廷女性事务由嫔妃和宦官管理变成由女官管理，宦官人数减少，而且增加了专业性，毕竟教授女性关于男女之事，宦官既不方便，也无经验，也让年老色衰的宫女和嫔御有了职责。女官也有对皇家公主、女眷、宫女的教育职责，在皇家公主联姻当中也发挥政治影响力。女官在宫廷中最大的权力是养育皇子。在皇子未到读书的年龄，由女官体系管理，委派奶妈，亲娘不直接插手皇子的养育。明代的万贵妃、客氏等人为女官，皇帝没皇子能够活下来。

从南北朝开始，皇家把养育皇子公主和采选宫女嫔妃的权力逐渐从宦官手里分离出来，极大削弱了宦官群体控制皇家子嗣的权力。如明朝时，客氏与魏忠贤结盟成对食，也就是宦官与女官联合了，皇帝就悲剧了。

我们要注意到元春封妃的一个细节，赖大回来禀报："后来还是夏太监出来道喜，说咱们家大小姐晋封为凤藻宫尚书，加封贤德妃。后来老爷出来亦如此吩咐小的。如今老爷又往东宫去了，速请老太太领着太太们去谢恩。"东宫是太子住的地方，贾政为什么急着"又往东宫去了"？因为元春封凤藻宫尚书，是一品乾清宫夫人，女官之首，负责皇子们的养育和教育，贾政去那里，应当可以打探元春的信息。元春在东宫照顾未成年皇子，贾政过去就算见不到元春，也可以打探元春的消息。书中元春判词有"榴花开处照宫闱"一句，有人认为她曾经得宠，但从元春的年龄和当女官的日子看，得宠之说不合逻辑；又有很多红学研究说是元春流产了，这个说法缺乏直接证据，而且流产就更不是"照宫闱"了。根据元春女官之首的身份，这句应当指元春当女官的职责包括管理皇子养育，这才真的是权势照宫闱——所有的"榴花"结下的种子都是她控制着。例如《明史》记载，明孝宗是在万贵妃的淫威之下，由太监和宫女偷偷养大的；即使在《明实录》里认为他是皇帝养在宫外的，但皇帝要绕过女官体系，可见女官权力之大。我们还要注意一个细节，秦汉时，掖庭永巷由宦官主导，明清时，变成了女官体系主导。元春是女官之首，薛宝钗进宫待选，能否选上，元春可以决定，但不能决定她能否被皇帝宠信。女孩入宫后，经过女官们培训和推荐，再由皇帝挑选成嫔御，而下面低等级的嫔御和女官，则在女官体系挑选，可见女官们的权力之大。

　　我们在前面分析了，在葫芦案中，薛蟠成"活死人"，薛家为了避免被吃绝户，将薛家财富化身到薛宝钗的嫁妆里，藏匿在贾家。贾家想占有薛家财富，就需要薛宝钗嫁给宝玉，当然不希望她被选入宫。元春应当知道林家"兼祧"之事，也知道贾家需要薛宝钗作为平妻也嫁给贾宝玉，就故意没有让薛宝钗选上。因为林黛玉比薛宝钗身份尊贵，可能觉得薛宝钗会有委屈，所以对其也特别照顾了一番。第二十八回，在端午节的赏赐当中，通过袭人的介绍，就能看出来。

袭人道："老太太的多着一个香如意，一个玛瑙枕。太太，老爷，姨太太的只多着一个如意。你的同宝姑娘的一样。林姑娘同二姑娘，三姑娘，四姑娘只单有扇子同数珠儿，别人都没了。大奶奶，二奶奶他两个是每人两匹纱，两匹罗，两个香袋，两个锭子药。"

贾母赏赐给薛宝钗的比给林黛玉的多，而且还给了薛姨妈一份厚礼，与贾政和王夫人一样，有些不合礼仪，应当是为了补偿薛家，但贾家会意错误，认为是皇帝对贾宝玉的联姻对象想法有变化。

女官体系在古代比较敏感，文人写小说、编剧本，一般不敢以女官为题材。曹雪芹家族与女官体系关系特殊，曹雪芹的曾祖母孙氏是康熙皇帝的奶妈，奶妈出了宫一样具有巨大的影响力。奶妈走女官体系，这也是曹家权势的来源。古代一般读书人和社会对女官体系并不了解，而曹雪芹出身世家，比一般读书人的认知高，所以才能写出《红楼梦》。

背景知识　宫廷的女官官制

古代宫廷之中，女官与嫔御不同，属于宫廷不同的体系。在宫内女官属于仆役，嫔御则是君主侍妾，属于皇族。但有些女官职衔，也兼作嫔御，即女官在宫内得到君主宠幸成为嫔御。两个体系有所交叉，但职权不同。

早期的宫廷事务管理都由宦官把持，秦代名永巷，汉武帝太初元年（前104年）改为掖庭，以宦官为令丞。东汉又分为二，设掖庭令、永巷令。李贤注引《汉宫仪》："婕妤以下皆居掖庭。"掖庭令掌后宫贵采女事；永巷令典官婢。女官体系见于记藏，从北魏孝文帝时开始。孝文帝将宫中女官（又称宫官、女职）与嫔御（即妃嫔）加以区别，另立系统。女官主管宫中具体事务，其职秩与外官相对。最高领导人为内司，官比尚书令；其次是作司、大监、女侍中，官比二品；最后是监、女尚书、美人、女史、女贤人、女书史、书女、小书女等，官比三品。（见《魏书·皇后列传》）

中国古代女官形成完善的制度，初置于隋朝，完善于唐，宋明沿袭，又称六尚、六局二十四司。隋文帝时，置六尚、六司、六典，递相统摄，以掌后宫掖庭事务。隋炀帝加以改制，使与外廷尚书省相类似，设六尚局管二十四司。唐承隋制，也设置六尚二十四司及宫正司，集中国古代女官制度之大成。宋、金、明三代女官制度都是在唐制基础上损益而成的。

清宫的女官之制，参照明制，初见于《世祖实录》顺治十五年（1658年）十一月："庚子。礼部等衙门会议：宫闱女官名数、品级及供事宫女名数。乾清宫设夫人一位，秩一品；淑仪一人，秩二品；婉侍六人，秩三品；柔媛二十人，芳媛三十人，俱秩四品。尚宫局：尚宫、司纪、司言、司簿各二人，司闱四人，女史六人。尚仪局：尚仪一人，司乐二人，司籍、司宾、司赞，各四人，女史三人。尚服局：尚服一人，司仗四人，司宝、司衣、司饰、女史，各二人。尚食局：尚食一人，司馔四人，司酝、司药、司供、女史各二人。尚寝局：尚寝一人，司设、司灯，各四人，司舆、司苑、女史，各二人。尚绩局：尚绩一人，司制四人，司珍、司彩、司计、女史，各二人。宫正司：宫正、女史，各二人。俱秩六品。慈宁宫：设贞容一人，秩二品；慎容二人，秩三品。勤侍无品级定数。从之。"（《清史稿》）

女官中的女史，以知书妇女充任，掌管有关王后礼仪等事；或为世妇下属，掌管书写文件等事。明沈德符《万历野获编·宫闱·女秀才》："凡诸宫女曾受内臣教习，读书通文理者，先为女秀才。递升女史，升宫官，以至六局掌印。"

（三）元妃省亲与皇家父子的关系

元妃省亲是《红楼梦》中的关键情节，其逻辑主导全书的政经逻辑。前面我们分析了，贾元春最早进宫依靠的是太上皇、皇太后，后来成为新皇妃子，所以贾元春在宫内的处境很复杂。

前面分析了林如海捐馆牺牲，是新皇帝对太上皇在金陵政治夺权斗争的阶段性失败。王子腾"累上保本"奏效，只有让贾雨村进京候补，变成闲职挂了起来。与此同时，新皇帝也要到太上皇那里"自为日夜侍奉太上皇、皇太后"以示妥协。为了进一步掩藏自己的夺权之心，新皇帝提拔·个太上皇满意的人当贵妃，贵妃人选就是贾元春。贾元春是太上皇的亲信贾家人，加上林家的原因，新皇帝还让其成为女官第一。太上皇亲信不止贾府一家，各家家里也不止一个女儿，当时贾元春已经不年轻了，所以不是唯一人选，新皇帝选择贾元春，还是因为贾家与林如海的关系。选择贾元春，林如海身后的势力人群也是满意和接受的，其中也带有对林如海为新皇帝扬州捐馆的抚恤性质，而且林家四代侯门，在太上皇时期也是侯门，林家也是太上皇可以接受的人选，林家相关的势力也不是太上皇要排斥打击的对象，前面分析了林家与甄家关系也不错，甄家还有老太妃。所以贾元春被封妃，有多重因素，她是一个平衡性的人物，林家势力与太上皇，都是元春封妃的关键性因素。也就是说，贾元春成为"凤藻宫尚书"女官之首有太上皇的原因，当皇帝的嫔御被封贤德妃有林家势力的原因。女官权力大，但荫及家人则要嫔御。

再看书中妃子省亲的写法，皇帝的想法是家眷申请可以入宫，而太上皇的批准变成可以省亲。

> 故（皇帝）启奏太上皇、皇太后，每月逢二六日期，准其椒房眷属入宫请候看视。

皇帝主动申请让妃子的亲属入宫，这本来就是讨好太上皇的面子话，而太上皇则显示更大的恩典。

说椒房眷属入宫，未免有国体仪制，母女尚不能惬怀。竟大开方便之恩，特降谕诸椒房贵戚，除二六日入宫之恩外，凡有重宇别院之家，可以驻跸关防之处，不妨启请内廷鸾舆入其私第，庶可略尽骨肉私情，天伦中之至性。

太上皇让妃子回家省亲，"略尽骨肉私情"，背后就是权力博弈。妃子到底站队在谁的一边，妃子省亲会给勋贵娘家带什么话，就非常关键了。元妃能够省亲是太上皇的意思，且可以多次省亲，皇帝却只让她回去了一次，而就这一次省亲，从后面省亲过程看，皇帝也并不情愿。

元春省亲是从早上拖到晚上才成行的，反映了皇帝的态度。

太监道："早多着呢！未初刻（下午1:00—1:15）用过晚膳，未正二刻（下午2:15—2:30）还到宝灵宫拜佛，酉初刻（下午5:00—5:15）进大明宫领宴看灯方请旨，只怕戌初（晚上7:00—8:00）才起身呢。"到了贾府之后，元春没有待多久，执事太监启道："时已丑正三刻（半夜2:30—2:45），请驾回銮。"

晚上七八点到半夜两三点，还没怎么待，就被催着要回宫了，足以说明了皇帝的态度。元春一点钟就吃了晚饭，肯定早准备好了，望眼欲穿等着下旨好省亲，而皇帝让她先拜佛再看灯，生生地耗到打更，且只让元春待到四更天，就叫"请驾回銮"。让元妃省亲是太上皇的意思，皇帝不得已同意，所以找各种理由。贾府大动干戈、好费心地布置省亲事宜，结果元春只是夜游了大观园。如果皇帝真的喜欢和支持贾府，就会让元春省亲在贾府多待一些时间。"体仁沐德"是太上皇的意思，显然不是皇帝的意思，最后的决定权应当还在皇帝。太上皇让元妃省亲的本意是要她多亲近家里亲人，但皇帝给安排的却是出来很晚，即使省亲别墅建好，也不可以住留，却当天就要回去。皇帝的态度非常明确，不想让元春与贾家多说话。此处已经显示出皇帝和太上皇的不和谐了。

贾政奉旨贵妃省亲（清孙温 绘）

贾元春是女官之首，皇帝不愿意她多次省亲，甚至连一整天的时间都不给，就是不想她把宫内的秘密带出来，更不希望宫外的信息通过自己不能控制的渠道传到太上皇那里；相反太上皇却更愿意她能够出来与贾家联络，传递太上皇需要的信息和情报。明白这个背景，就知道贾府为元春搭建的戏班、栊翠庵、水月庵等地方，应该也是宫内外输送信息的渠道。因此，太上皇一死，贾府立即要遣散为元春准备的戏班，水月庵的风月案发酵。看不懂元春在宫廷当女官的作用，看不懂元春后来成为女官之首的权力之大，就不能真正理解《红楼梦》书中的政治博弈。我们还应该注意到，贾元春在大观园听了一出戏《乞巧》，庚辰双行脂砚斋夹批："《长生殿》中伏元妃之死。"《长生殿》说的是唐玄宗和杨贵妃的故事，说明贾元春与太上皇在权力博弈中的关系是紧密，但不是"扒灰"的故事。贾元春最后应该还是被皇帝搞死了，我们在后面章节会分析。

更关键的细节是元春省亲，元妃身边还跟着"彩嫔、昭容"！昭容是九嫔之一，彩嫔应当也是嫔妃，都不是普通女官。唐朝后宫是昭仪、昭容、昭媛、修仪、修容、修媛、充仪、充容、充媛九嫔，书中此处彩嫔的"彩"应当与名字有关，如

大观园对面的戏楼
（杨艳丽于2024年春节拍摄于北京大观园）

元春叫元妃。"执事太监及彩嫔、昭容各侍从人等"（第十八回），书中写的位分是彩嫔在昭容之前。"于是抬舆入门，太监等散去，只有昭容、彩嫔等引领元春下舆"，引领元春下舆，也就是下车在昭容之后。如此次序安排，彩嫔的位置应当是昭仪，比昭容地位高的嫔之首位。也就是说元春身为贵妃，省亲的时候还要带着两个位置最高的嫔且不离左右，这两个嫔应当是皇帝的亲信。嫔在皇帝的女人位置当中仅次于妃，位分已经不低，却来引领，背后有深意。历史上，武昭仪特指武则天，昭容有上官婉儿，上官婉儿在宫中的职位性质与元春类似，上官婉儿是罪臣之女，也当过类似女史的职务。

清代女官中，最高位分的夫人是正一品，而昭容唐代秩正二品，金制以昭容等九人比九嫔，视正二品，明永乐初亦置昭容（俞鹿年编著：《中国官制大辞典》，黑龙江人民出版社1992年版）。昭容与元春的尚书，二者的官位品级只差一级，古代是官本位，皇帝的女

人也不例外。这两个嫔与元春应当属于竞争关系，不是从属关系，而且出身于不同的体系。以前元春仅仅为六品女史的时候，地位很可能都比这两个嫔要低。嫔肯定是得到皇帝宠幸的，属于皇族，而女官则大多没有被皇帝宠幸，是宫女仆役性质。前面分析了嫔妃与女官是两个体系，元春的贤德妃与凤藻宫尚书，是两个不同体系的职位。省亲跟着元春的嫔称呼方式还不统一，一个用彩嫔是昵称，另一个用昭容为职务，也说明她俩与皇帝的关系还有区别，一个是特别亲信得宠的，另一个是类似上官婉儿那样有心智当女官的，皇帝选派人选也是费尽心机。元春省亲的这个阵仗，两个嫔在身边伺候，类似皇后，有人说元春是皇后，但本人认为皇帝的皇后位空缺，元春为一品乾清宫夫人的最高女官，有皇后管理后宫的职权，当然这个职权背后是太上皇，皇帝对此并不满意。

皇帝让两个亲信嫔跟着元春省亲，除了害怕元妃带出宫中关键信息，更害怕带出更重要的东西，比如太上皇的诏书。一旦太上皇的诏书传到了王子腾那里，真的又是一场血雨腥风，将血流成河，就如《三国演义》"衣带诏"事件。王子腾是元春的舅舅，是太上皇的亲信，皇帝当然不信任他，把他从京营节度使调走，变成了边将。太上皇让元妃省亲，不是没可能发生类似"衣带诏"的事情。清朝后期，慈禧上位搞"辛酉政变"，就先搞了一个盖有两宫太后印信的圣旨秘密带到京城，让恭亲王依此来宣布顾命八大臣的罪状，才能够让政变成功。能够带出关键的"东西"，才是政变最重要的环节之一，也是皇帝必须严防的。皇帝必须派两个嫔跟着，普通的宫女、太监会被元妃给支开，根本盯不住，此处已经告诉读者皇家内部的矛盾有多尖锐。

元春省亲，跟着皇帝的两个嫔，而且还属于两个不同的体系，职位也不比元春低太多，可见皇帝与太上皇的芥蒂，以及对贾府多么不信任。贾家人与元妃说话时，两个嫔时刻在旁边，贾家人给元妃的物件，两个嫔来传递要过手一下。皇帝的两个嫔严防死守的结果，就是太上皇可能让元妃借着省亲带给贾家或王家的秘密，根本不可能有机会传递。

1987年版《红楼梦》电视剧截屏

在影视剧里，两个嫔是侍立在元妃身后的，且三个人的服饰差别太大。正常情况是，嫔与妃子相比，凤冠上少一个凤，衣服上也少一个凤。

上图来自郎世宁画的《乾隆十二后妃图》，图中的令妃和两个嫔的画像显示，她们的服饰差别不是特别大。在清宫，能够到嫔的位置，地位已经不低。乾隆12个主要后妃，当中还有几个是嫔。令妃魏佳氏在乾隆三十年（1765年）一跃成为皇贵妃，在乌拉那拉氏去世后，魏佳氏代行皇后之权十年，被追封为孝仪纯皇后，令妃就是贵妃，还是行皇后之权的一品乾清宫夫人，与之类比，跟着元春的彩嫔和昭容，宫中地位也很高，她俩也不是一般人。

按照清朝的规定，嫔与贵人是一个重要的分野，嫔的地位非常高。康熙皇帝创设了"东西六宫齐备，位号明确，等威明辨"沿袭明朝旧制的后妃等级制度。《清史稿·后妃列传》记载明确："皇后居中宫；皇贵妃一，贵妃二，妃四，嫔六，贵人、常在、答应无定数。"嫔的数量有限，比嫔地位高的人不超过七人。后宫之中，皇后是"位居中宫"的后宫之主，在东西十二宫当中，嫔也是一宫之主，不到嫔是不能当一宫之主的。而居于东西六宫偏殿的低等贵人、常在、答应，有"以供使令"、承担"侍上"职责，即要承担服侍"一宫主位"的义务，甚至不如宫女，因为宫女到了25岁后会放出去嫁人。按照这个制度，也就是元春省亲随从的彩嫔和昭容，都是一宫之主的主子，这样的省亲，背后的故事肯定不简单。

下面讲讲清朝皇帝的后妃。级别到了嫔以上才可以自己抚育自己的孩子，根据《清稗类钞》记载，"皇子生，无论嫡庶，甫堕地，即有保姆持付乳媪手"，"皇女于其母，较皇子尤疏，自堕地至下嫁，仅与生母数十面"。但皇子、公主到了一定年龄，嫔以上的女人就可以与所出子嗣"定时相见"。虽然"见亦不能多言"，但也是非常重要的特权，以后皇子封了王，还可以接出去奉养，比在宫内老死强多了。皇帝死后，她们的归宿也不同，《清史稿·后妃列传》有载："先朝妃、嫔称太妃、太嫔，随皇太后同居，与嗣皇帝，年皆逾五十，乃始得相见。"这样的待遇相当于民间能够进入祠堂的高等级的妾。

以贾府有两个开国公爵的地位，元春入宫后长期在六品女史的位置，说明皇帝是有意压低元春的地位，皇帝对贾家是不信任的。元春这个女史，可能是在太上皇时期就进宫了，元春死的时候书中说是 43 岁，应当是太上皇时期刚入宫就当了女史，后来新皇帝上位，她一直位分不高，因为太上皇也没有临幸过她，所以还可以成为新皇帝的嫔御。本来皇家拨款支持建设的大观园变成了林黛玉的嫁妆，与林家兼祧承祀后就是林家的财富。从这个安排可以看出，皇帝在背后支持谁，谁对元春在皇帝那里当妃子起的作用更大。元妃封妃，博弈过程是皇帝选了太上皇认可的人，但在太上皇认可的多人里面，皇帝选择了地位不高的、与自己亲信林家有关联的女史元春。元春封妃，贾府没有真正认识到是林家的作用，而认为是太上皇的恩典，而且元春本人对林黛玉也带有天然的抵触情绪，所以从改换怡红院的匾额上的字到端午节的礼品，都在打压黛玉，也让贾府的很多人会错意，最后带来了灾难性的结果。

元春省亲及后来的行为显然是失败的。元春是太上皇的人，但太上皇早晚会死去，与谁关系走近些，绝对任性不得。薛宝钗是姨妈的关系，王家是舅舅的关系，林黛玉是姑姑的关系，爸爸的妹妹与妈妈的兄妹孰轻孰重，在古代非常清楚，元春姓贾，父亲一方的重要性就是高于母亲一方的。皇帝一开始认为元春支持的是林黛玉。元春也明白林家门第高，碾压贾宝玉，她与宝玉情同母子，当然也和贾母一样不愿意宝玉吃亏，就是元春的任性让贾家会错意，也让皇帝更加猜忌贾家，这是聪明女人最容易犯的感情错误。

为了让太上皇满意，皇帝选择元妃，但皇帝更希望元妃回家表达的信息是让贾府远离王家，多亲近皇帝、亲信林家，希望元春能够站队到皇帝一边，但元妃却因为自己的情感，站队到了太上皇的一边，也让贾家做出了错误的判断。大观园是用林家财富修建的，林黛玉住在主位，贾家与林家有联姻的意向，皇帝是让元妃去加持的，结果元妃把事情做反了。元春应当是按照太上皇的意思去办事的。贾府有什么事情都请示元妃懿旨，实际上就是要看皇家的态度。元妃没有站到皇帝的立场上，而站到了太上皇的立场上，结果太上

省宫闱贾元妃染恙（清孙温　绘）

皇死后，皇帝不可能不惩办他们。太上皇死后不久，就传来元妃有恙的消息，最后的结果要了她和王子腾的命，贾府被抄家。

综上，新皇帝、太上皇矛盾巨大。元春在皇帝和太上皇之间想站队也有不得已之难，真的是"当日既送我到那不得见人的去处"！元春当着两个嬷对贾政说这个话，是她在情绪失控下失态的表现，会给家族惹祸的。因此，元妃省亲，比贾母等人去宫中探望元春，还要不自由。皇帝派两个亲信嬷跟着，对元春与贾家人的接触严防死守，就是害怕元春会把宫内秘密泄露出来，元春省亲的结果是大观园一夜游，重要的事情都没有交流，并且因为自己的任性，在宝玉联姻方向上给家族带来了错误的暗示。元春具体是怎么死的，后面章节会继续分析。

（四）皇家父子与勋贵们的关系

《红楼梦》文学价值高，还在于人物之间的关系不是简单的线性关系，而是复杂的网络关系，彼此交叉，且不是一成不变的。即随着书中情节不断发展，人物的关系也不断改变。

书中的太上皇与金陵勋贵们真实的关系如何呢？新皇帝与勋贵们的关系，以及与科举士子的关系，也是全书政经逻辑的关键。而作为皇家，天上有两个太阳，那么勋贵们的关系就更为复杂了。

贾家是开国跟着太祖打天下的，太上皇与贾府老一代关系应当更紧密。太上皇可能是二代皇帝，与贾家二代贾代化、贾代善应当关系很近。第二回冷子兴演说荣国府有过这样一段话："次子贾政，自幼酷喜读书，祖父最疼，原欲以科甲出身的，不料代善临终时遗本一上，皇上因恤先臣，即时令长子袭官外，问还有几子，立刻引见，遂额外赐了这政老爷一个主事之衔，令其入部习学，如今现已升了员外郎了。"当年的皇帝就是现在的太上皇，贾代善死后优待了贾政而王子腾则开始管禁军，太上皇主持了贾政与王夫人的婚礼，题写了荣禧堂的堂匾。

从当时的政治势力版图看，金陵勋贵四大家族互相抱团，都是太上皇的人，但林家不是太上皇的人，应当是现任皇帝的人，林家多恩赏了一代侯爵，这可是非比寻常的恩典，没准就是因为对新皇帝上位做了贡献。林家在太上皇时也是侯爵，太上皇也不排斥林家。林如海个人能力优秀，考中鼎甲，会试能够上榜，说明也很有实力。前科探花当了巡盐御史，也就是过了三年后就当了这个官职，也要新皇帝喜欢他才行。巡盐御史全称为都察院的盐课御史，林如海在扬州，就是著名的两淮盐运使，此职不光是肥缺，还是从三品，林如海完全是坐火箭般的升职速度。林黛玉第一次进贾府很风光，书里写黛玉第一次见到王夫人的时候，王夫人下意识的反应就是要让黛玉坐上首，自己坐在下首。

太上皇与新皇帝对贾家态度不同，在第五十三回作者也给了明确的证据。在贾家祠堂，写了两个皇帝的堂匾和楹联御笔，抱厦上是九龙金匾，先皇御笔"星辉辅弼"，楹联是"勋业有光昭日月，功名无间及儿孙"，这里明确写了是先皇御笔所书；下面正殿是闹龙填青匾"慎终追远"，只写御笔没有写先皇，应当是现在的皇帝，其楹联是"已后儿孙承福德，至今黎庶念荣宁"。对比这两个楹联，可以看到贾家的地位在递降。能够被皇帝称作"辅弼"，是极高的赞誉，肯定不是一般人，皇帝的亲信才可能享有，再加上"星辉"，就是亲信中的亲信，九龙金匾也需要皇帝特别的恩赏才可以用，可见贾家当时在皇帝心中是勋业"昭日月"。而闹龙填青匾就差一些，"慎终追远"也是大众化的祠堂用语，贾家在皇帝的心中变成了"黎庶念荣宁"，皇帝仿佛在例行公事安抚勋贵。"炎黄子孙"（现在讲中华儿女）和黎民百姓是不同的群体，黎民是蚩尤的后代，百姓是结盟的小部落，"炎黄子孙"才是黄帝、炎帝的后代正朔。两个皇帝对贾家的不同态度，在此处体现得非常清楚。

另外可以看到贾府宗祠的匾是孔府衍圣公给题写的，此处宗祠以孔圣人后代题写也印证贾家以后要弃武从文，转型复兴。旁边的楹联也是衍圣公所书："肝脑涂地，兆姓赖保育之恩；功名贯天，百代仰蒸尝之盛。"此联用词中，"兆姓赖保育之恩"不是随便写的！天下兆姓都受贾家保育之恩，把皇帝放在哪里？这么用词一般都是歌颂皇权的，没有皇帝的授意和许可，谁也不敢写，可见当年贾家在太祖皇帝和太上皇的心里，位置有多重要。从用词和匾额的规格下降，可见现任皇帝对贾家疏远了。

书中的很多地方都暗含着太上皇的人与新皇帝的人之间的博弈。林如海、贾雨村是新皇帝的人，他们去金陵和扬州的使命，针对的就是金陵四大家族及甄家等老皇帝的人，而新皇帝选林如海和贾雨村，也是经过慎重考虑的，林如海是贾家女婿，贾雨村在贾家认了宗，金陵勋贵们相对容易接受。当初，新皇帝上位，贾家肯定受到很大影响，包括李纨的父亲可能也因此获罪，贾敬中了进士也不当官而去修道，贾府也一直没有祭祀贾珠等，一切都显得太不正常。厘清了上述关系，一切就可以理解了。新皇帝登基，太上皇的老臣家族贾家已经受到过一次冲击，在书中也能找到影子。对太上皇的老臣也不能都杀光了，处理的同时也要安抚。所以贾府的贾敏与林家的林如海联姻了，而贾代化的禁卫军权则先交给了亲家王子腾。再后来，王子腾被派往边疆，剥夺了其在京城禁军中的权力。皇帝亲信林如海和贾雨村在金陵江南坐火箭般升职，剥夺金陵勋贵在当地的权力，冲突激化，林如海突然捐馆了。

太上皇有权、贾家得势，还有一个关键点可以证明，就是贾政被外放了学政。学政这个职务可不是随便给的。全国只有18个学政，职位短缺。本人经考据认为，贾政任的还是广东学政，是很重要的官职，因为他任内考察海疆还去过海南。当学政是非常容易发展地方势力的，因为一省在他当学政时录取的秀才和举人，按照惯例都要拜他为恩师，可以合法地同榜结党。

我们前面分析过，贾家在军队中的势力在南方，还是外戚勋贵，正常情况是非常忌讳的，皇帝绝对不会让贾家人染指科举圈子。更何况当时贾政只是从五品的员外郎，去当学政带有被提拔的性质。贾政原来是举人，后来在贾代善死的时候被皇帝赏了个工部主事，应当也赏了进士，因为不是进士出身是不能当学政的，所以贾政的学政当得不正，不属于正途，贾政谐音假正，不光是假正经，还有仕途假正的意思，所以皇帝让贾政放了学政，背后应当有太上皇的意思。

另外，书中的孙绍祖孙家，应当也受到了新皇帝的重视。当年老皇帝在位期间，孙家估计因为有什么事情需要贾家帮忙，只得投到了贾家门下。新皇帝则提拔了年轻的孙绍祖。孙绍祖年纪不满30岁，就候补提升二品官员，应当是新皇帝看中的少壮派，而对老皇帝看中的王家女婿贾政，两个人不为同道，所以在书中就明写了贾政极为厌恶孙家，背后也有政治版图的关系。孙绍祖名字的含义是继承祖辈，不是继承父辈，也就是他父亲一辈是被太上皇压制的，而祖辈可能是很发达的，他说是贾家上赶着"相与的"。孙绍祖看中的是贾雨村与新皇帝亲信的关系，他们应当是一派。到贾家被抄家，他当然要与贾家划清界限，然后看见新皇帝给贾政复爵了，就又允许迎春回家有限度地来往。把这个逻辑脉络看清楚，也就明白了孙绍祖的行为逻辑。

如果读者够仔细，会发现《红楼梦》书中其实出现过三个皇帝：太祖皇帝、太上皇、现任皇帝。在第十六回还提及金陵几个家族接驾的太祖皇帝，也就是贾家、王家等金陵勋贵与太祖皇帝的关系最好，太祖皇帝都到过其府上；与后来的太上皇关系也不错，不光是省亲，贾代化当初的京营节度使，应当就是跟着太祖皇帝期间担任的，到太上皇的时候，这个职务就到了王子腾手上，贾家没有了军权，王家与太上皇关系更近，贾家变成了文官；到新皇帝的时候，贾敬即使考中了进士也出家了，实际上就是被冷落的。还有贾敬在太上皇死后，很快就死掉了，说是误服丹药，但这个"误服"的时间太巧合，也给人很多联想。贾府为贾敬的丧事办得极为低调，与秦可卿的丧事形成了鲜明的对比，来吊唁的亲贵也非常有限，说明贾敬的进士是太上皇钦点的，他应当是太上皇的人，死了也就是平安落地了，符合本人在《红楼财经传家》中对贾敬修道实为避祸的分析。老皇帝之所以成为太上皇，可能还有什么事件在背后起了作用。该事件可能也与贾敬有关，所以在老皇帝变成太上皇之后，贾敬就要修道避祸去了；太上皇死了，贾敬活着可能会被清算，不如修仙死掉平安落地，家族也安全。

皇帝真正掌权应当是在第五十三回以后，此时皇帝对贾家，先把贾政外放学政；刁难贾赦，索要石呆子的古扇，借此让贾雨村与贾赦搞好关系。在皇帝与太上皇妥协缓和之后，新皇帝开始了重新的人事布局。

皇帝的新人事布局当中，对贾雨村和王子腾，搞了一个看似平等的升迁。书里写：王子腾升了九省都检点，贾雨村补授了大司马，协理军机参赞朝政。如此写法很有味道，王子腾是升，品级是增加的，而贾雨村是补授，平级授职，除了说明贾雨村候补之时的原职位就是一品以外，还让人觉得王子腾是升官，似乎获利更大，排在贾雨村的前面，让金陵勋贵反对不了。九省都检点职位是赵匡胤黄袍加身之时的职位，书中用此职给王子腾，也说明皇帝不信任他；而大司马在明清之时是兵部尚书的别称，但古代大司马一般也指最高军事主官。如此写法，可以看出皇帝心中对二人的亲疏远近。贾雨村是新皇帝极为重要的一个棋子。

新皇帝在太上皇控制之下能够用贾雨村还有一个因素，因为贾家是太上皇的人，贾雨村通过贾家得到太上皇的认可，同时江南甄家与太上皇的关系更好，前面章节已经分析了贾雨村与江南甄家的关系，甄家可能更能够让太上皇认可贾雨村。贾雨村与元妃一样，都是平衡性的人物，所以新皇帝可以在太上皇的控制之下顺利任命贾雨村。贾雨村是贾家宗亲，所以贾家认为贾雨村沾了贾家的光；贾雨村与林如海是同榜之盟，他同时与江南甄家也关系紧密，甄家还有老太妃，也与太上皇有联系；甄家与林家关系很好，甄家与王家也有矛盾，但甄家与林如海在皇家却应当分别属于太上皇和皇帝两个不同的阵营，因此贾雨村的位置就很微妙。因此，这些微妙的关系使贾雨村"成也萧何败也萧何"，因为林如海、甄家、贾家都支持贾雨村，他可以快速升职像坐火箭；因为甄家倒台他也要降级；又因为皇帝忌讳林家、甄家、贾家一派势力过大，最后他还要获罪。

书中贾雨村补授前不久的第四十八回，发生了石呆子的古扇一案，还有更深的故事。用古扇可能是要巴结皇帝，也可能是太上皇。石呆子的扇子去向非常复杂，所以贾赦在搞扇子的问题上连贾琏都隐瞒。此时家族成员依附于谁非常有讲究，贾府一家，父子跟着的都可能不是一个；林家就可能是父亲是太上皇的，儿子林如海是新皇帝的亲信。父亲跟着老皇帝，儿子跟着某个皇子；父亲虽然跟着老皇帝，也可能下注另外的皇子。

石呆子的扇子涉及贾雨村，本人前面分析过贾雨村与王子腾是政敌，当然一些事情就要瞒着王家女婿贾琏去做。类似的历史可以看看清朝与《红楼梦》创作同时期的佟国维和隆科多。当年，佟国维积极推举八阿哥胤禩，受到康熙帝训斥，罢职回家；他的儿子隆科多则是支持雍正即位的关键性人物。石呆子的扇子是给老皇帝的，所以新皇帝在抄家贾府的时候，就是贾家的罪名，新皇帝一定要问；如果是当时给新皇帝的，那么皇帝对御史的参劾根本不会在抄家之时当罪状去查的！但石呆子案最后处理结果，是皇家既然得到了扇子，肯定不能为了扇子搞得石呆子"坑家败业"，因为太上皇的圣德仁君形象也是不能破坏的。

贾雨村从江南实职到进京候补坐冷板凳，应当就是太上皇的亲信王子腾"累上保本"的结果。贾雨村通过贾家和甄家的关系，又得到了太上皇的认可，同时他又是皇帝亲信林如海这条线的人，以此特别身份，贾雨村才能够补授大司马。随着故事情节的发展，贾家、王家等金陵勋贵被新皇帝猜忌，甄家也倒台了，还牵连贾雨村被降了三级，他需要与他们划清政治界限。大司马是最高军事主官，此位置被贾雨村得到，贾雨村与太上皇的亲信王子腾不睦，在这里，贾雨村与贾元春不一样，贾元春封妃之后依然是太上皇一边的，依然亲近王家而不是林家，但贾雨村则旗帜鲜明地站队新皇帝，站队在林家一边。林黛玉是他重要的筹码，同时整合带动同榜圈子和御史圈子都站队新皇帝，新老皇帝之间的权力天平发生了重大变化。

贾雨村身居要职站队新皇帝，让新皇帝夺得了权力，在第五十五回，太上皇身体就出问题了。太上皇死了，与太上皇关系最好的甄家，在太上皇死后最先倒台，当然书中直接说的是甄家老太妃死了。到第七十二回，贾雨村也被降职了，贾雨村被降职，应当是受到了甄家的牵连，对此前面已经分析过。所以皇帝抓住贾雨村与甄家的关系，降职打压敲打他一下，警告贾雨村一方的势力不要趁机接收甄家同党再膨胀，也平衡一下其他势力，所以对贾雨村仅仅是一次降职，没有持续打压，因为皇帝知道贾雨村是自己人。甄家这一派的势力，皇帝要打击，但不是要打死，皇帝也知道各种势力互相交织，是"你中有我，我中有你"的，这个是标准的帝王御人之术。

贾雨村被降职，因为有贾家与太上皇的关系，贾家并没有被处理，贾家也没有出手帮助贾雨村，反而是贾琏叫林之孝躲着他，所以贾雨村此后应当认为他与贾家的人情也算是尽了，但贾家不这么想。后来，贾雨村能够很快又升任京兆尹兼管税务，又担任要职。皇帝把贾雨村调整到京兆尹，就容易对王子腾下手了，这在前面贾雨村与王子腾的那一节已经分析过了。贾政在第九十二回说起来酸酸的，专门提到了御史圈子，御史圈子也是林如海的圈子。此后不久，贾雨村就再升官回来，说明贾雨村还受到新皇帝的信任，也有其他势力圈子支持他，被降职是皇帝平衡各种势力，也是控制他权力膨胀，事后对他还要重用。

贾雨村当京兆尹的作用，是帮助皇帝除掉太上皇的亲信王子腾。再后来皇帝下决心要动贾府的时候，为何先要问贾雨村？让贾雨村去查实只不过是对他的一个考验，就是要摸清他的立场和站队。在甄家倒台、王子腾已死的情况下，贾雨村此时的表态对皇帝要动贾家已经没有影响力，皇帝要削藩和清算太上皇势力，早已经利剑出鞘了。这时，贾雨村的表态，只对他个人前途有影响，此时贾雨村的态度是站队到林家，对贾家是隔岸观火。

与此同时，新皇帝应当放松了对李纨娘家李家的治罪，在贾家上贡了石呆子古扇之后，到第四十九回，就可以看到李家的李纹、李绮投奔李纨来了，李家的男人呢？李纨还是一个不掌家的人，是一个死了丈夫的寡妇，按理娘家人不会来投奔的。李家应当是男人死光了，或者起码还有生存问题难以投奔，而李纨起码生活富裕，所以李家女人才能够不为奴来投奔。还有贾家能够收留，应当也是皇帝态度的松绑。同时李家的获罪身份改变了，对后来贾兰科考，都有影响。在第四十九回，大观园来了那么多的新面孔，背后也有故事，说明朝廷的政治环境也发生了变化。

政治环境的变化，受到影响最大的是甄家，新皇帝控制了权力，太上皇身体不好，等到太上皇一死，接着就是甄家倒台。后来，因为海疆战事需要，贾家、甄家这一派的势力需要平衡和安抚，在贾家被抄家之后皇帝才怀柔甄家，让甄家复职去海疆效力。同时史家在第四十九回也被皇帝赶到了外面任职，史家全家都走了，才有史湘云住到了大观园。之后史家回京，已经是在王子腾死后，皇帝要把史家监视在眼皮底下。甄家、史家的政治动向也影响到了贾家对宝玉联姻方向的选择。后来，甄家复兴之后，为什么甄宝玉要娶李绮？当时李绮没有嫁妆和资产，被迫去投奔贾家，甄家的甄宝玉可是甄应嘉的嫡子，是爵位继承人。此时甄家所看中的，应当也是李家背后的政治势力，李纨的娘家李家在新皇帝那里得势了，他们两家门当户对了。为何后来说李纨"威赫赫爵禄高登"？李纨应当也被新皇帝封了诰命，不用素服在贾家，更不用那么低调了。

发现了《红楼梦》中有太上皇的存在，它的政治逻辑就是更深的一出戏了，因为不光在臣子层面有博弈，在皇权层面更有博弈。整部《红楼梦》，要读懂其中的政经逻辑，才能够更深刻地理解书中的暗线内容。政经逻辑最重要的就是书中各种势力的政治版图，在弄明白太上皇这一个脉络体系后，《红楼梦》的政治版图也就全面和完善了。厘清各种势力在其中的关系，很多原来不能理解、看似匪夷所思的事情，就都有了合理的解释。

（五）大观园内的如海深算与皇家政经

大观园内的政经博弈，增加了太上皇的因素，博弈也比原先想的要复杂得多。大观园本来就是用于皇家省亲的，皇家关系的影响才是问题的核心。在秦可卿死后，贾家在营缮司皇家大工程中不但没有赚到钱，可能还出现巨大的亏空，在《红楼财经传家》中已经分析过了。为了弥补亏空，皇帝后来也给了补偿。这个补偿就是建设大观园。大观园极为豪华，钱花了是不少。但我们可以看到，皇帝对元妃省亲非常不愿意，元妃二更天来，四更天就得走。

本人之前已经分析过大观园是林家财富，即林黛玉的嫁妆，而且有多个角度印证，但大观园的湖水也没那么平静。用于省亲的大观园，皇家也是要拨款的，而朝廷拨款参与建造的工程，建成后变成贾家、林家的私产，也需要皇家的认可。更关键的是，建造大观园，可以洗白秦家和贾家的大量灰色财富，因为各种徭、贡、捐、献，征集的劳力和财物、物料，都是超过所需的，这些物料可以用于大观园，给林家算账了。而上述用于建造大观园的财物，则变成用于元妃省亲，也就是第十六回王熙凤与赵嬷嬷说的，拿皇家的钱往皇家身上花，各方谁也提不出异议。如此操作也有瑕疵，贾家被抄家后，贾政仍然担心大观园，北静王说"不必"了，依然再度上奏申请交官。

林家与贾家不同，林家是在皇家父子两代都吃得开的。林家四代侯门，在太祖皇帝那里也是封了侯的，与太祖皇帝的关系不错，林如海的父亲被恩典了一代侯爵，肯定与后来的皇帝关系也不错，可能是太上皇，也可能是新皇帝，更可能是新皇帝、老皇帝都认可，等到林如海被钦点前科探花，则一定是新皇帝。贾家的势力在老皇帝，贾家不断衰退；而林家的势力才是常青树，林家与贾家联姻，才是新皇帝看中、太上皇也喜欢的事情，所以说林如海这个名字就是暗喻林家侯门深如海。而书中后来的情节发展，太上皇死了，林家势力的代表人物贾雨村被降职，贾元春失宠，凤姐的夺锦之梦应当暗示元春女官之首"凤藻宫尚书"的位置被剥夺了，因此太监们对元春的态度就大变，才有第七十二回太监们都到贾府揩油"借"银子了。

林如海的安排也是相当聪明的。林如海是皇帝的铁杆亲信，干了替新皇帝得罪太上皇的事情。但贾家是老皇帝的亲信，把黛玉托管贾府，由贾母照顾，同时还与贾府有联姻的意向，万一新皇帝与太上皇的斗争失败，黛玉所在的地方也是安全的。林黛玉寄托在贾府，如果贾家出事，林黛玉又是林家人，也不会受到影响。

林如海也知道林家的巨额财富放在贾家可能会被贾府惦记，但这是交易的代价，没有这些财富在贾家，当林家出事的时候，贾家凭什么要保护黛玉的安全？这些财富是买安全的，命比钱重要。贾家经济紧张要财富，而林家则是要安全。也许林家还希望贾家揩油林家财富，这样万一林家有什么事，贾家花的钱又吐不出来，才会冒风险娶黛玉。林如海替新皇帝办事，万一新皇帝没有拿到实权，与太上皇关系近的贾家其实是黛玉的避风港。如果林如海被太上皇的人搞死，黛玉不在贾家羽翼之下，前途命运可能更惨。要转移财产和让对方承担风险，对方揩油当然是正常的。林如海只不过没有算到后来薛宝钗来了，薛家人也一定要争宝玉正妻的地位，贾府婆媳宅斗贾母失败，贾家站队错误，最后是贾家没有得到财，林黛玉出了事。最后贾母"明大义"把林黛玉葬回去，分了林黛玉嫁妆当中贾敏妆奁那部分的财产，贾家才渡过难关，对此在《红楼财经传家》中已经分析过了。

再回看一下书中的情节，黛玉、贾琏冬底接到林如海病危通知去扬州，结果发现林如海九月初三就早已死了，所以贾琏要让昭儿回来"讨老太太示下"。林如海之死，让联姻林家背后的政治风险已经显现出来了，需要贾母决定贾家此时的态度，林黛玉婚约不公开也与林如海身后的政治风险有关。虽然林黛玉死在了贾府，但她若留在林家，在林如海被政敌搞死的情况下，她的命运应当更没有保障。

让贾家保护林黛玉，林如海公开给贾家钱，贾家都未必敢要，所以林如海让一个老嬷嬷和一个小丫头跟着林黛玉，为了给贾家留点空间。王子腾是太上皇的人，与林家和贾雨村后来是政敌，所以王家人在内宅里搞林黛玉，是有双重目的的，不光是因为要娶薛宝钗。后来贾府内部矛盾激化，贾母斗败，贾家整体后宅失控，被王家人把持，王家人既不能让林黛玉嫁给宝玉，也不能让她活着嫁出去，因为林黛玉门第高，又带着巨额财富，必定嫁入门当户对的豪门。她嫁入别的豪门，对王家就是威胁。所以王家人从各种角度衡量，都需要让她死掉。

林如海替新皇帝办事，有政治风险，他要避风险，在林家承祀大事上，就选择了与贾家"兼祧"，而不是招入赘女婿。如果林家获罪，女婿是靠不住的！而且入赘的女婿也要被株连，但若是女儿已经"兼祧"嫁出去了，情况就不一样了。就如李纨，李家应当获罪，但李纨已经嫁到贾家，还可以留在贾家。了解了皇家父子内斗的残酷，就可以理解当初林如海的决策。林如海为什么不让林家远亲族人抚养黛玉呢？原因就是林家政治风险发生之后，族人都会被株连。就算没有政治风险，族人一样会残害黛玉，原因就是黛玉死了，族人正好可以分享林如海留给黛玉的全部财产。贾家人抚养黛玉，贾家没有对黛玉财产的合法继承权，最多是各种"卡油"。虽然这样的做法过去叫作童养媳，是丢脸的事情，但对黛玉而言最安全。《红楼财经传家》中，我们分析过史湘云是童养媳，实际上黛玉在贾府的性质也是童养媳，而薛宝钗因为是一家人借住又没有婚约，反而不是。同时林如海还给黛玉找到了靠山，把自己的政治资源都给了贾雨村，贾雨村对贾家和婚约起监督制衡作用。把林如海这些安排的幕后逻辑都看清楚，就知道林如海真的是老谋深算。

为何林如海死后，黛玉与贾家的婚约等仍不公开？因为其背后复杂的政治因素还存在。皇帝知道林如海死于谋杀，政治风险远未释放。林黛玉若是出嫁之女，又对林家没有承祀的义务，那么林家即使获罪，也不会直接株连到黛玉，黛玉带入贾府的林家财富算作妆奁也可以躲过抄家。因此，黛玉在贾府的位置也很微妙，根本不是她个人品行所能够决定的。红楼与青楼所不同的就是勋贵的红楼多了更深的政治博弈！而贾母在林如海托孤黛玉之时就是两头下注，后来又站队到了王家一边，站队错误导致被抄家，然后"明大义"地改正，于是就把黛玉葬入了贾府。

很多人会认为在大观园的建造过程当中贾家侵占了林家财富，林家死绝了没有人，所以林家太傻了。林如海扶持了贾雨村，贾雨村是林黛玉的师父，也是其父亲的托孤人，贾家没有那么简单就可以占林家的财富。就如之前我们分析的，大观园修建用了林家的钱，也洗白了贾家、秦家的灰色收入。皇帝支持贾家修大观园，补贴的是贾家和林家。此时，贾雨村可能也在利用贾家避风，因此贾家人一直认为贾雨村沾了贾家的光。

在第十六回，我们可以看到贾琏还没有进府里就去了薛家，在书里贾琏中午进家门，然后见过众人就与凤姐夫妻喝小酒，说起了省亲和修大观园等事情。贾琏笑道："正是呢，方才我见姨妈去，不防和一个年轻的小媳妇子撞了个对面，……"从贾琏这番话就可以知道，他第一时间就先去见了薛姨妈！为何见薛姨妈？原因就是薛家是皇商，各种费用的洗白是要通过薛家的。同时贾家用在甄家的采买戏班和灯饰窗帘等物的五万两银子，也要算到林家账上。这些银子在前面已经分析了，其实是秦家在甄家的财产，秦可卿是贾家媳妇，秦家死绝户了，只有给皇家使用才可以拿出来。贾家拿出来了，用在了大观园内，到时候就要算作给林黛玉的聘礼了。尤其是"置办花烛彩灯并各色帘栊帐幔"的两万两银子，省亲到各方派捐收礼就可以解决，贾家是两头赚利益。

此时修建大观园，太上皇和皇帝都是认可的，对林家和贾家都没有政治风险，可以安全地转移风险财富到大观园。大观园的占地在贾家荣国府、宁国府的旁边，土地应当是贾家的财产。据红学家考证：贾府建造大观园时，会芳园基本上划入了大观园，原有楼阁尽被拆除。就是说在大观园里面，还有原来宁国府的土地。也就是说修建大观园，贾家提供了土地，这个土地带有聘礼的性质，同时贾政等做皇家工程的物料的一部分价值可能算作了林家银子，另外可能还有部分物料的价值算作了贾家聘礼。因此算上贾家提供的土地价值和皇家的拨款，还有贾政营缮郎的灰色利益，在林家的角度算账，一起参与到大观园当中也是不亏的。这里大观园的价值过于巨大，远超贾家两府，光林家一家公开的财富应当是不够的。大观园本身也可以产生财富，按照书中探春经营的结果，简单的承包就可以自负盈亏，还有盈余，每年几百两银子，而世袭的爵位俸禄也就这么多。

修建大观园，贾家从中赚了林家的钱，但贾家也投入了土地，还有皇家给的补贴，真正得到好处的还是林家。林如海转移到贾家的林家财富，应当都是动产，变成大观园后，就是不动产了，谁想要侵吞就没那么容易了，更何况还有贾家和皇家的财富在其中。大观园建好之后，要是黛玉的妆奁，就要立契宣告是林家财产，用现在的话说也就是大观园的房产证上要写林家的名字，大观园是黛玉的婚前财产。怎么立契呢？背后有贾雨村在监督，当时贾雨村是一品大员进京陛见，后补授大司马。贾家不准备迎娶黛玉，贾家人就一个个搬出了大观园，明确告诉了读者，大观园的主人是谁！大观园作为皇家元妃省亲场所，能够立契为林家财产成为黛玉嫁妆，本身也说明元春能够封妃主要是因为林家，而她能够成为"凤藻宫尚书"，也就是一品乾清宫夫人，当女官之首，则是因为太上皇。

由于大观园的财富当中有贾家投入的聘礼，意味着林家若要退婚，聘礼可能要双倍返还，大观园就要交给贾府，还可能要赔其他的钱，林家藏于贾府的财富也不可能全部拿回。虽然贾宝玉纨绔不学，贾雨村作为林家代表，也不会轻易让黛玉不嫁宝玉，单方面决定与贾家悔婚。反过来，若贾家不娶黛玉，则支出的聘礼肯定拿不走，大观园就是林黛玉的妆奁，林家大有所得，对此贾家也是损失不小，林家也可以接受。

因此，林家与贾家的婚约就进入了僵局：贾家要主动确定联姻结婚，就要承担更多的"兼祧"义务，贾家要主动悔婚，就要退还林家财富；林家要主动要求联姻，就要在"兼祧"问题上有所让步，林家要主动悔婚，则要赔双倍的聘礼，林家藏在贾家的钱应当就拿不走了。因此围绕宝玉和黛玉的婚姻，林家与贾家的博弈非常微妙，双方的进退都是不自由的。

贾家站队王家决定娶薛宝钗，若让薛宝钗当正妻，林家必然要退婚，悔婚贾家就要算账，还要把林黛玉的嫁妆退回，贾家肯定也不想全给。在决定娶薛宝钗之后，黛玉得知消息病重，贾母去看黛玉，就对凤姐留下耐人寻味的一段话："我看这孩子的病，不是我咒他，只怕难好。你们也该替他预备预备，冲一冲。或者好了，岂不是大家省心。就是怎么样，也不至临时忙乱。咱们家里这两天正有事呢。"贾母说这话的时候，应当想到了黛玉悔婚要找理由，需要应对林家的势力，也要算财产账。此时，林黛玉正病重，古代女孩身患"恶疾"，本身就在七出之列，婆家是可以退亲的，不属于悔婚，聘礼可以要回来。不过，贾政对此一直是犹豫的，所以宝钗进贾府是以娶妾的礼仪进来的，后来圆房摆酒是黛玉已经死后的事情。但事情一直没有完，黛玉的灵柩一直放在大观园。前面已经说了，大观园虽然是林家财富修建的，但所占土地应当是贾家的，贾家洗钱的银子也可以账面上体现为建造大观园的出资，等于算作聘礼。同时林家还有存放在贾母那里的贾敏的嫁妆、林如海的灰色收入等，是一笔非常难缠的糊涂账。此时，贾雨村降职后又要升回来了，当年还是贾雨村送黛玉进入贾府的，所有的账目是蒙不了他的。婚约官司也是在京兆尹的管辖之下诉讼，所以贾母才有这番话，要让王熙凤对可能而来的争议早做准备。最后贾母"明大义"，让黛玉葬入贾家祖坟，最终算是贾家媳妇，"一抔净土掩风流"，而黛玉的嫁妆中的贾敏嫁妆那部分，贾母也合法地分了。

林黛玉死后，贾家一直不发丧的原因还有一个，就是不希望让林家人那么快过来算账。贾家对黛玉秘不发丧，贾雨村应当告知了皇帝相关事情。贾府娶薛宝钗冲喜，贾家没有说不娶黛玉，宝钗按照妾的礼仪进门，就留有余地。

书里最后大结局还有一个细节。贾珍说："宁国府第收拾齐全，回明了要搬过去。栊翠庵圈在园内，给四妹妹静养。"贾政并不言语，隔了半日，却吩咐了一番仰报天恩的话。为何大观园里面的栊翠庵给了惜春，贾政"无语"，还说"仰报天恩"的话，其实就是因为大观园里面的复杂权益关系，本来大观园是林家的财产，但栊翠庵又属于寺庙。贾政当时应当是没有想好怎么表态，后来"仰报天恩"则回归到了元春背书上。惜春早先就住在大观园，前面还有元春的懿旨，这样惜春主持栊翠庵，林家族人也就不好说什么。同时贾家在准备联姻王家的时候，贾家的人一个个搬出大观园，主要是黛玉居住，就算是贾府悔婚，也对林家有了交代。

太上皇刚死，皇帝对太上皇留下的势力采取了不同的标准进行分化瓦解，此时皇帝对贾家是怀柔政策，元春依然是皇妃，贾政又管了陵工肥缺。在太上皇死后，新的朝堂政治格局当中，贾家的地位处于不确定状态，贾雨村也在看皇帝的态度。贾家站队到王家，娶了薛宝钗没有娶黛玉，黛玉又很快死去，下一步将如何办理，贾雨村要等皇帝的态度再做决定。等到元妃和王子腾死后，皇帝就贾府的抄家定罪问题来问他的时候，贾雨村就知道皇帝的真实态度了，就把贾家秘密娶了宝钗、未娶黛玉且黛玉死得不明不白、贾家站队王家等事情，全部如实告诉了皇帝。从贾雨村那里知道了这些内幕，皇帝也就没有必要再查下去了，立即下旨抄家贾府。

在贾府被抄以后，经过贾政的试探，贾母就明白了幕后皇帝的真实想法，及时的"明大义"做出了正确的应对，让黛玉阴婚葬入贾家，对林家也算有了交代，贾府也平安落地并得以复兴。至此围绕林家财富的博弈、大观园的最终归属等，才算最终尘埃落定，大观园应当属于兼祧林家香火的那个孩子。贾家后来被抄家，就是对林家的势力认识不清，所以付出了巨大的代价。林如海的林家，才是侯门深如海。

大观园是以多方政经博弈为背景的，只不过这个背景被层层隐藏了。《红楼梦》运用的就是真事隐。《红楼梦》中的政经逻辑，读一遍是读不出来的。读第一遍可以说是看热闹，知道了其中的故事，欣赏了文辞；读第二遍，挖掘了书中暗线细节，看出来其中还有财经、政经的逻辑门道；等到读了第三遍，才能够知道表层财经、政经逻辑幕后，还有太上皇等深层的皇家博弈！《红楼梦》不愧为旷世名著，要读很多遍才行。

（六）书中暗线太上皇之死

在《红楼梦》书中出现了太上皇。太上皇是何时死的？皇帝何时发力彻底控制大权？作者用的是暗线。在第五十三回贾雨村掌管军权后不久，太上皇就出问题了。这样的时间节点安排，可以看到新皇帝与太上皇的貌合神离，太上皇身体不行了，皇帝的亲信贾雨村就马上上位，而作为太上皇亲信的王子腾则明升暗降。书中第五十五回："且说元宵已过，只因当今以孝治天下，目下宫中有一位太妃欠安，故各嫔妃皆为之减膳谢妆，不独不能省亲，亦且将。故荣府今岁元宵亦无灯谜之集。"一个太妃的身体不好，就会如此大动干戈地让所有嫔妃的家属不能入宫，并且还要"减膳谢妆"和"宴乐俱免"，连嫔妃家属贾府也"今岁元宵亦无灯谜之集"。贾府是贵妃母家，而皇太妃地位不高，她身体不好，贵妃之家都要受到影响，本身是不合古代规制的。太妃不是皇帝的亲娘，皇帝因太妃身体有恙，严格控制嫔妃外戚的举动，就是掩盖真相，应当是太上皇有了重大健康问题，不让省亲是为了封锁消息。皇帝的老爹病危，皇帝的妻子和亲家们当然要"减膳谢妆"和"宴乐俱免"。此处用一个不知名的太妃，就是掩人耳目了。

第五十八回："谁知上回所表的那位老太妃已薨，凡诰命等皆入朝随班按爵守制。敕谕天下：凡有爵之家，一年内不得筵宴音乐，庶民皆三月不得婚嫁。贾母、邢、王、尤、许婆媳祖孙等皆每日入朝随祭，至未正以后方回。在大内偏宫二十一日后，方请灵入先陵，地名曰孝慈县。"此处写的其实是皇帝才能享有的丧葬礼仪。虽然写的是老太妃，但死掉的肯定不光是太妃，还有太上皇。老太妃的葬礼再豪华也不能在礼制上逾制。古代礼制是绝对大事，容不得半点瑕疵。按照清朝的制度，在皇帝大丧期间，近支宗室 27 个月内，远支宗室及在京大臣一年内，皆不许嫁娶，不许作乐宴会。在京所有人员需着素服 27 天，不准祭祀，官员百日内不许娱乐和嫁娶，庶民一个月内不许嫁娶，百日内不得娱乐，同时 49 天内不准屠宰，27 天内不准搞祈祷和报祭（参考《清史稿》、《皇帝丧仪》、《清实录》、程帆主编《中华上下五千年》等）。对比一下书中对太妃葬礼的要求，庶民禁止婚嫁从一个月变成了三个月，比清朝皇帝的丧仪要求都不低，就知道是皇帝死后的规制。太妃死后的礼仪规格，可以对比元妃薨逝的规格。太妃的身份地位与元春类似，葬礼规制也类似，贾家与元春有直系亲缘之下，此时还偷娶宝钗。因此，薨逝的人不光是太妃，太上皇此时也死了，才是真相。

清光绪皇帝的葬礼

从《红楼梦》书里面太妃得病到薨逝，丧葬是按照皇帝的规制办理的，可以知道太妃就是对外的说法，实际上书中暗线是在告诉读者太上皇在此时死掉了。

太上皇功服期内，贾家必须严格遵守礼制，但贾家仍不忘宅斗，"便报了尤氏产育"，尤氏得以插手掌家。尤氏没有怀孕假报怀孕，涉嫌欺君之罪，然后就是贾敬之死。贾府尤氏撒谎说怀孕，当然不便出面办理丧事，尤氏两个妹妹就来帮忙，就有了贾琏和尤二姐之事，背后是贾琏、贾珍联手要内宅夺权。而凤姐此时要殊死博弈，造假案让张华告贾琏在"国孝家孝之中，背旨瞒亲，仗财依势，强逼退亲，停妻再娶"，贾府获罪。若是太妃之丧，责任完全不一样，只有太上皇国丧期间，才会如此处理。贾琏和王熙凤都是在玩火，尤氏假报产育欺君。由此可见，贾府内宅失控，完全对外部政治风险不管不顾，政治联姻犯错，导致家族抄家悲剧。

书里此时还写了"又见各官宦家，凡养优伶男女者，一概蠲免遣发"，就是要停止一年娱乐。贾府梨香院唱戏的十二官，在此时也被遣散了，原因是死掉的还有太上皇，贾府是太上皇的亲信之臣。《红楼梦》中的十二官在梨香院地位非常特殊，即使贾府娱乐，也不敢差遣她们来唱戏。有人便认为是给元妃专属服务的，所以贾府不敢僭越，但元妃是贾家女儿，给一个懿旨，让梨香院的唱戏也是可以的，就如让弟妹们入住省亲别墅大观园。只有十二官是给太上皇服务的，才比较合理，元妃也不敢逾越。此戏班贾府就花费白银三万两，属于巨款，以贾府的财力，直接遣散损失巨大。此时元妃尚在，就予以遣散也不合理。

前面也分析了，元春是女官之首，十二官是戏班，也可能是宫内外的消息通道，是皇帝忌讳的大事，太上皇死了，别人当然更不敢用这个戏班了，戏班的存在就可能给贾家招祸，因此贾府借机立即遣散，而且对戏班的女子，贾家不敢要赎身费。王夫人在最终遣散芳官等人的时候非常清楚这一点。贾府能够花三万两银子采买戏班，肯定是在孝敬比元妃更高的人物。还有后来贾赦要一千两一把收购石呆子的古扇，花费两万两银子，都不是贾府财力能够消费的。贾府上贡太上皇，花三万两买戏班，这边皇帝可能就勒索贾赦，让贾府花巨款买古扇。贾府买不来，只能对林家势力的贾雨村妥协。贾雨村搞来扇子，贾家在太上皇那里替贾雨村说话。贾雨村是王家势力的政敌，因此有王家背景的平儿在骂贾雨村"饿不死的野杂种"时特别恶毒，王家人应当都是如此骂贾雨村的。

贾琏被贾赦派去平安州，把尤二姐单独扔下，才让凤姐得以施展计谋。平安州是一个敏感的军事重镇，应当就是王子腾九省都检点的驻地。太上皇驾崩，本身政治上极为敏感，贾府此时还要去见外官，真是找死。贾家和王家都是太上皇的人，他们需要交流对策，两家私下串通交流就是"交通外官"，这是皇帝绝对不能容忍的结党行为。因为事情机密重要，"是件机密大事，要遣二爷往平安州去"（第六十六回），当然就只能由有贾府爵位继承权的贾琏亲往，有爵位在身的贾赦不经皇帝批准，不能擅离驻地外出。此时"交通外官"之事，因为与太上皇之死有关，皇帝知道了当然要抄家革爵拿问。至于欺男霸女的事情，对古代勋贵之家，不算什么大事。

江南甄家应当也是太上皇的人，太上皇一死，甄家很快倒台，史家应当也随着甄家倒台，此时王子腾还在台上，所以贾家产生了联姻薛家抱团的想法，此时林黛玉的靠山师父贾雨村也降职了，所以贾府会选择娶薛宝钗。另外贾敬为何出家不当官，为何"误服丹药"死掉了，是巧合吗？前面已经分析过，贾敬也可能是有事情被株连，而被迫出家避祸，所以才会"箕裘颓堕皆从敬"。贾家的后台太上皇死了，贾敬跟着死了，也使家族摆脱了嫌疑，人死了带走了秘密。贾敬父亲贾代化在太上皇当政时是京营节度使，应当还有很多故事，贾敬之死可能也不是简单误服丹药所致。《红楼梦》

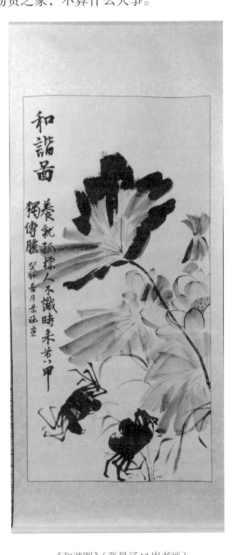

《和谐图》（张景涵13岁书画）

329

中的政治博弈，前八十回就已经全面展开，只不过是暗线逻辑，进行了千里埋线，到后四十回才得到印证，没有后四十回，就看不懂全书的政经逻辑，因此《红楼梦》的一百二十回是一个整体，不能割裂来看。

荷花与螃蟹的组合，叫作《和谐图》，用荷与蟹的谐音，是国画当中的一个重要题材。上图中的诗句是著名画家徐渭的《黄甲图》题诗："养就孤标人不识，来年黄甲独传胪。"黄甲是螃蟹，也是科举黄色的进士榜，传胪是第四名，二甲第一名，科举的前三名是大主考、副主考、皇帝各点一名，传胪是公认的文章最好，一般科举谦虚一些，都说争取传胪，两个螃蟹传递芦苇的形象。《红楼梦》里与荷花有关的内容很多，与螃蟹有关的内容也很多，就是给读者一种和谐的感觉，而实际上是在和谐真事隐之下，斗争得血雨腥风。

六、旋涡中的尤氏姐妹与秦氏红楼

（一）尤氏姐妹与珍琏兄弟的内宅之盟

《红楼梦》写尤二姐之死，主要情节是尤二姐被王熙凤挖了陷阱，最后吞金自杀。对王熙凤搞死尤二姐的背景，却有更深的内容可挖。荣国府里面想要她死的不止王熙凤，其中还有荣国府与宁国府之间的博弈，是多方宅斗的结果。

尤二姐是贾珍妻尤氏的异父异母妹，是尤老娘与前夫所生，后尤老娘改嫁尤家时带来。尤老娘及其二女因贾敬丧事进入宁府，除了贾府几个男人贾珍、贾蓉、贾琏关注她们，她们几乎处于与贾府上下不相来往的状态中。在大多数读者眼中，尤二姐的形象是这样的：虽有姿色，但由于在未嫁之前就与贾珍不清不楚，所以名声不好。尤二姐带着与贾珍有染的污点，被贾琏娶为妾后，却一心一意恪守妇道，希求做一个改过从善的妇人，因为谋求上位，又心机简单，被王熙凤算计致死。有人认为，尤二姐如果嫁给张华，虽然家境贫寒，但至少是个正房太太，不必受其他妻妾的气。但尤二姐爱慕虚荣，宁做凤尾不当鸡头，宁愿嫁给贾琏做小老婆，所以受到命运的惩罚属于活该。也有人认为，尤二姐嫁给贾琏，不但得了他的人，得了他的心，还得到了许多金钱财物，足够她和母亲下半辈子生活了，也是不错的选择。从书中的表现来看，张华好吃懒做，赌博败家，如果嫁到这样的人家，人生似乎更悲剧。

很多读者认为贾琏非常羡慕贾珍的生活方式，久闻他们父子与尤氏姐妹有染，所以趁贾敬丧事之机，也想认识一下二尤，加入宁国府的乱伦队伍。书中贾琏对贾蓉说："人人都说你婶子好，据我看，那里及你二姨一零儿呢。"贾琏比贾珍父子更要经不起诱惑，一下子就爱上了尤二姐。贾琏稍微露出端倪，尤二姐马上就芳心暗许，搞定了贾琏，让贾琏决定娶她。

书里面尤家姐妹在贾府，背后是盯住了贾府的男人谋嫁，但要真的有染，就未必那么简单，尤家老娘有经验，尤氏姐妹也有想法。第六十三回，贾蓉见了尤家姐妹之后，求尤老娘在家多住一段时间，并和尤二姐挤眼。

> 尤二姐便悄悄咬牙含笑骂："很会嚼舌头的猴儿崽子，留下我们给你爹作娘不成！"贾蓉又戏他老娘道："放心罢，我父亲每日为两位姨娘操心，要寻两个又有根基又富贵又年轻又俏皮的两位姨爹，好聘嫁这二位姨娘的。这几年总没拣得，可巧前日路上才相准了一个。"尤老只当真话，忙问是谁家的，二姊妹丢了活计，一头笑，一头赶着打。

不光是贾蓉，尤氏姐妹应该也接触过贾宝玉。至于她们同贾宝玉之间如何有交集，书中没有明说，不过贾宝玉在向柳湘莲说起两人情况时，说过"尤家姐妹真是一对尤物"，由此可以推测出，她们姐妹的风情让贾宝玉也动过心。

对尤家姐妹，《红楼梦》一书着墨不少，书中连续多回都涉及尤家姐妹，从她们出现到死去，各个章回记录如下：

第六十四回《幽淑女悲题五美吟　浪荡子情遗九龙佩》是讲贾琏、尤二姐第一次打交道，贾琏送了九龙佩，玉佩很贵重；

第六十五回《贾二舍偷娶尤二姨　尤三姐思嫁柳二郎》是讲贾琏偷娶尤二姐，尤三姐想要嫁给柳湘莲；

第六十六回《情小妹耻情归地府　冷二郎一冷入空门》是讲尤三姐的死，尤三姐是贞洁的、有原则的，暗示尤家有原则；

第六十七回《见土仪颦卿思故里　闻秘事凤姐讯家童》是讲凤姐听到贾琏另娶的事，知道了外室尤二姐的存在；

第六十八回《苦尤娘赚入大观园　酸凤姐大闹宁国府》是讲凤姐假意接尤二姐入大观园，把尤二姐置于自己能够控制的位置；

第六十九回《弄小巧用借剑杀人　觉大限吞生金自逝》最后讲尤二姐被堕了胎，然后因抑郁而自杀了。

1987年版《红楼梦》电视剧尤二姐剧照

尤二姐在《红楼梦》里面不是个简单的配角，有关她的情节也是贾府宅斗的重头戏。很多人把贾珍、贾蓉、贾琏、尤氏、秋桐等人的行为都想得过于简单化、表面化了。尤二姐与贾琏的关系，在贾敬已经死掉的情况下升级发展，贾敬的葬礼上他俩情谊加深，然后尤二姐变成二房。在贾敬死后，没有人可以管束贾珍，贾珍已经世袭宁国府的爵位，尤氏虽然是宁国府的诰命夫人，贾珍要想把尤二姐、尤三姐这俩小姨子自己收房，已经不存在任何障碍。《周易》

里面有"归妹以娣"，庶出女随着嫡女、长女同嫁还被认为是吉利的，中国古代社会有不少姐夫和小姨子有特别的暧昧关系。《红楼梦》中，宁国府的男人与尤氏姐妹就是这样的暧昧关系。暧昧归暧昧，不一定真的与小姨子有染，若真的有染，古代做正妻的姐姐都是支持的态度，妹妹早就被收房了。贾珍却没有收房，应该有别的原因。

过去丈夫要纳妾，正妻不能嫉妒，嫉妒属于七出之条，所以找自己的妹妹，与自己有依靠，是最好的选择。同时对没有子嗣的尤氏而言，亲妹妹的孩子，可以收养变成自己的孩子。在古代的伦理之下，尤氏首先会促成自己丈夫将妹妹收房，收房后尤二姐属于侧室，在妾里面位置最高，可以入祠堂。古代对女人贞洁又极为看重，要是真的有了性关系，女孩绝对要逼婚。因此，贾珍没有将尤二姐收房，应当是没有发生性关系。很多人认为贾珍要促成贾琏纳尤二姐为妾，这是当代社会的思维，对原书本意理解不对。本人认为，尤二姐背后还有贾珍与贾琏重要的利益交换，贾珍不收尤二姐、尤三姐为妾，或因为收不了房，或因为尤二姐是贾珍的工具。就如前面分析秦可卿是贾府重要的工具，秦可卿的天香楼里面，不知道有哪个王爷之类的人，北静王就有嫌疑。《红楼梦》的水深不见底。

贾琏骨子里也很男人，一直被王熙凤压抑着，原因是王家势力大，王家嫁妆多。如果贾琏再找一个妾，花大代价给她设立外室，还娶了与家族兄弟贾珍有染的女人，估计贾琏也不干。开始的时候，贾琏可能也只想占占便宜，书中说："贾琏素日既闻尤氏姐妹之名，……不禁动了垂涎之意。况知与贾珍贾蓉等素有聚麀之诮，因而乘机百般撩拨，眉目传情。"此处"聚麀之诮"的含义为父子乱伦。《礼记·曲礼上》："夫唯禽兽无礼，故父子聚麀。"郑玄注："聚，犹共也。鹿牝曰麀。"禽兽不知父子、夫妇之伦，故有父子共牝之事，后指两代的乱伦行为。不过，如果他们乱伦，是不会让外人知道的，贾琏"素知"，最多是听说，所以才有了勾引的想法。不过，后来事情的发展，出乎了贾琏的预料。尤二姐与贾琏，是贾蓉主动牵线。

> 贾琏说："人人都说你婶子好，据我看那里及你二姨一零儿呢。"贾蓉揣知其意，便笑道："叔叔既这么爱他，我给叔叔作媒，说了做二房，何如？"贾琏笑道："你这是顽话还是正经话？"贾蓉道："我说的是当真的话。"贾琏又笑道："敢自好呢。只是怕你婶子不依，再也怕你老娘不愿意。况且我听见说你二姨儿已有了人家了。"贾蓉道："这都无妨。我二姨儿三姨儿都不是我老爷养的，原是我老娘带了来的。……"

贾蓉对尤二姐的基本情况做了介绍，他主动做媒，也让人觉得出乎预料，然后贾琏非常满意地让宁国府父子促成了好事。若是尤二姐与贾珍、贾蓉有染，那么贾蓉做媒也会有所顾忌。所以本人认为，尤二姐应当是干净的，贾琏娶她是为了重大的利益交换。书里写："请了贾琏到寺中来，贾珍当面告诉了他尤老娘应允之事。贾琏自是喜出望外，感谢贾珍贾蓉父子不尽。"明媒正娶，结盟就会很清楚，不用置外室；偷情的话，一间房间就足够了。

贾琏对尤二姐下了本钱。在贾蓉介绍尤二姐情况以后，贾琏见到了尤二姐，书中写道："贾琏一面接了茶吃茶，一面暗将自己带的一个汉玉九龙佩解了下来，拴在手绢上，趁丫鬟回头时，仍撂了过去。"汉玉在清代就非常值钱，古代没有现代机械，玉石加工非常不易，而且玉石有君子德行的含义。如果尤二姐与宁国府父子有染，贾琏应当不会这么下本钱，并且"将现今身上有服，并停妻再娶，严父妒妻种种不妥之处，皆置之度外了"。贾琏的兴奋点，应当不止一个女色。

上图就是九龙佩，不是九条龙，是"九"字形盘着的龙形玉佩。现在有刻九条龙的玉佩，也叫九龙佩，不过古代那样的玉佩如果不是皇家佩戴，就是僭越和犯罪。

贾琏把自己的私房钱都给了尤二姐，结果被王熙凤收了。

（第六十八回）凤姐儿道："这有何难，姐姐的箱笼细软只管着小厮搬了进去。这些粗笨货要他无用，还叫人看着。姐姐说谁妥当就叫谁在这里。"尤二姐忙说："今日既遇见姐姐，这一进去，凡事只凭姐姐料理。我也来的日子浅，也不曾当过家，世事不明白，如何敢作主。这几件箱笼拿进去罢。我也没有什么东西，那也不过是二爷的。"凤姐听了，便命周瑞家的记清，好生看管着抬到东厢房去。

尤二姐的斗争经验不足，搬进去受到折磨也是必然的。尤二姐死后，贾琏一点钱也拿不出，"及开了箱柜，一滴无存，只有些折簪子，坏了的花儿并几件半新不旧的绸绢衣裳"。说明贾琏把自己所有的私房钱都给了尤二姐。到了第七十二回需要用钱，贾琏道："你们也太狠了，你们这会子，别说一千两银子，就是现银子三五千，只怕也难不倒，我不和你们借就罢了，这会子烦你们说一句话，还要个利钱，真真了不得！"贾琏为何这么说？贾琏自己不可能一点私房钱也没有，尤二姐那里被王熙凤收走的贾琏私房钱，应该就有这个数目，贾琏把自己所有的私房钱给了尤二姐，他对尤二姐真心十足。

在《红楼梦》中，尤氏的地位比王夫人和邢夫人要低，书里不称她为"夫人"，而写"尤氏"，古代夫人不可以随便叫，要有封号。在秦可卿死后，尤氏在宁国府的地位应当得到了提高。

（第九十二回）冯紫英又问："东府珍大爷可好么？我前儿见他，说起家常话儿来，提到他令郎续娶的媳妇，远不及头里那位秦氏奶奶了。如今后娶的到底是那一家的，我也没有问起。"贾政道："我们这个侄孙媳妇儿，也是这里大家，从前做过京畿道的胡老爷的女孩儿。"紫英道："胡道长我是知道的。但是他家教上也不怎么样。也罢了，只要姑娘好就好。"

从这一段对话，就知道贾蓉续娶的继室，在宁国府里面难以做主，宁国府的内宅权力完全控制在了尤氏手里。尤二姐嫁给贾琏是国丧家孝期间偷娶，严重违法，对此风险尤氏是知道的，所以"尤氏却知此事不妥，因而极力劝止。无奈贾珍主意已定……"看来贾珍对此是图谋更大的利益。

贾琏与贾珍，他们交换的利益是什么呢？看一下古代的宗法制度，以利益为视角分析，就很简单了。贾珍和贾琏需要合作，需要有投名状和利益绑定，需要共同争夺家族内部的控制权。在贾敬死后，贾珍世袭了爵位。在宗法上，贾珍的宁国府是大宗，荣国府是小宗，贾珍已经是宁国府的大家长，还是贾家家族的族长。就连贾敬生前也不问家事，一味修道。《红楼梦》第四回还写道："现任族长乃是贾珍，彼乃宁府长孙，又现袭职，凡族中事，自有他掌管……"对贾珍而言，毕竟还有贾敬这个老爹在，贾珍要夺权还要忌讳老子，但贾敬死后就不一样了，尤氏就成了宁国府的当家夫人。贾琏是荣国府的嫡长子，也就是要继承爵位的，贾琏需要有香火，在王熙凤不能生育的情况下，就得另想办法。贾琏的婚事，除了父母之言，家族族长也可以说上话，所以他俩与屋内的女人结成了联盟。书中第八十二回林黛玉评价尤二姐之死，说得一针见血："但凡家庭之事，不是东风压了西风，就是西风压了东风。"这里的东风和西风应当指的不是王熙凤和尤二姐，她俩不对等；东风和西风，东风是叫作东府的宁国府，西风当然是在西边的荣国府，这是两个贾府里面的女人宅斗，是尤氏姐妹、贾珍、贾琏联盟的夺权斗争。

尤二姐嫁给贾琏，地位可以到侧室，因为她是族长正妻的亲妹妹，虽然她和尤氏没有血缘关系，但中国古代比起血缘，更认宗法关系，她姓了尤，是尤家的继女，一样算尤氏的亲妹妹。侧室是地

1987年版《红楼梦》电视剧截屏

位最高的妾，贾琏是爵位继承人，按过去的礼法，卿大夫一妻两妾，士一妻一妾，高等级的妾也可以进宗庙，与普通人家不同。侧室如果生下了儿子，那么她就有非常充足的理由来争夺正妻之位。因为王熙凤没有儿子，而无论是平儿还是秋桐，都是奴婢出身，地位与尤二姐完全不同。所以可以看到，尤二姐嫁给贾琏，利益巨大，与她被贾珍收房不同。贾珍已经有了嫡长子贾蓉，贾蓉已经成年，而贾琏还没有儿子，想象空间巨大。尤二姐是大宗当家奶奶的妹妹，在婚嫁论门第的时候，族长正妻的妹妹，可以算作门当户对。贾琏与族长贾珍是连襟，在荣国府的地位就完全不一样了。贾珍虽然低贾赦、贾政一辈，但在宗法规矩下，贾珍是族长，族长说话的分量是不一样的。族长是多代长子，一般辈分都会比很多族人要低。现代社会是小家庭，对家族和族长的威力，可能感觉不到、认知不深，但在古代社会，在家族内，是可以对其他成员上家法的。尤二姐如果嫁给贾琏，又生了儿子，在宁国府是尤氏当家，在荣国府未来则可能是尤二姐当家了，母以子贵，扶正尤二姐，族长贾珍可以说话。

　　贾敬死后，尤氏在宁国府后宅的影响力大幅度提升，而且她也会因为贾珍正式成为大家长而得到诰封，因此当然不甘心地位总在王夫人、邢夫人之下。第五十八回："谁知上回所表的那位老太妃已薨，凡诰命等皆入朝随班，按爵守制……贾母、邢、王、尤、许婆媳祖孙等，皆每日入朝随祭。"这句话证明了尤氏与王夫人、邢夫人一样，也受到了诰封，应当是后来受封的，只不过书里没有改成"尤夫人"。若贾珍与贾琏的联盟发展下去，尤家姐妹分别把持宁、荣二府，成为荣国府的主导，而不是王家姑侄把持荣国府长房、二房，也就是说尤二姐的到来，会导致贾府后宅格局的根本改变。这个改变，贾珍和贾琏都愿意，是他俩主导的方向。贾琏与贾珍同娶尤氏姐妹，就是一个联盟。

　　宁国府的贾敬好修仙，不问家族俗务，在贾氏宗族的地位和影

339

响力已经下降，所以他死后的葬礼就很冷清。贾敬活着的时候，轮不到贾珍发言，一直是荣国府和王家主事。但贾敬死后，贾珍成为宁国府的新老大，要为他的贾府大家长、贾氏族长的权威和控制权进行博弈了。看看贾珍是怎么给秦可卿办的葬礼。当时，宁国府的大家长应当是贾敬，贾敬在世，贾珍的族长之位就形同虚设。所以贾珍要将族长的权力落实，也要有支持者，荣国府嫡长子贾琏，是他重要的同盟。

在古代，大小老婆的最大差别是能否进入祠堂，死后能否享受子孙香火。哪一个老婆能够进入祠堂，不光是贾琏说了算，还要族长认可，也就是贾珍有很大的发言权。尤二姐是贾珍的小姨子，贾珍肯定会让尤二姐进入贾家祠堂。尤二姐嫁给贾琏，要求的条件很高，她的高要求得到了满足，才会与张华悔婚。看看贾蓉是如何对老娘说的："今凤姐身子有病，已是不能好的了，暂且买了房子在外面住着，过个一年半载，只等凤姐一死，便接了二姨进去做正室。"在贾珍的支持下，贾琏娶了尤二姐，而贾蓉也是宁国府嫡长子，他说的话是有身份承诺的。贾琏娶尤二姐经过了宗族的族长认可，有族长背书。贾蓉对尤老娘的承诺就是尤二姐要做正室，同时荣国府的下人已经在比较新奶奶和旧奶奶，以致被其他人听见才泄密的。此时，下人、家奴的议论已经不是大奶奶和姨娘，而是新旧奶奶，已经说明下人也在站队，贾琏就是要换妻了，而不是让尤二姐仅仅做一个侧室。尤二姐需要的位置就是贾琏的正室，贾珍和尤氏姐妹需要的则是直接针对凤姐的掌家权力。

贾珍、贾琏能够联盟且在贾府里面夺权，还有一个关键点就是王熙凤不识字。王熙凤掌家，最关键的地方是瘸腿的，要依赖贾琏，她也不好信任其他人。书里第九十二回，贾母笑道："好孩子，你妈妈是不认得字的，所以说你哄他。明儿叫你二叔叔理给他瞧瞧，他就信了。"说明凤姐不认识几个字。贾琏惧内，让王熙凤掌家，当初也有他的需要，若不是凤姐掌家，贾琏对家族事务更无法染指，因为有邢夫人、王夫人，凤姐当家，他起码还可以分一杯羹。贾琏现在要与贾珍联盟，对凤姐的掌家权也是威胁，凤姐不识字，去问谁？古代大家族，虽说女子无才便是德，才与识不一样，识字属于知识，掌家和教育孩子都需要。王家对孩子的培养很欠缺，这也是王熙凤的重大弱点，她要掩盖这个弱点，也只有对外狠辣了。

尤二姐到荣国府就是来夺权的，贾珍与贾琏的联盟后来遭到荣国府其他势力的抵制，包括引起贾母的不满，贾母对抵制是默许态度，后来贾母在尤二姐死后的表态就说明了一切。尤二姐是尤氏的妹妹，贾母对她的态度连丫鬟出身的秋桐都不如，秋桐可以在贾母那里不断地说尤二姐的坏话，也是贾母默许的，如果所言内容贾母不爱听，以秋桐的身份，也没有机会在贾母身边唠叨尤二姐。

所以尤二姐嫁给贾琏，背后就是贾珍、贾琏结盟，他们成了连襟，尤氏姐妹在贾府内宅要争夺发言权，而且看起来非常有望获胜。

（二）尤氏姐妹策划的上位之路

尤氏姐妹很早就策划要上位，她们一直在等待机会。我们来看一下这些暗线：贾珍一直想要染指荣国府；秦可卿与尤家的关系不一般；在贾琏偷娶之前，是尤氏管理整个贾府，此时凤姐还流产了。这么多的"看似巧合"，是告诉我们背后的事情并不简单。

尤氏姐妹为何姓尤，贾宝玉说得非常清楚："真真一对尤物，他又姓尤。"作者用这个姓，就是说她们是尤物，专门勾引男人上位，也包括贾珍的继室尤氏！尤家的门第和财力与贾府爵位继承人相差太远，秦可卿死后贾蓉续娶，也是找的"做过京畿道的胡老爷的女孩儿"（第九十二回贾政说的），三品官道员的女儿（道员正四品，很多有三品的加衔、兼衔，京畿道是要职，要比其他道员高）！尤老爹还要找带着拖油瓶的老伴，尤氏应当也是依靠当"尤物"上位的，当年尤二姐订婚只要了 10 两白银。有姐姐的成功案例为榜样，妹妹尤二姐当然也有类似的想法，当姐姐的尤氏给妹妹创造了机会。

在第四十三回，贾母安排尤氏给凤姐过生日，贾母道："这件事我交给珍哥媳妇了。越性叫凤丫头别操一点心，受用一日才算。"贾母的这个安排，也是在制衡凤姐掌家权力坐大，有让尤氏也能够参与的想法。可以看看尤氏与凤姐的对话。

> 尤氏道："昨儿你在人跟前作人，今儿又来和我赖，这个断不依你。我只和老太太要去。"凤姐儿笑道："我看你利害。明儿有了事，我也丁是丁卯是卯的，你也别抱怨。"尤氏笑道："你一般的也怕。不看你素日孝敬我，我才是不依你呢。"

这段笑眯眯的对话当中，明显是藏着刀剑，两人非常不友好。王熙凤是大富人家的小姐，尤氏给她过生日，偏偏给上了一出《荆钗记》。要论荆钗，尤家才是荆钗，尤氏能够嫁入贾府当正妻，那才叫《荆钗记》。尤氏也对贾政的两位姨娘很体贴：

> （尤氏）见凤姐不在跟前，一时把周、赵二人的也还了。他两个还不敢收。尤氏道："你们可怜见的，那里有这些闲钱？凤丫头便知道了，有我应着呢。"二人听说，千恩万谢的方收了。

凤姐的对头也是尤氏姐妹以后需要的同盟者，尤氏早早地就在埋线了。

贾珍要染指荣国府，还有一个原因就是宁国府的财务比荣国府更紧张，在荣国府贾政是有实职的，工部的营缮郎是天下肥缺，就算外放学政和粮道，也是肥缺，而宁国府则只有爵位给的一点点钱。第五十三回，贾珍领了皇家的过节费，刚刚说："除咱们这样一二家之外，那些世袭穷官儿家，若不仗着这银子，拿什么上供过年？真正皇恩浩大，想的周到。"乌进孝来送年货，贾珍预计至少是五千两，结果才二千五百两，马上就缺钱了。人回："北府水王爷送了字联、荷包来了。"贾珍听说，忙命贾蓉出去款待："只说我不在家。"这里的北府水王爷应当就是北静王水溶，他的下人来名义上"送字联、荷包"，实际上是要节礼收红包的，因为王爷比贾家地位高，贾珍没有钱，只有躲了。后面就是"贾蓉去了，这里贾珍看着领完东西，回房与尤氏吃毕晚饭，一宿无话"，确实是"世袭穷官儿家"。第八十八回，贾珍帮助管理荣国府的时候，鲍二发现周瑞舞弊嫌疑，被周瑞干儿子何三打，贾珍则打了鲍二，将他赶了出去，说明贾珍与周瑞一起贪荣国府的财，此情节在《红楼财经传家》中分析过了。宁国府缺银子，贾珍就把主意打到了荣国府。

贾珍和尤氏想要夺权，在第五十八回就已经开始行动了，当时是国丧期间，"两府无人，因此大家计议，家中无主，便报了尤氏产育，将他腾挪出来，协理荣宁两处事体"。尤氏以要生孩子为由，没有参加，这是涉嫌大不敬和欺君的罪名。她不去，为的就是"协理荣宁两处事体"，开始参与两府家族事务，而且开始时尤氏很低调，"尤氏虽天天过来，也不过应名点卯，亦不肯乱作威福，且他家内上下也只剩他一个料理，再者每日还要照管贾母王夫人的下处一应所需饮馔铺设之物，所以也甚操劳"。尤氏看似不管，但这一次她肯定把两府上下的各种情况都摸清楚了，给以后出来管理打下了基础。

为何是尤氏留下？原因就是此时尤氏的身份已经是族长夫人了，她以族长夫人的身份，参与宁荣二府的管理。后来贾敬的丧事，为何尤氏又不方便出来办理了？因为此时贾府报了尤氏产育，她没有参与皇家的活动，不能让别人看出她身体健康未怀孕，否则会被参劾欺君、大不敬。而后面尤二姐再进门，若再生了贾琏子嗣，贾珍、贾琏和尤氏姐妹的联盟，就真的可以上位了。

皇家丧事期间，尤氏请假管理宁国府和荣国府，到贾敬死去，荣国府的管理权在谁手里呢？这里虽然没有公开交代，但我们可以看到皇帝禁止嫁娶是三个月，贾琏走了，凤姐大闹，还是在国丧期间。至少皇家办丧期间的这三个月，是尤氏管理两府的，也就是说在贾琏娶尤二姐的时候，尤氏正管理着荣国府、宁国府。在凤姐请尤二姐到荣国府的时候，尤氏依然可能在管理荣国府，或者是刚刚放手离开，影响仍还在。

可以看书中第六十回，赵姨娘与芳官冲突之时，"正没开交，谁知晴雯早遣春燕回了探春。当下尤氏，李纨，探春三人带着平儿与众媳妇走来，将四个喝住"。从中可以看出，此时荣国府在管事的人，尤氏是领头。探春是年轻姑娘，李纨则是戴罪身份，在《红楼财经传家》中已经分析过，所以她不能公开掌家，也不用去皇家的丧事。然后第六十一回，平儿让凤姐对茯苓霜盗案"得放手时须放手"，应当也是在尤氏掌家之时。

尤氏大姐在掌管贾家两府，这也是尤二姐敢于跟着王熙凤回到荣国府的底气，所以她自信地说："我只以礼待他，他敢怎么样！"听话听音，绝不是尤二姐单纯天真这么简单，她说这个话的腔调，一个"敢"字，已经是上对下、胜券在握的语气。贾珍、贾蓉利用尤氏管理两府的机会，及时拉拢贾琏娶了尤二姐，也是尤氏姐妹和贾珍、贾蓉抓住时机，与贾琏结盟，去荣国府夺权。这也是贾琏等不及了，要冒险在国丧期间娶尤二姐的原因，不仅仅是贾琏好色的问题。

我们可以看看第六十一回，凤姐又小产了一回，平儿说："好容易怀了一个哥儿，到了六七个月还掉了，焉知不是素日操劳太过，气恼伤着的。"凤姐刚刚流产，按照我们现代的观点，妻子刚刚流产，就去外面寻欢找新人，是妥妥的大渣男。而在古代，男人为了家族，生育第一，却不会有人认为有什么，女性流产不能生育，反而是男人去找新人的理由。把此时间节点看清楚，就明白尤家姐妹也不是善茬。凤姐流产，正虚弱的时候，也是她们的机会。王熙凤大月份流产是在尤氏管理荣国府期间，贾母安排尤氏同时掌管荣国府，把荣国府掌家的王熙凤置于何地？凤姐怎么"气恼伤着的"？被谁气恼了？又是谁敢气恼她？回看一下前面凤姐过生日时二人的对话，就可以明白了。尤氏掌管荣国府，凤姐小产这段时间，尤氏姐妹正在盘算尤二姐的目标贾琏。

尤氏管理荣国府，书中第五十八回说得非常清楚，"虽天天过来，也不过应名点卯，亦不肯乱作威福"，作者的春秋笔法很妙，尤氏"每日还要照管贾母王夫人的下处一应所需饮馔铺设之物，所以也甚操劳"。贾母和王夫人都有一群丫鬟照料，"饮馔铺设"都有人管，本来就不会有什么事情，尤氏的"甚操劳"就是什么事都插手的抓权行为。每日"照管贾母王夫人的下处一应所需"，本来这是王熙凤的职责，尤氏去了，就是夺了王熙凤的权，导致王熙凤"气恼"而流产。贾珍及尤氏姐妹暗中策划让尤二姐嫁给贾琏，就是一个大棋局。后来，王熙凤抓住漏洞，策划张华案大闹宁国府，大骂尤氏"你但凡是个好的，他们怎得闹出这些事来！你又没才干，又没口齿，锯了嘴子的葫芦，就只会一味瞎小心图贤良的名儿"，责骂贾珍、尤氏撺掇贾琏偷娶尤二姐，也算是出了以前的恶气。

另外，贾珍还知道贾琏搞定了鸳鸯，贾珍知道了，那么尤氏姐妹也就都知道了。在第五十三回，贾蓉又笑向贾珍道："果真那府里穷了。前儿我听见凤姑娘和鸳鸯悄悄商议，要偷出老太太的东西去当银子呢。"而鸳鸯为何要给凤姐办事？在第六十三回，贾蓉说："连那边大老爷这么利害，琏叔还和那小姨娘不干净呢。"前面一节已经分析了，这个"小姨娘"就是鸳鸯。在贾赦要娶鸳鸯之时，贾赦和邢夫人在荣国府不得势。贾珍知道了凤姐与鸳鸯偷拿银子，认为"那又是你凤姑娘的鬼，那里就穷到如此。他必定是见去路太多了，实在赔的狠了"。贾珍抓住了"偷银子、贾琏鸳鸯私通"的把柄，对尤氏姐妹上位就更有利了，他暗中要挟凤姐，所以凤姐"气恼伤着的"流产也有了想象空间。只不过贾珍和尤氏姐妹低估了荣国府整体的抗拒，以及尤二姐与鸳鸯也是情敌的影响。贾母厌恶尤二姐，更可能是鸳鸯暗中在敲边鼓，所以后来他们夺权失败，尤二姐就悲剧了。

我们发现，尤家连退婚的 20 两银子都拿不出，最后 10 两银子把尤二姐退婚，经济条件可能还不如当年刚来的刘姥姥家，属于彻底的社会底层！古代讲门当户对，社会底层出身的尤氏，能够成为贾府正妻，没有非常的手段是不行的！王熙凤是勋贵家的千金小姐，虽然极为精明，但锋芒毕露，都显露在外面，是作者明线写的；而尤氏的手腕则是暗线，隐藏得很深，尤氏在此"甚操劳"的实际情况，就是操劳、管事、揽权，可能是同一事情的不同视角，在尤氏掌管荣国府的时候，王熙凤不但流产了，还得了血山崩，以后也生不出孩子了，这就是尤氏为尤二姐日后上位做好的准备。

尤氏姐妹应当很早就参与宁国府的事务了，在秦可卿葬礼的第十三回，"只见秦业，秦钟并尤氏的几个眷属尤氏姊妹也都来了"，尤氏姐妹在书中第一次出场是跟着秦家的，他们为什么会此时走到一起？作者肯定文无废墨。此时尤二姐和尤三姐与担任天下肥缺的秦家在一起，尤氏能够上位，成为正妻，可能与有所瓜葛的皇家大工程也有关，上位策划不是一天两天了。尤氏上位本身可能也与之有关，所以璜大奶奶来问罪的时候，尤氏盛赞秦可卿。对于以上关联逻辑，读者还可以看看贾宝玉与柳湘莲怎么说的："我在那里和他们混了一个月。"那么贾宝玉是何时与尤氏姐妹混到一起的呢？这又是一条暗线。在贾敬丧事期间，尤氏姐妹来帮忙，贾珍、贾蓉和贾琏在左右，葬礼事务繁多，贾宝玉是难以与尤氏姐妹混到一起的，贾宝玉与她们两姐妹混到一起，应当是在秦钟那里，在秦钟和柳湘莲等人的局上。小官秦业的"养女"秦可卿与尤家，地位就对得上了。贾琏之前是不认识尤二姐的，在秦可卿葬礼上，贾琏正好陪着林黛玉奔丧去了，第六十四回"却说贾琏素日既闻尤氏姐妹之名，恨无缘得见"，也就是贾琏早就知道尤氏姐妹，但不认识。尤氏姐妹在圈里名声很大，如果是古代正常人家的姑娘，是不可能这样名声在外的，尤氏姐妹想要嫁入豪门，应当也是混圈子的。

尤氏没有怀孕却报了产育请假，如果出现在贾敬的葬礼上，大家发现尤氏没有怀孕，贾家就是欺君之罪。所以尤氏叫了尤二姐、尤三姐两个妹妹来帮忙。正常情况下，在宁国府，尤氏不出面，贾珍的两个妾佩凤偕鸾，是年轻娇憨女子，也可以帮忙，同时贾蓉还有继室，也可以当家，就如当年的秦可卿。第九十二回贾政介绍贾蓉的继室也是四品道员的女儿，大家小姐，完全可以当家。此时尤二姐还是未嫁姑娘，在古代本来就不适合抛头露面，尤家当时的地位也与贾家绝对不对等，尤氏姐妹在贾敬的葬礼上亮相，就是有想法的。通过葬礼，贾家的其他人，包括家奴们，尤氏姐妹都熟悉了，贾家的朋友们她们也都见过了。

书中还有一个情节应当注意，就是荣国府里面的人在不同时间节点对宁国府的态度也在变化。在第十六回，凤姐还得意地说"更可笑那府里忽然蓉儿媳妇死了，珍大哥又再三再四的在太太跟前跪着讨情，……"到尤二姐死后不久的第七十一回，尤氏被荣国府的下人怠慢，结果还把下人给绑了起来，凤姐哭鼻子了，完全没有了以前的泼辣之风，背后就是权势的变化。在太妃葬礼之后，宁国府的地位高了，开始的时候下人婆子对尤氏的命令爱搭不理，才受到了惩罚。对此，我们将在后面继续分析背后的政治逻辑。

凤姐流产了，不能生育了，尤氏姐妹在此时发力，尤二姐嫁给贾琏为妾，凤姐也是被逼入死角以后，再绝地拼死反击的。这是两府的宅斗。宅斗中，尤氏姐妹是下手在先的发起者，所以书中有评价"家事消亡首罪宁"。大家族内宅的掌家夺权，也是急吼吼、血淋淋的。书中黛玉的"东风西风"论，也可以是指东院宁国府和西院荣国府之间的博弈，评价一针见血。

（三）尤二姐死于荣国府多方宅斗

贾琏与贾珍结盟，争夺家里的控制权，对荣国府原有的内宅权力格局是挑战，从而也带来了激烈的荣国府多方宅斗。

首先就是荣国府的大家长贾赦不干了，儿子与身为新族长的侄子结盟，挑战老子的控制权，肯定要反对，当然他老婆邢夫人也不干。但贾琏娶尤二姐，理由是延续香火，是古代纳妾最合理、合法的理由，同时还有大宗的新族长贾珍的背书，贾赦也难以公开反对。

贾赦不能公开反对，暗中就给贾琏与贾珍的结盟掺沙子，加入新力量来支持王熙凤去博弈。贾赦的做法就是突然再给贾琏一个妾，要对尤二姐来一个制衡，所以秋桐就被指派给贾琏了。为何贾赦早不给，就在这个节骨眼上给呢？已经很说明问题了。"这秋桐便和贾琏有旧，从未来过一次。今日天缘凑巧，竟赏了他，真是一对烈火干柴，如胶投漆，燕尔新婚，连日那里拆的开。"书里说他俩有旧，应当是秋桐想要当贾琏的姨娘已久，贾琏也暗送过秋波。秋桐够不着宝玉，贾琏是她唯一可以指望的机会，但就算二人有旧情，也没有越雷池，书中明里说贾琏高兴，对秋桐而言更是大机会，秋桐就要为贾赦的需要出力。

秋桐为贾赦的丫鬟。贾琏偷娶尤二姐后，父亲贾赦把秋桐赏给贾琏为妾。为何早不给晚不给，贾琏没娶的时候不给，有了尤二姐，不缺妾的时候，反而再给一妾？背后原因就是要与尤氏姐妹对抗。

秋桐敢直接怼尤二姐，很多人认为她是巴结王熙凤，被王熙凤当枪使，是一个无脑的女人。但她的行为，可不光是王熙凤默许的。贾赦是一个好色的人，身边的女人都想要占有，为何把秋桐给了贾琏？"秋桐自为系贾赦之赐，无人僭他的，连凤姐平儿皆不放在眼里，岂肯容他。张口是'先奸后娶没汉子要的娼妇，也来要我的强'。"秋桐的态度，明显说明背后有贾赦撑腰，而且她应当与贾赦没有两性关系。贾赦应当对她有承诺。秋桐怼尤二姐，可不光是她因刻薄和愚蠢被凤姐当枪使，而是背后有贾赦对宁国府族长的对抗。否则秋桐在贾琏房中，最多是赵姨娘那样的身份，对凤姐、平儿都还要收敛，不会那么嚣张。

秋桐成为出头怼尤二姐的人，还有一个优势就是她对荣国府的人都熟悉，可以往贾母、王夫人那里走动，能够把话递上去，打小报告吹风。

秋桐正是抓乖卖俏之时，他便悄悄的告诉贾母王夫人等说："专会作死，好好的成天家号丧，背地里咒二奶奶和我早死了，他好和二爷一心一计的过。"贾母听了便说："人太生娇俏了，可知心就嫉妒。凤丫头倒好意待他，他倒这样争锋吃醋的。可是个贱骨头。"因此渐次便不大喜欢。众人见贾母不喜，不免又往下踏践起来，弄得这尤二姐要死不能，要生不得。

尤二姐背后还有尤氏呢，其实是荣国府与宁国府之间的故事。邢夫人大骂贾琏："不知好歹的种子，凭他怎不好，是你父亲给的。为个外头来的撵他，连老子都没了。你要撵他，你不如还你父亲去倒好。"邢夫人是指桑骂槐，尤二姐可以说是族长贾珍给的，她这样骂等于痛骂了尤二姐背后的尤氏和宁国府贾珍。

尤二姐死掉了，秋桐的利用价值就没有了，所以很多人认为她就被王熙凤打入冷宫，但事情不是那样简单。大家都知道王熙凤是醋罐子醋坛子，兴儿说过："陪了过来一共四个，嫁人的嫁人，死的死了，只剩了这个心腹（指平儿）。他原为收了屋里，一则显他贤良名儿，二则又叫拴爷的心，好不外头走邪的。"不过秋桐的利用价值，更多是对贾赦而言，不是对王熙凤而言。在贾赦看来，她的利用价值没有了，倒是后来王熙凤对秋桐还凑合。书中第八十八回：

> 将近三更，凤姐似睡不睡，觉得身上寒毛一乍，自己惊醒了，越躺着越发起渗来，因叫平儿秋桐过来作伴。二人也不解何意。那秋桐本来不顺凤姐，后来贾琏因尤二姐之事不大爱惜他了，凤姐又笼络他，如今倒也安静，只是心里比平儿差多了，外面情儿。今见凤姐不受用，只得端上茶来。凤姐喝了一口，道："难为你，睡去罢，只留平儿在这里就够了。"秋桐却要献勤儿，因说道："奶奶睡不着，倒是我们两个轮流坐坐也使得。"凤姐一面说，一面睡着了。平儿秋桐看见凤姐已睡，只听得远远的鸡叫了，二人方都穿着衣服略躺了一躺，就天亮了，连忙起来伏侍凤姐梳洗。

细看这一段，说得很清楚，王熙凤对秋桐，不是一脚踢开的态度，是笼络的态度，而且自己担惊受怕的时候，能够想着叫秋桐到身边，二人之间关系应当不错。倒是开始时秋桐不顺凤姐，背后应当有贾赦的支持，等尤二姐死了，贾赦把她利用完，态度就冷了，秋桐也收起了当时的嚣张，乖乖地服侍凤姐。她怼尤二姐，是贾赦和邢夫人在背后对贾珍和尤氏不满。

高鹗续书，写王熙凤死后，秋桐又和平儿争地位。贾琏宠爱平儿，平儿最后扶正了。贾琏嫌弃秋桐，可能有她怼尤二姐的原因。贾琏难以喜欢她了，平儿要扶正了，她就更没有位置了。秋桐是一个聪明人，她便天天哭着喊着不愿意在贾家，贾琏便叫她娘家人领了出去，回家再嫁，结局比待在贾府守活寡要好多了，而且当时的贾府已经不是曾经的贾府了。所以秋桐一点也不傻，不是简单得可以被王熙凤随意当枪使的女人。能够在贾府生存的，都是人精，傻人不多，秋桐一样是傻不了的。

所以尤二姐的到来，就是贾琏、贾珍和尤氏姐妹要争夺一定的贾府控制权。争夺控制权，直接针对的是王熙凤和王夫人掌控的荣国府后宅，但还影响到了荣国府大家长贾赦和邢夫人，甚至也影响了贾母。别看书中写贾母对尤二姐印象不好是因为秋桐的"扎针"，但以贾母的阅历和精明程度来看，对实际情况是非常清楚的。贾珍、贾琏联合，贾珍是族长，可以压制荣国府，对贾母而言也是压力，看看贾母对尤二姐死后下葬的安排，"贾母唤了他去，吩咐不许送往家庙中"（第七十回），就可以知道贾母的态度了。好赖尤二姐也是族长夫人的妹妹，但也不能葬入贾家的坟地和放到家庙里面。古代家族族长的地位和权力，比现代要高得多、大得多，当代人的体会不深了，但在《红楼梦》创作的年代，读者可是都懂得的。

贾赦把秋桐给贾琏，除了让秋桐怼尤二姐以外，当然也希望秋桐，而不是尤二姐能够生儿子。因此王熙凤使坏，导致尤二姐堕胎，贾赦和邢夫人，也在偷着乐呢！王熙凤应当把这个局看清楚了，才敢对尤二姐下手。否则真的导致贾琏无后，可不光是被休这么简单。休妻，女方可以带回嫁妆，但若是女方有重大过失就不一样了，可以上家法。中国古代支持家族私刑，比如犯淫，处理方式不是休妻，而是浸猪笼，用家法把人搞死，都是有的。严重的过失，还可以通过宗族家法程序处理，严重过失不休妻而上家法，是非常狠的。王熙凤对付尤二姐，保自己的正室位置是根本。主持家法是族长贾珍的权力，贾珍是尤二姐的姐夫。贾琏可以不休妻，但改变妻妾位置，让凤姐的正室位置不保，那么女方还走不了，娘家也拿不走嫁妆。

所以尤二姐的"我只以礼待他，他敢怎么样！"也有一定的底气。王熙凤的"敢怎么样"，背后有贾赦的支持作为靠山，否则仅因为王家的势力大，也会有顾忌。

尤二姐被王熙凤请入贾府，不是尤二姐轻信了王熙凤那么简单，而是她有自己的打算，她对进入贾府后的博弈有自信。因为她背后有贾珍这个族长的支持，而且她真的得到了荣国府爵位继承人贾琏的人，也得到了贾琏的心。同时在国丧期间，贾家报了尤氏产育，让尤氏管理荣、宁两府事务。尤二姐的姐姐尤氏正在管事，也是对尤二姐的有力支持。不过她低估了进入贾府后要面对的对手，她的对立面不是一个王熙凤，而是贾府的所有王家人，甚至还包括贾琏的老爹和继母。同时她还因为信息不对称，不知道王熙凤已经通过张华的诬告，操控了诉讼，取得了决定性的胜利，她的位置不一样了，贾珍、贾蓉和尤氏也不敢公开支持她了。

王熙凤对付尤二姐的手段，首先就是坏她的名声。第六十九回：

> （凤姐）无人处只和尤二姐说："妹妹的声名很不好听，连老太太，太太们都知道了，说妹妹在家做女孩儿就不干净，又和姐夫有些首尾，'没人要的了你拣了来，还不休了再寻好的'。我听见这话，气得倒仰，查是谁说的，又查不出来。这日久天长，这些个奴才们跟前，怎么说嘴。我反弄了个鱼头来拆。"说了两遍，自己又气病了，茶饭也不吃，除了平儿，众丫头媳妇无不言三语四，指桑说槐，暗相讥刺。

可以看到，王熙凤不说，平儿不说，一群人在说，污名化尤二姐与贾珍的说法是哪里来的？肯定是有人造的。而秋桐敢跳出来到处说，不光有王熙凤的意愿，背后还有贾赦呢！贾珍是族长，贾赦不舒服，尤二姐与贾珍有染的流言，隔断贾珍、尤氏与尤二姐的关系，对贾赦也有利。在荣国府散布尤二姐与宁国府贾珍、贾蓉不清不楚的言论，就是针对宁国府，符合荣国府更多人的利益。否则，荣国府的下人也不敢公开地对贾府主人嚼舌头。

凤姐对尤二姐的狠招，是把尤二姐明媒正娶的身份给搞烂。具体手段就是通过张华的不断诉讼，对张华案，另有章节详细分析。诉讼起来，打中了宁国府的命门，最后也是贾府被抄家的理由之一。诉讼的理由是国丧家丧之间娶亲，这在过去属于大罪，可以上纲上线为十恶不赦的大不敬之罪，所以王熙凤可以打上门去，大闹宁国府。第六十八回：

> 人报："西府二奶奶来了。"贾珍听了这个，倒吃了一惊，忙要同贾蓉藏躲。不想凤姐进来了，说："好大哥哥，带着兄弟们干的好事！"贾蓉忙请安，凤姐拉了他就进来。贾珍还笑说："好生伺候你姑娘，吩咐他们杀牲口备饭。"说了，忙命备马，躲往别处去了。

贾珍躲掉了，但宁国府的其他人躲不掉，尤氏和贾蓉就被凤姐狠狠教训了一番。

> 凤姐照脸一口吐沫啐道："你尤家的丫头没人要了，偷着只往贾家送！难道贾家的人都是好的，普天下死绝了男人了！"……贾蓉忙磕头有声，说："婶子别动气，仔细手，让我自己打。婶子别动气。"说着，自己举手左右开弓自己打了一顿嘴巴子……

结果宁国府当家人在下人当中的威信扫地，宁国府嫡长子贾蓉与王熙凤的对白当着众人，下人们都看见了：

众姬妾丫鬟媳妇已是乌压压跪了一地，陪笑求说："二奶奶最圣明的。虽是我们奶奶的不是，奶奶也作践的够了。当着奴才们，奶奶们素日何等的好来，如今还求奶奶给留脸。"说着，捧上茶来。

宁国府当家人的威信没有了，而且宁国府的男人认怂了，管理宁国府、荣国府的尤氏也就不敢说话了，尤二姐的有力支持没有了，贾琏又不在，以后尤二姐的各种谣言，下人们才敢乱传，也敢对尤二姐不敬，尤二姐的后台支持就断了。当时尤二姐不知道信息，如果知道了，尤二姐应当不会踏进荣国府的门。王熙凤如果没有通过官司的威慑，把宁国府对尤二姐的支持打断，那么她请尤二姐进门，就反而吃亏了。尤二姐当时独居外室，女人不出门，信息就不灵，这也是她在博弈中处于下风的原因之一。

前面本人分析过，明清的律例，对以妾为妻都要严惩，但尤二姐不在律例当中被严惩之列，因为如果正妻有严重过失，影响家族香火，那么妻妾位置可以改变；再者，尤二姐做贾琏的妾也走过说媒的手续，还有族长的认可，尤二姐的姐姐尤氏是族长的正妻，她与贾琏就也属于门当户对。所以只要族长认可，在家族祠堂祭祖的时候，焚香告诉祖宗就可以了。贾琏娶尤二姐不同于将奴婢、丫鬟收房。奴婢、丫鬟生了孩子，正室夫人可以要走抚养，就如探春要管王夫人叫娘，管赵姨娘叫姨娘一样。但尤二姐生了儿子，则不会被凤姐收养，儿子也不用管凤姐叫娘，地位要高很多。所以王熙凤才害怕，才会对尤二姐不择手段。通过张华的诉讼，尤二姐的明媒正娶身份不敢提了，因为属于公开违反国孝、家孝，过去涉嫌大不敬之罪，在古代为十恶不赦的大罪，尤二姐的身份已经降级。名分对当时的女人来说是最敏感的，就如第八十二回袭人说尤二姐之死：

“不过名分里头差些，何苦这样毒？外面名声也不好听。”袭人也知道尤二姐“名分里头差些”。《红楼梦》时代的女人，对名分的差别非常敏感，就算都是妾，高低也差别很多，尤二姐妾的身份被降低很多，从明媒正娶变成凤姐嘴里的“先奸后娶”了。

王熙凤把尤二姐的男胎打掉，会涉及荣国府香火传承，首先能够惩罚她的就是贾赦，另外还有她的婆婆邢夫人。邢夫人虽然是继室，但也是正妻。贾琏要想真的对凤姐动手惩罚，贾赦的态度极为关键，贾赦的态度也决定了邢夫人的态度。别以为王熙凤对家法没有顾忌，后面的章回，在大观园发现不雅之物，邢夫人引发抄检大观园，首先针对的就是王熙凤，邢夫人对王熙凤的掌家，也是想要夺权的。王熙凤搞死尤二姐，给邢夫人机会处罚她，邢夫人也办不到。因此若没有贾赦的支持，王熙凤确实不敢怎么样；或者即使敢，也有所顾忌。不过对尤二姐及其背后的宁国府尤氏，此时王家人与贾赦夫妇在一个阵营，荣国府不愿意尤氏和宁国府夺权。通过张华诉讼，宁国府已经失败，贾琏和尤二姐没有了宁国府的支持，秋桐与贾琏也关系不错，有望再次怀孕，香火没有绝望，王熙凤算准了贾琏不至于鱼死网破，吃了苦果会吞下去，所以她下毒手前，已经做了各种准备，才有恃无恐。

尤二姐死后，王熙凤到大观园墙根下偷听，然后把听到的一些回报给贾母，看看贾母的反应就明白了。贾母道：“信他胡说，谁家痨病死的孩子不烧了一撒，也认真的开丧破土起来。既是二房一场，也是夫妻之分，停五七日抬出来，或一烧或乱葬地上埋了完事。”凤姐笑道：“可是这话。我又不敢劝他。”贾母的态度“一烧或乱葬”，明确站到王熙凤一边。贾母对尤二姐是这种态度应当不止一日，这也是王熙凤敢干的背景。因为荣国府与宁国府的博弈，贾母也会站在荣国府这边。凤姐又得到贾母的支持，当然就是财务上抽紧贾琏了。“什么银子？家里近来艰难，你还不知道？咱们的月例，一月赶不上一月，鸡儿吃了过年粮。昨儿我把两个金项圈当了三百银子，你还做梦呢。这里还有二三十两银子，你要就拿去。"她只给了贾琏可怜的 30 两银子，与贾府的姨娘家里死了人一样；袭人家人死了，还给了 40 两。所以："恨的贾琏没话可说，只得开了尤氏箱柜，去拿自己的梯己。及开了箱柜，一滴无存，只有些拆簪烂花并几件半新不旧的绸绢衣裳，都是尤二姐素习所穿的，不禁又伤心哭了起来。"贾琏的体己都在尤二姐那里，被凤姐收走了。由此可知尤二姐在贾琏心里的地位，以及贾琏在凤姐管束下的情况，所以他身为荣国府嫡长子，却要与宁国府合作来夺权。"贾琏骑马自去要瞧，至晚间果抬了一副好板进来，价银五百两赊着。"贾琏对尤二姐情分还是足够的。

关于尤家姐妹的死，尤二姐自杀本身也带有偏激的状态，其实她当时可能还有机会。尤氏的自杀，带有抑郁症的性质。深宅大院里面的女人自杀，本身也可能有抑郁的原因。过去的妇女大门不出二门不迈，身处高门宅第，被禁锢到难以接触外人之后，心理状态脆弱而扭曲。生活在贾府这样高门大户的女人，压抑状态非常厉害。

此时平儿非常会做人，两头下注，万一以后尤二姐真的扶正，也给自己留下后路，与秋桐死顶尤二姐不同。"只有秋桐一时撞见了，便去说舌告诉凤姐说：'奶奶的名声，生是平儿弄坏了的。这样好菜好饭浪着不吃，却往园里去偷吃。'凤姐听了，骂平儿说：'人家养猫拿耗子，我的猫只倒咬鸡。'平儿不敢多说，自此也要远着了。"秋桐与平儿，在对待尤二姐的态度上很不同。"还是亏了平儿，时常背着凤姐，看他这般，与他排解排解。"平儿这样做也是留住贾琏的手段。在尤二姐死后贾琏无钱治丧的时候，平儿又是伤心，又是好笑，忙将二百两一包的碎银子偷了出来，到厢房拉住贾琏，悄递与他说："你只别作声才好，你要哭，外头多少哭不得，又跑了这里来点眼。"贾琏听说，便说："你说的是。"接了银子，又将一条裙子递与平儿，说："这是他家常穿的，你好生替我收着，作个念心儿。"平儿只得掩了，自己收去。平儿在此事上的处理，多么的暖心贤惠，关键时刻做一次，顶上平时无数次。日后为何平儿能够在王熙凤死后扶正？就是因为她做事多留余地，贾琏毕竟是嫡长子、爵位继承人，早晚会熬出头来掌家。

因此尤二姐之死，背景比读者看到的表面现象要深很多，不光是王熙凤嫉妒，还有复杂的利益纠葛。贾府的宅斗，复杂而激烈，但都藏在暗中、水下，不仔细体会，难以发觉。贾琏、贾珍及尤氏姐妹的联合夺权，以尤二姐之死而宣告失败。贾氏家族的博弈，看似与林黛玉和薛宝钗的博弈、与大观园的贾家人和王家人的博弈无关，实际上则让王家人与贾赦夫妇走得更近了，让王熙凤有了下毒手的经验，以后对林黛玉、赵姨娘等人再下狠手，胆子更大了。

（四）贾蔷早分府背后故事不简单

《红楼梦》书中提到，贾珍对未成年的贾蔷进行了分府，这个情节被很多人当作了贾蔷与秦可卿有染的证据，本人在前面也分析了贾蔷分府与秦可卿养小叔子的关系，在《红楼财经传家》中分析秦可卿的部分，我们已经说了分府背后是暗示秦可卿与贾蔷的"养小叔子"，这里我们再进一步看看这个分府有何不简单的地方！

贾蔷是宁国府的正派玄孙，要算玄孙，那么他所对应的就是第一代宁国公贾演，对贾代化则是重孙辈分。玄孙的含义是：曾孙（重孙）的儿子，或称孙子的孙子，或称儿子的曾孙。也就是四世孙。为何叫作正派玄孙？说明贾蔷应当是嫡出不是旁支，或者说至少是贾演的直系后代，因此他住在宁国府理所应当，只不过父母、祖父母、曾祖父母都是早亡，宁国府并没有分家，也就是说贾蔷带着他曾祖一辈留下来的所有分家应得的财产。

把这个亲属关系搞清楚，也就是说贾蔷的分府，实际上是从贾演这一代的根子上的分家，宁国府已经几代没有分家了。正派玄孙的曾祖父如果算是嫡出的话，第一代宁国公的所有家产就是要至少占有一半！就算贾蔷代字辈的曾祖可能属于庶出，贾演第一代勋贵更可能是从布衣起家，原配也没有多少嫁妆给嫡子，反而是后来的继室有可能是发家后续娶，带着更多的嫁妆给不袭爵的小儿子。也就是说贾蔷要是有巨额嫁妆的贾演继室为五世祖母，甚至可以比贾敬、贾珍这一支还要有钱，可以占到一多半呢！

古代的分家是爵位归嫡长子大宗，但家产则是兄弟之间平分的，嫡子与庶子分财产的差别就是对正妻妆奁的占有上不同，还有联姻的嫁妆上的不同。这个平分是皇帝推恩令下削弱世家的手段，也是得到法律保护的；古代兄弟分家不均，是可以到衙门告官进行诉讼的事情，而且如果事后发现分得不公还可以诉讼弥补。所以贾蔷身上是有巨额财富的，他在宁国府的地位是很高的，第九回书里也说："（贾蔷）总恃上有贾珍溺爱，下有贾蓉匡助，因此族人谁敢来触逆于他？"因此贾蔷其实就是宁国府的"贾宝玉"，因为自带财富，地位比很多读者想的要高很多，在书中第九回说得很清楚，在贾家家塾，贾蔷也是没有人敢招惹，背后与他的家族地位相关。所以值得养女秦可卿去养小叔子，警幻之妹叫"兼美"，不就是说有很多男人吗？都是兼而有之。

贾蔷分家以宁国府的状态而言，贾代化的联姻没有介绍，可能也是在贾演没有发家前订的婚，正妻没有多少嫁妆；贾敬的正妻不见介绍；尤氏是贾珍续娶的贫家继室，贾珍原配正妻也没有介绍。整个宁国府通过联姻得到的财富应当并不多，主要是贾演一代的积累，所以贾蔷这个分府，真的要拿走宁国府至少是一小半的财富。所以贾蔷的另立门户，不是简单的分府，而是贾府宗族多出来一房，贾家的二十房分，要变成二十一房了。

古代作为兄长的一支，一般不愿意分家，宁国公贾敬、贾珍对贾蔷的一支，就几代一直不分家，背后就是可以占有贾蔷一支的财产支配权！大家族的实际控制人不分家的逻辑，如果用现在的公司制度做类比，很多规则逻辑读者就好理解了。在大家族里面，所有的儿子都是家族股东，而嫡子则相当于公司的董事，有决策权，作为嫡长子和族长的，相当于公司的董事长，掌家的人则相当于总经理，对荣国府也就相当于，继承爵位的贾赦是董事长，真正掌家的贾母是总经理。虽然贾母实际掌权，但古代纲常为夫死从子，名义上贾赦是虚权的董事长，大权在总经理。而凤姐则是在贾母支持下管理内宅，属于执行副总经理。

在这样的家族当中，庶子仅仅是相当于股东，是没有决策权、当不了董事的财务投资者身份。因此在家族当中，控制家族的大家长不分家就可以多出来很多权力。不分家有利于整个家族的实力，但对家族成员而言，也存在类似公司管理层、决策层侵害股东利益的事情，家族成员的利益诉求可能会有偏差。因此大家族一般当族长和兄长有掌家权力的人，多是不愿意分家的，而当弟弟等没有权力的其他人，则更想着分家，尤其是庶出的孩子，除非是带头大哥能力特别强，能够多赚钱，同时又友爱弟弟不多占。

在古代的分家规则之下，对富贵人家庶出的孩子或者弟弟，其实机会也很大。就如荣国府的贾环，虽然王熙凤在第五十五回给他算的是，贾环娶亲只要花3000两银子，还赶不上庶出的三春出嫁每个人要花的一万两，但为何彩云和彩霞都想着当贾环的妾？原因就是贾环的3000两银子只不过是娶妻的聘礼，娶的正妻就要带6000两银子的嫁妆来，而凤姐的3000两没有计算贾环这一支的分家所得。荣国府的家产，是贾赦和贾政一人一半，然后贾赦的三个儿子均分，贾宝玉多的是王夫人带来的嫁妆和他娶妻带来的嫁妆，对贾府的财产，贾环和贾宝玉是一样多的，贾环可以占有贾府财富的六分之一。但显然贾宝玉是嫡子，对家族的决定权巨大，在家族的各种花销之下，贾宝玉占有及使用的财富远远多于贾环，贾琏和凤姐则对家族事务有更多的决策权，贾环对家族事务没有发言权，占有的财富也少很多。若是荣国府分家了，对贾环就极为有利，他可以独自掌管自己的那一份家产，所得也都归他自己，不用负担大量贾府丫鬟仆役的冗员开销。

古代当家族长分家产，还有一个欺负庶子的方法，就是还可以按照后来家族堂兄弟的大排行进行分家，所有堂兄弟均分，生孩子多的一支占便宜。荣国府若是如此分家，贾环的玉字辈就占便宜了，贾政也占便宜，当然当大家长的贾赦就会不分或者不采取此种方案。家族的族长可以选择更好的分家时机和分家方式后再分家，给自己谋取更多的利益。而宁国府贾蔷的分家，则是贾珍一支也只有贾蓉一个独苗，分家怎么分，都是贾蔷要拿走一小半。而若此时不分的话，贾珍要是以后能够再生几个儿子，就可以占便宜了。所以贾珍这么早的分家，在未成年的时候就给贾蔷分家，背后一定是有故事的。分家之后的贾蔷，所得到的财富应当很多，而且有了自主的决定权，因此书中贾蔷是有钱的主儿，而且在后来宁国府的抄家过程中，他已经分府，不会在抄家之列了。

所以根据上面的分析，贾珍对给贾蔷分府，正常的情况之下应当是一万个不愿意才对。但"贾珍想亦风闻得些口声不大好，自己也要避些嫌疑，如今竟分与房舍，命贾蔷搬出宁府，自去立门户过活去了"。贾珍给贾蔷分府了，而且是在贾蔷未成年时就分府了，此举动就与古代正常状态差别太大了。真实的社会潜规则是即使贾蔷成年了，贾珍也会找各种理由拖延不分府才对。即使像我们前面说的，秦可卿与贾蔷有染，对于贾珍而言，在巨大的利益面前，也未必就愿意分府，当然仅仅是书中所说的传言和嫌疑，就更不会分府了。贾珍给贾蔷分府，应当还有更深的原因，而且贾蓉与贾蔷的关系在书中很好，第九回说"他弟兄二人最相亲厚，常相共处"，经常是一起行动，也不像是被贾蔷戴了绿帽子。

这里要急着分家，如果我们如前文所述，与现在的公司制类比去理解，就可以想明白了。什么时候实际控制公司的大股东要搞公司的分立，不带小股东玩了？就是大股东自己的关系可以让公司赚到巨额利润的时候，大股东又没有办法另外新设公司，或者新公司没有资质难以参与，那么大股东就要与小股东清算了，把小股东清理出去。这里宁国府若是不分府，参与皇家大工程，赚到的钱是在一起的，也要分给贾蔷大约一半，贾珍当然不愿意了！在此前不分府，宁国府爵位世袭递降，正规的俸禄有限，家产田庄的红利是大头，而且贾珍他们还花销更多，当然是不分合算，现在则是在皇家大工程可能的"三二百万两银子"的巨大利益面前，贾珍当然不愿意被贾蔷分掉一小半了。

这里皇家大工程的巨大利益，贾珍隐瞒贾蔷都不容易，因为贾蔷与秦可卿有染了，这个工程是贾家与营缮郎秦业的瓜葛，秦可卿是关键节点！秦可卿为了控制财富，背后养小叔子贾蔷也有重大利益。因为贾蔷本身在分家上自带的权力，就是秦可卿对贾珍的一个制约。而贾蔷应当也知道其中的利益，可以看第九回，贾蔷对秦钟就是不一样啊！很多人说是因为男风，金荣说秦钟和香怜的事情，但我认为更多的是经济利益，秦业天下肥缺背后的巨大财富，贾蔷是清楚的，所以对秦业的公子，当然就态度不同了。因此秦可卿会养小叔子贾蔷，也不会与前面一节分析的老情人贾瑞有什么往来，贾蔷与秦可卿是结盟的关系，贾瑞与贾蔷给秦可卿能够带来的利益绝对不对等。作为房内养女的秦可卿，对世态炎凉应当很清楚。贾珍知道了贾蔷与秦可卿的私情，把贾蔷分府出去，也是为了独占皇家大工程的好处，而对贾蔷而言，有了对自己财富的决定权，也不是吃亏的事情。就如现在大股东有了一个赚大钱的好机会，本想公司赚钱了自己私下占有，但被占股接近百分之五十的小股东知道了，不想分给小股东，所以就把公司分立了，小股东拿到了资产独立了，但分享不到赚钱机会所带来的后续利益了。但此举对秦可卿就不同了，等于是公司高管为了自身利益暗中背叛董事长，私下结交小股东，现在事情败露后小股东被清理了，对此高管即便职位再重要，她的前途也注定是要被清算的。

秦可卿养小叔子贾蔷，贾蓉与贾蔷关系还好，背后就是秦可卿本来就是性伴侣众多，秦可卿是养女，家族用来性公关的工具；贾蓉就是给她洗白的绿帽专业户，绿帽子也不多贾蔷一个人，贾蓉根本没有把秦可卿当作他自己的女人！所以前面我们也分析了，后来在压力之下秦可卿会抑郁自杀。贾蔷与贾蓉走得近，更关键的还有贾蔷分府后，就有了自己的财富决定权，贾蓉则在老爹贾珍下面，自己没有宁国府的财富决定权，自己的私房钱体己也有限，两个人一起"宿花玩柳"的花费，显然难以用宁国府官中的银子去花贾珍的钱。因此贾蓉与贾蔷在一起鬼混，花钱的应当是贾蔷才对，贾蔷是贾蓉的金主。

还有读者可能会想，有这么多的财富，贾珍等人就不会谋害贾蔷吗？《红楼梦》书里面被谋害的人可不少，而且贾府中庶出的孩子，基本没有活下来成人的。因此如果贾蔷"突然意外"死了，是不是宁国府就可以占有全部财产了呢？其实这是做不到的，因为贾家是"宁国荣国二公之后，共二十房分"（第四回），贾蔷曾祖代字辈该分到的财产，还有很多当年已经分了家的贾代化之兄弟也要来参与均分贾蔷应得的财产，而不是宁国府贾珍可以独占，宁国府能够得到的只有贾蔷一支财产的几分之一；反而是宁国府大宗族长抚养贾蔷一支的成长，可以代管贾蔷对应的一支的所有财产，才是最占便宜的。甚至如果贾蔷这一房的某一代中间真的有无后的状态，贾珍还会给他立嗣，立嗣后可以继续代管这一房的财富，不给其他的房来分财产。所以可以看到，贾蔷的父辈祖辈都是早亡不见人了，没准都是成年后想要分家被谋害的，剩下未成年幼子，就可以一直代管下去，不分家了。所以在书中贾珍主动给未成年的贾蔷分府，就有特别的隐情。

如果看懂了这个对贾蔷一房要立嗣避免分家的逻辑，那么一些红学家所分析的贾蔷是贾珍的私生子就也符合逻辑了，而且可能还是庶子，或者贾蔷的父辈、祖辈有人是立嗣的，不过要说是宁国府的正派玄孙，那么即使是立嗣的，也应当有贾演的血缘，有宁国府大宗的血缘！不过到底是不是私生，本人没有绝对的证据，此情节对理解本人对全书逻辑的解读也不重要，故不再详细考据了。

因此贾蔷是有钱的，而且在后来的抄家当中，贾蔷的财富也不在抄家之列，但后来贾蔷为何没有钱了，可能是与他的赌博和嫖娼等行为有关，把属于他的一份家产也给败光了。在书中贾蔷和龄官关系是很好的。当贾宝玉去找龄官唱《牡丹亭》时，她说她嗓子不好就是不肯唱。出来听其他人说，她只听贾蔷的话，后来龄官画蔷薇，还让贾宝玉自作多情一把。为何龄官那么钟情于贾蔷？原因当然是贾蔷有钱啊。

所以贾蔷分府是一个非常奇怪的情节，奇怪当中必然有作者故意埋入的暗线隐情，现代的读者可能对此不敏感了，而创作当时的读者，对社会规则很清楚，就会感到有大隐情了。贾蔷的分府，贾珍是要给他很多钱的，而且贾蔷也知道秦可卿和皇家大工程的秘密，因此在《红楼财经传家》中已经分析了，贾蔷在贾珍的支持之下，去采买戏班，有大"藏掖"可以赚钱。这样的机会为何是贾蔷去？贾蓉也可以支持。原因就是秦可卿的身后男人关系不简单，贾蓉就是一个顶绿帽子的人，贾蓉需要的是钱，宁国府也需要钱。

秦可卿是皇帝的外妇，对贾蔷的分府就更可以理解清楚了，这里还有宁国府隔离风险的作用，有问题抄家，那也是分家了以后，要抄也是抄贾蔷的。皇帝的女人的问题，对宁国府也是一个棘手的问题，而秦可卿的死，也是宁国府避祸的需要，因此秦可卿的迅速死亡，背后的逻辑就都通顺了。"箕裘颓堕皆从敬，家事消亡首罪宁。宿孽总因情。"从这里可以再度深刻理解一下这个红楼判词。

（五）秦可卿背后的皇家博弈

在《红楼财经传家》中，本人就分析了围绕营缮郎秦业和秦可卿背后的财富博弈，还有尤二姐背后也是财富博弈在主导。秦可卿不是简单的女人，涉及的也不是简单的聚麀问题，林家有巨大的财富带入了贾家，而尤二姐也是要上位夺权的，背后都有巨大的财富博弈。如果现在知道了太上皇依然健在，天上还是两个太阳，还有皇帝和太上皇之间的复杂关系，那么相关的博弈将变得更为复杂：秦可卿的身份可能还有更深的谜底，大观园和尤二姐，也可以更深入地解读。秦可卿、尤氏与当皇子时的皇帝有复杂关系，这就是太上皇喜欢的女官元春回家省亲时，皇帝不愿意她与贾府多交流，派了两个嫔严防死守的原因。背后还有这一层关系呢。

本人之前分析了秦可卿背后的超级财富博弈，分析了秦可卿的养女潜规则和天香楼之淫，但没有分析其背后还有皇帝和太上皇的因素。把皇家因素添加进来，可以发现秦可卿之死的博弈可能更为复杂，秦可卿之死，水也更深了。

林如海捐馆为新皇帝牺牲，与秦可卿之死在时间上太巧合了，秦可卿的身后，可能还有另外的故事。因为秦可卿死的时候，也是皇帝与太上皇斗争最激烈的时候，与林如海之死的时间是差不多的。前面说营缮司的大工程是超级肥缺，秦业能够主持营缮司，是因为养女有潜规则的背景，可能是王爷的外妇，到此再深度分析，秦可卿背后之人可能比王爷更尊贵。

本人之前谈到妻妾等级时，说了古代贵族的外室和外妇，二者的关键差别是外室还是单独的一室，在外居住要守节，外妇则可能是另外成家、另外有男人的。因为不能保证血脉，外室的孩子虽然难以进入家谱，但还可以跟着男主人的姓氏；而外妇的孩子，因为外妇也有公开的绿帽男人，孩子则不跟着男人的姓氏。秦可卿屋内作者描述使用的公主皇家用品，就算像前面分析的可能与北静王有关，而北静王使用这些用品都有逾制的嫌疑。古代在正常的情况下，秦可卿至少应当是跟着皇子的女人，才有可能使用这些历史上皇家用过的古董。因此秦业养女的潜规则，可能跟随的贵人就是皇子。而秦可卿应当属于外妇的状态，孩子要姓贾。有了皇帝在身后，所以贾母也要说秦可卿是"乃重孙媳中第一个得意之人"（第五回），五品官秦业的潜规则"养女"，能够成为贾氏家族族长爵爷嫡子继承人的头婚正妻，必有原因。

皇子为了皇位，在当皇子的时候要有各种道德表现，首先是克制遮掩自己的欲望，不能乱找女人，好女色是大忌。如当年宋高宗就通过给皇子送宫女来考验，过不久后收回查验，都是完璧的那个皇子成为太子。而隋炀帝为了当太子，当年也是表现得特别不近女色，实际上隋炀帝是性欲极为旺盛之人。皇子时期有外妇情人，待后来皇子成为皇帝，当初的女人会如何？皇帝的外妇在社会当中是什么样的情况？想一下《水浒传》里面皇帝与李师师的关系，李师师就是外妇，皇帝不能接李师师到皇宫，李师师也有其他男人，生了孩子绝对不能姓赵。大家可以注意一下，《水浒传》里面的李师师是在御香楼，而《红楼梦》里面的秦可卿是在天香楼，"天"字和"御"字，都可以指皇家，名称上都值得联想。有学者分析秦可卿是有罪皇子之女，有古代政治逻辑上的问题，因为这个有罪身份可是能够灭族的大罪，勋贵大臣们都要避嫌，会躲得远远的，但若是与皇帝有私情的女人，则所有勋贵们都会来表现一番。有关学者对秦可卿与皇家关联的考据是正确的，只不过解读为戴罪皇子之女不如皇帝当皇子时的外妇更符合逻辑。在《水浒传》里面，皇帝的外妇李师师就是各种勋贵巴结的对象。同理，在《红楼梦》里面当然勋贵们对秦可卿也是同样的巴结，就连北静王这个级别的王爷，也是需要巴结的，这也是给皇帝打小报告的通道，坏你事绝对有余。天香楼不是内宅而是宁国府公共活动场所，后来贾珍还在此聚众较射。所以贾珍在秦可卿葬礼上表现得特别卖力哭成泪人，并不是他俩的聚麀私情，若真的是聚麀之消，反而他是要避讳的。营缮司的皇宫皇陵工程，最后也是要经过皇帝的，从秦业的位置就可以知道，秦可卿背后的男人大致是谁。这里还有一个证据，在第五回，秦氏笑道："我这屋子大约神仙也可以住得了。"这里的神仙明写是书里的警幻，暗写则皇帝也算作天子，是"神仙"。秦可卿的这个地方不是与贾蓉的居所，应当也不是与贾珍的居所，就是给特殊的贵人所准备，在天香楼里面，接待的应当就是当年的皇子、现在的皇帝。

皇帝、皇子有的是女人，为何会喜欢外妇？原因是在宫廷里面对女子的教育是不能色诱皇帝，让皇帝荒淫的。进去的女孩都没有任何性经验，当然不懂得外面的男女风月，不会各种性嬉戏。而秦可卿对此应当是精通的，在书中第五回，从秦可卿房内的武则天的镜室、赵飞燕的金盘，还有木瓜、迷香和春宫图等物品来看，秦可卿提供的不是宫内女人能够提供的性服务。皇宫内女人有的是，会房中术的女人可难找，秦业培养的养女，给了当年是皇子的皇帝特别的体验。而秦可卿会这些房中术，也是当时养女的潜规则，这不是良家千金小姐能够掌握的知识和技能，对此在《红楼财经传家》中本人已经分析过了。而作者为何把"淫丧天香楼"给改了？不是桃色的原因，而是担心文字狱，脂砚斋就是专门歪楼解读，给作者起到躲避文字狱的作用。

秦可卿只有是皇帝当皇子的时候所养的外妇，类似李师师式的人物，才会让具有禁军背景的勋贵贾代化曾孙贾蓉勇戴绿帽来顶缸。皇帝的外妇秦家搞皇家工程捞钱，贾府也顺带得利，背后是皇帝的默许。秦可卿与皇帝的身份关系，在以前皇帝当皇子的时候，肯定要瞒着老皇帝，等到皇子当了皇帝，实际上就半公开化了，勋贵们都知道，之所以秦可卿的葬礼他们特别积极，是做给皇帝看的，同时他们的关系也让太上皇听到了风声。这个丑闻能够成为太上皇与皇帝的博弈筹码，对秦可卿背后的大工程，皇家工程变成了贪腐工程，当政者的执政能力和水平就要受到质疑。太上皇的类似故事，还有当年唐玄宗的老爹李旦，让位给三儿子李隆基，自己当了太上皇，但后来他后悔了，又与太平公主想要重新夺权，因皇帝先下手而失败，之后李隆基赐死了当年的同盟者——姑姑太平公主。皇帝和太上皇的权力之争，就是可以有所反复且极为激烈。

也正因为秦可卿是皇帝的外妇，所以我们可以看到秦可卿的棺材板，"叫作什么樯木，出在潢海铁网山上，作了棺材，万年不坏"是坏了事的老王爷留下的，"原系义忠亲王老千岁要的，因他坏了事，就不曾拿去"，这样明显逾制的物品才敢公开用，否则贾家有问题，卖给贾家的薛家也有问题，与皇帝没有关系的话，谁敢啊！不光不敢，一个没有生养的媳妇死了，家族也没有必要这样做。这里另外还有一个证据是第五回描写天香楼里面秦可卿房内的用具，"寿昌公主于含章殿下卧的榻，悬的是同昌公主制的联珠帐"，这些是皇家用品，一般人使用是逾制的，对于勋贵来说也有问题。我们看见后来宁国府抄家，对这些用品并没有逾制的罪名，因为当初这些就是给皇帝使用的。

秦可卿的这个特殊身份，也让宁国府必须给她办足够规格的葬礼，这个葬礼是皇帝的脸面，是要给皇帝看的，其他勋贵当然也会来捧场，可不光是后面有营缮郎的皇家大工程的银子，如果真的仅仅是腐败的分赃大会，也是要顾忌的。同时皇帝的大太监戴权来到贾府，给了秦可卿丈夫贾蓉捐"防护内廷紫禁道御前侍卫龙禁尉"宫禁要职的机会，否则"不过是个黄门监，灵幡经榜上写时不好看"。这个职位给贾蓉，捐银子不过是一个说法，最后银子也没有送到户部而是直接"送到我家就完了"，给了戴权。真实情况是，贾蓉不是捐的职位，应当是皇帝已经给了他这个职位，背后还是秦可卿与皇帝之间的关系。若宁国府真的是聚麀之诮，家丑就更要避讳，其他勋贵也不会来捧场。贾珍也不是情种，怎么会"恨不能代秦氏之死"？此时贾珍是需要作秀的，"贾珍哭的泪人一般"，也是哭给皇帝看的。宁国府戴着皇帝的绿帽子，就是贾珍操办的事情，应当与贾蓉无干，甚至一些机密的事情都未必会让贾蓉知道。此时贾蓉才 20 岁，瓜葛开始之时就更小，就是太年轻了，也应付不了如此场面，所以必须是贾珍出马挡在前面，此事若稍有差错，可能就会被上纲上线，扣上各种大罪的帽子。古代行为规则是父为子纲，父亲可以完全替代儿子做主不商量，与现代的父子关系也有很大的不同。

秦可卿的皇家大工程，按照贾琏嘴里说的赚"三二百万两"银子的巨款，肯定也是被政治对手诟病的问题，赚得太黑，就要承担责任了。等到太上皇重新又取得了权力，林如海被搞死了，皇帝也不得不在太上皇面前"尽孝"了，那么秦可卿的命运就要有交代了。就算皇帝不想怎么样，宁国府也会成为风口，此事是需要"背锅侠"的。古代给皇帝进女色，迷惑皇帝让皇帝荒淫，属于谋逆也是佞臣，也是会判死刑和株连重罪的。秦可卿与皇帝、皇子的烂淫之事若要揭开，宁国府都是死罪。皇家斗得你死我活，养着皇家外妇的宁国府肯定是如芒在背！秦可卿之死，更符合宁国府的需要，避免了在政治斗争当中成为替罪羊。同时在宁国府，秦可卿的私生活混乱，与贾蔷可能真的私通，所以贾蔷提前分府，又有焦大醉骂，应当是很多人都知道了。秦可卿是皇帝的外妇，贾蓉戴着绿帽子，秦可卿与贾蓉在一起被皇帝认可；而秦可卿与他人有染，其实也等于给皇帝戴了绿帽子，不是贾府能够承受的事情。风声已经传出去了，若被政敌参劾后，不光是皇帝，还有太上皇严查，要死的人可就不止秦可卿一个了。

书中第十一回，秦氏笑道："任凭神仙也罢，治得病治不得命。婶子，我知道我这病不过是挨日子。"仔细体会一下"治得病治不得命"的含义，就能够明白了，有她不得不死的原因。所以秦可卿是怎么死的？还有很多可以想的内容，皇家争斗前途未卜，秦可卿肯定会更焦虑抑郁，自杀可能也是逼不得已，也可能是被自杀。以她的特殊身份，贾家肯定是希望她死，但也不敢轻易谋杀她。秦可卿死了，宁国府就安全了，同时她身边的丫鬟也要被灭口，然后瑞珠就"撞柱"死了，宝珠也待在铁槛寺不敢回宁国府了，应当是知道回来也活不成。随后秦业和秦钟也很快死去，秦家迅速就绝户了，相关的"背锅侠"都是死人，死了就死无对证，大家就都安全了。

很多人可能会觉得宁国府给皇帝外妇情人去勇戴绿帽，皇帝以后会各种照顾，但真实的状态则很难说，尤其是对佞臣。就如给雍正继位立了大功的隆科多和年羹尧，在雍正继位不久后就死得很难看。知道皇帝的秘密，本身就意味着风险。秦可卿之事后，皇帝也做了姿态，把才女非美女的元春，变成了皇妃，平衡林家、贾家的同时也做出姿态让太上皇满意。如果像前面所分析的，太上皇有多尔衮的影子，在清朝历史上同时期的顺治皇帝，还真的有一些关于他情人外妇的野史。

所以秦可卿的死，幕后故事还很深，她的死，皇家大工程的腐败问题，也就被带入坟墓了。书中秦可卿得病的时间，其实就是林如海死的时候，也就是太上皇与皇帝激烈政治争权的时候，事出反常必有妖。林如海之死根本没有立即告诉他的亲属及贾家，对整个官场也是保密。林如海是九月初三死的，等到冬底才报他病危，让独女林黛玉赶回去奔丧。林如海如此大员的要职出缺，居住京城的贾家居然连风声都没有听到，政治上山雨欲来风满楼，所以贾琏才有必要让昭儿专程跑回来报信请示贾母。再次说明很多问题要结合起来看。

后来皇帝严抄宁国府，所有人如"珍大爷蓉哥儿都叫什么王爷拿了去了，里头女主儿们都被什么府里衙役抢得披头散发撷在一处空房里，那些不成材料的狗男女却像猪狗似的拦起来了"（第一百零五回），对荣国府抄家的时候却网开一面，两王便说："这也无妨，惟将赦老那一边所有的交出就是了。"又吩咐司员等依命行去，不许胡混乱动。司员领命去了。只抄贾赦，还让抄家的司员"不许胡混乱动"，而且还让先进去报信一下，西平王便说："不必忙，先传信后宅，且请内眷回避，再查不迟。"很明显，抄家对宁国府和荣国府是不同待遇，除了贾政的探春联姻要留有余地，背后原因还有，皇帝也想要把在宁国府当初与秦可卿的一些东西抄走，不留物证。

秦可卿死之时，林如海的死才公开，至此我们挖掘出《红楼梦》书中还有太上皇，太上皇与皇帝关系微妙，存在太多的"巧合"，那么秦可卿的故事情节还可以深度演义。秦可卿房内有同昌公主的联珠帐（第五回），同昌公主为唐懿宗李漼长女，深得圣宠但英年早逝，关键是她有特殊的灵异。同昌公主到七岁前都不开口说话，七岁时人生的第一句话就是："终于能活了！"此话让其父李漼（唐懿宗）正不解之时，父皇驾崩李漼继位的诏书就到了，李漼惶恐的太子时期结束了。唐朝的皇子是高危身份，随时可能因为各种猜忌被杀。所以此处书中用同昌公主的帏内用品，暗线是有讲法、有典故的，应当就是暗指秦可卿与皇子的关系，秦可卿的幕后可能比《红楼财经传家》中本人的解读更复杂。

秦可卿与天香楼关联了如此多的势力，所以红楼的所指应当就是天香楼，宝玉也是在秦可卿的天香楼闺房做梦看了书中人物的判词，因此天香楼就是红楼。而风月宝鉴的内涵在于，贾瑞也就是因为知道了秦可卿的秘密，并且以此要挟凤姐，王熙凤才一定要做局搞死他，还可以没有后遗症地让贾蓉和贾蔷参与。因此红楼和风月宝鉴都可以成为本书书名，对此我们之前也仔细分析过。

（六）尤三姐"风流"的代价与偿命重罪

尤家姐妹非常主动地吸引男人，一旦男人真的爱上她们，她们的要价应当非常高，给不起对价就近不了身。书里首先给了一个佐证，就是尤三姐与柳湘莲。尤三姐与柳湘莲的悲剧，也有她自己行为不当的因素。

◇◇◇尤三姐的不检点

贾珍、贾蓉与尤氏姐妹的关系中，应当是宁国府的两个男人早就对尤家两美女觊觎和垂涎，但还没有真的得手，处于总是言语性骚扰的阶段。怎么控制没有得手的美女？就是坏她的名声，让周围的人觉得她已经与自己有染。因此，对女孩子而言，避讳和矜持非常重要，要学会保护自己。所以尤氏姐妹与宁国府男人的坏名声，应当是贾珍、贾蓉不怀好意地、有目的地故意散布过，流言是无风不起浪。

尤三姐与柳湘莲定亲，柳湘莲听说了她们与宁国府的一些事情，就要与尤三姐悔婚，结果尤三姐在柳湘莲面前自杀，柳湘莲伤心出家了。不过，贾府有过秦可卿身为养女的潜规则之事，恶名在外，外人对尤三姐有类似秦可卿之淫的联想，也可以理解。贾珍、贾蓉也可能曾经故意将尤氏姐妹污名化，排除竞争者，便于他们日后占有。

尤三姐的名声问题，也与她平时的行为有关，看看书中描写尤三姐的打扮："尤三姐松松挽着头发，大红袄子半掩半开，露着葱绿抹胸，一痕雪脯。底下绿裤红鞋，一对金莲或翘或并，没半刻斯文。"尤三姐的打扮本身就不像是良家出身，古代是没有胸罩的，尤三姐的袒胸装，别说在保守的古代，就是现在看来，也有些出格。"据珍琏评去，所见过的上下贵贱若干女子，皆未有此绰约风流者。"作者用贾珍和贾琏的评价，把尤三姐的风流绰约给特别突出了。

尤三姐也因为她平时的行为得到了好处，从男人那里捞到不少东西："那尤三姐天天挑拣穿吃，打了银的，又要金的，有了珠子，又要宝石，吃的肥鹅，又宰肥鸭。或不趁心，连桌一推，衣裳不如意，不论绫缎新整，便用剪刀剪碎，撕一条，骂一句，究竟贾珍等何曾随意了一日，反花了许多昧心钱。"用现在的话说，就是漂亮女孩凭着自己漂亮乱花男人的钱。尤三姐随意索要男人东西，但却不让男人"何曾随意了一日"，就是勾引到位，却不让男人上身、真的发生关系，花了男人"许多昧心钱"。"谁知这尤三姐天生脾气不堪，仗着自己风流标致，偏要打扮的出色，另式作出许多万人不及的淫情浪态来，哄的男子们垂涎落魄，欲近不能，欲远不舍，迷离颠倒，他以为乐。"从书里的描写来看，尤三姐与男人们可能除了发生性关系，其他的都有了，作者此处的写法，"许多万人不及"，显然宝玉"吃嘴上胭脂"的接吻，对尤三姐而言已经不算什么了。而尤三姐有处女膜在，她"淫情浪态"的行为难以有证据，这也是她自恃可以随意的理由，所以贾宝玉把尤氏姐妹定义为一对尤物，定性还是准确的。

对尤三姐的行为，家里人劝过她，但她自有她的理由："姐姐糊涂。咱们金玉一般的人，白叫这两个现世宝沾污了去，也算无能。他家有一个极利害的女人，如今瞒着他不知，咱们方安。倘或一日他知道了，岂有干休之理，势必有一场大闹，不知谁生谁死。趁如今我不拿他们取乐作践准折，到那时白落个臭名，后悔不及。"尤三姐看不起贾珍、贾蓉，也就是贾珍、贾蓉想要上身不成功，贾珍、贾蓉故意败坏她的名声，而她也要从二人那里多得财物。从尤三姐看不起宁国府的贾珍、贾蓉来看，尤二姐嫁给贾琏之前与宁国府的人在性上应该是干净的。

尤三姐与男人暧昧，贾珍、贾蓉在她眼里是"两个现世宝"，由此可见尤氏姐妹对所嫁男人要价有多高，宁国府的主人她们是看不上的，她们以前是谁的女人？下一节会分析。另外，尤氏姐妹对男人的暧昧还影射贾宝玉，按作者的逻辑，贾宝玉是见到美女都要占到的。贾宝玉说："我在那里和他们混了一个月，怎么不知？真真一对尤物，他又姓尤。"也就是说，尤氏姐妹与贾宝玉也混过，贾宝玉的"混"起码是要吃到她俩嘴上的胭脂，也就是接吻。书中说得很清楚，尤三姐就是让男人占小便宜、得好处的女人，对宝玉而言算是意淫，印证宝玉"天下第一淫人"的身份。按照古代的标准，女孩与男人如此，就可以认为是淫乱了。柳湘莲当着贾宝玉，不可能说宝玉什么，只能说宁国府不干净，宝玉的淫名应当更大，让柳湘莲更在意的可能是贾宝玉，因为贾宝玉比他更有魅力。作者通过贾宝玉的嘴，说出了作者为什么要让她们姓尤，是尤物的尤，给读者无限的联想。

尤三姐的行为在当时不被接受，可以对比看看第二十五回薛蟠的表现："独有薛蟠更比诸人忙到十分去：又恐薛姨妈被人挤倒，又恐薛宝钗被人瞧见，又恐香菱被人臊皮——知道贾珍等是在女人身上做功夫的，因此忙的不堪。"薛蟠对宝钗被贾府其他男人看见都在意，香菱被人臊皮肯定不行，而尤三姐的行为，就是与男人们臊皮。臊皮的意思是戏弄、乱开玩笑，关键是这里还专门提了一句"知道贾珍等是在女人身上做功夫的"，说明贾珍等人恶名在外，尤三姐与他们在一起，没分寸地乱开玩笑，他人对此肯定会有联想，最后尤三姐为此付出了巨大代价。

作者写尤三姐的刚烈、以死印证其自身的清白，印证她的心高气傲，而尤二姐虽然后来的表现远比尤三姐矜持，但以此可以衬托尤二姐本来的性格，甚至包括尤氏出嫁前的性格，尤氏的性格与秦可卿的淫也有关联，都是一路人，秦为情，尤为尤物。宝玉说尤二姐、尤三姐两个人是"真真一对尤物"，等于直接告诉读者，尤二姐以前的行为，与尤三姐是类似的，后来荣国府对尤二姐制造的不利舆情，也不是完全捕风捉影。虽然尤二姐与贾珍、贾蓉"不清白"的名声在外，其实尤二姐也是要名节的，而且她是心高气傲的狠角色，贾琏没有足够的对价是不行的。尤二姐能够嫁给贾琏，就一定是要上位的。尤二姐是不是处女，娶了以后贾琏肯定知道，所以贾琏才会对尤二姐动了真情。

◇◇◇柳湘莲的江湖

柳湘莲又称冷面二郎，原系世家子弟，也有社会人脉基础。他父母早丧，读书不成，在书中和宝玉正好气味相投。他生得又美，最喜串戏，擅演生旦风月戏文。进入了文艺高端圈子，就会与豪门贵族有各种往来，就如蒋玉菡那样，不过王爷可以对蒋玉菡进行人身控制，柳湘莲却可以任性自由。因为他不是戏子贱籍，有资本任性，所以酷好耍枪舞剑，赌博吃酒，以至眠花宿柳，吹笛弹筝，无所不为。柳湘莲在赖大家赴宴，薛蟠酒后调情他，被他骗至北门外苇子坑打了个半死。事后，他远走他乡。不过，柳湘莲后又在路上救了薛蟠，与薛蟠结为兄弟。

柳湘莲就是江湖上的大哥，只不过书里面没有明说。还有人分析说妙玉被劫与之有关，但他的身份，对贾珍、贾琏、贾蓉他们一伙有用。贾琏和薛蟠与之都是拜把子的弟兄。因此，贾琏等人撮合尤三姐与柳湘莲的婚姻，本身符合贾珍等人的利益布局。宁国府男人需要有江湖人士为他们服务，就如王熙凤要埋好刘姥姥这条线，临死就把大事托付给刘姥姥。

柳湘莲与贾琏是拜把子的兄弟,别看他说尤氏姐妹不干净,他却与贾琏和薛蟠关系都很近。第六十七回,尤三姐自杀,柳湘莲出家后,众人聚会。

内中一个道:"今日这席上短两个好朋友。"众人齐问是谁,那人道:"还有谁,就是贾府上的琏二爷和大爷的盟弟柳二爷。"大家果然都想起来,问着薛蟠道:"怎么不请琏二爷和柳二爷来?"

这里也在告诉读者他们是结盟、拜把子的关系,还有娶了尤二姐的贾琏。在第四十七回,柳湘莲串戏,"贾珍等也慕他的名",说明他与贾珍也有关联。

◇◇◇尤柳结亲与秦家财富

尤三姐对柳湘莲也看得很清楚,她非常识货,柳湘莲不但英俊,而且有本事,出身也好,与贾琏、薛蟠还是把兄弟,有跻身顶层圈子的机会,比尤二姐当初的定亲对象张华要好太多了,而且她若嫁过去还是正妻,所以当机立断,主动抓机会。尤三姐说道:"姐夫,你只放心。我们不是那心口两样的人,说什么是什么。若有了姓柳的来,我便嫁他。从今日起,我吃斋念佛,只伏侍母亲,等他来了,嫁了他去,若一百年不来,我自己修行去了。"她在等真的能够娶她的男人。"虽是夜晚孤衾独枕,不惯寂寞,奈一心丢了众人,只念柳湘莲早早回来,完了终身大事。"此处也写了尤三姐的转变。尤二姐说:"他已说了改悔,必是改悔的。"尤三姐之前的行为确实有问题。她是很早就看上柳湘莲的,属于暗恋、单相思,尤二姐说是五年前看上的人。但社会是残酷的,很多时候并不给你改正错误的机会,尤其是在古代熟人社会,名声太关键了,你可以改变你的行为,但很难改变他人看你的眼光，很多时候不在于事情本身是真是假，而在于它似真似假，《红楼梦》里面的"真事隐，假语存"，把这个逻辑演绎得极为到位。

同时读者可以看到，柳湘莲的聘礼是祖传之宝，"囊中尚有一把鸳鸯剑，乃吾家传代之宝"。古代宝剑的价值，比现代人理解的要高很多，因为它有实用价值，又是身份的象征，比起石呆子的仅是玩物的古扇，价值高多了，所以世家子弟柳湘莲"也不敢擅用，只随身收藏而已"，宝剑价值应当有数千两银子。

尤氏姐妹与担任肥缺营缮郎的秦业是有关系的。第十三回："只见秦业、秦钟并尤氏的几个眷属尤氏姊妹也都来了。"秦可卿的葬礼上，她们是与秦可卿的娘家人一起来的。秦钟死前一直惦记着他爹留下来的银子，死后则是柳湘莲安葬，秦家的银子到哪里去了？秦家营缮司皇家大工程得到的银子是灰色的，秦家远房宗族不能轻易得到。柳湘莲应当有秦家的银子，只不过这笔钱暂时不敢公开。同

1987年版《红楼梦》电视剧截屏

时，王熙凤在秦可卿葬礼后接替了秦可卿在皇家大工程中走后门的位置。贾琏为何与柳湘莲是拜把子的兄弟？也有想象空间。书里说尤三姐是几年前认识柳湘莲的，此时秦钟等人都活着，尤三姐也可能知道其中的秘密，也就是尤三姐知道秦家的财富很多是在柳湘莲手里。对尤三姐而言，男人有钱不是万能的，没有钱是万万不能的；爱情是一方面，面包是另一方面。她自杀不完全是为了爱情，还有可能因为失败。

◇◇◇柳湘莲的悔婚

尤三姐定了亲，柳湘莲怀疑她不洁，也很有道理，不光是因为听了外面的流言蜚语，也因为她自己的所作所为。宝玉道："他是珍大嫂子的继母带来的两位小姨。我在那里和他们混了一个月，怎么不知？真真一对尤物，他又姓尤。"由此可见，宝玉说尤氏姐妹是尤物，这个词在古代完全是贬义，柳湘莲立即怀疑她了。宝玉嘴里尤物之说法，肯定与尤三姐到处吸引男人、贪小便宜有关。古代男人的处女情结还带有非常现实的意义，就是在没有抗生素的年代，不洁的性生活非常容易传播疾病，影响子嗣。古代乱性传播的不光是性病，还有很多现在抗生素很容易治疗的普通疾病，比如尿路感染等，但在古代，这些病都是轻则影响生育，重则致命的。宁国府后来也是一个孩子都没有生出来。而柳湘莲说"东府里除了那两个石头狮子干净，只怕连猫儿狗儿都不干净"，秦可卿淫丧天香楼的事情，社会上的人应该都知道。柳湘莲悔婚，应当还有对宁国府性病的恐惧。

对尤三姐而言，她应当见过太多的男人，柳湘莲是难得愿意娶她的男人，而且这个男人还有底线，坚持原则，这就更加难得。结果这个男人竟然不要她了。她以前见过的都是对她垂涎的男人，不是拒绝她的男人。柳湘莲的悔婚，对她内心冲击极大。如果真的与柳湘莲退婚了，尤三姐的"风流"之名就坐实了，以后谁还敢娶她？而且尤三姐的名声与不干净的、可能有花柳病的宁国府有关。按照古代婚嫁年龄的标准，此时尤三姐已经不小了，很快就会成为剩女。尤三姐自杀，除了为证明自己的名节，也带有对自身前途的绝望，因为古代社会远不如现在开放包容。而书中安排这一段，其实也暗示尤二姐在贾府是干净的。尤二姐若不是处女，贾琏也不傻，不会那么对待她。尤氏姐妹要不是处女，只有跟着更尊贵的人才有可能，这个暗线我们在下一节分析。

此处还有一个关键点，就是贾宝玉的那一句话，为什么柳湘莲就坚信不疑了呢？他为何不信媒人贾琏和积极帮助他筹备婚礼的薛蟠呢？这也从侧面说明宝玉是什么样子的人。宝玉要是一个单纯的公子，他与丫鬟"闹内厮混"，仅仅是"吃胭脂"那样玩玩，柳湘莲也就不会那么相信他。从柳湘莲的视角看，与宝玉混过的女孩子，就没有是完璧的。柳湘莲不好直接说宝玉不干净，只能说宁国府不干净。宝玉听说，红了脸，同时说："连我也未必干净了。"宝玉的这个表现，等于间接承认了。实际上在外人眼里，别说宁国府，大观园也是如此，宝玉对所有的女孩子都要上手、占有，此处也告诉了读者，贾宝玉就是"假宝玉"，宝玉实际上是什么样的人。此时的柳湘莲认为尤三姐与周围的所有男人都有过关系，而她之前也应当占过这些男人的便宜。婚礼已经箭在弦上，而且周围的人都知道，所以此时柳湘莲悔婚，在古代社会，等于判了尤三姐死刑。

柳湘莲此时不但要悔婚，而且还提出要回聘礼，要证明女方有过错！在古代，正常情况下，悔婚，若是男方主动提出，为保证定礼，聘礼是不能要回来的；若想要回来，就一定要证明女方有问题。也就是说柳湘莲悔婚并且索要聘礼，一定要证明尤三姐名节有亏。柳湘莲悔婚是当众的，给尤三姐判了刑。尤三姐也为她之前与男人的暧昧行为付出了代价，即使她仍是处女之身，又有谁会信呢？尤三姐的名节彻底没有了。众人因尤三姐之前的暧昧表现，都相信她就是有"秽乱"。尤三姐是"众人扬言秽乱"（第一百零七回皇帝查明），用现在的话说已经是社会性死亡了。如果柳湘莲对尤三姐的"秽乱"指控成立，成功地退婚还要回了聘礼，那么对尤三姐而言，就是一生前途被毁。尤三姐之前的行为已经让她难以抗辩，其他人也难以相信她是清白的，她唯有一死以证清白。

所以女孩子不要贪男人的小便宜，一定要远离不怀好意的男人。很多女孩以自己的美貌，以当时的风光，从男人那里得到了很多，但间接付出的代价巨大，贪小便宜吃大亏，这个道理古今都一样。很多男人诱骗女孩，也是用物质。自古很多男人"诱良家出轨，劝妓女从良"，因为出轨是与自己出轨，从良是为自己从良，在男女立场上，都是自私的。

◇◇◇柳湘莲是偿命重罪

尤三姐不得已自杀以证清白，她自杀身死，也是她对柳湘莲的报复！此处告诉读者，尤氏姐妹都不是善茬！

尤三姐自杀变成了柳湘莲的罪过，柳湘莲污人名节，导致女方死亡，是要承担法律责任的，也就是说尤三姐之死，必须经过官府处理。柳湘莲说是出家了，"飘然而去，不知何往"，实际上是逃跑了！贾珍的处理方式就是私自掩埋，没有经过官府，属于包庇性质，后来宁国府被抄，贾珍被坐实充军的罪名，也是因私埋尤三姐这件事。

尤三姐"羞忿自尽，并非贾珍逼勒致死"，贾珍仅仅属于"私埋人命，本应重治，念伊究属功臣后裔，不忍加罪，亦从宽革去世职，派往海疆效力赎罪"。贾珍仅是包庇柳湘莲，私埋尤三姐，从宽处理还要充军，且是他被充军的唯一罪状，那么尤三姐之死，要是经官府处理，柳湘莲是什么责任就可想而知了。

古代对官员和庶民的要求是不同的，官员包庇涉嫌枉法，枉法涉嫌欺君，与现在的司法不同。古代官员包庇命案罪犯，会被连坐，所以对贾珍从宽处理之下还是充军。古代是偿命规则，带有赔偿的性质，污人名节致死也是要偿命的，不是现代的侮辱诽谤罪，属于轻罪，最高判三年。这也是司棋死了，潘又安要自杀的原因，当时司棋的娘也是要潘又安偿命来着，在《红楼深宅博弈》中已经分析了。

　　古代诬陷他人秽乱致死，就是要判死罪，还有著名的案例。在明代宣德年间，应天府上元县蔡家，早年订婚江家但家道中落，江家江富商想要退婚，说蔡家女儿未婚先孕，在汪嫂、金妈、稳婆的伪证下，县令错判，蔡家女儿剖腹验胎，以证明清白。此案最后处理的结果是江富商、汪嫂、金妈等人被处以斩刑，县令被处以绞刑，稳婆入官府为奴，一个案件四个人偿命。清代沿袭明朝律例，案例也有重要的指引作用，所以此时尤三姐自杀，柳湘莲就是涉嫌偿命的重罪。

　　古代的规则与现代有巨大的区别。尤三姐自杀，柳湘莲是要偿命的重罪；而薛蟠打死冯渊，属于宗族械斗，却可以用赔钱解决。尤三姐是被柳湘莲逼勒致死，柳湘莲属于犯了重罪，所以要逃跑，他实际上变成了负有命案的逃犯，以后的出路就是变成盗匪，而后来的贾府盗案，与之也有关系，此案本书开篇就已经分析。

　　此时，贾珍为何要包庇柳湘莲，让尤三姐之死不经过官府处理，最后成为贾府被抄家的罪状？根本原因还是国丧期间，尤氏没有怀孕而报了产育，是欺君、大不敬之罪，同时要给贾琏偷娶尤二姐。官府要查柳湘莲与尤三姐的事情，少不了要翻出尤氏没有怀孕和私娶尤二姐等事情，让官府知道了宁国府谎报怀孕不去参加皇家葬礼，就是大罪过；同时宁国府做媒，贾琏国丧期间偷娶尤二姐也会彻底曝光，也是大不敬之罪。贾琏因为"是件机密大事，要遣二爷往平安州去"，突然离开了，打乱了贾珍、贾琏和尤氏姐妹上位夺权的计划。贾琏丧期之内偷娶尤二姐有问题，贾珍是清楚的，此时贾琏不在，曝光对他们联盟在荣国府夺权不利。只不过事与愿违，后来事情还是泄露了，凤姐趁着贾琏不在的时候，操纵了张华案，把尤二姐的合法身份变成了"先奸后娶"，贾珍、贾琏和尤氏姐妹在荣国府上位夺权的计划彻底流产。

尤三姐之死对《红楼梦》全书至关重要，宁国府被抄家、革爵、充军之罪，竟然仅仅与隐瞒尤三姐死因、未经官府有关，对绝大多数读者而言，是大跌眼镜的。虽然皇帝处理宁国府的背后有各种政治博弈，但贾珍此行为能够得上充军大罪，也告诉读者，古今社会的行为逻辑有极大的不同。

（七）尤二姐与荣宁二府再平衡

尤二姐之死一直是《红楼梦》当中的关键情节，本人在前面已经分析了贾琏娶尤二姐与尤氏姐妹夺权有关，也与两府之间的博弈有关。

贾家是老皇帝的人，从宁国府和荣国府两个公爵下来，还有很多分支宗族，对皇家的依附关系其实也很复杂。中国古代，一个勋贵家族经常是多方下注的，也就是家族不同宗族分支和本支，跟着的人也都可能不同或互相交叉。贾府里面也是如此，有跟着老皇帝的，也有跟着新皇帝的，宁国府贾珍、贾蓉等应当就是跟着新皇帝的，所以贾蓉可以捐到"防护内廷紫禁道御前侍卫龙禁尉"的要职，体现了新皇帝对宁国府的信任，而后来的抄家则是因为他们后来做了让皇帝猜忌的事情。

宁国府里面贾珍、贾蓉与新皇帝关系好；而荣国府贾政娶王夫人，与王家人关系近，老皇帝御笔荣禧堂，显然是太上皇的关系。

明白了这一层关系，就明白在秦可卿死的时候，为什么皇家大工程中，秦可卿留下的尾巴，贾珍要让王熙凤过来协理。此时不仅贾政是秦可卿养父秦业的副手，更重要的是贾政这一边的王夫人家是太上皇的人。当时是太上皇有权，当然需要太上皇的人过来操持。

皇家与贾家各支的关系不同，还可以通过皇家与贾家联系的太监们都找谁来验证。皇家与贾府接触的四大太监，戴权是跟着皇帝身边的大太监，权力最大，去找的是贾珍；夏太监主要是元春的太监，另外还有周太监，他俩都是后来去找贾府要钱的人；裘太监则是在王家出事后，贾琏想去宫中打听消息的人，结果贾琏没见到。由贾家所接触的太监的层次和态度，也可以看到两府与皇帝的亲疏远近关系之不同。

尤氏姐妹与秦可卿其实也是有关系的，本人把她们放到一起分析。秦可卿的葬礼在第十三回，"只见秦业、秦钟并尤氏的几个眷属尤氏姊妹也都来了"，尤氏姐妹与秦家人是在一起的，古代男女有别，一般不会同行，这里这么写必有深意。其他人来参加葬礼，书中男女来宾是分开写的。前面分析过秦钟是柳湘莲安葬的，营缮郎秦家所暗藏的银子，可能就在柳湘莲那里，所以尤三姐多年前就看中了柳湘莲，当时她们就应当是一个圈子的。第六十六回，尤三姐的魂魄对柳湘莲说："妾痴情待君五年矣。"把这个时间倒推一下，也正好是前面宝玉、秦钟等人在一起的时候，也是秦可卿死前死后的时期，故事就都对上了。古代女孩子未出嫁的时候很少外出参与社会活动，她们之间如果没有关系，尤氏姐妹也不会跑到秦可卿的葬礼上来，还是跟着秦业和秦钟过来的，书里埋线很深。

读《红楼梦》看不懂尤二姐、尤三姐这一桥段，就看不懂后四十回。后四十回贾府被抄家，宁国府的唯一罪行就是：私埋了尤三姐！尤三姐自杀，与贾珍无关，埋葬的时候贾珍也不在场，与金钏自杀相比，和贾家的关联小多了，为什么宁国府却要被抄家革爵充军？这个定罪仅次于死刑。尤氏姐妹的情节都在前八十回，作者埋线很深，后四十回接续得很好。

尤氏与秦可卿应当都是地位很低的女人，与贾赦的邢夫人还不同！虽然邢夫人家境也不好，但邢夫人在书中还是以夫人相称。在古代的礼制之下，一个女人不是随便就可以被称作夫人的！成为夫人是要有皇帝的诰封的！是否能够得到诰封，不光与贾家有关系，与女方家的地位也是有关系的。邢夫人的家穷，为了嫁入贾家也很拼，把家产都带了过来，与尤氏的底层还是不一样的。邢夫人嫁过来时有陪房王善保家的一起嫁过来，邢家岫烟来贾府也带着自己的丫鬟，说明邢夫人还是士绅阶层出身。尤家是 20 两银子就为尤二姐订婚，尤家的社会地位，比邢家低了很多！书中第六十四回，"尤老娘与了二十两银子，两家退亲不提"。退婚是加倍的定礼，所以订婚应当只有 10 两银子。

在宁国府，对秦可卿和尤氏都是称作某氏。称呼上的差别，现代社会可以混着叫，但在古代绝对不许乱叫。就如宝玉叫宝二爷，贾珍叫珍大爷，老爷和少爷，则是有规则不能随便叫，比如贾政可以叫作老爷，也是在有了爵禄和功名后才可以叫的。联姻没有门当户对，在古代就是原罪！所以说"画梁春尽落香尘。擅风情，秉月貌，便是败家的根本。箕裘颓堕皆从敬，家事消亡首罪宁"。尤物之女人"擅风情，秉月貌"，娶进家门就是"败家的根本"，宁国府"画梁春尽落香尘"，贾珍的正妻娶谁也是与贾敬有关的，"颓堕皆从敬"。曲牌为《好事终》，"好事"终结了，贾家的败落首先是宁国府的罪恶，这不仅仅是在说秦可卿——秦可卿是算不到贾敬头上的——应当还包括尤氏。另外在第六十三回，"可喜尤氏又带了佩凤偕鸳二妾过来游顽。这二妾亦是青年姣憨女子"。贾珍的妾在大观园是无知笑话不断，说明文化水平很低，从侧面也印证了贾珍找女人的品位。尤氏和秦氏的文化水平怎么样，也就暗示出来了。

贾宝玉说"我在那里和他们混了一个月",在贾敬葬礼之上，他们混到一起应当是不容易的，而且是不合礼制的，贾宝玉与尤氏姐妹厮混的时间，应当是在贾宝玉与秦钟有亲密关系的时候。尤家连给尤二姐退亲的 20 两银子都拿不出，退婚银子还是贾珍出的，所以在门当户对的年代，尤家从门第上根本攀不上贾家的边儿，甚至还不如袭人的娘家，连贾家的家奴都看不起她们！被买来给贾府当妾，如袭人家里那样已经是烧高香了，尤氏怎么能够上位贾府正妻呢？关键还是攀上皇帝外妇秦可卿才有可能。尤氏姐妹出场就是跟着秦家。尤家处于底层，与当年当小官的秦业的童养媳秦可卿，地位是差不多的。秦可卿最初被抱来是一男一女，就是准备做童养媳的，后来男孩死了才是养女。过去的童养媳地位极低，类似丫鬟。秦可卿攀上了当年的皇子，这位皇子后来成为皇帝，当然秦可卿的闺蜜姐妹尤氏就不一样了，尤氏与皇子没准也关系暧昧呢！天香楼是贾家宁国府的公共场所，不光是秦可卿去，尤氏也可以去。所以贾府就是聚麀，贾珍、贾蓉父子和尤氏、秦氏婆媳，都是有故事的。贾家与秦家的瓜葛，也变得更清晰了。

书里提到尤老娘是安人，"原来尤老安人年高喜睡，常歪着"（第六十三回）。明清时对六品官之妻封安人。不过，我们可以看到尤家也是绝户，尤氏没有兄弟，六品官没有儿子还娶拖油瓶的老女人，不符合古代的社会规则，尤老娘的安人应当是古代捐出来的封典。因为尤氏是宁国府正妻，需要一些面子，捐封典的钱应当也是宁国府出的，古代捐封典比捐官要便宜很多，而张华一家早年是皇粮庄头，这个职位虽然有油水但地位很低，书里写"至张华父亲时，仍充此役"，注意这里写的是"役"不是"差"。"服役"与"公差"在古代含义差别很大，与六品官的人家根本门不当户不对。古代定亲讲门当户对，所以尤氏一家当年应当就是门第不高。

在古代，很多人家是不要钱也会投效到贾府当家奴，就如晴雯的哥哥一家。尤家攀不上贾府，尤氏姐妹能够到贾府当一个有地位的大丫鬟，也是要争取才可以。尤氏姐妹处于类似柳嫂子的女儿、晴雯的哥哥那样的阶层，能够投效到贾府当家奴都是人生机会。尤氏姐妹能够看不起自己的亲姐夫，看不起顶级开国勋贵后代贾珍、贾蓉，那是因为她们背后有比贾家尊贵得多的人！此时的尤氏姐妹已经不缺钱了，尤三姐"将一根玉簪，击作两段"表心意，首先她要有玉簪，玉簪在古代很贵，就这么毁掉了，可不是一般的奢侈，比她订婚的银子可能都要多，说明她们的身份地位其实有了巨大的变化，这个变化可不光是尤氏做宁国府正妻带来的，而是尤氏做宁国府正妻之前就已经具备了，尤氏才能够做正妻。

再来看看王熙凤操纵的张华案中的"背旨瞒亲"，违背的是什么旨意？与皇帝有勾连的尤氏姐妹婚嫁，与皇帝协调好了没有？可能没有协调好，或者是协调好了也不敢说出来。贾琏此时还去了平安州，找的王子腾可是皇帝非常猜忌的人，把其中的微妙关系都挖出来，就能理解为何私埋尤三姐，却让宁国府抄家革爵充军了。很多情节极为反常和不可能的背后，就是作者在有意暗示读者。

把这些逻辑看清楚，就明白王熙凤敢搞张华假案，对贾府整个家族而言就是在玩火。秦可卿和尤氏与皇帝的关系，王熙凤应当是知道的，但她为了自己在家族中的利益，选择了无底线的博弈。在抄家的时候，王熙凤先昏了过去，她也知道自己给贾家惹了祸。张华案和张金哥案，都给贾府招祸了，王熙凤是明白的。

很多人感觉尤氏年岁很大，实际上，她的年龄却比想象中要年轻。尤氏是继室，第七十六回尤氏说"已经是十来年的夫妻，也奔四十岁的人了"，古代正常结婚不超过 20 岁，过了 30 岁就可以说奔 40 岁了，推算一下时间，秦可卿死后修建大观园、省亲，贾政外任三年学政任满回来又考察赈灾，应当已经过去了六七年，秦可卿死的时候贾蓉才 20 岁，古代女人十几岁结婚生孩子，所以秦可卿死时尤氏应当只有二十六七岁。而在《红楼财经传家》中，本人分析过秦可卿可能比贾蓉大不少，王熙凤与秦可卿的关系很亲密，应当是同龄人。在冷子兴介绍荣国府的时候已经说了"长名贾琏，今已二十来往了，亲上作亲，娶的就是政老爹夫人王氏之内侄女，今已娶了二年"。凤姐与贾琏年龄相当，也是20多岁的样子，比贾蓉大5岁左右，尤氏与秦可卿应当是同龄人，或许比秦可卿也大不了几岁。秦可卿是皇帝外妇，很可能很晚才嫁人用来掩盖身份，要是贾蓉戴绿帽娶的是大媳妇，甚至尤氏比秦可卿还小，也可能比秦可卿嫁入贾府还要晚。

宝玉说尤氏姐妹是尤物又姓尤，给读者巨大的想象空间。秦可卿是淫丧，当然也是尤物。在璜大奶奶那里为什么尤氏会力挺秦可卿，也就可以理解了。尤氏是谁家的尤物？又如何能够有实力实现嫁入贾府？当年营缮司皇家大工程幕后的女人当中，就可能有尤氏姐妹，而尤氏上位也与之有关，成为贾家族长贾珍的正妻。尤二姐、尤三姐对外披上贾珍、贾蓉小姨子的外衣，其实是一种保护，但后来故事情节的发展有了变化，原来的保护反而变成了悲剧的原因。

秦可卿是皇帝当皇子时的外妇尤物，秦可卿与尤氏姐妹，皇帝应当都是熟悉的，还没准皇帝的外妇是贾珍父子一人带走了一个，所以宁国府背上了"聚麀之诮"的名声，而且秦可卿的葬礼，尤氏彻底躲到了一边。皇帝也应当知道尤氏姐妹，若她俩与皇帝真的有点什么，也不能被说成秽乱，这是打皇帝的脸，贾琏也会勇戴这一顶"尊贵"的宝石绿帽子。古代本来妾就可以赠予朋友，能够占有皇帝的女人是荣耀。最后书中贾珍因为私埋尤三姐被皇帝充军，皇帝算是超级严惩了，背后可能还有皇帝的个人情感因素。尤三姐被私埋时，贾珍根本不在场，书中第六十六回，"贾琏忙揪住湘莲，命人捆了送官"，然后尤二姐说："你便送他到官，又有何益，反觉生事出丑。不如放他去罢，岂不省事。"尤三姐为何一定要死？尤二姐又不愿意见官，应当还有难言之隐。

若尤氏姐妹真的当年与皇帝有关系，柳湘莲说尤三姐秽乱，那是骂皇帝，是大不敬，也涉嫌死罪；尤三姐若与皇帝有私，被众人说秽乱，那她也只有自杀一途；贾珍也应当将此事暗中给皇帝汇报，而他没有说，隐瞒皇帝也有罪责。尤氏姐妹有皇帝做靠山，就有了敢与王家人掰手腕，夺权贾府内宅的底气，同时荣国府上下团结一致对抗，也可以理解了，因为凤姐背后是王家人，是皇帝忌讳的人。

尤三姐自杀，贾琏抓住柳湘莲要去见官，尤二姐让贾琏放掉柳湘莲，原因并不是她爱护柳湘莲。如果把柳湘莲送官，官府再深究起来，会有大问题，甚至导致大祸。因为尤氏姐妹当年跟着皇子，也就是现在的皇帝，这个老底揭出来，要死的可能就不止柳湘莲一个人了。最后私埋尤三姐，成为宁国府革爵抄家充军的唯一罪状，可见此事背后的水有多深。

假如尤二姐、尤三姐与皇帝有染，贾琏也愿意戴这个绿帽子。如果尤二姐不是处女能够被贾琏所接受，在古代唯一合理的解释就是她是更高贵的男人的女人。贾琏宠爱尤二姐，我们前面分析她应当是处女，但从她们两姐妹的言谈表现看，已经远超古代良家妇女的界限，另外合理的解释，就是她与皇帝有染，贾琏也认同。贾琏送给尤二姐的是九龙佩，虽然可以是九曲形状的草龙，但九字与九龙，本身就是九五之尊的代表，这里就有暗示性质。

在第五十八回国丧期间，"两府无人，因此大家计议，家中无主，便报了尤氏产育，将他腾挪出来，协理荣宁两处事体"。也就是尤氏没有怀孕也敢谎报怀孕，来管理宁国府和荣国府，可能得到了皇帝的允许。此时王熙凤怀孕，却被夺取管理之权，气得还流产了（第六十一回，平儿说凤姐"好容易怀了一个哥儿，到了六七个月还掉了"）。国丧期间，真怀孕的王熙凤留下了，没有怀孕的尤氏谎报怀孕也留下了，贾府这么操作肯定也是有原因的，否则假怀孕是纸里包不住火，早晚要让人知道，勋贵府里也遍布皇家眼线，被参劾就是欺君和大不敬的重罪，贾家犯不上啊！如此操作的背景应当就是与皇帝和太上皇的关系远近不同的差别：太上皇死了，王家人是嫡系肯定要去表现；贾珍是皇帝的嫡系，尤氏和秦可卿与皇帝还有故事，当然是能不去就不去，皇帝也是愿意的。当年太上皇掌权，秦可卿就死掉了，贾家与秦家主持皇家大工程善后工作，把王熙凤请来主理葬礼搞分赃大会；等到太上皇一死，凭借着与皇帝的关系近，贾珍的宁国府就要争夺贾氏家族的控制权，尤氏姐妹要在内宅夺权上位，王熙凤就是她们的首要目标。

书中宁国府与王家的关系也很微妙，与荣国府不同。王子腾接替了贾代化当的京营节度使，应当是在太上皇掌权阶段，当太上皇死了，王子腾不受皇帝信任，宁国府内宅便对荣国府王家人有了图谋，正是因为外部的政治环境变了。故事情节再往下发展，就是王熙凤突然莫名其妙地流产了，也就是说王熙凤在尤氏管荣国府的时候流产，随后贾琏娶了尤氏的妹妹尤二姐。贾琏这个媒是贾蓉做的，娶尤二姐的时间与王熙凤流产的时间相隔不久，王熙凤流产是"气恼伤着的"，在荣国府凤姐从来都是颐指气使地指使别人，谁能够气恼她啊？如此巧合，给读者太多想象空间。王熙凤通过胡庸医下药让尤二姐流产，应该也带有报仇的味道。

荣国府亲近太上皇，贾珍的老爹贾敬也是亲近太上皇的，但贾珍、贾蓉与新皇帝更近，甘愿替皇帝戴绿帽子。现在太上皇薨逝了，当然给贾珍带来了可以当族长掌握家族全部权力的想象空间，尤二姐与贾琏的婚姻、尤氏姐妹在贾府内部的夺权尝试，也有朝堂格局变动的大背景。贾珍与贾琏的结盟，目标对准凤姐；凤姐刚刚流产身体虚弱，贾琏是荣国府长孙继承人还无后承祀，确实也给了尤氏姐妹想象空间。只不过后来凤姐通过张华案虚假诉讼豪赌，荣国府里的贾母、贾赦、王家人团结抵制，最后以尤二姐的死而告终。贾母对尤二姐的态度是"唤了她去，吩咐不许送往家庙中"，而进不进家庙，正常按照中国的宗法，此事贾母不能做主，应该由族长贾珍说了算。由此可见，后来是贾珍斗败，家族内部又妥协了。

在尤氏姐妹要在贾府夺权的关键时刻，我们看到贾琏因为要事去了平安州，这个敏感的平安州也与贾府被抄有关，应当是王家的关系。加上太上皇的死，就可以知道去平安州对新皇帝是多么敏感之事！宁国府与荣国府之间的家族暗中角力，也是导致贾府衰落的原因之一。所以是"家事消亡首罪宁"，对此在抄家的章节还会分析。

书中在第七十一回写了尤氏在荣国府和宁国府里面地位的变化。

> 因问："那一位奶奶在这里？东府奶奶立等一位奶奶，有话吩咐。"这两个婆子只顾分菜果，又听见是东府里的奶奶，不大在心上，因就回说："管家奶奶们才散了。"小丫头道："散了，你们家里传他去。"婆子道："我们只管看屋子，不管传人。姑娘要传人再派传人的去。"

从婆子的言语可以看出，她们显然没有把尤氏放在心上。随着情节的发展，虽然有赵姨娘的挑拨、周瑞家的的私利，但两个婆子被捆起来了，而凤姐则哭鼻子了，王夫人也受到了压力，看似是荣国府内女人博弈的嫌隙，但关键点还是尤氏的地位不同了。贾珍本来就比荣国府低一辈，尤氏又是贫寒出身，为何有如此的变化？背后的差别就是老皇帝死了，情况不同了。

此时对皇帝而言，太上皇已死，其亲信势力自然要被清算，但需要逐步分化、瓦解，加上怀柔，不是一味地赶尽杀绝。贾珍依靠秦可卿当年与皇帝的外妇关系，宁国府"箕裘颓堕"，在官场之上不被广泛认可。在古代此类关系属于佞臣性质，虽然宁国府贾珍、贾蓉是皇帝的人，但皇帝要治理国家也需要疏远佞臣。相反，荣国府的贾政相对能干，为官也谨慎，后来书中写了贾政外放学政，有政绩受到了巡抚的赞扬，又有北静王的支持（见第八十五回拜寿北静王），皇帝也要安抚荣国府。皇帝对荣国府的态度，在太上皇死后是以怀柔开始的，贾家毕竟与王家不同，还有与皇帝亲信林家联姻承祀的关系。金陵四大家族里面贾家也是最有条件被怀柔的对象，因为有林家的关系，还有秦可卿的关系，同时贾家已经弃武从文，所以书中情节显示，此后贾政又升迁，再次负责皇家工程。太上皇死后，皇帝让贾政从学政的位置上回来，又主管了陵工。这个工程可能就是太上皇的皇陵，太上皇与贾家关系紧密，当时贾政到营缮司就是太上皇恩赏的主事，后来成为秦业的副手营缮司的员外郎，再后来变成了营缮司的郎中。给太上皇修陵，可能也有太上皇生前的意思。因为太上皇与贾府关系紧密，贾政的职务当初就是贾代善死的时候由太上皇赏给的。书里写贾政主管陵工，贾府的各种关系人都赚钱了，贾芸还拿着礼物又去找凤姐了。不过，后来元妃受到猜忌，元妃一死，贾政就立即被外放粮道，离开了营缮郎的肥缺，后来贾政粮道所在的位置还很特殊，在前面相关章节里也做了分析。总体而言，皇帝对贾府和元春都是不信任的。

综上所述，分析时把太上皇的因素加上，重新审视一下前面分析的秦可卿、大观园和尤二姐等情节，可以发现其中的暗线逻辑更深了。《红楼梦》一书的故事意境，读者可以不断地深挖，总可以挖到新东西。

七、贾府抄家政经逻辑"摄政株连"

　　《红楼梦》书中的高潮部分在贾府被抄家，贾府被抄家的背后逻辑才是其政治博弈的最高体现。很多读者更关心宝黛爱情，对抄家的章节更多是表面化泛读，也看不下去后四十回，其实后四十回是给男人读的。

　　要想读懂抄家的逻辑，就要对古代政治、经济、文化、社会都有深入的理解。表面上看，金陵勋贵四大家族联盟无上荣光强大，其实他们都是弱势，因为他们背后有一个天威难测的皇帝，皇权政治更强大。《红楼梦》的政经逻辑就是"摄政株连"，是荣国府男人单名"赦政珠琏"的谐音，作者也早埋好线了。同时还可以看到，四大家族的姓氏爵位从高到低排列是贾—史—王—薛，也就是"假势王削"，他们的势力是假的，最后被皇帝抄家削藩。本章给大家揭示《红楼梦》中的政治高峰是什么样子的。

（一）贾珍博彩致死元妃和王子腾

◇◇◇聚众较射贾珍犯大错引猜忌

　　贾家被抄家，当时御史参奏的理由是贾珍聚众赌博，勾引世家子弟赌博，但是在最后处理的时候，居然没有提及此事，这是很奇怪的。当时，薛蝌打听到"在衙内闻得，有两位御史风闻得珍大爷引诱世家子弟赌博，……"他认为"这款还轻"，不算什么，薛蝌应当是认识不足，包括贾珍、贾蓉也没有认识到问题的严重性，否则他俩也不会聚众赌博了。宁国府、荣国府都被抄了，而且荣国府实力更强，为什么书中的第一百零五回写的却是"查抄宁国府""弹劾平安州"？背后应当是宁国府的贾珍、贾蓉做了比联络平安州更让皇帝猜忌和不能容忍的事情。

御史参劾宁国府的重要罪名就是贾珍勾引世家子弟聚赌，但最后皇帝处罚下来却对贾珍赌博一事只字未提。难道皇帝忽略了聚众赌博吗？即使这项罪名再轻，但是已经被御史公开参劾了，正常情况下，怎么都得对公众有个交代，这件事背后有什么特殊原因吗？关键就是贾珍带领世家子弟赌博的具体方式是射箭。

（第七十五回）原来贾珍近因居丧，每不得游顽旷荡，又不得观优闻乐作遣。无聊之极，便生了个破闷之法。日间以习射为由，请了各世家弟兄及诸富贵亲友来较射。因说："白白的只管乱射，终无裨益，不但不能长进，而且坏了式样，必须立个罚约，赌个利物，大家才有勉力之心。"因此在天香楼下箭道内立了鹄子，皆约定每日早饭后来射鹄子。贾珍不肯出名，便命贾蓉作局家。这些来的皆系世袭公子，人人家道丰富，且都在少年，正是斗鸡走狗，问柳评花的一干游荡纨裤。因此大家议定，每日轮流作晚饭之主——每日来射，不便独扰贾蓉一人之意。

贾珍练射箭搞博彩是天天进行，荣国府的子弟也参与其中。

贾赦贾政听见这般，不知就里，反说这才是正理，文既误矣，武事当亦该习，况在武荫之属。两处遂也命贾环、贾琮、宝玉、贾兰等四人于饭后过来，跟着贾珍习射一回，方许回去。

书里不止一次提及，贾母还过问过。

贾母笑问道："这两日你宝兄弟的箭如何了？"贾珍忙起身笑道："大长进了，不但样式好，而且弓也长了一个力气。"贾母道："这也够了，且别贪力，仔细努伤。"

射箭中"一个力气"是量词，不是名词，一个力是15斤。贾珍聚集世家子弟较射，应当是社会上都知道的事。

射箭图（古画，张捷拍摄于清华美院）

清朝是历史上赌博风气盛行的时代，却也是禁止赌博法律规定最严格的时代，成为一种特有的社会矛盾现象。贾珍教唆赌博看似有罪，但贾珍以射箭来博彩，在清朝却是合法的。射箭射得准可以赢钱，算赌博还是奖赏？就看怎么解释了。终清一朝，"国语骑射"都是朝野上下热衷唱的高调。最上心者非乾隆莫属，为了推"国语骑射"，乾隆连禁满族人赌钱的规定都在射箭上开了个小口。[①] 所谓"国语"当时指的是满语，而乾隆皇帝将"骑射"与之相提并论，足见对其之重视。实际上，乾隆帝甚至认为旗人若是不能骑射，那就是"不免流于汉人浮靡之习"[②] 了，因此，在《红楼梦》成书的时候，贾珍守丧期间练习射箭，真的符合当时的规定，而且适当赌博博彩也是被允许的。更何况射箭本身还有技能上的要求，不易作弊。让贵族公子射箭博彩，激发他们练习"国语骑射"的动力，是清朝的国策。贾珍干符合国策的事，反而变成了御史参奏他的原因，而且还被革掉爵位并抄家流放，一定是犯了大忌。此处这么处理，曹雪芹是旗人，肯定不会黑朝廷，索隐派的人当时也不能未卜先知。教世家子弟博彩练射箭，是在前八十回里面出现的情节，对此作者还用了不少笔墨，肯定不会是一处简单无用的内容，这是在给后面埋线。本人认为后四十回的接线，接得很好。

清朝人骑射像

---

① 参见孙静：《试论乾隆帝对"国语骑射"之维护》，《大连民族学院学报》2006 年第 4 期。

② 参见邢静：《清朝军队中逆势而上的"骑射"》，《党课》2018 年第 3 期。

清朝既然支持八旗子弟练习射箭，对射箭的赌博也网开一面，那么为何贾珍、贾蓉练习射箭博彩，就变成被御史参劾的大罪了呢？其实皇帝惩罚的不是赌博，而是射箭聚众世家亲贵让皇帝猜忌了。贾府内一群善骑能武的勋贵世家子弟聚集在一起，"每日来射"，就算不干其他事情，拿着箭，骑着马，要是真的有什么目的，皇帝能不担心吗？而且贾蓉还是龙禁尉，可以出入宫禁，皇帝当然更睡不安稳了。勋贵武将子弟每天聚集到一起练武，皇帝不猜忌都不行，但皇帝是支持骑射的，以练射箭之名聚集又无法治其罪，御史们也只能用宁国府赌博来参劾贾珍等，等到真的定罪的时候，再找另外的理由。古代皇帝对勋贵，可以有罪推定，也可以是诛心之论，不需要刑狱严格的审理程序。

贾蓉是龙禁尉，供职在宫禁禁地，书中说是五品，按照清朝的定制是三等侍卫，级别已经不低，后来是否升级书里没有介绍，而王公世家看出身，升级会容易得多。《啸亭续录·黄马褂定制》中记载："凡领侍卫内大臣，御前大臣、侍卫，乾清门侍卫、外班侍卫，班领，护军统领，前引十大臣，皆服黄马褂。"担任此级别侍卫的贾蓉可以穿黄马褂，还可以戴花翎，也就是可以戴孔雀翎。花翎

清代的花翎，文官要督抚以上的高官才可以戴

不是普通大臣可以戴的。例如，为清朝收复台湾的福建水师提督施琅，在降清后被赐籍汉军镶黄旗，后力辞靖海侯，而恳求照前此在内大臣之列赐戴花翎，康熙特旨许之。普通大臣是戴鹖翎，也就是褐马鸡的尾毛，鹖翎也称蓝翎。鹖翎色青黑，似乌鸦毛，因此蓝翎俗称老鸹翎，地位差很多。

清朝的惯例是世家子弟充当侍卫，与贾蓉聚集在一起的世家子弟，应当也是一群侍卫。侍卫们防卫宫城，如果他们不经皇帝批准而聚集在一起练射箭，皇帝能不忌惮吗？射箭完全可以进行远距离暗杀！古代对弓弩的持有和使用的管理比刀剑要严格得多，类似于现在枪支管理一样严格。侍卫群体不但可以进入宫禁，还可以带刀等武器，一旦宫中有变，他们也是宫廷政变的决定力量。贾珍的父亲贾代化以前就是京营节度使，掌管御林军，后来此职位给了王子腾，但皇帝对王子腾不信任，先是调走后来除掉。现在聚集宁国府较射的世家子弟的父辈祖辈，应当大多是贾珍父亲贾代化的老部下或者与王子腾有关系的人，贾珍聚集他们在一起，每天练射箭，皇帝会作何想？因此，贾珍聚集勋贵集团的世家子弟每日来家射箭博彩，又是嫡子长孙龙禁尉贾蓉做东主持的，皇帝当然没有安全感。这群世家子弟要是真的在宁国府聚赌，或者穷奢极欲地玩乐，皇帝反而没有那么在意。贾家荣国府搞弃武从文准备科举，宁国府贾珍的父亲读书修道，韬晦避祸，贾珍却没有领会其中的智慧，一不小心就惹祸了。贾珍的政治敏感度不够，以为贾敬死后，贾家已经平安落地，皇帝不会再猜忌了，练射箭也是皇帝提倡的，没想到却给家族惹下了大祸。

贾蓉的具体职位，在秦可卿出殡时的铭旌上面写得非常清楚："防护内廷紫禁道御前侍卫龙禁尉"！他站岗的位置在皇宫内廷，也就是在皇帝紫禁城的御道上，身份是皇帝身边的御前侍卫。这个职位是宫禁要职，如果发生宫廷政变，会起到关键作用。因此，贾蓉做东，聚集侍卫们较射，对皇帝而言，就是巨大的不安定因素，有结党嫌疑。宫门侍卫属于宫廷要职，《红楼梦》写的是戴权给贾蓉捐来的官，但在《红楼梦》的创作年代，这个职位是不能够捐官的。当时，皇帝与太上皇争权，宁国府被皇帝当作亲信，安插在要职位置上。等到太上皇死后，情况就改变了，勋贵子弟贾蓉在此位置，贾家的政治立场，皇帝也要防范，若宁国府再聚众较射涉嫌私下结党，皇帝当然要想办法了。

历史上，皇帝对臣子结党，非常忌惮，尤其是勋贵子弟之间的往来，更会让皇帝猜忌。历史上类似的事情很多，一旦涉及结党，就大于一切了。讲一个历史典故：明朝时，时任兵部员外郎的杨继盛上《请诛贼臣疏》，揭露严嵩祸国殃民的真实面目。疏中所奏严嵩的罪状，严嵩无法抵赖，但严嵩毕竟老谋深算，他抓住杨继盛疏中"或问二王（裕王、景王），令其面陈嵩恶"这句话，诬陷杨继盛与二王串通。嘉靖皇帝最忌讳大臣们越过他和自己的儿子们结交，生怕被逼宫，遂不问疏中揭发严嵩的罪状是否属实，就降旨将杨继盛逮捕入狱。因此，贾珍聚世家子弟搞射箭，就是犯了大忌。赌博不是大事，结党是皇帝绝对不允许的。虽然贾府是太上皇的人，但太上皇已死，以贾家、王家目前的实力，要起兵造反自立皇帝不可能，暗杀皇帝也不太可信，但他们这一群世家子弟宫禁侍卫们聚集在一起，绝对可以影响以后太子的废立，对到底由谁即位，起到决定性作用。比如康熙死的时候，隆科多就让回来的十四阿哥进不了宫门。类似的典故还有明朝明英宗的夺门之变，也是侍卫起了关键作用！宫廷政变历来是很残酷的，皇帝不可不防。后来，慈禧发动政变上台，也是靠醇亲王带着粘杆处的侍卫抓了肃顺和两个亲王。粘杆处是别称，正式名称叫尚虞备用处，因为陪着皇帝、皇子粘知了得名，就是这点儿兵力都能起关键作用，更何况贾家聚集那么多勋贵子弟，还都是宫廷侍卫备身。贾家在后宫有皇妃，可以知道宫内消息，又联络了在外带兵的姻亲大将王子腾，同时在宫禁贾珍还聚集了一大群当侍卫的世家子弟较射，皇帝会怎么想？要是太子抢班夺权，或者几王夺嫡的事情再一次发生，贾府当中贾珍的这群世家子弟侍卫在宫禁之内，完全可以参与皇家政局！宁国府当年曾经替皇帝养了外妇，把持营缮司赚大钱都没有问题，但威胁到皇权继承，皇帝是不能容忍的。

把贾珍聚集世家子弟练射箭博彩的背后逻辑看清楚，就知道皇帝担心什么了。同时，贾府的人又去平安州，与在外拥有重兵的王子腾联络，皇帝真的坐不安稳了。若元妃与王子腾仅仅是表亲关系，皇帝也不担心，他俩之间没有联络纽带，也没有武力能够威胁宫廷。但有了贾珍、贾蓉，以及他们聚集的世家子弟、侍卫们，再有贾赦、贾琏、薛蟠到平安州去联络，那么问题性质就不同了。贾蓉担任龙禁尉管理宫禁，团结了一大群侍卫世家子弟，其职务还是在皇帝身边的大宦官戴权帮助下捐来的，京营御林军中还有好多是贾珍父亲贾代化的旧部，王子腾的京营节度使前任也是贾代化，元妃还可以提供宫中的信息，张金哥案中的李衙内的父亲李太尉也拥有重兵，这群人要是"交通外官"互相联络，都结党整合起来，完全可以搞宫廷政变了。皇帝有了这个担心，下起手来一定毫不留情，历来为皇权大位的安全，都是血腥争夺的，不容有任何闪失，宁可错杀不能放过。所以贾家的元妃要死，王子腾也要死，后来李家御史要参劾贾府与之划清界限。对此下节详细分析。

有研究者认为，史湘云嫁给了卫若兰，而卫若兰在贾蓉老婆秦可卿的葬礼上也来了，书里介绍他是王孙公子，而且卫若兰也爱好射箭。在庚辰本第二十六回冯紫英一段上有眉批云："惜卫若兰射圃文字迷失无稿，叹叹。"有人认为，《红楼梦》后四十回是在作者原二十八回的残稿上补正成四十回的，原书应当有他射箭的情节，而他参加贾蓉老婆葬礼，应当与贾蓉、贾珍是朋友。贾珍、贾蓉的较射博彩应当有他，他既是王孙公子也多半是侍卫，皇帝猜忌较射。后来，史湘云早早守寡，可能还有其他想象空间。

《红楼梦》作者没有直接写宁国府被抄家的情况，通过焦大间接地描述了一下："珍大爷蓉哥儿都叫什么王爷拿了去了，里头女主儿们都被什么府里衙役抢得披头散发撺在一处空房里，那些不成材料的狗男女却像猪狗似的拦起来了。所有的都抄出来搁着，木器钉得破烂，瓷器打得粉碎。"从上面的叙述能看出来，对宁国府的抄家，就没有对荣国府那么客气，而且还出现了一个王爷带着去。这个王爷可能就是前面提及过的忠顺王。宁国府里女人戴在头上的值钱的东西也被抄了，才会"披头散发"，然后是"像猪狗似的拦起来"，不像抄荣国府时还先通知了一下后面的女人，与荣国府抄家的情形差别很大。

我们要注意，抄宁国府时，贾珍、贾蓉都被抓起来了，而抄荣国府时，贾琏没有被抓。虽然有王爷帮助荣国府说话，但帮忙开脱的对象是贾政。贾琏是贾赦的儿子，"违规重利"帮助王家、甄家等转移财富的是贾琏的老婆王熙凤，但贾琏没被抓，贾蓉却被抓，背后原因就是财富贪腐在皇帝那里不是最重要的，而贾蓉是侍卫，担任监守宫门的要职，又不经批准在家聚集勋贵子弟较射，有造反嫌疑，被皇帝猜忌。

◇◇◇元妃王子腾死于较射遭猜忌

元妃是怎么死的？也是《红楼梦》中值得讨论的重大问题。本人分析，元妃之死与贾珍聚众较射有关。

元妃的命运为何与较射有关？可以看看元春判词上的一幅画："画着一张弓，弓上挂着香橼。"贾珍聚众较射，用的是弓箭；橼发音对应于元，香橼是芸香科植物，清香可去除室内异味，可比作淑女，公认香橼就是指元春。本人分析，这预示着元春因为贾珍较射

399

张捷收藏的弓箭

遭忌而死。也有一首歌印证，词云：

> 二十年来辨是非，榴花开处照宫闱。
>
> 三春争及初春景，虎兕相逢大梦归。

歌词中的"兕"字，古代指犀牛，而且特别指雌性犀牛，对应元春。兕的形状似牛，全身长着黑色的毛，头上只长着一只角。最早见于《山海经》："兕在舜葬东，湘水南。其状如牛，苍黑，一角。"而歌词中的"虎"字又是指什么？应当是对应于军队和侍卫，调兵要用虎符，与王子腾和贾珍都有关系，尤其是贾珍聚众较射。侍卫还有另外一个称谓，就是虎贲。虎贲是古代的官职名，掌管皇帝出入护卫，汉置期门郎，至汉平帝时更名为虎贲郎，置虎贲中郎将、虎贲郎等主管皇帝宿卫之事，品级在五品，与侍卫品级也相同，虎贲后来也泛指勇士，清代也代指侍卫。想一下贾珍的聚众较射，贾蓉的龙禁尉就是侍卫，可以叫作虎贲，参与较射的世家子弟，很多应当是侍卫，与贾蓉在一起的人，都可以叫虎贲。"三春争及初春景"，三春是指初春、仲春和暮春，初春是老大，也是正月开始，隐含的意思就是三个皇子争夺太子。此时，后宫和侍卫们若搞到一起，涉嫌影响立储，那么一定是要死人的大事。"榴花开处照宫闱"，石榴有多子多福的含义，说明元春作为贵妃还是得宠的。这首歌的含义应当是：元春在宫中有20多年，有是非也有得宠之时，但涉及皇权，最后因为后宫与侍卫的关系，被皇帝猜忌，导致元春死亡。此判词也是埋线，告诉读者元春是怎么死的。前面已经分析，元春女官的职位很重要，是女官之首，掌握全部宫廷内幕，若与侍卫和边将勾连，可能对立储产生影响，皇帝真是睡不安稳。

据说，推动《红楼梦》出版的和珅，发迹就是因为乾隆皇帝引用孔子的话问了一句："虎兕出于柙，龟玉毁于椟中，是谁之过与？"当侍卫的和珅答："典守者不能辞其责耳。"乾隆大悦，由此和珅平步青云。此对话有典故，乾隆说的内容典出《论语·季氏》原文，和珅回答的是朱熹对此的批注。《红楼梦》此处用"虎兕"，带来了不安全因素"出于柙"，下面皇帝就要用"典守者不能辞其责"来消除隐患。还有人认为是抄书笔误，"虎兕"应为"虎兔"，寅为虎卯为兔；认为，元妃死于书中所载的"十二月十九日，已交卯年寅月"。这就更牵强了，此时间点应当是兔虎，二者也不相逢，且"虎兕"为四书典故，对古代读书人没那么冷僻，抄错也应是将冷僻字抄成常用字，不会反过来将常用字抄成冷僻字。

不少人分析元春之死是与其他妃子争斗导致，还找到了书里的周贵妃、吴贵妃等，还有凤姐夺锦之梦，对此且不说书里缺乏直接的证据，关键是要搞懂古代内宫的逻辑。后宫争夺失败多是被打入冷宫，再严重就是公开赐死等，要杀一儆百地公开处理，皇帝不会对元春采取暗杀下毒等手段，也株连不到王子腾。此时的元春已经不年轻，元春死的时候已经43岁，人老色衰了，又没有皇子，不具备争宠的条件，也不是其他争宠妃子的竞争者，争宠说的逻辑是牵强的。皇帝要暗中动手，一般是没有证据的猜忌，而且不会说出来。后宫争宠与争皇位根本不在一个级别之上，争宠不用猜忌，属于皇帝知道的后宫潜规则，只要别太过分，皇帝都能容忍，争宠的对手要下毒手，也搞不到王子腾。元妃之死与贾珍和侍卫们聚众有关联，再涉有三个皇子争皇位，就是"摄政株连"，皇帝就必须动手消除皇权的不安全因素，涉及之人就要被株连。

前面已经分析了，元春的职务应当是一品乾清宫夫人，是女官之首。皇子未开始认字时的教育、公主的教育，都在女官体系，对皇子的争储，女官有立场，贾家有立场，才是正常的情况。

元春的命运作者早已经埋线不止一处，在书中第二十二回的猜谜语情节，谜语也预示着她们的命运，所以这一回叫作《听曲文宝玉悟禅机　制灯谜贾政悲谶语》。如迎春的灯谜谜底是算盘，嫁给孙绍祖是找她爸算账要账的；探春是风筝，预示着远嫁；惜春是海灯，意味着要出家；元春是爆竹，暗含会粉身碎骨。让很多人费解的是贾环送给元春的灯谜，元春说不通，专程问了太监谜底。贾环的谜面是："大哥有角只八个，二哥有角只两根。大哥只在床上坐，二哥爱在房上蹲。"谜底是枕头和兽头。枕头讲的是与皇帝一起睡，睡在皇帝身边的是元妃，而兽头在宫殿、城门楼子的顶上，是给皇帝看门的人。房上的兽叫作嘲风，是中国古代神话传说中龙生九子的第三子，平生好险又好望，其形状常被作为殿角的装饰。元春贵妃地位高借喻大哥，王子腾、贾珍、贾蓉等人地位低算是二哥，他们在贾府交通外官，枕头和兽头哥儿俩好，那么皇帝还睡得安稳吗？一定是如爆竹一样爆掉，让他们粉身碎骨，因此王子腾和元春都要死。贾环的谜语是送给元春的，要与元春的谜语结合起来理解。

元春死于贾珍较射的证据还可见第八十六回："那老太太叫人将元妃八字夹在丫头们八字里头，送出去叫他推算。"算命先生说的是："可惜荣华不久，只怕遇着寅年卯月，这就是比而又比，劫而又劫，譬如好木，太要做玲珑剔透，本质就不坚了……"很多读者看到了"寅年卯月"，寅为虎卯为兔，就认为判词里面的"虎兕"有误，应当为"虎兔"。但看书中的时间，贾政从学政任上回来，应当是七八月，元春死的时候是年底，这一年是寅年，因为她死的日子"是十二月十九日，已交卯年寅月"，卯年的上一年是寅年。贾珍为安葬贾敬，是第六十九回在上一年丑年的"腊月十二日"扶枢回籍的。"寅年卯月"是寅年的农历二月，贾珍回来后丁忧居丧无聊，才开始搞较射做局博彩，时间正好是"寅年卯月"，完全对得上。贾珍、贾蓉较射涉嫌侍卫结党，使皇帝有想法，元春在立储问题上因为"太要做玲珑剔透"，失去了皇帝的信任，"本质就不坚了"。此处"比而又比"的"比"可以作比试、比赛，对应较射，同时"比"字也可以作勾结和结党的含义。《说文》："比，密也。"例如"朋比为奸""比周"。《管子·法法》："群臣比周，则蔽美扬恶。"《论语·为政》："君子周而不比，小人比而不周。"因此"比而又比"有多重含义，特别有味道。元春被皇帝猜忌结党的结果，肯定就是"劫而又劫"，有杀身之祸。元春的死可以说是贾家劫难的开始，此命相不仅仅对元春，对贾家也一样，贾母就是一直想要政治上"玲珑剔透"，在选择贾府联姻对象上摇摆，失去原则、诚信后"本质就不坚"，后来被抄家充军，也是类似"比而又比，劫而又劫"的情况。这里两个"比"字的含义不一样，一个是"比试"，一个是"比周"；两个"劫"字，一个是元春之劫，一个是贾府之劫，作者的各种暗线早已经埋好。

书中写贾元春于第九十五回薨逝。"且说元春自选了凤藻宫后，圣眷谨慎，身材发福，未免活动费力。逐日起居劳乏，时发痰疾。因前日侍宴回宫，偶沾冷气，勾起宿病。不意此回甚属好坏，竟至痰气阻塞，四肢厥冷……"元妃很快就死去了，"次日早起，凡有品级的，按贵妃丧礼，进内请安哭临"。元妃死前，身体应当不错，前面说元妃早就有病，是太监给贾府的掩饰之词，元妃给皇帝侍寝的时候肯定健康。因为元妃要是有病，肯定不能去给皇帝侍寝！尤其是长期的痨疾，涉嫌痨病会传染，更要躲得远一点，皇宫里有的是人等着侍寝，又不缺生病的元春一个。此处写元妃侍寝后立即就"发病"了，病程很急，应当属于中毒，是皇帝亲自动手将她杀死的。

因讹成实元妃薨逝（清孙温　绘）

书中的"前日"应当是指昨天而不是前天。清朝同期的《儒林外史》也是这么用的，例如第二十回："次晚，遣一个老成管家来到书房向匡超人说道：'家老爷拜上匡爷。因昨日谈及匡爷还不曾恭喜取过夫人，家老爷有一外甥女……'匡超人听见这话，吓了一跳，思量要回他已经娶过的，前日却说过不曾；但要允他，又恐理上有碍。"很多读者会理解为前天，其实是昨天。

如此快"发病"，应当是中毒。贾母、王夫人遵旨进宫，见元妃痰塞口涎，不能言语。与皇帝侍寝时还好好的，一下子就这个样子，不是中毒吗？元妃"见了贾母，只有悲泣之状，却少眼泪……"元妃为何如此悲切却无泪？如果是中风等真的生病了，她见到家人不会悲泣到流不出泪。元妃应当知道原因，知道皇帝要她死，所以有悲泣之状，但她不能说也不能哭，"贾母王夫人怎忍便离，无奈国家制度，只得下来，又不敢啼哭，惟有心内悲感"。贾母、王夫人也不敢哭，知道其中有问题，但又能如何？此时贾府已经风雨飘摇。

有人说判词当中的弓和元春，印证了元春是被弓弦勒死的。本人认为，被弓弦勒死，就要有人去执行，与赐死用白绫自杀不同。下毒害死，也可以没有人知道。有人执行，日后就可能翻案，没有一个公开的程序，不容易办到。弓箭是武器，是禁止带入皇宫后宫的。元妃之死应当涉及皇子争位嫌疑，被皇帝猜忌而被秘密暗杀了。如果是获罪就公开处理，死后不会有谥号，贾府也会被直接定罪。涉及皇宫争储内幕问题，皇帝需要尽力避免公开化，公开了以后就会骨肉相残和兴大狱，不知道多少人送命。秘密毒死，既把不安全因素消除了，目的又达到了。本人认为，弓箭隐喻元妃之死与贾珍的聚众较射有关。

元妃死后的谥号用法，也带有深意。元妃并无所出，前面章节已经分析，元妃为一品尚书，对应于管理六宫的夫人职务，但皇帝没有给她皇后的名号，在省亲的时候，就已经能看出来皇帝与太上皇的矛盾，唯谥"贤淑贵妃"比较合适。

对比一下古代其他皇后的谥号：

序号	姓氏	谥号
1	宋真宗刘皇后	章献明肃
2	宋仁宗曹皇后	慈圣光献
3	宋英宗高皇后	宣仁圣烈
4	宋神宗向皇后	钦圣宪肃
5	宋哲宗孟皇后	昭慈圣献
6	宋高宗吴皇后	宪圣慈烈
7	宋宁宗杨皇后	恭圣仁烈

宋代皇后的谥号

而清代的皇后和贵妃谥号，多有"孝"字，例如孝庄太后，慈禧是孝钦显皇后，慈安是孝贞显皇后，乾隆的原配谥号是孝贤诚正敦穆仁惠徽恭康顺辅天昌圣纯皇后，嘉庆生母令妃谥号孝仪纯皇后。元妃和贾家是太上皇的关系，谥号当中却没有"孝"字，已经说明了皇帝的态度。而元妃死后，书中写"虽按照仪注办理，未免堂上又要周旋他些，同事又要请教他，所以两头更忙，非比从前太后与周妃的丧事了"。贾政是元妃的父亲，在元春守孝期间就被赶走去粮道上任，皇帝连假都没有给！

元春死前，就有她病了死了的传闻，无风不起浪，显然她的死是蹊跷的。元春死后的谥号是"贤淑贵妃"，背后的含义当时的人都明白。嫔妃多数没有谥号，如果有谥号，用字多为"孝""惠""慈"等字，"贤""淑"两字都是妃的地位排位用字。唐朝以后的皇妃，按照"贵""淑""德""贤"四个字排位次，贵妃的"贵"字是排在第一的，对贵妃的谥号，给"贤""淑"两个字，等于是降等级了，本身就是一个信号，说明元妃还是有错的。

书里第九十五回明确写了元春的葬礼远远比不上周贵妃。

> 贾政又是工部，虽按照仪注办理，未免堂上又要周旋他些，同事又要请教他，所以两头更忙，非比从前太后与周妃的丧事了。

书中没有说皇帝怎么着了，葬礼是怎么办的，又明说比不上周妃的丧事规格，连元妃的父亲贾政也没有给假。而"周妃"的丧事，书里第八十六回说得很清楚："有个贵妃薨了，皇上辍朝三日。这里离陵寝不远，知县办差垫道。"周贵妃薨逝，知县都要忙起来，皇帝都"辍朝三日"，而元妃薨逝连亲爹贾政都没有假。

还有一个细节，就是王子腾的死与元妃的死有一定关联，有人认为是他俩联合搞政变。本人认为，如果他俩真的要政变谋反，贾家、王家都会被灭族，不是皇帝暗杀两个人之后事情就过去那么简单了。王子腾的问题应当与元春一样，被皇帝猜忌。宫廷政变成功需要得到在外大将的拥护，弹压反对力量，谁敢反对就以平叛的名义镇压。王子腾掌握九省重兵，是决定性的人物，所以他也必须死。贾府总去平安州姻亲联络，本身就很有嫌疑；贾珍的聚众较射行为也是皇帝忌讳的。王子腾的死还可以对张金哥案中李衙内的父亲李太尉起到敲山震虎的作用，所以与李太尉一家的李御史后来要参劾贾府，是为了划清界限。这里不是元春、王子腾他俩真的有谋反行为，而是类似于怀璧之罪，他俩有了威胁皇权安全的某种可能性。

元妃是在第九十五回薨的，死前王子腾升职回京，然后在京城边上突然病死了，极为巧合。很多研究者都看出来了元妃和王子腾可能有联系，他俩是死于暗杀，但对暗杀的原因，都归结于宫斗的失败，但宫斗失败的证据不足，因为宫斗失败肯定会满门抄斩。本人认为真实原因是皇帝猜忌，皇帝是出于对皇权安全的担心。皇帝也只是猜忌和担心，没有真实证据，他也不好直接抓人，所以搞暗杀。贾珍开始聚众练武之后不久，贵妃有病，元妃身体不佳，贾府的人就进宫探望，有互通消息的嫌疑，皇帝会想很多。从《红楼梦》一书作者的家事角度看，曹家败落也是因为皇子争位，与后宫争宠无关。元妃没有生育，不等于对皇子夺嫡不持立场。

看一下他俩死亡的时间。第九十五回，贾琏告诉王夫人："舅太爷升了内阁大学士，奉旨来京，已定明年正月二十日宣麻。有三百里的文书去了，想舅太爷昼夜趱行，半个多月就要到了。"宣麻是非常重要的礼仪。在古代，如果遇到任免宰相、对外战争等重大事件，皆由翰林学士以麻纸书写皇帝诏令，在朝廷宣布。皇帝拜相要斋戒三日，当臣子的肯定要比皇帝多斋戒，起码是七日或十日，也就是王子腾必须提前回来，王子腾路上的时间是半个多月，要十五至二十天，从时间上倒推，王子腾必须提前一个月动身，也就是在十二月二十日之前动身。

古人赶路，一般一天一百里就很快了，按照三百里去给王子腾送文书，三百里要驿站换人换马，王子腾不是年轻人了，不会比一天一百里更快。若是六百里加急文书战报，那可能是要跑死马的，到了皇宫，就算是皇帝与娘娘睡觉，也必须立即把皇帝叫起来。元春之死的时间，书里写"是年甲寅年十二月十八日立春，元妃薨日是十二月十九日，已交卯年寅月，存年四十三岁"。如果下毒就是立春下毒，在立春第二天死的，对应了元春的名字，元的含义是开始、起端。此时间点，应当王子腾已经奉旨上路。皇帝得到王子腾离开了军队驻地，军权已经交接，且已经出发的消息后，才对元春动手。

为什么皇帝可以如此快地得到信息？是六百里加急吗？其实不是。说点题外话，古代传递信息比现代人想象的要快，信息可以用信鸽传递。玩鸽子的都知道信鸽的速度，好信鸽大约一个小时飞一百公里，一天飞一千五百里没有问题的。王子腾要走半个多月的路程，信鸽当天就飞回来了。给皇帝办事会同时带着信鸽报信，尤其是皇帝准备劫杀王子腾，路上更是要有信鸽传信。信鸽通信的风险在于容易出意外，导致信息丢失或泄露，信鸽只能传送小字条，没有文书则没有书面效力，但若约定好暗号也是可以的，信鸽在古代是效率最高的通信方式。所以在战场上谁动鸽子，要第一时间被打死。

皇帝对王子腾的猜忌之深，从他刚死没多久皇帝的做法就可以看出。"命本宗扶柩回籍，着沿途地方官员照料。昨日起身，连家眷回南去了。舅太太叫我回来请安问好，说如今想不到不能进京，有多少话不能说。"人刚刚死，连他老婆都不能到京中家里收拾一下，就立即被赶走了，只给了一个中下等的"文勤"谥号。大学士都可以谥法用"文"字，但"文勤"是中下等的谥号，也就是有点苦劳的意思。然后政敌对王家的清算也开始了，王家政敌之一就有贾雨村和林家势力，而贾家、王家等金陵勋贵以前依靠的是太上皇的势力，老皇帝在元妃省亲的时候还健在，但后来应当是薨逝了，皇帝本身就对他们有所不满，也没有信任，他们再有了威胁皇权安全的实力，就肯定要悲剧了。

前面章节已经分析了元妃可能就是太上皇和皇太后的人，她的凤藻宫尚书应当是女官首领一品夫人。她虽然没有生育，但可能抚养了皇子。清朝皇帝是不让亲娘直接哺育的，由宫中女官负责。元春身居女官之首，管理着皇帝所有女人的子嗣，所以对哪一个皇子继位，是带有立场的，她的立场代表太上皇的立场，也受她养育之时喜欢谁的影响，但很可能与皇帝的好恶并不一致。然后贾珍聚集一群把守宫门的侍卫较射，而与贾家有联络的王家人也是太上皇的亲信。此时，太上皇已死，若皇帝想要另立太子，则元春和王子腾就是威胁皇权的因素，皇帝一定要及时消除风险。

中国古代，后来皇帝把宦官管理掖庭令的权力转到了女官体系，就是为了减少宦官干预子嗣和废立的举措。宦官是可以自由行动的，就算清代限制了宦官出京，宦官在京城里面也可以自由活动，但对女官的管辖就严格多了。元春省亲，皇帝严防死守，因为万一元春与侍卫群体存在某种勾连，等于原来的制度设计就作废了。此时，宁国府再聚集侍卫们较射，荣国府再秘密联络平安州王子腾，皇帝会如何想，就非常清楚了。我们还要注意《红楼梦》作者曹雪芹的身世，曹家就做过御前侍卫，曾祖母当过康熙帝的奶妈，应当也是女官体系出身，曹家败落也是在皇子争大位的问题上所持立场错误导致的。雍正能够当皇帝，也与侍卫们的支持分不开，此处书中暗线情节与曹家家世也是紧密结合的。

不是元春和王子腾真的去谋反，而是类似于怀璧之罪。但是参与较射的众侍卫因为职位低，又都是世家子弟，处理起来会牵扯太多，皇帝不好收手，只要他俩死掉了，皇权的威胁就消除了。王子腾死后，海疆总制参劾王家，如果没有其他事情发生，皇帝对贾府的打击，应当就到此为止了。此时贾家该与王家切割，及时联姻皇帝亲信的林家，结果贾家的选择犯了方向性错误，反而联姻薛家进一步绑定了王家，悲剧就必然发生了。

综上所述，从书中的埋线可以分析出来，元春与王子腾都是死于皇帝的猜忌暗杀，原因就是贾珍聚集侍卫较射，贾家又频繁联络王子腾，以及去宫中探望元妃，因为他们有威胁皇权的实力，导致皇帝猜忌心起，犯了"摄政株连"的禁忌。古代的勋贵，别看平时穷奢极欲，同时也活得战战兢兢，害怕的就是"摄政株连"被皇帝猜忌。贾府勋贵三代需要韬晦避祸，结果还是一不小心就被贾珍破了功。所以"箕裘颓堕皆从敬，家事消亡首罪宁"不是白说的。

（二）贾府被抄家的真实原因是站错队

贾府到底为何被抄家，书里写得扑朔迷离。只有把真实的原因还原清楚，才有助于更好地理解整部书的各种线条脉络。

◇◇◇抄家细节露端倪

分析贾府被抄家的原因，需要仔细读书中的抄家细节。

（第一百零五回）西平王慢慢的说道："小王奉旨带领锦衣府赵全来查看贾赦家产。"贾赦等听见，俱俯伏在地。王爷便站在上头说："有旨意：'贾赦交通外官，依势凌弱，辜负朕恩，有忝祖德，着革去世职。钦此。'"赵堂官一叠声叫："拿下贾赦，其余皆看守。"

抄家首先针对贾赦，而且在抄家之前，没有审理就有了"定论"——贾赦被革去世职，并且说他的罪状第一条就是"交通外官"，然后是古代的口袋罪："依势凌弱，辜负朕恩，有忝祖德。"虽然古代是有罪推定，但皇帝要有圣明的样子，也不会故意造错案，也需要服众。皇帝为何这么自信不会有错？他应当已经知道一些情报。从这个细节可知，在抄家之前，皇帝对贾府已经有罪推定，给贾府的罪过定了调子。

过去大家族有罪都要株连全家，不过对贾政和贾赦，皇帝还是区别对待的。

> 西平王道："闻得赦老与政老同房各爨（旧时指弟兄分家过日子）的，理应遵旨查看贾赦的家资，其余且按房封锁，我们复旨去再候定夺。"赵堂官站起来说："回王爷：贾赦贾政并未分家，闻得他侄儿贾琏现在承总管家，不能不尽行查抄。"西平王听了，也不言语。赵堂官便说："贾琏贾赦两处须得奴才带领去查抄才好。"西平王便说："不必忙，先传信后宅，且请内眷回避，再查不迟。"

来抄家的赵堂官与西平王的态度完全不同，西平王只想查抄贾赦，想要把贾政择出来。西平王在书中此前与贾府并没有出现关联，却在维护贾政，这在古代株连规则中不常见。而赵堂官的态度是要一起抄，而且直接顶撞了王爷。王爷不言语，说"小王奉旨带领锦衣府赵全"，很明显西平王是领导。同时西平王还要"先传信后宅"再抄，让传信本身更不正常，不就是让内宅做一些应对准备吗？

> 赵堂官即叫他的家人："传齐司员，带同番役，分头按房抄查登帐。"这一言不打紧，唬得贾政上下人等面面相看，喜

得番役家人摩拳擦掌，就要往各处动手。

赵堂官很坚决，明显是要把贾家办成大罪和铁案。赵堂官为锦衣府赵全，与贾政无仇，为何一定要连带上贾政？西平王不在原来贾家勋贵四王八公里面，应当不是贾府的勋贵联盟，为何他要把贾政择出来呢？此处细节对理解贾府的抄家原因非常关键。后来北静王也赶来了，此时北静王过来带有政治风险，但贾府勋贵与四王八公是唇亡齿寒的关系，北静王一定要保贾府。北静王其实应当是北靖王，靖寇大将军、靖边大将军等，靖寇靖边是安定边寇的意思。北方是满蒙统治者，当然不能用靖字，要避讳，所以只能用"静"这个字。四王八公的其他三个王，是东平郡王、西宁郡王、南安郡王，另外还有东安郡王，同样是郡王，彼此差别却很大，用"安"字是招安的意思，用"平"字是平定的意思，用"安"字的郡王，地位就要低很多，所以东安郡王给贾府的题字就很谦卑。南安郡王应当也是招安，因此探春远嫁南安郡王，有人解读为和亲藩王去了。中国历来威胁来自北边，北静王当然最重要，也只有他是世袭罔替，地位高很多，所以对贾家的依靠，南安与北静两个都是郡王，差别还是很大的。

书中抄家时西平王一来，就对贾家非常客气，而不是恶狠狠地过来，表现得对皇帝忠心，却疾恶如仇的样子。

西平郡王用两手扶起，笑嘻嘻的说道："无事不敢轻造，有奉旨交办事件，要赦老接旨。如今满堂中筵席未散，想有亲友在此未便，且请众位府上亲友各散，独留本宅的人听候。"赵堂官回说："王爷虽是恩典，但东边的事，这位王爷办事认真，想是早已封门。"众人知是两府干系，恨不能脱身。只见王爷笑道："众位只管就请，叫人来给我送出去，告诉锦衣府的官员说，这都是亲友，不必盘查，快快放出。"

从细节上对比，赵堂官对封门要求很严，而且是命令"其余皆看守"，但王爷的态度却是下令把人放走，关键是还说了"不必盘查，快快放出"，走不了还"叫人来给我送出去"，放走的人可能带走违禁的东西，也可以出去报信，西平王说的"不必盘查"是非常不正常的做法。北静王能够赶来，应当是有人出去及时给北静王报信了。

赵全说"但东边的事，这位王爷办事认真，想是早已封门"，也就是说东边被抄家，应当还有另外一位王爷，在东边是封门的，与西平王在西边的做法不同。后来，焦大跑到荣国府来说"像猪狗似的拦起来了"，可见宁国府被抄家的惨状。

再来看看北静王与西平王的对话。北静王说："我在朝内听见王爷奉旨查抄贾宅，我甚放心，谅这里不致荼毒。不料老赵这么混帐……"北静王为何对西平王很放心，他是怎么知道"老赵这么混帐"的？显然是西平王放出去的人给北静王报信了，而北静王来，也带来了皇帝的新旨意。

（北静王）说："奉旨意：'着锦衣官惟提贾赦质审，余交西平王遵旨查办。钦此。'"西平王领了，好不喜欢，便与北静王坐下，着赵堂官提取贾赦回衙。

皇帝叫只抓贾赦，把贾政给放出来，与西平王的处理一样，要对贾政、贾赦区别对待，皇帝的意思也很清楚。"余交西平王遵旨查办"到底是什么旨意，皇帝没有对北静王明说，应当是在北静王求情之前，皇帝私下对西平王就有交代，西平王如此对待贾政等其他人，也是遵旨办事。然后西平王就抱怨了，西平王便说："我正与老赵生气。幸得王爷到来降旨，不然这里很吃大亏。"从对话可以看出，在维护贾府保护贾政的立场上两人一致。

此处还需要注意的是，抄宁国府把贾珍和贾蓉都给抓起来了，就剩下女人后来到了荣国府一起居住，而对荣国府不但是贾政没有被抓被问罪，更关键的是贾琏也没有被抓起来，贾琏屋内被搜出了违规当票等物证，还涉嫌转移甄家、史家、王家的财富，为什么不抓贾琏？关键还是贾珍、贾蓉的聚众较射，贾蓉的"防护内廷龙禁尉"的职务，让皇帝猜忌了。荣国府与海疆总制还有联姻关系，海疆总制正在带兵，因此，抄家的分寸拿捏要非常精准。这正是《红楼梦》细节的精妙和政经逻辑的高深之处，因此看《红楼梦》关键要看后四十回。

下面来看看贾家女人在被抄家时的反应。凤姐反应最大，书中是："独见凤姐先前圆睁两眼听着，后来便一仰身栽到地下死了。贾母没有听完，便吓得涕泪交流，连话也说不出来。"凤姐为何反应那么大？她应当对为何被抄家大致清楚，她也知道自己都干了什么。贾府被抄家，假如把她用张华虚假诉讼、搞掉尤二姐的事情揭露出来，她被休妻就是板上钉钉，后来她死得早，否则就会如某些版本的续书，她被休后凄惨而死。贾母反应比较深沉，话也说不出了。她应当明白了错在哪里。从上述细节，我们能够看出抄家官员态度有分歧，态度分歧背后有不同的势力和立场，也有皇帝的不同旨意。皇帝让他们扮演不同的角色，需要红脸白脸一起唱戏。

抄家时，王爷说"赦老与政老同房各爨"，但赵全说并未分家，到底抄多少是很有讲究的，因为没有分家所以都要抄，但不抄的是什么？前面已经分析了，贾母后来给众人分的私房钱，就是黛玉的嫁妆，这部分算是林家的，所以不抄，而且都没开箱，因此都不知道鸳鸯已经偷走很多给贾琏典当周转了。还有就是宁国府贾蔷分府了，宁国府被抄的时候，贾蔷的财富是可以避免的，不过贾蔷又嫖又赌，到后来应当也造光了财富。

在后四十回，主要写的是政经逻辑，很多文艺读者读不懂，当然也觉得没有意思，如果把抄家的细节端倪仔细分析清楚，再仔细研读，就会发现其中人物的心理活动和对话写得极为生动，就如《沙家浜》唱段《智斗》一样引人入胜。所以后四十回一样价值巨大，与前面暗线连接紧密，应当是一个作者创作，高鹗等人应当是在作者草稿的基础上编辑加工出来的，或者是作者的后四十回丢失，但他们看过作者原稿，凭着记忆续上了。

◇◇◇捕风捉影平安州

书中写贾府被抄家的起因是御史参劾，而且御史参劾还是风闻言事，对贾府各种事情进行捕风捉影，其实根本原因还是皇帝猜忌，背后的政治逻辑就是"摄政株连"，皇帝觉得对皇权造成威胁，就会捕风捉影，宁可错杀也绝不放过。

很多人分析说石呆子案也是其中原因之一，如果是因为石呆子案，那么在贾雨村与皇帝聊过以后，贾雨村也会并且还会先出事。前面分析过，石呆子案背后是皇帝想要扇子，要勋贵去作恶担恶名，也属于皇帝想要的结果。因此，不会是因为石呆子案。

其实，张金哥案和张华案才让皇帝有了猜忌之心。在第一百零五回，薛蝌打听到消息："今朝为我哥哥打听决罪的事，在衙内闻得，有两位御史风闻得珍大爷引诱世家子弟赌博，这款还轻；还有一大款是强占良民妻女为妾，因其女不从，凌逼致死。那御史恐怕不准，还将咱们家的鲍二拿去，又还拉出一个姓张的来。只怕连都察院都有不是，为的是姓张的曾告过的。"此处明确说到了张华案，张华案是王家人买通都察院做的假案，让凤姐在内斗中取得胜利，但对外则有结党交通外官的嫌疑，本人对此也做过分析。

抄家的旨意中，直接把贾赦"交通外官"放到了首位。书里面贾府与外面的官员联系，还有一个神秘的地方，就是平安州。第一百零五回，薛蝌打听到的就是"事情不好。我在刑科打听，倒没有听见两王复旨的信，但听得说李御史今早参奏平安州奉承京官，迎合上司，虐害百姓，好几大款"。书中曾经多次提到贾琏去一个叫作平安州的地方办事，而且是看似神神秘秘地办一些机密大事。平安州第一次出现应该是在第六十六回，贾琏在外头娶了尤二姐，二人在一起时，忽有下人来报信。

> 大家正说话，只见隆儿又来了，说："老爷有事，是件机密大事，要遣二爷往平安州去。不过三五日就起身，来回也得半月工夫。今日不能来了。"后贾琏一日到了平安州，见了节度，完了公事。因又嘱他十月前后务要还来一次，贾琏领命。

也就是说贾琏还要再去。在第六十八回的开头，便又说了贾琏出门。"话说贾琏起身去后，偏值平安节度巡边在外，约一个月方回。贾琏未得确信，只得住在下处等候。及至回来相见，将事办妥，回程已是将两个月的限了。"平安州里面不平安，显然是隐藏着秘密，需要贾府嫡长子（活下来的最年长的嫡子）贾琏亲自去交接传话。《红楼梦》习惯写反话，所去的地方叫平安州，本身就是一个暗示。

书中薛蟠被柳湘莲搭救，发生地也在平安州。

> （薛蟠：）"我同伙计贩了货物，自春天起身，往回里走，一路平安。谁知前日到了平安州界，遇一伙强盗，已将东西劫去。不想柳二弟从那边来了，方把贼人赶散，夺回货物，还救了我们的性命……"

也就是说平安州的事情与薛家也有关，从与薛家、贾家都有关来看，平安州应当就是王家的势力范围。而柳湘莲在平安州干什么？为何贾琏做媒把尤三姐嫁给他？后来他悔婚，真的仅仅是因为尤三姐名声不好那么简单吗？他的反悔很可能也带有对贾琏、薛蟠他们在平安州所求之事的反悔因素。

要弄明白平安州的事情，还得回头看看张金哥案。张金哥案发生在长安府，长安府与平安州是什么关系？薛蝌说："那参的京官就是赦老爷。说的是包揽词讼。"与之有关的包揽词讼只能是张金哥案。此案前面章节已经分析了，能够叫作衙内的官家子弟，应当是顶级高官子弟，而不是一个长安知府的小舅子，背后应当还有李太尉，太尉也是顶级的武官。武将和勋贵、边将与京官的结党，历来是为皇帝所最忌讳的事情，就算他们什么也没有干，但要是经常联络，就会让皇帝觉得他们威胁到皇权安全了，那么欲加之罪何患无辞。平安州里面，肯定有贾府的重要事情，否则贾赦也不会让贾琏亲自去，因为重要的事情不能交给外人和家奴。同时薛蟠要去平安州，也是为了薛家生意，里面是否与军需有关系？因此，御史参劾贾府结党，皇帝肯定是不放过的，贾赦的罪状主要在第一条"交通外官"，关键焦点在御史参劾的平安州，同时里面还涉及李太尉，皇帝一定要搞清楚情况。

关于平安州的问题，贾赦即使在锦衣府严鞫下，也咬死了是姻亲往来，让参劾的御史也抓不到实据。平安州与贾府肯定有姻亲，要论姻亲的话，邢夫人和尤氏都是续弦且娘家没有势力，只有贾府与王家人的姻亲才重要，也就是王家人王子腾。而张金哥案也属于姻亲人情，通过王家人王熙凤的渠道办的事，应当在王子腾的地盘上。而贾府与平安州的往来，无论是薛蟠生意上赚钱，还是张金哥案为李衙内找妾，对皇帝来说都属于小事，皇帝的猜忌在于他们是否结党谋逆。古代罪行当中，谋逆与谋反是有区别的。贾家谋反不现实，但谋逆则很可能。谋逆不光是破坏皇帝宗庙陵寝之类，还包括非法串联结党，比如一起商量怎么样帮助自己党派的人升官，就是谋逆；串联结党支持某个皇子争太子，就更属于谋逆；大臣们的结党在古代本身都算是谋逆。例如，明代的胡惟庸案就属于结党谋逆，蓝玉和李善长等人都被牵连，最后杀了几万人。贾府抄家后的定罪，是否涉及谋逆，处理结果会不同。

我们前面分析过，贾家的贾代化、贾代善等人是太上皇的旧臣，贾琏抛下尤二姐赶往平安州，那时太上皇刚死，是一个非常敏感的时刻。此时，贾琏去平安州，新皇帝也会有所联想，因为太上皇对太子人选也有影响力。

我们还要注意到，贾府里王家人王夫人、薛姨妈、王熙凤都与贾政有联系，同时，交通外官、真正能够影响宫中的人应该是贾政，因为元妃是贾政的女儿，然而御史的火力没有对着贾政，皇帝抄家抓人也没有抓贾政，原因在于没有证据之时，贾政必须从中开脱出来，对此本人前面多次分析，贾政女儿探春联姻的对象正在海疆前线带兵，不能逼反了带兵的贾家之亲家。

与平安州相关的事情，与宁国府没有关联，为何宁国府也一起被抄家了？皇帝要对宁国府和荣国府一起抄家，另外还有原因，就是前面已经分析过的，贾珍的聚众较射，而且聚集的是能够参与宫廷政变的侍卫，此事也与平安州联系到了一起。"摄政株连"之下，皇帝的猜忌放大，心理阴影面积扩大到无法消除，担心下面造反，觉也睡不好。

◇◇◇舆情背后有推手

先注意一个奇怪的细节，在御史对贾家参劾之前，针对贾府的不良舆情，非常汹涌。不光是贾政看到了薛蟠第二次杀人被舆情《邸报》给炒作了出来，在贾政看到《邸报》爆料薛蟠杀人案的同时，还有其他的舆情，也是关于贾家的。

（第一百零一回）贾琏就起来要往总理内庭都检点太监裘世安家来打听事务。因太早了，见桌上有昨日送来的抄报，便拿起来闲看。第一件是云南节度使王忠一本，新获了一起私带神枪火药出边事，共有十八名人犯。头一名鲍音，口称系太师镇国公贾化家人。第二件苏州刺史李孝一本，参劾纵放家奴，倚势凌辱军民，以致因奸不遂杀死节妇一家人命三口事。凶犯姓时名福，自称系世袭三等职衔贾范家人。

相关《邸报》舆情出现在倪二入狱之前，倪二在狱中不满而诋毁贾府，绝对比不上《邸报》的力量。御史们也从《邸报》和舆情当中嗅到了风向，才会对贾府群起而攻之。想一下舆情背后的推手会是谁？!

如果读者了解《邸报》的发行背景，就知道此舆情不是民间舆情，带有官方色彩，因此针对贾府的舆情，背后有朝堂势力博弈的影子。明代设立专门出《邸报》的通政司，专门管理《邸报》的出版发行。清朝内阁在北京的东华门外设有一个专门的机构，名谓"抄写房"，每天由报房派人去那里抄取当天发布的新闻，称"宫文书"，除被称为"宫门抄"的朝廷政事、动态的报道和谕旨全部照登外，奏折的数量因较多则加以选用，所以他们有皇帝身边的第一手消息，就是反映皇帝的脸色风向的。古代的通政司负责内外章疏、臣民密封申诉等事项，这臣民密封申诉，有点像现在的信访。置有通政使一人，正三品；左、右通政各一人，正四品；左、右参议各一人，正五品等。通政司机构设置的官职地位是不低的，因此《邸报》是官方报纸，是官方舆论机器，而且与现在的情况不同，《邸报》的消息来源不是记者到处采编来的内容，而是主要来源于内廷、密折和信访，选取什么材料上《邸报》？在清朝皇帝强势和文字狱的背景之下，编辑《邸报》内容的官员也是以揣摩皇帝的心思为主，谁也不会违拗皇帝的想法。办理《邸报》的官员来自读书人的圈子而不是勋贵圈子，属于林如海的科举利益集团，林家势力可以推波助澜。

看清楚《邸报》的举办方背景，就能明白那些看似与贾府有关的案件，都是大事之外的小事，类似的事情每个王朝都会有，根本不会直接上达内廷。也就是说没有专人去收集，被收录到《邸报》的可能性微乎其微。贾府负面新闻能够集中上《邸报》，在背后一定是有了什么风向以后，办报的才尽心尽力地收集。舆情起来，就是有人专门要搞贾府的信号，御史捕风捉影的潜规则也是"摄政株连"四个字。这些事都发生在贾家与王家联姻之后。

回想一下，为什么薛蟠的第二次杀人会被舆情盯住，会上《邸报》？关于薛蟠的案件，当时薛家通过各种手段基本把各方都摆平了，是什么神秘力量盯住不放，并且把薛蟠变成了死罪呢？虽然薛蟠被长时间羁押，皇帝却没有勾决，也没有流放他，而是挂起来了。等贾家的事情结束了，海疆大赦来了，薛蟠就没事儿了，所有舆情也都平息了，薛蟠也就出来了。把各种针对贾家和裙带的舆情都综合起来，就能大致知道事情背后的推手是谁了。

皇帝因为猜忌贾家要抄其家，这仅仅是猜忌又不能公开讲，就只有先造舆论。从《邸报》上的各种信息都是针对贾家的来看，上述推断基本是真实的。然后御史参劾就跟了上来。贾政还蒙在鼓里，被抄家革职了，似乎才反应过来。贾政的上司江西节度与探春婆家还有姻亲关系，在探春联姻后为何也要参贾政一本呢？就是因为他看到了风向变化，要表明立场并站队。贾政的姻亲关系不只有探春与海疆总制联姻，他还是王家女婿，关系上与王家更近，此时王子腾已死，随后海疆御史就参了王子腾，说明海疆方面与王子腾也是政敌。有可能海疆方面与贾政的上司江西节度提前沟通了。需要注意，这些人与林如海和贾雨村应当都是一伙的。在贾府的林黛玉不明不白地死了；宝玉秘密娶了宝钗，也不敢对外公开，当过了功服后，宝钗才与宝玉圆房，并摆酒席，这一下大家都知道了，就要找贾家算账了。当时贾政还在当粮道，黛玉的死讯一直是瞒着他的，他被参回京之后才知道。贾政刚被参，皇帝就立即处理了，"亏得皇上的恩典，没有交部"，也就是说皇帝根本没有让人去调查，更没有给贾政辩解的机会，而是直接采信了参劾的内容，所以皇帝应该早就等着这个参劾呢！贾政被参劾回京后，皇帝召见贾政，突然严加问询，表明皇帝想要动贾家是已经策划好了，只等一步步来实施。所以贾府被抄家，不是御史参劾贾府导致，而是皇帝猜忌之下想要动贾府，制造舆论，故意让御史参劾的。所以御史和《邸报》，就是替皇帝来干脏活的。

所以贾府被抄，就是因皇帝猜忌了他们家，动了想要抄家的心思。抄家之前先舆论准备，然后再动手。御史也在捕捉到皇帝的想法后，说了皇帝想说的话，做了皇帝想做的事，真的为了国家社稷死谏的御史不是主流。皇帝想要收拾贾府的风向在《邸报》上透露出来，御史们当然就动手了。倪二此类小人物只不过是顺应了朝堂的大风向而已。

针对贾府的舆情，最早是水月庵风月案后贾府被"揭帖"，就是贴了小报。是谁干的这件事儿，最后不了了之。本人认为此事的背景没那么简单。水月庵的尼姑与宫内元春有联系，此事就发生在元春死之前。张金哥案与水月庵有关系，还与李衙内有关系，李衙内背后就是李太尉，也是掌管军权的重臣。庵堂风月的参与者，不仅有贾芹在里面的相好尼姑沁香和女道士鹤仙，还有与贾蓉一起较射的侍卫，估计李衙内也是较射参与者。贾芹有两个相好，真是风浪够大，难怪外面都知道了。所以贾府被贴报，背后应当有更高层级的推手。

再看一下凤姐在风月案发后的表现。

　　凤姐因那一夜不好，恹恹的总没精神，正是惦记铁槛寺的事情。听说外头贴了匿名揭帖的一句话，吓了一跳，忙问贴的是什么。平儿随口答应，不留神就错说了道："没要紧，是馒头庵里的事情。"凤姐本是心虚，听见馒头庵的事情，这一唬直唬怔了，一句话没说出来，急火上攻，眼前发晕，咳嗽了一阵，哇的一声，吐出一口血来。平儿慌了，说道："水月庵里不过是女沙弥女道士的事，奶奶着什么急。"凤姐听是水月庵，才定了定神……

　　很多读者认为续书者将水月庵和馒头庵搞混了，本人认为续书人不会犯此低级错误。水月庵和馒头庵是一个地方，只不过馒头庵在语境中有所特指，铁槛寺管水月庵私底下叫馒头庵，正式名字是水月庵。凤姐操纵张金哥案，导致两条人命，而且又与李太尉有关，才会让她急得吐血。

　　皇帝有了猜忌之心，朝中有关勋贵也要做切割，就如张金哥案

王凤姐弄权铁槛寺　秦鲸卿得趣馒头庵（清孙温　绘）

的李衙内，父亲应当是李太尉，因此"但听得说李御史今早参奏平安州奉承京官"，就有李御史在抄家当天早上来主动参奏。薛蝌道："说是平安州就有我们，那参的京官就是赦老爷。说的是包揽词讼。所以火上浇油……"这是李太尉主动要切割，凤姐参与张金哥案，结果算在了公公贾赦的头上。在平安州涉及的诉讼案也只有张金哥案，李太尉的舆情圈子也为了切割而参奏贾府，对贾府来说是抄家前的最后致命一击！

前面提到，贾政任职粮道时的顶头上司江西节度也要切割，主动参劾贾政。贾琏得到消息，"说是二叔被节度使参进来，为的是失察属员，重征粮米，请旨革职的事"。贾赦很惊异，"还说节度认亲，倒设席贺喜，那里有做了亲戚倒提参起来的"；引见来的一个知县说贾政"节度大人早已知道，也说我们二叔是个好人。不知怎么样这回又参了"。从他们的对话可以看出，贾政的官声还不错，但为何节度还要参他？应当是听到了风声，要与贾政划清界限。在第一百零一回贾琏看《邸报》，里面也有很多针对贾家亲戚的消息，说明对贾家不妙的风声已经出来了。否则贾政是国公后代、皇妃生父，探春联姻海疆，贾政就算犯了点错，只要不严重，上司也要帮助遮掩。上司参奏贾政为的就是，万一有什么问题则不会影响到他头上，不会落个知情不报的罪名，"想是弄闹得不好，恐将来弄出大祸，所以借了一件失察的事情参的，倒是避重就轻的意思也未可知"。第一百零四回写道："只听见人说：'今日贾存周江西粮道被参回来，在朝内谢罪。'雨村忙到了内阁，见了各大人，将海疆办理不善的旨意看了……"写得很清楚，海疆办理的事情，皇帝不满意，贾政与海疆联姻，周围的人都看皇帝脸色。

王家被抄家还有一个原因，第一百零一回"因海疆的事情御史参了一本"，所以王家与海疆那边属于政敌。贾政娶了王夫人，探春又联姻海疆，贾家又秘密娶了薛宝钗，还是王家人，几个月以后，宝钗、宝玉圆房摆酒，官场知道了贾家立场站到了王家人一边。节度与海疆也是亲戚，王家倒台，节度也需要站队拿出立场。节度"避重就轻"没有往死里参奏，有了参奏有态度就可以了，应当是考虑了各种因素，拿捏好了分寸。林黛玉不明不白死在了贾家，林家与贾家的关系走向破裂，贾家抱了王家的大腿。节度和海疆与林家应当都有关系，林如海名字里面的"海"字，不是作者随便加上的，必有深意。《红楼梦》中人物和地点的起名都是有讲究的。

古代御史可以风闻言事，风闻言事是古代君王为整顿朝纲、肃清吏治而采用的统御手段。御史可以凭风闻上奏，互相弹劾，查实属实者嘉奖，不实者不罚，是君王广开言路监督百官之策略。因此，御史制造舆情的背后，真正的推手就是皇帝有了猜忌之心。皇帝的想法流露了出来，下面就有人钻营，帮助皇帝递刀子。

◇◇◇粮道"蒙蔽"避风险

贾政被外放粮道，背后也是故事满满。贾政说是被属下蒙蔽，但实际情况并没有那么简单。皇帝任命贾政当江西粮道要职，但其实此职务并不好当，是很容易被找毛病的危险职务。在海疆有战事的背景下，平时的肥缺此时就变成了烫手的山芋，而且此职务还在林家的势力范围内。

粮道的官职分督粮道和粮储道两种。在清朝，外调粮食的省份有督运漕粮之责的官员称督粮道，如苏松、江安、山东、河南、江西、浙江、湖北、湖南的粮道叫督粮道，掌监察收粮和督押粮盘，归漕运总督管辖。而与漕运无关，在本省储备粮食物资，无督运之责的省份的官员称粮储道，如福建、陕西、广东、云南、贵州及甘肃巴里坤等粮道，归总督或巡抚节制。贾政外放的粮道在江西，所以他的官职是督粮道，属于漕运总督管辖，书中的贾政上司节度应当指漕运总督。清朝江西督粮道是有名的权大之职位，既管理粮务，又管辖南昌、抚州、建昌三府的事务。这三个府是鄱阳湖边上主要的产粮区，古代是鱼米之乡，江西的核心地区对到珠江流域的粤海战事起关键作用，是粮食供应区。古代的产粮区就是富裕地区，与现代工业社会不同，江西粮道等于漕运的督粮道加上地方的分守道，是两个道员合一，也是著名的要职，类似于贾雨村的金陵知府。研究清史的人都明白这些关系。在有战事的时候，江西粮道责任重大，很容易让人抓住历史旧账和积弊，成为"背锅侠"，是非常容易掉脑袋的官。

贾政当粮道的时候，书里明确说海疆有战事，"越寇猖獗"，而且从江南往广东，江西也是重要的通道。在京广铁路通车以前，北京到广州主要走江西而不走湖南（汉唐从西边长安过来，才走湖南，与现代不同），走水路从京杭大运河到长江进入赣江，上溯到赣江上游，短途翻山运输，再进入广东河源市的珠江水系。过去，走水路去广东也不走海上。探春千里东风到海疆，就应是这条路。海疆大军得胜还朝，大军战船堵死运河，影响贾政送棺椁，也是走的这条路。粤赣古道在历史上非常繁忙，支道众多，水路陆路均有，陆路是赣粤走廊，翻越大庾岭，走大余到南雄的梅关古道。因此，贾政的江西督粮道，也是海疆战事相关后勤保障的关键岗位。贾政从未当过地方官，没有管过地方政务，对没有经验的他，皇帝突然给他江西粮道的要职，还不给时间充分准备就催促着上任，连女儿元春薨逝的丧期都没有过。皇帝如此安排非常蹊跷，因为当时正值海疆战事，粮道职责多么关键，新手难免会有差池，战时供应粮草一旦出了错，一定就是重罪。我们要注意到前情背景，贾珍较射引发皇帝的猜忌，皇帝动手搞死了贾元春和王子腾，对王子腾王家的处理非常严苛，而贾政是元春的父亲，又是王家人的女婿，贾政在此位置上是非常微妙的。皇帝对贾政进行如此的人事安排，就是找机会治罪，甚至做了杀人的安排。但贾政还是有丰富的官场江湖经验的，依靠装傻和联姻，最后成功躲避了风险。

贾政对其中的风险也是知道的，看不出贾政的粮道任职有性命之忧，就看不懂《红楼梦》的逻辑。在第九十九回，贾政对李十儿道："我是要保性命的，你们闹出来不与我相干。"贾政采取了隔离风险的办法，他不拿钱要保性命。贾政在工部肥缺多年，很多规则应当是知道的，他其实是在装傻，"贾政不但不疑，反多相信"，他是故意的，不是简单地被蒙蔽。此时，江南甄家已倒台，元妃和王子腾已死，贾家在政治上也是风雨飘摇，贾政想要革除积弊，但属下不干活抵制，书办说："这些州县太爷见得本官的告示利害，知道不好说话，到了这时候都没有开仓。若是过了漕，你们太爷们来做什么的。"书办为掌管文书和日常公文的属吏，相当于现在的总裁办主任，书办说得再清楚不过了，下面官员故意不开仓收粮，过了漕运需要的丰水期，枯水季重载船会搁浅难以运粮，延误军粮供应就要出大事了。开仓收粮是在秋收之后，很快就是冬季的枯水季，漕运的窗口期很短很宝贵，属员没有拿到好处故意怠工，责任却是贾政承担。若是延误了战事粮草供应，贾政肯定是死罪。但贾政若与他们同流合污，日后被揭发出来也难免死罪，而且会株连整个贾府，肯定会被抄家。书中贾政的保身策略是明智的。最后，贾政算受到蒙蔽，被参劾降三级回来，还在工部行走，已经算好的结果了。贾政被参劾回来后，贾雨村见到他"道喜"，背后的含义很多，也许给他这个烫手山芋的背后也有贾雨村参与。前面分析过，贾雨村进京补授大司马，论级别他此前应当是两江总督，江西地界都是由两江总督管辖的地区，势力范围很清楚。

当粮道与在工部任营缮郎不同，营缮司的工程用料、造价、科目、层级复杂、众多，舞弊起来能非常隐蔽。贾政为官多年，职业敏感度很高；粮道的征粮则可以有陋规加码、大斗进小斗出、夹仓作弊等传统手段，简单粗暴赤裸裸，想抓是一抓一个准。营缮郎是拿皇帝的钱往皇帝身上花，贪的是给皇帝上贡的钱，不会致命；而粮道属下的横征暴敛，征粮舞弊赚钱，会激起民怨，可能会官逼民反和出人命，二者对抗的激烈程度完全不同。贾政看得很清楚，再怎么贪财，与贾府原有家业相比，所得依然有限，若被追究就是被抄家，还要担性命风险，风险与收益不对等！皇帝此时委派他过去，可能就是要找理由抄贾府。皇帝应当也知道难以革除积弊，但可以找到整治贾府的机会，贾政同流合污是死罪，延误军粮更是死罪，贾府没得跑。贾政只让属下去干，自己躲了，书中写"于是漕务事毕，尚无陨越"。该办的事情都漂亮地办成了，下面属员的贪腐与贾政无直接关系，贪腐是属员干的，贾政是被蒙蔽的，责任最多是失察。

在贾政被参劾之后，可以看到皇帝"没有交部，便下旨意"，为何皇帝不交部议查清？这里如果真的追查，贾政是失察，失察之罪古代可不轻。例如，刘墉因失察所属阳曲县令段成功贪侵国库银两，按律革职被判极刑，最后被乾隆减等。但失察不会被株连家人和抄家，一般不会被真处死。要严格地定罪，贾政只是失察，而下面的一揽子官员都是舞弊的死罪，还会株连到前任官员和上司节度。能够把责任绑上一群人，处理结果肯定是不同的，而延误军粮则罪责只是他一个人的，贾政对此肯定也很清楚。对比失察，延误军粮是斩立决，失察则背后牵扯利益巨大，最后一定会从宽处理。下面有何积弊，皇帝清楚得很，也不能搞扩大化，让江西官场地震和罢工，影响海疆正在进行的战事，此时不是整顿当地吏治的时机。贾政只要没有伸手拿钱，就没有抄家之理由，贾政非常清楚。皇帝看到此事搞不倒贾府，也就让他降级回来当闲职了，在工部员外行走，就是保留工部员外郎的级别，将其挂起来，不用实际管事。

最后的结果是皇帝没有继续查，只处理了贾政一个人，蒙蔽他的属下依然在任职，跟随的家奴则都发了财，贾政还要从府里拿钱倒贴。要注意贾政的家奴李十儿不算属员，属员是指他的下属官员，家奴的处理是贾府的事情，家奴的行为贾府负责，下属官员本来应当直接汇报给贾政的，却汇报给家奴，也叫蒙蔽。电视剧里有类似剧情：领导的秘书给下面打招呼，下面就办事了，领导算被蒙蔽，秘书有责任，下面官员是责任主体。现在反腐会抓秘书，古代秘书则是家奴，由领导处置。

此时，贾政与海疆总制联姻，战事和粮食保障还有这一层关联，镇海总制找贾政求娶探春，也是出于多方面考虑，皇帝应当也认可了他们的联姻。书中第九十九回，签押上呈进一封书子，外面官封上开着："镇守海门等处总制公文一角，飞递江西粮道衙门。"求亲探春的信走的是公文飞递。公文是要存档的，说明他们不是普通的联姻。清朝勋贵家族间的联姻，皇帝都是要过问的，不是简单的个人家事。皇帝能够认可，当然也有前面关于探春的章节分析过的，南安王妃认可探春，认可贾家与林家的关系，等等。政治是复杂的平衡，而不是各派激烈的争斗，一旦王朝陷入各派激烈的争斗，党同伐异，就变成了黑暗时代，古代叫作党争。皇帝非常懂得统治艺术。《红楼梦》里皇帝的很多处理方式也是在尽力缓和党争，不让各派矛盾激化，贾家多方下注，有利于缓和各方矛盾和皇帝的统治，所以皇帝是认可的。《红楼梦》一书的深刻在于真实，而不是做梦。

古代盐政和漕运在一起，漕运总督全称为"总督漕运兼提督军务巡抚凤阳等处兼管河道"，管理凤阳府、淮安府、扬州府、庐州府，以及徐州、和州、滁州三州，这些地方还是主要的盐场所在。官盐运输也是漕运管，衙门在漕运总督管理的扬州府，所以漕运与盐政紧密相关，盐政的巡盐御史是盐法道兼任的，盐法道已经是从三品，再升就是督抚，督抚不离开淮阳，就是漕运总督。把这些都联系起来，就明白当年林如海后来升职应当是什么官职。贾雨村进京陛见后来补授大司马，是平级当上了兵部尚书，进京前就应当是一品大员了。林如海的地位应当与之相当，又在维扬地界，对应的就是漕运总督。清朝漕运总督一年的养廉银就是一万五千至三万两，书中节度过生日要给的寿敬就是成千上万两，这个贾政督粮道的上司节度应当就是漕运总督。对此也可印证林如海林家有多富，林黛玉带了多少财产到贾府。

督粮道归漕运总督管辖，都是林如海的势力范围，所以皇帝给贾政放了江西粮道。贾政的上司节度应当接替了林如海的位置，林如海为皇帝牺牲，皇帝会采纳林如海推荐的继任人选。皇帝在暗杀掉王子腾和元妃后，放贾政当江西粮道，并且让贾政立即就走，还将其放到了林如海的势力范围，是深思熟虑的政治安排。贾政若是联姻了林家，贾家自然会在元妃死后得到保护，但是贾家没有选择好联姻对象，娶了薛宝钗，站错了队伍，于是皇帝在处理了王子腾和元妃后，对贾政明升暗降，给了一个烫手山芋的官职，还将他派往林家势力范围。此处书里写得很清楚，贾政外放，皇帝限期离京，所以宝玉和宝钗结婚要在贾政走之前办好，显得非常仓促。皇帝如此安排也代表了皇帝对贾家林家联姻的态度。林黛玉非正常死亡，贾政的二儿子娶了有王家背景的薛宝钗，九月元妃功服过后，二人圆房摆酒，官场就都知道了，作为林家派系的贾政的顶头上司也要拿一个态度出来。因此，参劾贾政是必然的，而皇帝立即采信并处理了贾政。书里面第九十九回写"便有几处揭报，上司见贾政古朴忠厚，也不查察"，到第一百零二回又写"节度大人早已知道，也说我们二叔是个好人"，说明贾政的上司节度如何对待贾政，也是看风向的。节度与镇海总制也是姻亲关系，节度参劾贾政与海疆御史参劾王家，其实是一致行动的，海疆这边是有拉有打，一面与贾府联姻，一面参劾了王家。

贾政在贾家也是没有控制好内院，很多内院搞的小动作，都对他进行了隐瞒。他走之前，林黛玉就应该死了，他也不知道。元妃功服过后，宝钗圆房摆酒，江湖官场都知道了，但贾府里面却没有人对贾政说，贾政直到被参劾回家以后才知道。王家人一直隐瞒贾政黛玉之死，应当也知道贾政是在林如海的势力范围任职，于是采取秘不发丧之策，就是要隐瞒消息，然而他们也完成了对贾家政治风暴的酝酿。王家女人是宅斗的高手，对政治却是无知的。因为荣国府偷娶了薛宝钗，又对林黛玉秘不发丧，信息都是不透明的，贾政当粮道的上级节度（漕运总督）和联姻的镇海总制（两广总督）当时对此并不知情，否则镇海总制未必会很积极主动联姻贾府娶探春。

　　贾府探春与海疆总制的联姻得到皇家认可，若是贾家宝玉再与皇帝的亲信林家联姻，都不是王家势力圈子，那么贾赦"交通外官"让贾琏去平安州，贾珍"引诱世家子弟赌博"聚集侍卫练武射箭，在王子腾和元妃已死的情况下，就不算大事了，皇帝的猜忌可以消除，贾府也可以置身事外了。但贾家在王子腾死后，与王家势力又火速联姻，娶了薛宝钗，对王家而言是王家想要抓住贾家当救命稻草，对贾家而言就是被王家一起带到了沟里。两家联姻还秘密进行，皇帝事后知道了，等于坐实了王家、贾家是一党。因此，皇帝对贾家的猜忌，立即直线上升到不能容忍的地步，宁国府、荣国府都被抄家的命运，在此也就注定了。

　　总体而言，贾政在粮道的任上，成功地躲避了巨大的风险，装傻被蒙蔽，以小的损失安全回到家里，并且给探春安排了正确的联姻对象，也使日后贾府被抄时自己能够被网开一面有了理由，也是日后贾家能够复兴的关键因素之一。贾政对风险认识到位，政经逻辑看得很清楚，城府老到，大智若愚，只是没管理好内宅。

◇◇◇勋贵联姻遭猜忌

　　皇帝想要抄贾家，不是政敌与他们家的政治斗争，而是皇帝对贾家起了猜忌之心，考虑到皇权的安全，这才决定抄家贾家。皇帝猜忌的是什么呢？

平安州的王家、李家与贾家的结党问题，贾珍与世家子弟走得过近还射箭练武的问题，确实都影响着皇帝的判断，但这些事情还不足以让皇帝下决心抄家，因为这些事情都发生在前面八十回，到贾府被抄家时，已经是很久之后了，而且此时王子腾和元妃已死大约一年，皇权的安全隐患已经消除，皇帝没必要再决绝地去抄家了。真正影响皇帝下决心的关键一根稻草，应当是更近发生的事。那就是贾家、王家秘密联姻，圆房后，联姻公开了，皇帝不能接受贾家和王家两家联姻结党，皇帝原来中意的是贾家与林家联姻，是对他亲信林如海后代的安排。

对于贵族联姻，皇家从来都是特别在意的，清朝比以往朝代更关注勋贵联姻。因为清朝是少数族群统治多数人，皇权比较重视和依仗勋贵集团，明朝等朝代对勋贵的打击比清朝要严厉得多。《红楼梦》成书于清朝背景下，勋贵联姻的政治暗线就埋在故事里面。在清朝，不仅高级的勋贵家里面的女孩子出嫁前必须经过皇家的选秀，而且即使是一般的贵族公子娶妻，也要由皇帝在选秀的秀女当中指婚。清朝皇帝制定此制度，就是防止勋贵、臣属、外戚通过联姻结党。

林如海背后是科举利益集团和御史利益集团，他们是掌握舆情的人群，也就是《邸报》等的舆论工具。《邸报》集中攻击贾家，与皇帝对王子腾和元春下手有关，也与贾府得罪了林如海身后的科举同榜圈子有关。御史圈子虽然看皇帝的脸色，但他们怎么参奏、参奏时的态度，对皇帝起很大的作用。他们是刻意攻击还是极力劝谏，对皇帝处理的方向和决策会起到关键作用。

举一个关键细节。在第一百零一回，贾琏说到王家倒台："这如今因海疆的事情御史参了一本，说是大舅太爷的亏空，本员已故，应着落其弟王子胜，侄王仁赔补。"王家倒台是因为海疆的事情，海疆总制也是王家王子腾的政敌之一。海疆还在激烈战斗，贾府和甄府对海疆还有影响，海疆与贾政联姻，贾家人有可能不会被圈到王子腾的势力范围。因此贾政在被抄家的时候得到了特殊的待遇和处理；贾政虽然是王家女婿，但他与王家政敌海疆总制也是儿女亲家。因此，同为贾家人，但背景也是有差别的，西平王应当很清楚。在第九十五回，王子腾死在回京途中，"贾政早已知道，心里很不受用"。贾政不告诉王夫人，心里也不受用，态度很暧昧。但朝堂上的事情，内宅王夫人等王家人都不识字，当然也不懂。

在皇帝搞不清楚和犹豫的时候，当然会去问贾雨村的态度，看看贾雨村说点什么。对王家与贾家的关系，贾雨村会替政敌王家遮掩吗？会冒欺君之罪隐瞒贾家娶薛宝钗吗？若贾雨村告诉皇帝：元妃和王子腾刚死，贾家就在皇妃丧服之内偷偷娶了薛宝钗，而且林黛玉死因不明，一年多还秘不发丧，并对林家族人保密，等等，皇帝突然知道了这么多贾家的事情，会不会勃然大怒？所以包勇在书中听说皇帝召见贾雨村问过之后，就立即决定去抄家了，不用再查实了。因为皇帝只要知道贾家与王家势力秘密联姻，暗中娶了薛宝钗就足够了。很多研究者认为，贾雨村密告贾府收了甄家财富，甚至有脑洞大的说是密告宝玉写反诗，都不符合故事逻辑。在贾府不娶林黛玉，再度与王家联姻，让皇帝的势力水泼不进，皇帝的猜忌自然升级，超过了皇帝能容忍的临界点，下一步当然是暴风骤雨。

联姻当中贾母态度的转变，与史家倒台也是联系在一起的。很多红学家分析史家与甄家是一起倒台的，这确实是一种可能。也可能有另外一种情况，通行本里没有明确写史家倒台，而写了史家与王家也联姻了。书中第七十回："偏生近日王子腾之女许与保宁侯之子为妻，择日于五月初十日过门，凤姐儿又忙着张罗，常三五日不在家。"这一段里面的保宁侯很多人认为就是史家，史家是保龄侯，二者虽然有一字之差，但后面的内容是这样的："这日王子腾的夫人又来接凤姐儿，一并请众甥男甥女闲乐一日。贾母和王夫人命宝玉、探春、林黛玉、宝钗四人同凤姐去。"这一次黛玉也去了。前面已经分析了，林家体系与王家体系关系不好，黛玉与王家不是亲戚，只有王家与史家联姻，黛玉才跟着贾母一方与王家有亲。林黛玉是贾母史太君的外孙女，她过去是贾母的史家代表，而且去王家的四个人，作者写的时候就黛玉写上了姓，显得特别正式，其他人都是用的小名。

由于史家与王家联姻，让贾母与王家也走近了。金陵勋贵们都走得近了，皇帝就要担心了。在第九十九回，"史湘云因史侯回京，也接了家去了"。皇帝把史家从第四十九回的"迁委了外省大员"职务上调回了京城，放到了皇帝眼皮底下了；这个时间节点与皇帝调王子腾进京，王子腾死在半路的时间是一致的，肯定不是简单的偶合。

贾家选择薛宝钗，还有一个重要的原因，就是我们前面分析过的，倒台的甄家、史家、王家几大家族的财富，通过典当转移到了贾家。在转移的过程当中，经营当铺的薛家，也是关键的节点！这里有财产的重大因素，贾家此时已经被这几个家族绑定在一起，财富被锁定就无法掉头了！这是皇帝和林家等势力在抄家之前不知道的，他们需要贾家在金陵勋贵的结党当中保持中立，但贾家已经无法中立！

在宝玉的联姻选择上，王子腾拜相是贾母选择宝钗重要的考虑因素，而宝钗要成亲的时候王子腾已死，但大家却都有意隐瞒了贾母。书里情节是，当时贾琏打听消息回来，要说出来了。

正说间，丫头传进话来说："琏二爷回来了。"王夫人恐贾母问及，使个眼色与凤姐。凤姐便迎着贾琏努了个嘴儿，同到王夫人屋里等着去了。

王家人专门叫避开了贾母，所以贾母在娶薛宝钗之前，不知道王子腾已死，而贾政知道也不与王夫人说，这个过程在《红楼深宅博弈》中已经分析过了，选择性错误造成了贾家的灾难，好在贾政还留有余地，薛宝钗不是按照正妻的礼仪进入贾府的，贾母死前也做出了明智的决定，让黛玉葬进贾家祖坟，这些让皇帝对他们也网开了一面。但贾家在王子腾刚死的敏感时刻，就秘密联姻王家，皇帝还是不能接受，还是抄了贾府的家。

皇帝抄家贾府的原因，通行本当中事先也做了埋线。第一百零一回王家倒台、贾家风雨飘摇之时，凤姐去求签，签上是"王熙凤衣锦还乡"，好像与结局不符，而且胡诌了一个没有的汉朝典故。本人认为，这里绝对不是无厘头加了一个段子！王熙凤的签上面的解说是："行人至，音信迟，讼宜和，婚再议。"还有一个偈："去国离乡二十年，于今衣锦返家园。蜂采百花成蜜后，为谁辛苦为谁甜！"我们可以试着解一下。王：指皇帝；熙：欢喜、光照；凤：林黛玉，黛玉的潇湘馆的匾是"有凤来仪"；衣锦：锦衣卫；还乡：抄家！去国离乡：林如海到扬州；衣锦返家园：锦衣卫来贾家；行人至：凤姐过来；音信迟：求签晚了；讼宜和：凤姐相关诉讼不该打，要和；婚再议：宝玉的婚约要再议，联姻娶错了对象。

宝钗把签帖念了一回，又道："家中人人都说好的。据我看，这'衣锦还乡'四字里头还有原故，后来再瞧罢了。"宝玉道："你又多疑了，妄解圣意。'衣锦还乡'四字从古至今都知道是好的，今儿你又偏生看出缘故来了。依你说，这'衣锦还乡'还有什么别的解说？"

书中宝玉对此不敏感，宝钗就很敏感了。凤姐的签还真的应验了皇帝的处理方式，对贾府而言是上上大吉，凤姐搞的各种不当诉讼都被遮掩过去，而对黛玉的地位，贾家再议了，贾母把黛玉送回贾家坟地去了，黛玉的嫁妆和林家的财富，贾家要留下分了，宝钗被贾家牺牲了。抄家之时西平王为何要先通知后院？不抄林家财产，即林黛玉的妆奁，这就是贾母所谓的私房钱，如果是贾母的体己肯定是要抄的。

有人可能不承认后四十回的内容，其实对贾家联姻的预言埋线，在前八十回也有。《村姥姥是信口开河　情哥哥偏寻根究底》是第三十九回的标题，刘姥姥讲故事宝玉去验证的情节还被作为章回标题，说明内容很重要！

　　　刘姥姥说："就像去年冬天，接连下了几天雪，地下压了三四尺深。我那日起的早，还没出房门，只听外头柴草响。我想着必定是有人偷柴草来了。我爬着窗户眼儿一瞧，却不是我们村庄上的人。"贾母道："必定是过路的客人们冷了，见现成的柴，抽些烤火去也是有的。"刘姥姥笑道："也并不是客人，所以说来奇怪。老寿星当个什么人？原来是一个十七八岁的极标致的一个小姑娘，梳着溜油光的头，穿着大红袄儿，白绫裙子——"

结果是说到这里就着火了，进一步说明刘姥姥说的灵验了，贾母道："都是才说抽柴草惹出火来了，你还问呢。别说这个了，再说别的罢。"

此处也出现了大雪白茫茫一片真干净的景象，这个故事是"雪里抽柴"（黛玉语，而宝钗听着笑了），此景背后的雪是丰年好大雪的薛家，柴来自树林，指林家，薛宝钗顶替了林黛玉。刘姥姥故事讲到这里，贾府南园马棚就着火了，暗示贾家选择错误被抄家。

林家是皇帝的亲信，如果贾家与林家联姻，皇帝会觉得前面虽然贾家做的事情让他有所猜忌，但总体可控。因为林家和贾雨村能够渗透贾家，可以随时给皇帝传递消息。而贾家与王家同盟，问题的性质就不一样了。贾家没有娶黛玉，再一次与王家联姻，皇帝忌惮王家，王子腾刚刚被皇帝暗杀，贾家还在敏感时刻顶风与王家联姻，在皇帝眼中，就是两家在对皇权示威，等于坐实了皇帝的猜忌。因此，让皇帝下决心的最后一根稻草，就是贾府与王家联姻。要是贾家人政治足够敏感，娶了林黛玉，就不会有抄家的事发生了。当初，宝玉要娶黛玉，贾政犹豫不决，在贾母和王家人的压力下不得已同意；后来在娶宝钗的礼仪上，贾政留了余地（《红楼深宅博弈》中分析过），宝玉"兼祧"可以平妻，能够承担林家承祀的需求，应当对皇帝抄家后的处理结果从轻也有一定影响。

本人认为贾府被抄家是因为皇帝猜忌贾家，而很多专家认为是由于贾家与政敌斗争失败导致的，还把忠顺王等人当作了假想敌。猜忌与政治斗争失败的关键差别在于，是否有你死我活的对手存在。皇帝猜忌勋贵贾家，贾家并没有明确的政敌，只要能够让皇帝消除猜忌就可以了，但要消除皇帝内心的猜忌也没有那么容易。若贾府有政敌，政敌一定会斩草除根，后续对贾家的处理就会寸草不生。贾府一直小心翼翼地应对各种政治势力，多方下注而不树敌，试图加强自身势力以自保，但多方下注后形成的势力让皇帝觉得有威胁皇权的可能，因此触犯了皇帝底线。

皇帝有了内心猜忌会怎么做？就是"摄政株连"四个字。皇帝的猜忌一般不能公开让朝野知道，所以元妃和王子腾的死，只能搞暗杀，不能公开治罪，或者让心腹太监和亲信干脏活，变成宦官或奸佞"迫害"忠良。皇帝不能公开自己的猜忌，皇帝公开猜忌，大臣人人自危，认为皇帝多疑，就不敢放手干事情了。皇帝在动贾府之前，特意询问了贾雨村，这里面还有林如海的原因，也与当初贾雨村在金陵当知府有关，他知道贾家与王家等的真实关系，甚至包括林如海之死的原因。在贾府不娶林黛玉之后，贾雨村对皇帝做汇报，也就无所顾忌了。同时，当年皇帝委派亲信林如海下扬州，可能也是因为皇帝猜忌，让他去了解金陵勋贵集团都在干什么。

◇◇◇黛玉阴婚贾家消除皇帝猜忌

前面分析过林如海死得蹊跷，皇帝对林如海的身后之事也要关注和安排，贾家的贾宝玉与林黛玉"兼祧"，让林家有后，皇帝应当安排过。贾府不娶林黛玉，还在贵妃丧期秘密娶薛宝钗，联姻皇帝猜忌的王家，可以算上欺君之罪了。最后抄家后，贾母应当明白了，当初她溺爱宝玉想要冲喜，宅斗没有搞赢王家，此时后悔了，所以让黛玉配阴婚安葬于贾家祖坟。书中最后讲"兰桂齐芳"，兰是贾兰，贾府的嫡孙，没有问题，但按照贾府排行规则，"桂"字则有问题，贾府宝玉的孩子应当是"草"字头而不是"木"字旁。书中贾家的第五代贾蔷、贾菖、贾菱、贾芸、贾芹、贾蓁、贾萍、贾藻、贾蘅、贾芬、贾芳、贾兰、贾菌、贾芝等，都是"草"字头的。"桂"字应当是代表木石前盟！"桂"字是由木和圭组合在一起，木是林的一半，圭为礼玉，用最好的玉制成，做礼器祭祀用，圭就是宝玉，所以"桂"字代表的是"兼祧"下，姓林属于承祀宝玉、黛玉的那个孩子。"兼祧"下，薛宝钗怀孕生下的孩子有一个要姓林，承祀林家宗祧。

在皇帝带着猜忌来向贾雨村了解情况时，贾雨村保不了贾家，即使他不落井下石，皇帝也会因为猜忌而抄贾家的。贾雨村对贾府有不满，只要对皇帝说实话，就足够了。因为林黛玉，贾雨村对贾家和王家的一些人更是憎恨。他就把林黛玉死得不明不白、贾府偷娶薛宝钗联姻王家等事情都告诉给皇帝。皇帝龙颜大怒，下旨抄家。

赵全在抄家的时候敢公开顶撞王爷，背后应该是皇帝对他私底下有所交代。

不过，贾雨村能够让皇帝网开一面的人只有贾政。不光是因为贾政有探春海疆的联姻关系，亲家带兵在外征战，还有就是贾雨村与贾政的关系也最近，林如海帮助贾雨村复职也是求的贾政。贾雨村与贾政都是读书人，与贾家其他练武之人不同。勋贵子弟读书转型，也是皇帝的政治需要，皇帝不怕勋贵子弟读书，就怕他们练武！因此，贾府抄家的时候，贾政被另案处理，可能有贾雨村的因素。

贾家与林家有婚约，但是方式特殊且细节不定，林如海又意外早死，婚约没有公开透明。贾家女人就按照对自己最有利的方式在行事。在修大观园的时候，是按照有婚约进行的；在议婚的时候却没有按照婚约，算盘打得太精，这种行事方式正是王家女人的风格，所以书里说"机关算尽太聪明，反误了卿卿性命"。贾家该怎么联姻是政治站队大问题。

林黛玉的死涉嫌被下毒（《红楼深宅博弈》中已经详细分析），她死的时候贾政还未动身，但是王家人选择了隐瞒；入殓都没有叫贾母等人见最后一面，应当是害怕中毒症状被看出来；死后贾府秘不发丧，等到贾政一年后回来才知道黛玉已死。对比一下抄家后宁国府的革爵充军重罪仅仅是因为贾珍私埋了尤三姐没有报官，尤三姐就算与皇帝有过暧昧，那也是上不得台面的事情。林黛玉的事情就完全不同了，林家是侯门钟鼎之家，父亲是士林领袖又为皇帝捐馆，是皇帝的优恤对象，她死了贾家不上报，罪过比尤三姐死掉严重多了。我们还要注意到，贾府抄家没有抄大观园，林黛玉的灵柩一直停在大观园，原因就是大观园是林黛玉的嫁妆。贾母以分私房钱的名义，私分了林黛玉嫁妆，前提就是要承认林黛玉是贾家媳妇、宝玉正妻，让黛玉配阴婚下葬到贾家坟地。在此之后，贾政立即就得到了皇帝赏还的荣国府爵位，等于皇帝对贾母"明大义"认可了。

为何贾政还不放心，还要把大观园等再度上奏入官，让皇帝确认"不必"？原因就是贾家没有娶黛玉的话，大观园是黛玉嫁妆，不算贾府的财产，但黛玉葬入贾府算是贾家媳妇了，大观园就属于贾家财产了，是否该抄家入官，要让皇帝认可，贾政是老谋深算。

综上所述，古代世家娶媳妇，尤其是勋贵家族娶媳妇，不是两个人的事情，而是两个家族政治走向的大事。在荣国府上一代，史太君和贾代善的选择很高明，贾政联姻了王家，贾敏联姻了林家，多方下注保障贾府的安全。到了下一代贾府内宅失控，在选择林家或王家的时候，站队错误，没有站到转型成功、人口不多、属于皇帝亲信的林家一边，而是站到了强大到让皇帝猜忌的王家一边，贾家因此付出了被抄家的代价。本来皇帝暗中搞死了元妃和王子腾，消除了威胁皇权的风险，事情可以结束了，但贾家与王家又火速秘密联姻，贾珍、贾蓉还聚集侍卫们较射，等于让风险又出现了，皇帝就要搞一个彻底清算了。王子腾死后，王家的政敌也要清算，贾家又与王家联姻，那一定要株连到贾家。

很多人仅仅分析贾宝玉是娶黛玉好还是娶宝钗好，是在现代自由爱情和小家庭的背景之下的观点，对古代世家的运转不了解。古代世家选择谁，首先是政治问题，然后是经济问题，情爱古人是当作淫来看的。古代世家，不仅仅有女人的"原应叹息"，更有皇帝的"摄政株连"，政治站队错误威胁了皇权，就要株连全族。贾府内宅失控，选择联姻对象错误，缺乏政治敏感，就要带来家破人亡的风险。

古代勋贵传家各种风险巨大，"将不过三，富不过五"也与之有关，一个选择站队的失误就会造成家族的灾难。虽然勋贵之家也不是傻子，个个是人精，然而个体的精致利己导致了群体智慧的下降。虽然他们的选择错误是小概率事件，所以成员们并没有意识到就此会大厦将倾，但各种小概率事件多次重复就会成为必然，一旦发生风险，就是灭顶之灾。因此，中国的传家依靠世袭是不行的。多代兴盛的家族，子孙需要诗书传家，此道理也是《红楼梦》一书的精髓，本人的《红楼财经传家》主要讲的就是这个道理。

（三）皇帝对金陵勋贵的"假势王削"

很多人读《红楼梦》，看到的是金陵勋贵联姻后的嚣张，是他们的华丽护官符，而没有注意到他们也是弱势群体，真正的强势人物是皇帝。贾府的人各种作恶，最后被抄家清算，背后都有皇帝的意见，而皇帝的政治需要就是对勋贵削藩。四大家族的姓氏爵位从高到低排列是贾—史—王—薛，也就是"假势王削"。在皇帝面前，他们的势力都是假的，最后被皇帝抄家削藩。勋贵的联姻结盟，从皇权的角度来看都是威胁，都要抑制。

◇◇◇贾府男人都是硬骨头

知道了贾珍的错误，知道了与平安州联系的问题所在，皇帝担心他们有宫廷政变的能力，然后又有联姻错误，让皇帝觉得是在对抗皇帝暗中处理了贾妃和王子腾。皇帝大张旗鼓地公开抄家，应当是事先已经定了调，就是要罗织大罪昭告天下。而贾家最后能够逃出生天，也与贾家男人是硬骨头有关系。在锦衣卫查办之下，他们都扛过去了，没有招供。能够扛过锦衣卫严鞫审讯的，历史上的人物也不多。

平时刑狱是刑不上大夫，但皇帝的诏狱锦衣卫来处理可不一样，这里贾赦还很厉害。在皇帝授意的锦衣卫"严鞫"之下，可以不按照御史的参劾"屈打成招"，在古代也不多，很多官员都扛不过去。抓贾赦的时候，已经先入为主以"交通外官"革爵了，所以从一定程度上说，贾家人也不是纨绔子弟。在中国古代，诏狱仅凭口供就可以定罪。贾赦要是软骨头，在锦衣卫"严鞫"之下按照御史参劾内容认罪了，贾家抄家若涉及谋逆之罪，要株连全族。抄家之后，皇帝很快就把贾赦的爵位给了贾政承袭，关键就是贾赦在"严鞫"之下，没有按照御史参奏的内容招供。

同时我们要注意，宁国府的贾珍、贾蓉都被抓了，而荣国府的贾琏是贾赦的儿子，却没有被抓。去平安州办事的是贾琏，"违规重利"的是贾琏的媳妇王熙凤，按说贾琏更应该被抓，却没有被抓。贾蓉被抓，关键贾蓉还是侍卫，担任监守宫门的要职，贾珍、贾蓉家里举办较射，聚集了一群侍卫，实在是嫌疑太大，被抓进去，"严鞫"酷刑肯定是少不了的。

涉嫌结党这类事情，一般难以有具体的证据，多是通过审讯口供定罪。贾珍、贾蓉被抓起来接受审讯，没有提及率领世家子弟较射涉嫌结党，也是他俩都熬过了锦衣府的有罪推定，也是硬骨头的表现。要是他们是软骨头，在大刑下"屈打成招"认罪了，贾蓉肯定保不住龙禁尉的职务。在通行本里面，贾珍把责任都揽到了自己身上，贾府的男人在受到刑讯之下，都扛住了。本人写过古代对刑讯逼供有限制，也有纠错机制，不过那是刑狱，而到了锦衣府则是诏狱，对刑讯是没有限制的。

贾赦等贾家人能够硬扛不认罪，推说去平安州是姻亲往来，还有一个关键因素就是去联络的王子腾已死，处于死无对证的状态，也让贾府男人的硬骨头有了底气，不怕被诱供。对皇帝而言，肯定也知道锦衣府的酷刑之下会屈打成招，不过皇帝对谋反的猜忌，是有罪推定，宁可错杀也决不能放过，而且只要有口供，能够在形式上站得住脚，就可以先开杀戒，以后有问题再平反，再由酷吏"背锅"。皇帝想要削藩，有酷吏就会揣摩圣意，去干对勋贵刑讯逼供的事情。就如武则天大量任用酷吏，她难道不知道酷吏的所作所为吗？她就是利用酷吏打压可能反对她的势力，至于是否真的有谋反，反而是不重要的。贾家以前是太上皇的人，就不是皇帝的亲信，前面分析过太上皇与皇帝的激烈权力争夺，皇帝觉得贾家有可能威胁皇权。

古代的官场和锦衣卫，都喜欢揣摩皇帝的意思，办案的时候把罪行比皇帝的想法做得更重，方显得自己是忠君和秉公无私，以后皇帝再从轻加恩，显得是恩出于上。所以皇帝抄家之时已经定调贾赦"交通外官"而革爵拿问，锦衣卫一群人就是"喜得番役家人摩拳擦掌"，准备严办。在抄家时，先把贾赦"革去世职"削了爵位，锦衣卫审讯的时候用刑更方便。古代刑不上大夫，没有革爵的时候是不能用刑的，包括读书人科举有了功名以后要用刑，也是要先到学台那里革去功名才可以用刑。因此在抄家时革爵，已经告诉读者，贾赦等人在被抓以后一定是要用刑的，这就是"严鞫"。赵堂官一叠声叫："拿下贾赦，其余皆看守。"书中的细节描写使赵全准备用酷刑"严鞫"已经跃然纸上。办理诏狱就是按照皇帝的授意在办案，软骨头屈打成招是大概率的。

贾珍、贾蓉聚众练武，更是被皇帝猜忌，而且他俩原来的爵位低于贾赦，锦衣卫刑讯起来就更无所顾忌了。下面锦衣卫等酷吏爱干的事，就是罗织罪名搞有罪推定，通过刑讯和有罪推定，办成大案立功受赏。赵全在锦衣府里面对贾府男人们会怎样"严鞫"？抄家时北静王说了一句"不料老赵这么混帐"，赵全看到北静王来了的反应也很值得寻味。

　　只见王府长史来禀说："守门军传进来说，主上特命北静王到这里宣旨，请爷接去。"赵堂官听了，心里喜欢，说："我好晦气，碰着这个酸王。如今那位来了，我就好施威。"一面想着，也迎出来。

赵全把北静王叫作"酸王"，对北静王的出现，赵全认为是"好晦气"，等到贾赦被抓到锦衣府里面，赵全能够"好施威"的时候会如何？通过赵全抄家时的表现，就可以知道贾府的男人被抓到锦衣府被刑讯的惨状了。

赵全为何对北静王叫"酸王"？认为他来了"晦气"，却要说"那位来了我就好施威"和"心里喜欢"？锦衣卫赵全的想法，就是求情的人最好是在抄家的时候出现，而不是在审讯的时候出现，贾府的贾赦、贾珍和贾蓉被带走，就不由他们参与了。为何皇帝不叫王爷陪同锦衣府一起审问贾府人犯呢？皇帝是给贾府背后的四王八公面子，让锦衣卫严鞫是里子。如果皇帝不想严鞫而是走过场，就会让都察院等机构公开审理，不会让赵全单独把人犯押走去秘密审讯了。在抄家的时候，赵全在荣国府公开怼了西平王，背后应当有皇帝的支持和授意，否则他不敢，也犯不着直接得罪王爷。

古代的刑狱系统审案用刑限制很多，绝对不是现在很多人想象的那么随意。因为用刑要在公堂之上，不光有御史参劾，主审官的副职主要职能就是监督，抓住主官的错误去弹劾，他就可能上位了。同时公堂下面围观的在乡举人士子，发现审理不公，也可以通过学政系统向上递折子。定罪错误，刑狱审理刑讯的官员要反坐，承担巨大的责任。但是在诏狱，锦衣卫是秘密审讯，其他官员要参与，都要皇帝指定。诏狱就是按照皇帝暗示的意思去审理，审错了，皇帝一般也不追究错案的责任，但遗漏了会被算作失察。书里对赵全的心态嘴脸刻画得非常细致，但很多人读不出来。书中前八十回的文艺诗词水平高，到后四十回出现政治博弈，如果没有足够的古代历史和社会知识，是读不出来的。

贾赦联络的平安州带兵在外的节度使，应当是王子腾，王子腾已经倒台，皇帝肯定要牵连猜忌贾府；凤姐的张金哥案也算到贾赦头上，张金哥案背后有李太尉，与太尉的结党关系，皇帝也不能容忍，是威胁皇权的不安全因素；贾珍、贾蓉聚集世家子弟在家里练习射箭，也可以变成图谋不轨；还有贾府王夫人收留甄家、史家转移的资产；等等。上述情节都可以罗织到一起，只要能够在大刑之下取得需要的口供，立即就会变成谋反大案。贾府被抄家后，若真的被罗织成谋反，王子腾和元妃的死，可就不是公开的"病死"那么简单了，皇帝可以借机清算一群异己。

皇帝需要"证实"自己的猜忌，只能通过刑讯来解决，通过指供诱供来证实。现在司法侦破，指供诱供都被禁止了。因此，锦衣卫肯定会刑讯，而且是用生不如死的酷刑。通过刑讯依然没有取得皇帝想要的口供，皇帝认为所猜忌的情况可能不存在，也就放心了。皇帝放心了，后面的处理就转向了，否则不可能不搞死他们。因此，贾府男人没有屈打成招，是有点硬骨头的。

在古代甚至现代公安进行刑讯的时候，到底有没有犯罪，嫌犯在被高压刑讯的时候表现不同，说谎的心理压力巨大，长时间审讯下表现会不一样。刑讯为了得到需要的口供，包括死罪的口供，需要让嫌犯生不如死但求速死，才会认下株连和凌迟的大罪。在生不如死的时候还不认罪，所以说贾家人的骨头真的够硬。自古能够扛过锦衣卫等机构诏狱刑讯的人可谓凤毛麟角。

抄家后，贾蓉被释放未作处理，还是龙禁尉，还可以自由出入宫禁，说明贾珍、贾蓉已通过了皇帝的考验，皇帝对贾蓉当侍卫的安全性认可了，肯定是贾蓉在锦衣府严鞫时也没有招供。他不招供，对与之在一起练箭博彩的世家子弟们都是好事，否则这些人也要被株连，起码要丢掉侍卫的职务。清朝的侍卫有很好的前程，属于非常不容易争取到的机会。

大家对贾赦、贾珍等人印象极差，因为贾赦与鸳鸯的事情，还有贾赦有好多小老婆，以及贾珍可能扒灰，也可能与尤氏姐妹有染，等等。但在贾府被抄家的关头，他们却意外地表现出了硬骨头，也可以说那些行为有可能是贾府自污为了避祸，带有韬晦避祸的性质，此问题在开篇章节已经分析过了。

在锦衣卫审讯之时，无论贾赦、贾珍、贾蓉，都是硬骨头，锦衣卫想要罗织的贾府罪名，都没有得到。贾家人能够这么硬，说明贾府外在的穷奢极欲，背后是在韬晦，家族男人危急时刻都有担当，而不是堕落腐化，不是扶不起的纨绔子弟。

贾家男人硬骨头带来的效果，是让皇帝原有的猜忌之心消除了，以后处理贾家，当然温柔多了。皇帝应当非常关注审讯的过程，大刑之下没有认，皇帝心中也认可。因此，贾府到最后定罪，就被皇帝大事化小。在海疆立功和贾家科举高中之后，皇帝找到了理由，就赦免和恩赏了贾府。贾府复兴与他们男人硬骨头也是有关的。

◇◇◇大事化小的温柔一刀

贾府被皇帝猜忌凶险无比，但贾家人的硬骨头表现扛过了锦衣卫的严鞫审讯，使贾府危机有了转机。对锦衣卫的审查结果，皇帝下旨怎么认定和处理？下面对书中皇帝的处理，一条一条地进行分析。

书中第一百零六回，对贾家的事情先做了部分处理。"所封家产，惟将贾赦的入官，余俱给还。"对荣国府的财产，除了贾赦的财产之外，都赏还了。皇帝查到贾府入不敷出，很满意；对于贾府的古玩等财产，根本没有上清单，皇帝按潜规则自己收了，皇帝满意了。

"惟抄出借券令我们王爷查核，如有违禁重利的一概照例入官，其在定例生息的同房地文书尽行给还。"前面关于当票的那一节已经分析了，当票隐藏着甄家、史家、王家的财产，皇帝一把收走了，没有写在清单之上的古玩等上清单可能违规的其他物品，皇帝也拿走了。皇帝对抄家所得很满意，抄家清单上的还给了贾府。

"贾琏着革去职衔，免罪释放。"把贾琏放了，但职务革掉了。

搞当票和平安州等经营得利，在古代禁止官员参与，参与就是贪赃。贾琏媳妇凤姐参与的当票从贾琏屋内抄出来了，而他俩都没有被治罪。贾琏本来就是捐官没有实职，仅仅革职去衔，处罚不算重。说明皇帝也在求财，把财拿到了，就满意了。贾琏都没有治罪，说明皇帝也不想重办贾琏。给犯官转移财产，本身属于重罪，只说一个重利盘剥，等于刑事变民事。

到了第一百零七回，对贾府查抄调查了以后，进一步处理。北静王便述道："主上因御史参奏贾赦交通外官，恃强凌弱。据该御史指出平安州互相往来，贾赦包揽词讼。严鞫贾赦，据供平安州原系姻亲来往，并未干涉官事。该御史亦不能指实。"对贾府与平安州的往来，皇帝接受了，因此贾家、王家与平安州的故事不涉及谋逆，属于姻亲私事，捞钱和仗势而"未干涉官事"，在皇帝容忍之列，被"严鞫"受刑，已经是惩罚了。

"惟有倚势强索石呆子古扇一款是实的，然系玩物，究非强索良民之物可比。虽石呆子自尽，亦系疯傻所致，与逼勒致死者有间。"如此说法，等于帮助贾府把石呆子一案的责任推了个一干二净。石呆子死是自己疯傻，而价值不菲的古扇变成了不值钱的玩物，不能与良民之物相比，等于说石呆子也不是良民。前面石呆子案那一节已经分析，古扇是皇帝想要的，石呆子不想给，就不算良民。

"今从宽将贾赦发往台站效力赎罪。"贾赦从宽发配流放，为何不提重利盘剥了？贾家给甄家、史家、王家等转移财产，皇帝前面已经把有关财产占有了，皇帝拿钱以后，相关事情就不提了。张金哥案涉嫌结党，虽然贾府对结党不认账，只说是姻亲往来，但皇帝眼线应当都有汇报。张金哥案贾家本身属于作恶，属于包揽词讼，皇帝也给了一点颜色，不能让勋贵太嚣张，在张金哥案那节也分析了。

"所参贾珍强占良民妻女为妾不从逼死一款，提取都察院原案，看得尤二姐实系张华指腹为婚未娶之妻，因伊贫苦自愿退婚，尤二姐之母愿结贾珍之弟为妾，并非强占。"如此认定，把王熙凤在都察院操纵诉讼搞张华假案的事，也给大事化小了，原本应当属于贾赦的，却算到了贾珍头上，那么参劾贾赦包揽词讼就是张金哥案了。张华案算到了贾珍头上，而石呆子案是贾雨村办的，就唯有张金哥案与之有关。张金哥案能够到如此高度，还是因为前面章节所分析的，涉嫌结党，与"交通外官"是联系在一起的。

"再尤三姐自刎掩埋并未报官一款，查尤三姐原系贾珍妻妹，本意为伊择配，因被逼索定礼，众人扬言秽乱，以致羞忿自尽，并非贾珍逼勒致死。"尤三姐之死本来就不关贾珍的事，当然与贾珍无关，至于掩埋包庇，贾珍更多是知情不报。掩埋的事多人参与，"尤老娘和二姐儿，贾珍，贾琏等俱不胜悲恸，自不必说，忙令人盛殓，送往城外埋葬"。这也不是贾珍一个人的事情，也不是以贾珍为主的事情，但就牵连追究了贾珍一个人。当时是"湘莲反扶尸大哭一场。等买了棺木，眼见入殓，又俯棺大哭一场，方告辞而去"。柳湘莲才是私埋责任人，污人名节致死要偿命的，其他人属于包庇，而且包庇的人首先是媒人贾琏。尤三姐自杀罪及贾珍，应当还是贾珍聚众较射被皇帝猜忌，需要一个查他的理由。柳湘莲也是世家子弟，可能与较射的其他参与人也有所来往。因此，贾珍被皇帝严惩的原因还是贾珍聚众较射，皇帝认为他有了宫廷政变的能力，属于皇权的不安全因素，要找一个理由，把他赶到远远的地方去。同时我们前面也说过了，尤氏姐妹与皇帝当年应当也关系不清白，贾珍都是知情人，如此处理没有通报，本身就是对皇帝的轻视，皇帝当然要处理他。

只要算到贾珍头上并被追究，就不会太轻了。古代与现在不同，对有官职的和庶民不同，"但身系世袭职员，罔知法纪，私埋人命，本应重治，念伊究属功臣后裔，不忍加罪，亦从宽革去世职，派往海疆效力赎罪"，对贾珍仅仅抓住了私埋尤三姐没有报案来说事儿，革职革爵充军还算从宽不叫加罪？原因就是"身系世袭职员，罔知法纪"，古代处罚对官员要重得多。此处对贾珍的重罚，还有一个暗线，就是林黛玉之死也不明不白，贾家没有报官，贾珍是族长，也是代表贾家承担责任的主体。

"贾蓉年幼无干省释。"贾蓉没有被革职，依然是龙禁尉。皇帝把贾蓉的职位给留下了，背后还有安抚其他参与较射的侍卫等世家子弟的想法。在"严鞫"的时候，贾蓉也是硬骨头，皇帝是满意的。

对贾政"实系在外任多年，居官尚属勤慎，免治伊治家不正之罪"，"着加恩仍在工部员外上行走"，贾政的官职都给保留了。"并传旨令"，对贾政还"尽心供职"安抚，暗示贾政不要多想，让与他联姻在海疆用兵的亲家也不要多想。贾政的女儿在海疆和亲，海疆在打着仗，带兵将领与贾家的关系，必须安抚。另外在导致抄家的御史风闻言事当中，张金哥案、张华案、石呆子案等，都与贾政无关，只有薛蟠的二次杀人贾政有所托请，但他非常小心，只是打了招呼，并没有金钱往来。林黛玉死了，贾政被隐瞒不知情，他还要求按照娶妾的方式娶薛宝钗。贾母"明大义"，做主分了林黛玉的嫁妆，把责任自己揽下来，给贾政解脱了政治责任，后来贾家上下能够都得到赦免，也与此有关。

书中皇帝对贾府抄家之后的定罪，总体出乎贾府意料。皇帝肯定知道北静王与贾府的关系，抄家后北静王不断给贾家求情，皇帝让北静王来传旨，就是给北静王一个人情，表明从轻是因为北静王的求情。

贾政听了，感激涕零，叩首不及，又叩求王爷代奏下忱。北静王道："你该叩谢天恩，更有何奏？"贾政道："犯官仰蒙圣恩不加大罪，又蒙将家产给还，实在扪心惶愧，愿将祖宗遗受重禄积余置产一并交官。"北静王道："主上仁慈待下，明慎用刑，赏罚无差。如今既蒙莫大深恩，给还财产，你又何必多此一奏。"众官也说不必。贾政便谢了恩，叩谢了王爷出来。恐贾母不放心，急忙赶回。

贾政回家以后，有人来报喜："今日旨意，将荣国公世职着贾政承袭。"皇帝让贾政袭爵，还是因为海疆的战事，贾政需要安抚，自抄家以来，皇帝对贾政多次安抚。

第十六回，张金哥案造成了悲剧，风声舆情皇帝应当都知道。后来，因为"凤姐却坐享了三千两，王夫人等连一点消息也不知道。自此凤姐胆识愈壮，以后有了这样的事，便恣意的作为起来。也不消多记"。贾家媳妇"恣意的作为"代表了贾家的态度，与外官武将联络，属于皇帝的大忌。但最后处理，为何贾家能够被皇帝赏还家产，而王家就是抄家到底？应当是经过抄家调查，证实了皇妃和贾家，与武将王家，没有实际结党。皇帝对王家的猜忌依然在，对贾府的猜忌消除了。书中贾府其他人飞扬跋扈和穷奢极欲，贾政为官却有底线，在粮道任上就拒绝同流合污，本是肥缺却还要家里拿钱。

> 贾琏道："太太那里知道？"王夫人道："自从你二叔放了外任，并没有一个钱拿回来，把家里的倒掏摸了好些去了。……也愿意老爷做个京官，安安逸逸的做几年，才保得住一辈子的声名。"

不过，贾政之前是主管陵工的工部官员，背后也有巨款；薛家以薛宝钗的嫁妆藏在贾家的财富，以及甄家转移到贾家的财产，都混同在"重利盘剥"中被抄走了。皇帝抄家也是为钱，贾政身后的钱被抄走了，因此公开的处理就可以从宽了。

在皇帝的安抚之下，贾政为何还要上奏"愿将祖宗遗受重禄积余置产一并交官"，就是要将宅子、家产等交公呢？而且不奏心里还不安。"那知贾政纯厚性成，因他袭哥哥的职，心内反生烦恼，只知感激天恩。于第二日进内谢恩，到底将赏还府第园子备折奏请入官。内廷降旨不必，贾政才得放心。回家以后，循分供职，但是家计萧条，入不敷出。贾政又不能在外应酬。"此处彰显了贾政的世故和老到！书中第一百零一回，贾琏告诉贾政："如今因海疆的事情御史参了一本，说是大舅太爷的亏空，本员已故，应着落其弟王子胜，侄王仁赔补。"古代的赔补都要株连亲属，而王家人在贾府的嫁妆，还有薛家与王家在平安州做生意的钱财，薛家是皇商时赚陵工等的钱，在贾府得势的时候，不会有人找贾家事情，但在贾府被抄家失势以后，都可能再找贾家，理由是王家把财富转移到贾家。贾政先主动一交，皇帝说不必了，那么以后就不会再要赔补了。皇帝知道，以"重利盘剥"之名抄走那些当票，甄家、史家、王家、薛家的财富，已经被抄到了手里，贾家已经没有钱了，对此皇帝很满意。

这里还要说下贾政坚持要上交大观园。在北静王和众官都说不必的情况之下，贾政还要上交，等到皇帝说不必的时候，贾政才放心。这个细节背后，是贾政在试探皇帝对林家的态度！大观园是林家的财富，到底该归谁，皇帝有何想法，贾政必须搞清楚。皇帝不收大观园，就是明确告诉贾家，对林家皇帝还是支持和认可的。因此，贾政上交大观园，探明了皇帝对林家的真实态度，就有了后面贾母"明大义"地分了林黛玉的嫁妆（贾母的私房钱给了贾敏当嫁妆，贾敏的嫁妆是林黛玉的嫁妆，放在亲娘那里保管，对此在《红楼财经传家》中已经分析过了），同时把林黛玉送回去，下葬于贾家坟地，灵位放在林家，按照原来的约定兼桃冥婚，对此我们在《红楼深宅博弈》中分析过。

贾府的罪名，转了一圈，最后认定的罪几乎没有。"交通外官"给推翻了，聚众赌博不提了，石呆子案、张华案、尤二姐尤三姐之死等都洗白了。贾政还得到了爵位，贾琏无罪释放，贾赦和贾珍流放充军，皇帝对贾府的处理不轻不重，温柔地来了一刀，即使贾赦被流放了，在探春那一节也分析了，流放地不是特别苦的地方，在贾家勋贵的势力范围之内。皇帝为何如此处理？

◇◇◇皇帝目的在于削藩勋贵

很多红楼读者不理解，既然皇帝本来想要动贾府，为何真的抄家以后，对贾府的处理却不重，还把贾政给择出来？因为皇帝最需要的是削藩，不是灭藩！限制贾府可能带来的不稳定因素就足够了，处理贾家必须拿捏准确分寸，也必须有足够的罪证，还要注意贾府的影响力。

前面已经说过，贾赦他们在锦衣卫"严鞫"之下，什么也没有招供。贾赦要是受不住刑而招供，在平安州问题上变成了谋逆，就算背后有四王八公的势力支持，贾家也不可避免地要遭受灭顶之灾。

皇帝从锦衣府赵全的"严鞫"之下，得不到贾府嫌犯需要的口供，也不能无厘头治罪。贾府背后还有勋贵集团，把勋贵集团给逼急了，他们就真的狗急跳墙造反了，就算能够平叛也要付出代价，属于下下策。所以皇帝对贾府的治罪也只能从轻，目的达到就行了。

皇帝真正需要的是削弱他们的势力，而不是彻底消灭；是各种势力的制衡，而不是没有势力存在。世袭与票选的背后有不同的政治逻辑，世袭是长期博弈，需要各种势力的支持和平衡。票选是一届一届地选，每届时间不长，选赢了就彻底清除对手，被清洗也能够接受，因为过几年会再选一次，推倒重来。贾府背后有四王八公勋贵集团，贾政的女儿探春还与海疆总制联姻，海疆又在用兵，亲家带兵在一线战场，此时对贾政就要予以怀柔政策。所以西平王来贾府抄家，他一来就公开说要把贾政与贾赦分开来查，背后应当有皇帝的暗示。

这里再一次验证了贾府的危机是因为皇帝起了猜忌之心，而不是政治斗争失败。政治斗争是要有政治对手的，政治对手一定要对失败者斩草除根，不能让其死灰复燃。但皇帝猜忌则不同，只要皇帝能够证明自己的猜忌有错误，大家又不说破，保住皇帝的面子和公信力，事情就过去了。勋贵势力威胁到皇权安全，只要消除了不安全因素，皇帝就满意了。自古皇帝削藩，也就是消除对皇权的不安全因素，与政治集团之间的斗争和博弈性质不同。皇帝对贾府等勋贵集团，根本上的目的就是消除他们威胁皇权的实力。皇帝真的要统治国家，还需要勋贵集团的拥护和支持！二者不是直接对立的统治与被统治关系，勋贵集团也是统治阶级，不是被统治阶级。

在《红楼梦》的勋贵势力版图中，贾家、王家、林家、江南甄家等分属不同的阵营，贾家背后是以北静王为首的四王八公，还有金陵史王薛等家族；林家背后则应当是忠顺王爷，林家的联姻对象宝玉找琪官，忠顺王府与贾雨村一起过来，应当不是简单的巧合；而王家和薛家，背后则有东安郡王和义忠王爷，薛家给义忠老王爷准备了寿材，王夫人与贾政结婚则是东安郡王给题写的对联，最后义忠王爷坏了事，寿材给了秦可卿葬礼用，说明王家的势力最被猜忌；而甄家有甄家的老太妃，是另外的一个外戚势力，甄家与贾雨村关系紧密，与林家关系也不错，甄家、贾家、林家是交叉的关系。而这几股勋贵势力皇帝都是要削藩的，贾家被抄家了，王家彻底倒台，义忠王爷也坏了事，史家、薛家也衰落破产，金陵四大家族没落，甄家虽然后来复起但也被削弱了，最后贾雨村也被皇帝找理由，利用门子等人将其治罪了，几股势力都被皇权控制了。

在皇帝削藩的大计当中也存在皇家的复杂斗争，我们分析过，书中在皇帝的上面还有太上皇，不同的势力之间、新皇帝和太上皇的权力之间，也是殊死搏斗，等到太上皇死后，新皇帝才可以放手削藩。书中前八十回的暗线，是从皇帝与太上皇的博弈开始的，到太上皇死去，最后皇帝彻底掌权了，勋贵们的状态不断变化。在前四十回是太上皇当权的时候，皇帝被压制和限制，金陵四大家族的好日子是以太上皇为背景的。在中间四十回，处于太上皇从得病到太上皇死后不久的状态，到七十多回江南甄家被抄家。后面四十回则是新皇帝掌权，主要是削藩巩固皇权，贾府被抄家，勋贵们的各大家族衰落。皇帝的主要目的是削藩，因此既利用政治斗争，又不让政敌把对手搞死。类似的历史在《红楼梦》创作期间，就是康雍乾的夺嫡和削藩的故事，新皇帝削藩也不仅仅是要削弱开国功臣的权力，还有老皇帝的藩属也要削弱，好让自己掌握权力。新皇帝为了掌权，又会坐大发展出新的藩属，对他们也要再限制，权力就是如此往复循环，一旦皇权对此失控，就是王朝覆灭之时。

明白了皇帝削藩的政治逻辑，再回看一下本节开始皇帝对抄家人选的安排，是带有深意的。皇帝抄家时候的权术，就是有唱红脸的，也有唱白脸的，反正不论最后结果如何，都是皇帝英明。参与抄家的西平郡王不在四王八公之列，在前面章回当中都没有出现过。很多后世伪书的作者，对《红楼梦》一书前八十回写了狗尾续貂的版本，将抄家的王爷变成了忠顺王，还说当初宝玉找蒋玉菡得罪了忠顺王，忠顺王是贾府的对头等，甚至将贾雨村安排在抄家官员中。但在通行本里面，西平郡王在抄家时表现出来的态度，对贾家是有所照顾的，具体的情节前面已经分析了。先只抄贾赦，后来又叫人给内宅报信。西平郡王的封号，历朝著名的人物有苻冲、秃发乌孤、李晟、哥舒翰、王建、李元昊等。历史上西平郡王胡人较多，《红楼梦》书里西平郡王的王爵封号，也应当属于胡人而不是本族的勋贵，可能是与满族人结盟的蒙古王爷。清朝处理满族勋贵的时候，经常会任用满族圈子之外的蒙古王爷。也就是说，西平郡王也是勋贵，但与《红楼梦》中四王八公的勋贵不是一个体系。贾雨村和林家，与贾府也不是一个体系，可能就是与忠顺郡王一伙的，忠顺王可能是宗室出身。而西平郡王是胡人，属于另外的势力，与涉及的贾家、王家、林家、江南甄家等家族，以及背后勋贵势力都不属于一伙，是一个能够平衡各方的相对公允的人物，所以皇帝委派他来参与查抄贾府。

贾雨村与贾家人、王家人，对勋贵圈子里的不同人，态度也不一样。贾政是搞学术的，当过学政，与科举势力圈子也有联系。贾雨村复出，林如海也是先找贾政，所以贾雨村与贾政比较近；黛玉与宝玉联姻，贾政是公公；在贾府，贾政是林如海内兄。但贾雨村和林如海等人，与贾赦、贾珍、王子腾之间可能就是对手，皇帝要他们到江南当御史、督抚等，所要控制的地方势力就是他们。林如海死因可疑，贾雨村被王子腾"保本"离开实职进京闲职候补，甚至还可能有仇。在抄家贾府之前，包勇听到皇帝先问了贾雨村，皇帝与贾雨村交流了各种问题，才觉得情况严重。西平郡王对贾政区别对待，可能有贾雨村的因素，也有贾政与海疆联姻的因素，背后应当也有皇帝的交代。所以北静王回来传旨的时候，让赵全只抓贾赦一人，其他人旨意是"余交西平王遵旨查办"，西平王遵了什么旨意？北静王并没有带给西平郡王圣旨，应当是在来抄家之前，皇帝对他还另有交代。

抄家的锦衣府堂官赵全属于皇帝另外一个系统的亲信。皇帝让他过来，他才是真正的把关人，皇帝对他也应当私下有交代。皇帝让他抄家和审理之时严把关，把皇帝猜忌的问题都给搞清楚，宁可错杀不能放过。北静王知道了赵全"混帐"以后，自己赶来，不光维护保护贾家，也代表身后四王八公来看政治风向。四王八公的精神领袖北静王主动来参与抄家，以显示皇帝处理问题公平公正。后来北静王入宫去给贾府求情和请旨，皇帝借坡下驴放了贾家一马，给足了他面子，也让他背后的四王八公都放心了。

皇帝让西平郡王和北静王来参与抄家贾府，就是做了两手准备。

从他俩的表现，可以看出他俩都不是贾府的政敌。北静王对贾政说："政老，你须小心候旨。我们进内复旨去了，这里有官役看守。"说着，上轿出门。贾政等就在二门跪送。北静王把手一伸，说："请放心。"觉得脸上大有不忍之色。此处看出北静王对贾政和贾府有感情，他们结盟皇帝也知道。皇帝查抄贾府就是要削弱四王八公勋贵集团的势力，而不是要消灭他们。第一百零六回，史家也来报信："说听见府里的事原没有什么大事，不过一时受惊。恐怕老爷太太烦恼，叫我们过来告诉一声，说这里二老爷是不怕的了。"此时史家听见府里没事，这个消息是谁说的？是皇帝在对勋贵散风和安抚。

在对贾家、王家、甄家等金陵勋贵的削藩完成之后，林如海和贾雨村的使命也就完成了，所以贾雨村就"狡兔死走狗烹"，也扛枷被治罪了。贾雨村此时也要被削减势力。看看王子腾和贾雨村的名字，《千字文》言"云腾致雨"，王子腾倒台了，对头没有了，贾雨村的作用也就差不多完成了。清算贾雨村不让他坐大，背后还有其他势力的需要，对此在贾雨村获罪的那一节也分析了。以贾雨村京兆尹的位置，没有皇帝背后的默许，门子想报复也办不到。但皇帝对贾雨村也网开一面，不是打死而是留着他，他活着对一些势力就有制约作用，也可以留给太子即位以后当班底。所以"昨怜破袄寒，今嫌紫蟒长：乱烘烘你方唱罢我登场，反认他乡是故乡"。皇帝要的就是各种势力"你方唱罢我登场"，谁也不能坐大威胁皇权。

贾雨村被革职也有皇帝削藩的需要！前面分析过贾政当督粮道的上司节度应当是漕运总督，与林家有关系，镇海总制实际上是两广总督，与节度是亲家，贾雨村和林如海本来就是一伙的，贾雨村是京兆尹，实际上是直隶总督。一下子贾雨村这一伙人占据了三个最重要的总督位置，同时甄家还复爵了，贾雨村与甄家也关系紧密，甄家与林家势力也关系不错，整体势力过于强大，皇帝必然要削弱。这里镇海总制刚刚海疆大胜，甄家也在海疆立了功，政治人心方面均得分巨大，皇帝不好立即动他们，节度与镇海总制有姻亲关系，也需要顾及，那么皇帝对这一派势力削藩可以动的人，只有科举晋升背景最浅的贾雨村。

贾雨村与甄家的关系是非常深的。甄家在金陵应当是任职，而不是籍贯在金陵，所以甄家不在金陵勋贵家族的列表。我们前面分析了甄家的"钦差金陵省体仁院总裁甄家"应当是江宁将军这一类的职务，也是要职，贾雨村是甄家嫡子的老师，也属于甄家幕府，算是甄家幕府出身的大臣。甄家与贾雨村都在高位，势力太大，但甄家刚刚立功肯定不能下手，那么能够下手的就只有贾雨村了。甄家复爵之后，海疆又打赢了，王子腾被搞死了，不能让甄家、林家这一派掌握军权太多，那么必然的结果就是贾雨村要被治罪。

皇帝动了贾雨村，对节度和镇海总制他俩及甄家，还可以起到敲山震虎的作用，让他们俩知道什么是天威难测。皇帝的用人策略就是平衡：打压甄家的时候，甄家的同盟贾雨村同时降职，然后却把贾雨村升职回来，保持甄家这一派势力以平衡；等甄家立功回来，甄家复爵复职之后，把贾雨村打下去，不让甄家这一派的势力做大，以保持各派势力的平衡。把里面的政治逻辑看清楚，就明白为什么贾雨村要扛枷锁。皇帝支持林家，不光是因为林如海是亲信和科举出身，还有平衡各派的原则：扶弱抑强！在勋贵侯门当中，林家的人少势弱，才是皇帝搞平衡所扶持的对象。

贾家复兴，贾雨村倒台，贾雨村是"因嫌纱帽小，致使锁枷扛"。但林家的势力依然在延续，林家与贾家和甄家的关系都很好，在姑苏是林家与甄家，而林黛玉最后葬入贾府算是贾家媳妇，宝玉的孩子兼祧林家，依然有荫出的政治前途，是"乱烘烘你方唱罢我登场"，各派势力轮流掌权；而兼祧的特点就是"反认他乡是故乡"；薛宝钗机关算尽"甚荒唐，到头来都是为他人作嫁衣裳"；贾琏、贾蓉没有后代，贾宝玉最后出家，也是"白茫茫一片真干净"！世家要复兴，要能够传家超过五代，唯有读书可以，这是中华文明的历史规律。

皇帝对贾家要削藩的同时，也在引导勋贵之家转型，要他们弃武从文。如果勋贵都变成文官远离兵权，皇帝就放心了。贾家弟子后来科举成功，皇帝就立即赏还了爵位和家产，要他们给勋贵们做榜样；林家的林如海成为亲信，也是同样的道理。同时，贾母做主，贾家人认错，贾母以自己私房钱的名义分了林黛玉的嫁妆，把林黛玉阴婚归南，算作了贾家与林家的"兼祧"。兰桂齐芳的桂，其实就是木石前盟，薛宝钗的儿子以后姓林给林家承祀，皇帝当然对贾府要有所表示，加恩返还家产和爵位，当然属于大赦之外的恩赏。书中出现的贾家之贾代化、贾代善、贾代修、贾代儒——四个人名字串联成"化善修儒"，行善积德，致力于修齐治平从文儒家，也是皇帝的需要。

很多人说后来贾家复兴，贾家被抄家没有彻底败落的结局违背了作者曹雪芹原来的意愿。到底曹雪芹希望的结局是什么呢？曹雪芹与不少勋贵走得很近，难道他就真的不幻想自己的家族复兴吗？封建大家族必将没落，是晚清民国后新文化运动的政治需要，但对曹雪芹个人而言，当然希望家族复兴。曹雪芹主要生活在乾隆一朝。乾隆元年（1736 年），曹雪芹 22 岁，谕旨宽免曹家亏空，然后曹雪芹任内务府笔帖式差事，后来进入西单石虎胡同的右翼宗学（旧称"虎门"，右翼四旗正黄、正红、镶红、镶蓝的宗室子弟在这里学习）任教。所以曹雪芹一直在世家子弟中间，乾隆皇帝对他家也还不错。古代勋贵世家的博弈潜规则和其中的政治逻辑，曹雪芹非常清楚。他写《红楼梦》应当写的不是他早年的成长经历，而是他在右翼宗学后的阅历。如若按照曹雪芹家事说的逻辑解读《红楼梦》，他是勋贵子弟出身，想要家族复兴才更符合他的理想追求。

《红楼梦》最后能够被解禁出版，与历史上乾隆皇帝的削藩和最后对宗室的重新评价有关。乾隆皇帝对以前的宗室罪人重新评价，等于是给后来的宗室掺沙子，完成了对宗室各派势力的平衡。在乾隆四十三年（1778年），乾隆皇帝给多尔衮和多铎都平了反，他们的后代变成了世袭罔替的亲王，背后的政治逻辑是两个白旗出身的亲王都复爵了，成为八旗内部重要的政治平衡力量，而曹雪芹的家族就属于白旗。书里的四王八公难道就没有八旗和清初四大铁帽子亲王的影子吗？

清朝初年传下来的六个铁帽子王里面，礼亲王、庄亲王、克勤郡王、顺承郡王都是红旗，肃亲王是正蓝旗（镶白旗）的，郑亲王是镶蓝旗的，两个红旗有四个王，蓝旗两个，黄旗皇帝亲自管。清顺治五年（1648年）二人政治斗争，肃亲王豪格失败身死，正蓝旗又被多尔衮所得，多尔衮将其与自己统领的正白旗混编，重组成新的正白旗和镶白旗，将胞弟多铎统领的原镶白旗改色为正蓝旗，此后八旗旗色再未变化。多尔衮死后顺治皇帝掌权，所统领的正白旗与两黄旗构成天子自将的上三旗。多尔衮的镶白旗（原属豪格的正蓝旗），则又还给了豪格之子富绶。清朝的八旗分为两翼：左翼镶黄旗、正白旗、镶白旗、正蓝旗；右翼正黄旗、正红旗、镶红旗、镶蓝旗。所以两翼当中左翼只有一个亲王，右翼是三个亲王两个郡王，两翼势力完全不对等。乾隆皇帝恢复的睿亲王、豫亲王都属于白旗，变成了八个铁帽子王，对八旗两翼和各旗是一个重要的平衡。《红楼梦》里面皇帝打压贾府的安排，也是一种平衡。

更关键的是乾隆皇帝居然给八阿哥和九阿哥也平了反，乾隆下诏："朕今临御四十三年矣，此事重大，朕若不言，后世子孙无敢言者。胤禩、胤禟仍复原名，收入玉牒，子孙一并叙入。"为了表明乾隆不是推翻父亲雍正的决定，特意说八阿哥胤禩"特未有显然悖逆之迹，皇考晚年意颇悔之"。曹雪芹家任职的江宁织造归内务府管，八阿哥为和硕廉亲王，受命办理内务府及工部事务，曹家与八阿哥、九阿哥关系密切。当时，和珅参与了乾隆的此项平反工作，然后和珅主导了《红楼梦》一书的解禁。因此，《红楼梦》最后的抄家然后再复爵，是合理的结局。结合乾隆四十三年（1778 年）的历史，以及乾隆对曹家的平反，若是曹雪芹写著作，就不可能让勋贵之家的衰落成无底状态。

皇帝削藩和作者曹雪芹的亲友家事，规则就是"摄政株连"四个字，荣国府的男人，除了贾宝玉，单名嫡子从大到小排列，就是"摄政株连"（赦政珠琏）。曹雪芹属于正白旗，曹家跟着的八阿哥、九阿哥，还有接济支持曹雪芹的敦诚、敦敏兄弟祖上阿济格，还有福彭当铁帽子郡王，都关系到摄政（贾赦、贾政，对应假摄政），他们都因摄政被株连，在皇权的铁网山之下，被看紧在铁槛寺之中。

很多人都知道甄士隐、贾雨村是"真事隐""假语存"的解读，其实关注一下他们的名字才有意思呢！甄士隐的名字是甄费，在第一回就介绍了，也就是"真废"，而他的老婆封氏，也就是"风蚀""封逝"等的谐音，真相被封掉了让你看不到。贾雨村的姓名是贾化，也就是"假话"，还有他字时飞，谐音"是非"，他老婆的名字是甄氏甄娇杏，谐音"真实""真事""真侥幸"，让读者能够看到真相，真的是"侥幸"了。

在《红楼梦》后四十回的大结局当中，我们可以看到：

> 直寻到急流津觉迷渡口，草庵中睡着一个人，因想他必是闲人，便要将这抄录的《石头记》给他看看。那知那人再叫不醒。空空道人复又使劲拉他，才慢慢的开眼坐起，便接来草草一看，仍旧掷下道："这事我已亲见尽知。你这抄录的尚无舛错，我只指与你一个人，托他传去，便可归结这一新鲜公案了。"空空道人忙问何人，那人道："你须待某年某月某日某时到一个悼红轩中，有个曹雪芹先生，只说贾雨村言托他如此如此。"说毕，仍旧睡下了。

这个人就是贾雨村。把《红楼梦》一书最后的收尾放到贾雨村之上，除了这一回借助谐音"假语村"言之外，也表明了贾雨村在全书当中的地位，很多人把贾雨村看作"打酱油"的，或者没有看出来他的形象是故意"假语"的，对全书的逻辑就不能理解到位。

另外还有一个有趣的事情，对薛蟠，以前本人也读 pán，但做视频时说"削藩"，结果被系统字幕软件自动识别为薛蟠，而读 xuē fán 时也可以正常识别为薛蟠，粗查了一下似乎也是 fán 的读音。后来，"蟠"读 fán 以后，很多朋友又说该读 pán。因此，本人特别查了多个字典。在《新华字典》里面，"蟠"只有一个意思，而在《康熙字典》里面是多音字，可以读 pán，与《新华字典》的意思相同，另外还有一个读音是 fán。《唐韵》："附袁切。"《集韵》："符袁切，并音烦。"《尔雅·释虫》："蟠，鼠负。瓮器底虫。"含义是鼠妇，也就是我们常见的潮虫。而《红楼梦》书中，薛蟠的族弟叫薛蝌，蝌的意思明确指蝌蚪，薛蝌之名从虫。论理，其堂兄薛蟠之名也应该从虫。薛蝌这个名字也有玄机，蝌蚪长大了就变成蛙，在中国讲蛙吞财是金蟾，就如《红楼财经传家》中本人分析的，薛蝌是来吃薛姨妈的绝户的，是来讨债的；而潮虫鼠妇的蟠，则是藏在阴暗角落不好见光的，说明薛蟠是"活死人"的状态，葫芦案之后他没有了合法的身份。所以薛蟠还是应当读 xuē fán。而薛蟠谐音是削藩，这里再一次印证，《红楼梦》里面的人物起名，都是有所指的。

综上所述，纵观《红楼梦》全书，在通行本当中的政治逻辑是一直连贯的，皇帝的形象就是一个英明的君主。皇帝对勋贵势力，一直在有效的控制之中。刚开始，金陵四大家族贾家、史家、王家和薛家，以及贾家的影子甄家，结成了一个紧密的勋贵势力联盟；最后，联盟的各家势力被皇权给控制和削藩了。书中的勋贵家族当中，有的彻底败落，不败落的家族走向了中国古代世家的弃武从文。中国古代的世家，只有转向科举和读书，才能够保持家族的兴旺。

后记

2020 年，疫情防控期间，全社会外出活动减少，本人故有时间重读《红楼梦》。再次精读《红楼梦》感慨良多，结合家族视角，逐步形成一套自己独有的逻辑脉络。

以前读《红楼梦》，还是在上学的时候，语文学习要求读，男孩喜欢理工，是读不下去的。为了应付考试才去读，就是人云亦云，然后就是按照考试的需要死记硬背，没有文学爱好者对《红楼梦》的阅读乐趣。

现在人过半百，有了阅历和足够的经济学、社会学、历史学知识背景，尤其是我当了律师，做了财经评论员，再读《红楼梦》，可以用探案的方式，以财经的视角，结合自身阅历，来品读思考其中的味道。理解《红楼梦》，需要从政治经济的视角拔高，其实这种方法在《红楼梦》书中也有暗示，第五回警幻就说："今后万万解释，改悟前情，留意于孔孟之间，委身于经济之道。"实际上已经指明了如何深度理解《红楼梦》。

对《红楼梦》一书，本人认为前面的红学研究，更多的是在文辞和考据上，加入了很多时代的政治需要。只看朱门有酒肉，题咏宝黛赏风花；不知勋戚惧株连，诗书传家是精华。重读过后，本人认为研究《红楼梦》应当回到更本元的状态，要穷其理地进行格物。也就是分析作者在写的时候潜规则和社会逻辑是什么。所以解读《红楼梦》，需要用作者当时的历史和社会逻辑，来理解作者写作时春秋笔法的深意，所用的思考方式就是格物致知，在中国古代属于考据，考据上叫作理证，现在这种探究挖掘真相的做法，司法上叫作心证。

本人作为一个理工科出身的人，不善于辞章，喜欢《红楼梦》书中义理的部分，喜欢用穷理、正心、修己、治人之道来研究《红楼梦》。中国古代的考据也重视理证，重视义理，义理重于辞章。本人觉得，用律师、侦探的思维方式看《红楼梦》可以比照看案卷，用分析案卷探知真相的方式去解读，借用了司法上的心证。

法官心证，又称自由心证（Free Evaluation of Evidence Through Inner Conviction）。法官通过裁判文书公开法官被说服的过程，包括公开事实形成过程中各种影响法官心证的主客观因素，如常识、经验、演绎、推理等，表明法官在认定事实方面的自由裁量权受证据规则的约束，法官通过对证据的审查判断形成内心确信，从而对事物的幕后进行挖掘。

《红楼梦》书中的暗线，仅仅从明面上实证，明显证据不足，若能加上心证补充，就可以还原书中没有写出来的细节。此方法是西方司法上的通用方法，在中国研究历史时不被承认，但挖掘一部伟大的作品，却可以派上用途。《红楼梦》就是一部虚无的历史，因此，心证和虚无，是本人认识《红楼梦》这部伟大作品的钥匙。

心证的起点，就是社会常识、共识和逻辑关系。现在很多人对古代社会常识、共识的事情，已经不了解了，同时中国的教育对逻辑思考的培养很欠缺，而网络信息时代更是一个浅阅读的时代，内容一带而过，缺乏思考。

要理解《红楼梦》，首先就要把古代常识、共识找出来，用逻辑串起来，挖掘出幕后细节。再用细节形成全书的整体逻辑体系，梳理出书中的明线和暗线。此方法在国学上就叫作格物致知。达到知至境界，需要的是正心诚意，西方心证也是要求内心确信，实质是一样的。

本人对《红楼梦》暗线细节的考据发现，是独立进行的。由于本人对红楼研究的浸淫时间有限，对诸多已有红学研究了解也不够全面，很多考据后的发现与原有的研究可能存在雷同，又不知道前面有谁做过相似的论述，因此可能没有按照学术标准引用出处。但本人对《红楼梦》全书是做了整体思考的，同样的细节可以有大量不同的观点，本人无论选择哪一种观点进行解读，都有自己的逻辑。本人的逻辑串起全书整体逻辑的解读，在整体逻辑之上，进行全面的思考和推演，提供一种新的视角、一种新的思考方向，也希望相关专家和广大的爱好者指正。

经过对书中情节的格物，本人发现过去分析《红楼梦》遗漏了不少关键细节。《大学》云："已知之理而益穷之，以求至乎其极。至于用力之久，而一旦豁然贯通焉，则众物之表里精粗无不到，而吾心之全体大用无不明矣。"用逻辑关系分析《红楼梦》，达到知至境界，展现了完全不同于以往的《红楼梦》新故事。新故事对当今时代，非常有现实意义，应当展现给读者。所以本人写了本书，把《红楼梦》幕后各个细节都爆出来，并用心证理证进行格物，致知在格物，物格而后知至，所以本人追求的不是题咏也不是索隐，而是格物致知当时社会历史文化下故事的本元状态。《红楼梦》里面贾府的复兴转型，告诉读者在勋贵三代以后，怎么样读书转型，做到家族复兴；怎么样传家是中华文明绵绵瓜瓞的核心内容。

有了心证，对《红楼梦》的细节进行更深的挖掘，我们可以发现，《红楼梦》的最大魅力就是它接近现实，尤其是后四十回的政经博弈更与朝野政治生活接近。在《红楼梦》里，社会、朝堂、家族其实是一体的，书中呈现的各种事情和现象只不过是一个个的暗线逻辑，复杂的人事关系和情节，需要我们敏锐地去感觉。这样的状态正是勋贵家族的内部生活环境，没有深刻的生活体验是写不出来的，一般的作家也不会有如此的体验。《红楼梦》能够成为古今名著，里面的逻辑链非常隐蔽，需要有足够的洞察力才能够发现，需要深度解读才可以让更多人理解。

本人读《红楼梦》的体会，在本人的自媒体上以各种帖子发表，引起了广大网友的关注，他们都希望我能够把帖子里零散的作品，整合起来变成一本书，把发现的细节以一个连贯的逻辑串联起来，让书中故事的全貌，达到知至境界。所以本人把帖子都整理下来，就有了这本几十万字的书。幸得华文出版社领导和编辑的支持，可以与更多的读者、更多的《红楼梦》爱好者分享。

谢谢大家对本人的支持！

张捷

2024 年 2 月 22 日于北京中关村家中